收获

夏卷

A LITERARY BIMONTHLY HARVEST

长篇小说

二〇二三

上海文艺出版社

目录 夏卷

2 ■ 平乐县志 颜 歌
225 ■ 颜歌与我们的小镇 张定浩

236 ■ 昆仑海 海 飞

364 ■ 梁启超：亡命（1898—1903） 许知远

406 ■ 土耳其大地震救援亲历记 商华鸽

平乐县志

颜歌

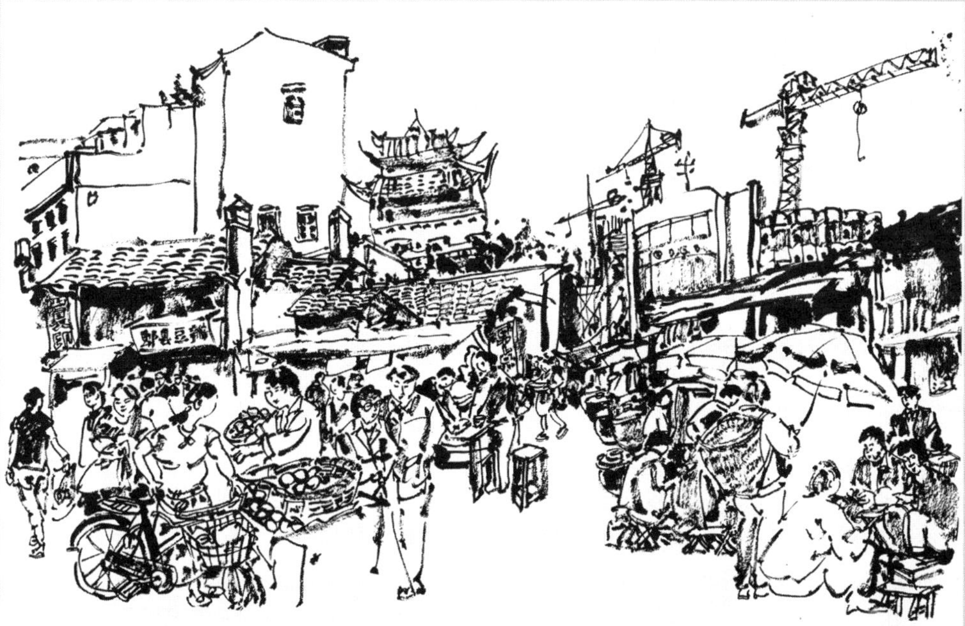

第 一 章

天然气公司陈家康的爱人叶小萱站在东门城墙下头跟人说哀怨，一说就是小半天。

但你有所不知，这哀怨啊，自古就是说不得的。俗语有：哀声唱退送福神，怨气招来讨命鬼。殷殷切切念诵的便是这个道理。衰败就似那无事生非的泼皮，你越是呻唤，他越是作势；你稳起不理，他便终归自讨没趣了。所以，就连小娃娃摔了一跤，大人也会说："不痛，不痛，绷起不痛就不痛。"——源自的也是同一个道理。

叶小萱兴许也不是没听过这些说法，只是，她心中的积郁实在有许久了，不吐两口出来，只怕即刻就要哽死。

她正跟人说："……你说我那女子，也不傻，也不丑，该长的一样没少长，该读的书也读了，工作也还不错……你说是哪根筋没对，硬就说不到个对象？"

"我已经跟她说了，"她歇了口气，"今年你是在吃二十九的饭了，这就是你的最后通牒，等到明年子还没结成婚，你就给我收拾包包搬出去，自己立个门户，饿死还是饱死都跟我没相干的。我眼不见心不烦，就当你是嫁了！"

"小萱啊，"街坊也要笑一笑，"你这话说得也太狠了，那你女儿咋说？"

"她！"叶小萱叹一声，"人家一不紧二不慢地，跟我说：'妈，你说得也对，你看，东门外正在开发的有恒发新城，还有平乐帝景，莱茵美居，听说这些环境都很不错。我正说去看看呢，不然下周，你陪我去？我这几年也有些定存，看看能不能干脆就买个小套二，说不定明年劳动节就可以搬了。'——你说，她是不是要气死我这个人！"

嗨！街坊想，狗日的，我千算万算，又没躲过这婆娘的花招——说了半天，原来是来炫耀的！

街坊就说："恒发新城的房子的确不错，我儿子和儿媳妇过年回来也去看了，当场就订了一套套三带花园的，说是投资——以后地铁修通了，肯定要涨价！"

叶小萱想：你有钱，你最有钱，你们全家都有钱！

她就说："哎，你看我这人，一说就啰啰唆唆半天，耽误你时间了。我这还要回去煮饭，改天聊，改天聊。空了约起打牌嘛！"

她把放在地上的几个塑料袋子提起来，准备回家煮荷叶稀饭。走两步，还是放不下，又回头喊："蒋大哥啊，你真要把我们陈地菊的事放在心上啊，有合适的不要忘了给她介绍！"

也是好事从来不出门，坏事出门传千里。叶小萱这一喊，满街上站起的，走过的，正埋着脑壳在手机上看新闻的，都把这个消息听进去了。

"哎呀，不要急啊，小萱，"有个婆婆劝她，"缘分说来就来了，快得很！"

话都是这么说的，于是叶小萱也想不通啊：这眼看都又要立秋了，再是一晃眼翻年就是二〇一〇了，她女儿的那根红绳绳是已经发货了，走到半路了，还是遭哪个不要脸的代领了？总之，她逢人见人都说一次，请大家不要忘了她的陈地菊的终身大事——反正又不要钱!

现在我们说的这陈家正是我们镇上普普通通的一户人,而陈地菊也就该是川西平原上普普通通的一个女子。她爸和她妈都是永丰县平乐镇人,一个北街二环外户口,一个东门老城墙边出生。二十岁出头,经宝生巷蒋幺姑介绍认识,处了一年多结了婚,在东街牵牛巷安了家,又再过了一年多,生下了一个女儿,取名陈地菊。

那是一九八一辛酉年年底,陈地菊在永丰县医院呱呱坠地,一哭就是一个冬天。她爸她妈都被她折磨得不行。腊月里,房顶上降着霜,老城门下头的沟边上也结满了冰碴碴,她爸却要去河头给她洗尿片子,她妈就在家守着蜂窝煤炉子,要熬猪蹄子汤喝了好下奶——两口子摸着石头过河,兢兢业业,对这小人儿百般伺候,人家却毫不领情:该哭哭,该吐吐,该拉了就哗地拉它一大泡。等好不容易煎熬到了开春,她爸妈都认为苦日子总该见阳光了,她却莫名其妙生了一场病,一条腿都肿起来了,又红又亮跟个萝卜一样——就这样被送回了她的老家县医院。

两口子又是茫然,又是绝望,在儿科门口抱在一起,伤伤心心哭了一场。镇上出名的肖小儿肖医生刚好解手回来,看到这两个年轻人鼻浓滴水的样子,又是同情又是好笑,"哎呀,你们不要着急。娃娃就是这样,小时候越是磨人的,长大了就越乖",她劝他们。

也许就是肖医生的妙口金言,也许还是陈家祖上的荫佑,陈地菊出了院,读幼儿园,读完幼儿园又读了学前班,再读到小学毕业,她就真的长起来了,很是长出了二分人才,腰肢细细,腿儿长长,人堆子里一站拔得溜高。叶小萱和她出个门,街坊邻居都要夸赞:"哎呀小萱,你这女子长得好啊!这才好大啊?长这么高!这要拿点人来比啊。"

于是叶小萱听进了耳朵,心头焦焦:"哎呀我这女儿长得这般人才,可不要遭哪个混蛋小子污孽了!"——为了防止女儿中学里早恋,她和陈家康两头分了工,一个哄一个教,一个防一个守。这期间大概有两次,陈地菊和隔壁班的通了几回信,马上就被叶小萱眼明手快地查出来,一掌掐死在摇篮之中。说起来陈地菊还算是争气的,学习成绩一直不错,高中毕业,高考提前录取上了永安师范大学,读的还是当年最热门的财会专业。叶小萱真正是心满意足,偷饱了油的耗子一般打量她的心肝:"我这女子真是聪明,自己就把大学考了!也不要我花钱走后门。这下学业解决了,下一桩就该是找对象了!"——她哪想得到这师范学校里尽是女子,走在路上好不容易看到个男的居然还不戴眼镜就是稀奇。陈地菊大学读了四年,只带过一个同学回来吃饭,叶小萱觉得他牙齿有点不齐,陈家康嫌人家学的是幼教专业。两个娃娃走了,两口子在屋里一边洗碗一边兴叹。陈家康说:"这人配不上梅梅,以后毕业了当幼儿园老师,哪有啥出息!"叶小萱说:"你说到哪桩去了,这就是回来吃个饭,我的女哪能把这人看上了!"

那时候他们两个都是人到中年了,四十走完眼见就要五十。陈家康在天然气公司升了个科长,叶小萱从农资公司下岗了,跟朋友搭伙做中介也还有声色。他们住是住天然气公司家属院的大三套,穿是穿十字口精品服饰店里的港澳名牌,吃鸡鸭鱼肉就不说了,偶尔想要出个远门,还有陈家康科室的司机小赵开长安车包接包送，再爱抱怨也没真事来抱怨了。叶小萱对她的女说："梅梅，你不着急，你这才二十二三岁，正是好时候。等到出了学校，外面有条件的多得很！你再慢慢挑。"

二〇〇三年陈地菊大学毕业，在永安市商业投资银行谋到了职位，好像还真的处了一个男朋友，两个人前后交往了一年多，还没提上台面，就眼见二〇〇五年春节来了。叶小萱年前做体检，查出来子宫里有个一点五乘二点六的肿瘤，很快做了活检，报告一下来果然是恶性的。

原来这才是他们这一家人命里面的一个大劫。叶小萱住进了医院，陈家康和陈地菊一起去见医生。医生说："有两个方案，先跟你们家属商量一下。一是马上做手术，子宫全切；二是先保守治疗一段时间，看看病人情况。第一种有风险，但是治疗控制机会更大；第二种比较保险，有人就这样一拖拖十多年也有的。你们自己考虑。"陈家康哇地就哭了，眼泪花流了一脸，中风一般，手上把化验单捏住一团，人就朝边上倒。陈地菊把她爸的手握住了，把化验单拿了，展开来，一边展一边声哽哽地，还是说了："周医生，我们做手术，我去给我妈妈说。"

父女两个走出来，走到楼梯间，忍不住一起哭了。陈家康想起了陈地菊还是奶娃娃生病的时候，陈地菊想起了她妈妈骑车带她去上学前班的第一天。两个人老的扶少的，大眼对小眼。最后，陈地菊说："爸，没事。你不怕，还有我在。妈肯定没事的。"

居然应了她的吉言，还是要再谢谢祖宗啊。陈地菊在她妈的病床前守了四个月，日夜颠倒，四季也不明了，直到叶小萱手术出来后，又化疗了两个疗程，就看到各种指标都正常了。叶小萱出了院，再一下就过去了三四年，她先还是吓得经常睡不着觉，睡醒来就要先想自己是不是已经死了，慢慢地也缓过来了，头发长出来了，脸上也有了肉，每年复查两次，都没有再发。亲戚朋友街坊邻居一个个说："谢天谢地啊谢天谢地，小萱。感谢你有福气，感谢你有个孝女！"

叶小萱说："你就说我这死女子，倔得跟牛一样！为了我生这病，硬是要把市里头那么好的工作不要了，回来在西门上邮政银行坐起。有朋友也不联系了，每天就在屋头把我看到，眼见马上都要三十了——咳我这病，拖累啊！真对不起我的女，她要再不赶紧找个归宿，把自己安顿了，我这命捡回来都是白捡了！"

古语说：悲不悲，白发老翁驾白鹤，总有轮回。喜不喜，红头姑娘①梳红妆，也怕冤孽。说的是人生大事，无非婚丧嫁娶，生死聚散总有奥妙，却不必一惊一乍，悲哭喜笑。说白了，都是办几桌席的过场。正逢叶小萱中介铺子上的搭档吴三姐的老人公去了世，她就热心去帮着守灵，顺便吃吃大锅饭，和几个朋友搓麻将。也是撞上了运气，一上台子她就连续自摸了两回。

"哎呀小萱，你简直是人红挡不住啊！"吴三姐脑壳上戴个白孝，脸皮子一垮更添悲戚，一双手在桌子上"哗哗"顺着和麻将，"手气太好了，硬是有点邪哦！"

蒋大嫂一边把麻将牌垒起来在自己那

---

① 四川方言，红头姑娘指的是精神面貌很好的女孩。

一方,一边附和:"我最近简直有点不敢跟你打麻将。上回也是,把我们赢得只有那么惨了,小萱,你还是要输点给我们啊,不然这样咋整啊?"

"不是不是,"叶小萱也有点不好意思,只得嘴皮子上打谦虚,"我这人是这样的,好像打丧麻将就要来运——喜麻将就不行了,打一回输一回!"

"你这么说,"孙二妹"啪"地一开骰子,数一数自东家起了牌,"再过两个月我们倩倩办大事,你们都来嘛,打打喜麻将,好生把小萱赢一下。"

"这么快你们倩倩就办大事啦?"蒋大嫂一笑眼睛都眯了,"恭喜!恭喜!我还觉得她还像是才几岁,这都要结婚了!"

"不小了!"孙二妹说,"都二十五了!再不结婚,就老了!"

叶小萱把牌在自己面前垒起来,筒条万子各自分类了,嘴皮子瘪一瘪。

"也不见得!"还是吴三姐维护她,"现在生活好了,人都要活得久些,不像我们那时候,着着急急就要结婚。人家现在三十多岁再结婚的也多得很,照样过!"

"三姐你说得对,"孙二妹这才想起了叶小萱还有她的烦恼,赶忙改口,"现在时代不同了,越是能干的越是结得迟!我那倩倩只不过是没出息,只得早点嫁了……四筒!"她打一张。

"你们也不用劝我了,"叶小萱摇摇头,跟着出一张三万,"我那女子啊,就是个高不成低不就。是,她条件还算是不错,但是毕竟马上就要上三十了,不好找啊!你看她那些同龄的同学朋友,都是结了婚,娃娃都生了——她再不抓紧啊,离了婚的都找不到了!"

"说到这离婚,你们听说没,"吴三姐笑一笑,"刘五妹的女刚刚离了!"

"难怪!"蒋大嫂碰一碰吴三姐丢到堂子里的六万,再打张七筒,"我说这五妹最近都不出来耍!新车也不开来显了……哎,她那女子结婚还没一年的嘛,咋就离了?"

"这就是人家说的,纸盆盆煮开水,好得快,散得快。她那女子当时朋友才耍两三个月就闪婚了,结果结了就天天吵嘴。你们都知道五妹的女好刁泼嘛,哪个受得了!"吴三姐递给叶小萱一个笑,头顶上白孝带子飘飘。

"她那女刁还不是随她了,"叶小萱也和刘五妹素来不太合适,"我也听说了,婚是今年二月份离的,转眼人家那男的都又找了一个了。"

"这男的就是这样,说找就找!最鸡巴没心肠!"孙二妹咬切切地,手指尖尖一翻甩一张牌。

其他人这才想起孙二妹的前夫去年再婚了,听说已经抱个胖儿子都满周岁了。

叶小萱就生了些恻隐,毕竟家家有本难念的经。她伸手出去打了一张三条到孙二妹门口,说:"来!二妹,我给你打张条子,你要条子啊?"

她本来是起个姿态,想给它缓一缓气氛,哪料得孙二妹正是在等这一张。她"哈"地一拍,手掌子一推,"哗"地把牌倒下来,眉开眼笑:"哎呀谢谢小萱,刚好三六条对杵!我这算是开张了!"

一桌子的人就一哄,有的夸孙二妹牌好这么快就胡了,有的笑叶小萱手昏,生张上来不看就打。她们把牌洗了,垒起来再打,打了再洗,洗了又来,一直打到夜上黄昏,送礼的单子钉了半面墙,哭丧的领了钱走了,守灵的又围着吃了一顿饭,这才依依不舍地散了,各自回家。

叶小萱这一天手气欠佳，被三家端了一家；哪想到就要情场得意，等来了柳树下的桃花：她都出了烈士陵园，正在往外走，就听到蒋大嫂赶上来喊："小萱，你去哪儿？来，坐我的车，我载你一段。"

"不了，不了，"她客客气气地，"我走一下。我本来就要多锻炼身体。"

"哎呀，"蒋大嫂伸过手来，亲亲热热地拉着叶小萱的手膀子，"你跟我走嘛，我有好事给你说。"

都是老江湖，叶小萱一看蒋大嫂的眼色，立刻领悟了。于是她身体也不锻炼了，反手把蒋大嫂一抓："那走嘛！我们边走边说！"

她们去停车场把蒋大嫂的车找到了，两个人一头一个地坐进去。蒋大嫂果然就说："小萱你看，我这有这么个人家……"

蒋大嫂的车是一辆香槟色的尼桑，今年年初才买的，还正是铮亮。叶小萱她把屁股安在真皮座位上，眼睛看着那后视镜下吊的玉弥勒，再鼻子里面香喷喷地一闻，耳听得蒋大嫂殷切地说："小萱啊，都是为人父母，你的心情我最理解。你不要着急。你们陈地菊那么优秀的一个女娃子，肯定要找个配得上她的。我想了半天，我这正好认识这么一家人，你听听看合适不合适……"

蒋大嫂介绍的这家人真是有些来历：男人是地税局的科长，女的以前做房地产开发，很是赚了些钱，还开了间茶楼；娃娃也很有出息，三十一岁，新西兰研究生读回来，在工业开发新区上班，开的是宝马系的车，每年少说也有二十万年薪。

这还真是个香喷喷的肉饼子。叶小萱自然是饿得痨肠肚了，又总还不敢捡："你说这小伙子这么有出息，咋会现在都还没对象啊？……"

"嘻！"蒋大嫂把车开出烈士陵园，慢慢沿着老城门往西门开，"小萱，我也不给你说瞎话。听说他是有个女朋友谈了好几年，年前分了，所以现在还单身——这也没啥，现在的年轻人，总是多选择嘛。"

"也对，也对，"叶小萱心里有了数，"但比起来，我们这家人就一般了，他们条件那么好，看得起我们不？"

"你硬是谦虚！"蒋大嫂一笑，"他们那家有个科长，难道你们陈家康不也是科长？他们那家做生意，你的万家中介不也很红火？小萱你是不张扬，但我清楚你得很，你那家底也不薄的。至于你们陈地菊，作为一个女娃娃，也是很优秀了——我看啊，就是般配得很！"

叶小萱还要谦虚："老蒋啊，你这是乱抬举我。我们老陈一个天然气公司的科长能跟人家地税局的科长比啊？等于一个在非洲，一个在美洲！至于我那点小生意，就是搞耍混个时间，再说我这几年主要顾身体，我那铺子就更没管了。"

"说到这个，"蒋大嫂一个刹车停在红绿灯，转过头来看了看叶小萱，"小萱啊，就是你我两个人，我就给你说句真心话，你可不要介意。"

"你说嘛。"叶小萱说。

"要是跟姓吴这家人朋友说成了，家里头要见面了，你可千万不要提你那两年生病的事，更不要提生的是啥病——总是说起不安逸。"蒋大嫂说。

叶小萱听到这一句，难免有点感动。她也就转头看着蒋大嫂："唉难为你操心了！我懂，我这病说不得——不瞒你说，三月份有一家人说要介绍，一听我得过癌

8

症，见面都没见就直接黄了。人家说的害怕以后生娃娃遗传，你说这……"

"愚昧！"蒋大嫂骂一句，重新把车开起来，开过了十字口，"所以我都说了小萱，我懂你的心事。你女儿那么好一个娃娃，不能耽误了。你放心，我们是老关系了，你的事就是我的事。这事我老蒋给你管到底，一定把我们陈地菊嫁个好人家！"

蒋大嫂一直把叶小萱送到天然气公司家属院门口。叶小萱下了车都要走了，她又把车窗子摇下来："小萱你慢慢去啊。还有，对了，你把陈地菊的照片传几张给我QQ嘛，我们保持联系，约时间嘛！"

叶小萱想：哎呀完了，我那女子还就是没一张称头的照片！——她的心虽然慌了，但脸皮子还是笑得来绷起："没问题！我这回去就发给你！谢谢啊，谢谢！"

却说这个陈地菊从小长到大没有别的过场，就是不喜欢照照片。还是奶娃娃的时候，她就最害怕戴眼镜的叔叔。其他小娃娃看到那眼镜明晃晃的都喜欢多看两眼，甚至还要嘻嘻地笑一笑——唯独这陈地菊，只要一见戴眼镜的就必然"哇"地一声哭出来，随便就哭半个小时，神仙都哄不住。等她长大了，一家人去清溪公园转耍，来了个摄影师问他们照不照相。陈家康没刮胡子还稍微有点犹豫，刚刚烫了头发的叶小萱就积极地答应了，两口子一人一只手拉着陈地菊站在中间，一二三预备起正要说茄子，陈地菊却哭了，一门劲往陈家康身后钻。这张相就这样没照成，日子久了，连叶小萱都忘了自己也曾经烫过卷卷头。

等陈地菊长大了，心也长开了，她就说："我才不照相，照出来干啥？你看那些人，照得最好的照片都选出来当遗照了。"

那个时候她多大了？也就是初中毕业刚刚上高中吧。大人都吃了一惊，叶小萱想："唉呀，难道我的女子还有点文学才华？"

倒不是说父母看自己的子女就要偏心。陈地菊还真存有那么五六个笔记本，都是她读中学那几年写的日记。中间有好多篇叶小萱都看了不下两三回，现在都还能背出一两句精彩段落。比如她初中快毕业之前写的："算到现在我已经上学上了九年，往后数，加上大学至少还有七年。为什么要把这么好的时光都浪费在学校里？"高中一年级的时候她写过："浩在信里说，他读到一句话，是一个法国作家写的，叫作'他人即地狱。'他人即地狱。他人即地狱。"高三临考在即，她写下了："想不出来明年这个时候我会在哪里。每个人都说考不上大学你就毁了。那么说不定明年这时候我已经死了。"——当然了，当年叶小萱绝没心情去欣赏陈地菊的文采，一字字一行行间，她看的都是这女子不好生读书想要叛逆造反的蛛丝马迹。于是就连哄带骗啊，带骂带打，前前后后把街坊邻居楼上楼下的惊乍不知几多回。这些日记本在他们搬家的时候收来不见了，时间久了，连陈地菊自己也记不得她曾经在一天晚上听着张雨生的《大海》流了满脸的泪水。

俱往矣。小时候的陈地菊再是耍脾气，闹叛逆，随着十几二十年过了也不得不成了大人。尤其是叶小萱病了一场以后，她的这个女子就更是听话懂事，说话轻言细语，凡事都有商有量，用陈家康的话来说："你这场病好得不容易啊，我们现在更要珍惜啊，过了这一劫，就事事都该顺了。"

可不就该是这道理。这一头正说起要照片，那一头叶小萱上街买菜就看到十字口有家影楼新开张，摆在橱窗里的几幅大照片张张看起来都很有格调，门口贴着海报："开业酬宾，艺术照 199 元起。"她顺手拿了张广告单，回去真就哄起了她这女跟她去拍照。又是刚好，开这金典影楼的是一对小夫妻，和陈地菊差不多年纪，男的照相女的化妆，两个人又勤快又热情，又周到又细心，同母女两个说起来话喷喷地，亲亲热热就把事办了。再过了几天，叶小萱把照片拿到，就更是不得了：只见一张张里都是婷婷佳人，婉婉淑女，端端很出效果。她立刻在 QQ 上把相片给蒋大嫂发过去，当天下午蒋大嫂就打了电话来："成了！成了！吴家那家人满意得很，你看不如下周末让两个小的见面？"

天时地利人和，两个年轻人顺顺当当见了面，约在天盛广场旁边的朋友咖啡喝下午茶。叶小萱当然没参加他们的活动，总要给小的留点空间。她就等在屋里，麻将也没打，转街也不转，只和陈家康一起看电视。看一看，到了晚上六点半。叶小萱就高兴起来，喜滋滋地说："老陈你看看，都六点半了，他们肯定吃晚饭去了。太好了太好了！说不定啊，我们梅梅的终身大事今年就要成了！"

陈家康说："哎你也不要想太远了，这才第一回见，哪有那么快。你饿不饿？饿就去厨房把饭热起，再炒个青菜。"

"这有啥快的？我有这种感觉，梅梅和这小吴啊肯定合得来！你看嘛，感情这事，不对咋都不对，一旦对上眼了，快得很！"叶小萱钉钉然地预言。

过了没两天，她走去她的中介铺子上，见到吴三姐正坐在店里打毛线，看她来了，招呼她："小萱，你气色不错啊！脸红红的，是有啥好事？"

叶小萱想也不想就知道这人肯定是听说了蒋大嫂给她介绍亲家的事。她先一把坐下来，再开口说："那是啊，最近我好事多得很，你说的是哪一桩？"

吴三姐"嗤"一笑，毛线也不打了，问她："咋样嘛，见了面觉得如何啊？"

"嗨呀，我那女子你又不是不清楚，她见就见了，哪会跟我汇报。我倒是问她啊，她就只说'还可以'。"叶小萱说。

"'还可以'就是对了！"吴三姐拍拍手，"不然你还要人家咋说！"

叶小萱自来就同三姐亲热，便不多余客套，也说："我也觉得应该还有点谱。这几天我就看她经常在发短信，又跟我说下周末要出去吃饭。"

"那很好啊！太好了，看来是看对眼了！那我就放心了，红包给你准备起了！"吴三姐笑起来拍手。

"你不放心？"叶小萱笑她，"你有啥不放心？"

"你是不清楚啊小萱，我这头听说了，"吴三姐把脑壳探过来，压低了声气，"吴家这娃娃香得很！毕竟是外国留学回来的，见过了世面，好多人抢！嗐，说来也是笑人，"她顿了口气，"我听说啊，连刘五妹的那个女也有人介绍给这吴家了，你说是不是不要脸！"

叶小萱的心"咚"地一下掉出来，咕噜咕噜在地上滚。"刘五妹的女？"她冲口出来，"她是个离了婚的嘛，咋好意思介绍给人家一个单身汉？"她太阳穴上一阵扯，心想：先人的，这才是冤孽了！这婆娘以前跟我抢陈家康不够，现在她的女还来跟我的女抢？

"嗨！"吴三姐也是抱不平，"所以我才要赶紧给你说啊！你说这算个啥事……其他人也就算了，但是刘五妹那人，你还不

10

清楚吗，一贯恶吓吓的，耀武扬威完了！她那女是离了婚了，但他们刘家家业大啊，两个厂，五六间铺子，你想那些说媒的还不给她吹上了天！"

叶小萱气上来了："家业大有啥用，两个人谈婚论嫁，靠的是相处和感情，你再有钱有啥用？没感情，等于零！"

"那肯定是！"吴三姐赶忙给她顺心，"所以我才说嘛，你的女现在跟小吴进展不错，那就行了——至于其他的，你放心。她刘五妹不过就是有两个臭钱，真要比人缘，哪比得过小萱你，我们这就来赶紧想想办法……"

叶小萱她好歹是曾经当选过"永丰县战备人防标兵"的人，吴三姐也经历过那峥嵘岁月，自然不弱。于是这两个人就策划开来，如此如此，这般这般，当然当然——就要打翻她刘五妹的鬼算盘，绝不让吴恒这好女婿落入别人的口袋。

两个人话里说得热闹，刚好就有个买主走进来要找房子租。她们就赶忙鼓起气来做生意，一个翻本子，一个拿钥匙，带着这人去看了三间待租的房子，最后买主租了葫芦巷里最便宜的一间。叶小萱她们从他和房东那各收了半个月房租当中介费，三方画押把合同签定了。

这一阵忙完已经是下午六点过了，吴三姐赶着要煮饭就忙忙慌慌跑了，叶小萱一个人关好了铺子慢慢走回去，心里盘算着要如何斩妖除怪，排除万难，送她这宝贝女儿一路平安上西天。

其实都是命里带的，书上早就写好了。比如刘五妹的女子刘婷珊和吴家的儿子吴恒就是有缘无分，注定是女要嫁东家男要娶西家；还有陈家的媳妇叶氏小萱，她四十五岁头上也的确注定有一个大劫，熬过了这辈子就该平平安安，一直要活到八十三；再说到她的女儿陈地菊也是早就定好了，二十九岁这年便会红鸾星动，三十岁到了就该是要结婚嫁人。

可叹息世上的人往往难以参透这种玄机，总是驴子拉空磨般地想去奔他个前程，还要防着左邻偷我的糠，警惕右舍拿我的米，斤斤计较，百般攀比，着实令人啼笑不得。也难怪有首打油诗说：

　　万般都是天注定，何必碌碌争前程。
　　蝼蚁栖在乌草间，能得将息便将息。

但叶小萱一个市井妇人，早上醒了最远也就想到吃中午饭。她以为她这女子的姻缘就真是她来说了算的，自然挂出百般警觉来，一心要铺前断后，不让这便宜旁落。

首先是，各路来她中介铺子里的街坊朋友，她都拉住人家来，说一说最近西瓜要下市了，摆一摆这两天的子姜好新鲜，最后，再顺道夸夸她的女儿陈地菊相亲成功，见了吴家小伙子，双方都很满意，好事就要在望。

再来她就劳动了吴三姐，出去买买菜，饭后转转街，见到熟人就多说两句刘五妹那女儿离婚的事，谈谈这女子自来娇生惯养，脾气最是泼洒，离个婚，扯得皮开肉烂，实在是罪过罪过，还有其他周家吴家郑家王家的女儿们（都是传说在打她吴恒的算盘的），更是歪瓜裂枣，各有过场。

至于最后一桩，哎，就是也得了解了解她的未来女婿吴恒，把他吴家的里里外外祖宗三代都查个彻底。毕竟这结婚可不光是两个人的事，男女两家上下都得牵扯进来，因此不能只听蒋大嫂这媒人的好话，总还得参考多方信息，才能知己知彼，防患未然，最终立于不败之地。这就要感谢平乐镇地方终究不大，轻轻一问，东门就串到了西门：她隔壁铺子的廖小英和吴家的妈妈居然是初中同学；吴三姐的儿子做钟表生意，有幸和吴科长一起喝过两台酒；还有她们店上的老客人张二姐，她的侄儿子就正是这吴恒单位上的同事——再加上这些人又个个都是热心肠，话匣子打开来全在喳喳喳——叶小萱很快了解了：吴家的爸爸性格豪爽，爱喝酒，广交朋友。吴家的妈妈没什么过场，爱买衣裳，周末打麻将。至于吴家的儿子吴恒更是果然没得挑，不喝酒，不抽烟，为人谦虚，工作认真，在单位上很受领导重视，同事也都喜欢他。叶小萱甚至钻起门路来找了一张吴恒的照片：见他是中等身材，诚诚恳恳的，戴个眼镜，一副书生样子——但是，绝对不丑！

这下她彻底放心了，双手合十对菩萨祷告："观音菩萨保佑啊，我的陈地菊这回真是遇到个如意郎君啊！"

书上说的母女连心。叶小萱对吴恒满意得不得了，她的女儿陈地菊也似乎找到了状态：只见她一天过一天，一日再一日，就似乎有些粉俏俏的，洗个头发，化个淡妆，下了班一飘一飘，人影子也没见个整就又出门了——叶小萱正是怀疑她桃花动了，那一头就有了陈家康笑融融地回来报喜：

"小萱！小萱！我们那女子真的耍朋友了！"他一推门来就说。

"咋呢？"叶小萱赶紧走厨房里出来，抓个铲子在手上，嘴里问。

"我今天下午刚好去西门办事，回来正见梅梅下班出邮局，嗨！我还没来得及招呼她，就听到路边有个小汽车按了下喇叭，这女子马上就眉开眼笑地走过去，开车门进了副驾驶，两个人车一开走了，你说，这是不是好事来了？"陈家康一气说出来。

"太好了！"叶小萱挥挥铲子，"真的是好事嘛！不愧是我的女！"她又说："这女子还有点鬼，我前天问她她还说'正在了解'——等她回来我赶紧再问她！"

"你就不要多问了，"陈家康毕竟更识大体，教育她，"她都说了'正在了解'，你就让她了解嘛！你又不是不清楚你的女这脾气，上回她要那朋友你就天天催她带回来，结果咋样嘛？直接打倒了！"

"对！你说得对，这回要稳住，稳住！"叶小萱抹抹胸口，赶紧立个誓。

诸位看官，看一看叶小萱的痴儿模样，想必你心中也早有计较：她的这一出为女择婿必然不会如此顺利，定要有些曲折，生些风波，否则现我这里就书不成书，话不成话，又何苦来啰啰唆唆讲这回故事？于是你看：叶小萱这如意算盘注定无法如意，她现在得意，等一会便要失意，但至于到底是如何一个失意法，且听下文慢慢道来。

就说叶小萱胸有成竹地，日子就过得飞快，转眼就到了孙二妹的女儿婚宴这一天。她包了六百的红包去吃喜酒，宴后，和几个朋友坐下来，喝喝花茶，搓搓麻将。两个多月没聚，老姐妹们都各有新变化：孙二妹最得意嫁了女，吴三姐踌躇满志马上要抱孙儿，叶小萱笑脸盈盈好事在望，只有蒋大嫂似乎有些郁郁，皮笑肉不笑。

"二妹你这婚礼办得真好啊，"吴三姐

先开局,把牌摸上来,"布置得有档次,主持人风趣,菜也精致好吃!"

"哎呀不提了,总算办完了!把我累得!"孙二妹一手捶腰杆,一手摸麻将。

"这是该累,一辈子就这一回!嫁完这个女,你就该等着享福气了!"叶小萱说。

"唉,你说这人哪,"孙二妹叹口气,"女儿没嫁的时候呢我天天盼她嫁,真正等到她今天婚礼一办了——你莫说,我还真有点难受,这下我一个人孤苦伶仃的,就等到一天天见老了。"

"哎呀二妹,你莫这样想,"吴三姐说,"你还有我们这些朋友嘛。再说了,你也不要保守,干脆也看看有没合适的,找个人搭伴嘛。"

孙二妹抿一抿嘴,打张五万:"三姐,你不要笑我了,我这都人老珠黄了,哪个要我?"

"你咋说这话,你还年轻得很!二妹啊,你要是有这意思,我们几个就都帮你留意留意。老蒋,你人缘最广,你也帮二妹看看啊?"叶小萱看蒋大嫂闷声声地,就想逗她说句话。

蒋大嫂摸一张牌再打个四条,说:"这我不敢!我看不准。我来你们不满意,到时候还反而怪我。"

"哪个会怪你嘛,"吴三姐笑起来,也跟着打个条子,"谋事在媒子,成事在郎君。这些事哪有人能说得准的,但多接触接触总不坏嘛。"

蒋大嫂说:"三姐,你说得对。其实人家看中看不中我确实管不到。我再觉得好的,当事人撞不出火花,那也是没法——只不过不管好歹,总该给人家说媒的扯个回消,你说是不是这道理?"

叶小萱听蒋大嫂这话越听越奇怪,她看她一眼又看一眼,终于说:"老蒋,我听你话中有话呢?你该不是怪我没给你回陈地菊和吴恒那事吧?——唉!我也是急啊。但我那女子最近天天加班,根本看不到人影子。我呢,也是想给他们留点空间,不多干涉——你放心!我这一回去就把她逮到,喊她赶紧把小吴带回来吃个饭,双方把关系正式了,把婚事定下来,然后我立刻就跟我们老陈登门来谢你!"

叶小萱话说得最是殷切,以为这一来蒋大嫂总该高兴了,哪知道她"啪"地朝桌子上一拍:"小萱啊小萱,我一向都觉得你最耿直,最没心眼——你给我说这话是啥意思?既然你的女和吴家这事已经是不成了……"

叶小萱耳朵一"嗡",心想:咋就不成了?是哪个不要脸的挑是非?蒋大嫂继续说:"人家吴家老早就跟我回话了,说你们家陈地菊看不上人家小吴,见了第二回就把人家甩了——我也没问你,是想你总该自己想起来给我说一声嘛,结果你一直不回我就算了,现在还在我面前扯谎?你这烟雾弹是要放给哪个看?"

蒋大嫂这话一出,麻将桌上才正是炸了个手榴弹,有人自摸海底花也不得更轰动了。孙二妹第一个跳起来:"啊?小萱,你娃娃这事没成啊?前几天那刘五妹还来问我,我还钉钉然给她说你那头都成了!惨了惨了!"吴三姐就更是担心:"小萱,咋回事啊?你不是给我说你们老陈才看到吴恒还去接你的女下班的嘛?这是咋搞的呢?"

这一群婆娘平时就最是聒噪,现在闹腾起来更是可怕,一个个惊呼呐喊,说的都是自己的心酸。叶小萱就坐在她们中间,像是被魔怔了,心跳得咚咚咚,胃上一阵

13

钻上来就在反酸。龟儿子的！她心头想，这是咋回事啊？

硬就是到了这时候，叶小萱才想起原来这桩事情里还有一个关键人物，便是她的女儿陈地菊。于是你看她这就一个人坐在客厅里头，干等她的女回家来，心是五内如焚，意是千头万绪，终于就听到"咔嚓"一声，陈地菊把门推开归了屋。叶小萱赶忙抬起头，但见：一个人高高长长有一米六七，一张脸玉玉白白只略见清瘦，一双眼睛圆而有神，一张嘴皮薄而含丹，扎一条竖马尾，穿一件灰衬衣，却是：看不穿正端端一人，说不清却痴痴一心。

这么好好的一个女子，咋会背着我干忤逆事！她恨恨地想。

"陈地菊，你给我过来，我有事问你。"她喊她。

陈地菊吓了一跳，这才看到是她妈坐在客厅里，赶紧走过来，斜才着坐在单人沙发上，听到她妈说："你准备好久才来给我交代你耍男朋友的事呢？"——陈地菊心里再一紧，清楚事情肯定曝光了。也罢也罢，她定了定神，先想打个圆场："唉，其实也没啥好说的……"

"咋没好说的呢！"她妈一扯嗓子把她的话打断了，手在膝盖上一拍，"你才是有点本事！不声不响地把人家吴恒给我甩了——甩了你又在跟哪个走呢？哦，你简直安逸了！也不给我说一声！我呢？我自己的女的事，我居然要从外人嘴里头听来，你说我当的是个啥子妈？"

陈地菊怕就是怕她妈妈为了这事跟她闹起来，所以一直迟迟不敢摊牌。哪知老天爷特别会安排，她越是怕哪样就要给她来哪样。她越想找个好时机给她妈好声说她的事，这时机就越是要坏得透了顶。

她只得深深吸了一口气，慢慢说出来："妈，其实我和吴恒总共就见了两回面，双方都不太有感觉，就觉得当朋友算了。当时，我没马上给你们说，是因为正好我就又遇到了这么一个人，觉得还比较合适，就想先接触看看……"

哈！叶小萱心头喊一声，先人的！果然遭我诈出来了！还就是有这么个人！她赶紧问："这人是哪来的啊？"

只听得她的女说："其实也巧，就是上次给我拍照片的金典影楼的那两口子，后来一起耍了几次，是他们的朋友，我通过他们认识的。"

叶小萱一听他妈的大事不妙，愤愤一冲口："那照相的？这都是些啥层次的人，你也一起耍？那这男的啥情况？家头啥情况？"

她就再听到她的女说这朋友的情况，一条条都是她的宣判书：他爸爸在政府县志办工作，妈妈文化馆退休了。他们家住在县政府家属院，他有一辆车，是雪铁龙。自己开了个铺子卖电脑电子设备。

叶小萱越听越焦，越焦越问，一句逼着再一句。"他自己开铺子？那他啥文化程度？"

陈地菊有点犹豫，咬了咬牙，终于说："中专毕业的。"

"轰"地一把叶小萱站起来，头顶发寒，张嘴就骂："陈地菊！你这人快三十岁了！咋会还在感情上这么幼稚！你是啥样的人，你啥样的条件？你一点都没数啊？人家吴恒这种精的好的你不要，一把反而找个不伦不类的！你说你！你上次就是这样，交了个啥样子的人，把自己都整臭了！弄得那么好的工作也不要了！你还不吸取教训！你咋这么瓜！"

她这一通发泄完了，秋风扫落叶一般，只看到陈地菊的脸色白得惨惨地，胸口一起一伏。"妈，"她声音颤起来，"你何必说这么伤人的话，我再是十恶不赦……"她说不下去了，怔了几秒钟，把包包拿起来，一句话不说，开了门走了。

叶小萱陷在沙发上，一个人像是有几千斤重。她想给陈地菊打电话，又终于忍下来了。我的女啊，你不要怪我狠，她想，我这都是为了你好啊。

母女两个多年没闹成这样，一闹就不好收拾。这天陈地菊一晚没回来，叶小萱也是一夜没睡好。陈家康陪她说了几句睡着了，她只得一个人直挺挺地躺在她那半边床上，把事情想了一遍又一遍：她想起陈地菊第一天读小学哭的那一路，她初中三年级给她买的第一份母亲节礼物，她想起她大学毕业终于找到工作给她打的那个电话，还有她住院时候她给她洗脚的样子。唉我今天下午太急了，叶小萱暗暗后悔，我这女其实还是懂事的。等她明天回来，我好好声声跟她说。现在没合适的就耐心等等看，总不能为了结婚而结婚。她心都荒了，听着满院子都是风，迷迷糊糊地，又觉得像有人回来，喊了几声"梅梅"没人理她。她终于睡着了，脸上挂着眼泪水。

等陈地菊真的回来已经快是第二天中午了。她走进门，见她妈跟丢了魂一样坐在沙发上，一双眼睛红通通的。她就赶忙过去喊她："妈！"

叶小萱这才看到她了。"梅梅，你去哪儿了？给你打电话也不开机。你吃饭没？厨房头有稀饭，我去给你热点。"她哑哑地说。

"妈，你先不忙，你过来嘛，我给你说个事。"陈地菊却拉住她的手，同她在长沙发上并肩地坐下来。

母女两个只一夜未见，却好像是阴阳两隔了一般。叶小萱把把细细①地看着她的乖女，她的头发，眼睛，鼻子，嘴巴。她伸手摸了摸陈地菊的手（她的手冰凉），说："梅梅，我昨天话说重了，对不起……"

哪知道她这话一出来，陈地菊脸色也变了，眼睛红了，眉毛皱起来，嘴巴也皱起。"妈，"她说，声音哽咽住了，"妈，对不起。"

"你给我说啥对不起，"叶小萱叹气，"我这辈子就只有你这一个女，我这条命捡回来也都是为了你，你给我说啥对不起嘛。"

陈地菊眨了下眼睛，两行眼泪唰地流了下来。"妈，对不起。"她说。

叶小萱这才觉得好像出了什么事，她一把抓住她女儿的肩膀，捏紧了："梅梅，你咋了？有啥事啊？出啥事了？"

陈地菊却哭了起来，哭得停不住，正像她小时候那样，一哭就要打嗝。她断断续续地，终于说了。一边说，一边伸手去拿自己的包包："昨天晚上，我回来，回来拿了户口本，照片是婷婷他们帮我们照的，今天早上九点一到就扯了证……"她的眼泪哗哗地流下来，但她说的话叶小萱无论如何都听不懂。

陈地菊把手从包包里拿出来了。只见她雪白的手掌上居然有个红本本，封皮上

---

① 四川方言，即"仔仔细细"。

烫金的字更是刺眼：

结婚证。

叶小萱哪想得到啊，她居然也有今天！她一把把这本子从陈地菊手里夺过来翻开，迎面就看见一张红照片里自己的女正在欢笑，她旁边是个面生的年轻男人，也露出一个俊朗朗的微笑。

我×你先人的！叶小萱忍不住心头一声。她飕飕地发冷，牙齿颤起来，上下打抖。也要可怜她一路机关算尽，兢兢业业斩妖除怪，却被自己窝里的反将了这最后一军，正是：

说哀怨来叹哀怨，聪明反被机关算。不问影楼照倩影，何以千里配姻缘。

此时叶小萱当然看不到这一层因果，只恨照片里的冤家坏了她的好事。她眼睛一转，正好撞上就是这人的名字，一横一竖一撇一捺，点点点，三个字是：傅丹心。

傅祺红日记　2010年1月13日

今日工作：完成《顶上生花——永丰县美发行业十年考察》初稿。所引数据中"2002年全县注册持证理发厅共243家，其中县城229家"疑有误，明日交小苏校对数据。另外，可考虑增加几张关于美发用品、器材，以及各个年代流行发式的照片，使内容更加丰富一些。比如，"八十年代末最流行的是波浪头，但小卷中卷到大卷的多种烫发也有很大的市场。到了九十年代初，短发曾一度流行，爱美人士受到港台流行的影响，对头发全方位细节更加追求，泡沫摩丝成为最畅销的美发产品"，这一段文字就可以配两三张当时的图片，更出效果。

今日学习：读《朱镕基答记者问》，感触良多，写读书笔记《寡人之志》一则。

今日膳食：早：五色豆浆一杯，馒头两个，白煮鸡蛋一个。午餐单位食堂，两荤一素，未再添。晚餐吃红烧排骨，凉拌鸡，小白菜及其他蔬菜若干，米饭两碗。需留意：晚上不宜多食。

今日琐记：院子里的山茶花开得尚好，本来正宜游玩，便计划拍些照片。但只不过下了两天的雨，花就烂了一地。只余楼梯口雨棚下一株还算无损。可见虽是草木，也要求个遮风挡雨。

第 二 章

一年三百六十五天，平摊下来，傅祺红应该是我们平乐镇东街上起得最早的那个人了，但他自己却并不知情。五点十五分寅时刚刚过，他睁开眼睛醒了，轻手轻脚地穿戴整齐走出了寝室，先进厨房喝一杯温开水，再走到了阳台上去。在那里，他宁神调息，面朝东方，沉气静心地起了势：展开来好一个野马分鬃；再升起了那真是一双白鹤亮翅。

傅家一家子除他之外，人人都在酣睡，整个县委家属院也还依旧鸦雀无声。唯有远处几个新近开发的楼盘亮着作业灯，正在攀升。傅祺红眯着眼睛，意向丹田，眼不看，心不入，任这世界天变地变，他总之要把这一套太极二十四式推完。

16

等他打完了拳，天也透出了一缕白。他就走回厨房去，洗了手，穿起围裙，开始做早饭。

一年三百六十五天，除非是极偶尔地出了公差，每天，傅祺红一家人的早饭都由他亲自操办。就连汪红燕也不得不说："我们老傅这人虽然毛病有点怪，但这早饭实在做得精细：有豆浆，有鸡蛋，有稀饭，有小菜，还有馒头包子花卷——就像要开馆子一样，讲究得很。荤素，甜咸，各种搭配。光是豆浆，都是这门豆子加那门豆子，硬是要凑五个颜色才算数……"

他爱人是弄不大清楚，但傅祺红做事自然有他的道理和方法：也就是所谓天地玄黄，轩辕植五谷而育万民；宇宙洪荒，伏羲制八卦以通阴阳。那么黄豆黑豆要加上绿豆红豆，再配花生核桃，不然配薏仁红枣，总求个五行均衡，四季和谐。

这一天也是稀奇。傅祺红打开橱柜，发现家里竟然没红豆了，大概是最近这阵事情太多搅乱了。无奈何，他只得搜了些枸杞出来，好歹凑了个数。他把豆浆机设好，转身在电饭煲里把小米粥熬起来，又烧起半锅水煮下了四颗白水蛋，再蒸上两个馒头，四个包子（两个肉包子两个豆沙包）和两个椒盐花卷，正是行云流水而又有条不紊——他一转身，刚要把炒锅拿出来，炒一碟泡菜渣渣肉，忽然发现厨房门口端端立起了一个人。

他正儿八经被吓了一跳，这才发现站的这个不是别人，正是他那不肖儿子刚刚接进门的新媳妇。

"哎，小陈，你起来得这么早啊？"他招呼她。

陈地菊也是初来乍到，哪能想到六点刚刚过，这厨房里已经是这般地热闹。她还在睡眼迷蒙地，又才赶紧想起来了，招呼："早上好，爸。"

"睡得还好吧？"傅祺红嘴头招呼她，弯下身去把锅拿出来。

陈地菊也不好意思说她又一晚上辗转没睡好，更不好抱怨这家人的床实在是硬得跟水泥板子一样。她看了看满桌子琳琅，问："爸，请问杯子在哪啊？我想喝点水。"

"就在你背后碗柜上，右手边上面第一个门。"傅祺红说，朝锅里倒下菜籽油。

陈地菊拿了一个杯子，走到饮水机边上"咚咚咚"地接水。傅祺红背对着她，一边晃油锅，一边说："小陈，你再加点热水兑起喝，早上刚刚起来，喝冷水不好。特别你是女娃娃，太凉了。"

陈地菊说了声"好"，又咕咚咚加了些热水，抱着杯子喝一喝，看傅祺红炒菜。

"爸，你炒的啥？"她问。

"泡菜渣渣肉。"傅祺红说，"你昨天说起来你爱吃，我就想也是好久没吃过了，早上下稀饭正好。"

陈地菊鼻子一冲，想起了她妈叶小萱，喝了一口水。

"傅丹心起来没啊？"傅祺红问。

"好像还没。"陈地菊说。

"这人！"他说，"你都起来了他还在睡！你赶紧去喊他，让他早点起来了，这都几点了！"

"我去看看他。"陈地菊说，端着杯子走回了寝室去。

房子里又是一片静悄悄的了，陈地菊像个打狗的肉包子般没了踪影，傅祺红倒也并不很在意。他把泡菜渣渣肉炒起来，洗了锅，把菜盖好，又把蒸锅的火转小了，走到客厅里去准备读两页头一天的报纸。

他才走到沙发边，就看到茶几上放着

棕黄色皮面的一个,却是他的日记本。按理说,他是几十年如一日地,每天睡前记了就要把本子收到书房抽屉里去的,现在,这本子却偏偏就这样横在茶几上,简直睹物惊心。

傅祺红赶忙弯身把笔记本捡起来,掂在手里,又翻开来看了看。小陈刚才应该没走进客厅里面吧?他琢磨。

先是红豆,再有笔记本,他很是责怪了自己几下,拿着本子走进书房,把它庄而重之地收好了。

早饭桌子上,傅丹心风卷残云般吃得飞快,好似被饿了几十年。还是汪红燕细心,看到陈地菊迟迟不动她名下的那个白水蛋,就问:"小陈,你是不是不吃蛋啊?"

"没有,"陈地菊说,"我们屋头也每天早上吃鸡蛋的。只不过我吃东西比较慢。"

"吃得慢也对,吃得慢斯文些。"汪红燕说。

陈地菊把鸡蛋拿起来在桌沿子上敲,一边说:"我妈经常嫌我吃太慢了,也喊我吃快些,不过我是习惯了,不容易改过来。"

"这是好习惯,对吸收好,对身体也好!"傅祺红说,"我们这家人就是一直吃东西都吃得太快,就不好,正好你来了,我们都该向你学习学习。"

陈地菊听得愣了一愣。傅丹心就把吃一半的馒头放在桌子上,说:"爸,你不要又把你在单位那套拿出来嘛,大清早的,人都还没睡醒就要学习啥?"

"说的就是你!"傅祺红说,"你看看你吃这饭,跟哪个在和你抢一样。"

"不是我,是梅梅上班要迟了。他们单位去得早,七点四十五就要开晨会。哎梅梅你也快点,吃了好走。"傅丹心说,捻了一筷子泡菜渣渣肉夹在剩下的馒头里,一口吞了。

"哦!是啊,是要来不及了。"陈地菊抬起头看了一眼墙上的时间,也慌起来,喝了一大口稀饭。

"不着急不着急,不得迟不得迟!"汪红燕摆摆手,正要维持个秩序,两个小的就已经吃完离桌了,筷子碗一丢。

"这娃娃硬是,忙忙慌慌地,早点起来不就对了嘛。"汪红燕说,一边把傅丹心剩下的稀饭倒到自己碗里面。

"他从来都是睡不够的,"傅祺红说,"都要三十岁了还在睡长瞌睡。"

留下老两口子慢悠悠地吃早饭,傅祺红又喝了一口豆浆。"你要有空问问小陈,"他说,"有没啥不习惯的,有没啥要添置的。"

"我当然要问了,"汪红燕说,"我就是想下午再去买个挂大衣的架子,不然他们两个的衣裳没地方挂。还有那新梳妆台的灯好像打不燃,我得找个人来修修看……"

她絮絮叨叨地,听在傅祺红的耳朵里,正像是哪里下起了淅淅沥沥的小雨。这雨滴在房檐下,滴在窗台上,整个平乐镇里里外外都沙沙地响成了一片。

"你那好儿子啊,"他说,"前两天又跑来找我要钱了。"

汪红燕惊了一跳,啰嗦赶紧收了,说:"他跑来找你要钱了?为啥事啊?"

"你管他为啥,总之我这里没钱。"傅祺红看了汪红燕一眼,确定意思都传达到了。正好他就正听到两个小的叮叮咚咚出门了,陈地菊探个脑壳进厨房来,说:"爸、妈,我们走了。"

"好的,你们去嘛。喊傅丹心开车把细

点。"傅祺红说。

你莫看这傅祺红在家里尽是琐碎，打开门来走出去，他却是这么样堂堂正正一个人物：永安大学恢复高考后第一批中文系正儿八经毕业的，镇上早年数一数二的高才生，在县志办当副主任十多年，正是县政府里铁铮铮的第一笔杆子，在本县文化界说句话也要有几分掷地有声。

本来了，这样的一个人，他的独生儿子将满三十而立，要娶媳妇进门，应该是朋友相贺、万宗来朝的事。但实际上傅陈两家这桩婚事却办得十分低调：二〇一〇年一月三号星期日，趁着还在元旦节的假上，两家人在东门外三元农庄办了酒席。傅家名下来了四五桌人，陈家那边凑起也不过十桌，稀稀拉拉一百多个人，就把这婚结了。

有人说不会挑日子啊！你不见这几年，我们镇上的人生活都过得好了，家家都买了小汽车，一有个假就开着私家车去游山踏青，溜溜子一竖堵在高速路上。这元旦三天假本来是出游的小高峰，偌大一个镇上走得剩不到几个了，哪个有空来你这儿吃喜酒——何况三元农庄里就是做些家常菜，又不好吃！

也有人说是因为陈家两口子对这门亲事不太满意。毕竟是两个小的暗度了陈仓，稀里糊涂把这桩姻缘结了——要是以古代来论，这就是私奔了。可怜陈家二老把这独生女儿一口汤一口米地喂到这么大，也是端庄娉婷了，竟然"嗤"地放了个哑炮就出脱了，心里总是有那么点难受的，因此难免不太积极。不然，以陈家康叶小萱两个人的交际，无论如何也不至于就请这么两三个人。

还有一些人，他们说问题主要还是出在傅家，特别是傅祺红身上。说起傅祺红这个人呐，不给他写本书简直委屈了！先说他这人真龟儿子聪明：资格①大学毕业这些不说了，在县志办，每一年，全县各个乡镇各个单位的统计数据报上来，他看一遍就记在脑壳里了，你要是在文章里引错一个数据，他肯定给你逮出来，逮出来就算了，还要清清楚楚喊你去查哪一本文件哪一页哪一节。另一方面，傅祺红又只有那么迂腐：千百年地，他骑一个凤凰自行车，穿一件深蓝的衬衣，冬天冷了加个外套，夏天热了解个纽子，从家属院出来走到县政府去上班，要是他在路上遇见了你，必然远远就要从自行车上下来给你客客气气打招呼，你往左边来，他就走右边下，你走右边来，他就从左边下，几十年从来没错过，你说吓人不吓人。进一步地，他这人又出名地不会处事，自一九八六年在县政府上班以来，无论是领导的女儿还是同事的儿子，无论是婚丧嫁娶还是考试升学，他从来不去吃酒席，被请到了，就同办公室一起随个喜。那几年都穷，他给五块钱也没人嫌弃，后来日子过好了他出五十，但这就已经叫寒酸了，他却不管不顾一张五十给到了二〇〇〇年，好像最近几年，人家终于想通了，封了一百——但现在的世道没有两三百哪拿得出手！——你说，你说，就是这么个人，哪能请得来宾客！

又有人说了：这些都还是小事，都是老同事了，也不至于一个红封封就把人挡

---

① 资格，四川方言，正宗、地道的意思。

住了。说起来，还是因为傅这个人不但迂，而且抠，甚至有点阴——这才是问题的根本原因。讲两件事：县志办的老主任余先亮，是个极其忠厚善良的人，又是个老民革。九八年县政府换届，当时的领导班子有意提拔，准备调他到人大当副主任。按程序，先到县志办做了民意调查，这本来是走个过场，却硬生生被傅祺红搅黄了。就是他这个人，偏偏要说人家余老师工作能力不强，统筹能力欠佳，甚至还暗示余和当时的出纳梁英有暧昧关系——龟儿子洋洋洒洒地一封信告到县委办，打倒了余先亮的好仕途。你要真说起来，这人也是笨，搬起石头打自己的脚——你想，余是县志办主任，他是副主任，要是余被调走了，这主任的位置说不定还能轮到他的脑壳上，哪至于一个副主任给他做到太阳落山！这是一桩。另一件事就更富有争议了。这还是九四年的时候，那一年很流行炒银元，傅祺红也不清楚是哪来的门道（说是他老父亲以前当银匠留下来的），弄到了一批银元。居然而然地，就在这县政府的清朗乾坤下，拉着这个同事那个熟人，问人家买他的银元。本来了，做生意就做嘛，再是千里马也要吃点肥草。但傅祺红却真是不落教，前前后后地，至少三个同事在背后说出来，从他那买到了假银元！然而，终归，钱不是大钱，人更是熟人熟面，这些同事都吃了哑巴亏，没去找他对质，但傅这个人在县政府的名声就此一落千百丈了。

听的人说："不对不对，你这说的是九四年，按我说，傅的名声落下来不是九四年，而是九五年，你忘啦，九五年傅家那桩丑事，闹得那么大！"

于是说的人和听的人都想起来了，便鼓起了眼珠子和腮帮子，好似金鱼对着鲇鱼，换了几个眼色。哎呀呀这事就真的说不得了！说不得，不好说——

——不说了，不说了。

都是说人言可畏。傅祺红更是早早明白了炼狱尽在他人中间的道理。沧浪之水清兮，可以濯我缨；沧浪之水浊兮，可以濯我足。这是《孟子》里就说过的。他傅祺红自来不求闻达天下，但愿今生无愧于心。街上的人怎么去说他反正管不住他们的舌头，他能管的也就是他自己，以及他名下的这两三口人。

比如他的爱人汪红燕，他经常教育她："你啊，出门在外，切记要少计较。我看你买个菜，一角钱两角钱要去跟人家讲价。人家那些卖菜的，风里来雨里去，赚个生计，你说多造孽。我们这家人说不上富贵，但绝对不差这点钱嘛。少计较，少盘算，心要宽，日子才过得舒坦。"

还有他的儿子傅丹心。对这个人，他以前是有无数殷殷切切的寄托，这么十几年来，虽然殷切渐淡了，但总还是要挂在心上。有了机会，他也还是要教道理给他："傅丹心啊，你现在虽然只是做这点小生意了，但也要诚心。世上无小事，只要认真。你都大了，马上就三十了，道理你都懂。我看你在社会上结交也广，朋友多了当然是好事，只是切记，择友要谨慎，近墨者黑啊。还有婚姻问题，你可千万不要着急。要成家，先立业。你自己没成就立足，就不要随便违误其他的人……"

汪红燕听他说了三十多年，早就清风耳边过了，只有这傅丹心要忍不住不耐烦，顶他："唉呀爸，你放心！我懂！你少念两句，我就有空多做点事了！我做我的生意，你上你的班，你又不懂我的事，你说啥说！"

傅祺红为人父亲，被儿子顶了也莫奈何，只能摸摸鼻子算了，但偶尔和汪红燕说起来，还是忍不住要叹气："我们这儿子啊，脾气太急了，你说他这辈子的教训也不算少了，咋还是学不会一点平和？"

汪红燕提着水壶过来，揭开傅祺红的茶盅，给他冲了鲜开水，又把水壶放回去了，走过来坐在沙发上，这才说："唉呀老傅，你说他急，你这不也是急啊？我看啊，丹心这几年越来越懂事了，开了这间铺子，自己攒钱买了车，还是很能干啊！平和嘛，要慢慢来嘛。等他成了家，有了责任，这些就都懂了。"

这还是在去年子国庆节之前的事了。傅祺红听汪红燕这么一说，觉得很是莫名其妙。"你这一下说到哪儿了？就他那样子，每天吊儿郎当的，还说成家？你看他长醒了没？"

汪红燕把眼睛斜起来，递了他一眼："你看你，你就是看不起你儿子。丹心咋不好了？高高大大，标标致致的，走出去哪个人不夸？"

傅祺红想：长得漂亮又不算是本事。但他没把这话说出来，只听得汪红燕滔滔地往下讲："……其实现在是有这么个情况，儿子昨天先给我说了，我呢，就替他来跟你摊摊牌：他现在处了一个女朋友，跟他同年，在邮政局银行上班，他说她人很朴素，脾气也温柔，两个人已经在谈婚论嫁了，准备找时间带回来给我们看看……"

傅祺红万万没想到：汪红燕给他泡个茶，居然泡出了这么个大消息。他屁股坐在沙发上，脸上也应该还是镇定，心里却忍不住嗟了一声：嗨！这小子！

他倒不奇怪傅丹心没有主动向他说这事，这儿子从来和他妈亲近些，不过这一切也发生得太快了吧？这女子是啥样的人？长成啥样子？家事清白吗？为人可靠吗？

汪红燕看他不说话，接着说："我逼着这娃娃给我看了照片。人家这女娃娃长得可可人人的，气质很好，皮肤又白——我们的儿子啊，还是有眼光！"

"有照片？给我也看看呢。"傅祺红就问。

"我哪有！"汪红燕噗地笑了，"在你儿子那！你哪天自己问他，喊他给你看嘛！"

她这一说无非是想让傅祺红自己去给傅丹心表个态同意。也罢，他就等着，看哪天有空了两父子端端坐下来，认认真真地聊两句，谈一谈何为男有室，女有家，何为修身齐家治国平天下，哎，然后再让他拿这女娃娃的照片出来，给他欣赏欣赏。

——哪想到！这一头傅祺红还在打腹稿，那一头傅丹心就直接拍板把合同签了：国庆节假过完，他正纳闷这小子几天野得不落屋，居然就看他的儿兴冲冲地跑回来，高高兴兴地对着二老比画出一个红通通的小本子，大大方方地说："爸，妈，我结婚了！"

傅祺红当时是两耳轰鸣，如同洪钟罩顶，但他以后回想起来，也不得不笑一笑，感叹一声："佩服！佩服！"

也就的确是一物总有一物降。这说的还不只是夫妻，更有母女和父子。傅祺红这辈子是如何兢兢业业地，万事都是仔细：混完了知青，考上了大学，分定了工作，娶到了老婆，接下来就有了这一个娃娃，只盼望他承上启下，更上层楼——但这儿子却只有独门一桩本事，就是总要弄些标新立异的，搞砸他老子的周全安排。

都是后话。当时，傅祺红眼见着汪红燕红了眼圈，一副守过严寒东风来的架势。"给我看看，给我看看！"她把那张结婚证捧在手里，眼泪水马上就要落下来，"哎呀，照片照得真好，陈地菊，陈地菊……这名字有点意思啊。啊，她是十二月生的啊，比你要小半年……哎呀，真好，真好，你看你们俩这样，多般配，老傅，你来看看，你来看看他们多般配。丹心，来给你爸看看。"她把结婚证递给傅丹心，指着让他递给傅祺红。正是：好个婆娘，果然是老式风韵，更有那作家身段！她这一递哪是随便的？——何况傅祺红又不是站在天边上，她伸长了手也够不到。她事实上是在起一个势，要拐这傅祺红从傅丹心亲手里把他的结婚证接过去。他一旦接了，就算是领了旨，画了押，同了意了，再有千般不安逸，也只得认了这桩亲。

但这一回傅祺红绝不会就这样着了她的道。"不看！我不看！"他冲口而出，把双手背在身后，铁了心就要打散这母子俩的一出好戏，"你还有心情看照片！你先看你这好儿子！傅丹心，前几天你才提了一句，说你有个女朋友，我当时咋说的？我说回来吃个饭，有事好商量。结果我人花儿也没见一个，对方家庭情况更是一无所知，你就把婚结了？你几岁了？还以为是办姑姑宴啊？你其他方面不上相就算了，婚姻大事，咋能这么儿戏？你还给我先斩后奏！你有本事啊！你简直是，给点颜色你就不知道好歹了？你还干脆不把我放在眼里了！"他的左手握在右手上，右手被捏得要碎了一般，他盯着傅丹心那张白死死的脸，眼睛都雾了。

"哎呀老傅……"汪红燕多年没见他发过这种脾气，一下也六神无主了，她正是搜肠刮肚地，想着要从哪引经据典一句，不然就随着骂儿子两声，好歹把这人安抚下来。

傅祺红却是控制不下，两只手都抖起来：终于，他左手也握不住了，右手就"嗖"地挥出去，"哗"地一声，拉过平日里放报纸杂志的藤架子，一把打在地上。

整个客厅里顿时散成一片。"哎呀哎呀！丹心！丹心！快去把你爸拉到了，他这是又要发疯了，又要发疯了！"汪红燕真吓起来，心颤颤地，喊自己的儿子。

傅丹心就站在客厅中间，看着他爸大口口地喘着，嘴皮抖着，全身都是气。他被他妈喊了一喊，这才回过神，大声说："爸！你坐下来，你先坐下来！"他把结婚证也甩了，走过来，一把抱住他，毕竟是年轻力壮的，一下把他压在沙发上。

傅祺红"咚"地被杵倒在了沙发上，锥心地从屁股痛到了心口，一下子醒了。他看到自己的爱人汪红燕站在客厅边上，一边发抖，一边哭。

"唉呀对不起，红燕，对不起，我一下失控了。对不起，对不起。"他赶紧反应过来了，向她道歉。

其实这些年傅祺红的脾气算是渐渐平和了。再早个十几年上去，他下班回来上楼了，脚步声响起来，那么他的老婆汪红燕和他的儿子傅丹心就都要打个颤颤，赶紧一切收拾端正了，免得惹他不高兴。

这些事情外人当然是不太清楚，只觉得这傅家人素来有些格格不入，不好评价，就算是一起住隔壁、邻声相闻几十年的，也只能说个大概：

傅祺红和汪红燕一九八一年结婚，他

们的儿子傅丹心是同一年五月里生的，一生下来就一双溜溜的大眼睛，满头黑头发，最是逗人喜爱。长大点了又嘴甜，这个"婆婆"那个"阿姨"最会喊人。当时大家还都住筒子楼，傅丹心上下走一圈就吃百家的零食饱了，饭也不用吃。哪家人有这么个娃娃不高兴？偏偏傅祺红就不喜欢他儿子串门，把他在家关起来，箍来写毛笔字，一个白娃娃写成了黑娃娃。又过几年傅丹心读了小学，上的是平乐一小的重点班，小人又好学又聪明，次次都考双百分，老师欢喜，也和同学打成一片——偏偏傅祺红就要让他退学出来，留在家里给他自己教。这事当年还是起了些风波，一小的教务主任来家访了几次，连教育局都惊动了，但傅是冥顽不灵，仗着自己有些关系，硬生生把这事压下来，把这娃娃关在屋头不见天日地，一教就是整整五年。那时候县政府家属院搬了新址，住在独门楼房里相互往来就少了，偶尔楼下看见傅丹心，见他秧子一般瘦，看到人也不会说话——硬是是个人都要心痛。不敢找傅祺红，同汪红燕总要说两句："燕子啊，你那娃娃我给你说，要不得！还是得送到学校去，得接触社会，交朋友啊！"汪红燕估计回去也是使劲劝使劲说，傅祺红才终于让步了，放他儿子出去参加了那一年的统一小升初考试，这才算把这娃娃拉回了正轨。再眼看下来傅家就一样样都顺了：傅祺红在县政府办公室正受重用，又兼任了刚才成立的项目办副主任，傅丹心小升初考试各项满分，一鸣惊人，居然成了"神童"，学习成绩优异不说，长得也是一节节地拔高起来，很有些潇洒，加上天天都有人夸，举手投足自然更有风采。于是大家都说，这娃娃以后是要成大器的。

哪想到天有不测，"咚"一声来了一九九五年，带来了这家人命里面的一个大劫难。傅丹心和奥数补习班的一个女生早恋了。本来这事虽然不光彩，也不算大逆不道，但糟就糟在端端被那女娃娃的家头人先发现了：傅丹心那年十四五岁的年纪，这女娃儿也就才十二岁不到，于是这女家屋头气啊，气得咽不下这委屈。找傅祺红闹了两次都不满意，一纸把傅丹心告上了法院，起诉他"猥亵幼女"。最终这案子是庭外和解了，傅家赔了大几万才了事，但名声就已经脏了，全县闹得沸沸扬扬，人人见了他们都要绕路走，社会影响坏到了极点。傅祺红一下失宠了，被一杖打到县志办冷宫，傅丹心这娃娃的前程更是完全毁了。

外人都说傅丹心被他爸害了，只是没哪个敢在傅祺红面前提，于是就看傅祺红还是很稳得起，该上班上班，该客气客气，写文章见领导，一样不落。

但剩下的外人就看不到了。傅祺红下了班，回了屋，那眉毛一皱，脸板起来，硬是比阎王爷还吓人。他睡不着觉，就动不动把傅丹心半夜抓起来重新写检讨。白天里脑壳痛，吃一吃饭就要把碗甩了说是菜没洗干净里头有沙子。傅丹心很快读职高走了，留下了汪红燕独自对着这个人，战战兢兢地，说一句话要在脑壳里先想五回，总还是难免说错了。一说错傅祺红就要一本书一杆笔给她甩过来，有时候就干脆一巴掌——那几年汪红燕哭了多少回，数也数不清，院子里见人不敢打个招呼，生怕多说两句兜不好就要遭人看笑话。

罢了罢，家丑不外扬，这些苦日子都过去了。慢慢地，我们镇上的人好像忘了他们十几年前丢过的脸，他的悔恨也就没那么重了。傅丹心读书读完了回来住，人高马大的和他闹了几回，他就懂得收敛了。一家人收收拾拾到现在，傅祺红就是老了，瓢了，关心起养身来，还要下厨煮饭了，成了个和气先生。

汪红燕私下说："我这么多年的苦日子现在终于好了，连儿媳妇都要进门了。唉，我总算还有点晚福啊，有点晚福。"

只不过如今这世道下要娶个儿媳妇进门谈何容易。都说今生的子女前世的债，说女子头上三十万，生个小子添十万。傅祺红和汪红燕上辈子欠他们儿子的又哪是金钱能算得清的。就看这傅祺红，他那一下骤闻婚讯，再是气得裂了肝了，也不得不收拾心情，拉下脸面，买好礼行同汪红燕和傅丹心一起，去拜访他未逢面的亲家陈家康一家人。

说来都是平乐镇东街的，名字一对，人物的身家样貌就大略在眼前了。陈家康这名字汪红燕有些印象，而叶小萱更是和她隔着五六条巷子一起长大的，正儿八经地熟人熟面。再说起两户人其实住得很近：傅家一家从政府家属院出来，转了右拐，沿着东街往城里走，走两步，又再转个右，顺着东门老城墙边，路过魁星楼小区和离休活动中心，就到了天然气公司的家属院。

街上的银杏树正在好时节，叶子黄得发透，火烧云一般。三个人在家属院门口站下来，等着陈地菊出来接他们。汪红燕感叹了一路，现在反而紧张了，伸手拉拉傅丹心的领子，又理自己的头发。唯有傅祺红散手，端详起这小区的景致和花木来：只见一栋栋住宅楼贴着米黄的小瓷砖，楼下院坝错落着几棵银杏，叶子竟还显着翠绿，映着常春藤，此外，还种了紫薇、梅花、玉兰和女贞，院门口立了两株硕大的桂花树。

"这两棵桂花长得好啊，等八月份开花了，香起来肯定不得了！"他感叹。

他话音才落下来，就听到傅丹心喊："梅梅，在这！"

他顺着这声抬头看过去，就看见一个年轻女子从院坝深处小跑了出来。她扎着马尾辫，穿着一件深蓝色的防寒服，围着黄围巾，衬得脸上格外清白。

"叔叔好，阿姨好！"她跑到他们面前，站住了，喘着气，和他们打招呼。

汪红燕笑了："小陈啊，你好你好，听丹心说了好多次，终于见了！"

傅祺红对她点了点头。

陈地菊走到傅丹心身边去，傅丹心拉起她的手，说："梅梅，你跑啥跑，又不着急。"

陈地菊给了他一个眼色，嘴角却透出笑来："这门口有点冷。走嘛，叔叔，阿姨，走这边。"

陈家的两个大人眼巴巴地等在客厅里，门一开立刻站起来道欢迎，收礼收了，客气也说了。正见茶几上早摆好了茶杯，泡上了茶，果盘里切好了苹果还有香蕉和橘子，糖果盒展开来，有酱米酥、绿豆糕、桂花糕几种糕点和开心果、山核桃、杏仁等干果。

"坐嘛！随便坐！"叶小萱说。

傅祺红在单人沙发上落座了，汪红燕和傅丹心挨着坐在了三人沙发上。叶小萱和陈家康一人拉着一张椅子来坐下了，还剩下另外一张单人沙发，叶小萱就指着那张沙发说："梅梅，你也去坐嘛。"——陈地菊就也坐好了。

你看看这：不打不成冤家，不错不结

亲家。好儿女一对成双，痴父母相顾无言。

看年龄是傅祺红最长，又论轻重，傅作为男方家长也该第一个讲话。只见他笑眯眯喝了半口水，清了清嗓子，很诚挚地说："两位，抱歉啊，早该上门来拜访，却拖到今天，实在不好意思。这两个娃娃这事情当然是很突然，但归根结底还是件好事，我为他们高兴。年轻人真心相爱，愿意共同组建一个家庭，这是件多不容易的事。我和丹心他妈，我们肯定祝福他们，希望他们过得幸福。你们说呢？"

他这大开大纳的调性一定，就把其他人死鱼一般钉在了砧板上。叶小萱干笑一声："对啊，是不容易！我们这女儿这么大，说亲的，介绍的，一排排！哪个她都看不上，结果就遇到了你们的傅丹心！"

"所以就是缘分嘛！"汪红燕赶紧接好话，"像我们丹心也是一向事业心重，我们都没催他。哪知道一遇到你家小陈，马上定了！"

"我也听说了，"叶小萱说，"你们丹心开的那家铺子叫啥名字？阳光电脑？正好我们家这台电脑最近有点问题，哪天来给我们修一下嘛？"

傅丹心还没来得及表态，他妈就说："那当然了！现在都是一家人了，哪还用那么客气！丹心，还有小陈啊，我刚刚就在想这事，现在，趁大家都在，我就干脆提出来：你们这都正式结婚了，就不能喊'叔叔阿姨'了，恐怕是要改口了吧？"

陈地菊尚没回应，她妈马上笑起来："哎呀红燕姐，你硬是个急性子！这八字都还没一撇，你慌啥子嘛！——他们光是扯个证，哪能叫啥'正式结婚'——还是得等婚礼办好，礼行了，亲戚朋友间打响了，再来说其他的！"

"小叶，你说这话恐怕不太妥当。"傅祺红沉了沉，说，"他们结婚证领了就是正式结婚了，这是国家规定，法律认可的，不是你我说了算的，这是一；至于这婚礼，我建议我们就请个客，简简单单庄庄重重地，大家一起吃个饭，祝福到了也就对了，不用搞形式，搞铺张。"

其他人都不说话，只有叶小萱一个人笑："傅哥，不是我要搞形式，而是现在这情况特殊。先是两个娃娃本来就决定得仓促了，外人难免觉得奇怪；二是，嗨，我也干脆就直说了，"她再一笑，"这不是我要翻旧账，只是你们傅丹心那官司当时闹得太响了，我随便一打听都在给我说。当然了，我们女儿也和我们解释过了，说这些都是谣传，傅丹心人品是好的，那我就相信我的女——但那些人不清楚啊！所以，我们肯定必须要办这个婚礼，要办好，办隆重了，才好把这谣言破了，免得人家以为我的女嫁了个犯过罪的！"

她这话一出，气氛就真的凝重了。傅丹心一下脸红了，陈地菊喊了一声："妈！"

还是汪红燕赶忙捏住傅祺红的手，抬起脸对着叶小萱："小萱啊，都是为人父母，我们还是将心比心嘛。哪家人没本难念的经？何况我们镇上总有些人喜欢嚼嘴皮子说闲话，你也不是不清楚。就昨天，还有人来我面前说啥'屋头得过糖尿病和癌症的千万要不得'，我当场就给他顶回去了——这不是愚昧吗？都要去听这些话，那还没个完了。归根到底，这事主要是他们两个小的幸福，他们好就是最重要的。你说要办婚礼，那就办嘛。本来是喜事，高高兴兴办就是了，何必管其他人？"

难怪民间有云：名将手下无弱卒，杨

25

门女春赛老虎。叶小萱平时也算是横的，没想到居然横不过傅家这看起来文弱弱的汪红燕，吃准了她总不敢让她的女走到这一步又不走了。只见叶小萱的脸先是凝了，才又骤地笑了："是是是，红燕姐，你说得对。你看我们这老关系了，你也该了解我这人，我就是嘴快，话说出来通了就算了。这两个小的能走到一起，肯定是莫大的缘分，我哪会不为他们高兴呢？当然高兴了！"

傅祺红他一向看人最准。双方家长见了第一面，他就把陈家大人都看白了。叶小萱泼，陈家康蛮，两个又不好惹又是贪。至于他自己，本来他绝不是抠的，但是既然和陈、叶这样的人打起交道了，就是该算则要细算，该硬更加刚硬，免得他一看你好欺就一口把你吃了，乖乖应了老祖宗说的：市井之中小刁民，贪嗔拐骗最得势。官宦门下真君子，礼义仁孝皆无用。

于是从十月底过到十二月，从订婚庆到租喜服，从饭馆到喜酒，再到车队、花篮、婚纱照，这两家人是笑里含刀，寸土必争，一分钱都要算好了，算得傅祺红脑壳上白头发都多长了好几根，到现在过了就再不愿回头想了。这期间，唯一值得欣慰的是，这两个娃娃还是算懂事的：

先是陈地菊当着双方父母的面表态，她不希望大办。不希望到王府国宴那种地方去撑排场，也不用租名车来当车队——"那些都好虚嘛，摆出来给人家看的，跟我们自己没一点关系，假得很。"她说——请人就请亲朋好友，真正关系近的，其他半熟不熟的人一律不请，甚至，也不用傅丹心给她买钻戒。"你这瓜女子，钻戒你都不

要啊？"叶小萱忍不住。"我不用，我又从来不戴首饰那些，买来浪费。"陈地菊说。

傅丹心那边更不容易，居然主动来同老两口交心，说："爸，妈，这回这事是我任性了，做得不妥当，让你们两个都费心了。但我和陈地菊在一起的确是真心的，我一定会对她好的，你们放心。这婚宴里外你们破费了，这几年我也的确没啥存款，这存有的还有五千元，你们拿去嘛，能帮补些就帮补些。"

"你说的啥啊，"汪红燕拍了拍他的手，"你娶媳妇，我们肯定要张罗，高兴还来不及！"

傅祺红也说："哪个要你那点钱，你拿回去自己收起用。"

"谢谢爸妈。"傅丹心就把钱收了，又道了一回谢。

——光是这些都还不算，真正把傅祺红打动了的是二〇〇九年十一月中旬的一天。

那天两家人一起去三元农庄定婚宴菜单，顺便在那吃了顿饭。饭桌上，叶小萱首先起了话头："傅哥，红燕姐，你们听说没？明年房地产啊肯定要大涨！"

傅祺红抬起筷子夹一片大碗肉，脸上一笑："我没听说过啊？我一向不太关心这些事，房子再涨，我也不能把我自己家卖了换钱吧。"

"嗨，傅哥，我不是这意思，"叶小萱也跟着夹了一片大碗肉，"不过你看啊，地震后房地产一直不景气，国家出了好多政策扶持，我那中介铺子上这一阵来看房子的眼见一天多过一天，你看嘛，这马上翻年过了春节，这市场要爆起来。"

"我有个朋友最近正在看房子，"傅丹心搭话，"正好西门上普罗旺斯花园开盘，

他们就跑起去了，结果排队一直排到曹家巷门口。"

"这么说来恐怕真是热了，"汪红燕也一把陷进去，"丹心，你哪个朋友在看房子啊？是上次我见过的小刘那两口子吗？"

傅祺红把肉吃在嘴里，细嚼慢咽，听他们越说越热闹。

果不其然，几句话下来，叶小萱说："傅哥，你看，你这人总是那么深沉，不过这事你要给我表个态啊。两个娃娃既然成了家，总要有个落脚的，趁着这年尾去看看房子？你说呢？"

傅祺红定住先喝口茶，慢慢说："小萱啊，都是当父母的，你的心情我理解，总是想要给娃娃最好的，把一切都安排妥当——我何尝不希望这样呢？但是实际情况不允许啊。都不是外人，我也不用给你假装，汪红燕从文化馆早就提前退休了，我在县志办更是个清水衙门，要买商品房，实在拿不出这个钱啊。"

"傅老师，你这话的意思，"居然陈家康发话了，筷子一放，"就是说你反正不管？"

陈家康人长得不高，但肩宽体壮，头顶上发量有些稀疏了，但一对眉毛又黑又粗。他这眼睛一横，真正是气势惊人，直对着傅祺红的脸面。

"我不是不管，而是没有这个能力。"傅祺红说，"老实说，这次办这个婚礼，已经是穷尽了我们家的存款了。"

"傅哥，你这话说得！"叶小萱又是按捺不住，提高了声音，"你一个堂堂县志办的主任，你说这种话我绝不可能相信！这婚礼抠抠减减就算了，房子这种大事，我绝不让步！"

"妈！"陈地菊喊她。叶小萱不说了，筷子往桌子上"啪"地一放。

一桌子六个人有三个都不吃了，汪红燕也只得把筷子放了，想再来扭转一回乾坤。"小萱，你不要气，我们老傅说的都是实话，我们家确实没有这个能力，但也确实是支持和祝福这两个娃娃的。这样嘛，"她好歹想出一个办法来，"我来出钱，把丹心的卧室重新装修了，买新家具，布置个新房，小陈就先来我们家住。我们房子还是宽敞，他们住一点问题都没的。以后的，我们再慢慢想办法，你看这样好不好？"

叶小萱本来都把嘴闭了，给她一激又发作起来："你想得美！这是我的女……"

"妈！"陈地菊又喊了一声，这次声音比上次更大，把叶小萱震得一转头，其他人也转过头来看着她。

陈地菊把这一桌的人挨个都看过去：老的老，少的少，几张脸上红的红，白的白，倒也有趣。她最后看了看坐在她身边的傅丹心，说，"爸，妈，我知道你们都是为了我们好，但你们这样吵来吵去有啥意思？妈，"她转向叶小萱，"你真不要为我这结婚的事情再折腾了，折腾大家，也折腾你自己。我和丹心都是快三十岁的人了，现在又成了夫妻，就更该自食其力了。"她顿了口气，宣布："我还有些存款，丹心也给我说过他也有存款，我们两个把这钱凑一凑，应该够首付了，至于月供，我的工资足够了，何况还有丹心的收入。你们真不用操心了，这样好不好？——我们继续好生吃饭嘛。"

被她这么一说，满桌的大人反而像是小娃娃。汪红燕第一个重新拿起了筷子："你说得对！你说得对！哎小陈啊，你和丹心都是好娃娃，原来早就有打算了，太好了！太好了！小萱，你看，我们的娃娃都这么懂事，简直值得高兴啊——来，我给你捡个排骨！"

她就给叶小萱捡了一块糯米排骨，反正放在桌上也没哪个吃；叶小萱呢，就只得收了她的好心意，先不去管自己最讨厌吃糯米——一个接一个地，他们重新捡起了筷子，吃了两块肉，都活络过来，又讨论起元旦节婚礼的大安排。

傅祺红喝一口茶，看了陈地菊一眼，看她正扭过头去和傅丹心说话。他想：这小女子，平日里不说话不出气，一说起话来，居然有大将之风啊。

二〇一〇年元旦三天假过去了，稀稀朗朗的平乐镇街道又逐渐回归了人头涌动、商业繁盛的日常景象。虽然还是冬月，但天盛广场里里外外都已经挂起了红灯笼，偶尔出个太阳，映得两边墙壁雪白雪白的，很有几分妩媚。

眼看这新的一年才过了这么几天，镇上却已经发生了不少的变化：我们已经知道傅家屋头添了儿媳，陈家名下多了女婿，又还有其他张家王家钟家刘家也各有收获——这些都是民间事项。官方上面真正有一桩大事：二〇一〇年元旦假后，整个县政府，包括县委人大在内的四大班子，全都搬到了东门外全新的办公中心。说起这新办公中心，实在教人啧啧，只看它：银光挥洒气势弘，飞檐展壁十五层。一摊子从杜鹃路占到天宇路，好似一架巨型的宇宙飞船；传说里面更是不得了，齐刷刷有七百多间办公室、中央空调、电脑系统、智能健身馆一应俱全——哎，哎，说哪儿去了，不要跟到传这些谣言。

让傅祺红来说，再多的变化都是身外之物。总之，他的办公桌还是那张办公桌，办公电脑还是那台电脑，书架子还是那些书架子，书还是那些书（当然了，每个月总要增加些新资料）——唯一的不同是：每天早上他骑着自行车出门，本来一向转左拐的，现在却偏偏要转右拐了。

眼下他吃了早饭下了楼，同门卫齐师傅问个好，骑上自行车转了右拐，沿着东街一路往东门外骑过去。天盛广场门口一向人挤人货比货地，水泄不通。就算是傅祺红也难免发疑惑：这是哪来的这么些人呐，每天不上班？他们不上班，又哪来的那么多钱，每天在这买这买那？

好不容易他进了政府，停了自行车，踢踏踢踏走过了四五张草坪，才终于走到了党史办旁边的县志办。他理理头发，整整领口，穿过走廊走到他的办公室去，坐下来成了个有条有理的傅主任。因为这正主任赵志伦自来是个甩手将军，天天在外不是开会就是拉赞助，留下傅祺红负责镇守，手里面排起的全是要紧事等他处理。

你看他才坐端正了，就把手下的人一个个都喊来点卯。先来了苏聪，白瘦瘦的戴个黑框眼镜，貌不惊人却是县志办里写文章的第一骨干。苏聪给他拿来一包竹叶青，说是元旦去蒙顶山看亲戚带回来，那家自己种的，资格得很。傅祺红顺手把《顶上生花》的初稿交给他，让他下去查实里面标注的数据问题。又喊来了实习小曾，市社科院去年过来的研究生，喊她把交通局和劳动局报上来的两年数据整理出来。再接着给另一个县师专来实习的小杨也交代了工作，让她安排下个月春节前办公室团年聚会的事情，特别强调了要"简朴实惠"。然后会计刘姐来敲门，拿了几张搬家置办的发票让签字，但这事傅祺红就没法了，因为他作为副手没有报销权，只给她附了张条子说"已阅同意",喊她等赵主任来再正式签字。最后来了吴文丽,这位写文章最草、管闲事最多的,她交了统好的《计划生育1996—2005十年数据》,又在一盘一盘地不走人。傅祺红说:"小吴,你还有啥事啊?"

吴文丽笑起:"我啊,是来为民请愿的:傅主任,你还记得不,去年年底你和赵主任都去湖北学习考察,我们就没吃成团年饭。你可是亲口答应了我们,今年要吃好的,还说要去唱卡拉OK的!"

傅祺红隐约想起有这么回事,就说:"那好嘛,你去给小杨说一下,找个大家喜欢的馆子。至于卡拉OK,我得问问赵主任,应该没什么大问题。"

"太好了!"吴文丽拍拍手,"噢对了,"她又说,"上回我给你说的那支华夏你买了没?我这都涨了!这支就是好,逆流而上啊!我看说不定啊,今年股票基金都要涨起来了。"

傅祺红就皱眉毛了:"这上班时间,不说这些。你没事先走嘛,我还要忙。"

这些人终于都退了。傅祺红慢悠悠地把苏聪那包茶叶拿了,剪开来,闻了一鼻子的清香。他把茶缸子涮了,加了新茶叶再冲了开水,然后舒舒服服地端着这杯茶坐回了办公桌前,打开电脑,点开了建行的网银,登进了自己的账号。

果然,正像吴文丽说的那样,华夏大盘形势不错。他的钱不但还在,又比昨天多赚了几十元。

他持着鼠标在屏幕前,看着他名下的基金,入定一般——过了一阵,他终于点下了"全部赎回"。

这一天,傅祺红破天荒地提前下班走了。他骑着自行车,过了政府家属院而不入,再过了十字口转拐朝北去了。

北门"阳光电脑"里,傅丹心正在招呼一个顾客买网线,比着两个水晶头:"……你看这个,这个五块钱,做工真不行,我不骗你,容易坏得很。这个贵些,十五元,但你看这做工,随随便便用几年,绝不得出问题。"

客人就左看了又右看,很是沉思了一阵,最后说:"我就要这五块钱的。"

傅丹心说:"那随便你嘛,要是用不了了你过两天不要又来买。"

客人心意已决,给了钱,拿了网线和水晶头,转身走了。

傅祺红这才走进铺子去,喊道:"傅丹心。"

傅丹心以为他眼睛花了,居然看到自己的老父亲青天白日地出现在了这电脑铺子里。"爸!你咋来了?你下班这么早?"他招呼他。

"我来看看你嘛,你这铺子弄得不错啊,这么多东西。"傅祺红绕过柜台,走进了铺子里,左右打量了一圈,找了张板凳坐下来。

傅丹心简直手足无措地,走到饮水机下面去翻纸杯子:"爸,你喝水嘛?还是喝茶?"

"不喝不喝,我坐一会就走,不耽误你工作,"傅祺红对他招招手,"你过来,我给你说两句话。"

傅丹心只得坐下来,听他爸说话。

他爸说:"你前几天给我说的那个钱的事,我想了一阵。首先这事是你不对。你和小陈既然成了夫妻,互相就要坦诚。你明明没有存款,偏要跟人家说你有,这不是骗人吗?这事以后再也做不得了,一定不能说假话。其次，我也体会到了，你说这话也不是有坏心意——毕竟你们正在热恋，哪句话不想往好听了说？所以我也不过分责怪你了。现在这问题就是，你那天也给我说了，你们要买房子的这个首付，小陈自己的存款肯定不够，你呢又没钱，所以就来问我要钱了，对吧？"

傅丹心点了点头，脸色凝重。他心里想的是：唉，都是我妈的错。硬要说我爸那有钱，喊我找我爸要。结果呢，这人又来教训我了——他哪来的钱！

他爸接下去说："我这有十万块钱——现在首付给两成就可以买房子，你们选个套二，或者小套三，三十万出头，加上契税，十万肯定够了，省一省，硬装也有了。你把钱拿了尽快去把房子看看，东边新城开发的楼盘都不错，西门外也有几个大盘，赶紧定了。至于小陈的钱，不要拿人家的，喊她存起来，她自己用。"

傅丹心挖心掏肺地吃了一惊，又不得不真正佩服起他妈来："还是我妈了解我爸啊，他还真有个小金库！"

"来，"傅祺红把钱包拿出来，抽出一张银行卡递给他，"这卡里面有十万六千八百三十二元，密码是你生日的月和日。你拿好了，千万不要给你妈说是我给你的，也不要给小陈说，就说是你自己存的，懂不懂？"

傅丹心正好似在一个美梦中，伸手出去，把这卡接了（一张实打实地沉甸甸啊），揣到怀怀里，又和他爸坐了一会，轻飘飘地，把他送出了门。

傅祺红推着自行车，准备下街沿。他又转过头来，看着傅丹心，说："你啊，你现在结婚了，就真的是三十而立了，要踏踏实实地过日子啊。"

傅丹心本来还不在意的，这一下忽然鼻子有点酸。"爸，我懂，"他说，"你放心，我懂的。"

傅祺红日记　2009年11月16日

今日工作：进入《永丰县志1986—2005》"姓名"一节的二稿统写："……九十年代后，男孩取名多强调阳刚之气，如：浩然、志宇、天浩等；女孩取名则多用两字重叠，如：婷婷、莎莎、丹丹等。另外，一些具有异国风情的名字开始流行，比如：玲子、樱子、莉娜、由美等。"有趣的是，正是在1990年10月，十字口的县电影院正式营业，并开始陆续播放一些上影厂和八一厂译制的外国影片，成为了我县最受欢迎的休闲娱乐场所之一。这两件事之间或许有些联系，值得注意，可写深入些的文章。嘱小苏调电影院上映影片资料及公安局姓名登记资料，进行进一步整理。

今日学习：闲读《中国式理财》，其中提到的两点：不消极避险，不追求暴富。深以为然。

今日膳食：早：五色豆浆，水煮蛋一个，馒头两个。午：在馆子吃席，较为丰盛，吃了大碗肉、烧肚条、松鼠鱼及蒸排骨等。晚：简餐，碎米芽菜及煎蛋汤，白饭半碗。

今日琐记：最近因丹儿的婚事颇为操心。古人说婚姻最讲门当户对，确为真理。小市民之流最是琐碎，令人伤神。但是，丹儿在择偶上居然颇有眼光，选出的这一位落落大方，出淤泥而不染。由此可见，不论丹儿现在的外部处境如何变化了，他依然保留有当年的心气。为此，我至为欣慰。

第 三 章

陈地菊大概不会忘记她第一次和傅丹心做爱的那一天，二〇〇九年八月二十三日，星期天。

那一天，她大概是下午一点半出的门，和傅丹心在十字口的电影院会合了，准备看场电影。傅丹心想看《终结者2018》，陈地菊想看《窃听风云》，结果两个的时间都不凑巧，他们就去看了《哈利·波特6》。放映厅里密密麻麻的，全是家长带着娃娃，这个吼，那个叫，幼儿园放学也不得更热闹。陈地菊和傅丹心被夹在这些人中间，一坐就是两个半小时。最开始她还怕被哪个熟人看到，坐得端端正正的，过了一会，实在熬不住，就把脑壳靠在傅丹心的肩膀上，睡了过去。

陈地菊从来没有，以后也不会对任何人提起。但是，就在那一天，在永丰电影院里，她做了一个最是迤逦的梦。在梦里，她似乎置身在幽蓝蓝的海底，又是湿润，又是暖和，周身舒畅，大张着一双腿杆。在她上面有一个男人，肩宽背紧地，猎豹一样压着她的身体，把自己一点点地往她里面送。于是她从里到外都饱涨了，像是被潮水卷裹着，有满怀的喜悦要一把倾吐而出。在梦里她无法发出声音，全身紧绷，一，二，三，一，二，三，柔肠缩起，绕住了心肝。终于，"哗"地一声，她的深处爆发了，从身体里涌出来热辣辣的一片——她就低头去看，发现刚刚流出来的

是一大堆文具：三角板，圆规，自动铅笔，橡皮擦，量角器，修正液，还有好几个笔记本。这些文具有的是新的，有的是用过了，有彩色的塑料，有银色的不锈钢，堆在她的两腿之间，金字塔一般，甚是壮观。

她醒了过来，电影都放完了，正滚着演职人员表。周围的娃娃们兴奋得上蹿下跳，尖叫不断。傅丹心转过脸来看着她，很是无奈的样子。"哎呀你终于醒了，看你睡得笑眯了，是做了啥美梦？"他问她。

陈地菊红起脸来，内裤上一阵阵发潮。她不好同傅丹心解释，只说："这里好闷哦，我们走嘛。"

两个人就走了，手牵手地下了停车场，坐到了傅丹心的车里面。陈地菊正是做贼心虚，总觉得他们之间的气氛有些尴尬，便故作轻松地把手放到傅丹心膀子上，问："我们这下去哪儿嘛？"

傅丹心脑壳一抬，一双黢黑的眼睛看着她的脸，抬起手来抚住了她的后脑勺。陈地菊什么也来不及想，他就扎猛子一般扑了过来，"轰"地亲住了她的嘴。

说起来两个人本来就有小半个星期没见，正是干柴烈火地，挡不住的思念。他们在车里面纠缠了大半天，终于，傅丹心说："梅梅，我们去'仙客来'嘛。"

"仙客来"是以前我们镇上最高档的宾馆，这几年略略落寞了，但还是有辉煌的。陈地菊听得愣了一愣，说："去那儿干啥嘛？"

傅丹心就笑了，嘴巴一扯："咋呢？你不敢去啊？"

"有啥不敢，不就是'仙客来'嘛。"陈地菊说。

他们就去了"仙客来"。一切都发生得太快了。傅丹心开了房，给陈地菊发了房

号。陈地菊坐着电梯上了五楼，走到了507房间。她站在这扇方方正正的房门口，只觉得自己在另一个梦里。她伸手出去正要敲门，门就轻飘飘地开了，傅丹心站在门里面，拉住她的手，喊她："梅梅。"

他把她牵到了床边上，坐下来，搂住她，再续刚刚的前缘。他滚烫烫地压在她身上，要把她压到深渊里去，手从她腰上升上来，解她的胸罩。于是她的一对乳房挣脱出来，还在喘息，又被他压上来，一双手把它们挤在一堆，揉了又捏。

两个人陷在一起，正要酣畅。傅丹心忽然把头抬起来，大叹了一声："唉呀！"

"咋了？"陈地菊嘴皮上呢喃。

"我没有避孕套。"他说。

他皱着眉毛，把钱包摸出来，来回翻了几转："真的没的！唉呀！"

他又沮丧又绝望地，一张脸看起来遭孽到了极点。陈地菊说："你去洗手间看看呢，一般酒店都有的。"

傅丹心一撑起来就冲到洗手间去，在里面一阵乒乓，很快咚咚地跑回来，手上扬起来亮晶晶的一片——他扑到床上，抱住陈地菊，狠狠地亲她的脸，如获大赦一般。

陈地菊忍不住笑起来。她两只手绕在他肩膀上，紧紧地，把他满满圈在怀里。

"梅梅啊。"傅丹心呻唤着，贴住她，伸手去解自己的皮带。"梅梅，我爱你。"他说。

须知这情爱本是一桩莫须有的事，全赖自古的痴男信女几番演绎而来。说牛郎织女，就说此情若是久长时，又岂在朝朝暮暮；说司马相如和卓文君，便说愿得一心人，白头不相离；说唐明皇与杨贵妃，则说在天愿作比翼鸟，在地愿为连理枝——如此咿咿呀呀，缠缠绵绵，道不尽的小儿女心肠，只哄得在座诸君泪眼婆娑，心猿意马，也就信以为真，更要跃跃欲试，直上青天摘明月。

但你有所不知：这牛郎招织女，本属于诱拐的，为的是私欲，开头委曲求全，最终一拍两散；文君随相如，坐实是私奔的，迷的是虚名，一开始饱受饥贫，到最后同床异梦；至于玄宗得玉环，就更是名不正，言不顺，说白了是扒灰的，犯的是贪纵，再是一度春风，也免不得横尸荒野。

——所以说呐，什么情啊情，爱啊爱，都是编出来好听的。正好似那街道上的赤脚郎中总得挂个招子，上书"祖传秘方，包治百病"，红尘中的男女就说些"你爱我我爱你"——先把场子扯圆了，才得有鱼儿虾儿跳到这坑子里来。然后呢？

然后全是麻烦。一大清早陈地菊先在厨房里撞见她的老人公傅祺红，活生生被吓醒了，胃上梗着一口气，好不容易把早饭吃了，和傅丹心一起出了傅家的大门。两个人坐在雪铁龙车里，天还没有亮透，陈地菊忍不住叹了一口。

"咋呢梅梅？你叹啥气呢？"傅丹心问，把车发动起来。

"唉，我最近睡得实在太糟了，昨天晚上差不多就睡着三四个小时。"陈地菊说。

"唉呀，"傅丹心慢慢把车往外开，"那这咋办呢？你要不要回你爸妈那住两天嘛——总要把觉睡好了。"

"你说得简单，"陈地菊打了一个呵欠，"我要是回去了，我爸妈肯定要啰嗦，你爸妈也要说。"

"你管他们那么多！他们说就说嘛！"傅丹心同门卫齐师傅点了点头，把车开到了街上。

"我才没你那么潇洒。"陈地菊恨他一眼，把脑壳偏在靠背上，半梦半醒地看着窗户外面的街上稀稀落落几个人。

"这周末我们去看看房子嘛，这都马上要春节了。"她说。

"这周末？"傅丹心支吾起来，"周末我和刘毅文约了有事啊。"

陈地菊说："你们能有啥事？无非就是一起打牌嘛。"

"我问问看嘛，"傅丹心伸手出来，摸了摸她的肩膀，"反正这周不行还有下周，不急。"

陈地菊把他那手打下去，眼睛一闭："我眯会，到了你喊我。"她心头有气，手就下得有点重，实在想不通傅丹心为什么要把看房子这事一拖再拖。

七点半不到，马路畅通，他们几分钟就到了邮政银行门口。陈地菊看到她的同事徐佳正从街对面穿过马路。徐佳也看见她了，对着她挥手。"我走了，"陈地菊说，一边对徐佳招手，一边拿起手提包，"今天我要加班，晚上自己回去，你就不用等我了。"

她车门一甩走了，傅丹心在车里面扯出一个笑，对她挥挥手。

她正是有点难过，就被徐佳走过来一把拉住了。"陈地菊，我逮到你了，大清早的就在单位门前秀恩爱！"徐佳笑起来。

"哪儿有嘛。"陈地菊一哂，看见傅丹心把车调了头，开走了。

"你老公好帅啊！"徐佳也伸着脑壳去看，"又帅还这么体贴，天天早上送你上班啊？硬是好！难怪你一眼看中就结了！"

"唉！好啥啊！"陈地菊看似礼貌地叹了一声，转身和徐佳一起往邮局里面走。

街上的路灯直到这时候才灭了。

陈地菊大概早就忘了。但是，实际上，第一次见到傅丹心的时候，她狠狠地在心里面骂了他几句讨人厌。

那天是婷婷和文哥约的局。除了他们两口子，还有文哥的好朋友龙刚，龙刚的女朋友郑维娜——这是两对；落单的有一个陈地菊，再拼了一个是傅丹心。一圈介绍下来，大家都心知肚明，各自落座。陈地菊坐到了沙发最里面，傅丹心自然坐在了她旁边。

陈地菊从来比较客气，傅丹心坐下来，她先向他点了点头："你好。"

"好，"傅丹心也点了个头，伸手在茶几中间拿过来两个杯子，"你要喝什么？"

桌子上有百威，冰锐，还有几瓶矿泉水。陈地菊说："我喝百威嘛。"

傅丹心就给她倒了啤酒，又给自己倒了，举起杯子来，说："幸会啊。"

"你好。"陈地菊又说了一次。两个人把杯子碰了一碰，各自把酒干了。

走完了过场，剩下一时就相顾无言。陈地菊才在想话，龙刚就一把拍在傅丹心的肩膀上："丹心，明天晚上熬夜看欧冠哇？"

傅丹心眉毛一扬，身一转过去："好啊，明天晚上曼联的嘛！"

两个人这就天雷勾地火一般聊起了球赛。陈地菊坐在冷板凳上，喝了啤酒，看着王婷婷握着麦克风唱《爱的主打歌》。

这人！长得人模人样，这么没礼貌。陈地菊忍不住在心里念——这算是第一次。

她就把手机拿出来，点进去看没看完的小说。她在追的一个破案小说刚好更新了，于是她迫不及待去看又是哪个被杀了。

33

过了一会，傅丹心转过来倒啤酒，正巧看到她整个人都埋在手机上，就说："哎，你咋自己在这耍手机了？你这样有点不合群哦！"

奇怪了，你自己先跑去说话，现在来怪我！陈地菊就想——这是第二次。

她就说："那你让我嘛，我出去点歌。"

傅丹心说："你要唱哪个的歌，我帮你点。"

陈地菊本来想拒绝，又看到傅丹心外面还坐着龙刚和郑维娜，两个人又正是并蒂的莲花一般挨在一起亲热。她就说："那你帮我点一下《英雄赞歌》。"

"你要唱啥？"傅丹心瞪大了眼睛。

陈地菊也不是没料到他的这个反应，她就沉声静气，一个一顿地说："英，雄，赞，歌。"

大约是被这四个字震慑了，傅丹心人偶儿一般站起来，握着这太乙真君的金光符，走到点唱机边上，"啪"地一贴，整个KTV包间即刻响起了那雄浑壮烈的音乐。

"这是哪个点的？傅丹心你要唱这个啊！"王婷婷惨叫了一声。

"我点的。"陈地菊觉得这一屋人的反应实在有趣。坦坦然然地走了出去，拿了话筒，清了清嗓子开始唱："烽烟滚滚唱英雄，四面青山侧耳听，侧耳听……"

傅丹心发誓，这绝对是他第一次在KTV包间听到有人唱这首歌，但陈地菊的声音清亮极了，甚至有丝伤感，把这歌唱得如同一首诗一般，"为什么战旗美如画，英雄的鲜血染红了它，为什么大地春常在，英雄的生命开鲜花……"——等她唱完了，所有的人都举起手来，哗哗地鼓起了掌。

"来！小陈！我敬你！唱得太好了！"龙刚举起杯子来，一把喝了。

王婷婷说："真没想到啊，这首歌原来还多好听的。"

"是啊，"文哥也说，"没想到陈地菊你这么会唱歌，简直是歌星啊。"

"好听！好听！"龙刚意犹未尽，"来来来，我再给你点一首，你会唱《我的祖国》吗？"

陈地菊本来为了惹弄傅丹心才让他给她点了这首歌，没想到居然得了满堂的喝彩，骑虎难下。她看了傅丹心一眼，傅丹心呢，倒是舒舒坦坦地坐在沙发上，手里面端着啤酒，对着她举了举杯子，很是鼓励的样子。

装模作样！陈地菊暗暗地说——这是第三次。

说来也奇怪，陈地菊在心里面骂了傅丹心三回，就无端端地把这人挂在了心上。过了两天，傅丹心给她打电话，说："喂，陈地菊，你有没空？今天下班出来一起吃饭嘛。"

她记得她一下就笑了。她说："好。"

陈地菊和傅丹心的第一次约会并不如想象中的顺利。六点过下了班，傅丹心开车到邮政银行门口接她。陈地菊才刚刚一坐进车里，他就说："想吃啥子？随便点。西餐或者日本料理都可以。"

陈地菊皱了皱眉毛，说："去吃串串嘛。国学巷里的那家邓婆婆串串你吃过没？特别好吃。"

傅丹心看了她一眼："那就串串嘛。"他把车发动起来，方向盘一转往南门开。

邓婆婆串串在一栋居民楼的一楼，地方虽小，名气却大。十几年前靠卖炸洋芋在学生中流行起来，现在主要卖串串香麻辣烫，每天门庭若市，是始终不败的金字招牌。陈地菊他们停了车走进来,就见里面正是热气腾腾地,人满为患。两个人站在门口等位子,傅丹心说:"陈地菊,你这人还有点老派的。"

陈地菊很是莫名其妙:"啥意思呢?"

"你看嘛,"傅丹心说,"你唱歌也喜欢唱老歌,吃饭也要来这种的地方吃饭,是不是多怀旧的嘛。"

"这些事有啥新旧,"陈地菊淡淡地说,"歌好听不好听不分早晚,东西好不好吃也跟时髦没关系。"

傅丹心笑起来:"哎呀,你才几岁啊?咋这么老纠纠的,说个话跟我爸差不多了。"

陈地菊正要回嘴,恰好有个小妹出来说:"姐,你们的桌子有了。"

也是要谢谢这邓婆婆的好串串,两人这才把恩仇泯了。你看他们坐下来:先见这油汤就真是一绝,红而不艳,辣而不燥,签子上黄喉和脆肚都又新鲜又爽脆,嫩滑的牛肉串一口一个,沾锅就熟。傅丹心拿串牛肉一口下去,便觉得一股激流在他的嘴里面钻,再拿一串又吃一口,就见这一股气钻上了他的天灵盖,又辣又麻,尖溜溜的还有缠绵。他忍不住呼了一口气出来,叹一声爽,喊小妹:"来两个啤酒,冰镇的!"

啤酒来了,傅丹心把两个杯子倒满,举起来说:"来喝一个。"

"喝嘛。"陈地菊把杯子和他一碰,一口干了。

"不是我说,"傅丹心不由赞叹,"你这性格硬是好,就是爽快,又是耿直,一点不装不假,简直了不起!"

陈地菊笑一下,吃她的金针菇。

"你看我今天还差点打倒了,"他继续说,"把你当成那种渣渣瓦瓦的小女子,想说你肯定是想吃环境,还说去吃西餐——哎呀,抱歉啊抱歉!是我庸俗了!"

"主要是今天想吃串串,"陈地菊说,"其实西餐也好吃,下回吃西餐嘛。"

两个人这才酝了点感情出来,一边吃串串,一边喝啤酒,聊起龙门阵来。说来都是一个镇上的,又是同龄人,一对就发现相互之间有一大堆熟人朋友,就说起他们来:那些当红的,出风头的,聪明的打架的,现在走的走了,蔫的蔫了。

"哪想得到啊!"傅丹心很是有点感慨,"你跟陈麒博还认得到,你说他硬是,生意做成那样,结果说进去就进去了,留到老婆怀个大肚子,唉!"

"那时候我们小学他还叫陈军呢,坐我前面,每天都要遭隔壁班的男生打哭。"陈地菊一边笑一边举一举杯子。

"哎我咋没早点认识你!"傅丹心也一举起来跟她碰了,再干了。

这一天两个人吃掉了总共两百三十几串串串,喝了十二瓶啤酒。他们结了账走出来,傅丹心说:"陈,陈地菊,你还有点喝,喝得啊!"

陈地菊赶紧把他扶一扶,说:"我给你打个车回去,明天你再来取车子嘛,我给邓婆婆说了,他们给你看到。"

她打了个车把傅丹心送回去,车先开到县委家属院门口停了。傅丹心刚要下车,又转过来要给车费。出租车司机说:"我这还在打表,你现在咋给嘛。"傅丹心摸一张一百的递给他,说:"来,师傅,你先拿到,好好生生把我女朋友送回去,啊?"

陈地菊记得自己的心"突"地跳了一下,她说:"赶紧把你那钱收到!我这有钱。"

实际上，从小到大，陈地菊和傅丹心还是在我们镇上有过几次交集。只不过他们两个人都记不得了。

第一次应该是一九八五年的儿童节。陈地菊被她妈带着去凤凰照相馆照纪念照。她刚刚从东街幼儿园的"六·一"演出下来，脸涂得红彤彤，眉间一个五梅花，头发上用黄纱巾扎了个硕大的蝴蝶结。因为要照相，她一直瘪着嘴，再加上相馆里又挤了好几个娃娃，她就更紧张了。她妈眼见她要哭了，赶紧转移她的注意力，指一指等在她们对面的一个男娃娃，说："梅梅你看，你看哥哥穿的啥？——哥哥穿的海军服，你看人家哥哥好勇敢！"——这个穿着海军服的小男孩就是傅丹心，他也是才过完机关幼儿园的儿童节，被他妈带来照相。陈地菊看到他眉毛中间也杵了一个五梅花，但是已经花了，红点点不圆了，反而有条尾巴拖出来，像个扫把星。她就笑起来，笑一笑就忘了哭。

第二回是一九九三年十月，陈地菊初一上半学期。那个月正是我们县的西游记文化艺术宫隆重开业，全镇的机关单位都买票组织去参观。平乐二中也组织了学生去校外活动。陈地菊他们一路又是唱歌又是笑，走到了二环路外的西游记宫。只见荒地里"嗖"地立起了一栋大庙，琉璃的房檐，雪白的墙壁，门口一排威风凛凛的石狮子。其他几个学校的学生也有组织来的，正排队在门口等着进去参观。陈地菊他们班旁边排的是平乐一中的一队学生，统一穿的是藏青色的中山装校服，自以为潇洒的样子。等到他们走进西游记宫了，从花果山，南天门，高老庄，平顶山，一路走到了盘丝洞，只见洞子里阴森森的冒着白气，巾巾丝丝顶上挂下来映着荧光。陈地菊有点发寒，她前面那个女生又走得飞快，她要去撑她，一步没踩稳，一头跌在了地上。她后面是个一中的男生，赶紧过来把她扶了起来，问她："你没事吧？"——这个男生就是傅丹心，但陈地菊尴尬揸头也不敢抬，只说："没事没事，谢谢啊。"等这人走了，其他几个女生来笑她："刚才那个男生有点帅哦！"陈地菊没有看到他的样子，只在黑漆漆的盘丝洞里红了红脸。

第三次遇见傅丹心的情景其实陈地菊并没有忘记，但是她恐怕不会对任何人提起了。那是一九九五年六月份，升学考试在即，学校每天都在补课，天又反常地热，压得人喘不过气来。每天她唯一的安慰就是晚自习下课，走到国学巷口上吃一份炸洋芋，油锅里黄灿灿地捞出来再蘸红海椒面，烧到胃里面又是痛快又是舒畅。这天晚上她吃了炸洋芋，推着自行车沿着国学巷往江西巷走，忽然听到背后一阵骚动。她转头过去，就看到几个一中的男学生撑着另外一个男生从巷子里跑过来，一把把他按在巷子门口，书包扯下来甩在街沿上，又是捶又是踢，一边打，一边骂："狗×的强奸犯！强奸犯！还敢来读书！"路边还有几个二中的学生，听他们一骂立刻反应过来了，哄笑起来，一边笑一边喊起这几天在二中被传烂了的顺口溜："一中有个小神童，天天读书不吃饭，饿得鸡鸡呱呱叫，最后成了强奸犯！"他们这么喊了几回，终于把这几个一中的惹恼了，转头来要打他们，一群人撑起哄起跑了。这下，刚刚那个被打的男生才慢慢地站起来，手膀子膝盖上都破了皮出了血。他理了理自己的衣裳，再要去捡书包。他的书包就落在陈地

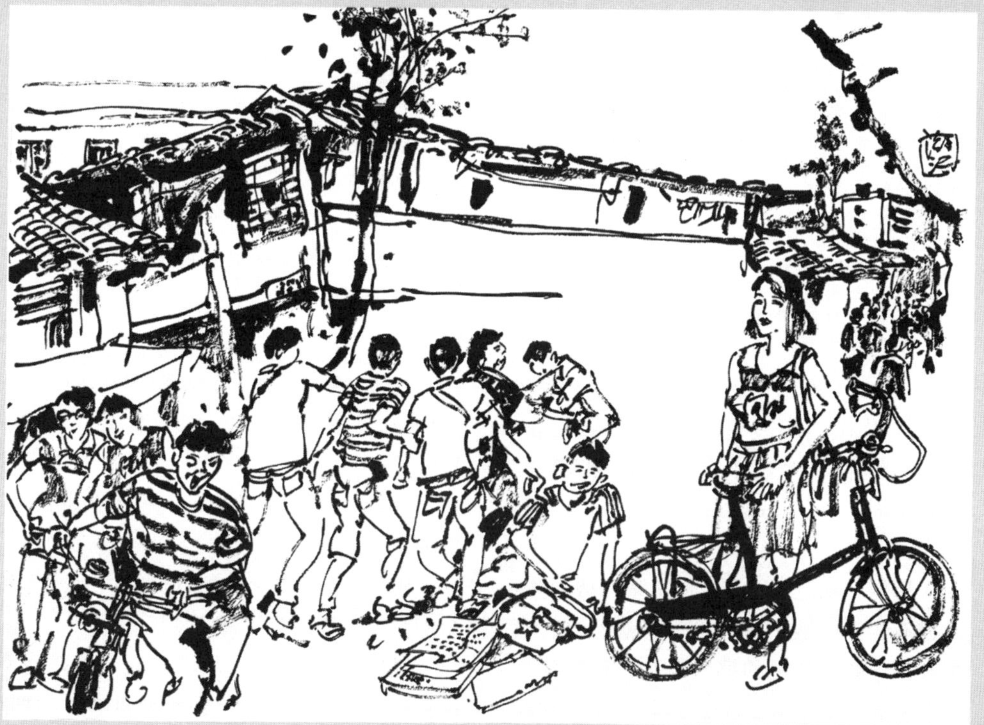

菊脚边上,她本来可以把这书包捡起来,递给他,但她却冻住了,脑壳里想:"这就是那个著名的'神童'!就是那个耍朋友被人家告了的'神童'!"——她动弹不得,眼看着傅丹心把书包从她脚边捡起来,抬起头来,看了她一眼——陈地菊怎么会忘记这个场景啊,她一辈子都忘不掉傅丹心当时看她的那一眼:那一眼是那么恨,那么冷。多年以后再想起来,她的心都还要忍不住一颤。

过了十几年,那天晚上国学巷里的甲乙丙丁都早就各落一方了。只有傅丹心和陈地菊还在我们镇上,约出来吃饭,然后又要喝酒,喝了一回两回,再有了第三回。傅丹心喝得麻了,点起一支烟,跟陈地菊说起他小时候的事:"说不定你根本没印象了,不过那时候我在我们镇上还是多出名的,简直笑人得很……人家说我是'神童',"他抽口烟,笑起来,隔着烟子问陈地菊,"你还记得不?我们同一年的,你该有点印象嘛?'神童'!硬是说来逗人!有个屁的神!读个书遭我爸打得肉皮子都烂了!"

照例,陈地菊还是比他稍微清醒一些,就没有告诉他她早就想起了他就是自己当时在国学巷里碰见的那个男生,他的那一双满是血丝的眼睛。她说:"你这么一说我想起来了,那你还是个名人啊。"

"呸!"傅丹心把烟杵了,伸手端起啤酒杯子来,"那时候太瓜了!太瓜了!唉不说了,喝酒!"

陈地菊就跟他碰了一碰,脖子一仰,把杯中的酒都干了。

各位看官,所以这就是前文说的,世上的事情都是天老爷写好了,白底黑字,落纸为证,是个人就赖不掉。你看这陈地菊和傅丹心冥冥里多看了那一眼,就把这辈子的缘分结下了,再是曲曲绕绕,兜兜转转,总是要走到对方跟前来。

于是他们现在走到了一起,最兴奋的人却莫过于王婷婷。一个是她老公职高一路上来的好兄弟,一个是她刚刚相识正打得火热的新朋友,看似毫不相干的,被她这手轻轻一点,居然就像对瓷娃娃般粘到了一堆来,咋不叫她越看越喜欢。

这就是:梅花待西厢,萧郎在东墙。
　　　　天成美眷侣,莫忘俏红娘。

像朋友间有人问:"最近傅丹心咋不出来打牌了?"

她马上骄傲地说:"他哪有时间跟你打牌,他耍朋友了——我介绍的!"

或者有他人关心:"上回我们一起唱歌那个女子,喊出来一起耍嘛?"

她就立刻宣布:"人家现在是傅丹心的女朋友了,要喊出来耍,得先问问傅丹心!"

再有说:"嘿!这两个人居然真说到一堆去了!"

她赶紧护短:"你这说啥酸话!人家两个配得很嘛!当然是真的哦!"

最后还是刘毅文说她两句:"婷婷啊,你稍微低调点嘛。这毕竟是傅丹心他们两个人的事,你每天在这给他们搞广播,弄得乌掀掀地——你还是注意点,不要喧宾夺主。他们这才刚刚相处,事情多得很,万一没整对呢?你也不要太激动了。"

王婷婷这下面膜也不敷了,一把撕下来桌子上一放,转脑壳对着她爱人就是一出好教训:"你这人才说人家霉话!——没整对?他们哪点没整对嘛?你看不到他们两个每天出双入对的,好得不能再好了?

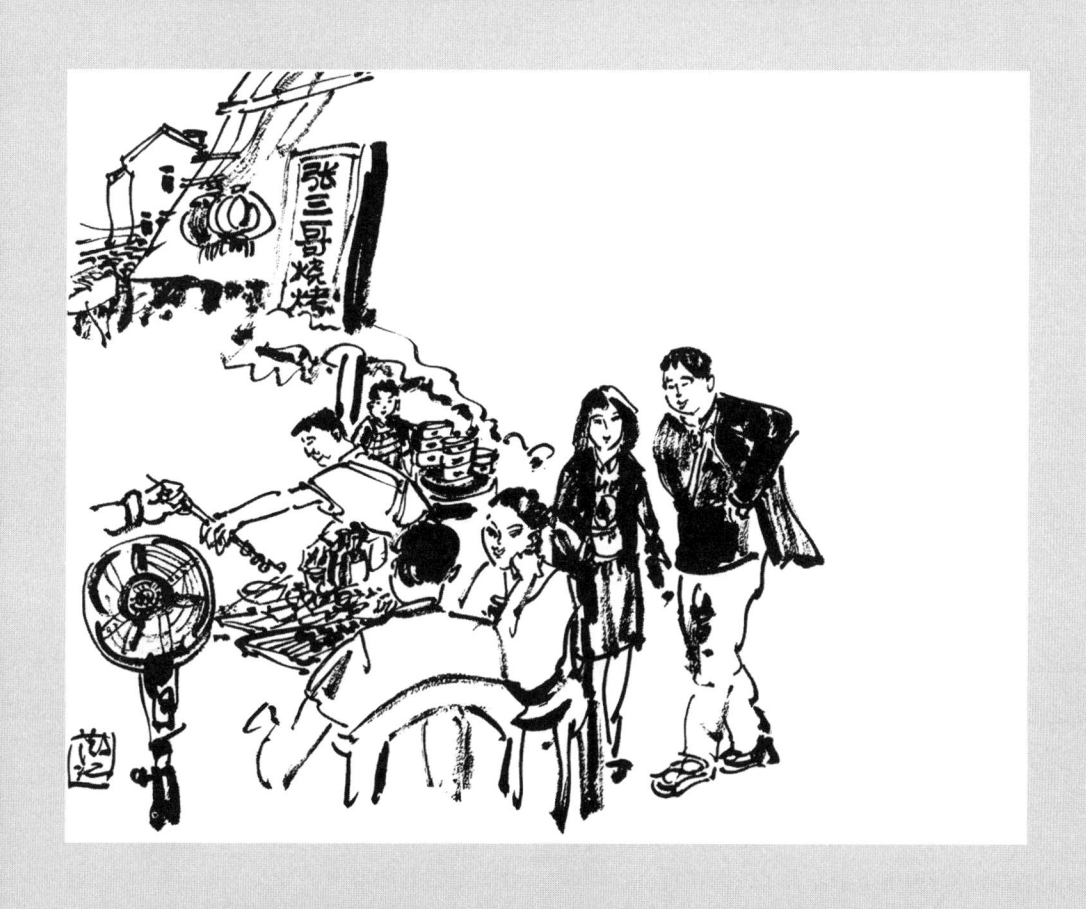
张三哥烧烤

还有哪儿不对?……"

——她的话还轰轰地在耳边响。却眼见没过两天,就出了一桩大事。

那天是国庆假的最后一天,金典影楼连拍了五套婚纱照,王婷婷两个累得心都紧了,好不容易收摊了,和傅丹心在河边打了一阵斗地主,肚皮饿了,就走到曹家巷后面张三哥摊子上吃烧烤。

三个人刚刚坐下来,包着口水等张三哥烤他的销魂猪脑花儿,傅丹心才说"不然我给梅梅打个电话喊她过来一起吃",婷婷的手机就夺命一般响起来。

她接起电话来,那边的却正是陈地菊,婷婷"喂"一声,就听她声音有些异样,似乎是在哽咽。

"婷婷,你,你现在没空啊?我过来找你。"她说。

"过来过来过来!"王婷婷赶紧说,递给傅丹心一个笑,"我正和文哥还有小傅在张三哥这吃烧烤,刚刚烤起,你赶快打个车过来!"

"啊?他们都在啊……"陈地菊有些气若游丝的。

婷婷这才觉得不对,一把坐正了:"你咋了?是不是不好了?——你过来嘛,有话过来说,我们都在,你快过来快过来。"

傅丹心赶紧说要开车去接她,陈地菊却自己打车过来了,一双眼睛红通通地,在婷婷身边坐下来,看了一眼傅丹心。

四个人围着一张方桌,上面摆三个热气腾腾的猪脑花儿,撒满的海椒面和葱花,嫩滑滑地散着乳香,却不见哪个动筷子。

"梅梅你咋啦?"婷婷问,"你啥事情你说嘛。"

"唉,"陈地菊叹口气,"我刚刚跟我妈吵翻了……"

她就一叹一顿地把事情娓娓道来,婷婷他们就尖着筷子吃两口脑花,边听她说:"……也是怪我没早点找个合适的时机把事情给她说清楚,她现在气一上来,啥都听不进去了。唉她那人,每次一闹房顶都要掀翻,我就干脆走了,出来了……"

王婷婷看她好生造孽,也跟着叹气:"哎呀,哎呀,咋会这样呢。就算你跟那相亲的没说成,但你现在不是也有我们小傅了吗?你把你们的事都给她说了?她还是那么气?"

陈地菊哪好明说她妈气愤的正是这一桩。她拿个杯子倒了半杯茶,喝一口。

傅丹心也喝一口茶,筷子一放,把烟拿出来。

"没事没事,"婷婷使劲想了个办法,"梅梅啊,我看这事没啥问题,就等你妈气过了,你就带傅丹心买点东西,大家面对面见一见——见了面就好说了。"

婷婷没看出这事的真正利害,傅丹心却不是瞎子,他抽一口烟又吐出来,只是不说话。

果然陈地菊叹了一叹,对婷婷说:"没这么简单,本来我妈本身又身体不好,真不敢随便激她……"她一边说,一边终于鼓起勇气看了傅丹心一眼,却被他脸上的表情一慑,话也不会说了,眼眶子一烧。"丹心,"她低低地喊,"你觉得这事咋办……"

傅丹心慢慢把烟在地上按了,终于开了口:"这个我不好说啊,毕竟是你和你家头人的事。你要是想我和你去见你爸妈,我就跟你去;你要是觉得不合适,想跟我先淡一淡,我这边也没问题。"

婷婷一听,脑壳"嗡"地大了:"傅丹心!你在说啥子?咋就说到这来了?你吃

40

醉啦？"

婷婷体会不到傅丹心的难处，陈地菊却立刻懂了。她妈妈当然是势利，傅丹心却也自有他的清高。这一下她眼睛真的红了，转一转直心酸："丹心，你何必说这话……"

连刘毅文也说："小傅，你在说啥？好端端的咋一下说绝话？"

"不是绝话，"傅丹心说，"我这是说的实话，我是为她着想。你们又何必为难她？"

陈地菊埋着头，想到她妈骂她的那些话，本来还只是绕在她耳朵边上，现在像是鱼刺一样扎满在她的心肺上，她吸了一口气。傅丹心啊傅丹心，她第一次真正在心里怨恨起他来，你有再大的不忿，也不用发在我身上嘛。我也是在难受啊，你这么绝情是要做给哪个看？是要做给哪个看？——她痴了一般，看着桌子上的这份烤脑花儿一点点冷下来了，热气散了，油凝起来，正是血翻翻的。

像是无路可走了，陈地菊他们却听到王婷婷脆地一炸："我呸！傅丹心你这个死没良心的！你算是个啥男人！不就是她妈现在不满意你了嘛？这有啥了不起的？你问问刘毅文，他第一次到我屋头去的时候我老汉给他凳子坐没？——哪个人耍朋友不遭些风波，你甩个死脸干啥？——人家梅梅也是好声好气地，来找你商量嘛，你倒好，推个一干二净！有这么便宜！"

傅丹心这辈子从来没被一个女人这样骂过，一下子神都丢了。另一头陈地菊也忍不住了，肩膀耸一耸地，居然嗤嗤地笑了出来。"是不是？"婷婷一把把她的手拉了，紧紧捏住，"你说你这男朋友是不是欠教训？一个臭男人，你摆啥架子！"

陈地菊不管眼睛里还有眼泪水，只顾对着桌子心撕撕地笑。好不容易，她抬起头来，正看到傅丹心，脸上的笑却是止压不下。

傅丹心被她这一笑在心头上，一下蔫了。他看着他的陈地菊，眼睛里面全是她清清白白的样子。他把脑壳摇一摇，也"哼"地一声笑。

"那你说咋办嘛婷姐。还是你最有办法，你来说。"他问王婷婷。

这下，所有人都看着王婷婷，王婷婷也把他们看了一转。她血涌上来，嘴皮一咬："要我说啊，干脆，干脆你们就先去把证扯了——成了自家人，就啥话都好说了，再有事也是共同进退嘛。反正啊，你们也早就认定对方了，又再合适不过了，早一天晚一天，总要结婚的！"

她这话一出来，陈地菊先是蒙了。她耳朵边响起的是她甩门走了的那一声，门后面坐的她的妈妈叶小萱。现在跟傅丹心结婚？她的心疯了一样跳起来，整个人直想吐。

"好啊。"她听到傅丹心说，"这倒真是个办法。梅梅，你看咋样？我反正是认定你了，你呢？你要是也认我，我们就干脆去把婚结了。"

这件事情已经过去了好一阵，但陈地菊回想起那天晚上来依然有一种宿醉的感觉。当时傅丹心一言既出，正像是在黑暗中点燃了那革命的火种，一把熊熊地把人心都激荡起来。他们把张三哥坐到关门了，就兵分两路各自回家拿了户口本，又再在天盛广场旁边二十四小时营业的肯德基会面。四个人点了可乐，点了薯条，又点了炸鸡块，一边吃东西，一边说话一边笑。陈地菊和傅丹心把手紧紧地握在一起，就这样坐到了天亮，去金典影楼把相片照了，再去等在民政局门口，作为当天的第二对新人扯了证。

这事就这样成了。陈氏地菊嫁给了傅门丹心，更是嫁给了傅家这一家人。有人说：不是一家人，不进一家门。也有说的：进了这家门，就是这家人。到底是如何地一个先后因果，就要看哪一方的嘴皮子更灵巧了。你是金镶玉来还是玉蕴金，反正各人打个圆场——这先不管。但是总归，这夫家的门一旦进了，也就陷下去了，有说是金屋藏娇，但更像瓮中捉鳖。现在陈地菊就正是被困在这黑坛子里，夜里睡觉难翻身，白天吃饭不做声，再难受不过了。好不容易等到银行中午午休，她去买了饭，端着穿个街，走到十字口斜对面的金典影楼去找她的女朋友说些知心话。

金典影楼里，王婷婷开着烤火器，坐在柜台后面正吃炒饭，只听得影楼的门就"哗"地被推开了，她一抬头正要招呼生意，就看见进来的是陈地菊，穿着深绿色的工作服，外面套着防寒衣。

"哎梅梅，吃饭没？没吃我给你喊个饭。"她说。

陈地菊举了举手上的塑料袋："我买了抄手。"

"哪家的抄手？是宋姐那的哇？我最喜欢吃他们的抄手了。来！给我吃一个。"婷婷高兴起来，端着她的饭盒从柜台后面走出来。

抄手是宋姐小食店的酸汤抄手，炒饭是三味快餐的芽菜炒饭，这都是镇上吃惯了多年的家常味。两个朋友坐在影楼接待客人的小茶几边，就着烤火器，一边吃饭一边聊天。

婷婷自然知道陈地菊这一向不太顺心，就先问她："怎么样啊？你睡好一点没？我给你说睡前泡个脚最好。"

陈地菊先喝了一口热滚滚的抄手汤，再叹了一口气："唉！还是睡不好，难受啊，我今天上班觉得我心跳都不对了。"

"那你跟傅丹心说说嘛，总要想个办法啊。"婷婷也很着急。

"我今天早上跟他说了，他喊我回我爸妈家住两天。"

"那你回去住两天嘛？总要睡觉啊。"婷婷点点头，挑了她一个抄手。

"我哪敢这样回去？"陈地菊摇摇头，"为了结婚这事，我和我妈吵了好多回你也清楚。我住到傅丹心家去这事她本来就反对，还是我自己硬要同意的。这才过了没两周，我就跑回去，你看她要咋说我！"

"哎呀，这倒是……"婷婷也为难了。

"不然，你到我那来住嘛！我那房子条件是差一点，不过就我和刘毅文，都随便，你来，我喊他去睡沙发！"她想出来一个办法。

陈地菊再是忧心也要"噗"地笑出来："我才不来打扰你们两口子！"她又喝了一口汤，继续说："其实我和傅丹心现在就应该赶紧去看房子，把房子赶快定了这日子才有些盼头——本来这是早就说好的事，我们一人出一半首付，趁春节前就可以把房子定下来。但我连连给傅丹心提了好几回，他就偏偏左右找借口，就是不去看。唉，你说他这是要干啥？"

婷婷却才是第一回听说这件事。"原来你们要买房子啊，"她说，"这么大的事我咋没听傅丹心提过？"

"唉，这有啥好说的。都结了婚了，肯定要把房子买了嘛，不然咋办？"陈地菊说。

婷婷就有点心酸酸的，想起了她和刘

毅文在葫芦巷租的那个烂偏偏。她说："现在一个房子首付要好多钱啊？"

"也不算贵，现在政策还好，买个七八十平的套二，首付两成算下来可能还不到十万。"陈地菊说。

婷婷心头"咚"了一下，叹了句："这么多钱啊！"

陈地菊这才意识到王婷婷他们的情况不同，赶忙附和："是啊是啊，肯定是一大笔。那也没办法啊，我们两个一人出一些，凑一凑嘛。"

"傅丹心说他要出一半？"婷婷一边想一边摇头，炒饭也不吃了，"不对不对，他哪来那么多钱啊？他的情况我们朋友都清楚。他最是大手大脚的，赚一块花一块，根本不存钱的，他哪来的存款？"

陈地菊一听这话，心头也跳了一下。"不会吧？"她说，"他自己亲口给我说的他可以出一半。"

"那我就不清楚了……"婷婷识相，赶紧把话包回来，"说不定他是有存款，说不定他爸妈要支持他呢。既然他说了，那肯定是要出嘛。"

现在是家丑不可外扬，陈地菊也就不便把两家父母亲为这房子吵得翻了天的事拿出来跟婷婷分享。她不说话了，想把她的抄手吃了，又有点吃不下去，问婷婷："你还吃不吃抄手？这还有两个。"

"我不吃了，"婷婷皱着眉毛，"感觉他们今天这酸菜有点回了。"

两个人就把剩下的和饭盒一全，装在塑料袋里一把丢了。陈地菊打起身回去上班了，婷婷继续坐在柜台后面等生意。

这一下午陈地菊这班却上得甚不安宁，手上点着钱，脑子里面来来回回想的都是傅家这一家人。她想着县政府家属院里那阴森森的样子，楼门口斜挂着的好几副蜘蛛网，又想到傅家厕所里面那一股说不出的酸臭味，阳台上永远挂满了晒洗的东西。她想到她的老人公傅祺红，说起话来庄颜正辞，书房门永远一关一晚上都不出来。她的老人婆汪红燕，此刻应该正在客厅里坐着给她打毛衣。昨天晚上回去汪红燕就把她叫过去了，说要再量一回她的手长，量完了又跟她说些话不收拾，她就只得坐在冷飕飕的客厅里陪着看完了整整两集《潜伏》。

还有她的爱人傅丹心，傅丹心。陈地菊一想到他，手指尖上都刺了一下。她虽然嘴上不承认，但心里却觉得王婷婷的话说在了点上。傅丹心这人的确是大方，平时爱交际，花销也不少，他那铺子虽然过得去，但肯定也赚不了大钱——说不定，他真是手上没钱，所以最近才这样地遮遮掩掩，就是不去跟她看房子。

陈地菊想到了这一层，整个人就不动了，坐在柜台后面，想起来前两天也不知道是为了哪件事，傅丹心又在饭桌上和他爸顶起来。当着陈地菊和汪红燕的面，傅祺红把筷子一放，脸一黑："傅丹心，你不要以为你现在稍微有点出息，就了不起了，跟我说话就'你''你''你'的。我给你说，我们这家，我是你爸，你是我儿子，这是永远都改不动的。只要你一天还在我门下吃饭，你就给我收拾点分寸，少拿这种态度跟我说话。"

陈地菊记得当时傅丹心耳朵涨得通红，坐她的身边，正像那个十几年前她在国学巷里偶遇的少年，一丝也没有改变。有一瞬间，她真的以为他要把桌子一推走出门去，直到汪红燕说："老傅，你收拾点！人

43

家小陈初来乍到,你把人家吓到了!"

傅祺红这才赶紧抱歉:"哎呀小陈,真不好意思,让你见笑了。好好好不说了,大家吃饭!"

唉。她心里吞了一个叹气,举起手来把章盖了,文件递出去,笑起来把这个客户送走了又按铃喊下一个号,于是一个很温柔的女声响起来:"请、207号客户、到2号柜台。"陈地菊听着这熟悉的声音,看着熟悉的营业大厅,终于决定:不想了,就我来出这首付嘛。反正,也算是让那笔钱有个正当的用处。

就这样她当天晚上回了屋,一心只想赶紧随便把饭吃了,就好同傅丹心回寝室里去,把这事情说开了,好让他消了顾虑,先去把房子买了。哪知道她的老人婆汪红燕却读不懂她的心意,偏要精精细细做一桌子菜:你看有一道鱼香茄子,一道韭黄肉丝,一道凉拌鸡肉,一道白肉冬瓜汤,还有一份炒小白菜和一碟泡菜渣渣肉。

傅祺红吃两口,就说:"今天这菜炒得不错啊,鸡肉拌得好,茄子也切得匀净,好,好。哎红燕,你给我倒点酒来呢。"

汪红燕就起身去给他倒酒,一边说:"这鸡是真资格的土鸡肉,还有这茄子,我就正是在市场头看这茄子新鲜才专门买的。丹心,小陈,你们都多吃点。"

陈地菊只得点个头,心也随着沉一沉:傅祺红这酒一喝开,今天晚饭肯定不好赶紧收拾了。她看了傅丹心一眼,哪知道他居然是一脸笑意,张嘴说:"妈,你也给我多拿个杯子,我陪我爸喝两口。"

"唉哟唉哟!"汪红燕乐得呵呵笑,再拿了个杯子,"难得啊,你们父子两个,今天兴致好哦!"

陈地菊毕竟还是个外人,哪懂得这一家人门后面的曲折。她就眼睁睁看着这两个男人把杯子摆好了,各自倒满了一杯枸杞酒。傅丹心把杯子举起来,说:"来,爸,我敬你。"——两爷子一碰杯子。

陈地菊无可奈何,舀了一勺泡菜渣渣肉,和着饭吃一吃,听桌子上其他人一句一句地说话。

"小陈啊,"傅祺红忽然喊她,"你有没啥不习惯的啊?吃的住的用的,有啥要求尽管跟我们说。你千万不要觉得不好意思,忽然搬到新环境肯定有很多不适应,有啥你就说,啊?"

陈地菊吓了一跳,万万没想到这家里面第一个对她说这话的人居然是傅祺红。她有点百感交集,就说:"谢谢爸。我知道了。有啥我会说的,你不担心。"

傅祺红点点头,继续吃两口鸡肉,忽然又说:"对了,傅丹心,你们这周末没啥事吧?我今天回来路上看到有个楼盘在促销,叫做'未来城',看起来还不错,不然你们去看看?"

陈地菊再吓了一跳,更加没想到傅祺红居然正在这时候提起了这桩事,她想赶快接个话,免得傅丹心不好做,居然就看到傅丹心也跟着把头点起来,嘴里说:"好啊,好啊,正好我这周末就没啥事。那梅梅,不然我们去看看嘛。这都马上要过年了,最好是不要再拖了。"

正是人盘算不如天打算。陈地菊枯自想了一地的心事,却没想到这事就是两杯酒上解决了。星期六一大早,傅丹心开车载着她,两个人从西门跑到东门外,一楼一盘地开始看房子:西门的嘉祥城,普罗旺斯花园,东门的恒发新城,平乐帝景,莱茵美居,还有天空城,他们都一个个看

44

过去，宣传册，户型图，乱七八糟拿了一大堆。正是东家的女儿爱红妆，西家的女儿会针线，各有长短，难以决断。

两个人看得肚皮都饿了，只得先把这头放下来，找个地方吃中午饭。傅丹心说河滨大道最近红火得很，不如去那看看。两个人就开车过去了，果然见一排排开出来的新馆子：火锅，烧鸡公，酸菜鸭，鱼头煲，农家菜，还有两家西餐厅。这才是午饭时间，路边就几乎都停满了，傅丹心好不容易找了个停车位。两个人下了车，一路看过去，又是一阵好挑拣，傅丹心说吃鱼头煲嘛，陈地菊说太多了我们就随便吃点。

他们正在为难，忽然看见"田园风光农家菜"门前停着一辆陆虎越野车，又黑又亮地一大坨，气势不凡。陈地菊正想"这车恐怕有点贵"，就听到傅丹心说："哎，这不是龙哥的车吗？他也在这边啊！"

他就拿出手机来给龙刚打了个电话。龙刚果然正在"爵士咖啡"里吃午饭，"快过来快过来！一起吃一起吃！"他在电话里一阵大声招呼。

两个人就走到"爵士咖啡"去了，一进去就听见人喊："小陈，丹心，这边！"他们一转身，只见龙刚在一个靠窗的卡座边上，站起来，对着他们挥手。

陈地菊走过去，才发现卡座里还坐了个年轻的女人，但不是郑维娜。她对她点了点头，坐下来，一下话也找不到。两个男人却高兴得很，招呼服务员过来点菜。龙刚说："哎！你们两个！结了婚就不出来跟我们这些单身的耍啦？这样不好哦！"傅丹心说："我哪晓得你在哪干大事，哪敢随便打扰你！"

也许是因为第一次在KTV的时候，陈地菊才要跟傅丹心说话就被龙刚搅了，她就一直对这人印象不太好。但不知道是什么原因，傅丹心却同他很亲热，两个人一见面，又是说，又是笑，两句话下来就要点啤酒。

"哎，丹心，"陈地菊不得不出来制止，"你等会还要开车，下午我们还有事，不要喝酒。"

"噢对对对，"傅丹心还算想得起道理，赶紧说，"不好意思龙哥，今天喝不成，等会下午还要去看房子。"

"你们在看房子啊？"龙刚笑起来，"那就是真正巧了！来，我给你们隆重介绍，川西名居售楼部的孙经理！"

"啊，孙经理好。"傅丹心跟她打了个招呼，两个人握了一握手。孙给他们递了名片，陈地菊一看，名片上写着：孙静，销售部经理。

这孙静看起来矜矜持持的，但一说起话就很是干练。一顿中午饭下来，她给傅家两口子详详细细地介绍了整个川西名居的情况：投资方，开发商，物业，小区环境，容积率，户型，无一不全。这楼盘其实也不远，就是在创新公园的另一边，斜望着恒发新城。拿孙静的话来说，他们楼盘很低调，但是质量绝对好，容积率低，户型合理，还有赠送面积，用来住家是真正最实惠的。

话都说到了这里，饭也吃了，一行人就开着两辆车，一起去看川西名居。这小区是以多层为主的，外墙青瓷白砖，很是雅致，花园里一树树梅花和铁脚海棠正是开得灿烂，两口子又看了样板房，双双都觉得很满意。

龙刚先来问了他们的意思（确定是想买），就转身去问孙静要折扣。孙静也是两肋插刀了，打了几个电话，最后要来了整整三个点的折扣。这样一来，就再也没有什么值得犹豫的了。傅丹心拍了板，定下了A2户型九十二平方的小套三，总价三十二万三，首付六万四千六，先交两万定金。

孙静带他们去付定金，三个人一起走到了财务室。财务问："现金还是刷卡？"

"刷卡。"陈地菊说。

她要去拿她的钱包，傅丹心说："梅梅，哎，我来嘛……"

陈地菊却很是坚决："没事，我卡上正好有钱。"她把卡拿出来，刷了两万元，打了收据，签了字。

这件大事就算定下来了。也的确是遇得好不如遇得巧：吃一顿中午饭，就把房子的问题解决了。龙刚还想去茶楼坐一会，傅丹心说得先回去给老人家交代，不如改天再约。

他们开着车回县政府家属院，正是尘埃落定了，双双都有些恍惚。

傅丹心还是很觉得不太妥当的，说："梅梅，对不起，让你一个人把定金垫了。"

陈地菊不是没料到他会有这样的反应，轻轻地说："你说的啥话，我早就想好了。你看你，你买这车子把钱都用了，现在手头也不充裕。现在就这样：首付我来给，月供我们一起付，这样不是正好？"

傅丹心听她这话出来，自然就沉了一沉，最后说："其实我这里还有些钱，我凑一凑，还是能拿个两三万出来。"

"没事，"陈地菊说，"也多亏我这么多年吃住都是我爸妈管，工资基本没用，这首付还拿得出来。你那些钱，你存着，以后这房子还要装，还要买家具，用钱的地方多了。"

傅丹心把车转到东门上，看到满街的人头攒动，女人们穿着高跟鞋，一个个花红柳绿——在这么多庸庸碌碌的女子里，他却找到了他的爱人陈地菊。

他伸出手去，捏了捏陈地菊的手。她的手又是温热，又是柔软。

"梅梅，"他叹了一声，"我爱你。"

傅祺红日记　2007年8月10日

今日工作：今天，在《永丰县志1986—2005》的阶段编辑工作会上，提交了"居民生活篇"中的"城镇居民消费支出"一节，分为食品消费、衣着消费、居住消费、交通通信消费等八大项。

按计划，为了更直观地体现居民消费情况二十年的变化，除文字部分，每项各配了一张表，一目了然地列出该项人均消费金额（元）和占生活总支出比重（%）的逐年改变。小苏在收集数据上费了不少功夫，又由我和他共同统筹制表，同事们都很认可。但是赵却把这一节否了，表示他要亲自再统笔一次。散会后，我实在有些想不通，就找他谈了一次。他也算跟我说了真心话，表示主要的问题是在"居住消费"这一项中。他的意见是，有些叙述不太准确，"容易引起误会"，例如文字部分的"20世纪80年代末以前，不少职工住在单位修建的集体宿舍中，不交一分钱"（赵说肯定还是要交一些钱，"不交一分"太夸张）；"买一套80平方米小户型商业房，2005年要支付13.6万，相当于一般双职工家庭大半生的积蓄"（赵认为最后这个"相当于"是不必要的主观煽情）。更重要的是，他坚持九十年代以后城镇居民商品房购买的数据表格必须删掉，"太敏感"。

他这么一说我就明白了，毕竟是动辄

几十万的房子，再来详细数据一列，他肯定是怕万一把哪个上头贪了的牵连了。按理说，史者记事，从正执中。古来有班固，有司马迁，有范晔，都是职当载笔，善恶必书的。下笔只为后世检戒，从来不由君主观见。但赵却只想拍马屁，又喜欢唱赞歌，又生怕惹麻烦。有这样一个人管事，实在是县志办之悲哀。

今日学习：读完《曾国藩与桐城派》，又回头去重新翻了翻《曾国藩家书》。这本书确实值得一看再看，句句都是经典："君子之立志也，有民胞物与之量，有内圣外王之业，而后不忝于父母之所生，不愧为天地之完人。"

今日膳食：早：臊子面约二两，煎蛋一个。午：邱蹄花两只，白饭一碗。晚：凉拌猪脑壳，凉拌兔丁，炒空心菜，干煸苦瓜，锅贴若干，稀饭三碗。

今日琐记：丹儿终于找到了一间合适的铺面，就在北门紧靠十字口，以前土产公司对面。他很满意这个铺面，我们也觉得高兴。自从从光纤公司出来以后，丹儿一直十分低落，这一下，他自己开张做生意了，也算有了突破。他还有点遮遮掩掩，不敢正面跟我说。实际上，我真有些羡慕他的自由和机遇。我这辈子都困在单位里，彻底报废了。

第 四 章

都说平乐这地方自古以来就是有灵脉的。早在西汉时候，就出了个杨大夫文冠天下，侍奉在皇帝左右。之后经朝历代，又有石太守、吕知州、蔡御史、赵委员、张参谋等名人显贵先后为一方贤达。于是此地的居民也似乎受此濡染，待人接物间颇有谦谦君子之道，融融和睦之风。

比如两个熟人在街上碰见了，绝不空口白舌问个好就算了。有一个要问："老傅，吃饭没？走！我招待你吃饭！"另一个便说："今天屋头煮了。改天吧，改天，我招待你。"这一个就赶紧抱个拳来感谢："使不得使不得，还是我招待你！"——就这样你招待我招待，两个人来回递够好几转，才算表了真情义，才再依依惜别了。

又比如去菜市场买个菜，也是不得了的阵势：走到摊子前，得先问个好，再说"老板麻烦，称点豌豆尖"。老板就赶忙跳起来，满脸笑起，抓个塑料袋子给买主捡豌豆尖。买主要说："哎，不好劳烦你，我自己来捡。"老板就说："不行不行，看把你的手打脏了。"买主再要客气："没关系没关系，我自己捡，看把你的手弄脏了。"老板就更加谦虚："不得事，不得事！我的手本来就脏！"——这样说够一轮，也刚好装了一大兜，一上称六元四角钱。买主还要硬给个六元五，拿起来感感谢谢地走了。

一边走，一边忍不住朝塑料袋里瞄了好几眼，心头想："这个人不要尽是给我捡些老的啊！这拿回去一拆魂都没了！"

吃晚饭的时候，汪红燕果然说："老傅啊，你今天买的那个豌豆尖好老啊。我拆了好多拿来丢，你看，炒出来就这么一点。"

傅家四口人围着饭桌吃晚饭。桌子上一碗青椒肉丝，一碗白油丝瓜，一盘凉拌三丝，还有小半碟子清炒豌豆尖。

这下傅祺红也觉得菜有点少，就对傅丹心说："你赶紧下楼去，过街在白家卤味那买点卤菜上来。"

傅丹心坐都坐定了,说:"算了嘛,够了,今天本来就没好饿。"

"你就想你自己了,"傅祺红说,"人家小陈呢,我们大家呢?"

陈地菊赶紧表态,说不用买不用买,这些足够足够了——傅祺红却不听她的客气话。他拿出五十元钱,把傅丹心遣出了门,叮嘱:"多买两个猪尾巴。卤牛肉要买有筋的。"

傅丹心拿钱走了,过了一会,提回来一袋卤牛肉(有筋的)和一袋子猪尾巴(配了红海椒面的干碟包),"哗"地往桌子上一摆,更添了半壁江山。

哎,这才有个吃夜饭的样子嘛。傅祺红夹了一个猪尾巴,又想起来,问他的儿:"找的钱呢?"

"哎呀爸啊!"傅丹心难得叹了一大声,"现在啥物价你有概念不?你以为五十元还是钱啊?——就光买这些,我还添了钱的!"

傅祺红便有些抱歉:"你添了好多?我补给你。"

"哪个要你的!"傅丹心也伸手过去抓了个猪尾巴,"啪"地丢到嘴里两嗑,正是有其父必有其子。

陈地菊还是个新媳妇,自然不好说什么。汪红燕嫁到傅家几十年,就早是熟脸皮了。她笑起来:"你们两个才有意思呢,亲父子,明算账啊!"

"不是我要跟他算账,"傅祺红已经吃了两坨猪尾巴,现在顺便夹点豌豆尖,"我这是要给他表明这个道理:账要算清楚,千万不得蒙人家的钱,更不要欠钱。做人啊,要随时留心这些细节。"

傅丹心不想接话,转头给陈地菊夹了一片卤牛肉。

"你们那房子什么时候交房啊?"当爸的又问。

说到房子,这儿子的态度才好些:"明年春节的时候,我们这算是这一批新房子里交得快的了。"

"那楼盘不错,"汪红燕也来了兴致,"我前天走去看了看,小区绿化做得真好!"

"哎,你自己走过去啦?那么远,你喊我一声,我开车带你去嘛。"傅丹心还是心疼他妈。

"一点不远!"汪红燕说,"我穿过创新公园就过去了,天气又好,等于散个步。这新修的创新公园真不错,小陈,你去过没?"

"我爸妈最爱去那散步,春节陪他们去看新房子又去了两回,他们都说这房子位置好,正挨着公园。"陈地菊笑起来说。

"就是啊!以后你们搬过去了,出门就是那么大个公园,随时都去散步,好舒服!"汪红燕感叹。

以后他们搬过去了——傅祺红一边吃饭,一边悠悠地看着他的儿子和儿媳妇,两个人目明眉秀,唇红齿白的,正是在那最要潇洒的好年华。等到他们都搬过去了,傅祺红想,这晚饭就真要吃得清淡了。

刚刚过去的这个虎年春节,傅家过得格外热闹。硬就靠这一套还画在纸上的新房子,人心里外都齐了,在自己屋头吃了顿正儿八经的年夜饭(真是多年未有了),又和亲家一家在初三和初七连续走动了两回。叶小萱和陈家康这下是满意了,字字句句都说傅丹心好,傅祺红和汪红燕自然也要表态,连连声声夸陈地菊优秀,双方又是碰杯又是祝贺,笑谈小两口未来的新

48

房子和新生活。也是正应了俗话说：岸柳因春绿，人心随势移。这欢欢喜喜的一个多月过了，老老小小都多了几分亲热，像是真正的一家人了。

当然了，儿子和媳妇必须得搬出去，这是大势所趋。不然整整四个人住在一个房檐下，总有许多不方便。

吃了晚饭，傅祺红正在书房里写东西，忽然听到有人轻轻地在外面敲门。

"进来。"他把笔放下了，说。

门"吱"地一声被慢慢地推开了，陈地菊站在门口。"爸，不好意思，打扰你了。"她说。

"小陈啊，你啥事呢？进来嘛。"傅祺红赶忙站起来。

陈地菊就走进来。只见这书房里迎面来一整墙壁的书柜，再有小茶几边，书桌上，一摞摞的也全是书。"这好多书啊。"她笑了。

"咳，这都是多年来收的。"傅祺红从书桌后面走出来，站在书架前，"也算有些好书，但大多数都是不成样的。"

"啊，我是有个这个事，"他儿媳说，"我的一本书，放在客厅里找不到了。我问了妈，她说可能是她以为是你的，就捡到书房里来了。我就来看看这里有没有。"

"哈！"傅祺红一笑，"也难怪了。我们这家头啊，从来都只有我一个人看书。你那本是啥书？我来给你看看——她要是收进来了，应该是在这一堆。"他走回书桌边上，那上头堆了高高低低好几摞的书，都是他最近在看的。

"哎，"这下陈地菊有些讷讷地，"是本侦探小说。深蓝色的封面。"

"深蓝色的封面……"傅祺红把书桌上的书一本本翻过去，"叫啥名字？"

"叫作《无人生还》。"陈地菊说。

她话音刚落，傅祺红就看到那本书。宝蓝宝蓝的封面上，黑漆漆的几个人影子，白惨惨的字写着"无人生还"。

"啊，"他把书拿起来，"是阿加莎·克里斯蒂的啊！你喜欢她的书？"

"对啊！"陈地菊一听到傅祺红说出这名字来，像是暗号对上了，一下笑了，"我喜欢看她的书，福尔摩斯系列也都看了，还有日本几个写侦探小说的作家，我也很喜欢。"

"阿加莎·克里斯蒂可是个大作家！她写了好多书。你不要说，我这好像还有几本她的书……"傅祺红走到左手第二个书柜前，打开门来，在架子上找。

他素来很有条理，立刻就从书架上把阿加莎·克里斯蒂的几本书抽了出来，转身递给了陈地菊："你看看，这些都是老版本了，不比你这本做得精美。以前的书要简朴得多，当然了，也便宜得多。"

陈地菊就把书拿在了手上，一本本看过去：《悬崖山庄奇案》《阳光下的罪恶》《蓝色快车谋杀案》。

"你拿去看嘛！"傅祺红大方地说，"我这小说其实还真是很有一些，……你看，这还有《乱世佳人》，还有《基督山伯爵》《罪与罚》《钢铁是怎样炼成的》《静静的顿河》……"他在书架上挨个数过去，"你有空了自己来挑，喜欢的就拿去看！"

"好啊，"陈地菊只得把书拿在手里，"那我看完了再来挑两本。"

"你随时来！"傅祺红说，"我这别的没的，书多得很！"

陈地菊谢了一回，抱着书走了。她自来很细心，走出去就把书房门掩上了，又再说了声："谢谢爸。"

49

傅祺红正要说"不用谢",陈地菊却已经在门外面了。隔着一扇棕红色的实木门,他的爱人,儿子和儿媳妇,看电视的看电视,耍电脑的耍电脑,看书的看书。

他本来准备回去继续写文章,但却忍不住想再欣赏欣赏他的书柜,一扇扇一排排地看过去。背着手,踱着步,像个老财主一般:永丰县的县志、年鉴、各种文化特色集以及多样的县情手册占据了左手第一个书柜的大半。接着是本县文化界朋友出版的文集、诗集、摄影集,一本本签了名,题了字,占了整整两排。再来才是他自己买的书,按照年份来排列,又再分为文学类、政治类、人文类、经济类——一本本地,从八十年代中期一直到现在,列满了快四个书柜。

傅祺红眼睛扫一扫,把这二十多年看了过去:这些书本来是小而薄的,后来越来越大,各种材质的封面,长长短短的开本都出来了,放在书架上很是参差不齐——这几年才似乎又回归了,由繁再化简地,使书架子重新平坦了。

最后一个书柜的最底面三排,整整几十列在一起,是他多年都没过问的角落。傅祺红蹲下来,看着这些发了皱又发了卷的书脊:一套《小学语文》,一套《小学数学》,一套《小学自然》,再有《中国通史》《世界通史》《幼儿英语启蒙》《世界美术名作二十讲》《科学简史》《儿童插图百科全书》,又有《全唐诗》《千家诗》《论语》《孟子》《诗经》《春秋》等经典,《古文观止》甚至《增广贤文》,以及其他更多的。

傅祺红大概永远不会忘记一九八七年的年底。他去傅丹心当时就读的平乐一小开了第一次家长会。回来之后,想了几个晚上,最终决断:让儿子从学校退出来,拿回家来自己教。

所谓启蒙,人之初张眼,仰观吐曜,俯察含章,方有两仪生;读古今识圣贤,明是非立品德,方有三才定。傅祺红深信这个道理,就更不愿让他的独儿在平乐一小耍耍打打混过这六年。他原本的计划,是要傅丹心利用这段黄金时间在家里学完这些书,为以后的成材打下最坚实的基础。为了完成这个目标,傅祺红是手把手地,定大纲,写计划,出练习题,父子两人一个当老师,一个当学生,又有一个汪红燕帮着监督检查,在书房里一学就是六年。

他的计划并没有完全成功——傅丹心没学完这些书,没有读透,没有背全。总是个娃娃,难免贪耍——这是傅祺红自己评估的。

但是,在外人看来,他这计划就真正是一个大轰动了——傅丹心尚未满十二岁,在初中入学考试上亮相,不但完成了老师专门刁难他来出的高难度入学考试题,甚至又加试做了的初中三年级水平的英语、化学、物理,样样都是满分,震惊了全县的教育界。

一夜之间,傅祺红走在县政府里,平时那些心比天高眼朝头顶的,个个都来跟他道祝贺。有的说:"傅主任啊,以前我只在电视上看过那些神童啊,少年大学生啊,觉得好了不起!没想到现在,我们身边就出了一个!你的傅丹心前途无量啊!"有的说:"老傅,还是你有魄力,说教就教,还真就把娃娃培养得这么出色!你有啥科学方法,跟我们分享一下嘛!我给你说,你那些用的书啊,笔记啊,都要好生保存起来,等以后你们儿子再有出息了,你把这些整理出来一出版,嗨!那肯定是畅销书!"又有人说:"祺红,你现在真是红了!

按我说啊,你在教育娃娃上这么有心得,这都公认了,我们政府办也不敢留你了,说不定马上就得调到教育局去!"再有人想得更远:"哎,马主任,你这就说得太局限了。现在祺红县里县外都打响了,哪还只是在我们这里打转。你看嘛,过阵子,市上啊,省上啊,就要来要人了!一路给他提拔上去!"

——那热闹简直到了一个极点。已经快要二十年了,依然地,傅祺红一看到这些书就想到了那些话,在他耳朵里面钻进钻出,唱得锣鼓喧天。

他一把站起来,把书柜门关了,"啪"地一声。总算是守住了满室的清风雅静。

有些无聊的喜欢说傅祺红闲话,说他千不该万不该,就是姓拐了,才会这么多年都永远是个"副主任",先被余先亮管也就罢了,余先亮退了休,还要被比他小一轮的赵志伦管,打死坐不正。傅祺红不是没听过这些小道上传的——更难听的也有——但他从来都一笑置之。这些镇上的人!他心里或许会想,你自己蹬打不开,还把我傅某人的格局也想得这么狭隘。难怪圣贤说,切莫与鼠儿雀儿论道!

但你说有啥办法:东街的傅银匠看上了东门外凉水井黄老六家的幺女,托媒婆上门说亲,下了五个银元的聘礼,把这黄慧兰娶过了门。两口子安家在东门老十字口边,一套房子对着东街,外面做生意,里面过日子,男人打银子,女人料家事,日子虽不殷实,却总算和睦。结婚第二年,两个人生了第一个娃娃,按"祺"字辈取名傅祺永。这小娃娃聪明伶俐,人见人夸,长到一岁半,害了瘟死了。傅银匠和傅黄氏极是悲痛,过了一年多,再生了个女娃娃,取名傅祺华。傅祺华小时候爱哭,长大些了就特别懂事,每天帮她妈做家事。长到三岁半,到城墙边水井上去打水,一个失足跌到井里面死了。两口子哭了五天,一口水也没进。也是万幸,这时候傅黄氏的肚子里已经揣了一个。她鼓起劲来,抱鹅蛋一样把这肚皮护起来,过了五个多月,生下了个又白又胖的男娃子,一出娘胎就是一头黑头发,面貌不凡——这才是傅祺红了。

所以你说有啥办法啊。傅祺红他在转轮台上凤凰一跃,却偏偏落到了这四川地方的小镇上。既然自这傅黄氏的肚皮里破出来了,也只得就长在了这地方。他倒是自幼聪明,抱负不浅,甚至考上了大学——但还是没用,哪里生,哪里死,最后,还不是得被分配回这巴掌大的平乐镇。

既来之,则安之。他时常这么宽慰他自己。好在这平乐地方虽然在盆地底下,不过一方寸土,却田肥地沃,物厚人和,四时风物,更别有致趣。就看这正月一过,才入了春,满街满镇的花木们都兴旺起来了:寒梅刚刚开完,海棠尚且妖娆,嫩黄黄的迎春花和粉白白的樱桃花就招展起来;再过几天,杏花开了,满树的更是下雪一般,风一吹,扬起重重的花瓣子,又夹着隔壁李花和梨花,飘飘荡荡,最是迷这看花人的双眼;再过几个星期,等到萝卜花和胡豆花来打过了前哨,油菜花就要"刷"地一把,开出来满原遍野,遮天蔽日的金灿灿——等这时候,任你是天官投胎,星君转世,也不得不脱了袄子,掀开铺盖,走出门去,照照相片,晒晒太阳,再抬张桌子出来打麻将。

这正是:春雨惊春花信到,凡心思凡微澜起。

傅祺红骑着自行车上班，走到县政府里停他的车子，看见一堆保安围着停车棚打斗地主。三个人打，六个人看，好不热闹。他本来是下意识地，想说声："哎，师傅些，这县政府里头打牌，恐怕不好看哦。"——但他又考虑到这样做或许有些讨人嫌，再加上平时还要麻烦人家守车子——就把话哽了，拿起公文包走了。

他还没走到办公室，就听到县志办里面传来一阵黄雀儿似的笑声，不想也是吴文丽。傅祺红刚刚忍了一手，现在就有点不耐烦。这吴文丽简直是！自己游手好闲就算了，上班时间，居然嘻哈打笑成这样！他想。

他转拐过去，就看见吴文丽和实习生小杨站在走廊上说话，吴文丽笑得"咯咯咯"的。

"小吴！"傅祺红发了话，"你们有啥笑话下班了说嘛！上班时间，这么不严肃！"

两个女子便立刻肃穆了，端端正正地杵在走廊中间，喊："傅主任好！"

傅祺红还是不太安逸，皱着眉毛盯着这两个小的，斥责道："你们啊你们啊，一大早上就这么吵，人家其他人听到，对我们县志办咋想！一点不注意影响！"

小杨倒还勉强摆出一副唯唯诺诺的样子来，吴文丽就干脆"噗"地一声笑出来，她仗着自己地皮混得更熟些，说："傅主任，我们正在说的就这个影响。嗨呀，你恐怕还没听说吧？"她闪着一双眼睛，眯起来一个贼笑："赵主任出事了！"

傅祺红心一紧，赶忙问："他出啥事了？"

"哎呀，都传开了，"吴文丽又笑起来，"赵主任今天刚刚一到单位就被纪委请去谈话了！"

傅祺红再是吃惊，表面上也要稳起，他就压了一压心神，问道："纪委为啥去找赵主任谈话？是有啥事？"

吴文丽举起右手来遮在嘴边，却遮不住她满眼的好风光："他啊，被他老婆告了！啧啧！说的他在外面有了个二奶——这就算了，还说的他为了这个外头的女人，又是挪用公款，又是偷赚外水，干了不少违规乱纪的事……他这老婆也确实是大义灭亲，简直狠啊！一股脑地把啥他和这小三进出酒店的证据啊，他利用职务谋私的短信记录啊，包括银行账单，都交上去了！这么厚一沓！"她夹起虎口来一比："证据凿凿啊，上头想不理也不行啊，只得把赵主任请去喝茶了……"

"……你说这女人啊，是不是惹不得！这是自己的亲老公啊，一过几十年了，娃娃也有了，居然说翻脸就翻脸，还翻得这么彻底，这么决绝，这么周密，我想一想都起鸡皮子！"吴文丽一边娇声叹叹，一边摇摇脑壳，"你说这对她有啥好处？搞得鱼死网破，她就是离了婚，把财产都拿了，又能咋样？——不过就是有个小三嘛，有啥了不起的！你觉得你男人照顾外头的多了，照顾你少了，你自己给他商量嘛！有啥道理不能讲？居然就一路告到县政府来了！简直是……"

她越说越是鲜活，又着杨柳腰，点着青葱指，念念叹叹，一副为主鸣冤的样子。傅祺红自来正派，就说："你这话也不能这么说。首先，现在情况还不明确，我们都不要道听途说，翻些小话，弄坏了影响。再来，退一万步说，万一真是有这么个情况，那也的确是他做得欠妥当。毕竟，在外面养二奶，肯定是不对的。"

"哎呀傅主任，"吴文丽翻翻白眼子，

挽住了小杨的手腕子，娇弱弱地往她那边一靠，"这都啥年代了！哪个还管这些事！他赵主任包得起二奶，那是他有这个本事——人嘛！哪个没点花花肠子！——当然了，我也不是说他就做得对了。这事啊，有两点他没做好：一是没安抚住自己的老婆，这简直失败失败！第二呢，这就让我们这些人有点想不过了。你说他既然剐了我们办公室的，又还缠了外水，居然从来不分点出来。我们这些下头的啊，光是苦哈哈做事，半点钱星子也没看到，这简直是让人寒心了……"

她这话一出来，傅祺红就不得不立即制止了："吴文丽！你越说越过分了！赵主任到底啥情况，我们根本不清楚。就我了解，我们县志办的账都是清清楚楚的，进的和出的都是一笔笔记得好整整的，你不要在这搅起乱说！扰乱人心！"

傅祺红当了多年的副手，擅长接球和传球，人前更是一贯的好好先生，很少在单位说这么重的话。吴文丽一下子不发声了，小杨就一脸惊恐，两个女子盯着他，想走又不敢走。

"快回去做事了！"傅祺红下了令，格外威严，"林业局的数据统计校对完了没？第三稿编辑工作做到哪了？现在这第二本二十年县志的工作压得这么紧，眼看人手都不够了，你们还在这闲耍，这都几点了？"

两个人赶忙两散了，"哒哒哒"跑过一路。

傅祺红也夹起公文包，继续沿着这阴森森的走廊走过去。苏聪的办公室在他办公室斜对面，透过半掩的门，傅祺红看见苏端端正正坐在电脑前面，眼镜架在鼻梁半中间，"啪啪"敲着键盘，白脸上映着蓝光。这娃娃倒是个明事理的。他想，转身走进了自己的办公室。

他把门关好了，把公文包放在桌子上，又把饮水机电源打开了。然后，他拿了他的茶杯子，走到书架边上，揭开茶叶罐捻了两撮茶，走到饮水机边上去等开水。这饮水机用了很有几个年头，烧起水来咕噜噜地，简直山崩地裂一般。

晚上，两个娃娃出去给朋友过生了，两个老的就在屋头守着方桌吃晚饭。桌子上有一个木耳炒肉，一个凉拌鸡，还有油焖红油菜和菠菜蛋汤，以及昨天的卤菜。

"嗨！"傅祺红看着这一桌子，笑起来，"今天啥好日子，就我们两个，还居然这么丰盛。"

"你说得！"汪红燕打了饭过来，坐下揉着腰杆，"哪天不是三菜一汤、两荤一素给你做起的？说得好像我平常在虐待你一样。"

傅祺红夹起一筷子木耳炒肉，放到嘴里，一边咂嘴，一边说："哎，今天这菜炒得好，肉也嫩，好吃。"

汪红燕说："我今天专门去南门周老八那割的肉，他的肉一向好，不打水。"

"嗯。"傅祺红点点头，又伸手夹了木耳肉片。他把菜放到自己的饭碗里，正要和着扒口饭，忽然说："哎，这菜这么好，干脆，给我打点酒来。我喝两口，先不忙吃饭。"

汪红燕想不通今天又刮了哪股妖风，但反正她爱人兴致正好，她也就干脆蹭个高兴。"那喝两口嘛。"她笑起来，把傅祺红的饭碗拿了，把饭倒回电饭煲，还给他一个空碗，又去橱柜上头把他的枸杞酒拿出来，往杯子里倒了约莫三指宽的，再一转身把酒递给了傅祺红。

傅祺红端起杯子，嘬了一口枸杞酒，即刻地，便是一股暖意入心头，更有一丝甘甜留齿间。他再夹了一大片肉，咂着嘴嚼一嚼，正是：纵有天上珍馐肴，不及人间猪头肉。

老两口多年不见这种悠闲，吃着饭，喝着酒，品着菜，心里面各有各的踏实。

汪红燕说："老傅，你看，结婚这事果然是对的。不然人家说成家立业成家立业，可见正是这个顺序：先成家了，懂事了，才要立业。你看丹心他们这房子就买了，也不要我们操心，下面，看他们两个小的如何奋斗了，哎呀，不容易啊。"

傅祺红把酒杯子放下来："有啥不容易的。他们两个现在都有正经工作和收入，房子也有了，车子也有了，上头还有四个老的支持他们，再舒服不过了。你想想，当年我们结婚的时候，有啥子？啥都没！"

汪红燕想一想他们那时候的苦日子，也忍不住笑了："也是！你还记得不，当年你那床棉絮啊，坑坑眼眼的，一到冬天有好冷！"

傅祺红肯定不会忘记。当年他大学毕业分到广播局，住的宿舍是个筒子楼，搬进来的时候又正是隆冬。房间的窗户开了缝，门也关不严，风一吹就"哐啦哐啦"地响。他的那床被子是大学时候的，睡了多年，已经成了一张纸，汪红燕倒是带过来一床她的铺盖，但也软垮垮的不经用。傅祺红是男人冷也就算了，偏偏汪红燕一个妇人家，又有身孕在身，着实是冻不得。傅祺红焦急得很，箱箱里面翻出来，春秋衫毛线衫都丢上床去，堆起垫起坝窝窝。汪红燕再是心头怨，看他那样子也忍不住一笑："你把这床垒得高一头矮一头，要咋睡？"傅祺红一看也笑了，笑归笑，还是难受，心头一根根扎银针一样。最后他说："红燕，要不然你回独柏树爸那住嘛？不跟到我在这受冷，你和娃娃要紧。"他这话一出，汪红燕正了脸色："傅祺红，你说的啥？我们娃娃都有了，婚也结了，你喊我走哪儿去？反正，你睡哪儿我睡哪儿，你吃啥我就吃啥，再哪样也不得回娘屋。"

两个人冷啊，穿着棉袄子早早钻进了铺盖里，抱在一起捂热和，一晚到亮不松手——这样过了大半个月，好不容易等到发工资。第一件事，傅祺红就跑到十字口，找弹棉花的柳师傅弹了一床整整十二斤的新棉絮。他抱着那床棉絮回了家，把它摆在床上。两口子又是看，又是摸，跟见了活菩萨一样。有了这床棉絮，他们才终于不冷了，睡在铺盖里，穿着薄薄的春秋裤，透着热汗睡踏实了。再到翻年春浓了，他们的儿子傅丹心就"哇"地蹦出来了，健健康康，白白胖胖——硬要谢谢这床棉絮啊。

傅祺红也难得笑了，感慨道："不过你这话我也同意，傅丹心找到了小陈，真是找好了。你说，这姻缘啊还真是奇妙。有的人有福气，懵懵懂懂就找了个贤惠的，日子也要越过越好；有的人呢，就不会娶，一眼看错了，娶了个母老虎，这辈子都惨了！"

汪红燕她一个退休的家庭妇女，哪能体察县政府的风云变化。她把这话一听，听得胃上硬生生地一顶。哎，说话说得好好的，他这是啥意思，表扬儿媳妇就算了，话锋一转，意思是说我是个母老虎——等于你这辈子不出息，还是我的错？她涌上头地想，眼神一骤冷了，盯着傅祺红。

傅祺红正是喝得欣欣然，两颊上也有

了颜色。他悠悠地靠在椅子背上，吃吃肉，吃吃菜，春风得意。他把酒喝完了，觉得还是要吃点饭，就说："来，给我打点饭。"

汪红燕说："你没长手啊？自己打！我吃完了，去看电视了，你洗碗！"

她把桌子一推走了，留下傅祺红一把掉回了他的那张硬板凳。

有人说一人一命，还有说富贵终须天定，闻达皆由圣意。这些都是教人要守本分，要踏实过日子，知足，认命，切忌痴心妄想。君不见古来将相显贵，哪位不是生则天显异象，养则圣贤相教，入世则闻名天下，出世更流传百代——这样的轰轰烈烈，都是早就注定好了的事。至于平常的老百姓们，你生，天上不得少下一滴雨；你死，地里不会少长一棵草——哎，明白了这个道理，就释然了。有吃的吃一口，想睡了睡一会。但愿我心无非分，平平安安到古稀。

傅祺红是早就把这道理想透了，但却管不住他名下的其他人不去痴心妄想。也才过了两天太平日子，他的儿傅丹心就又起了心花花。吃夜饭的时候，他无端端说起了五一劳动节。

"妈，劳动节家头没啥特别的安排嘛？我们准备出去耍一趟。"傅丹心说。

"好啊，"汪红燕说，"好不容易放了假，是该出去走一走。哎，不如去龙门山爬山嘛，到时候山上的杜鹃花正是开得好。"

"要看今年天气怎么样，"傅祺红接了句，"如果热得早，杜鹃花四月就开了，等到劳动节都开烂了，也不好看——到时候再说嘛，这才刚刚三月份，还早得很。"

可怜这老两口子还在说前生的旧话，却不知人世间都改过了几个朝代。他那儿子跟儿媳妇换了一眼，然后说："哎呀，我的意思是，我和梅梅两个人想走个远点的地方去耍，你看，我们结了婚也没出去耍过……"

噢，他这才懂了，人家说的这"我们"并不包含他和汪红燕两个人。汪红燕赶紧说："也好，也好，你们两个出去耍一耍，放松放松。"

"你们准备去哪儿嘛？"傅祺红问，"哎，小陈，你去过云南没？云南不错，天气也好，我去过一次，觉得很值得。"

陈地菊应道："我以前也和单位同事一起去过一次丽江，是很好，有机会也多想再去。"

他儿媳妇还是客气，他的儿就懒得转弯倒拐了，直顿顿地说："我们准备去普吉岛。"

"啥岛？"汪红燕问。

"普，吉，岛。"傅丹心一口一字地教。

"这地方在哪儿啊？我没听过呢？"他妈还是打不到方向。

"在泰国。"傅丹心说。

这下汪红燕意识到了问题的严重，一脸惊诧："你是说你们要出国啊？"

"咳，"傅丹心笑他妈，"泰国算啥出国嘛！飞机三个多小时，打个瞌睡就到了，方便得很！"

"走那么远，安不安全啊？"汪红燕皱着眉毛。

傅祺红也发了话："这五一劳动节本来就是高峰期，你还要跑到泰国去，得花多少钱啊？"——他话都说出来了，才忽然想到陈地菊还在桌子上，赶紧补充："我不是说你们不该花钱出去耍，不过最近你们刚刚买了房子，还要还贷款，我看，用钱还

55

是稍微有点计划的好……"

"唉,我懂。"傅丹心打断说,"就是因为这个普吉岛的团划算得很,我们才准备去的!我朋友跟旅行社的熟人要的特价,六个人一起,五天四夜,算下来一个人才五千多一点。"

"你们哪些人一起去嘛?"汪红燕一贯地找不到重点。

"我们两个,刘毅文他们两个,还有另外一对朋友,也是两口子。"傅丹心说。

母子两个还居然越说越像那么回事了,傅祺红则要清醒得多。一个人五千多,两个人就是一万多。除此之外,还有啊:要吃,要耍,要买,甚至打个车,喝杯水,哪个不是钱——他算一算算一算,只觉得更加心寒。

他看了看陈地菊,只见她转过头望着傅丹心,看他口若悬河地给汪红燕讲这南洋普吉岛上的好风光,一边听,一边点头,嘴边上挂着笑。

"好嘛,"他最终说,"你自己都决定了,就去嘛。只要你有那个钱,你就去嘛。"

傅丹心最不喜欢他爸的这种阴阳怪气,眼睛一鼓,铮铮然地:"我咋没钱呢!我有钱!"

"那就好,"傅祺红重新把筷子拿起来,夹了坨茄子,淡淡地说,"你的钱,你要咋用,你自己决定。"

管事的终于松了口,汪红燕暗暗替她的儿松了口气。"你们多拍些照片回来啊,"她交代,"蓝天白云肯定好漂亮!多给小陈拍点!"

"我最不喜欢照相,每次照出来都瓜兮兮的。"陈地菊赶忙摆手。

"打胡乱说,"汪红燕笑起来,拍拍她的手,"你这么年轻,咋拍都好看,多拍点!"

两个女人细细碎碎地说起了话,饭厅里面就安静下来,傅丹心和傅祺红都沉下了心去吃他们的饭。傅丹心没看他爸,不知道他爸看了他好几眼——傅祺红的眼睛里重重的,都是担忧和盘算。

总是父子一场,说一百回"看透了",念一千道"想穿了",也毕竟斩不断那一线缠在肝肠脾肚间的牵挂。吃了夜饭,傅祺红坐在书房里,看一会书也看不进去,只得打开电脑整理起春节期间的照片:初五那天,难得出了大太阳,清溪公园的梅花和铁脚海棠都格外娇俏,他在花丛间穿了一天,又是蹲又是钻,又是弯腰,又是垫脚,得了不少好照片。

中间有一张他特别喜欢的,照的是一片白梅林中的一株红梅,白如漫山霜雪,红独一枝素艳。当时,傅祺红在那很是立了一会,心有所动,拿出他年前新买的定焦镜头装上了,又用了1.4的大光圈,把相机轻轻地靠过去,拜佛一般,凝神静气地按下了这张虚中有实、以近写远的红梅图。

有诗云:红梅雪中立,寒风独自开。
　　　　不与争桃李,自有幽香来。

——他正在对着电脑屏幕孤芳自赏地,忽然听到书房门"咚咚"地响了两声。这一回他有经验了,马上听出来敲门的是他新进门的儿媳妇,就好声好气地说:"进来嘛。"

进门来的果然是陈地菊,她手上拿着前几天借走的几本书,抱抱歉歉地说:"爸,不好意思,又打扰了。"

"没有没有,"傅祺红说,"我正在这看照片耍。来!你来看看这张照片,我过年

56

的时候在清溪公园照的。"

陈地菊就走到书桌后面去，跟傅祺红一起看他电脑上的照片。

"照得这么好啊，"她说，"看不出来啊，爸你还有这个本事！"

"哪有，"傅祺红笑起来，"这算啥本事，也就是照起耍的，自娱自乐。"他把鼠标挪过去，连敲了几下，给他儿媳妇展示着自己的佳作们。

陈地菊看得连连点头："爸，你这爱好太好了。唉，要是我爸有这修养就好了，他啊，每天只会在网上打游戏。"

傅祺红自然不予评价，继续缓缓地点他的鼠标。

陈地菊把一行行的照片都看过了，终于得了个空，赶紧举起手上的书来："噢对了，爸，我是来还你这些书的。"

"你都看完啦？"傅祺红有些吃惊，"你看得快嘛！"

"啊，"陈地菊不好明说这几本她原来是看过的，只说，"我看故事书向来都看得快。"

傅祺红哈哈一笑，把书从陈地菊手头接了，又问："怎么样？还想看哪些书？你自己去选嘛。"

陈地菊就只得走到书柜边上，一排排一本本地看过去，像是以前陪她妈去摊贩市场选毛线。

"我看看这本嘛。这本好像是个畅销书。"她居然抽出一本《穷爸爸，富爸爸》。

"哦，这本啊。这本书是讲金融的，"傅祺红跟她解释，"你要是喜欢看故事书的，这书就不好看了，而且你也不投资啊，看这书做啥。"

陈地菊手上翻翻书，一边说："我是想看看，这些投资理念啊，理财啊……我对这些没啥概念，丹心就经常说我，有工资只会存定存。"

"他懂啥懂！"傅祺红喷一口气，"这娃娃才会大言不惭的！你这是正儿八经在邮政银行金融系统工作的。他一个社会上混的，还来教育你了！"

说都说完了，他才想起这说的是这头他自己的亲生儿子，那头儿媳妇的新婚老公，就缓了缓气："你想看就看看嘛，这本书还是没啥歪门邪道，就是树立正确的理财观念，你看看也好。"

陈地菊点了头谢了恩，拿起她的书走了。留下一个傅祺红坐在书桌前，对着一间空房子，把刚才他们说的前言后语来回几想，越想心头越慌，他甚至想起了二〇〇六年傅丹心捅下的那大娄子。

"这娃娃就是心野，"他一想又是气，"仗着有点小聪明，做事情最不踏实。这就是我从来都不给他还有他妈说我的钱。这下他拿了这十万元，该不是又要翻天了？"

"我看看，"他算起来，"房子首付给了六万四，又交了契税，就剩下那么两万多，也包不住，硬是要出国去耍，一下把钱给我折腾完！"——他拿出一张纸来，在上面把数字都写下来，加了减，减了加。他辛辛苦苦，绞尽脑汁，一分一厘算出来抠出来，省出来存出来的私房钱啊，就被这败家儿子三贯不值二文，一眨眼给他花了。

傅祺红也不是不心疼，但毕竟是自己的亲骨肉，只得慢慢把这口气化了。"算了算了，"他想，"也就是这一回了。现在你是成家立户了，再有啥就该你自己担起了——你看嘛，等你下回要用钱，你看嘛，你看我得不得再拿一分一角出来送给你！"

古来金钱最是珍贵，铸币、铜钱、银

锭子、明珠、美玉、金元宝，一铢铢一贯贯，一箱箱一山山，那都是命里带的血汗。说财道富，自有神明主张。因此民间才有：富亦富时要珍重，穷亦穷时莫慌张。有人经不起富贵，挥霍了；有人耐不住贫穷，作歹了——这些通通都是犯了财神爷的忌讳，都是要遭报应的。

比如县志办的主任赵志伦，本来是本县中青年干部中的骨干，一表人才，独得聂县长看重，又有一纸大学文凭（电大自考）护身，正是前途似锦一派光明的。但他偏偏就想不开，硬要去贪些不该他的，整来整去，终于被纪委请去喝了茶，一下打倒双规了，冲得接连着几天都没了音讯。政府大楼里是一片嗡嗡地，都在念"遭了，遭了，姓赵的这下子遭了"，县志办却成了这里的黎明静悄悄。

苏聪把自己关在办公室里，四天时间统完了整整一个章节的县志稿样，条理清晰，数据准确，一律的高质量；吴文丽带着实习生小杨和小曾，把资料室里堆废纸一样的书书报报都清了出来，摆上了阅览室的书架；会计刘姐也沉下了心，把赵主任上台这七年多来的进出账目重新过了一遍，理得一派齐刷刷——而傅祺红则是那个压力最大的，一把手不在，事事处处都变成了要他来全权负责，工作会议得他主持，工作进程得他安排，甚至哪个要盖章，哪个要签字，也样样都要来直接过他的手——他就像那唐三藏被困在了盘丝洞里啊，度日如年，度日如年，只盼着上头赶紧送个孙猴子来渡他上西天。

他等啊等，盼啊盼，等过了星期四，等到了星期五，等到了星期五下午快下班了，终于听到过道里哒哒走来了一个陌生生的脚步，紧接着，他办公室的门上便咚咚响起了一串客气气的敲门声。

"进来！"他赶忙说。

门"吱呀"地被推开的，来的正是纪委的罗副书记。

傅祺红站起来招呼："罗书记，你好你好！哎呀，你咋过来了？你看我这这么乱，哎呀哎呀，不好意思。"

罗书记倒很无所谓，背着手摆进来，一派清闲。"老傅啊，好久不见了！我先要恭喜你啊！"他说。

"你恭喜我干啥？"傅祺红心都不跳了。

"嗨！"罗书记在沙发上坐下来，左右看看，"你说呢？你的公子这不是才刚刚大婚嘛！你也真的是！太客气了，多年的同事了，也不请我去喝个喜酒！"

于是傅祺红很是有些讷讷地，只得说："唉，不要说了！那事搞得太仓促，就只有家头几个人聚了一下，其他都没请！"

"下回，下回嘛，"罗书记倒很大度，"等到你有了孙儿子要吃满月酒时，一定要喊我啊！"

"好的好的，一定一定。"傅祺红走到书架边去拿茶杯子，问，"你喝啥茶？喝花毛峰还是竹叶青？"

"喝竹叶青嘛。"罗书记说。

傅祺红就给他泡了一杯竹叶青：一撮茶叶子下去，滚鲜的开水一冲，叶子就打着旋子慢慢地立起来，展开青幽幽的一片绿。

罗书记接过茶来嘬一口，不由一叹："老傅，你会享受生活哦，这茶很不错嘛！"

"唉呀！"傅祺红也在沙发上坐下来，紧紧地捏着他自己的茶盅，"这是我山上的远房亲戚自己种的，说不上好。只是不打农药，新鲜！"

"好茶！好茶！"罗书记又喝了一口，

"哎,正好,你看这明前茶马上就要出来了,不然,你帮我问你这亲戚买点。现在的茶叶子崴货多得很,既然是熟人,我也放心点。"

"没问题,没问题!"他满口满地答应。

这算是把闲话说完了,礼数都周全了,两个人才可以谈正事了。"老傅啊,"罗书记开口,"我们明人不说暗话,你也应该清楚吧。我这下来主要是为了了解了解赵主任的情况。"

这几天晚上傅祺红睡不好觉,把这个场景想了恐怕有千万遍,但等到它真的发生了,他又觉得像是做梦一样。

在梦里面,有他自己,有罗副书记,还有两杯青山绿水的竹叶青,他们坐在县政府银闪闪的办公大楼里,背对着大窗子,轻言细语地说着赵主任犯下的事:

"年前你们吃团年饭,吃了一千二,报了两千五,是有这事吗?"——"这我不太清楚,你看,我们这办公室都知道,我从不过问钱的事。不过,团年饭吃的是土灶馆,是我安排实习小杨定的,特别叮嘱了不要铺张,都是家常味,吃得很简单,应该不至于太贵。"

"去年你们编了一本《永丰美食地图》,县委批了两万的预算。后来赵志伦又去找书里写到的各家饭店收了额外的'编辑费',据说每家一千到五千元不等,这事你知道吗?"——"这事我是知道的,当时我给赵主任提出过意见,说我们编这书还是应该客观,收了人家的钱,有变相广告费之嫌。但他说办公室本来就没钱,收点钱到账上,以后有个事可以用。唉!我也就没再问了。至于现在的具体情况,恐怕还得问问刘会计。"

"还有这一笔,你们每年的年鉴上面批的标准费用是七万元。但据我所知,自从〇五年起,赵志伦每次都私下找聂县长多批三万块的'采风费',这'采风费'具体是怎么用的?"——"'采风费'?我在县志办这么多年,从来没听过这个名目。按理说,我们下个单位,走个乡镇,都是本职工作范围之内的,哪来的另一笔费用?就拿我自己说,这县里面十五个镇,一年到尾我至少要来回跑两三次,从来没拿过一分钱的补助。你现在说有这'采风费',这简直是奇怪了。"

"嗯,好。另外还有个问题,私人一点的,关于赵志伦在外面有情人的事情,你有没什么情况可以提供的?"——"没有!没有!没有!这确实就是人家的私事了,我哪清楚。只不过,赵这个人比较喜欢去卡拉OK。惭愧得很,早年他新上任的时候,我也是为了和他搞好关系,跟他去过一次,唉!乌烟瘴气的,实在受不了!"

毕竟是纪委出身的。罗副书记态度很是和善,但话就总不得断,一样样一笔笔,正是要把那木板上的黄鳝鱼刮得肠开肚烂。

不过,好在,县政府里人人都清楚,傅祺红自来是一门正直,满腔老实的。罗书记一句句问,他就一项项答。了解的就说,不了解的就不说,有一分就说一分,有两分就说两分,既不徇私隐瞒,也不添油加醋,再是客观不过了。他们这话谈了大约一个半小时,把茶盅子里的茶都喝枯了。

末了,罗副书记客客气气地说:"老傅啊抱歉啊,说了这么久,耽误你了。情况我这里先了解了,到时候正式来做调查还得再麻烦你一回。"傅祺红就赶紧一步一点头地回应:"不耽误不耽误,应该的,应该的,罗书记你才辛苦,辛苦了。"——终于把人送走了。

早过了下班时间,办公室里走了个干干净净,就连那太阳都要落山了。也是刚好,有一线夕照落在县志办的院坝里,耀得满园金灿灿。傅祺红站在那,看着花台里几株肥壮壮的龟背竹被晒得发了绿又发了白。

他忽然觉得很想解手,这才意识到原来自己这泡尿实在是憋得太久了。

傅祺红日记 2005年12月12日

今日工作:《永丰县1986—2005县志》的编写工作正式启动了。县志办牵了头,政府办公室协助了,在县委五楼大会议厅召开了二十年县志动员暨启动大会。分管文化的县委副书记蒋书记亲自出席了会议,聂县长也到场了,各个局,各个部分,以及各乡镇、街道,也都派来代表参加了这次会议。在会上,蒋副书记代表县委领导班子讲了话,强调了这次大县志编写之史无前例,之至关重要,要求各部门各乡镇必须全力支持,使县志编写工作顺利、按时、超质量完成。他讲话中引了一句很有意思,说这写县志:"千古鸿蒙笔下记,挥毫一书万世传。"——这话说得雄壮,却令我感到有几分凄凉。正是说从来县志写出来,在当时当世是没几个人要看的,所以我们这么些人一辈子舞的笔杆,都是要拿去埋到坟里面的。

今日学习:断断续续地,看完了《兄弟》的上部。这书看起来很畅快,看完了就觉得还是有点空虚。书里的那些事,在任何一个经历了我们那个年代的人来看都不算稀奇,好几个段子都是我早年听过的。可能这书主要是给现在的年轻人看的。当然了,这书还是很有时代和历史的典型意义的。一想起来,我至少认识五六个"李光头"似的人物,其中有两个现在都成了大老板。

今日膳食:早:豆浆一碗,豆沙包两个。午:会后,在仙客来大酒店用餐,比较丰盛,有虾,螃蟹,甚至还有三文鱼刺身,试了一片,比较寡淡,不过很新奇。晚:猪肉水饺二十个。

今日琐记:丹儿上周给我们买回来一套红外线热能被和枕头,说对保健好。汪红燕感动得不得了,连续几天到处给她那些朋友炫耀——我跟她说要低调,不要炫耀,她偏偏不听。结果今天晚上吃饭,这个人就愁眉苦脸了,说她听说原来那套红外线热能贵得很,要一万多元。马上她就担心丹儿乱用钱了。所以说女人之间嚼舌头从来不成事。我就教育她:会花钱会赚钱,儿子自然懂得把握。

丹儿他们光纤公司现在应该是发展很好,最近这一阵都忙得不见人影子。这几年经济的确蓬勃了,我见了好几个人,不显山不露水,走对了路,一下就发了大财——当然,我也不是说要他发大财,但看见他事业有进展,我们当父母的总是很欣慰的。

第 五 章

平乐镇南门菜市场外面曾经有一家"厦门糕饼屋",主要卖些豆沙面包、奶油蛋糕之类的时新西点,也兼做葱油饼、核桃酥等传统中式点心，味美价廉，在我们镇上很是红火了一阵。这家店门口常年支着一面广告牌，上头大红的毛笔字写着："寿桃，喜饼，离娘粑"。那个时候陈地菊读初中，每天和同学一起骑自行车上下学，停下来买面包，总是免不了要见到这牌子。不知道为什么，她读一读上面的字，触目惊心地，就有一股莫名的悲伤。

她说不清这情绪的来源，更不能和她的同学倾诉她无端端的失落。同样让她心酸的还有镇上的一群鸽子，每天下午五六点，它们就准时在天上盘旋起来，从南街飞到西街，又从西街飞回南街，天好的时候它们显得很白，天阴的时候它们看着发灰。过了好多年，陈地菊想起这些鸽子来，依然有一种被哽住喉咙的感觉。

已经十几年了，这家"厦门糕饼屋"早就灰飞烟灭，连市场外的老房子也拆了，新建起来一排五层高的小洋楼，更不用说那些鸽子更是销声匿迹了。

和这些东西一起消失的还有她一路认识的同学和朋友，幼儿园的，小学的，初中高中的。像是商量好的一般，他们几乎都离开了平乐镇，有的去了永安，有的出了省，有的到了更远的地方。本来，陈地菊自己也是这些人中的一员，大学考走了，毕业就留下来在永安市工作——永安和平乐两地之间虽然只隔了二十八里路，却有霄壤之别。陈地菊在城里住了六七年，两三个月回来看爸妈一次，就见人人都在夸她的衣着说话更加伸展了，看起来简直像个外地来走人户的——等到她搬回了平乐镇上，那是二〇〇七年一月份的事情。她记得上班第一天，她穿得一身油绿色的制服，踩个小高跟走路去西门，穿过十字口，一晃眼看到了北街上两排光秃秃的梧桐树。她的心就再次被揪住了，整个人像被丢进了水井里，漫鼻子糊眼。她想起了她十几岁时候在镇上的样子，她的难以解释的伤感，涌上来，又是辛酸，又是满足。

她的朋友们都不在了，她也就难免无聊一些，下了班和爸妈一起吃饭，看看电视，看看小说，反正回来本来就是想简简单单。陈地菊在平乐镇上的生活真正有了改变还是因为认识了傅丹心，和傅丹心一起出去，又结识了他那一大堆各种各样的朋友兄弟：这些人有政府上班的，有社会上混的，有自己开铺子的，也有做倒卖生意的，看似歪瓜裂枣，又偏偏个个都对他掏心挖肺，肝胆相照。还没结婚，他们就对陈地菊"嫂子"前"嫂子"后地，等婚一结更不得了了，今天一个短信约火锅，明天一个电话喊喝茶，就连她在邮政银行上个班，都忽然有人来："嫂子！帮我取下汇款单嘛！"

陈地菊先是吓了一跳，接过这人的汇款单来，看一看他的脸正想是在哪顿饭上见过。还好他接着一递过来是他的身份证：周正军，一九七八年生人。陈地菊就说："周哥，好久不见。"

"是好久不见啊！"这人说，"你跟丹心说哪天约了一起耍嘛！我都想他了！"

人家哈哈地拿了钱走了，一口一个"谢谢嫂子"，隔壁的同事笑："这人简直有点欢，是你老公的朋友啊？"

"是嘛。他那人呐，这镇上人差不多该要认识一半！"陈地菊一边摇头一边把汇款单一摞收了。

就是应了书上说的：迂腐书生讨人嫌，纨绔子弟逗人爱。傅丹心还真就是有这样的魅力，使得人人都要说他的好，你看朋友三四吃个饭喝个酒，他肯定是那个抢着埋单的；弟兄大小过个生结个婚，他绝对比一般的多包两三百元。跟陈地菊耍起朋友，该送花送花，该送礼送礼，绝不缺斤短两。再延伸到陈家康和叶小萱两个，一个送了新电脑，一个买了金戒指，也是实打实的真心实惠，再不弄虚作假。叶小萱本来是对这个人有些成见，现在也改观了。她每天戴着亮闪闪的金戒指，出去打牌还特意晃一晃："看到没？我女婿给我买的！"

她妈妈想通了，陈地菊当然是最高兴的。她也不傻，自然不会跟叶小萱说穿这新房子首付款的玄机，她妈夸一夸傅丹心，她就跟着添添油，看她妈一把高兴起来熊熊地，她也就跟着心顺了。

心一顺，她就慢慢睡得踏实了，看着傅祺红汪红燕也渐渐有了几分亲切，走在街上，风物人情，家长里短的，居然透出了暖和——从记事以来，陈地菊第一回觉得她跟我们这镇子亲热了。

比如王婷婷打电话来，说郑维娜要跟龙刚闹分手，人都疯了。她说："梅梅你过来一下嘛，哎呀她哭得不行我一个人劝不住她！"——过去的陈地菊是绝对不会管这种闲事，现在她就有点不忍心，反正傅丹心下午也要跟朋友喝茶，她就说："好嘛，你们在哪儿嘛？我过来找你们。"

王婷婷和郑维娜在东门外文兴街的"红豆缘水吧"。陈地菊一进店门就听到郑维娜的声音尖利利地："……我不得就这样便宜了他！大不了同归于尽！"她顺着这声音走过去，见这两个女子坐一张沙发，霸一张靠窗的桌子，一桌上全是卫生纸。

"梅梅姐……"郑维娜本来骂得欢，一见陈地菊嘴巴扁起来，眼睛红红地，喊她。

陈地菊在她们对面坐下来，看了看王婷婷："咋回事嘛？好端端的为啥要闹分手？"

她这话一出，郑维娜就像遭哪个逮了七寸，"啾"地一声趴在桌子上又哭起来，王婷婷一边拍她的肩膀，一边说："唉，好啥啊，龙刚这人……又在外头搞些花花肠子，又遭娜娜逮到了！"

陈地菊自然想起了帮他们买房子的孙经理，她抿了抿嘴，不说话，就听这两个人一人一句在她面前，说郑维娜如何在龙刚手机上正好瞄到有个短信发过来喊他"老公"，说她如何把这电话号码偷偷地记了第二天打过去果然是个娇声声的女妖怪，说她气得忍不住跟龙刚摊牌问他是要她这个人还是她这条命，说两口子就这样吵了一架，郑维娜半夜跑去酒店开房一个人睡到第二天十二点醒了想起还是气，就哭起来给王婷婷打了电话……

"……这都下午三点过了，他也没给我打个电话，也没发个短信，也不怕我万一出事了呢？简直是死没良心的！"郑维娜一边说，一边抽张卫生纸，"嗤"地一揩鼻子，伤伤心心地眼泪水流下来。

"哎呀娜娜你不要又哭嘛，"王婷婷赶紧再抽给她一张卫生纸，"那不然你给他打个电话，看他在干啥？"

"我才不给他打电话！他肯定跟那个婆娘一起嘛，风流快活地，巴不得我没消息！"郑维娜接过卫生纸来擦眼泪。

陈地菊见她两只眼睛上下的妆都花了，眼线睫毛膏糊成一团，黑洞洞的，就像哪个在她脸门上凿了两个窟窿。她心头叹口气，张嘴说："唉，你也不要这样想，龙哥再咋样也不可能现在跑去找那女人——你们吵架了，他肯定也不好受啊。"

"这倒是！"王婷婷本来绝望了，被陈

地菊一语点通了灵犀，赶忙接话，"你就说龙哥那人，看起来大大咧咧的，其实最重感情。你自己也清楚嘛，你们在一起这么多年，他啥时候亏待过你？你这车子，你哥的工作，还有去年你爸妈拆迁以后住的新房子，还不都是他安排的？"

郑维娜不说话了，揉着手上的纸：的确，这些实实整整的赖也赖不脱，都是龙刚给她的。

"那你们说我现在咋办？"她顿了半天，喝了口水，往沙发背上一靠，问。

陈地菊看了一眼王婷婷。王婷婷也看了一眼陈地菊，眼睛一凝就出来了一个主意："不然这样，反正我们都在，你就干脆打个电话给那狐狸精，给她个下马威！你看你跟龙刚在一起这么三四年，苦难同当地，占哪样都是你大——她算个啥，就是个第三者插足！这种人最贱了，就该好生把她骂一顿——你不好意思，我来帮你骂！"

她这"骂"字掷地有声地炸出来，陈地菊就像被蜂子蜇了一下，寒毛都竖起来了。郑维娜也愣了愣，咬了咬嘴皮："骂她？"

"当然了！"王婷婷反正是把自己的胆壮了，"不然这些人还以为勾引人家老公那么简单，有胆做，还没胆受啊？——就要给她们点颜色看看！"

陈地菊想说点话又不太说得出来，她望着郑维娜，看她在沙发上一点点坐起来，脸色发白。

"算了嘛，"只见她终于说，"大家都是女人，何苦去骂她呢？唉，还是怪龙刚，就这德性，我又自己选了他，不是活该？他啊，总之就图个新鲜，也不至于上心。其实他也清楚得很，我跟他才是一家人，不瞒你们说，他的生意啊，股票啊，一大半都是交在我手上的……"

郑维娜这一个鹞子翻身，打了好大弯弯，转得王婷婷一时神都回不过来了。"哎娜娜……"她想再唱两句，还好陈地菊说："好嘛，你想通就好。最重要的是你自己的心情，毕竟你和龙哥的事只有你们当事人才说得清楚。反正两个人在一起都不容易，能好好解决就好好解决了。"

"你说得对，梅梅姐，"郑维娜说，"唉我这脾气，就是太任性了。我妈都经常说我，二十六岁奔三的人了，还是像个小娃娃一样！"

她一下就说饿了，招手喊服务员过来要点吃的。王婷婷张口结舌地看着陈地菊，陈地菊就给她一个眼色，她才反应过来这戏都收了，顺手接过菜单子也来点些吃的。

都怪这王婷婷只知其一，不知其二。只以为郑维娜跟龙刚这么多年受了他许多花心的委屈，却不清楚当年他们走在一起也是历了好大一番波折。实际上这龙刚本来有一个前妻，是他当年大专的同学，人也是小家碧玉的，脾气好，格外持家。两个人二十五岁结的婚，二十七岁生的娃娃，三十一岁龙刚发了财，车子房子都换了，顺势而上地到了三十四岁，也就不得不把老婆也换了——结识了刚刚大学毕业的郑维娜，一头搅进去了，逼得回去搞离婚。房子分了两套，车子给了一辆，分手费出了一大笔，娃娃也跟了他妈，这才脱身了。龙刚遭剐成一个老光棍，人财两失，心肝俱焚。

所以郑维娜和他在一起，最开始也是过了艰难日子的。好在龙刚的人脉关系都还在，两个人又格外齐心协力，这两年才都见好了。

在座诸位肯定听得多了,都会说家家有本难念的经。其实更有这识人心如举幽火观佛,火则欲明欲灭,佛则无身无相,因此世间难有洞察,只修体悟,犹如那圆月照千川,更是白雪藏万径,微妙之处,不与他人言也。

王婷婷看不出郑维娜这个人的微妙,只难为她心头也有重重的烦恼,她手上拿着菜单子,想要点卤肉饭还是意大利面,却酸楚楚地想起昨天晚上和刘毅文因为去巴厘岛花钱这事吵了好大一场;陈地菊也没心思多琢磨郑维娜的辛酸,她盯着菜单子上的彩图一张张看过去,想起自己〇四年〇五〇六年的那些时日。

"唉!"郑维娜叹了一口气,说,"那我就吃个海鲜饭嘛,还是给我放点海椒面。"

王婷婷和陈地菊也都点了。服务员把菜单子收起,一撂拿在手上走了。

等到外人走了,这几个女子就还有知心话要说。你先听王婷婷就问:"娜娜,我听说,最近欧冠,龙哥很是赚了些啊?"

"哎呀那个!"郑维娜摇起头来,"赚啥啊?都是辛苦钱。熬更守夜地守起,盯盘口天天盯得眼睛都绿了,还有那么多进进出出,赊账的,输了不给钱的——累人啊!其实他就是想大家朋友娱乐才出来当这个庄家——他自己还有一堆生意——结果累得姓啥都忘了!"

她们这话往陈地菊耳朵里一听,真就像哪个老和尚在念经,唱的是南无喝啰怛那哆啰夜耶,听得她两耳精光一头雾水。她就问:"你们这说的是啥意思啊?龙哥是在做足球生意?"

这下郑维娜总算"噗"地一声,正式破涕为笑,一边笑一边说:"哎呀梅梅姐,你硬是,这都没听过?我们在说他们赌球的!"

"赌球?"陈地菊眉毛皱了一皱,"那是不是风险还是大啊?"

"也没那么吓人,"郑维娜跟她解释,"就他们几个朋友内部自己耍耍,都赌得小,完全是消遣的。"

"哎,我就想说,"王婷婷终于把自己的话插进来了,"娜娜,你回去问一下龙哥嘛,如果风险不是那么大,请他指点指点我们刘毅文,带他一下,让我们也赚点钱嘛。"

郑维娜把这话一听,举起手来就拍王婷婷一肩膀,脆喷喷的一声,王婷婷一个"唉哟"。"我简直要骂你!"郑维娜说,"有你这样当老婆的?你们刘毅文勤勤恳恳正儿八经靠手艺赚钱的,又顾家又稳定,哪样不好?你倒好了,人家那些拉都拉不住,你还想推你老公去赌球?"

王婷婷恐怕真是被她这一下拍痛了,扁着嘴巴捂着膀子,眼眶子都红了:"你这死女子!下手好重!是你自己说没啥风险嘛,又是龙哥照顾,我当然信得过!不然其他人我哪敢喊他去!你骂我倒简单,我还不是没法了——我们照个相能赚好多钱嘛,说出来你听了都要笑!总得要逼他走一步嘛,不然还一辈子喝西北风了?"

其实郑维娜也是一个通人性的女子,听王婷婷这么一说,一把的辛酸她就都懂了。她抿了抿嘴皮:"你要这样说,我给你支个招。龙刚正好有这么个门路:他有个朋友在城头开夜总会的,'皇朝88',听过没?反正火得很,开了三家了,每家都要挤爆!——现在要开第四家,正在找投资——那这真是的送钱给你赚啊,投一股十万,每个月红利就是一万,一年就是十二万,你想想!这也是龙刚的关系,一般人抱了钱过去人家还不理的！你要是真的想赚点，就干脆投这个，稳当！包你赚！"

她这就像是那黄鹂鸟儿一开嗓，透人心脾。王婷婷一下眼睛都亮了，然后又叹口气，把脑壳一摆："唉，你说得！我哪去找十万块钱，我要有那么多钱，我就不喊穷了！"

郑维娜这下子真就有点犯难："啊？你十万都没啊？那，你找哪个朋友一起，凑起来大家一起投嘛。"她看了陈地菊一眼。

陈地菊就看到郑维娜和王婷婷两双眼睛忽然盯鼓鼓看在她身上，一双细长长，一双滚圆圆。王婷婷尚不好开口郑维娜说："梅梅姐，你有没闲钱嘛？反正放在银行里头只会生霉，不如拿来跟婷婷姐凑起投个资，反正有钱赚！"

陈地菊笑一笑："我们这才买了房子，还要装修，哪来的钱！"

"也是……"郑维娜点点头，看着王婷婷那造孽的样子，一咬嘴皮，"那，这样嘛婷婷！你有好多钱？你给我说你差好多？我来给你凑个数。我总是自己还有点存款。反正你投进去红利都算你的，你就按一般借钱的利息给我就对了。"

"这咋好意思？"王婷婷真正吃了一惊，连连摆手，"最多我们一起投资，红利大家分。"

"我才不要你那红利！"郑维娜虽然年纪小，胸怀就大得很，"反正我就这样给你说了。你回去跟你们文哥商量一下，想好了来跟我说。我来给你补缺口，龙刚那头就保证给你安排好，买一股，一年翻倍，绝对的！"

也就是不过两个多小时的时间，陈地菊来的时候是见郑维娜期期艾艾、王婷婷声声圆场，现在却整整个儿打了一个掉，郑维娜成了观音菩萨来救世的，眼妆虽然花了，眼光却是锐利。

服务员过来把饭端到了她们的门前：一个海鲜饭，一个卤肉饭，一个番茄意面。三个女子各取"兵器"，调羹筷子叉子地吃起午饭来——这饭是吃得迟了，就显得格外鲜美，油汁浇在白米上，肉臊缠在干面里，真正是眼见了嘴馋，鬼迷了心窍。

陈地菊想说："婷婷啊，投资这种事，收益越高风险就越大，你还是多想一想。这钱投进去，万一有啥问题，咋得了？"——她话都哽到了喉咙上，又吞回去了，眼看着郑维娜和王婷婷一口一吞吃得正是欢畅，哪好意思搅散了她们的兴致。

她心里面有点空叩叩的，就想起了傅丹心，想起了今天她出门的时候傅丹心还在床上睡眼迷蒙的样子。她想：唉，这人现在在哪儿，跟哪些人耍啊，吃饭了没？

本来难逢难有是周末，又再出了个太阳，我们镇上的人就都不做正事了，傅丹心自然也不在他的铺子里。"阳光电脑"卷帘门紧拉着，门上明晃晃的。退出来，顺着北门往城外走一走，居然越走越是热闹，过了老城门，走到清溪河边，便到了政府新近打造的绿道公园。

只见这公园里，河岸上，正是那春光浓郁，白玉兰与垂丝海棠尚在盛放，仗着太阳，各家茶铺都人满为患，打纸牌的，冲壳子[①]的，搓麻将的，掏耳朵的，一桌连一桌摆了几丈远。这一家"故乡茶舍"正在太阳坝子里，生意最好，一桌桌吆来

[①] 冲壳子，四川方言，意为聊天、闲谈。

喝去好不热闹,就见傅丹心在其中和几个男人坐在一桌,泡着几杯清茶,打着一副纸牌。

他们打的是四川地方上很是流行的"诈金花",一副牌,六个人,五元起钵,上不封顶,一群人你一嚷来我一唤,很是闹热。只见:

　　　三张纸牌掌底压,各路银钱桌上掷。电光溅火石,豹子吃同花。
　　　最尔虞我诈,辨本性难识。赢一时笑吃满堂,输到头肠穿肉剐。

傅丹心今天下午显然手气正好,一路蒙着牌下暗注,居然连连得手。他下家坐了个脸黑黑的青年小子,戴一副方眼镜,穿一个灰夹克,几回被他逼得无路可走,提早弃牌,正是唉声叹气。因为这下暗注是翻倍的:前面翻了倍,后面的人要跟,就得跟着多出一倍的钱。眼见这一手来,傅丹心又蒙着跟了,方眼镜看了一眼自己的牌,一把甩了,骂道:"狗的傅丹心,这儿风大,看你等会翻船!"

傅丹心倒只一笑。龙刚就说:"周眼镜,你不服气,你就喊他看牌嘛。一个大男人,酸溜溜的说个逑!"

"老子不想看他的牌!"周眼镜说。

喊人看牌就是两家直接比牌了,这是要再翻一倍的事。"你不是不想看,"龙刚慢悠悠地甩出一张十元跟了注,"你是不敢看。"

周眼镜努了努嘴皮,终于还算是清楚龙刚的名声,按下声来喝一口茶。

他们走了三圈,一手注抬到了四十,剩下三个人也都走了。留下傅丹心对着龙刚面对面,他还是不看牌,直接甩了一张红彤彤的一百元出去,捡回来二十。龙刚就笑起来,说:"傅丹心,你今天硬是有点横哦!"

傅丹心说:"跟不跟嘛?"

龙刚说一声"不跟",把烟杆了,从手边捡了两张一百的,一丢到堂子里,喊起:"我看你的牌!"

全场的人都把气憋紧了。只见傅丹心居然还是一副心不在焉的样子,慢吞吞地把他的三张牌翻过来:他手上一个黑桃8,一个红桃10,再有一个方片9。

龙刚喷了一口气,大笑起来,把自己的牌一摆:"咳!龟儿子的!老子×你全家!"

其他人就伸着颈项去看龙刚的牌:方片6、红桃7、梅花8。

一桌子男人哄地炸了,个个都在骂怪话。傅丹心伸手出去,把钱都一把揽了,正是好大一兜兜。

"不打了!不打了!"龙刚宣布,"再打也是给你上寿的,今天简直邪了!"

"那就不打了嘛。"傅丹心倒是随和,慢慢把钱一张张理好,揣起来。"正好都四点过了,再坐一会一起去吃火锅嘛,"他说,"我请客。"

"这还要说!"周眼镜说,"你不请客今天走得脱?"

这道理当然人人都懂,却只有周眼镜这个鸡儿偏偏要把它说破。

"哎!"龙刚吐一口烟出来,半是感慨半是叹息。

"把你们郑维娜也喊出来嘛,"傅丹心说,"大家一起。"

"哪个喊她!"龙刚挥挥手,"我们男人自己吃酒舒服,把婆娘些喊起来干啥?还是,嘿,你想你老婆了哇?"

傅丹心摸了摸鼻子，笑了一笑："你才想了！"

"想就想嘛！你想她了就喊嘛！来！我把我那婆娘喊起，反正你出钱，多吃一个我还赚了！"龙刚说。他毕竟是老江湖，一颗心儿早就七窍玲珑了。

说干就干，他就抽出手机来，一按按出去，把手机贴在耳朵边上，懒洋洋地，在太阳下把各个脚拇趾都打撑了，喊道："哎呀，老婆……"

满桌子的男人都要笑起来。周眼镜骂："狗日的这人！肉麻起来不要命！"

却看这"红豆缘水吧"里，三个女子正在歇息了碗筷，要收拾这杯盘狼藉，忽然听得音乐响起来，一声出来是："想你时你在天边……"陈地菊顺着声音去看，就看见郑维娜把她的长头发一撩，伸手去包里摸她的手机，她那手机闪闪一个银边子，晃晃一个大屏幕，好不洋气——原来就是它在响。她看一眼来电显示，眼目眉间一瞬柔了，接起来，一声柔绵绵的："哎，老公？"

王婷婷和陈地菊隔着桌子互相看一眼，王婷婷抿起嘴来，眼睛一转一笑。所以啊，这郑维娜骂龙刚骂得最是凶悍，喊起老公来就最要娇滴滴。这大概就是他们说：骂一声我的砍脑壳，咬一口我的心肝肝。

王婷婷和陈地菊两个都不好出声音了，只听郑维娜举着手机说恩爱："……火锅？对啊，是有几天没吃火锅了，多想吃的……去龙腾嘛，就那家现在最好吃。……啊，我们三个都在一起，婷婷姐和梅梅姐还有我，我们正在喝水，在'红豆缘'……肯定要来接我们嘛，我今天又没开车……好的，那等会见，拜拜老公！"

她把电话挂了，喜滋滋地报出来："龙刚打的。他跟傅丹心在一起。说晚上大家一起吃火锅。他们来接我们。"

郑维娜有心胸哭山骂海再又"嗯"一声就把仇怨泯了，王婷婷和陈地菊自然要为她高兴。王婷婷兴致勃勃地说："去龙腾啊？我听到你在说。他们那的毛肚最好吃！黄喉也不错！"

陈地菊脸上也挂了笑："原来他们在一起啊，那哪个来接我们啊？"

郑维娜看她一眼，笑她："我们猜嘛！我说啊，肯定是傅哥——他一听到你在这，肯定马上就来了！"

"哎不行不行！"王婷婷想起要维护自己的爱人，"我得赶紧给小傅打个电话，喊他把我们刘毅文接到一起，他今天在屋头修照片，肯定饿了！"——她摸出电话来打过去，郑维娜就拿化妆包来，排出眼影盘粉盒子还有睫毛膏，要把自己的脸重新再来画一遍，陈地菊也顺手抓过一个镜子来，看一看牙齿，理一理头发。

你就叹她们这痴心模样，确是亘古不变的。有曲为证：

> 想和他相偎相厮傍，知他是千场万场。
>
> 才离了一时半刻，恰便似三暑十霜。

另一头，龙刚带着大部队直奔"龙腾"了，傅丹心开车来接人。他得了王婷婷的电话，就先开去葫芦巷去接刘毅文，在楼下等了好一会刘毅文才下来，一屁股坐上副驾驶，顶上头发乱支，一下巴胡子渣渣。"哎，文哥，你这造型有点艺术家风格哦？"傅丹心吓了一跳，说。

"哎呀，不提了！"刘毅文伸手去抓了抓头发，先往右边抓，再往左边抓，总算抓顺了，"昨天跟那死婆娘吵了一晚上，今天又修了一天的图，累死我了！"

傅丹心把车开动了，一边开出去，一边问："你们这回又吵啥嘛？吵那么多你不累啊？"

刘毅文只能苦笑："唉，你清楚婷婷那急性子，随时都是浇了柴油的。昨天晚上我在跟她讨论这回去巴厘岛的事，两句话没说对，她张嘴就把我大骂了一场，说我不爱她了，还说要离婚，一桌子的东西都给我掀了，你说这是要搞啥？"

兄弟两个并排坐在车上，等着前面的红灯变绿灯。

"你就说这王婷婷，"刘毅文继续说，"我们耍朋友的时候她就会说，说这辈子都跟我了，再苦再穷都无所谓。结果，结了婚，我们好不容易自己出来开了这间铺子，也存钱准备买房子——眼看日子是越来越好了，她就真的搞不懂哪根筋不对，天天都是抱怨！今天说你邋遢，明天说你没本事，跟这个比，跟那个比，动不动就要闹一架……哎呀天啊！——我都想干脆回我爸妈屋头住算了，像你们这样子，也不交房租，也不用自己煮饭，天天也有两个人管到她，不然她简直要翻天了！"

傅丹心一边开车一边听他说。他跟刘毅文从职高就认识了，看他和王婷婷更是一路看过来的。这两个人从来都喜欢吵嘴，吵不够，还要打架。有一回，王婷婷正儿八经把刘毅文的鼻子都打出血了——就这样子，还是不分手。

傅丹心说："你啊，也是。你跟婷婷较真干啥，女人家就是要哄嘛，说点好话就对了。"

"我也想把她哄到啊！"刘毅文再叹了一回，"问题是我最近真是手头有点紧，这去巴厘岛的事情确实拿不出来钱啊，我有啥办法？我去抢银行？"

红灯几闪变绿了，傅丹心重新把车开起来，沿着东街开出去，就见楼慢慢高起来，不远处是天盛广场的红灯笼们。他有好几秒钟没说话，终于开了口："你还差好多钱嘛？"

刘毅文眼看前方的路。"你算嘛，一个人五千二，两个人就是一万出头，还要耍，还要吃……总得要有个一万五才敢出这门，我这头再算就拿得出来五千……"

傅丹心也看着路。"那你啥意思嘛？你是想去，还是想干脆就算了？"

"我咋不想去呢！"刘毅文喷口气，"我敢不去吗？你们要去，龙哥他们也要去，就我们这家不去——王婷婷不把我撕来吃了！"

傅丹心听他说得血浸，笑起来："你呀你，一个大男人，咋就遭这王婷婷管这么死！你硬是没救了！"

车出了东门，眼看文兴街的路标就在眼前了。傅丹心说："算你运气好，这马上月底了，我就要进一笔账刚好有一万。你的团费我就先帮你垫了，你呢也就不在这哭丧个脸了。我们都去了，你们肯定也要去嘛，咋可能把你们两口子丢在这？"

"你行不行哦？"刘毅文脑壳转过来，"你也不是有好多闲钱的人，我还不清楚你？你不要鼓捣硬给我补。"

"唉，没事！"傅丹心摆摆手，"我最近正好做个投资，收益不错得很，这个月我得这一万，下个月还有一万。"

"这么凶啊？"刘毅文吃一惊，"你娃要发了！"

傅丹心就也看他一眼："这叫啥发了？你没看到我们那新房子一天天修起来了，马上就要弄装修，你就等到我来找你借钱嘛！"

"你放心！"刘毅文和他多年弟兄，再说就是肉麻了，"你这钱我肯定在你交房之前还给你，到时候还要来给你朝贺的嘛！"

"肯定嘛，到时候来好生吃一顿。"傅丹心说，一边把车转进了文兴街，靠路边停了。

于是这两对半日不见的就都再相逢了，陈地菊对傅丹心笑一笑，王婷婷朝刘毅文翻个白眼，再并肩坐进了后座，加上个郑维娜，亲亲热热欢声笑语地，直往西门外开去。

他们开到龙腾火锅店，只见一栋四层高的楼房青瓦飞檐，彩灯耀照，红红火火正热闹。街边上一列列停着车，大门外一堆堆等着人，更有一阵异香从大门扑鼻而来。正是：

铜锅鼎沸，牛油海椒煮五香。
人头齐攒，三教四海杂九流。

"这些人！"郑维娜隔着窗子看，"每回开个新馆子，就一窝蜂来凑热闹！"

她话音刚落，火锅店的门僮就笑欢欢地迎过来，傅丹心把窗户摇下来，门僮说："哥！吃饭啊？先拿个号。"

"龙哥定了位子的。"傅丹心说。

"哦龙哥啊！"门僮马上就要把一张脸笑成两块，弯着腰杆来帮他们开门，"那你们先进，先进，来，我们这帮你们停车。"

他后面马上有人又迎了过来，门僮说："带上去三零三，龙哥的朋友！"

于是一群人气昂昂地穿过门口那些等位的，被这迎宾的客客气气地迎到了三零三。门一开：好大一张桌子！满桌子上是艳红红的生肉和白莹莹的肠肚，龙刚和其他男人坐在桌子边上，正在畅谈，看见他们来了，立刻站起来，喊道："哎！你们来啦！来！过来坐！菜我都点了，快来！快来！"

他们就坐过去，郑维娜一把抓住自己男朋友的手膀子，手指甲尖尖戳进他的肉里头，龙刚吃痛，想抽口气又不敢抽，眼渴渴看她一眼，郑维娜就"嗤"地笑了，拉住他坐下来。王婷婷也把刘毅文的手一扯，挨着他们坐了，陈地菊和傅丹心两个人坐在了刘毅文两口子的旁边。

桌上的新朋友都是龙刚的人，他站起来为大家一一介绍："这是我女朋友，娜姐，你们都见过了。这是刘毅文，刘老板，十字口开影楼的，这是他老婆，婷姐。傅丹心，都认识嘛，这是傅丹心的老婆，陈姐……还不喊人？"

于是满桌的男人都站起来，给各位姐姐问好，"嫂子""嫂子"地，喊得像要闹地震。陈地菊她们三个只得站起来，举个杯子，把杯中酒喝了。

喝了这一杯啤酒，就当是认识了。一桌人纷纷落座，油碟子调起来，香菜蒜蓉加起来，毛肚牛肉都要烫下锅里去。

傅丹心看了看桌上的菜，问："都点了嘛？还有啥要加的？点鹌鹑蛋没？再加个苕粉。"

这两个菜都是陈地菊最喜欢吃的。桌对面有个戴眼镜的（可不正是那天邮局取钱那个人）说："都点了，都点了。再等会嘛，该都上来了。"

菜就上起来了：先上了鹅肠、毛肚、肥牛这些来得快的，又来了香菜圆子、麻辣牛肉、黄喉、耗儿鱼、脑花儿这些扎实的，再补充了竹笋、猴头菇、金针菇以及杏鲍菇，剩下就要随意烫些青菜、豆腐皮、苕粉以及洋芋片片好饱肚皮——我们镇上的人一年到头吃火锅，天冷吃，过节吃，有事吃，没事还吃，大热天的居然也照吃不误，吃热了，就喝凉啤酒，喝多了，就去厕所里面屙个尿。

感谢老天爷开恩啊。这前一夜里再有各家风雨，也总算在这火锅前面风光月霁了。陈地菊她看着郑维娜手忙忙地给龙刚烫毛肚；又看到王婷婷也转身丢个香菜圆子到刘毅文碗里面；还有她的傅丹心，拿着个漏勺在锅里绕啊绕，舀起来三颗鹌鹑蛋。他把这勺子转过来，把鹌鹑蛋都放到陈地菊的碗里，说："梅梅，吃嘛。"

也是毫无预兆的，她的心又一把被揪住了，冲上来一阵说不明的辛酸，冲到她眼睛里，就要冲着她的眼泪流出来。她赶紧抬起手来抹了抹眼睛。傅丹心问："你咋了梅梅？""没事，"她说，"我还以为有东西溅到我眼睛上了，结果没的。"

再一次地，她无法对这一桌子的人解释她毫无由来的伤感，因此只能埋头去吃她的鹌鹑蛋。连着有好几个人来给她敬酒，她就都挨个喝了。傅丹心看她喝得急，就说："哎梅梅，你喝慢点啊，不要喝醉了。"

龙刚说："你说得，把你老婆看扁了！她能喝得很，来，再干一杯！"

陈地菊一向都不太喜欢这个人，但此时人在局里就不好推脱。她站起来，正巧看见龙刚身边的郑维娜在对着她笑，一张脸上飞着霞红，她就也对她笑了一笑，说："好嘛，干了。"——把这一杯同他喝了。

一桌人反正要喝到天荒地老去了。龙刚敬了陈地菊又敬傅丹心，傅丹心同他喝了又同刘毅文喝，对面周眼镜也来掺和，先跟傅丹心喝，再来敬陈地菊，被王婷婷和郑维娜哄起来连喝了三杯才罢手，陈地菊跟王婷婷以及郑维娜两姐妹也喝了，整个人轻飘飘地，走出了包间，走到走廊尽头去上厕所。

她蹲在厕所里面，一下子清静了，才觉得自己真有些喝醉了。陈地菊闭着眼睛，听一泡尿哗啦啦地从自己肚子里流出来，觉得这一切都好像是个梦境。她曾经做过一个这样的梦，现在这梦又回来了。

她解完了手，在厕所门前的洗手台边洗手，一边抬起头来看镜子。镜子里面她一张脸红扑扑的，一路红到了耳朵上。她把水龙头关了，抽擦手纸出来擦手，就听见男洗手间的门"咔哒"一开，龙刚从里面走了出来。

他一看见陈地菊，自然很高兴，走过来站在她身边打开水龙头洗手，一边说："小陈，你简直能喝得哦！"

"哪里喝得啊？"陈地菊说，抬起手来捂在自己两边脸上，觉得手板心滚烫，"我这下有点喝醉了，脸都红了。"

龙刚转身过来，嘴里说："哪红了嘛？我来看看呢？"——抬手就把她的手拉下来，另外一只手湿淋淋地举起来，摸在她脸上。

陈地菊被他一手的冷水真正惊得入骨，一把给他拉开："你干啥啊？你喝多啦？"

龙刚却不是轻易打退堂鼓的人，左手被抓了，右手又卷上来，这一回直接按在了陈地菊的胸脯上，说："来我看一下嘛，看你是不是喝醉了。"

陈地菊往后退了一步，想走却正好被龙刚堵在面前。

"龙刚！"她厉起声音来，"你让开！你

70

喝醉成啥样子了！你让开！"

"哎呀，"龙刚还真被她慑了一下，脸上一笑，手又要伸过来，"你还有点脾气嘛！陈地菊，你装啥装？你又不是啥清纯玉女，给我摸一下又咋了嘛。"

陈地菊清楚这个人是听不进话了，她转头过去看三零三包房，偏偏就没有半个人出来。

龙刚的满身酒气冲在她的鼻子上，她就想起了郑维娜下午哭得那一阵伤心心，一股子恨"嗖"地烧上来："你不让开哇？不让就跟我走！走！过去包间头，喊你女朋友来跟你说！"她干脆一转手，钳住龙刚的手腕，把他往外面拖。

龙刚这才领悟过来这个婆娘是正儿八经惹不得的。他半个身子都歪到洗手台上，想从她手上脱身，一边挣扎，一边骂："你这死婆娘！还跟我横起了！你有啥了不起的！跟我在这装清高！你妈×你跟到谭军混夜场的时候老子又不是没见过！"

陈地菊万万没想到他会说出这个名字来，心不跳，手也松了。龙刚一个站不住，整个人顺着洗手台倒下去，把洗手液擦手纸盒子等等一统扫落了，屁股重重落在地砖上，"哐当当"一阵巨响。

龙刚这一跤子的余响还要袅袅不断到很久以后去了。现当下，傅陈两口子虽然尚不知情，却莫名烦闷，堵在心上难以开释——眼看都快把车开回县政府家属院了，傅丹心还是放不下，又问了一回："刚才没啥事嘛？真的只是他绊倒了？"

陈地菊说："你咋又问？给你说就是地下太滑了，他一下没站稳，我拉他也没拉到，结果绊成那个样子。"

傅丹心说："你拉他干啥，要绊等他绊嘛。"

陈地菊笑起来："你才笑人，他一个大活人在我面前，我难道不帮个手？"

傅丹心说："他以前操扁挂①练过拳的，这点算啥。"

"你又没给我说过！"陈地菊说。

傅丹心也觉得自己有点过了，就把右手伸过去，握住陈地菊的左手，说："梅梅，你昨天说得对，我这些乱七八糟的朋友太多了，该淡的有些是要淡了。"

陈地菊这才想起昨天晚上他们是在睡觉前拌了两句嘴的，因为她本来想今天下午一起回她爸妈那边，傅丹心却说他约了朋友要喝茶。"那么小个事，"她说，"早上起来我就忘了。"

傅丹心把车开进了政府家属院，又把车停了，还是八点五十、九点不到的时间。也多亏龙刚跌了这一跤子，饭局早早地结束了，火锅店还打了个大折扣。大院里有人在散步，又有两个小娃娃在路灯下打羽毛球。他们看见傅丹心和陈地菊走过来，就把球收了，站起来规规矩矩地等他们两个走。傅丹心招呼他们："赵宇轩，聂易晨，这么迟了还打羽毛球啊？"

"明天星期天的嘛，又不上课！"其中一个男娃娃说。

"你马上读初中了啊？"傅丹心问。

"早就初一了！"还是那个男娃娃说。

他们走过去了，进了单元口上楼梯。傅丹心说："刚才那个跟我说话的是聂县长的娃娃。"

陈地菊有些惊讶："聂县长好大啊？他

---

① 操扁挂，四川方言，即"练武术"。

71

娃娃才这么小？"

"他啊，可能四十五六吧。他这人很有本事，升得快。他们就住在我们隔壁栋。"傅丹心说，压低了声音。

两个人从二楼上到了五楼，走过了整整八户人家的大门。这些门里面住的都是县上政界里有来头的人，楼里静得只有电视的广告声音传出来。

今天晚上两个老的还没有睡下，汪红燕和傅祺红都在客厅。汪红燕在看电视，傅祺红在洗脚。

"回来啦？"汪红燕招呼。

"妈，爸。"陈地菊喊。傅丹心照例只是点了个头。

"这两天都回来得迟啊，在忙啥呢？"傅祺红说，端坐在藤椅上，裤子挽到膝盖，两只脚正放在脚盆里。

"也没啥事，"傅丹心说，"今天天气好，几个朋友约到喝个茶，就一起吃饭了。"

"你们啊，"汪红燕说，"还是要少在外面吃饭，又油腻，又没营养。特别是小陈，你现在最是要注意身体啊。外面吃些啥，都说不清楚。"

"嗯。我知道的。"陈地菊说，"最近是出去吃得有点多了，我会注意的。"

"唉呀，年轻人的事，你不管嘛。"傅祺红说，缓缓地把脚从脚盆里抬起来，又拿洗脚帕擦脚。

"问是你在问，管就是我在管了？你倒是，天天当好人当起瘾了？"汪红燕笑一笑，拿起遥控器换频道。

傅祺红抬起脑壳看了两个小的一眼，没接她的话。傅丹心就说："那我们先进去了，爸，妈，你们早点睡。"

等进了寝室，两个人才觉得是真正落屋了。傅丹心一把躺到床上，脑袋屁股都安生了。他看到陈地菊把包包挂到门背后，又脱下外套来要挂上去，却忽然不动了。她把外套捏在手里，整个人抖了一下。

他正想问她到底是不是有事，她就转过来了，一张脸白莹莹的，脸上有一个笑。"以前我们镇上有好多鸽子你还记得不，"她闲闲地说，一边到写字台前拿她的书，"最近这几年好像都没影子了，你说那些鸽子都跑到哪儿去了？"

傅祺红日记 2001年2月8日

今日工作：过完元宵节收了心了，开了今年第一个正儿八经的工作会，余主任交代了第一季度的工作安排。办公室准备做一系列的"永丰县各村镇地名考（暂名）"，十五个镇他自己写五个，分别是平乐（县城）、中兴、红旗、安庆以及团结；去年才调来的小苏也分了五个：德元、七方堰、古城、金民场、金元；最后剩下五个自然是我的：聚昌、安德、清河、合作、三园。我县秦时立郡，又有清溪河一脉传承，具有深厚的历史文化积淀，去考察和挖掘每个镇、乡的地名，路名、桥梁名，寻根索源，著书列目，这是对后代大有功德的事。但是，就算是在这样的大事大德上，余先亮之卑小鄙贱也照样体现出来：他自己分的那五个镇都是中心城镇，紧邻县城，商业发达，交通方便是其一，历来资料很是周全。小苏拿的那几个也不差，沿着清溪河过去一路连到崇宁县，又有码头文化的传统，又是少数民族聚居地，可做的文章也不少。却再看看我傅某人分到的这五个，地理上都是在我县外围的最边边上，一大圈要从灌县转到永安市，于是光交通就够我跑的。再来，这些地方古来就是穷凶凶，有个别镇甚至在解放前常住居民也就只有两户不到十人——这样艰难的情况，真不知我这材料要从何搜起？罢了。余先亮故意为难我，但我又何苦同他一般见识？毕竟再有一年半他就退了。

今日学习：春节期间读《倜傥人生——关汉卿传》，顺便就把《元曲三百首》也拿出来读了一读。说来我少年时候更爱读"庄唐雅宋"，对这"谐元"一直都持保留态度。现在或许真是老了，四十将近过半，未感不惑，只觉言木，大概是快要到"厌红尘万丈混龙蛇，老先生去也"之时了。

今日膳食：早：汤圆十二个，红豆馅。午饭和小苏在政府外的刘家馆子一起吃的，凉拌猪头肉一份，凉拌拐肉一份，豆汤饭一碗。晚：白水青菜脑壳一碗，豆花一份，配一碗白米饭。注意：过年吃了太多油腻，这段时间最好吃清淡些。

今日琐记：汪红燕提起工业开发区有很多新兴公司入驻，好些都在招人。她说他们文化馆有个同事的女儿在那找了个工作，待遇还很不错。吃饭的时候我同丹儿提起来，他一下很不高兴，说我和他妈又对他指手画脚，说他自己有打算。丹儿他们这一辈人的确是蜜罐子长大的，没有饿过饭，不太有紧迫感。他从职高毕业已经快一年了，一直这里那里打打零工，没个着落。当然他吃住都在家，自己赚点零用钱，好像是没问题，但这样下去哪是个办法？人总归还是得有个单位，有集体，有靠山——以后的路还长，哪知道会有什么样的事，总得要寻个保证。现在的年轻人光想叛逆，对这些基本的问题考虑得太少了。

第 六 章

傅祺红睡到半梦半醒之间，忽然觉得肚脐眼一阵剧痛。但他之前睡得太深，正是云深不知处了，这时候光觉得痛，还是醒不过来。他感觉好像有根虫子钉在他肚皮上，撅起身身来想往里面钻，拱啊拱，拱啊拱，忽然又"嗖"的一声，不见了。他肚皮就不痛了，只是一阵冰凉，风嚎嚎的，好像哪个人来掀了他的铺盖。

他就冷醒了，一身都是汗，躺在黑漆漆的床上，喘了好几声。他低头一看，看到自己这床铺盖倒是好端端盖在身上，但肚皮还是凉飕飕的。他就把铺盖揭开来，借着窗户外面的昏光往下看。这一看，着实把他吓掉了几个魂魄——只见他的肚皮从正中间被剖开来，翻皮现肉，里面黑洞洞红通通，血淋淋的一片，其中，也不知道是肠子还是胃，一跳一跳地，好像泥鳅儿在水塘子里翻。

他血都不流了，头上一阵昏，再定睛一看，却见这接在他颈项之下的不是他自己的身身，而像是个畜生的——皮白白的，肉粉粉的，鬃毛间露着两排奶头，又翻出一阵阵潲水臭：这分明是个母猪的肚皮！

傅祺红这才意识到自己还在做梦，赶紧醒了，坐起来，一阵阵地发恶心。他身边，汪红燕还睡得香甜，一声声噗酣[①]闷

[①] 噗酣，四川方言，即"呼噜"。

雷一般。他看了看床头柜上的钟，三点四十。"差不多了，"他心想，"反正也睡不着了。"他就干脆轻手轻脚地起来了，穿好衣服，打开寝室门出去了。

窗外家属院的路灯和远处工地上的作业灯一起斜照进客厅，照得椅子沙发和茶几一片静悄悄。傅祺红觉得嘴很干，就走到厨房去准备喝口水。他一走过去，才发现厨房的灯大开着，陈地菊坐在餐桌边上，抬起头来，小声声地喊他："爸。"

"小陈，"傅祺红也很惊讶，"你咋起来了？"

"睡了一会醒了又睡不着，干脆起来看会书。"陈地菊笑着说。她面前摆了一杯水，还有一本摊开的书。

"也对。"傅祺红拿了一个杯子，走到饮水机那边去倒水，"睡不着又躺在床上最是心焦，还不如干脆起来了。"

"你呢，爸，你咋起来这么早？"陈地菊问。

"唉，"傅祺红喝一口水，"我们这些老年人本来就不用睡那么久，醒了就起来了。倒是你啊，你还年纪轻轻的，咋会睡不好呢？"

"我也说不清楚，"陈地菊似乎是叹了一口气，"忽然就醒了，然后再也睡不着了。"

傅祺红想问她是不是也做了什么梦，但又觉得不太合适，他再喝了一口水："是不是最近工作压力比较大？我看你这段时间很少回来吃夜饭，傅丹心说你一直在加班。"

"这倒没啥，我们一直都加班的，习惯了。"她说。

傅祺红靠在橱柜面前，看着他这个儿媳妇。她把头发拢起来，低低地绑了一个马尾辫，一张脸露在灯光下，有些许憔悴。

他下意识地，只觉得肚脐眼周围还是隐痛隐痛的。他把水都喝了，把杯子放在水槽边上："那我去书房了，你看会书要是困了就回去睡会，不然你上班还要一天。"

"好的。"陈地菊说，"我待会就去睡。"

等到五点过的时候，傅祺红从书房里出来，陈地菊果然不见了。两个杯子洗得干干净净的，倒放在水槽边的碗架上，餐桌边的椅子也推进去放好了。傅祺红穿过厨房，走到阳台上去，挽起袖子，提起脊柱，轻吐缓呐地定了心神，推开了今天的第一式。

古话说：心不宁则梦绮，神不定则梦诡。可见这夜梦里的魑魅魍魉，都是那白日下的贪嗔妒嫉。于是也不怪傅祺红连续都睡不安稳，只为最近他县志办里的事情实在太多了。罗副书记来跟他谈的那一次话足足有两个多小时，但那还仅仅是个开始。接下来，苏聪，吴文丽，会计刘姐，甚至实习生小杨和小曾都被喊去纪委分别谈了话，了解了情况。会计和出纳的账被里外看了几遍，又把赵志伦的办公室上下搜查了几次，资料搬了好几箱。

办公室的人先是心惶惶就算了，现在更是连天地抱怨。本来，今年为了编大县志，工作负担再重不过了，现在又有这个事，搅得天无宁日，鸡飞狗跳。开个工作会，大家都在抒怨气。

吴文丽说："这赵主任，自己家头那点事情没管好，整得我们其他人底朝天！"苏聪说："今天喊你谈个话，明天再来补充个细节，还让不让人工作了！年底事情交不完，又要来批评我们，上头这些人硬是欢！"小杨怯生生地，也说："我来实习也没好久，见都没见过赵主任两面，结果还被喊过去，一问就是一个多小时。"

傅祺红作为这里面官最大的（副主任代理正主任），自然最要讲道理，就安抚他们："你们大家理解一下。毕竟赵主任是正局级干部，要记功要记过，都是大事，当然要调查清楚，不能马虎。我们就配合调查嘛。他问就问，查就查，任何情况，有你就说有，没有你就说没有，一清二楚的，再简单不过了——总之要协助纪委，尽快使这件事情尘埃落定，我们才好继续开展工作。"

他又补充："还有，这赵主任的事现在正是敏感，我们大家言语上一定要谨慎。少说、少讨论——办公室里是这样，出去就更要注意了，不谈、不议、不听。"

他话是说到了，说端正了，至于下头的人听不听，怎么做，就确实在他掌控之外了。毕竟圣人也说了，人生在世，有"三闲"最是难过：说闲话、管闲事、操闲心——连圣人都需提点，何况这永丰县县政府里满地横走的庸碌之辈。

比如他下了班，到收发室去取个《四川史志》样刊和稿费汇款单，出来就遇到了人大主任，他以前政府办的老领导马向前。马向前和他是多年的革命感情了，走过来一招手："祺红，最近忙得很啊？这几天午休我都找不到你打乒乓球！"

"唉，"傅祺红摇摇头，"你莫提了，我们那办公室这一向简直忙坏了！"

马向前这话一听，看了看四下正好没人，就压了压声音："这赵的事情现在还在查啊？"

傅祺红也左右看了看（的确是没半个人）："唉，是啊，这都快两个星期了，按理说纪委早该出报告了。哎老马，你有没消息啊？"

"你不问我，我也想给你说这事。"马向前更靠过来了些，一张老烟嘴凑在傅祺红耳朵边上，冲得他满鼻子腥臭，"这赵的事啊，本来纪委都把报告写好了，交到县委常委去，结果，聂县长发了好大一通气，说这调查又不全面，又不正式，说纪委简直是在胡搞乱搞……"

傅祺红一惊，脱口而出："你这意思，难道聂县长要保他？"

马向前"嗤"一声，摇个头："保？恐怕没那么好保哦！聂这脾气一发，反而给他整凶了——熊书记当场表态，说这件事的确重大，纪委肯定马虎不得，然后还亲自下令，让纪委一定严办，彻底调查，充分取证，多一分不能冤枉，少一分不能姑息。你想，这话啥意思，啥分量……"

"那这一说来，"傅祺红皱起眉毛，"赵恐怕真是要下了？"

"肯定嘛！"马向前一摆手，"你咋还在想这个？现在的问题是，赵一下，这位置就空了——这就是马上的事了，哎祺红，你咋还在这悠悠闲闲的？"

"我能干啥？"傅祺红叹个气，"以前余先亮退的时候上头都没考虑我，现在我最多还有一届就退了，还能有我啥事？"

"哎！"马向前退了半步，拍了拍他肩膀，"你和我就不说这客套话了！祺红，这么多年，你的为人和本事我都清楚，你当年跟余先亮一下没处好，弄得一直坐这个副局级，那真是委屈了。""你放心，"他再压了压声音，"现在这时机有了，该我帮你说话，我肯定要说话。"

"老马啊老马！"傅祺红两只手抱起来作个揖，嘴里说，"老马你这话我惭愧啊！惭愧！"

"你我两个,不说这些话!"马向前再一摆手,"这有人来了,我先走了。你改天来趟我屋头,我仔细给你说!"

他转身往政府大门走了。傅祺红一回头,果然看到又有一群下了班的走过来,也是他为人终归更周到些,就站在收发室门口,挨个个笑眯眯地给这些张三李四打了招呼。

一九九五年底,傅祺红从政府办调到了县志办,一进门就吓了一跳:火柴盒子般的一间办公室,满地堆起都是书和报纸,正中一张办公桌落了漆,墙边两把椅子翘了边。当时的主任余先亮坐在这张办公桌背后,穿一件粗黑呢子大衣,抱一个搪瓷茶水盅,手上夹一根烟,心口落一堆烟灰。他看到傅祺红走进来,懒眉懒眼地把脑壳一点:"哎,你来啦。去对面党史办看看嘛,看他们有没办公桌不要的给你用。"

傅祺红就去党史办讨了一张办公桌,半边桌皮子都磨掉了,两个抽屉有一个没底子。他哼哧哧地把这张桌子搬回来,余先亮还是坐在椅子上抽烟,烟头子一点左手墙边:"放那嘛。"

傅祺红就过去把地下的书理清出来,把桌子推到墙边抵住了,又拖了把椅子过来,终于对着这张墙壁坐了下来。他歇了一歇,又很想喝口茶,就把自己的茶盅拿出来,问余先亮:"余主任,我们这茶叶在哪呢?"

余先亮看他一眼,烟灰一弹:"我们这没茶叶,你要喝茶?去党史办要嘛。"

傅祺红就只得又去党史办讨茶叶,过两天稿笺纸没了,又再去要稿笺。党史办要的太多了不好意思,就转去信访办要,信访办把人家要烦了,再找精神文明办。

要打电话,去政府办蹭,要用相机,问宣传部借,再是要想去市上开个会,就得满大院打转,找个好心人来报销路费。余先亮私下骂:"我们这哪是啥县志办!狗日的一年到头逑钱没的,就是他妈的个讨口办!"

也是话丑理端。当时,正逢编写《1993—1995年鉴》工作在进行中,除了余和傅,县志办还有借调来的三位临时工作人员。这一群人正是游勇散兵一般,每天走家串户,求先人拜祖宗地,要把各个单位各个乡镇的数据和文章都收集上来,再一点点统稿、写稿、校稿,又一趟趟地跑印刷厂,拿了清样,就捏着红圆珠笔趴在桌子上一排排地圈、点、改,半个手膀子都要被油墨染黑。

这一天,傅祺红正在二校目录,一排排对着看:

乡镇企业
•综述•
企业增加,职工增多 ………109
发展速度明显加快 …………111
社会经济效益提高 …………113
形成五大骨干行业 …………117

——也是该他们卧薪尝胆,苦尽甘来。忽然间,傅祺红就像被哪个拍了天灵盖一般,"哎呀"喊了一声。余先亮正抽饱了烟,蜷在自己办公桌上发困,被他这一吓,猛地醒了,骂起来:"嗨!你惊乍啥子?大白天见鬼了?"

"余主任,"傅祺红转过去看着他,心咚咚地跳,"我忽然想起,我们这年鉴应该再加一章。"

"加一章?"余先亮没弄懂,"傅祺红,

你龟儿子还嫌我们这事情不够多啊？还要加一章？"

"你看嘛，"傅祺红拿起手上的校样，唰唰翻了两页，"我们这最后有'人物篇'，有'乡镇篇'，是不是也可以加个'企业篇'？"

余先亮也不是笨人，咂了咂这话中滋味，立刻懂了。他笑起来："你个傅祺红，你这脑壳有点滑哦！"

这临时加进去的"企业篇"正是永丰县县志历史上最画龙点睛的一笔，洋洋洒洒排开来，整整六十八家企业、八十三张页码，从制衣厂到曲酒厂，从塑料彩印厂到床上用品厂，各行各业无所不包，正是神仙不问出身处，升天自有金银路：要上年鉴，编辑费一口价两百元，一张照片一百五十元，如果是厂长的人物照再加一百。其中，西川肉联厂的老板邱自岳最是大手笔，赞助了一千元，他的彩照便翩翩飞上了年鉴开头的彩页特版，并列在当年来访的英吉利国友人和土库曼斯坦国部长之间，真正是光宗耀祖了。

转过来说，县志办自然也是受益匪浅，收获良多的。一个主任一个副主任都换了新办公桌新椅子，其他圆珠笔修正液稿笺纸擦子更是不在话下，茶几添了一个，茶具备了一套，茶叶干脆买它整整三斤。年鉴工作收稿那天，县志办五个人还有当时的出纳梁英一起去西门上永辉饭店吃了一顿，猪头肉喊了一大盘，红烧了一条鲢鱼，还开了一瓶全兴大曲——大家都欢得尽兴了，也就傅祺红还独留着几分清醒，他留意到那一天结账的时候余先亮和饭店老板鬼头鬼脑地很是拉扯了几下，得了一张发票，后经他查探是整整七百五十元的金额。

余先亮吃了差不多五百元的外水，却一分也不给傅祺红这跑腿的，也确实是贪心独大，寡情薄义了。难怪九八年傅祺红要一纸御状上去，把余的仕途打倒了，使得两个人终于正式交了恶。于是，余先亮就算提前退休了，也跟上头通了话，坚决不让傅祺红来接他的手，这才又调来一个赵志伦，端端一屁股，再坐到傅祺红这造孽人的头顶上——却是后话，这里暂且不提。

佛家说身是菩提树，心如明镜台，说的是肉身之丰茂枯荣及灵心之清净虚空。须知这心上最是沾染不得其他东西：有了愁，成了忧心；有了欲，就是贪心；有惧难免提心吊胆，有求最终痴心妄想。于是也就难怪傅祺红最近心神惶惶，毕竟他十几二十年的心酸都绕在心结上，缠了又缠，卷了又卷，正是：只叹说冯谖放旷，执剑复长歌。谁人识年来心事，古井又生波。

这一头他别了马向前，慢悠悠地在自行车上骑回县政府家属院来，正见门卫齐师傅在卖废品，一堆堆报纸杂志纸盒子摆开来，一个个过称。他就想起来，说："齐师傅，好啊，卖废品啊？我给你说，我那楼上还有好多旧报纸旧书，都不要的，我改天给你收拾出来，你下回一起卖了。"

"那咋好意思！"齐师傅是个憨厚的人，赶紧打推辞，"算了！算了！"

"有啥不好意思的，"傅祺红说，"反正都不要的，我收拾了给你拿下来，好吧？"

"那太麻烦，太麻烦！我自己上来拿就对了。"齐师傅赶紧说。

"哎呀何必呢，这么小个事不麻烦你。我过两天收好，喊我儿子一把就给你拿下来了。"傅祺红自摆了个手，扶着车子进了小区。齐师傅在他后面大声武气地说了好几声"谢了"。

他把自行车停了,拿起公文包和那本《四川史志》往楼上走,一边走,一边翻杂志。他的文章这一期终于登出来了,傅祺红翻开来在第19页,题目是:剿匪录:解放前夕永丰县风云记事。这篇文章是他去年夏天为了庆祝永丰县和平解放60周年写的,写的时候还觉得只是篇官样文章,很是一般般,现在读来却颇有些意思——大概不管哪样东西,一旦变成了铅字,就更要漂亮一些。

他轻快快地上了五楼,拿钥匙开了门,正听到汪红燕说:"……算了算了,我不给你说了,我锅头还煮起肉在,你爸马上就要回来了,拜拜!"

他走进去,就看到汪红燕挂了电话,着着急急地从客厅走回厨房,扫了他一眼,打了声招呼:"啊,你回来啦!今天傅丹心他们不回来吃饭!"

"咋呢?"傅祺红脱了鞋,把手头的东西放在鞋柜上,走进厨房。

"说是哪个朋友请客,然后说小陈今天又要加班,喊我们不要等她。"汪红燕揭开锅盖,拿筷子把煮的那块五花肉挑出来,放在菜板上晾一晾。

"又加班啊?"傅祺红打开水龙头,洗了个手,"要不要我帮忙?"

"你顺手帮我把红苕尖洗了嘛。"汪红燕指一指堆在筲箕上的青菜,转头拿起刀来切肉。

两口子一个在水龙头下洗红苕尖,另一个在菜板上切五花肉。那流水声虽然哗哗,却盖不住五花肉的满屋糜香。汪红燕先忍不住,伸手掐了一片半肥瘦来吃,又递给了傅祺红一片。

傅祺红嘴里嚼着猪肉,瘦的香肥的弹,舌头牙齿都舒服了。他吃了这片,又走案子上抓了一片,再吃了,才说:"今天我遇到老马了。"

"老马啊,"汪红燕把肉都装到盘子里,又拆了几瓣蒜来切蒜片,"他还好吗?好久没看到他了。"

"是好久没看到了。"傅祺红说,"上回见他还是傅丹心结婚的时候了。说起来还在一个地方上班,都忙啊!"

"就是,"汪红燕说,"你一说我想起来了,人家老马真的多对的。丹心结婚他封了那么大一个红包,说起来我们都没谢谢人家,简直不周到。"

"你说得对,"傅祺红点点头,"我们是该要谢个礼的。你看就这两天嘛,我联系下老马。我们买点东西,去看看他们。"

"对啊对啊,说起我们还没去过他们那新房子!还有廖三姐我也好久没看到了。"汪红燕切完蒜,又顺手切了几根二荆条小青椒,再眼看锅里的油烧起来了,就把这一案板子的蒜和海椒倒了下去,"嗞啦"一声——一时间,满厨房炸起浓浓的白烟,好似爆了一个手榴弹,傅祺红赶紧退了出去。

永丰县人大主任马向前现在不住县政府家属院了,都说全是靠他的公子有出息:科技大学毕业,在中华通信拿着高薪厚禄,又去肯尼亚外派了几年,赚了不少钱。小马孝顺爸妈,前年初,在恒发新城买了套别墅,装修都花了几十万——去年年中,老马两口子笑嘻嘻地搬了,住到了创新公园西面上风上水的富人区,开门正对着微风湖,斜望过去是新政府的"大飞碟"——这地方是一万种好,唯独有点远。周三晚上,傅祺红和汪红燕两口子吃饱了夜饭，提着一手的礼行出了门。好不容易啊，走到了恒发新城一期马宅大门口，肚皮里头就又空了一个角角。

傅祺红光听说马向前的房子装得很有档次，等到他真正进了大门，站在客厅里头了，才是要吞一口口水，心上也打了颤颤。只见那：挑高的房顶悬一组南海水晶吊灯，照得通明，映一套真皮大沙发，气势煌煌；电视机是进口纯平六十寸液晶，放的是国际新闻欧美大事；茶几上水晶碗有脸盆大小，摆的是新奇水果热带鲜瓜，个头硕硕，颜色鲜鲜，打了蜡一般亮闪闪。

坊间有人作了一首《正宫·醉太平》，说的正是这个事：

　　出生便贫窭，饥寒度童年。红苕煮糠糊肚皮，霜风钻胶鞋。乾坤一转几十年，革命成果终成材。年来痴梦登富贵，手忙抱金锭。

"坐嘛！坐！坐！"马向前的爱人廖三姐倒还是一贯的热情，招呼他们，"祺红，红燕，你们两个硬是的，来就是了嘛，还拿啥礼！太客气了！"

马向前也说："祺红啊，都是老同事了，你还这样，太见外了！"

傅祺红就说："唉，老马，你不这样说嘛。一点心意，好久没来看你，一点心意！"

——都是过场。遮手的礼收了，迎客的话说了，安客的茶泡了，两位太太笑融融聊些家常，两个长官就信步踱到书房里谈起了正事。

"祺红，我给你说，赵这事啊快完了！最早这个星期，最晚下周五一节前，肯定要结了。"马向前先来打个定音锤。

"也该结了！"傅祺红还是叹一叹，"这都快一个月了！整得人心惶惶的。"

马向前掏出一支烟来点上了，深深抽了一口，抽得眉毛都皱紧了，然后吐出来："现在主要的问题是，我们要给赵这事情定个性：是党内处理呢，还是要送检察院。"

傅祺红的心是"咚"了一下："送检察院，不至于吧？"

马向前再抽一口烟："有啥不至于！他遭都遭了，就是肥猪儿掉到了井里头，横竖都是死了！"他看了傅祺红一眼，又接着说："我们的意思，还是觉得要严肃处理，绝不轻忽。毕竟你想想，连这县志办的人都可以仗个势就随便吃钱了，那那些其他办公室的人还不要上天了？"

傅祺红掐了一指，抬起脑壳问："这也是聂县长的意思？"

"哈！"马向前一弹烟灰，"祺红啊，我就说你这人看问题最准！——聂是肯定想大事化小的。""但你想嘛，"他顿了一下，"正是因为这赵是他堂堂聂县长的人，这事就肯定得整撑了，整扎实了，免得以后更说不清楚，对不对？"

傅祺红也不能说对，也不能说不对。他摇摇头："老马啊，你这意思我有点听不懂了。"

"嗨！"马向前把烟杵了，"老同志，你不要跟我装傻。我老马也不跟你说些含混话。现在就这样的：我听说你上次给纪委罗副谈了一回，说得很有保留——祺红，你这么有保留，这事情就不好办了。你看，这结案前，纪委的人肯定还要最后再来找你一回。我建议你啊，仅仅是建议：这一回，你就把话说到家，不给这龟儿子留那么多余地——我们换个角度，今天要是你傅祺红掉坑坑头了，难道他赵志伦会拉你

79

一把？"

傅祺红不说话，只把眉毛皱了，字正正地一叹："唉！"

"祺红啊，"马向前就劝他，"你的心事我太懂了。你放心，那天我就给你说了，你虽然只有一届了，但是该整对的还是要整对的——其他不说，这正局级退休和副局级退休还是真的不一样啊！就等他赵一下来，我们都给你考虑了，你肯定是要上的！"

马向前"我们"来"我们"去了老半天，就偏偏不给傅祺红说清楚到底是"哪们"。傅祺红沉吟了几秒："老马，这事啊，我还是觉得不可能……你看，就算你出了面，把我提名了，他们常委哪能通得过？"

他这一问，把马向前真正问得愣住了，他一下没说话，然后哈哈大笑起来——好个傅祺红！你莫看他轻易不出招，真正出招就有门道。他这是潇潇洒洒地一立身，一双慧眼灼灼地把水塘里看清了，手上竹篙子"刷"地一点、一递、一挑，一声"着！"，打起了就是一尾大鱼沉塘底。

"哎祺红啊祺红，你放心！这事情我老马拍不了板，难道他熊书记还拍不了板吗？"马向前笑了好一阵，终于说。

永丰县县委书记熊国正和县长聂锋之间的过节还得从二〇〇三年的政府换届选举说起——这件事过是过了七八年，但我们镇上的人提起来还是心怦怦地。"……那简直是！"街坊们在茶馆里一说就很要溅些口水，"那简直是惊心动魄，龙争虎斗，就是那地煞星冲倒了天罡星，土匪头围剿了解放区，啧啧啧啧！……"

围观的有好心人就忍不住说："叫花子，你小心点，这话不能乱说，传出去是要砍脑壳的！啥叫'土匪头围剿解放区'？我们这早就解放了，哪还有土匪！"

"嗨！这话不是我说的，我是引用人家书记说的，书记说的还有错？"街坊把嘴一抹，压一压盖碗，喝一口花茶。再一清嗓子，把这一节旧事情细细道来：

那一年的选举本来是最简单清楚不过，老县长徐定军早两年退休了，市上调了一个叫季成刚的来当代理县长。所谓"代理县长"，也就是让他先上车把位子坐好了，等换届选举到了，哎，再补一张票。

这张票长啥模样？组织上早就给他画好了：〇三年第十届县人代会，县长选票上一个孤零零的候选人——季成刚。同意的打个勾勾，弃权的交个白票，要提名他人的请另写名字。

要是以往，这事肯定是万无一失的：鸭蛋都递到嘴边边了，哪个还不会张嘴咬？全县的人都背好书了要选季县长，只有分管教育文化的副县长聂锋很是不甘愿。当时，聂不过三十七八岁，年轻气盛，锋芒正劲，当然是想往上走，偏偏上头就是不提他。熊书记跟他谈了话，语重心长地："小聂啊，你还年轻，多锻炼两年，多做事，组织上自然有考虑。"——熊书记是谆谆教诲而又切切关怀，换个人说不定也就听进去了，偏偏这聂锋生来就是个心野的，哪信他这些诳娃娃的话。

"他心头肯定不服气嘛！"街坊摇一摇头，绘声绘色，"你想嘛，他一个平乐镇上土生土长的，兢兢业业好多年，干得也是有声有色了，正是好时候。凭啥啊，就遭这个外地来的野和尚一屁股压在他脑壳上？"

其实这里还有一个关键人物，就是聂锋爱人的舅舅周老六。这周老六是个什么人?他西门上生,南门上长,北门上混帮派混了好一阵,之后下海,做房产生意,开录像厅,又倒木材——总之过场做尽,朋友也满天下了,真正是个走遍四条街不揣一分钱的好汉。聂锋不服气喝个闷酒,这周老六就来给他出主意:"哎外甥女婿,你莫丧气。你这么能干,众望所归的,就算它那选票上没你的名字,难道我们不能一个个给它写上去?"

一般人听到这话就先吓住了,也偏偏周老六又是野,又是狠,都到家了,他反正豁出去了,要助他的外甥女婿一步登天。眼见他联系了他的企业家朋友们,又再找了各个乡镇街道的乡长镇长甚至大队长,要给聂锋拉票。传说,这些人在西门外的竹林餐厅吃了一顿饭,整整六七桌,吃了几十斤牛肉,酒更是下了无数。那天聂锋当然没有到场,但在场每个人说起他的俊风异采都是如在眼前一般。弹簧钢板厂曾老板一杯甩了,拍着胸脯子表示:"各位代表,各位老板,感谢你们今天赏脸来吃饭,来给我兄弟扎起①!在这里,我曾信国首先表态:我无条件支持聂县长当选!凡是这回投票给他的,一张票两千元!我说话算话,都来找我报账!"

有人说那句"一张票两千元"就是这一场选举的冲锋号,也有人说还得靠聂锋本人的确有能力,也算得了些民心。总而言之,等到人代会正式选举那一天,全县将近四百号人大代表刷刷进了场,拿着笔哗哗一选,还真的就给聂锋选出了两百七十八张选票,季成刚得了一百多票,还有十几票弃权。

县委常委举座震惊,县委书记熊国正当场暴跳如雷。"这姓聂的太不像话了!他简直是个土匪!这土匪头子是要造反了!"——街坊们说这就是那天熊书记骂出来的。

只叹这自古成王逐败寇,一举定江山。谈笑间,樯橹灰飞烟灭了,浪淘尽,光留下风流人物。上头的人再是气再是怒,也没了办法。季成刚摸摸鼻子走了(现在哪还听说过有这号人?),留下一个聂锋正是三十八岁的年龄,未及不惑而成了一县之长,端端坐进了县委常委局,正是那一人之下万人之上的好风光。

但熊和聂两个人之间的梁子也就这么结下了,从来常委一开会就是你递我两枪我绊你两拐——也罢了,无伤大雅。

到了现如今这世道下,平乐镇早就是一派祥和了。骑自行车的绝不占机动车道,吃锅盔的再不贪糖油果子,看报的不挡下棋的,打菜籽油的不挤卖灰面的,劫道的不进北二环,入室的不出老南门——规规矩矩,井井条条,哎,全靠有章法。

早个几十年上去,镇上就没这么多规矩,总有些宵小之徒,强蛮之盗,横行在人户之间林盘之内。名气较大的,比如西门曹家巷的贼娃子赵家,南街猪市坝的土匪头钟家,东门外凉水井的强盗窝子黄家。至于北门上,更有本地哥老会和军方保安队割据一方,豪强云集,袍哥横行,今天砍一条膀子,明日打一轮枪战,终年不见安宁。

当然,这都是解放之前的事。现在我们这里是太平了,政通人和,融融盛世。眼前见此好景,就更要忆苦思甜,不忘历

---
① 扎起,四川方言,撑腰,当后台。

史,所以衙门里派了个执笔官儿傅祺红出来,写一篇《剿匪录:解放前夕永丰县风云记事》。

傅祺红这篇文章写的时候还在去年,等到发出来了就已经是今年四月份期间。春浓而夏初的时节,平原上闷热下沉,瘴气上翻,很有些风云再起的味道。公安局的刘局长被下了课,那是上个月的事了,这个月最热闹的是县志办赵志伦的养小三腐败案,纪委来了浩浩荡荡三个人,一大早提走了县志办的副主任傅祺红,看来是要给这事打个句号了。

"哎谢天谢地谢天谢地!"反正管事的走了,办公室的其他人就混在一起说闲话耍,"这下把傅主任问完了,肯定就算完了,这事就该结了!"吴文丽说。

"你说他们要咋处理赵主任呢?"小杨担心心地问。

"我听说啊,"苏聪沉沉地讲出来,"说不定要整到检察院去。"

"你说这赵主任是不是还有点造孽!"吴文丽说,"你听说没,他那'小三'啊,也不年轻了!听说居然是个四十多岁的,还是离了婚的!"

"我也听说了,唉,还真是有点,"会计刘姐瘪瘪嘴,"找了个这么大的,也没占到啥便宜,居然要搞到检察院去?"

苏聪忍不住:"你们这些女人简直有点过分,等于他找个二十多的你们就气死了,找了四十多的你们就可怜他了?"

"你将心比心嘛!"吴文丽翻翻眼皮子,嘴巴动一动比剪刀还利,"上回吃年饭是哪个教小杨可以多报发票的?又是哪个跑来找到我们刘姐,硬要喊她给她多报的?"

小杨脑壳一下埋了。苏聪不说话了,喝一口茶,最后说:"吴文丽,算了嘛,得

饶人处且饶人。你是富贵人家不差钱,还不准我们穷人些给自己谋点福利?"

吴文丽看刘姐一眼。刘姐说:"反正我这收的都是正规发票,都有赵主任签字的,你们这些人少乱说。再说了,"她毕竟是这里资格最老的,就又添了一句,"我们不用在这可怜赵主任,就等到看我们这明年的日子苦嘛!"

"咋呢?"小杨问。

"你想嘛,"刘姐耐心地解释,"这事一闹,我们明年的预算肯定要少,再加上赵主任走了,聂县长那流过来的补助也就断了,你看看我们咋活!"

她这句说得的确最是实际,牵扯到每个人口袋里面的铜板子,几个人一下都肃穆了。"鬼晓得上头要派哪个来坐赵的位子啊?"吴文丽眼珠子一转,嘴巴一瘪。

"嘿,"苏聪笑一笑,"吴文丽,你这就眼光短浅了,你凭啥说上头一定要派个外人来呢?"

"哎哟小苏,"刘姐不得不再发话,"这还是要我说你了:你还小,还得锻炼,哪可能就把你提起来了?"

"我?"苏聪指指自己的鼻子,推一推眼镜,咧起嘴来一笑,"我哪有这种本事?我说的是我们的傅主任。你看嘛,说不定啊,他这一回就要端端坐正了。"

连苏聪之辈都听说了这小道消息,县政府里也就基本上都看出了这风要往哪一边吹。到了周中,赵志伦的处理终于下来了:开除党籍,开除公职,交送检察机关处理。又过了两天,人大主任马向前正式向县委常委提名傅祺红为县志办主任。

傅祺红下班出来,一路上遇到了张三李四个个都要同他打招呼:"傅主任,下班

啦?""傅主任，回去啦?""傅主任，劳动节快乐!"

傅祺红也就败不馁胜不骄地，翩翩地骑着他的自行车过去了。这正是：

　　两袖清风拂赭袍，铁骨正气充丹田。

　　忠良不屈三十年，天公终开慈悲眼。

全家人都感觉到傅祺红精神特别好，晚上吃了饭，他主动洗了碗，却还是像有挥洒不完的激情一般，满身都是劲。他就干脆去书房打包旧书旧报纸了，好明天拿下去给人家齐师傅。他把书柜顶上的报纸拿下来打包了，又把地板上的旧杂志一堆堆垒起来捆好，再最后把写字台上不要的也收了——也是巧了，他一眼看见那本《四川史志》丢在那，翻开来他的那篇文章，他笑起来，哎呀呀，哎呀呀。

另一头他就想起了一件事，出去朝傅丹心他们的寝室喊陈地菊："小陈，你有空没?你过来一下我给你说个事。"

陈地菊应声声地来了，推门进来问："爸，啥事呢?"她穿一件灰T恤，一条深蓝的运动裤，头发扎起来一个马尾，脑门上冒些细汗水。

"是这样，"傅祺红拿出钱包来，抽出那张汇款单和自己的身份证，走过去递给她，"你看，我这有张汇款单，收了好几天了结果我搞忘了。你看你能不能帮我取一下?"

"好啊，"陈地菊把东西接过来，"只不过这马上五一假了，恐怕得等放假完了才取得到了。"

"哦对啊!"傅祺红才反应过来，一拍脑壳，"你们是马上要去巴厘岛啊？我都忘了！啥时候走？"

"明天中午的飞机。"陈地菊说。

"哎呀，你看你看，我彻底把这事忘了！这汪红燕她也不给我提个醒！东西都收拾好了？药都带齐了？"傅祺红赶忙问。

"大的都收拾好了，就是还有个随身的我正在收拾。哎，我这还是第一回出国，有点紧张啊！"她笑起来，抬手抹抹脸上的汗。

"这有啥紧张的！"傅祺红也笑了，"你一向最周到了，又仔细，肯定没问题。倒是傅丹心，他的东西收拾好没？他这人一向风风火火的，你要多管一下他。"

"哪儿有嘛，"陈地菊也大概习惯了这父子两个的弯弯倒倒，"其实丹心多细心的，这次出门一切都是他安排的，我们两个的东西也是他一个人收拾的，啥都不让我弄。"

"对的，对的，应该的，"傅祺红难得觉得很欣慰，"你们两个现在成了家，傅丹心又是个男人，当然要承担多些了。你看你们这一趟还只是出去耍，以后啊事情更多。就说等你们那房子交了，还要装修，还要弄家具家电，都是事！我教你啊小陈，你就让傅丹心多做点，让他去跑腿，本来男人就要立家的。"

陈地菊再笑起来："爸，你这话说的！其实，丹心他啥事都是自己揽，一点都不让我帮忙，也太辛苦了。就说起我们那房子的首付款，你也知道嘛，我也出了点钱的。他呢，就一直说要还我钱。唉你说说，我说两口子本来就该互相分担，他不干，硬说要把钱挣到了，赶紧还给我。他这阵啊每天忙得不行，太累了，看这次出去好休息一下。"

83

其实陈地菊这话说得又是贤惠又是巧妙,听是诉哀怨,实是夸恩爱,却没想到傅祺红脸一下黑了,话也不接了。

陈地菊愣了一愣,眼看见傅祺红的脸先是黑,然后蓦地白了。她说:"爸,你没事嘛?要不要我喊丹心过来帮你收拾这些?"

傅祺红吸了几口气才缓过来。"你出了钱?出了好多钱?"

他那儿媳妇吞了口口水。"没,没好多钱。"她说。

陈地菊是想打个幌子,哪料到傅祺红这辈子见人扯谎见太多了,一双眼睛早就晶亮亮的,看他儿媳妇这模样,他就知道她出的钱肯定只多不少。他脑门顶子一眩,人也偏了一偏。

"爸,你没事嘛?"陈地菊问。

"我没事,小陈,你早点休息嘛,明天还要出门。我没事,明天,明天一切顺利啊。"傅祺红喃喃地。

陈地菊再看了傅祺红一眼,终于走出去,把书房门掩上了。留下他一个人站在旧书旧报纸里,脸门黄黄,衣裳灰灰。

傅祺红日记　1999年9月27日

今日工作:自从中旬国庆七天大假通知一出来,整个办公室就像要逃灾了,没有哪个人不心慌,十多天了,工作基本没有进展。《1996—1998年年鉴》的编写工作十一月之前必须要交清样收尾,现在各个章节各方面稿件虽然交上来,却还没有最后统笔。按理,年鉴统笔的该是余先亮这个一把手,但这一回他却拖沓到现在也不动笔。我明里暗里提了几次,他都不置可否。因为去年换届提拔的问题,余一直心中有怨,但总不应该也不至于发泄到工作大事上来吧?于是,今天,国庆前最后一次工作会上,我又提出了,说这年鉴统笔必须要进行了,如果余主任实在忙不开,那么干脆就我来赶紧做了,确实是不能再拖了——实际上我手里头也有一大堆事情,年鉴统笔又枯燥冗繁,哪个想做?我无非是大局为重,想把工作顺利完成。哪知道余先亮居然当场阴阳怪气地说了些话,具体也不复述了,意思大概是统笔是一把手管事的才能做的,其他人就不要想入非非了——完了还不算,又当场把这工作交代给了范大成。

我清楚得很,余先亮这么做只不过是为了气我,但他着实是公器私用、本末倒置了。范大成一个县报借调过来的,对县志工作根本不太熟悉,还是个小年轻,哪能当这统笔?罢了罢了,看来这《1996—1998年鉴》注定要打倒了。说起来,这也是余在任上的最后一本年鉴了,他居然为了赌一口气,把这事办得如此不漂亮。按理最后这一本是来给他盖棺定论的,结果成了口草棺材。正是可恶之人必有可怜之处啊。

今日学习:夜市书摊上偶得了一本《释梦》,作者是奥地利的心理医生叫做弗洛伊德。本来我没起意要买,光想是怪力乱神一类东西,看了无益。但书摊老板大力推荐了,说这书最近很走俏,绝对值得一看。于是我便买回来了,看看这外国人如何来解梦——结果这真是一本奇书,说的都是心理分析和科学论证。"梦的动机是在于愿望的达成和意欲的满足。"联系我最近常做的梦来一分析,的确是很有道理。

今日膳食:早:小笼包一笼,肥肠粉一碗。午:牛肉米线二两。晚:周二姐串串香。

今日琐记：丹儿还是能干，一毕业就找到了工作。拿了第一个月工资，高矮说要请我和他妈吃饭。他说吃火锅，他妈却说最近她听好多人都在说串串香。于是我们就去了周二姐串串香，试个新鲜。实际上，这串串还是火锅，只不过不是一份两份点菜，而是一根根签子烫了吃——大概是年轻人的玩意，拿来给他们吃耍的。像我吃，就吃半天都吃不饱，馆子环境也不太上相。当然了，这是丹儿头回挣钱请我们吃饭，总是难能珍贵的。他说起他上班那电脑公司，说他这个月卖了多少多少台电脑，老板高兴得不得了，马上要升他的职，等等。我就提醒他，说这些私人公司有些还是野，要多长个心眼，踏踏实实最好。他一下不高兴，大概是觉得我又对他指手画脚。我这儿啊，就是太聪明，自尊心太强，听不得半句不同意见。他现在毕业正式进入社会了，正是要多磨炼磨炼，把这些臭脾气改一改。

第 七 章

五一劳动节放了三天假，镇上的人赶紧该懒的懒，该歇的歇，纷纷喜气洋洋。就连天老爷也跟着高兴起来，连出了几天大太阳，烤得热烘烘。女人们一个个抽了羊绒衫，脱了防寒服，披个薄外套罩件单衣裳，妖妖娆娆地在街上晃。叶小萱把头发烫了（做了板栗色），穿个玫红的真丝衫，搭件牙白的西装外套，踩着高跟靴子，提着小坤包，东门上一走，满身都是无限风光。

接连遇到好几个老熟人，个个都拉住她发惊叹："哎呀小萱妹妹，一阵不见更漂亮了！刚刚去韩国了？——越来越年轻了！"就算是叶小萱也难免不好意思，抿嘴给他们笑一笑，说："老了，老都老了！你这是乱说嘛，简直乱说了。"

都懂得起的道理：家贫更要遮丑，富贵切莫显耀。讲的是这人啊，越是颠簸，就越要稳起绷起；反而正发达了，才要掩起门面来说谦虚。现下，叶小萱的日子是过得相当太平了，但她总还不忘，见人逢人哀号两句。

你看迎面走来了她的麻将搭子孙二妹，穿得也还算舒气，但毕竟是个离婚又嫁了女的，就有些形孤影单："小萱，你过节热闹啊，现在女儿女婿都给你陪起，一大家人！"

叶小萱使劲"唉"一声："就是冷清啊。他们这小两口子，一放假就坐起飞机坐出国去耍了！人家洋盘，我跟老陈只有自己在屋头看电视。"

二妹吃一惊："出国啦？好安逸！去哪儿了？"

"普吉岛！"叶小萱把名字响亮一报，"是在泰国那边。说的只有那么漂亮了，唉，我反正没去过，等他们潇洒嘛。"

"好安逸！"二妹再叹了一声，"看我这辈子啥时候才能出趟国啊！"

叶小萱说："其实现在出国也不难。我听蒋大嫂说，他们一大家人过年走了一趟新马泰，还算旺季，每个人投下来居然才六七千——其实我们几个朋友也可以约一约，干脆，等明年过年，走一趟！"

她这也不是完全说空话，孙二妹却露

了一个苦笑:"唉小萱,我倒是想啊,就是真的没这个福气!"她压了压声音:"就是你我两个人,我也不瞒你,钟情那女子啊,最近怀起了!这都两个多三个月了,年底就要生——到过年那阵,正该是我忙得出不歇气的时候,哪有命跟你们出去耍!"

这响雷一把打下来砸在叶小萱的脸门上,震得她两眼间很是冒了几个金花。好不容易把神定了,她挂起笑说:"哎呀呀,恭喜啊!二妹,这真是天大的好消息!恭喜你了!"

孙二妹却还锁个愁眉,脑壳一摇:"唉,小萱啊,谢谢你了。不过这事其实都是麻烦。我那女婿民航的,一个星期七天五天半都在天上飞;我那亲家两个又都忙得不得了,他们倒是爱出钱,一把高兴起来,给情情发了个六万元的大红包,说是六六大顺嘛,但这真正做事情全都落在我身上了!"

"那你请个保姆嘛。"叶小萱说,皮笑肉不笑。

"你说得!"二妹下巴一缩,"外人哪有那么放心!"

"那只有你辛苦了。"叶小萱说。

"唉啊,都是上辈子欠的!"孙二妹啐了句。

你看这叶小萱也是造孽:高高兴兴出个门,偏偏就要来这么一个丧门星。"这婆娘!明明尾巴都翘上天了,还要在我面前假眉假眼发哀叹!"她好不容易脱了身,边走边骂,一寸心肝揉成了十几截。

漫无目的地她逛到了北门城墙边,只见七仙桥肥肠粉店里外人头攒动,门庭若市。她就干脆也走进去,点碗冒节子肥肠粉,又嘱咐老板多放点海椒。店里头早就占满了,她坐在街沿上,跟一个来赶场的农村婆婆拼张桌子,一边等她的粉,一边望望桥对面的清溪河绿道公园。

说起来她听好几个人夸过,说这绿道公园修得很漂亮,长长的健康跑道从七仙桥一路通到东门外的菠萝滩,处处是鸟语花香。她那些朋友都要周末来这里走一走,看看风景还锻炼身体。她也跟陈家康提了,说他们两口子也该来走一转,见识见识绿道公园的新气象——眼看公园修好都有一年多了,她念了也不下小十回,陈家康回回嘴上说好,屁股就从来挪不开他的网络游戏跟前。

叶小萱遥看着桥那边的绿草红花,心里面的鬼火一下烧起来。她拿出电话,两个键按过去:"喂!你在哪?在干啥?又在打游戏?陈家康,你烦不烦!几十岁的人了天天杵在电脑前面!大过节的,人家家家户户都出去了,只有你天天在屋头,弄得我也跟到你在这发霉!……"

她的诅咒炮仗一样炸出去,吓得对面的农村婆婆连看了她几眼,屁股挪了又挪。幸好店伙计手快,赶着把她们两个的粉一起端来了,一个冒节子加海椒,一个素粉加豌豆尖,热腾腾地扑鼻子。叶小萱只得说:"……我不跟你说了,我吃粉了!"她把电话挂了,拿起筷子把粉和转了,一挑一撮,就见更多热气来了,混着榨菜和芫须节节,又辣又酸,直扑她的脸面。

叶小萱的例假第一次停了应该是〇五年底〇六年初的时候。春节前后她忙了好几个月,都过了元宵吃了汤圆,才忽然想起她那事一直没来。她心头"噔"一声,跑去中医院看县上著名的妇科专家黄医生。黄医生给她号了个脉,说:"小萱啊,你这恐怕就是更年期要来了。也不妨,先吃两副药调一下。"

叶小萱苦涩涩地喝中药，想的是这辈子就完了完了。哪知她命不该绝，也是黄医生的中药到底管用，吃了六七服，居然把例假吃回来了。她很高兴了一阵，又再接再厉，买了好几种滋阴的补品，卵磷脂蜂王浆都吃起来——这样过了一年，她自己倒还觉得身体心情各方面都调养得不错，不想天老爷却另有安排：又到一年年关上，一体检，查出来个恶性子宫肿瘤。

人得了这样的病，命就不是自己的了。叶小萱也豁出去了：手术、化疗、中医、偏方、懂气功的、通灵的、有特异功能的，她见佛就拜，各路神仙前面都把头磕了，总算把命捡了回来，但例假就彻底断绝了。

你要是让陈家康来说一句，他就要说："我那老婆啊，她倒是没死。但她现在那更年期的脾气啊，一天闹几回，简直整得我想死了！"

本来叶小萱自来就不算热情，现在更是基本断了夫妻生活，加上陈地菊出了嫁，她那脾气更完全没人制了。陈家康当个缩头乌龟，困在一方死塘子里水都干裂了，再没想头。好在他这人还算风趣，在外头也懂出手大方，总还有些市场，偶尔去些花花场子，见几个女网友，算是吊头命。

正是闲人些说的：夫妻本是陌路人，姻缘更似黄粱梦。夜来惊梦挑灯看，一根绳头两蚱蜢。

又转回来这就到了劳动节假最后一天，叶小萱和吴三姐约起去中医院熏个艾灸，说起在路上遇到孙二妹这事，还是气不过："……你说二妹这人，就是这要不完的脾气！只有那么自以为是了，好像只要她沾过的就都好上天了，人家其他没哪个比得上她！"

吴三姐劝她："唉小萱你何必生这气。认识多年了，你难道是头回跟二妹打交道？就说那时候她跟钟铮还在一起，还不是一口一个夸他好，你们老陈，我们老席，都经常遭她拿来踩嘛！——结果呢，说离就离了，现在那仇大得，街上遇到都不打招呼的！"

"就是嘛！"叶小萱趴在理疗床上，拉下半边裤子，烤得屁股上暖融融的，嘴头就笑，"你说这钟铮也是狠，离就离嘛，还把钱都裹了。我听说啊，他们西门外那间铺面，钟铮自己就把它卖了，一分都没分给孙二妹的哦！"

"我也听说了，"吴三姐的艾灸盒子架在她肚皮上冒烟烟，眼睛熏不住，就把脑壳往叶小萱这边转，"你说这事硬是气人，问题是孙二妹也怪，居然就这样算了——要是我，管是要闹还是要打，实在不行上法院嘛，总要把该我的那份弄转来！"

实际上叶小萱也是心软，这样说了两句，就叹了口气："唉你说我那屋头再不行，总还有陈家康跟我打伴。二妹也是造孽，孤苦伶仃的，你说是个男的还好说，她一个女的离了就没哪个想沾了，还是我们这些老朋友多约她出来耍嘛。"

"你才笑人！你那屋头哪不行嘛！你们老陈对你那么好，你那女儿又乖又跟你贴，你女婿也好得很嘛——人家才给你买了金戒指，你不要就搞忘了！现在小两口子新房子也买了，你还要干啥？"吴三姐的脑壳偏在枕头上说。

叶小萱自然不同三姐说虚假，就点点头："也是，也是。说起来梅梅这个女子硬是会选。我还以为她这回要整倒，结果人家嫁得还可以：小傅这人还真不错，能干、灵性，对她更是好得没话说！就说这回出

87

去耍嘛,我问了,我那女子一分钱没出,都是人家的钱,你说这人好好!"

吴三姐也跟着点头:"就是嘛!我跟你说句过来人的话:你不要以为孙二妹那女婿说起是个飞行员就好了不起,真正赚钱啊,还是做生意!你看我那儿子,前两年还不见得,这几年就真的起来了。你那女婿那么能干,你和老陈关系也不少,天时地利地,再过几年肯定赚大钱!"

叶小萱被她说得乐得合不拢嘴:"希望嘛,希望嘛,看你的吉言了!"

"早晚的事,"吴三姐振振有词,俨然是个活神仙,"你看嘛,说不定啊,这回梅梅他们回来就有好消息了,到时候你再添个孙儿,看你哪还有空跟她孙二妹怄闲气!"

陈地菊他们的飞机该是五月六号晚上十点十五到的。叶小萱在屋头掐着指头算:飞机要停稳了,人要走出来,还要等行李取行李——再慢,十二点以前肯定该上出租车了。她在屋头等到十一点半,给陈地菊打了个电话没人接(但是电话开机了),又等到了十二点,再打了一个还是没人接。她着急了,跟陈家康说:"梅梅他们咋回事啊?该到了啊,咋不接电话呢?是不是出啥事了?我要不要给傅丹心打一个?"

陈家康打游戏正在忙上,眼睛挪不开,只张了个嘴:"飞机都落地了,能有啥事?大半夜的,他们肯定累了,你就算了嘛,明天早上起来再打。"

叶小萱也确实困了,眼睛都眯起了。她洗漱了上了床,把手机放好在床边上,睡了过去。但她那心还是挂起在,半梦半醒地,她好像听到有钥匙响了,再来是些窸窸窣窣的声音。"哎,你听,是不是梅梅回来啦?"她推陈家康。陈家康晃一晃:"哪有啥声音,睡觉!"——翻身背过去了。

早上八点过她醒了,边上陈家康还在酣睡。她想不过,就翻起来跑到陈地菊寝室去看。只见寝室里还是空洞洞地没半个人,唯独多了一个行李箱,床上铺盖摊开来,枕头也乱了。

"陈家康!陈家康!"叶小萱两步跑回床边上,推她爱人的肉膀子,"昨天晚上真的是梅梅回来了!她行李都在寝室里头!这女子咋回事的呢?现在人又不在了!"她把手机抓过来给她的女打电话。

这下陈家康也坐起来了,睁起眼睛看叶小萱打电话。电话响了一声,响了两声,终于有人接了。陈地菊在电话那边,蔫声蔫气地,像是感冒了,喊她:"哎,妈。"

"哎梅梅啊!"叶小萱切切地喊,"你在哪儿啊?你昨天晚上咋回屋头了呢?傅丹心呢?"

"我现在在上班,"陈地菊说,"晚上下班回来我再给你说嘛。"

叶小萱就只得把电话挂了,工作要紧,工作要紧。

她干等起也不是办法,就到铺子上去守生意。一到中介所看到里面站了一男一女,吴三姐正在招呼。男人四十多岁,有点年纪;女的二十出头,相当漂亮,都不是本地人,想看一套套二户型精致装修好的。吴三姐和叶小萱换个眼色:乖乖,宰的不就是这露水鸳鸯要金屋藏娇的!她们就两个一路,带起他们去看房子。连看了三套:一套奎星楼小区的顶楼带花园,一套时代花园的清水房有大露台,还有一套在葫芦巷的老民房,建筑面积小,实用面积大,都没看上。吴三姐跑这一路有点累,叹口气:"哎呀,本来还有一套在隔壁平乐帝景。那套正儿八经不错——坐南朝北，户型方正，装修也新，绝对是巴适的。但是现在房东出差了看不到，要下周才回来，我到时候再给你们联系嘛？"

买主把电话留了，叶小萱送这两个人出去。你看她这人的确是要更热心一些，都走到楼门口了，叹个气，脚一踩，把实话跟买主吐了："刘哥，小邓，看你们这么诚心，我也不想瞒你们：其实平乐帝景那套房子今天看得到，房东也在。只不过有个买家昨天看上了，所以我那搭档不想带你们去了，毕竟人家定金都给了，就差签合同——但是呢，你们要真有兴趣，我可以带你们去看看，反正也就两步路。"

真真是好个叶小萱啊，天生侠女情怀，一副菩萨心肠。她一带他们去，这两口子还居然就把那一套平乐帝景看上了。于是她也就两肋插刀地帮他们斡旋：找到房东，谈起价钱（比另外那个买家多出了五千），又是说好话，又是拉关系，再拼着挨吴三姐一顿骂，把她那头的那一家甩了——忙到下午四点过，兢兢业业，守到他们把合同签了，了了一桩大事。

那年轻女人十分满意，男的也对叶小萱分外感谢，一听到她还没吃中午饭，就说要请她吃饭。她摆摆手："不谢不谢，都是缘分。我看到你们有眼缘，你们看那房子也是有眼缘，所以一下就定了。你们高兴，我也高兴！以后搬来这边都是东门街坊邻居，有啥事随时找我帮忙！饭我就不吃了，今天我女要回来，我现在赶紧要去买菜，回去给她煮饭！"

她提前回去了，路上陈家康发了个短信，说今天要见老战友，晚上不回来吃饭。叶小萱那双法眼一看就冷笑了——她也懒得去管这男人的小动作，正好清清净净跟

她的女子好说话。路边上她买了些菜，都是陈地菊爱吃的。回去了一边在厨房里头洗油菜，一边想："狗日的这些男人啊，都是些不要脸的。那个啥子刘哥，这陈家康，没哪个上相的。女人命苦啊，命苦啊。"

六点半陈地菊开门回来了，包包也不放，走到厨房，戚戚地喊："妈。"

"哎！"叶小萱赶忙把火关了，转过头去看：几天不见，她的心肝女子硬是像老了一头，脸色黄黄的，眼睛下面挂着一对黑眼圈。

"梅梅啊！你咋回事？你不好了？"她走过把陈地菊的手一捏。

两娘母走到客厅里面坐下来说话。陈地菊坐到沙发上，眼睛也不看叶小萱，揉着自己的一双手。

"你啥事，你给我说嘛！"叶小萱有点着急，"傅丹心咋欺你了，他干啥？你说我听，我来整治他！"

"是谭军的事。谭军的事情，傅丹心应该是知道了。"陈地菊忽然抬起头来，说。

这一下像是有人从沙发里头狠狠踢了叶小萱的屁股，她整个人弹起来。"你说啥？他咋可能知道那事？"

"他有个朋友认到谭军，还见过我和谭军在一起——我是没印象，但人家记得清清楚楚的。这次跟我们一起出去耍了，我觉得应该是他把这事跟傅丹心说了。"

"那你咋说？你就认啦？过都过去那么久的事了，哪个也没证据，你咋那么老实？"叶小萱咒道。

陈地菊露出一个苦笑："他根本就没来问我——我倒宁愿他来骂我两句，就说明这事还有缓和的余地——这一趟出去他都对我爱理不理，忽冷忽热的，奇怪得很；昨天回来的飞机上，他硬是要换位子坐到

89

这个朋友边上，两个人说了一路话——当时我就觉得不对，结果一下飞机他就莫名其妙跟我发了一通脾气，拖起他的行李一个人走了，今天一天都没消息，我打电话也找不到他……妈，"陈地菊深吸了一口气，声音也是抖的，"你，你说我该咋办？"

上一回陈地菊的感情陷入危机还是二〇〇六年了。那段时间，叶小萱住在省医院住院大楼，十六楼肿瘤病房21床，每天看不见一丝绿树绿草，人也跟着蔫黄了。一层楼住了三十多个病人，男女老少都有，有年老的撑过了两个月居然还没死，也有年轻的送进来，半个星期就收拾抬出去了，各有一命。叶小萱自来泼辣的，这一回也吓怕了。每天床头上放起唱佛机"南无观世音菩萨"，手上握一本《圣严法师讲佛经》，好歹有个抓拿。

头天晚上，隔壁得了八年肺癌的廖姐去了，她那天就很不舒服。下午陈地菊来看她，买了两盒草莓，洗了装在碗头喂她吃两个。正好护工不在，她勉强打起精神跟她的女说话。

她说："梅梅啊，我们屋头的存折都在我那边床头柜下边的抽屉里，定存、股票还有国债加在一起总共有五十五万，我拿个白信封装起压在书下面的，你记得要找出来，免得你爸昏里昏着搞忘了。"

她又说："你爸那人面子薄，肯定不好意思问，你姑妈他们前年装修房子跟我们借了五万元一直没还，你要记得这事，提醒你爸喊他们还钱。"

她还说："我前几天跟你爸都说过了，他要是再娶我也不反对，但我们那两套房子一定要留给你。最好是现在就抓紧先把手续办了，过到你名下，免得以后麻烦……"

她把头靠在枕头上，背后唱起"南无大慈大悲救苦救难观世音菩萨"。她有一气没一气地说些话，倒也没多想。陈地菊眼圈子就红了，眼泪水包在眼眶里，一荡一荡。

"哎梅梅，"叶小萱一下也难过了，握着她的手，捏了一捏，"你不哭嘛。唉，这病遇到了哪个有啥办法？幸好，你也大了，工作不错，人也算有了着落：那谭军啊，确实还可以。稳重。成熟，靠得住，虽然年龄比你大点其实也不显——你放心，我一句都没跟你爸说，这事到底咋办，你自己把握……"

哪想到她这话一出，陈地菊的眼泪水止也止不住了，刷刷地流下来，顺着下巴滴到床单上。

"哎呀哎呀，"叶小萱坐起来，"你这女子咋了？好端端的哭啥哭？"

"我们两个分手了。"陈地菊哑声声地说了句，打在叶小萱耳朵里一个闷响。

"分手了？"她很是惊讶，"前几天来还好好的嘛？"

陈地菊摇摇头，深深吸了一口气："就是昨天，他忽然跟我说，他是不会离婚的，也不想再耽误我了……"

"哎呀！哎呀！"叶小萱挣命的劲都出来了，坐起来，捏住她女儿的手，"你不是说他已经在办离婚手续了的嘛？不是说他跟他老婆都分居快五年了的嘛？咋又不离了？"

陈地菊不说话，只是流眼泪。叶小萱眼尖，看到门外头有一两个探头探脑地，赶紧说："梅梅，快去把门关了。"

陈地菊站起来去把门关了，走回来重新坐在她妈的床前。叶小萱一股劲喃喃：

90

"唉还是怪我,是不是他看到我在这生病,就觉得不安逸怕我拖累——唉,都怪我!不该硬要喊你带他来看我!——你们这事本来就还不成熟,是我太着急了,都怪我!"

"妈,这哪怪得到你啊!"陈地菊斥了一句,又不说话了,继续流眼泪水。

叶小萱也觉得眼眶子发热,整个脸上都在烧。她看着她的女,一张白脸儿上一双黑眼睛。

"梅梅不哭,梅梅,不哭啊。我在,还有我在,没事,没事……"她伸手去把陈地菊的肩膀揽住了,顺着一拍一拍,"算了嘛,分了也好。本来你们这事啊就不太好,断了也好,断了也好——反正也没公开,你又还年轻,不怕的,再找个好的,合适的。"

那天下午,叶小萱劝了陈地菊老半天,又把药吊完了,止不住地累,昏昏地睡过去。就是在那天的梦里面,她真真切切地看到了菩萨。稀奇的是这菩萨居然长一对獠牙,坐在莲花台上,黑张脸,伸个爪子下来,眼看要收她的命。她本来是要怕的,现在居然一股劲来了,撒起泼来,赖在地上撕心裂肺地喊:"菩萨!我不走!我不走!我不放心我那女啊!我要是现在走了,留下我那女儿要遭人欺啊!我不走!我不走!"

——也就是那一天过了,人人都说叶小萱居然好转来了。一天天地,她有了力气,抓心挠肺在肚皮里诅咒那姓谭的:狗日的老不要脸,诓骗了我的女,巴不得你这辈子跟你婆娘天天打架;龟儿子花言巧语,说甩手就甩手,总有一天要遭报应,把你撞死在马路中间;等等等等。

她骂了又两个月,出了院,骂起来睡在屋头吃中药,慢慢就爬起来了,出门走路,买菜煮饭。陈地菊再没在她面前提过谭军的事,她也再不打探。到下半年,陈地菊突然提出来,说她打算辞职,回平乐镇来上班。陈家康马上反对,叶小萱却暗一估谙,料想这事和谭军有关。毕竟,他们虽然不在一个网点上班,但总是同单位的,肯定还是难处。两句话,她先把陈家康打发了,又找关系送了些礼,把陈地菊调进了县上的邮政局银行。

人家说母女连心,又说:世间男儿遍薄幸,只叹女子总相惜。叶小萱当然清楚,这事在陈地菊的心上剐了不止碗口大一个伤疤。但死不下去总是要活转来。既然一抹脸面回来了,那肯定得重开一片天地,打头再唱。于是她走出去就说:"……你说我这死女子,倔得跟牛一样!为了我生这病,硬是要把市里头那么好的工作不要了,回来在西门上邮政银行坐起。有朋友也不联系了,每天就在屋头把我看到,眼见马上都要三十了——唉我这病,拖累啊!真对不起我的女啊,她要再不赶紧找个归宿,把自己安顿了,我这命捡回来都是白捡了!"

你就看眼下:陈地菊眼眶红红的,一副小儿女模样没了抓拿,只呢喃:"妈,你看嘛,傅丹心不在,我也没法去他爸妈那边,我就只有先回来住了。"

这话把叶小萱吓得又打了个闪闪,她坐下来一把按住她女儿的手:"不行!这是哪本书的话!你不能回来住!赶紧回去!赶紧回去!"她又把语气缓和了些:"梅梅啊,我给你说,越是这样的非常时期,你就越要站稳脚步——傅丹心不回去,你更要回去,把地方占好,给傅家那老两口子看看——现在你更是要把这两个人讨好了，一定要喊他们多看到你的好处……"

叶小萱这人虽然平常渣渣瓦瓦，但真正遇到事情了还就是不一样：她这下眼睛也看得明了，耳朵也听得清了，方圆黑白，是非曲直，招招式式里都有了章法。她亲自站起来，回厨房里面把菜一样样装好，亲手把晚饭端出来了，把她那女子一勺勺喂饱了，又把她行李重新收拾起来，送出门去，嘴里头连声交代："……总之要稳起。你们两个婚都结了，傅丹心再是气也总要气过的，都是两口子了，再心头不安逸也只有一起过啊，你这就回去等到，他说不定啊待会就回来了……"——她看她走下了楼，又喊："回去路上小心点不要被撞啊，过十字口看好！"然后再轻轻把门关了，转过身来，这才叹了一口长气。

叶小萱一个人在客厅里坐了半天，想起来还有一个人。她把电话拿出来，给陈家康打："喂，你还在哪儿耍？你那'战友'见了这么久差不多了嘛？还有啥话说不完嘛？我给你说，你再不回来，信不信我把你那电脑给你一把扯了丢了！……"

叶小萱整顿她的男人陈家康最有一套，这在我们镇上是出了名的。想当年，北街熊家塘（那时候还是一片荒地）的陈家康娶到了东门城墙脚下的叶小萱，大而不小也是一桩风光。两个人结婚在东门老红星饭店吃的饭，朋友三四都来朝贺了，很是热闹。众目睽睽之下，陈家康背着叶小萱在堂子里面走了三圈，最后把她放下来上把位上端端坐好了，然后，从笔挺挺的西装口袋里掏出张纸来，一口浓浓的四川普通话开始念："小萱，今天，我感到非常的幸福。能够娶到你，是我这辈子最大的福气。从今以后，我要更加追求上进，努力

工作，珍惜你，爱护你，照顾你。在这里当着各位亲朋好友，我保证以下几点：每月工资奖金全交，煮饭洗衣服家务全包，不抽烟，不喝酒，不赌博……"

——舆论普遍认为这是叶小萱的手笔，也有几个人说其实是陈家康自己写的。不管怎么来的，他们这先河一开，写《结婚保证书》就成了那两年我们镇上青年男女结婚一个非走不可的过场。好长一段时间，有哪个在街上撞见了叶小萱，就要专门走过去说："哎，叶小萱，你的'每月工资全交'呢，今天没一堆出来？"叶小萱也不怕，眼睛横横一翻，回一句："在屋头洗衣裳！"

都是旧事了。现在，"每月工资全交"早就存起了私房钱，这不提了，就说真有出息的，哪个还要等起用工资？拿蒋大嫂的话说："……就我那点退休工资，还不够我每月打牌拿来输！"

这是几个老搭子又约起打麻将，正在西门上丽景小区的顺风麻将馆。叶小萱觉得这家稍微有点远，机麻又贵，但每回但凡是刘五妹约就一定要约在这里，听说是因为刘家有投资。

上一盘蒋大嫂点了刘五妹一个海底花，还是有点痛，一边摸牌一边喊两声。刘五妹说："哎呀大嫂，你不急，等到，这盘我来点你的！"

"算了算了，"蒋大嫂把脑壳摇起来，"求人不如求己，我哪有空等你！"

"老蒋这话说得好！"吴三姐跟着把牌摸上手，砌得"啪"一声，"俗话说：千里盼皇粮，不如门前采蒿蒿，牌桌子上哪个靠得到哪个，自力更生，能跑就跑。"

刘五妹"噗"地一笑："三姐啊，你硬是笑人，哪来的那么多一套一套的话，我

听都没听过!"

吴三姐说:"咳,你就笑我嘛。我是农村出来的,说话肯定比不上你们这些街上的。"

"唉哟,"刘五妹喊一声,"三姐又酸我了。上去五十年,这镇上哪里不是田坝子?我们这些人哪个不是种田的?"

"你这话说绝对了,"蒋大嫂说,"还真的就有人不是——你说对不对嘛,小萱?"

蒋大嫂是看叶小萱一直若有所思的,就想逗她说话,却把她吓了一跳。"啥?"她手上牌一捏,"这咋会说到我身上来了?"

蒋大嫂说:"就是说你啊。你那亲家汪红燕——你知道她啥出身不?"

叶小萱这一下午心心念念的,想的不就正是这一家人,想着她的陈地菊已经回去在这两个人脸下面过了三四天了,想得眼酸酸。"她啥出身?"她撇撇嘴,"都是东街上的,还有哪个不清楚?——她不就是独柏树汪驼背的女嘛?汪驼背一个电工,有啥好稀奇的?"

蒋大嫂就"呵呵"一笑:"小萱啊,你是只知其一,不知其二。汪红燕的家世哪有这么简单?这事你还是要来问我了,以前我爸搞土改工作,所以这些是最清楚的:这汪驼背只是汪红燕的养父,根本不是她的生父。她生父是哪个?说出来吓死你们!她的生父啊,是汪文敏!"

桌子上的其他三个女人都震了一震。汪文敏这名字现在我们镇上的年轻人没听说过了,但上去一辈,那是真正要震耳欲聋的:汪文敏何许人也?我们镇上的大地主汪生祥的大公子!而汪家当年在我们镇上是什么风采呢?根据蒋大嫂的说法,西起西街神仙桥头,东到东街老城门外,整整一条拉通,两边的铺面和房子都是他们的!城外的良田更是许多亩这就不说了。可怜汪生祥一九五一年的时候死了,家道就中落了。再加上汪文敏也在"文革"落了难,一家人就真是到了过不下去的地步——只得把汪红燕过继给了以前汪家的老佣人,也就是汪驼背——所以是这么来的。

刘五妹第一个发惊叹:"哇塞!小萱啊,上回我光看你女婿长得帅,没想到祖上也这么有来历!你这亲家结得好啊:一结结到贵族人家去了!"

叶小萱说:"你说啥啊,这都改朝换代多少年了,哪儿还有啥贵族地主?都是平头老百姓。"

"话不能这么说,"蒋大嫂再来主持个公道,"当年汪家的金银财宝古玩字画到底有好多,没人说得清楚,说不定还在哪个栎栎角角给汪红燕留了一笔。你看电视上那些鉴宝的,一个烂碗都要随便卖几百万,汪红燕要是有一两样家传的古董在,你说得有多值钱?"

吴三姐也跟着笑,说:"小萱啊,这就是神仙爱装叫花子,善财只散有心人。你还不赶紧对人家汪红燕好点,说不定啊她真有这么一笔,那你那女子就吃穿不完了!"

叶小萱被她们几个惊呼呐喊,弄得心咚咚跳。她就想起春节时候去傅家吃饭,的确是看到他那客厅博古架上摆了好多瓶瓶罐罐。她一下有点慌了,手抬起来要打四万结果一错抓到了五万,还没看清楚,一抖把牌跌在堂子里,落地算数,就听得刘五妹"哎"一声,一把"哗"地把她门前的牌推了:"哎呀不好意思,猫儿胡!谢谢小萱啊。"

93

麻将馆出来，叶小萱本来想跟吴三姐一路走，偏偏刘五妹跳起赶上来："小萱，三姐，等到我一路嘛！我有点事想问你们。"

她们就站在楼门口等刘五妹下来了。三姊妹邀邀约约地出了丽景小区，沿着西门往城里头走。

"哎我就想了解下情况，"刘五妹开了口，"现在恒发新城的房子卖得到好多钱啊？"

叶小萱一边看路，一边看她一眼。"这不好说，要看是哪一期的。恒发一期要贵些，大概算得到六千五、七千一平，二期三期就一般，差不多四千左右吧——具体房子又不一样，户型啊朝向啊楼层啊，不好说啊。"

"五妹，你是又要买房子啊？"吴三姐问。

"哎呀，我买啥房子啊。"刘五妹叹了一口气，"我是要卖房子！"

她就一字一句地把情况说了说。原来是她的女儿刘婷珊当时结婚的房子现在要出手。恒发一期的独栋别墅，上下两层，面积将近四百个平方，带车库花园，精装修，全套家电。"这房子当时直接跟他们恒发老总定的，户型和位置都是最好的。我们买就买成两百四十万，加上装修家具家电又花了将近一百万，"刘五妹眉毛眼睛都愁做了一团，"住人也才住了还没一年，全都还是新崭崭的。你说我这现在卖，能卖好多钱？"

叶小萱瞄了一眼吴三姐，吴三姐轻悄悄对她点了个下巴，嘴头说："五妹你这房子不好卖啊！这又是大，又是装修了，还是婚房——你想嘛，出得起这个钱的买主，能选的多了去了，不一定想买个二手住过人的房子啊！"

叶小萱说："我接触这么多客户，越是有钱的，越是有自己的想法，好多人宁愿要是清水房，自己整——花钱都无所谓的，就是不想要其他人的装修。所以你这房子不好整！一是买家本来就少，二是要挑买家，还得看缘分！"

刘五妹面作愁来心也愁了："那咋办呢？我这房子就卖不脱啦？"

"卖肯定卖得脱！"三姐宽她的心，"你真心要卖，急到出手，就价钱上松活一点，还是卖得出去！"

"那你说，我这大概能卖好多钱嘛？"刘五妹问。

"你挂个三百三十万嘛，看看三百万能卖得出去不。你这房子还没满五年，又有交易税，七七八八减了，拿到你手上能有个二百七十万差不多。"吴三姐算了算。

"那我不是亏了！"刘五妹喊一声，两只手朝大腿上一拍。

"不然你就等一等，"叶小萱以退为进，"好多人都说今年子楼市要起来，你看看情况。或者再等个几年，等你那交易税过了，就又要好卖些。"

"我等不到那么久，"刘五妹果然着急，"我的女她们前夫那家人等到要钱，天天跟催债的一样，我早点把他们打发了，早死早了！"

"关他们啥事呢？这房子不是你出钱买的吗？"叶小萱问。

"唉！是我刘婷珊那瓜女子嘛！我明明给她交代了，购房合同也只写了她的名字。搞不清楚她咋遭绕昏头了，房产证上硬是把那个人的名字加上去了——现在安逸了，人家就咬到这一点喊她卖房子分家产，不然就要打官司！"

"还有这本书卖!"吴三姐喝了一声,"他们咋不去抢呢,来得更快!"

叶小萱也激愤了,舞起手来帮刘五妹出主意:"理是理法是法,打官司就打官司,这钱是你们刘家出的啊,凭啥白白送给他!"

"我是遇到了有啥法,"刘五妹抬起手来揩了揩眼睛,"毕竟我这是女,人家那是儿,还是不一样。这女人家离了婚本来就掉了价了,还要为个一两百万去打官司,搞得血浸了,那不是一辈子都算了!"

刘五妹的大实话落到叶小萱的怀怀里,打得她心欠欠的。她就把花样都收了,说:"五妹啊,你放心,你这房子拿到我这来嘛,我肯定给你卖个好价钱!中介费我也给你打折。"

刘五妹说:"小萱啊谢谢你!你看你这人就是心好,所以说有福气。你们陈地菊就比我们刘婷珊命好,嫁得那么好,两口子那么恩爱——真的是有福气啊!"

叶小萱跟她们一路走到十字口,和刘五妹约了时间明天一大早到她那中介铺子头见,作了别,朝南门菜市场走过去。

眼看现在天都暗了,肯定来不及煮饭,她两步到菜市场门口买了邱凉拌铺子上的红油肺片,又切了半个烤鸭,提起来穿过倪家巷抄近路回东街。只见倪家巷里的老房子都要拆迁了,间间铺子贴着大黄标牌,一声声地喊:

"大甩卖,大甩卖,十元一件,卖完就散!";"不要了!不要了!睡衣,拖鞋,春秋衫,给钱就卖,给钱就卖!";"跳楼价!跳楼价!跳楼价处理了,正宗景德镇瓷器,买一送一,买一送一!";"收拾了,收拾了,马上收拾了!最后大减价!最后大减价!"

叶小萱眼泪花都要听出来了,想起刘五妹和刘婷珊的遭遇,兔死狐悲地,心里面实打实地难受。

她把电话摸出来,给陈地菊打电话。响了两声她接起来,还是气蔫蔫地,喊她一声"妈"。叶小萱一听这声就明白还是没戏,这傅丹心多半还没回来。她就说:"今天上班咋样啊?吃晚饭没?"

陈地菊说上班一切都好。晚饭还没吃,汪红燕正在厨房里面弄。

"那你就一个人在寝室里头耍啊?"叶小萱说,"你赶紧去帮忙啊——你这娃娃咋这么死实!"

"我问了她要不要帮忙的,她说不用。"陈地菊说。

"你问人家当然说不了,你要走过去,拿起来做嘛!"叶小萱教她。

她又叮嘱了她的女不要死闷在寝室里面,多出去看看两个老的,擦桌子嘛,扫地嘛。"……你不要那么笨,捡些恼火的做,就做些轻松的、简单的——重要的是喊他们看到你尽心了。"她说。

陈地菊都一样样答应了,好好好。

"梅梅啊,"她吞了一口口水,"还有个事我要问你,谭军当时给你那四十万,你还自己收到在吗?"

陈地菊沉默了大概有一秒钟,"嗯"了一声。

叶小萱的心才算掉回了胸口。"你要把这钱收好啊,"她说,"千万不要给傅丹心说你有这存款啊。"

"嗯。"陈地菊答应了。

"没事,"她又劝她的女,"两口子一辈子,总要吵几回嘴的,待会傅丹心就该回来了——不落屋,他还能走哪儿去。"

95

陈地菊再答应了。两娘母又说了两句，这才把电话挂了。

　　叶小萱沿着城墙边上走，一路上见了几个熟人，马马虎虎地朝人家点个头。"这结婚有个屁的意思！"她心头想起来这一句又把它掐了——不然又能咋办？一个人咋过？等她跟陈家康都死了，哪个来跟她的女儿陈地菊打伴？

　　更可怕的是，要是一个没弄对，她那癌细胞又长出来，她脚一蹬死了，陈家康是不是就要把他那"网友"红轿子接回来，把她叶小萱的房子给占了，存折给她取了，把她的旧衣裳旧鞋子几袋子装起丢了——到时候，要没个婆家撑头，就她那女子那木痴痴的样子，还不遭那狐狸精把本来该她得的家产都吞了？退一万步说，只要陈地菊背后还有傅家这三个人，到时候哪怕要打架也多几个坨子啊。

　　叶小萱一边计算一边走，想一想就好像把这些都想成了真的，好像她果然已经死了，成了一条魂儿，千万里飘回她老家，推开门，看见书房里亮着灯，电脑音箱传出来又是舞剑又是拼刀的，正是她爱人在网上打游戏。

　　"陈家康！"她喊他，鼻子酸酸的。"我这专门给你买了烤鸭，快点出来吃饭了！"

　　宝生巷这一条本来是清淡的，进进出出都是本街上的住家户，有两家铺子也只是卖些日杂鲜果，不成气候。〇〇年，它对门子的江西巷改了璀璨商业步行街，冲过来一波水花花。〇五年，背后的西门城墙边打造火锅一条街，再给它添了一把火。不知不觉地，江西巷里的铺子就一家接一家连起来了：剪头的，按脚的，卖手机的，卖衣裳的，做奶茶的，搞宠物美容的，三十六行，各展神通。万家中介立在这些铺子中间，顶上招牌不大，门口的房产广告却要摆出半个街沿。叶小萱和吴三姐两个好搭档把这门生意做了将近十五年，天干不旱，下雨不涝，自然有她们的法门：带人看房子，先看几家烂的，再看一家好的，这叫做"翘尾"；跟卖家叹衰市压低价，对买家夸红市抬高价，这是"砍两头"；跟镇上其他几家中介先说好了，一套房子大家都挂出来，其他挂高价，只有一家挂低价，最后分提成，这叫"做市"；越是遇到心急的买家，越是要跟他们磨，编说房东不在，其他人看上了，或者干脆就说已经马上要卖了，物以稀为贵，吓他一吓就涨个价，行话是"砍单单"；等等等等。

　　比如遇到刘五妹这么套大房子，叶小萱她们一家肯定不容易吃下来，就要联合几家中介来一起"做市"；她既然下了决心要推这套房子，就暂时把性价比更好的那两三套不放出来，只拿这一套来"翘尾"，多来几次，总是要成功的。任凭那买房子的东奔西跑，几家比价，却注定是瓮中之鳖，哪能跳出叶小萱她这如来佛的手掌。

　　星期天一大早，刘五妹拿钥匙和房产证来铺子上，签了委托书，叶小萱就带起相机跟她一路去恒发新城，看看房子，照几张照片。

　　刘五妹开车，叶小萱坐在副驾，一路出了东门，过了天盛广场，到了创新公园，就见雄浑的一个大凯旋门立在路边，上头几个金字是："恒发新城"。刘五妹拿出来业主卡一刷开了大门开进到小区里。只见绿树成荫，处处显景，琼台玉阁，鸟语花香。

　　有诗为证：

　　名园铸出千般景，大厦升入九重天。

张家牛儿李家猪,各家关在各家圈。

叶小萱说:"哎五妹,你不要说,这一转新房子再多,最好的还是恒发新城,看看这环境!"

"当时就是看上它环境好啊,容积率低,一期高层都没的。"刘五妹说。

"好安逸!"叶小萱看着窗户外面的一栋栋欧式小别墅,"我这辈子要是能整这么一套,我就值了。"

刘五妹笑:"小萱你硬是说得造孽,这一套房子算啥,你真心要住,还能住不起?"

叶小萱扯扯嘴皮子:"住肯定还是住得起,问题是我和老陈两个人,孤苦伶仃的,住这么大个房子干啥?"

"那是现在嘛,你看过两年你孙儿就来了,说不定一来两个,有你热闹的!"刘五妹接她的话往下说。

叶小萱昨天晚上才刚刚跟她的女打了电话,就听说这小两口的冷战还打得热烈。她气得把陈地菊骂了一顿,手指拇按了几回要给傅丹心打电话,好不容易忍了。

"这五妹就是嘴甜!"她笑起来,"我连个孙儿影子都没看到,哪来的两个?"

"说起这事我就想起来,孙二妹她的女怀起了,你听说没?"刘五妹说。

"我咋没听说呢,"叶小萱说,"二妹早就给我说了,把她高兴得!"

刘五妹跟着她笑了一阵,打方向盘把车慢慢开上路尽头一栋别墅的车道:"她高兴?她高兴啥啊!就前一阵嘛,她那女儿的B超打出来了,怀的是个女娃娃。她亲家那家人呢也是有点做得出来,直接就问能不能处理了,还要喊她们把之前收的红包还回去——把她气得啊,来找我都哭了两场——哎你不要跟她提我给你说了啊,这事简直气人!"

叶小萱嘴上"啊"地一声,心头一激:硬是家家有本难念的经啊。你说她的陈地菊遇上傅那一家子,也算比上不足比下有余了。她看到刘五妹伸手把一串钥匙上的遥控按了一按,眼前的车库门像影剧院的幕布那样慢腾腾地升起来了,一阵"嗡嗡"的。

"你这屋硬是整得高级啊。"她说。

"这是小区统一装的。"刘五妹还是谦虚——她正要把车开进去,就"咦"了一声,只见车库里面已经停了一辆,大红色的奥迪A6。"嗨!姗姗这车咋会在这呢?"她把方向盘转起来,开到奥迪边上停了——幸好这车库是双车位。

叶小萱跟她一起下了车,走车库里面开门进去,一进屋是个过厅,转两步才是客厅:落地窗的窗帘紧关着,透进来一两丝光,闷杵杵的。

"唉呀,这些打扫卫生的,喊他们关窗子,咋把窗帘也关这么紧,闹鬼的样。"刘五妹一边骂一边走过去,"刷刷"两声把窗帘拉开,屋里头一下大亮。

"哎呀!妈?"没想到楼梯上头传下来一个女声,"妈?是不是你啊?"叶小萱听出正是刘婷珊的声气。

"嗨!这死女子!真的在这!"刘五妹一转头,顺着声音走过去,"刘婷珊,你跑到这来干啥子?找不到事来这房子里头触霉头啊?"

"哎你先不要上来!"刘婷珊喊——她妈才不管,一双细跟子高跟鞋疾如闪电,飞檐走壁地,"咚咚咚"三声上了楼。

叶小萱她一个外人,自然就站在客厅里面,等她们两娘母理家务,她正听到刘五妹说:"你咋跑到这来睡了? ……啊!

97

啊!"——她惊叫起来。

叶小萱吓得人一抖,手上的包包都捏紧了。"五妹?五妹?你咋了?"

"小萱!"刘五妹也在楼上喊她的名字,"你上来!你赶紧上来!"

叶小萱就去了。楼梯是雪白的大理石,她怕滑倒,一路扭紧了樱桃红的实木扶手。

她走到楼上,看到刘五妹站在一扇门口,一张脸扭得怪相,嘴张开来像个说唱俑。"小萱!小萱!"她一声声地,喊得又亲热又凄惨。

刘五妹好多年没有这样喊过叶小萱。上一回应该是在一九七九年。那一天,她们两个还有陈家康一起走了八里路,要到石家桥去看坝坝电影,还没走拢叶小萱就怄气了,一个人转头往回走,刘五妹在她后面喊。

叶小萱一下有点恍惚,走到五妹边上,伸起脑壳朝门里头看。

她看到刘五妹的女子刘婷珊半坐在床上,披头散发,光起个大白膀子。她身边同样光起个膀子的还有一个,是个年轻的男人:长得本来是端端正正,标标致致,可惜现在一张脸赤红,红得发了紫又透着黑,好像她梦里面那个长着獠牙的菩萨。

"傅丹心!"她喊出来,"你个狗日的!你在这干啥!"

傅祺红日记　1997年6月7日

今日工作:开始了《永丰县中医院百年发展(暂定名)》一书的编写。今天召开了第一次采编会,把工作都分配了下去。余主任负责晚清、民国和建国前,我负责建国后至改革开放前,范大成负责改革开放后至今。此外还有中医院过来的三个编写人员,分别各跟一头,两人为一小组来开展采编工作。日程还是很紧张的,八月份之前要交初稿,十月之前要交清样定稿,十二月份必须把书印出来,才能赶上评选四川省十佳中医院的年度审核。这桩事起初是中医院杨院长提出的:由中医院拨款出资,县志办落实,给他们出个院志,主要突出这几年的建设成就。哪知道,一经余主任考证,居然发现县中医院的历史可以追溯上去到清朝光绪年间,其前身正是永丰县观音会名下的"华容馆",又这样顺起一扯,理出了整整百年的时间线。于是这书一下就厚了,本来一个小册子,现在成了本精装彩印的大书,分量不凡。杨院长很高兴,立刻表态增加预算,又派过来三个人增援编写工作。我早听说这位杨院长不一般,上任以来把老旧旧的中医院弄得有声有色,大门都翻新了两回。去年,中医院评上了二级乙等,今年更是冲着省十佳去了。

今日学习:看了几天的《刘文彩真相》,是走老马那拿过来的,听说是香港出的。这书一上来就语不惊人死不休,直接说这地主是"慷慨好义,有燕赵豪侠风",一页页再翻下去全是给他唱颂歌的,说刘虽然是地主阶级,但其实相当开明进步,为乡里乡亲们办了不少好事,修了学校又修剧场,很受农民爱戴。再讲了那些所谓的"水牢",还有《收租院》的故事都是为了宣传虚构出来,还有鼻子有眼地说了当时是哪些人做的假证,把刘冤枉了,等等。我一边看一边心就有点怦怦跳。这刘文彩的恶事我们年轻的时候就听得会背了,还有好多雕塑啊、绘画啊,全都把他的恶行记下来的,哪想到这居然有人出来编了这本野史,要给他翻案?这简直是给我们这些做地方史志工作的人敲了警钟，一定要把工作做翔实、做扎实，调查清楚，不偏不倚，写下去的话就是要千秋百代都经得起千锤百炼的。

今日膳食：早：臊子面二两。午：杨院长在蜀风园设宴招待，点了酸汤肥牛、白灼基围虾、蟹黄狮子头等新菜，口味很丰富。晚：韭黄肉丝及两样青菜。

今日琐记：晚上汪红燕跟我说丹儿又打电话问她要钱了，要两千元，说是他手机遭人家偷了。自从他去年进了德元职高以后，这已经是第三回东西被偷了——这学校的环境怎么会如此糟糕！再是职业教育也要基本筛选学生吧？怎么搞成了土匪洞、贼窝子。我一下很是愤愤，汪红燕就劝我息事宁人，毕竟丹儿是要读书的，不要在学校里面挑事，弄得更不好办。实际上，钱都是小事，一想到丹儿每天在这样糟糕的环境里，我就觉得揪心。还好他早搬出去自己住了，不然更说不清楚丢好多东西。我只希望他能头悬梁锥刺股，好生复习，早点考起专升本，早点走了。

第 八 章

傅丹心说他不记得小时候的事情了，唯独这一件是忘不了的——

——那是一九九三年，或者九二年，总之是在他进了平乐一中读书，不用每天困在书房里被傅祺红"家教"以后。上学放学地，路过家属院门口，他留意到总有这么一个穿黄夹克提公文包的人和门卫齐师傅递些东西。他观察了他们好一阵，又暗中做了些功课，终于找了个时机，走上去问："叔叔，请问你是不是收银元的？"

齐师傅和黄夹克都吓了一跳。齐师傅说："小傅，你小人不管大人的事嘛。这些都是院子里头的叔叔阿姨托我办的。"

傅丹心不管他，只问黄夹克："你要收银元，咋收呢？好多钱一个？"

黄夹克上下打量他几眼，笑起来："小弟娃，你有哪种银元？"

傅丹心说："我有八年和九年的袁大头，还有光绪元宝。"

黄夹克嘴里头"哎"一声："光绪元宝，哪个省的？"

"云南的，还有新疆的。"他说。

那一年傅丹心是十二岁，或者十一岁。平日里，他注意到他爸傅祺红时常把一包银元拿出来，对着一本《精品银元赏析》研究。就这样耳濡目染，触类旁通地，他挣下了这辈子第一笔钱。他卖给黄夹克三个光绪元宝，五个袁大头，总共得了六百二十元。

但这还不是最精彩的部分。傅丹心把这卷票子拿到手，小心翼翼地把它们压到书包底下。到了星期天，他跟汪红燕说要去跟同学打乒乓球，背着书包出了家门，走到神仙桥的古玩市场，挨个对照着淘了八个仿币，回来放到了那包银元里——再下一个星期，他果然看见傅祺红又把他的宝贝拿出来了，摆在桌子上一边数一边看，欣赏完了再把它们封好，庄而重之地放了回去——"哈哈哈哈！"傅丹心一头扎回寝室里，笑得流出了眼泪花。大快人心啊，大快人心！

从那一天之后一过二十多年了，傅丹心从平乐一中到了德元职高，再出社会，进光纤公司，又自己开铺子当上了老板。天生就聪明绝顶的，现更见人情练达。在外面，再是天尊地皇，牛鬼蛇神，他也不当回事，脑壳一转，总有拿他们的办法；唯独回家了还是要忌惮他爸。见说道棋逢对手，哪曾想冤家路窄。这世界上就只有傅祺红这一个人，专有办法折磨他傅丹心，剖他的皮挖他的心，刮他的骨抽他的筋，总之让他生不如死。

上一回是二〇〇六年，他买期货亏了钱，临时拿当时光纤公司刚收上来的一笔服务费抵了一抵。本来，再过两个星期，那一手赚回来他把钱还回去就平安无事了，偏偏老天爷要害他，一转头遭人发现了，直接告到了他爸门下。其实，也就是五万多不到六万块钱，他真要想想办法还不是转眼就凑出来的事，偏偏他爸要充好人，给他垫了还了——还了也没用，光纤公司一手拿钱，一手就把他开出了大门。老实说他也不在乎，这种饱不胀饿不死的工作本来就没意思，偏偏傅祺红就觉得受了天大的耻辱，他在上头找关系也没解决下来，回来就把气都发在他和他妈身上：整整大半年，傅丹心忍辱吞声，骂不还口，打不还手，过够了那卧薪尝胆的日子。直到现在，他老早就把那笔钱还给他爸了，连利息都是算好的一分也没少他，他爸却还是时不时把这事想起来，今天戳一拐杖，明天敲两锤子，生怕哪个把他的人情搞忘了。

五月一号，他和陈地菊去巴厘岛的飞机是下午一点。早上八点过一家人照例坐齐了在饭厅里吃早饭。每人面前一碗稀饭，桌子中间一盘馒头，另外一盘装了四个白水蛋，再有两个小碟子，是泡菜和糟豆腐。

"哎老傅啊，今天稀奇了。"汪红燕说，"你平时弄个早饭都那么多花样。今天呢，眼看丹心他们要出门了，你这样就把人家打发啦？"

傅祺红说："他们出去好吃好喝的多了，这顿就最好吃清淡点。"

"爸说得有道理，"傅丹心说，"这一趟出去肯定天天都要吃海鲜，这顿是该清肠胃。"

傅祺红说："对的，就多喝点白稀饭，其他的都不要吃。"

他没看到陈地菊正伸手去拿白水蛋。汪红燕赶忙把蛋一抓起来递到陈地菊手里面，又笑："老傅，你再抠还是要有个限度嘛！当到人家小陈的面，你把人家吓到了！"她再拿了一个蛋，递到傅丹心门口。

"我抠？"傅祺红挑一坨糟豆腐，刨一口稀饭，"你问问你儿呢，看我抠不抠。"

"哎呀！要赶不赢了！"傅丹心看看墙上的钟，喊起来，"这都马上九点。要赶紧走了！国际航班要提前三个小时到。"

汪红燕也看一眼钟："哎呀那要赶紧了！东西都收好了吗？不要把飞机赶掉了！"

傅丹心两口把稀饭喝了，蛋也不要了，站起来去寝室里面拿行李。陈地菊也赶忙把自己门前收拾了，说："爸，妈，我吃好了，你们慢慢吃。"汪红燕也一把站起来跟出去——只留下傅祺红在饭厅里面，一口泡菜一口馒头，再喝一口稀饭。

哗啦啦地，小两口把行李拖起提起，才是九点不到就要赶着出门了。汪红燕说"路上小心啊吃东西注意卫生啊"，傅丹心埋着头在门厅穿鞋子。他把鞋都穿好了，正要开门，陈地菊却说："丹心，你去跟爸说一声嘛，说我们走了。"

傅丹心斜起眼睛朝饭厅一看，里面静悄悄的。他妈也说："你去嘛，你爸那人就是这毛病不周正。你去跟他说一声,他好下个台。"

傅丹心想罢了罢了。他走到饭厅里,脸上还笑起的,说:"爸!我们走了!"

傅祺红端端地坐在餐桌边上,对着碗和盘子,两只手整整齐齐地平伸出去,放在桌沿上。他听到了傅丹心这句话,把手拿下来,脑壳一抬,轻轻地说:"傅丹心,我那十万块钱拿给你,是喊你买房子给首付的,结果你用到哪儿去了?我听说那首付是人家小陈出了。那我的钱你就给我吞了?"

傅丹心一肚皮头热乎乎的稀饭"刷"地凝起了。"哎呀爸,这事情……你等我回来再给你解释嘛。"他吐出来一句。

傅祺红说:"我早就给你说过了,你上回光纤公司的事我帮了你,就再也下不为例。你是把我的话当耳边风了啊?你的解释我也不想听了,我只要你把我的钱都还给我——你不把这十万块钱还出来,你就不用再回来进我这个门了。"

难怪市井中人要说:搬口又弄舌,巧不凑巧生误会;心慌更意乱,怪也难怪错见鬼。原来傅丹心出门去巴厘岛这一路的阴阳怪气,有家不归不是为了别的,却是因为他爸傅祺红临出门前对他说的这一番狠话。

这一头,陈地菊在天然气公司家属院里跟她妈妈两个方寸大乱,以为她早年间跟有妇之夫网在一起的事被她爱人发现了;哪想到那一头傅丹心正油头垢面地杵在葫芦巷筒子楼上刘毅文的窝窝里,跟他两个联网打《反恐精英》,嘴上叼根烟,面前一堆鸭骨头。

"哎王婷婷咋还不回来啊?这都几点了?"傅丹心抽手把烟杵了,看一眼屏幕上的时间。

"鬼晓得!她去见郑维娜了。这两个人每回一逛街买衣裳,没哪个说得清楚啥时候才完!"刘毅文说,弓在电脑前面搞埋伏,伸手出去鼠标一点再打死一个。

"那咋办嘛?老子饿死了,你下去买点东西上来嘛。"傅丹心说,抽一支烟出来。

"中午就是我去买的,你咋不去呢?"刘毅文说,手在键盘上点。

"你说呢?我不是在躲人嘛?你不是才给我说你中午出去看到陈地菊她妈了?"

"你也是有点喜剧啊,"刘毅文终于扭了个头来看傅丹心一眼,"你是欠你爸的钱,也不用连你老丈母都要躲嘛?"

傅丹心哼一声,不说话。

"小傅啊,"刘毅文已经劝了他一路,好话说了几番,"冤有头债有主,你跟你爸闹,何必要连你老婆的气一起怄呢?——也是遇到你们陈地菊脾气好,你这几天给人家甩这脸色,人家也就认了吞了,要是换个我这个,还不早就给你整凶!"

"她脾气好?鬼搞得她肚皮里头打的啥算盘:居然跑去跟我爸说那首付款的事?——我就不懂了,我们两口子的事,她为啥要给我爸翻嘴皮?她是站我这边,还是站我爸那边的?"

"她哪想得到你跟你爸那么多弯弯绕绕,"刘毅文还是要说公道话,"小陈不是那种打小报告的人,肯定是有误会的,你问问她,把话说清楚就对了。"

"我才懒得问!"傅丹心摸到打火机,把烟点起了。

刘毅文其实也不算笨,也看得清楚傅丹心这是投鼠忌器,无非是害怕找陈地菊一问,又反把他暗中得了十万元的事抖出来了；只是他们兄弟情深地，他也不好戳傅丹心的软肋，就说："你娃也是黑！你爸那人那么俭省的，你就把他这私房钱这样吞了——他咋不气嘛，我都要帮他气！"

"我又不是不还给他了！哎刘毅文你少在那翻白舌！要不是我拿这钱找龙刚买了他那投资，哪儿来的那一万块钱？哪儿有钱借给你，喊你带你老婆去巴厘岛潇洒？"

既然傅丹心提了这名字，刘毅文就顺着问："结果龙刚回你话没嘛？他们到底退不退股给你？"

"没消息嘛！"傅丹心摇头，"说啥一个月一万，结果只有第一个月给了我一万，然后就没了，说的这段时间生意不行！我在回来的飞机上嘴皮都给他说烂了，回来又打电话，他就是不松口退钱，说还要问上头的人——多半没戏了！我还去翻了那合同，上头的确是没投资期限的，又的确是写了'不到期限不得赎回'。"

"'皇朝88'，一听就是黑社会的！小傅啊你硬是，这些人你也敢惹！——那现在他不退给你，你咋整嘛？"刘毅文又看了他一眼，说："我说啊，不然你就给你爸道个歉，先回去嘛。钱再慢慢想办法还。毕竟他是你爸，他不得真把你怎么样。"

傅丹心看着屏幕，一只手如疾风在键盘上点，另一只手如磐石握着鼠标。

刘毅文清楚傅丹心和他爸之间的恩怨不是一桩一件一朝一夕的事。他看看这满屋里烟熏火燎的，又看看沙发上傅丹心的脏衣服裤子乱成一堆，说："不然，等会婷婷回来我问问她——我们应该还是有点存款的，没个五万，也有三万。我把这钱先给你，其他再想办法——总之凑够十万还给你爸，你就好好生生回去了，也再不要跟人家陈地菊怄这气了。"

这下傅丹心抬起头来了，看着自己的好兄弟。"狗日的！"他最后说，"你娃有钱啊？那你还找我借一回钱借二回钱的？你个龟儿子！"

各位看官，你先不忙其他的，我们这来说句公道话：其实傅丹心还算是个百里挑一的好男人。虽然他瞒着陈地菊吃了他爸给他们买房付首付的十万块钱，但也没有把这钱自己糟蹋了，反而是找门路入股投资夜总会，以钱生钱，最终还是为了给小家庭多积累些财富。另外，就算他拿了他爸这钱，也不是就给他偷了黑了，他自己也说了，这是借的，最终还要还——实际上本是两父子，拿就拿了也不伤大雅，等哪天傅祺红两脚一蹬，再多不也都是傅丹心的？对陈地菊呢，他算是有点迁怒了，但也是人之常情，毕竟要不是陈地菊多嘴去跟傅祺红翻这事，傅丹心本来是可以把里外都整得妥妥当当。再多等一段时间，看那夜总会生意好了，他就要把本金十万收回来还给傅祺红，多的利息他们小两口享受，两边都放平了，岂不美哉！——现在却打倒成一盘烂棋，龙刚这边轻易不会退这本金出来给他，他兄弟刘毅文两口子的那点私房钱他也不忍心拿，回去跟他爸认错求情更是绝无可能。可怜傅丹心一世英名，一身本领，就这样被逼进了葫芦巷这小榔榔头，抽一口烟，叹两声气。正是：

英雄有志，美人无心，宏图未展沙沉戟；

龙困浅滩，凤不见凰，明月有情今宵缺。

就看傅丹心正在饿得肚皮发紧，心头

发烧，他电话忽然响起来。他瞟一眼居然是龙刚打的，赶忙一把接起来。

"哎傅丹心，吃饭没？"龙刚在电话那边问他。

"没吃嘛，我这正在忙个事，准备弄完了再去吃。"傅丹心说。

"出来一起吃饭嘛？留香居，'花园场'包间，五点半。我这马上就过去。"

"对哇，"傅丹心立刻答应了，"我这也收拾一下就过来，那等会见。"

他把电话挂了，笔记本电脑屏幕一按，叹一声："有戏了！龙刚喊我吃饭！"

"快去！快去！"刘毅文也把鼠标丢了，"赶紧把这事解决了！"

傅丹心打了个车到西门外的"留香居"，这是我们镇上红了十几年的老字号。他好多年没走到这一转来过，只记得这馆子东西好吃，堂子就有点烂，结果一下车才发现已经样貌大变了：只见门口白墙青瓦，仿的是川西民居的老建筑，走进去曲水声声，中庭里慈竹丛丛，点缀几株杜鹃。"这地方现在整得不错啊，"他想，"下回带梅梅来吃饭。"

领位的带着他穿过中庭，走到"花园场"。傅丹心一推门，就看见里面已经坐上了四五个人：正对门的上把位坐了个年长的男人，一张方脸，额头宽宽，他边上一左一右坐了两个年轻点的，四十岁左右年纪，一个尖瘦瘦戴个眼镜，另一个光头满脸横肉——傅丹心一头以为走错了，手推在门上，脚不动了；又见那年长的一抬头，两只眼睛往他身上一钉，火灼灼地，烧得他慌忙要退出去。

"哎丹心！你来了啊！"他听到有个人喊他。他看过去，这才见尖瘦子边上还坐了个：中等身材，脸膛发黑，戴个方眼镜——可不就是龙刚的小弟兄周眼镜！

"哎！周眼镜！你咋在这？"傅丹心难得看他觉得很高兴。

"嗨！是我约的局，我咋会不在呢？"周眼镜笑得满脸都是牙齿，站起来走到门口把傅丹心迎进去，一一介绍："来，丹心，这是我二伯，都喊他六叔；这是马哥，这是郑哥。"他引傅丹心在光头姓马的边上坐下来，又说："六叔，这就是我那朋友傅丹心，也是刚子的朋友。"

周六叔又再看了他一眼，傅丹心点点头，喊一声："六叔好，马哥，郑哥好。"

"给人家倒茶啊。"周六叔说。光头马哥即刻站起来，膀子一抖茶壶抓过来，把傅丹心门口杯子一翻，给他倒了杯苦荞茶。

傅丹心说："唉麻烦麻烦麻烦，我自己来嘛……谢谢马哥！"喝一口茶。

他正想"这是个啥局啊？龙刚这虾子人呢"，就听到周眼镜说："丹心，我六叔最喜欢打牌了，听到我说你打得好，就想见一下你。以后，大家约起一堆打牌耍。"

周眼镜说这"打牌"说的是"诈金花"。傅丹心赶忙摇头："我哪敢跟老辈子打！"

"你不怕，"周六叔说，"我们打就是打起耍，不赌钱，最多，赌两个花生米嘛！"

姓马的和姓郑的都笑起来。傅丹心也笑一笑，再喝一口茶。

"刚子咋还没到啊？"郑哥笑完了，想起来了，问周眼镜。

"他说他要去接人，可能要晚点。那不然，我先喊他们走菜了？"周眼镜说。

郑哥看看周六叔。周六叔说："等刚子来了嘛，又没哪个饿慌了。"

几个人就一边喝茶一边转起吃桌子上的几个凉菜：油酥花生，凉拌萝卜，干拌牛肉，豆腐干。

"傅丹心……"周六叔若有所思地夹一片牛肉，问他，"你跟傅祺红啥关系？"

傅丹心吃了一惊。"那是我爸。"他说。

"啊，难怪我觉得你看起面熟。你跟你爸长得硬是像，但性格好像要比他好些。"周六叔喝口茶，边上郑哥赶紧给他又掺满了。

傅丹心说："六叔认得到我爸啊？"

"打过两回交道，"周六叔说，"你爸那人不好惹哦，脾气硬，书读得太多了。"

傅丹心提起筷子，也夹了片牛肉垫进胃里面。"他就是爱看书。"他说。

"要我说啊，书这东西，看个一两本就差不多了。看多了，要把人看来迂起！你说是不是？"周六叔比了个折弯的手势，桌上其他人哄笑起来。

傅丹心把他嘴头的牛肉嚼烂了吞了，喝一口茶，这才说："书这东西啊，看得进去的人就喜欢多看，看不进去的人啊，咋都没法……"

这下姓马的和姓郑的都转头看傅丹心，周眼镜也不笑了，只听到他接下去说："……所以像我这种就是没法，书读不好，现在只得修电脑。"

"修电脑有啥不好，现在哪家没个电脑，总要烂一回嘛。"周六叔说，一屋子的男人再笑起来。

这一场没笑完龙刚总算推门进来了，满口抱歉抱歉。他背后跟了一个年轻女人，烫个大波浪卷发，挎个珍珠白的小皮包，穿条裙子紧绷绷金闪闪，露出一双手膀子白生生的有点肉。

"哎呀干爹也在啊！"这女子一看周六叔喊一声，欢蹦蹦地要走过去。

"哎刘婷珊你不要乱跑，"龙刚招呼，"你过来你过来。我都给你安排好了，你过来坐这边。"

他就把她拉过来，坐在傅丹心边上，说："来，我给你介绍，这是我朋友傅丹心——你看，我没骗你嘛，是不是帅得很？"

刘婷珊坐下来，上上下下打量了傅丹心一转，"咯咯咯"地笑起来，两只肉手儿捂着脸："帅！帅！帅！"——喜鹊一般连唱了三声。

这下连周六叔也笑了。龙刚转过去，挨着周眼镜坐下来在桌子的另一边。

傅丹心没笑，他盯了龙刚一眼，龙刚也就盯了他一眼，眉毛一抬，嘴巴一瘪，意思是：此个中大有玄机妙处，且待我稍后与你解说！

那一天的酒席吃到一半，龙刚喊傅丹心一起去屙尿，在厕所里头把事情给他交代了。原来龙刚带来的这个女子不是普通人，是我们镇上大老板刘重业的独生女儿，去年刚刚离婚了，现在正是卿卿佳人独处，许多幽幽怨怨。"这关我屁事啊？我都结婚了！"傅丹心说。

龙刚叹一口气。你这小子鲁钝啊，枉自我龙哥还亲自帮你想办法。你不是喊起要退股吗，要缺钱吗——这刘婷珊就是你的办法。你听我说：他们"皇朝88"的合同是这么定死的，现在我退你不出来，但是你可以找个人来顶你。哎，有个人把你的股顶了，你就脱身了嘛！何况我们兄弟两个，我就再给你说句实话：你要是把刘婷珊说动了，喊她入了股，不光把你的股退给你，而且我还给你抽成，她入十万，你得五千。你要是把她说高兴了，买个五十万，一百万——你算算，你就赚了！

当时傅丹心一听这话，裤子一提拉链

104

拉起来,嘴里头骂:"我才不得干这事!我认都认不到她,咋去劝她?"

"唉你这人,"龙刚也把裤子穿好了,走到水池边上洗手,一边教训他,"饼子都递到你嘴边了,喊你咬一口你还嫌累?——你又不是没看到那女子。我给你说,刘这女子啊,好整得很!她又有钱,又有点瓜——这样子的猪儿我送给你,你都搞不定,傅丹心啊,那我真要怀疑你娃的智商了!"

傅丹心说老子不得干,龙刚说师傅引进门修行在各人,我梯子都给你搭好了爬不爬随便你。两个人话说完了,出去就接着酒桌子上喝起来:马哥,郑哥,还有周六叔,这些都是新朋友,一个个都来跟傅丹心敬酒,刘婷珊也少不了煽风点火。他们喝的酒是周六叔拿来的,足足一箱摆在包间地上,说是内供的茅台,特别顺口,傅丹心就干了一杯又一杯,酒入愁肠,把他化成了一摊软泥。

再接下来就是星期天的早上,他又一觉醒来居然在刘家"恒发新城"的别墅里面,身边上睡了个刘婷珊,他翻身起来还没来得及把衣裳穿好就有个人"哐当"一头撞进来了,居然是自己的老人婆叶小萱。

"傅祺红啊!老子硬是遭你这十万块钱整死了!"他心里面骂了一句。

傅丹心的周末过得浑浑噩噩,陈地菊则是格外忙碌:毕竟她不像傅丹心自己当老板,卷帘门"刷"地一拉就不用上班了;为了去巴厘岛,她是找同事调了假的,虽然这一趟要得比不要还累,但欠人家的假总要一天不少地还回来。傅丹心在机场一个人打车走了,她自己坐大巴半夜到了平乐镇,第二天天不亮就去了单位,挺起腰板在柜台后面坐到五点半才转回到她爸爸妈妈家,吃了两口饭,又遭她妈撵出来,打发她回婆家。

陈地菊只得拖着行李,沿着东门城墙边往县委家属院走。这时候天刚刚暗下来了,幽幽地发深蓝,华灯初上了,水果店门头成堆的桃子和枇杷摆在街沿上,吃了夜饭的人都邀约出来散步。陈地菊看着这些人的脸面,竟没有一张是相识的。在她停下来等绿灯的时候,有好几辆空的出租车开过去了,她就忍不住想把手抬起来,招一辆车,坐上去,再开到什么地方去。

开到什么地方去呢?

有生以来第一次,陈地菊发现她在平乐镇上无处可去。就算她生于此,长于此,眼睛一闭就能勾勒出这里的每一条街,每一条巷子,每一棵树,她却看不到她自己的身影子。她的行李箱在人行道上磕磕绊绊地颠着,好像下一秒就要散架了,但终于还是一整块跟在她后面回到了县委家属院。

门卫齐师傅的两只眼睛都盯在电视上,没注意陈地菊像幽魂一样走进去了。院子里一个人都没有,树影子投在水泥地上,映得往常那个停着雪铁龙的位置格外空旷。

陈地菊想给傅丹心打电话,手机都捏住了又算了。他也没来问我,我又何必问他?她想着,提着箱子上了一楼又一楼,心里头编着要跟公公婆婆说的借口:是说傅丹心临时接了个活路要做?还是讲哪个朋友家出事了把他喊走了?不然说他在巴厘岛的时候跳到了海里面,头也不回地游啊游,游进了那东海龙宫。

她推开傅家门,看见客厅里面坐了不是一个,而是整整一对老人家。见她走进来,两个长辈的脸上都是一怔。

"哎小陈,"汪红燕从沙发上站起来,摆一摆手,"都怪这傅丹心,话没说清楚,只说他要帮朋友生意上的急事去了灌县,就没说你要回来住——我还以为你这阵就在你爸妈那儿了。你夜饭吃了没?厨房头好像还有点剩菜,我给你热起。"

"汪红燕你这话说得才怪,小陈回来了当然该回这儿了,不然去哪儿嘛?"傅祺红也站起来,走过来把陈地菊的行李接过去。

陈地菊一下手中空捞捞的,心里却踏实了些。傅丹心居然主动帮她把这幌子扯了,还是他真的去了灌县?"我吃过了,妈,你不忙。"她跟汪红燕说。

汪红燕就原路退回了沙发,拍了拍自己边上的位子,说:"快来,快来,给我摆一下巴厘岛,好不好耍?"

"你算了嘛!"傅祺红说,"人家小陈单位忙了一天了,喊人家歇一会嘛。你要问巴厘岛就等你儿回来,问他!"

她的老人公把行李给她提到她和傅丹心的寝室里,又说:"小陈,你先休息,不要管我们。这么多天都在外头肯定辛苦了,早点睡,早点睡!"说完了,他笑起来退出了房间,门一关。

虽然傅祺红向来待她不差,但这罕有的殷勤好似那返照的回光,让陈地菊有点惊慌。"是傅丹心给他说了啥?"她一边想,一边坐下来在床边上。这床还是她走的那一天早上匆匆忙忙理的,枕头都没摆顺,鼓隆隆的一团在床罩下面,像一具蜷起来的尸首。

陈地菊以为她把那些以前的事情都埋得很深了,皮肉都被蛆虫吃干净了,白骨也沉在土里。但难以避免的,总有时候磕绊了,牵扯了,她和谭军在一起的日子就一缕缕地钻出来,浮在她的眼前。

和谭军分手已经有四五年,但陈地菊还是时不时想起谭军的女儿谭双。她认识双双的时候她才初中二年级,又小又瘦,梳个马尾辫,不爱说话;也就不过一两年时间,她眼看着她长开了,剪了短发,眼睛也亮了,周末最喜欢拉陈地菊一起去KTV——现在她该是多大了?恐怕快上大学了。

她偶尔也想起谭军的父母,地质局退下来的老干部,很是友善的两口子。老谭叔叔不爱说话,谭妈妈就喜欢拉她聊家常,逢年过节也不忘要送点东西,甚至,听说她妈妈生病住院了,还托谭军带了两千元钱给她。

陈地菊最忘记不了的自然是谭军的爱人邹姐,虽然只见过匆匆的一面——

——那是在二〇〇三年的秋天,他们刚刚确定关系不久,陈地菊主动提出想见见邹姐。她清楚谭军每个月月底都要去看她,就跟他说她也想一起去。谭军先有些犹豫,最终还是同意了。她记得那天天气很好,空空的蓝天上出着个大太阳,秋高气爽。两个人从永安市西门出三环,走高速路过平乐镇,一路开到了灌县。车上了龙门山,盘盘旋旋,过了普照寺,到了一处白大门白栏杆的大院门前。谭军招呼门卫开门,陈地菊从车窗看出去,见门上的牌子写:永安市安定医院龙门山疗养院。

他们把车停了。谭军问:"你真的要去啊?不然你在这等嘛,我一会儿就回来了。"陈地菊说:"我要去。"他们一起走出停车场,穿过一个大园子,园子里的银杏正是艳黄。在主楼护士站,一个护士看到他们,马上笑起来:"谭哥你来啦,邹姐刚刚吃了中午饭,现在应该在活动室。"——

她好奇地看了陈地菊一眼,陈地菊对她笑一笑。

就是那天下午,陈地菊见到了谭军的爱人邹姐。她听说她比谭军大半岁,看起来却比他年轻许多,短头发梳得整整齐齐,穿一件驼色的针织衫,坐在一张单人沙发上看杂志。

"邹姐,"谭军笑嘻嘻地喊她,"你今天没看电视啊?"

邹姐就把脑壳抬起来,看了看他还有陈地菊,说:"今天电视不好看。"

"你在看啥子?"谭军在她对面的沙发坐下来,伸手把那本杂志拿过来翻。陈地菊站在那里,有些手足无措,坐也不是,退也不是。

谭军对着邹姐说话,问她最近的饮食作息,说双双的学习。邹姐就光把脑袋左右扭,一会看活动室里面,一会又看窗户外的银杏树。"哦对了,"他终于回头来,看到陈地菊还站着,就招手喊她坐。陈地菊走过去坐下了,谭军说,"这是小陈,今天专门来看你。"

邹姐转过来看了一眼陈地菊,陈地菊赶忙招呼:"邹姐好。"邹姐淡淡地瞟了她两眼,又把脑壳转起走了。陈地菊隐约听见她嘴里低低地念着什么。

他们很快就说了道别,从疗养院出来开车回永安,一路都没有说话。等陈地菊反应过来,她才发现自己流了满脸的眼泪。她伸手去包包里找纸巾,谭军说:"后座有盒纸。"她就转身过去,把那盒子拿了,抱在膝盖上,扯一张出来擦眼泪,又扯一张。

"都五年多了,"谭军说,"时好时坏的,今天算是还可以的。"顿了一顿,他又说:"我们结婚十六年了。总之,我是不可能不管她的——就算有朝一日不得不离婚,我也肯定要管她一辈子。"

"那肯定啊。"陈地菊说。

那肯定啊,她说。五六年就这样过了。陈地菊从来没有跟其他人提过这件事情,关于谭军爱人的真正情况。就算跟叶小萱摊牌的时候,也只说他是跟他爱人分居。正像谭军不愿告诉商业投资银行的同事们他老婆得了精神分裂症,陈地菊也无法解释她和谭军在一起又分手的来龙去脉——有两三次吧,在和傅丹心扯证之后,婚礼之前,她确实想过要不要跟傅丹心讲一讲谭军的事,毕竟是要过一辈子的,总不好一开头就扯扯谎谎。

她吞吞吐吐把她的想法跟她妈说了的,哪料想叶小萱一个反手就给她打着后脑勺上。

"你这瓜女子!"她妈妈说,"有啥好坦白的。你是要结婚又不是要入党!多的是越是两口子越说不得的事!"

各位看官,到这里你我两个都要难免起疑绪,想这陈地菊莫不是真有点愚钝。嗨,既然她早看过了他人的倒灶姻缘,见有女人被整得疯疯癫癫,见有男人没两年又朝秦暮楚,无非是:烂勺儿,豁口碗,反正摆个姑姑宴,今天围起明天散。离,也是恨;拖,也是恨。

都估谙这女子经了这一趟也该学怜伶了嘛,哪料到她转回来又撞到傅丹心这不落教的,再义无反顾地,挽起他的手一头跳进了傅家这个泥凼凼,很有点自掘坟墓的意思——到眼目下连人家傅丹心都销声匿迹了,她还忠心耿耿地回县委家属院去守株待兔,真真气得我们这些看戏的抓耳挠腮,捶胸顿脚,再不提了。

实际上为陈地菊操心的不只是我们这

107

些外人，还有她的老人公傅祺红。星期六清早天才刚刚亮，这一对翁媳又在饭厅里打了照面，一个是胃痛醒了热杯牛奶喝，另一个被他爱人的噗酣吵起来了，准备干脆就打套好久没练的太极拳。

傅祺红看他儿媳妇一张脸拉得像个苦瓜，忍不住也把嘴一瘪。"小陈，你这年纪轻轻的胃就经常痛，不行啊！我和中医院的杨院长还合适，晚点我给他打个电话，等你空了过去找他给你看一看。"

"不麻烦不麻烦，"陈地菊赶忙说，"我估计是这一次出门吃的海鲜不消化，肯定过一阵就对了。"

她这话说得脸不红气不喘，也不想她走泰国回来都四五天了，再是硬胃的肉也早烂成糊糊。她老人公也不戳穿她这幌子，点点头转身把柜子里头的豆浆机拿出来，又一颗颗数：黄豆黑豆绿豆红豆芸豆。

"这胃啊，属土，"傅祺红把豆子装在碗里面，到水管下接了半碗水泡起，"土呢，主思。所以我们一般说胃不舒服是因为人心头有挂念。"他顿了一顿——陈地菊还以为他要把话说到傅丹心身上去了，哪晓得她老人公转过来，笑一笑，说："所以小陈你这胃在痛啊，就是提醒你，你挂念的太多了。得要放下，要随缘。人呐，想其他人是想不完的，还是得多关心自己，照顾好自己才是实的，其他都是虚的。"

陈地菊手里握着温嘟嘟的牛奶，多的也不敢乱说，只点点头："谢谢爸。"

傅祺红叹一口气，把手上的水揩干了。"我那儿子的臭脾气啊，只有他妈还要娇惯他，我是早就不受了，"他说，"怪我们没把他教好，现在弄来为难你。你放心，小陈，等傅丹心他这回回来，我就肯定要把他收拾整齐了，随便要哪样也再不能欠你的。"

陈地菊哪想得到傅祺红指的是她给出去的那新房子的首付，只觉得她老人公这客套话说得实在有点吓人。愣了一愣，她说："爸你说到哪儿去的，我和丹心都是两口子了，哪有啥欠不欠的。"

"理是理，法是法，"傅祺红抬起手掌来，在半空中徐徐摆两摆，"亲兄弟也好，夫妻也好，越是近的，越要算清楚，做错了就肯定不能姑息，少你的一分也不能少。"

陈地菊喉咙口一紧，抬起脑壳来，看那白炽灯下她老人公站得端端正正的，像是阎王殿上的判官。不能姑息，她耳朵里嗡嗡响着这半句。

傅祺红看到他儿媳妇一张脸被灯射得刷白，赶忙笑了一笑，像是才意识到他站的这塌塌不是哪家讲坛而是他傅家的厨房。"你把牛奶喝了就回寝室去再休息会嘛，"他说，"我看你这几天精神都不好，刚好今天周末就多睡会。我待会把早饭给你留起，你不慌到起来。"

"我今天要上班的，"陈地菊说，"我们这趟出去我换了假，这下回来要上满十天才能休。"

"十天？"傅祺红很是吃了一惊，"哪还有这本书卖？再哪样也该过个星期天啊？"

陈地菊把剩下的牛奶一口喝了。那奶已经有点凉飕飕，一下坠到她肚皮里。"我们那单位从来都是这样的，"她转身去洗杯子，"拿半个人的工资，做两个人的活路。"

她把抱怨的话说了，擦干了杯子要放到柜子里，才看到她老人公已经走了。站在阳台上孤零零的是他的背影，面对外面灰里发橙的天，展开手臂来打了一个圈圈。

我们镇上没哪个说得清楚到底陈地菊这闷吞吞的性格是走哪儿来的，毕竟她妈妈叶小萱和她爸爸陈家康都是东门上有面子有手腕，敢作敢当的人物。想当年，叶小萱在南街菜市场门口买了一包春卷，递一张五块的出去，收回来两张找的：红红的一张一元是好的，绿油油那张两元却少了一个角。也要怪这缺的角角只有半颗绿豆大，叶小萱收了钱都走上街了才看到，又转回来找卖饼子的换钱。这老板呢，也是背时，一个外地人，有眼不识叶小萱，鼓捣不认账。这下子啊，就为了这缺了个角的两块钱，叶小萱扯起卖饼子的衣领子，从下午四点一直扯到六点，聚起看热闹的人把菜市门口堵死了她还不放，非要人家把钱给她调回来——最后看戏的都站得脚杆酸了，肚皮也遭不住了，毕竟还要回去煮饭，一阵起哄，总算吼得卖春卷的服了软，蔫头耷耳地把那烂钱收回来，给叶小萱换了一张崭新的票子。

叶小萱和春卷贩子吵的这一架陈地菊小时候就听大人摆了很多回。到了现在，她都穿起邮政银行的工作服，盘起头发坐在柜台后面了，还有她妈妈的朋友来取钱，隔着玻璃，一边填表，一边惊鸣火扯地把这两块钱的故事又对她讲了一遍。

"……所以梅梅你待会要把钱给我点清楚啊，不然我也扭到你不得走。"孙二妹说，把表格和证件一摞走玻璃下头递过来。

"孙二孃①你硬是爱说笑，"陈地菊说，"肯定要点清楚嘛。"她看一眼取款单，上头填的"陆万元"。

她一边把卡刷了，敲键盘进系统操作，一边听到孙二妹又问（这回声音小了点）：

"诶，梅梅，你跟二孃说句老实话，你跟你爱人现在处得如何？我看你们婚宴上你那老人公好严肃哦，丧起个脸，抠脚板心都抠不笑一样！"

孙二妹这话说得陈地菊忍不住扬起了两个嘴角，算是她近几天来的头一遭。"我那老人公啊，看起严肃，其实人多好的，每天都多早起来给我们煮早饭。"

"看来这县委里面的人是要有素质些，"孙二妹脑壳摇一摇，居然有点眼渍渍的样子，"你莫说其他人都嫌你这女子不精灵，结果呢，量大福也大。啥事都不计较，偏偏就把好处占到了。"

陈地菊也不好说孙二妹这话是褒她呢还是贬她，只眼观鼻鼻观心地，把钱在机器上给她点了三遍，扎起来一百张一摞，又再数下一摞。

"其实也没啥好处，"她忽然说出来，眼睁睁看着点钞机上数字跳得飞快，23、38、59，像在数她的天天。"遇到了都是命，"她跟孙二妹说，隔着一扇玻璃，"这些事情哪个说得清楚是好还是不好——只有等嘛，是死是活，总得有个下文。"

孙二妹认认真真地听她说，两个膀子叠在柜台上，箍起一对玉圈圈。"你说得太有道理了！"她点点头，"你这女子啊，从小就不一般——成熟！你看得透，二孃就放心了。我再跟你说句掏心窝子的话，婚姻这条路啊，其实走下去都差不多，猫一天狗一天，总之两个人扶起慢慢走嘛。"

陈地菊跟孙二妹的女儿差了五六岁，跟孙二妹本人更是不熟，只偶尔在婚丧宴席上见一见，看到她穿起和叶小萱一个样式的花裙子，都烫着高耸耸的蓬头发，坐

---

① 四川方言中，"孃"是阿姨的意思。

在一张桌子上搓麻将——哪想她嘴里面说出来的却跟她妈分外不同，竟像是触到陈地菊的心里去了。待会不然还是给傅丹心打个电话嘛，他也不至于真的就这样跟我扯脱嘛，她盘算着，把钱工工整整地重起来六叠，两只手递出柜台去。

"要不我给你拿个信封装啊，二孃？"她主动问。

"不拿不拿，我这有装的，"孙二妹说，笑眯了。只见她走兜兜里拿出一个塑料袋来，撑开在柜台上好像一个挖开的猪肚子，又拿了一叠票子起来，把细看了，再走这一摞中间扳开，嘴对准了，呴一声，"啪"地一泡口水吐上去——陈地菊瞪目结舌地，看孙二妹把这六万元挨个每一捆都吐了口水，齐齐收在袋子里扎好了，最后站起来，高高兴兴地走了。

其实陈地菊也看得出来，不管是她妈妈当年放不下那两块钱，还是现如今孙二妹气不过这六万元，实际上都和金银无关，牵牵扯扯的，还是世间儿女的闲气和痴心。正如那俗人作的：

　　本来多孤独，终究少良缘。
　　缘起皆为情，缘尽光说钱。

二〇〇六年年中她和谭军分了手，虽然是谭军提出来的，也是在陈地菊意料之中。她虽然很是沮丧了一阵，但又看到她妈妈都病入膏肓了还在给她打气，也就慢慢振作起来了。又幸好她和谭军本来就不在一个网点上班，私下不见了，一天天地，这个人的影子就淡了。

陈地菊记得很清楚，是在叶小萱奇迹般出院了之后的那个星期，满街国庆节的红条幅都还没拆，地上的热气也很生猛，她心头好不容易开朗了，和两个同事约了去吃台湾刨冰。三个人点了一个红豆冰，一个花生冰，正在你一勺我一勺地吃，又说些闲话，她就忽然听到了谭军的名字。

"听说了没嘛，衣冠支行的那个支行长谭军，最近跟他们那儿一个女的网起了！"

陈地菊刚刚递了一勺子刨冰进嘴里，这下咕咚一声滚下喉咙去，寒气蹿上来，镇得她的眉心一阵钻心地痛。

她那同事哧哧一笑，说的："陈地菊，看把你吓得！这有啥了不起的，这年头哪个男人还没点花花心肠了？哪个已婚人士不想享受未婚待遇？"

陈地菊还是说不出来话。另一个同事说："曾靖，你话不能乱说哦。他们那支行长口碑一向很不错的嘛，都说是个妻管严。"

"就说明严政之下必有反抗啊，这下闹革命了嘛。他们支行都知道了——这一男一女正在热恋，嚣张得很，直接遭撞到在办公室里头抱起地亲！"

"这么血浸啊！你就编些来吓我们嘛，你看把人家小陈脸都吓白了。"另外那个同事说。

那一天陈地菊一个人走回了她租的房子，手冰脚也冰。她想了很久，终于给谭军拨了个电话。谭军倒是很快接了电话，也直爽爽地承认了现在的情况。"说起来真的是有点对不起你，我终于下决心要离婚了。"他说。

陈地菊一下子想起了叶小萱，想起她们两娘母在肿瘤病房里抱着哭的那一天，她鼻子里面冲起来了，全是那股子腐臭的味道，她妈瘦嶙嶙的锁骨边上插着那根蓝蓝的静脉输液管。"你这话笑人，"陈地菊对着电话那头说,"我感觉应该不是有点对不起嘛,恐怕是很对不起哦?"

谭军没说话,默默了几秒钟,咳了一咳。

"其实我这一阵也想了很多,"陈地菊接下去说,"我妈的身体好不容易好转了,我更觉得我该多拿点时间来陪她,照顾她。我估计我这两个月就要辞职了,准备回平乐镇去找个工作。"

"你,你这又何必呢,梅梅。"谭军喊了一声,是她的小名。

陈地菊胃上一紧,话一冲像是吐出来一般:"我只有一个条件。我跟你在一起毕竟也有三年多——虽然我们的事我没跟半个人说,但我们的短信啊,你留在我这的衣服啊,也是很有些了。当然这些东西我都可以不要了,"她顿了一顿,"只要你把我该得的分手补偿费给我。"

电话里头又是一阵没声音。"你要好多嘛?"最后谭军问。

陈地菊一只手捏着电话,盯着自己的另一只手摊开来,五根拇指伸出去,一个手掌心白白的。五十万,她心头想,喊这不要脸的给五十万出来。

"四十万。"她说。

四十万。她还记得自己站在 ATM 前面,看着账单记录,最新的那一笔是从一个陌生的账号上转过来的,400000。

○○○○○○。

星期六一晚上都过了,陈地菊最终没给傅丹心打电话。星期天她又准时到单位上班,人来人往地,鱼贯雁行,她左手接卡,右手拿钱,看到一张张红彤彤的从点钞机上闪过去,上头的毛主席一个个都笑得很慈祥,好像在鼓励她干脆就把她爱人这号人忘了。该轮到她午休了她也像是不饿,继续按她的号,直到她同事徐佳走进来,拍了拍她的肩膀,说:"陈地菊,你赶紧休了嘛,你看把人家等得眼睛都望穿了。"——嘴巴往玻璃隔断外面一努。

陈地菊顺着看过去,才看到最后一排的椅子上,傅丹心一个人坐在中间,头发油腻腻的,胡子也有点拉茬,只有一双眼睛还是黑炯炯地发亮。他看到陈地菊看过来了,就把手对她扬了扬。

陈地菊有点不敢相信她的眼睛。这两天她翻来覆去,把所有的事情都想了一遍,想过去,想现在,想未来,想她和傅丹心结婚的那一天晚上。那一天晚上,他到底是不是本来立意了要跟她分手呢——她的确是没有想到,傅丹心居然这么轻轻巧巧地回来了,伸伸展展地站在她面前,好像个没事的人一样,说:"梅梅,你饿了哇?走哇,我带你去吃抄手。"——他笑起来,嘴角边上那个浅浅的酒窝还是在老地方。

陈地菊鼻子猛地一酸,蹲了下来,两只手抱在膝盖上,脸埋在手膀里——本来她一直都没哭的,和谭军打完最后一个电话没哭,看到他给她转过来的钱也没哭,槁木死灰一样回了平乐镇,落了这么个没出路的工作,起早贪黑,拿的工资不到以前的一半——就这样,她也没觉得特别难过,现在却忽然稳不住了。她蜷起来,在邮政银行营业大厅的地板上,当着傅丹心和其他街坊邻居的面,伤伤心心地哭了起来。

傅祺红日记 1994年6月5日

今天一天实在忙,晚上吃饭坐下来才觉得两只脚又酸又胀,肚皮也像是饿扁了,一口气吃了三碗饭。算一算,恐怕在那崇先祠里头来回跑下了十里路都不止,说话说得声音都哑了。值得欣慰的是今天赛歌会的彩排的确十分成功,安德镇终于争了口气,甩扇子这一趟把都接准了,土产公司更是超常发挥,那一首《奉献》唱得简直像是原唱,连主席台上的领导们都在讨论,说那主唱还硬是跟苏芮有点挂相,有些明星范。

彩排结束后徐县长专门来跟我说了两句,表示他对整套节目非常之满意。领导还是有心,感谢了我这一阵的辛苦,毕竟今年赛歌会是跟省旅游局合办,作为川西民俗旅游线上的一站,不但各方媒体要来,天山和新泰宇几家公司的老总也要出席,如此规模空前任务就特别重,又碰到马主任在海口考察,剩下我一个人镇守政府办,总揽全局,大小都要管,确实是不容易啊。听徐县长话里话外,也说不清楚是不是对马向前这当口跟到熊副书记去考察有点不安逸。我呢,就还是把脚步站够,把主要功劳都堆到马的名下,说马主任虽然人在海口,但还是每天都电话监督和指导我们的工作。哪想到这领导的思路就是要比我们一般人细致,徐县长马上问我海南打过来的长途电话费要好多钱。

饭后,我和丹儿一起看了会儿甲A,全兴对阵八一。每次我跟娃娃一起看球,汪红燕就不安逸,总是怕影响傅丹心的学习。实际上她对"学习"这个概念的理解有点狭隘了。看足球比赛既是放松,更能学到运动员的拼搏和坚持。不到最后一秒钟绝不放弃——这是多么重要的人生一课啊。

全兴队虽然输了,但丹儿还是很被鼓舞,又问我过两周世界杯转播他可不可以看。我说世界杯当然是很值得看,但主要问题是有时差,他现在又正在长身体,最好不要熬夜。不过,我们可以尽量选几场重要的比赛来看。

第 九 章

之前说到:傅祺红他爸是东街口子上的傅银匠,他妈是凉水井的黄慧兰。他上头该有一个哥哥叫作傅祺永,一个姐姐傅祺华,都早夭了,所以他才生下来当了傅家的老大哥。接下去,他爸妈连生了三个比他小的都养活了,可惜全是女子,分别取名叫傅祺珍、傅祺玲和傅祺珊。

黄慧兰"文革"里面害了病,粉碎"四人帮"那年死了。傅银匠活得久些,拖起个肝硬化,好歹看到了傅祺红和汪红燕八一年结婚,但没多余的福气看孙儿。傅祺珍呢,早年上崇宁县当工人,后来下岗了自己开馆子做生意,很是赚了些钱,房子买了两套还有一间铺面,没想到九三年忽然得了心肌炎,医治不及,莫名其妙把命丢了,留下她爱人一个男人家带个娃娃不方便,只得取了个新媳妇好照顾娃娃,金山银山转眼跟他人姓了。傅祺珊师范校出来当了老师,书教得好被提拔调去了教育局,格外顺风顺水地,当到了副局长,不料〇二年一个忽然,查出来了子宫癌,医了一年半去了,花了一箩筐钱,拖起到现在都还没报销完。剩下一个傅祺玲没啥出息,土产公司上班上了几十年,土产公司关门了就在摊贩市场卖睡衣,她和她老公〇〇年就离了，一个儿子跟她，现在在永安市上大学。

按理说，傅氏这一门只剩下了大哥和三妹，就该要相帮相衬，平时更多些走动——但两家之间却很是疏远。早些时候过年还要一起吃顿饭，这几年春节也懒得见了。

傅丹心和陈地菊结婚的时候，傅祺红还是请了傅祺玲。她孤单单一个人来了，说肖江川现在实习正忙，就没回来。她把红包递了，跟几个老东街的邻居坐一桌，吃了中午就走了，话也没说两句。事后，傅祺红把那红包打开来，毫不意外地看到里面端端正正封了四百元——正是三年前肖江川考上大学的时候傅祺红封给她的数，一分不多，一厘不少。

归根结底，还是因为现在日子都过好了，哪个都不缺哪样，就哪个也不想哪个的了。回到过去那些更加困难的年代，就总还需要互相关心。比如七七年傅祺红考起去上大学，他的钢笔是傅祺珍拿小半个月工资买的"英雄牌"，他的书包是傅祺玲一针一线缝的，傅祺珊最小没啥用处，就去厨房里摊五个溜圆的锅贴出来，拿给傅祺红路上吃——"我还打了个蛋进去。"她额外强调了。

等到傅祺红放假了走学校回来，舒舒气气穿个中山装，戴顶学生帽，赶三个小时的车到了石家桥，还得再走八里路，走得脸门发红头顶出汗，硬是不解纽子也不取帽儿。好不容易落了屋，祺玲和祺珊迎上来（傅祺珍还在厂头上班），一个给他端板凳，一个给他递开水。傅祺红把门关紧了，坐下来，这才把帽子取了，走帽子里头一摸，摸出来报纸包好的一包油浸浸热温温。打开一看，居然是厚厚的一叠盐煎肉！肥的透亮，瘦的精瘦，一片足足有半个巴掌那么大——那时候，只有大学生才有这种特殊待遇，祺玲和祺珊两个平头老百姓看也没看过这么漂亮的肉。两个人省到各吃了两片，其他留下来给爸爸和大姐吃。

难为傅祺红他为了攒回来这一包盐煎肉，整整十天都没吃荤的，看到她们吃得欢欢喜喜，一包口水苦苦地往心里头流。他忌不住口爱吃肥肉的毛病大概就是这时候落下的。

这事情本身不算是光荣的，因此傅祺红大概早就记不到了，更不会去想自己和傅家屋头那些人的纠纠葛葛。毕竟他是在高等学府里头浸润过的，多读了好多些书，因此早就想通了：

为人孤有一命，亲缘难存一世。
生前本不相干，死了各葬一边。

傅祺红身体本来不差，〇二年以后更是格外注重保健养生了。你看他现在五十四岁上吃五十五岁的饭了，还是腰板挺直，头发漆黑，穿件白衬衣纽子扣起来那叫一个端正，饭桌上站起来，两手抬平端起个酒杯子，嘴里面说："陈主任，柳主任，小朱，跑这一趟你们辛苦了！我们这县上条件有限，招待不周，见谅见谅！"

跟他一起在蜀风新园吃饭的这几位是市志办来的，陪席的有吴文丽、苏聪和实习小杨、小曾。傅祺红把杯中的酒干了，陈主任也站起来举个杯子："老傅啊，你硬是深藏不露啊！认识你这么多年，居然才见识你这酒量，简直了不得！我也敬你一杯，干了！"

这一席是吴文丽张罗的，十几样菜星

罗棋布，有别致的如扇贝、刺身吃个新奇，有硬胄的如肘子、烧鸡吃得饱实，酒水更是不断，一群人聚到八点半九点才收拾，再由苏聪安排了车，送市上的领导回去了。

吴文丽说打个车送傅祺红，他说不必了不必了。一个人提个袋子，缓缓地走出了蜀风新园，沿着西街往东门上走。进了七月间，平乐镇上就有了夏日的风情。夜来了天也不一下黑透，反而发幽蓝。路边的梧桐树长满了蒲扇大的叶子，街上熙熙攘攘，尽是吃了夜饭出来转耍的人。傅祺红走过神仙桥，过了摊贩市场再过十字口，不知不觉也出了一层薄汗。他下意识地想解一个衬衫纽子，手都抬起来又终于算了，就这样慢慢地走回了政府家属院。

汪红燕一个人坐在客厅看电视，傅丹心又照样是还没落屋。傅祺红把鞋换了，走过去，坐下来叹了一声，把衬衣纽子解了两颗，把手里面的袋子放到茶几上。

"你拿啥东西回来呢？"汪红燕看了看那袋子，是个淡绿色的礼品袋，上面写着"蜀风"两个字。

"晚上吃饭有些虾子和扇贝剩下了，还有半个凉拌鸡，动都没动过好好整整的，我就打包拿回来了，明天热了吃。"傅祺红说。

汪红燕"噗"地笑起来："老傅啊，你这人硬是献宝！大老远的拿一包剩菜回来给我们吃！——谢谢了，我们简直鸡犬升天，沾你的光了！"

县政府的人都说二○一○年傅祺红是该要红了，不容易啊人家熬了那么多年，总算转运了：一方面在县志办终于坐端了，再不是傅副主任，而成了傅正主任；另一方面屋头也是喜事连连，年初儿子结了婚，娶了个亭亭玉立的媳妇，说不定等到就要抱孙儿。

也有闲人要多说两句，说傅祺红这不是转运了，其实是转性了：他本来是个光溜溜谁也不沾的独棒子先生，现在却和上头有些人牵连起来，被人家颠颠一提，才坐上了这正主任的宝座。你看他这一下，腰板也挺直了，脑壳也重新染黑了，衬衣裤子鞋子都换了新的；见人打招呼也响亮了，说话也要开玩笑了，甚至，上个月《永丰县报》社长范大成的公子办喜事，你猜猜傅祺红包了个多大的红包？——说出来吓死你：整整一千二百元！

这便是：

天官贺举人，切莫提年逾花甲；
金穗挂宝刀，敢叫你不识英豪。

这闲话一传自然马上就传遍了县委政府四大班子，整得人人的胆子都长出来了，跃跃欲试，要哄这铁公鸡再拔根毛下来。

"傅主任，你最近应酬有点多啊？"苏聪来交稿子，瞟一眼傅祺红办公桌上堆了四五个红艳艳的请帖。

"莫提了！"傅祺红说，二指拇朝那叠请帖一挥，好似要耍个戏法把它们变起走。"也搞不清楚是吹哪阵风，一下子家家都在办喜事，人事局的，交通局的，统战部的——咳，就连这社精办哪个的孙女满个月都要在盛世荣和整个酒席！"

苏聪噗嗤一笑，说："那是说明傅主任你人气旺了，势头正红，都想过来沾一沾。"

"旺啥啊，都是虚的，"傅祺红摆摆手，"你看我们这大县志编得好磕磕绊绊嘛。这眼看就要七月份了，才整了不到一半！"

"你放心傅主任，"苏聪乖眉乖眼地说，"我保证八月份之前把经济这两章弄完，接下来教育科技文化就简单多了，一个月之内绝对交货！"

"哎呀小苏我说的不是你，"傅祺红一边翻稿子一边说，"我是说那几个吃闲饭还不着急的。"

他的话交代完了，就拿起红笔来在苏聪的稿子上画圈圈，画了几个，脑壳一抬，看到苏聪居然还没走，杵在办公桌另一头，一脸扭捏，树墩墩一般。

"你还有啥事呢？"傅祺红问他。

苏聪转头再看看办公室门的确是关死了，壮壮胆子总算开了口："傅主任，我是想来问一下你，我们这儿这副手的位置，你和其他上头的领导有考虑了没？"

傅祺红心头"咯"一声，把手头的稿子一放，茶杯子拿起来喝一口，慢悠悠地说："小苏啊，你来给我说这话，我很高兴，这说明你是信任我的，也有上进心……"

"……你放心，"他点着头，"这事我自然是有考虑的，跟组织部的人也推荐过了。其实不用你跟我说，我们这办公室就是你最能做事，最是得力，我心里头当然清楚。"

"谢谢傅主任，谢谢傅主任！"苏聪连连说。

"我这还得正式打份报告上去，还得报分管县长批准——总要走这些过场。也是这样，我就一直都没给你提。应该快了，你就等他们来找你谈话嘛！"傅祺红说。

他看到苏聪脸上亮起来，感感谢谢退了出去，轻手轻脚把门关了，"咔喳"一声脆响。

"就是要知人善用啊！"傅祺红给他自己鼓气，"再不能像那时候余先亮那样子，乱整一通，照顾些裙带关系，把能干的都打压了。"

他埋头下去，继续读苏聪交上来的"物价管理：非商品收费管理"一节，一边看，一边又拿起红笔来，再画了一个圈圈。

要让傅祺红自己来说，他现在的日子的确算得上圆满了，身体基本健康，工作基本顺利，家庭也基本和睦。有些美中不足的是他睡眠还是相对糟糕，常常两三点就醒了，睁着一双眼睛，一秒一分地枯枯熬到天亮；另外，他那办公室的工作也进行得比较艰难——手下好耍的一堆，做事的两个。走出去呢，左有党史办根正苗红，右有社会主义精神文明办花股零当，衬得他本来中正的县志办揪眉愁眼的，不逗人爱，就拿不到上头的钱；至于他这屋里头，本来没啥可挑拣的了，但主要矛盾依然还是在他那儿子傅丹心。

古人说虎父门下无犬子，又说：言传身教。傅祺红自问他为了养这个独苗苗也是费尽心力，圣贤文章读遍，颜子所训导的少不如意，犹搥挞之，故能成其勋业……父子之严，不可以狎，骨肉之爱，不可以简。简则慈孝不接，狎则怠慢生焉之类，他都倒背如流，且身体力行了多年——但傅丹心偏偏油盐不进，无论他老傅好说歹说，尽是那小子的耳边风，甚至有几回他实在气痛了，棍棍都给那娃娃打上身了，他也照样嬉皮笑脸的，好似他老子是在给他挠痒痒。

本来，在傅祺红看来，二〇一〇年该是傅丹心转运的一年：毕竟家都成了，业就该跟着立啊。加上他这儿子接进门来的媳妇也不像是那些从前在他边上打转的庸脂俗粉，很是有些要做大事的风度。老天保佑啊，傅祺红看着他儿媳妇进进出出，心头想，我的儿啊，你这回再也不能搞些不上相的事又把这一盘打倒了啊！

也不好说是就又遭他老傅批中了，还是应了怕啥子来啥子的俗话，果不其然，就给他逮到了傅丹心把他拿给他们小两口给首付的钱自己捂下来了，恐怕又要作怪——傅祺红心如刀绞了整整一晚上，眼睛睁得滚圆，一遍遍念"爱子则为之计深远"，终于横下心来给这混头小子上了一课，不但把他扯的谎即刻戳穿，还把话给他说重了，喊他把钱交转来，务必要使他洗心革面，不能再在他新媳妇背后耍些旧把戏。

也是亏得他这一步走得刁，走得准。傅丹心虽然耍了几天离家出走的少爷脾气，但总归孙猴子翻不出如来佛的手板心，迷途知返地转来了，又过了一阵，把一个鼓鼓的天盛广场购物袋递来给了傅祺红，里头一分不少的：齐整整十万六千八百三十二元。

——那是大概五月份将尽的时候，因为政府四月份出台了第三套房限购令，带动房产金融钢铁机械一片跳水，那支傅祺红原本买在手上的基金已经跌了一个半月，弄掉了整整百分之十还有余。眼下他把袋子里的票子都数清楚了，心头就有点欠欠，想到还是多亏了他这儿子把钱拿起走了，他的小金库才没有缩水。

"你看你硬是笑人，咋还把零头都给我还来了？你拿去，拿去用！"傅祺红把十坨钱砖头收进了抽屉，剩下的松垮垮一叠在购物袋里，卷起来递回给了傅丹心。

傅丹心一双手扣在背后，似笑非笑的，说："亲父子明算账，我才不敢拿你这钱的，过两天你又想起了来喊我还。"

他的儿话说得冲人，当然也情有可原，随便哪个人揣到兜兜里的钱又喊你拿出来，总有两分不安逸。傅祺红就把那袋子又裹得紧了一些，递出去："你拿到嘛！我不得喊你还。既然人家小陈给了这首付款，月供自然就该你出了——你包包头还是得多两个钱，才好周转。"

他们那套新房子贷款了三十五年，每月月供一千五。傅祺红想他这也不算小气，六千多也够他两个给小半年了。果然，他的儿就伸出了一只手出来，把购物袋捏住了，嘴巴一扯算是笑了，说的："那谢了。"

"我也谢谢你了，没把我这钱给我乱用了。"傅祺红说。

"我能用到哪儿去嘛？"傅丹心说，"我自己又没啥要买的，无非最多就是想给我跟陈地菊那小房子添砖加瓦——你以为给了首付就算了啊？等交房了，还要装修，还要买家具家电——这些才是无底洞，就看我去哪儿把这钱变出来嘛。"

"唉，你这话说的，"傅祺红说，"钱是变得出来的吗？还是得踏踏实实一分一块地挣出来，存下来。你想我跟你妈刚刚结婚的时候要好艰难啊，现在也都一步步过出来了。"

傅丹心干笑一声："你们那时候要穷大家一起穷，也就无所谓了。我们现在呢，都天一个地一个的比起来，这边整套联排别墅，那个又换台宝马七系，像我这种，开个烂垮垮的雪铁龙出去，想找钱都没人要跟你做生意！"

"那还是你不对，"傅祺红手伸出来朝他儿的脑门一点，"要是哪个因为你开的车不好就看不起你了，那你交的这些人也实在太肤浅了——你看你爸我几十年了，就是骑个自行车，我们单位又有哪个敢小看我的？都要客客气气跟我打招呼。实际上，只要你人做得端正了……"

傅祺红说到一半，看到他这儿一表人

才地站在他面前，两眼空空，不问也清楚他说的话这小子半句也没听进去，恐怕又在做些春秋大梦。一瞬间，他有一种冲动想干脆把话给这浑头说明了，喊他不要操心那装房子的钱，其实他傅家屋头除了这十万的存款，又有他爷爷傅宝林留下来的几包银元，他奶奶黄慧兰生前的镯子钗子，最重要的是，还有他妈汪红燕名下的西门城墙边上的两间铺面——总是够他和他爱人以后的基本生活保障。而现在傅祺红不拿出来，只不过是暂时帮他小两口保管。

傅祺红眼看都要张嘴了，他那儿子却说："哎呀爸，对了嘛，我钱都还给你了就不欠你了，你也莫教育我了嘛。"一转身，提着轻飘飘的购物袋，两步出了书房。

各位看官，有一句说一句，你们恐怕也都估摸出来了：傅祺红对他这独儿子其实不太公正，把人家堂堂三十多岁的大小伙子当成奶娃娃在哄，说啥看人衣装就是势利，爱开好车就是肤浅——就好像他傅某人是开了天眼的，可以走我们这镇上揪出来哪个不嫌贫爱富也不趋炎附势的一般。说穿了，不只是三才之芸芸众生，广瞰天地之中，两极之间，那四象五行六合七星，个个都是些风吹两边倒的主子，随气而动：看你衰败了一把躲得老远；见你得势了，就赶紧来逢迎。

比如傅祺红练了快十年的太极，每天早上五点半准时，风雨无阻从不间断，却连正道的影子也摸不见；硬是要等到被提拔了，成了永丰县政府县志办的一把手，一名堂堂正局级干部，他才终于找到了感觉，袖子里头呼风唤雨，脑壳顶上日月叠璧，眼看着万宗的福气都往这边来了。

按理说，赵主任一走，聂县长对县志办的特殊关怀就该要了断了，一个办公室的人都战战兢兢，准备接下喝西风饮露水了——没想到年中政府工作会议一开，下半年预算一下来，发到他们脑壳上的钱比之前的居然分毫不少，还又增加了几项经费。甚至，因为现在正值二十年大县志的编写，工作吃紧，政府办主任肖德霖拍起了胸脯子表示：可以给县志办再增加几个借调名额。你老傅想要哪个笔杆子跟我老肖说一声，我马上去给人事局那边打招呼。

本来这肖德霖自古是看不上他们县志办的，就算是以前聂县长对县志办还有照顾的时候，他也没少在政府工作会议上给他们提意见，想方设法地使绊子减预算——现在他居然一转脸如此热情，弄得傅祺红硬生生起了几个鸡皮疙瘩。

他正还有些疑惑，马向前干脆一语道破了天机："唉呀老傅，你也不看看，这政府县委里里外外，有哪个不是熊书记的人啊？聂锋他再横，也就是个光杆司令！"

两个老朋友趁着午休时间到工作大楼的运动场来打乒乓球，你来我往正杀得激烈。马向前这话音刚落，傅祺红手上的板子差点甩脱了。

"唉老马，这些话不能在外头说哦！"他赶忙招呼。

"嗨！"马向前反手铲球，又快又准，"你怕啥，这又没人！"

他们这乒乓球桌子的确是靠在墙边边上，现在又只有他们这一桌在操练，周围十几二十米都是空空荡荡。

傅祺红勉强把球接起来，回身踩实了，把腰杆沉下去。"还是要谨慎点！说不清楚。"他说。

"老傅啊老傅，"马向前摇摇头，"你这人啊就是这毛病，太谨小慎微了！我看到你我都累！你怕啥？现在一个你老傅，二个我老马，我们都是退休倒计时了，过完这一届就拍拍屁股走人，该养花养花，该种菜种菜，总之都要下课了！"

"还是得站好最后这一岗啊。"傅祺红失了一个球，转身跟过去把球捡回来了，又扬手发出去。

"那是！"马向前笑，"这么多年的关系了，我还能不了解你？你老傅一不爱钱，二不爱权，无非就是关心你那著书立说、定史修志的事情——不然我干啥要去给德霖打招呼，喊他一定要全方位支持你，把这二十年大县志弄好？"

傅祺红这才反应过来，肖德霖是以前马向前在政府办的得力助手，马调起去了人大，肖才被提上来。

"哎呀老马，看来我是要感谢你啊。谢谢，谢谢了！"傅祺红说。

"谢啥谢，一句话的事情！"马向前说，"先不说那闲话，实际上我这头有个事情，是想找你帮忙的。"

"你说！"傅祺红吊他一个短手，"你有啥事我肯定帮忙嘛。"

这个球桌子上一弹飞出去老远，马向前小跑到篮球场边上才捡起来，又走回来。他把球捏在手上不发，先把话说完了："……其实也是个一句话的事情：你们办公室那副主任的位置，我们考虑让吴文丽来坐，由你来提个名，如何？"

一九九九年吴文丽从党校调到县志办，还是大而不小地起了一番风波。当年，永丰县报社借调来的范大成已经在县志办辛辛苦苦干了两三年，眼巴巴地盼着想有个名分。主任余先亮也颇看重他，一年年地报上去，跟上头争取。这一年初，好不容易下来了，多了个编制名额——都认为范大成是苦尽甘来了：先这一下坐稳，再过两年该余退休，就是要扶他上台继位——哪曾想天外飞来了一个吴文丽，端巧巧把这名额占了。气得范大成呐，烟灰缸茶盅子一通收拾了，搬回到县报社去写豆腐块块；余先亮痛失爱将，难得在工作会上发了脾气，拍着桌子骂天骂地；只有傅祺红站得颇为客观，分析：摆明了是上头安排好的。这名额发下来，本来就是要给这个吴文丽的，所以从来就轮不到他范大成，又有啥好愤愤不平的？赶紧散了散了，各做各的事去。

吴文丽就这样在县志办扎下来了，平日里说说八卦，工作上开开小差，早上九点开着小轿车来，下午五点踩着高跟鞋走，好一个：

香脂红粉，好打扮鸳鸯轻薄；
娇浓软语，爱谈说燕雀浅拙。

傅祺红虽然偶尔嫌她聒噪，但也不讨厌这个人。反正她就是来这上个耍要班，拿点工资作耍要钱，无伤大雅——他确实是如何也料想不到，上头竟然又突发奇想，要把这个婆娘提起来，当他的副手？

当时，马向前话音一落，手上球紧接着发出来了，傅祺红却失了一秒的神，没接起来。马向前说："老傅啊，你也不慌马上答应我，你回去想一下嘛，想好了再跟我说。"

傅祺红说："好的，我想想看嘛。"——他捡起这个乒乓球滚滚烫的，捏起也捏不住，甩了也不好甩。

等他回了屋头，脸色就不太畅快。汪红燕正在厨房里头和抄手芯子，搅着一铁盆子的猪肉渣渣、韭菜渣渣和红萝卜渣渣，喊："哎老傅你回来得正好，赶紧出去帮我买一斤抄手皮子回来。我今天昏头昏脑的，皮子没买够！"

傅祺红把公文包放了："我一天到晚地办公室里外大小事情都忙不完，回来还要给你跑腿去菜市？"把一双皮鞋蹬下来，哐哐两声塞进鞋柜里头。

汪红燕赶忙把筷子一插，跑出来劝："哎呀我又没非要喊你去菜市场。对门子天盛底下超市里头就有，走两步就买了，就是贵点。"

傅祺红不理她，换了拖鞋就朝房子里头走。"那你自己去买嘛！"——把书房门关了。

汪红燕不问也清楚这老儿今天肯定又是单位遭不愉快了。"哎呀呀，老傅！"她对着门喊了一声，再没半点回响，没奈何，只得把手揩干净了，把围裙取了，又去寝室里头找钱包。

也是天可怜她。汪红燕正心烦找不到她的钱，就听到门口钥匙响起来了，银铃一般，然后门一开了，走进来又高又瘦，一套墨绿的工作服衬得那脸儿莹莹白的，正是她的儿媳妇陈地菊。

"哎呀小陈，小陈，你回来得正好，"她迎出去，"我这抄手弄到一半抄手皮子不够了，你帮我出去买一斤皮子回来嘛。"

陈地菊一串钥匙还抓在手头。"啊，好的，"她说，"去哪儿买嘛？"

"还得麻烦你多走几步。东门四八九厂那菜市场里头，进门左手边第二家买挂面的——他那的抄手皮子最好，你帮我称一斤回来。"

陈地菊答应着，转身扭开门把手，把脚踩出去正要下楼，就看到书房的门咚一下扇开来，走出她的老人公傅祺红，一张方脸脸色黢黑，一双眉毛皱得梆紧。"你这汪红燕还笑人的，使唤你儿媳妇就顺嘴，喊人家走那么远买抄手皮子——你拿钱给人家没？"他说。

汪红燕说她打死都找不到她那钱包，陈地菊赶忙表态没事没事。傅祺红呢，直端端过去把他的鞋子从鞋柜里头拿下来，一脚一只穿进去，一迈出了门。

"哎，我去嘛爸，没事。"陈地菊说，跟在傅祺红后头下楼梯。

"你不忙，我去，这对门子就有。"傅祺红说，又把声音抬高了一些，对背后他爱人喊："我就超市买了！"

两翁媳出了小区门，一左一右地朝天盛广场走。"爸你又何必跑嘛，我一下就买了，方便得很。"陈地菊还是有些不好意思。

"咋可能喊你出钱买抄手皮子嘛，当真话我们这家人要把你吃干榨净了，吃饭都要你供？"傅祺红说，听不出来是不是说笑。

他们走到天盛广场门口，看到一个坝子里全是些外国国旗花花绿绿地挂起。"这是啥事啊？"傅祺红说。

"世界杯的嘛。"陈地菊说。

也是他最近的确被工作上的事把时间都占满了，经他儿媳妇一提醒，傅祺红才陡然想起原来南非世界杯已经开幕了，也难怪他这一阵连他那儿子的影子都没看到。"哎这傅丹心肯定又看球看疯了，"他说，"简直是，玩物丧志，朽木不可雕。"

陈地菊没接话，两个人顺着电扶梯下了地下一层，进了超市，就见那：

苹果梨儿赛秤砣，排骨坐墩齐薪

靳，卖个好看；

　　肥膀肉臀两边挤，现金银卡手中舞，哪个没钱。

　　傅祺红想抱怨两句，又碍到他儿媳妇在，就把话就吞了，带着陈地菊穿起斜起地朝熟食区那边走，忽然听到有人喊："傅主任！傅主任！"

　　他一听这声音迤逦迤逦地，头皮子就先麻了一半，回头去看心就重重地一沉：天公作弄啊！居然真就在这里遇到吴文丽！

　　身边的人正挤得沙丁鱼一般，傅祺红无路可逃，只得站定身来，眼睁睁看着吴文丽朝他们走过来，手膀子上还挽了一个男人：穿一件深蓝色的休闲西装外套，戴个金丝眼镜，不正是她的爱人，永丰县电力公司的副总经理徐召？

　　"傅叔！好久不见啊！"徐召招呼他，又瞟一眼他边上的陈地菊。

　　"的确是好久不见了。"傅祺红只得笑起来挥挥手，再介绍，"这是小陈，我的儿媳妇。"

　　"总算给我们看到了，"徐召说，"我们都在想傅丹心那么人才的，最后娶了个啥样的媳妇？不错嘛！"他对陈地菊笑一笑。陈地菊也笑一笑，点个头。

　　"你看我们傅主任就是清廉，"吴文丽插嘴说，"儿子结婚都不请我们这些——等过两天孙儿满月了，随便哪样都要喊我们啊。"

　　这女人家的话说出来格外不加遮掩，傅家的新媳妇就有点尴尬。徐召说："小陈在哪儿高就呢？"

　　陈地菊说："我在西门上邮政银行上班。"

　　"噢！在代斌那儿啊，"徐召点点头，"他那人有点意思。哎傅叔，既然你儿媳妇是在银行，你又在你们那一把手了，就该把你们办公室的账都转到邮政银行去，支持人家小陈的工作嘛——现在他们银行的啊，都不容易得很，每个月都有任务，要拉存款，我那幺妹在市中行上班，每到月底都急得哭。"

　　傅祺红心头一麻，像是被电老虎咬了一口。你徐家屋头还怕没钱拿来存吗，他想，嘴头说："哎徐召你这话说得是挤兑我了，总不可能连这点基本的都不清楚嘛：我们政府部门的财政都是统一管理的，我哪儿说得到话。"

　　"你这人！"吴文丽也扭一扭她老公的手膀，"都跟你说了我们傅主任清廉得很，你不要说些陡的来吓他。"

　　徐召一笑，对着傅祺红的黑脸说个抱歉抱歉。眼看闲话要说完了，他又像是才想起来了，说："对了傅叔叔，前两天我爸还在问起你，说麻烦你了啊，这么些年多加照顾我们小吴，真是该好生感谢感谢你。"

　　"哪来的话，"傅祺红说，"小吴本来就是能干人，用不上我照顾她。"

　　四个人笑眯眯道别了，各走一头。傅祺红手上点抄手皮子，嘴头忍不住，念一句："硬是贾不假，白玉为堂金做马。"

　　陈地菊说："爸，你说啥？"

　　傅祺红摇摇头，声音压低了在他儿媳妇耳朵边上，说："刚刚那两个啊，是我们县老县长徐定军的公子徐召和他爱人吴文丽，早年是个土产公司卖皮鞋的，现在在我那办公室上班。"

　　陈地菊白眼珠儿都睁圆了，想转脑壳回去看，又忍了。

　　傅祺红本来悻悻然的，看她那样子气

一下消了。他扯个袋子装抄手皮，摇头晃脑地喃喃吟两句，脸上挂个笑。

这回陈地菊听清楚了，她老人公背的是李白的那一首：……且放白鹿青崖间，须行即骑访名山。安能摧眉折腰事权贵，使我不得开心颜。

傅祺红心头的主意已经打定了，但表面上还是不露声色。他骑自行车去县志办上班，规规矩矩地，见了人，老远就要跳下车来打招呼；每周一召开工作会议，每份交来的稿子都挨个发回去，上头红笔密密麻麻的批注，包括错别字和标点符号都规整改了；逢周二去基层讲座，辅导各单位志书编写工作，幻灯片上一项项列得清楚，从材料搜集到写作体例，横向到边，竖向到底，巨细无遗；到了周三，他带着两个实习生亲自跑了一趟档案馆，把〇〇年到〇五年全县四大完中的高考档案提了出来，一个个人头比起，统计升学数据，忙到下午两点才吃中午饭；周四一整天，傅祺红坐在办公室里又写又编，理出来《1986—2005年永丰县志》第一章和第二章的初稿，把县里的乡镇区划、地形气候、水土植被都缕清楚了，划过去整整一百二十页；周五他挨个点卯，把办公室里苏聪、吴文丽、小杨、小曾，每个人这周的稿子收上来了，埋头一批大半天，又赶在临下班前跑了一趟组织部，把《永丰县县志办副主任推荐报告》正式提交给夏副部长。

"哎呀呀傅大主任！"夏定青是傅祺红政府老家属楼的邻居，自来爱开玩笑。他嘴上喊这么一声，还两只手都端出来，唱戏一样把报告接过去："谢谢谢谢！你随便喊个人把报告送过来就对了嘛，何必还亲自跑一趟？"

"那不行啊，"傅祺红也就笑呵呵地，"要送到老夏你手里头，我必须亲自来啊。"

"劳驾了！劳驾了！"夏部长捏住报告，护在胸口上，"怎么样？准备下班啦？"

"差不多了！忙了一个星期，总算可以清闲两天。"傅祺红说。

"你现在不容易啊，位子正，责任大！都在说啊，自从你转正了，县志办一派新气象啊！"

傅祺红就又笑了一笑："哪有啥新气象？每天埋起脑壳做事情罢了。"

"丹心最近还好嘛？"夏部长一边问，一边把报告打开来看，"我听说他那修电脑的摊子生意很红火啊。"

"见笑！见笑！"傅祺红说，"我那儿啊就那鬼样子，混个天天，没救了！"

夏部长却不笑了，凝起神来看着傅祺红的报告，越看两片嘴皮越是瘪在一起。

"咋了老夏？有啥问题？"傅祺红明知故问。

夏定青抬起脑壳来："没问题！没问题！辛苦了老傅，辛苦了。周末愉快，周末愉快！"

各位台下的诸君，你揣度傅祺红那报告里推荐的副主任候选是何许人也？——总之不姓吴！

傅祺红出了政府大院，一看大马路上堵了一长溜都是赶着要回家的，就优哉游哉地踩起他的自行车，从这些轿车旁边过去了，心里面想："……这姓马的想得美，以为这下就把我傅某人拿在手心里了？你以为你帮了我个忙，于是喊我圆我就圆了，叫我扁我就得扁？——没这本书卖！你们这些人要重用哪个，那是你们的事；我傅某人要推荐哪个，那是我的事。我不管你们的野心，你也莫管我的良心——就这么

121

简单。说穿了,你能把我咋样?还能把我下课了?——反正我马上就退休了,我也不求你啥事了,你能把我如何?"

他脚蹬得更快了些,迎面一阵轻幽幽的凉风,正是那:春残百花尽,小荷出塘来。

整个周末他都心情甚佳,一大清早起来煮了一锅醪糟粉子蛋,又把全家人都招呼起来了,提议去南门外的崇先祠公园走一走。汪红燕说不错不错,呼吸新鲜空气;陈地菊也很高兴,算来好久没去过崇先祠了;傅丹心呢就臭起一张脸的,想必是刚刚又熬了一夜还没睡醒,偏偏被鼓捣拉来出门当司机。

于是就由他开了车,四个人一路到了公园里头,买了门票进了拱门,转一圈坐下来在古柏树下,对着一湖新荷绿叶,数着远近亭台错落,喝喝茶,吃些小食,摆摆闲话。

傅祺红手上摆弄着他的相机,准备去荷塘边上照几张相片。汪红燕望一望看见湖心中间搭起来了一个花台子,就想起来:"哎呀,这是又要开赛歌会啦?今年开得迟哦,这都六月了这才要开?"

"哎丹心,"她喊她的儿,"你眼睛好,帮我看看那牌子上面写的时间是好久?我到时候来看一看,好久没听赛歌会了。"

傅丹心一路上都哈欠连天的,刚坐下来就懒靠在竹椅子上,闭起眼睛打瞌睡,说不清楚到底睡着没有,反正不理他妈。

"七月五号,"陈地菊说,"每个单位都要出节目的,我们单位也要唱歌,都排练了好几个星期了。"

"难怪,你们都忙,"汪红燕点点头,"我说咋最近人影子都看不到。"

傅祺红一边调光圈,一边说:"人家小陈不回来是单位有事,正儿八经的,你这儿子是个没单位的,不要跟人家合到一起说。"

造孽啊这傅丹心本来都要睡着了,青天大梦,正在盘算着今天晚上的意大利对斯洛文尼亚,被他老汉酸得不得不把眼睛撑开,颈项一挺:"爸啊,你是还在清朝啊?那邮政银行有啥好正儿八经的?现在早就改制了,这些都是企业了——陈地菊他们全是合同工,今天不对明天就可以炒你鱿鱼。你还以为好了不得啊。"

他这话粗嗓嗓地讲出来,汪红燕脸立马白了:"真的啊?我咋一直以为邮政银行是事业单位呢?都是铁饭碗的嘛?"

陈地菊坐起来硬直直的,两颊绯红,看着她的爱人:"丹心,你,你啥意思嘛⋯⋯"

"我就说你那狗屁单位啊,"傅丹心喷口气,"每天把你当牛使,你还兢兢业业地守到,就为了那每个月两千多三千块钱,耍也不能耍,累都累死了——是我啊,我早就不干了!"

"你这娃还有点好歹不?"傅祺红站起来,胸前的相机镜头黑洞洞地对着傅丹心。"你有啥脸说其他人,就你那烂摊摊在北门上杵起,走过路过哪个看到不笑我们傅家,做了哪辈子孽,竟然出了你这样个不上相的?"

傅丹心坐在椅子上矮他爸一截,本来想要站起来,又觉得胸口发紧——毕竟他这一阵天天熬夜,难免心力交瘁。

看他不说话,傅祺红乘胜追击:"你不要以为我最近忙,就在我背后搞些花招——你趁着世界杯,天天晚上不落屋到底在干啥,我心头还没数?耍!耍!耍!人家小陈不耍哪儿不对了,你这辈子就是遭这耍字害了!"

"老傅!"汪红燕两只手猛地一拍,像是要打个毒蚊子。她压低声音:"大庭广众之下,你们两爷子还是给我留点脸面啊。有啥话回去说!"

傅祺红被喊了这一声,才像是从噩梦中惊醒过来了,转脸一望:周边好几桌的人都伸长了颈子,斜着眼睛朝他们这边看,歪着嘴巴说小话。再看眼下他爱人嘴上的干皮子都气得抖,他的儿呢,眼圈透黑,印堂发灰,陈地菊则把脑壳都快埋到了心口,一对耳朵绯红——他想说点啥又一句话都说不出来,就一转身,背着他的相机沿着人工湖走了。只见荷叶连连,粉白的菱花结在孤茎上,高高地开在远远的地方。

都被雨打风吹去了,世道也早就变了。比如说我们镇的赛歌会,往年都是五月间端午时候办,来的都是附近乡场的农民子弟,四条街上的街坊闲人,打起伞遮太阳,挑起担卖李子,台子搭起祭天地君亲,望丛二帝。老少乡亲们聚在一堆,只要声音大又够胆的,跳上台就可以唱,唱的尽是农事乡情:石榴花开叶儿黄,要养鱼儿先挖塘;花香引来蜂采蜜,栽起梧桐招凤凰。也有:石榴花开叶儿多,割草碰到张二哥,搬个石头垫到坐,妹儿陪你唱山歌。等等。

这些年农田都修成了开发区,农民们也另外做生意了,赛歌会就成了个文化遗产节。卷裤杆挽袖子的不准进场了,上台要唱歌也得精挑细选过,又要请大小领导都来光临,还得邀省市媒体前来报道,一慌二忙,转眼间就拖到了六月底七月初。李子早就烂市了,石榴花儿也掉得朵都不剩,天天一过就不算数了。

前一阵苏聪得了傅祺红的保证,当然是心中有喜,手上办事也格外来劲。连续三个星期,他都超额完成了编写任务,物价管理早就写好了,税费征收也去活了大半。傅祺红见他如此欢欢,心上的弦就又绷一绷紧。"哪怕这事有再大的阻力,我也不得服软——该是小苏上,就得要小苏上!"他心里面一遍遍念起,翻过一页稿子又翻一页。

吴文丽那边倒是一派寻常。交上来的文章照旧东拼西凑,狗屁不通。看到傅祺红就笑眯眯跟他打个招呼,看不到傅祺红就同刘姐小杨几个女人伙起来说些小话,笑声浪浪,引得傅祺红不得不起身出去把他办公室的门打开,又"砰"一声关了,走回去继续改稿子。

"太不像话了!"他喃喃地,"等于我这办公室就是拿来养闲的,给你们官家的少奶奶休息身心,打发时间的!"

他喝一口茶才发现这茶早就喝淡了,正想新冲一杯,就听到门上"砰砰"敲了两声。

"进来。"他说。

只见门一开,走进来了组织部副部长夏定青,一边走,一边举起双手来作个揖,嘴头唱:"傅主任好!傅主任好!"

傅祺红料定了他早晚要见到这个人,皮笑肉不笑地招呼他:"夏部长你好,坐嘛。"

夏部长在沙发中间坐下来,左右看看:"老傅,你这地方不错啊,全是书。"

"到处瞎堆起,乱得很。"傅祺红淡淡地说。

"是有点乱,"夏部长也顺着点点头,"你这办公室啊恐怕有点小。其实我们办公大楼空房子多得很,你该去跟德霖申请申请,把县志办搬到楼上哪层去——上头的

123

办公室都要大些，还看得到创新公园，绿油油的，休息眼睛。"

"用不着用不着，"看他一来就要下套，傅祺红赶忙一退，跳出圈圈，"我们这里够用！够用！"

"这个我们往后再议，"夏定青说，"我今天来其实是想跟你说个正事。"他抬头看着傅祺红："上回跟你提起丹心，我心里头就挂起了——说句真心话，我对丹心那娃娃一直都感到很愧疚，那回光纤公司的事情我没帮上忙，弄得他遭开起走了，实在是遗憾！"他叹了口气："其实你那儿子又聪明又能干，也很会做事，实在不该就这么违误了……正好我听德霖说起来，他们政府办缺个人手，我就想了，不然干脆把丹心调进来，在德霖那帮帮忙？他先把这位子占住了，熟悉熟悉业务，再喊他考考公务员，我们呢，跟去争取个指标，争取一两年之内把正式手续走完，你看如何？"

傅祺红自然是忘不了的。当年，为了傅丹心不被光纤公司开除，他上下打点，四处碰壁。这一转不过四五年，居然就有人捧过来了，舌灿莲花地，要把傅丹心调来在县政府政府办工作？——那可是个万人争抢的差事啊！

于是他就看清楚了：夏定青把这蜜坛子一放在他鼻子下面，盖子揭开来异香扑鼻，面上笑起说个"请"字，原来却是那：气出南天门，直压百会穴，由不得你颈项硬不低头！

傅祺红一时间心旌激荡，一双耳朵"嗡嗡"直响，一颗心儿怦怦地跳。

"唉。"他好不容易稳了一稳，发了个声音。"唉呀，"他说，"老夏你这话说重了。当年是傅丹心这人自己作孽才把工作出脱了，哪里怪得到你？至于政府办——你是抬举他了，他那人有几分本事我最清楚，他哪能做得下来那里头的事情？不说还要考公务员——他哪挤得上那独木桥？还有这人事指标，就更……"

"嗨呀！"夏部长喝一声，手一撑沙发坐端起来，两巴掌朝自己大腿上一拍，"老傅啊！就你我两个我也不编闲话了。这事当然不是我的主意——我哪儿有这么大的本事？——这是徐老这老领导念挂你，交代下来，又有熊书记亲自拍板了的。人家徐老都说了，你老傅这辈子兢兢业业，可惜是遭了余先亮的整，委屈在这县志办都要退休了，于情于理，我们都该把丹心照顾了——他子承父业，你也就没有后顾之忧了嘛！"

傅祺红隐隐猜到了这一层，但现在夏把话说明了，就自然不同：那一字字是掷地有声，落地生根的——只要他说声好，他儿子的下半辈子就有着落了。

他把脑壳埋下去了，埋了好一阵，像是魂都出了窍又忽然抬起头来，直直地看着夏定青，眼睛精亮。

"上头这好意我实在是受宠若惊了，"他说，"只不过我那不肖儿子的确是没本事，受不起这抬举啊……"

入了七月份，天热了两天又冷了，连下了快一个星期的雨。就都正说今年这天怪啊，怕是又要发洪水，却见雨却又停了，晴朗起来。县政府的人都叹一声哎呀呀，说这是："天意从来高难问，况人情易老悲难诉？"——你就看看县志办这小小一个狗屁衙门，大半年下来尽是稀奇：先是赵志伦一把被自己老婆拆了台，轰然塌了，眼看就要锒铛入狱；再有半辈子不愠不火的傅祺红忽然来了运气，范进中举一般，坐上了一个正局级；剩下那副主任的位子，空空了将近两个月，还以为要发哪般神通，结果却升上来一个吴文丽，盈盈行个屈膝，娇一声多谢多谢。

吴文丽欢欢喜喜地搬了办公室，苏聪就闷起头来把自己关在屋里面，周一例会不出来，周二培训工作也没参加，直到周三，市上市志办的领导来视察，傅祺红叫实习小杨去找苏聪出来陪同，喊了一次没来，又由吴文丽亲自去喊了，这才出来了。一行人陪陈主任柳主任他们走了一圈，开了工作报告会，五点过散了会，再一起去蜀风新园吃晚饭。

陈主任柳主任坐了上把位，傅祺红陪在旁边。他看到苏聪站在门口，就说："小苏你过来坐我这边。"

苏聪半抬个脑壳，斜他一眼，说："我去陪小朱坐。"——转到桌子另外一边坐。

还好吴文丽她们几个女人话多，嘻嘻哈哈地又会劝酒，使这顿饭吃得还算宾主尽欢。傅祺红不爱喝酒的，那天却破天荒干了好几杯，吃得脑壳有点昏昏沉沉，稀里糊涂地把剩菜一通都打包了，提上手上，千里迢迢地，从西门外走回了东门外，把好东西带回来给屋头的亲人吃。

第二天晚上难得的，赛歌会总算唱完了，世界杯刚好休战，于是一家人在一起吃饭，见桌子正中间两盘：一盘整整齐齐放着六个扇贝，另一盘一半列着水煮虾，一半盘着鸡肉——边上围着三个家常菜不提。傅丹心一屁股坐下来，嘴上就"哎"了一声，然后说："妈，你咋想的呢？到哪儿去买的海鲜？"

"哪是我嘛，"汪红燕笑起来，"这是你爸出去吃席，专门带回来照顾我们的。"

"嗨呀呀，"傅丹心也跟着他妈笑起来，"爸啊，多亏你想得起我们啊，我们也算沾你的光吃好的了！"

傅祺红捏着筷子坐在桌子边上，夹一口苋菜，自己吃饭不搭他们的话。

陈地菊说她上回实在把海鲜吃伤了，汪红燕喊她捻两口鸡肉她也说没有胃口。汪红燕没奈何，就自己夹了个虾子，剥了半天出来幺拇指大一块肉，老是老了点，还是有嚼劲。

"哎梅梅，你还是吃点嘛。"傅丹心一边说，给陈地菊夹了些炒苋菜，放到她碗里头紫红红，染得白米饭像是浸在了血里面。

陈地菊走碗边边上挑一坨干净的白米饭起来，送进嘴巴里。

"正好你们都在，我有个事情想跟小陈商量一下。"傅祺红忽然发话了。

陈地菊抬起头来。傅祺红才几天没留意，看她像是一下消瘦了，嘴皮也不见血色，眼睛肿泡泡的。

他把筷子放下来，对她说："小陈啊，有这么个情况：我们那政府办公室准备找个财会，一时找不到合适的人选，我就跟他们主任推荐了你，想看你愿不愿意来帮帮忙，借调过来当会计？他们那办公室人都还不错——以前我是在那工作过，都算是老交情了，你来肯定很快就上手了，然后再看过两年能不能整个指标下来，给你转成事业人员，这样就踏实了——那么就算我退休了，你也是稳当的。这工作肯定比你现在的轻松，也算抱个铁饭碗嘛？"

"你在说啥呢？"傅丹心第一个反应过来，"爸啊，你这是咋啦，是不是脑壳有点不对了？——我那天才给你说过，陈地菊他们单位早就改制了，是企业了，她哪能随便进县政府？"

"你这是有点异想天开，"汪红燕本来是体制里的人，更清楚其中的弯弯道道，"小陈她都不在编制里头，人事局都没她的档案，哪能说调就调？他们单位领导咋说？你们县政府的人没意见？这是不可能的事！"

傅祺红看了他们两个一眼，他的儿一张脸急得赤黑，他爱人一张脸愁得菊黄。

"有啥不可能的？熊书记已经表态了，这件事情他来帮我办。邮政银行的也好，人事局的也罢，还不都是他一句话的事？"傅祺红把话说清楚了，伸出手拿了个扇贝，筷子一挑，张嘴一口把肉吃了。

傅祺红日记 1992年3月30日

老打老实说，每周一的党分部小组学习向来都有些无聊，特别是社精办的夏定青，爱挣表现得很又偏偏没水平，啥事都要发表个意见又抓不到重点，又臭又长瞎讲一气，每回都整得人直想打瞌睡。但是今天的分部讨论却格外热烈和深入，归根结底，还是因为小平同志的南方谈话实在精彩，真正是一字千金，句句都震聋发聩，激荡人心。

说起来硬是不容易啊，小平同志如此伟大的一个人物，思想之深、眼光之远无人能出其右，说话却是那样的平易近人，比如说，改革开放胆子要大一些，敢于试验，不能像小脚女人一样。看准了的，就大胆地试，大胆地闯，这样的话，既生动幽默，又入木三分。

马主任今天也兴致高昂，讨论到一半站起来诵读了"走社会主义道路就是要逐步实现共同富裕"那一段，赢得了全场热烈的掌声。哪想到这下那夏定青就也要跳起来读一段。结果这人看书看一半，光见到开头是"要坚持两手抓"就读了，结果越读越不对味，把啥子"吸鸦片、吃白粉"都读出来了，最后落在了"要反腐"，"要搞廉政建设"上，整得大家都有点尴尬。我呢就给他接了个话帮他下台，说了："对的，这一段啊就是特别要给你们精神文明办学习的。你看这经济形势一好，社会上怪象就要多，你们是该更多用心，搞好秩序和风气。"

等到散了会回办公室以后，马主任跟我透了点风，说县委常委也决定要深入贯彻南方谈话，加大我们县招商引资的力度，正在筹划准备成立一个"招商项目办"，本来是考虑喊熊副书记来挂帅，但他马上就推辞了，说要把锻炼机会多留给年轻人，现在看来可能要走我们政府办来选人。

马主任的话是点到为止，但意思比较明确了，应该是想让我来弄这"项目办"。说穿了，这事是个烫手的山芋，哪个拿到了，就有县委、政府，还有国土局，以及各镇各乡的一箩筐关系要协调，肯定不好整。但就像小平同志说的，现在正是埋头苦干的时候啊。我也就跟领导把态表了，只要组织上需要我，不管这项目办有好难搞，我一定赴汤蹈火，全力以赴。

第十章

陈地菊决定要回平乐镇是在二〇〇六年的秋天。眼看她单身公寓楼下梧桐树的叶子都黄了，脆了，飘飘落下来，她的心也就翩翩地离了胸腔，鸽子一般朝着西边飞，出了三环，沿着国道再下去二十八里路就是她的老家。她想要离开永安的心情是那样地切切，对平乐镇的工作就没有多余的挑拣。她妈妈帮她问了一大圈，四大银行都没有职位出来，刚刚启动的兴业银行永丰支行要年后才开始招聘，仅有邮政银行愿意招人，要的还是最普通的前台柜员。叶小萱觉得这职位对陈地菊来说有点屈才了，就劝她不然缓一缓，等年后再看。陈地菊却说："柜员就柜员嘛，反正都是上班，做啥不一样？"

二〇〇七年年初，陈地菊第一次穿上了深绿色的工作服，到平乐镇西街邮政银行上岗。当时和她同一批进来的柜员还有两个：西财研究生毕业的小贺和眉山来的小刘。小贺做事风风火火，每个月都超额完成存款任务，第二年就被提拔成了营业主管——陈地菊后来才听说，他的老丈人还是省分行的部门老总；小刘呢，倒是偶尔要和陈地菊一起吃午饭，说些抱怨，懒懒散散做了一年不到辞职了，听说结婚当了全职太太。剩下了只有陈地菊一个人，在防弹玻璃背后的铁笼笼里一坐就是三年。

这三年多以来，陈地菊早出晚归，上七休一，了解她的人说她是任劳任怨，不熟的就觉得她有些死眉死眼。她和同事们一起出去唱了两次卡拉OK，也在不同的场合跟支行代行长打过几回照面，但每一次都不太说话——只有脸上带着半丝笑，却既不唱歌，又不喝酒，更不拍马屁。久而久之，邮政银行里心好的还要说陈地菊这女子可能有点内向，另一些爱搬弄的就直接宣布她是过分高傲。"摆起个死脸给哪个看嘛！"闲人些说，"你一个坐柜的有好了不起，还要其他人来捧你吗？该你背时，

就把这牢底坐穿嘛。"

要让陈地菊自己来说，她这工作好像是有点日复一日地看不到头：每天坐在柜台后面，一双眼睛看着颜色和数字，两只手点着按钮和键盘，填表，点钞，盖章，完了再打流水，理库存，对票据，按部就班地，一天就过了——第二天和这一天是一模一样的，下一周和这一周也没有任何区别，一千多天一晃眼没了，像是一叠干透的废纸被火一引就成了灰。这灰灰扬起来，沾在陈地菊白生生的脸面上，一抹就晕了，沉下去，总要积成深深的褐斑。

认识傅丹心之前，陈地菊唯一的消遣就是去邮局斜对面的一家"学而知"书店买些小说看。店老板是个外地的中年女人，穿得很素雅，留一头长头发，偶尔和陈地菊打个招呼，说的是普通话。大多数时候，女老板都在收银台后面打钩钩针，打得一顶顶全是五颜六色的小帽子，雪花儿拼成的一般，很逗人爱——唯一令人费解的是这些帽子都出奇地小。有几次，陈地菊拿着选好的书过去给钱，看到柜台上放着些打好的帽子，每顶只有小橘子一般大小，就算是刚生下来的奶娃儿恐怕也戴不上。这些帽子是要给哪个的呢？这念头在陈地菊脑子里一闪而过。

和傅丹心恋爱结婚以后，陈地菊去"学而知"就去得少了。有一天好像是下雨，她站在街沿边上等傅丹心来接她，等了好久都不见他的车，就干脆把伞收了，进书店去看一看书。女老板照样坐在藤椅上勾她的花帽子，陈地菊选好了书过去给钱，老板忽然说："妹妹，你最近还好吗？"

她的普通话糯软软地说出来，陈地菊一晃神还以为她喊的是自己的小名。她愣了一愣，才说："还可以啊。我，我结

婚了。"

女老板也愣了一愣，然后笑了。"是前段时间那个和你一起来过一次的小伙子，是吧？"她说，"长得挺帅的啊，跟你挺般配。"

陈地菊的脸就有点烧，把钱递出去，嘴里说："也就还好吧。"

女老板把钱收了，又从台子下抽了一个纸袋子出来把书装进去，说："真好，你们这么漂亮一对走到一起，可有的轰轰烈烈了。"

陈地菊还正在回味她的话，就看到女老板手上递过来一顶红艳艳的小帽子。

"这个送给你，"老板说，"也不算什么礼物，图个喜气。"

陈地菊把那顶帽子拿在手上，绒绒地卷成一团，像是个活物。她那谢字还没好整整说出去，手机就响了——原来傅丹心已经到了，却看不到陈地菊的人影子，又不方便停车。陈地菊只得匆匆地把帽子塞进纸袋子，小跑出了书店的门。

等她坐到了傅丹心的车上，她就忍不住转头去看她的爱人：棱棱的下巴，高高的鼻梁，眼睫毛又长又密。她的心里就有点甜，把帽子拿出来举在他面前："你看，乖不乖？刚刚书店老板听说我结婚了，送给我的礼物。"

傅丹心握着方向盘等转弯灯，瞟了眼这乒乓大小的线坨坨，鼻子里头喷了一口气。"我说你咋想的呢，咋老拿些小恩小惠当事说——这也算礼物啊？你有点出息嘛！"

傅丹心的话就这样杵到了陈地菊的心窝子里，一阵筋痛。当然，他事后也道歉了，说自己是因为铺子上的一些事弄得情绪不好，说话太冲。渐渐地，陈地菊也了解了傅丹心的脾气：平常都很通人性的，但是一旦牛劲来了，就像那小娃娃一般翻脸不认人。比如他跟龙刚在巴厘岛回来的路上吵嘴了，就可以在飞机场冲起来走了，把自己的爱人都丢了不管。当然了，等气怄过了，人家还是要来道歉，主动到邮政局找陈地菊求和，请她吃了一顿抄手，席间把细把事情的来龙去脉解释了，深刻剖析了自己的急躁和不成熟，念了一句再一句：梅梅对不起啊，对不起，对不起。

傅丹心一边说，一边抬起眼睛来看陈地菊，一对黑眼珠镶在发了红的眼眶子里，看得她胸口尽是酸楚。

"算了嘛，"她说，"这的确也不是笔小钱，难怪你要着急。龙刚这人也大要不得了，本来就该一手交钱一手交货，他咋能把你的货拿了不给钱给你？"

傅丹心叹口气，把手伸过来握住了陈地菊的手。"你不担心嘛梅梅，"他说，"那钱我肯定要要回来的。现在最重要的是你不要怄我的气了。"

他的手指有些凉，掌心冷冰冰。陈地菊就把这只手捏紧了，对她的爱人温柔一笑。

陈地菊没有对其他人说过，包括对她妈妈也没有提起，但实际上傅丹心说的气话和做的狠事都还积在她的心里面，一坨坨地淤起肿起，青里夹紫。

正是：

碜可可一句句你道是耍，却喊我怕也不怕。顶心心一桩桩我本想忘，但叫你犯了又犯。

那个下雨天以后，陈地菊再也没有去过"学而知"，那红帽子顺手丢在傅丹心的车里头不要了，就连当时买回来的书也卷在纸口袋里,塞在衣柜底下。至于龙刚,她本来就不喜欢,这下就更憎恶他了,甚至连王婷婷约她喝水,她也因为怕撞见郑维娜找借口推了。

"真不好意思婷婷,我最近太忙了,"陈地菊在电话里面说,"半天的休息都找不到,实在出不来啊。"

老打老实地说,陈地菊倒也没有扯谎。她五一假期一回来就连上了十天班,好不容易熬下来了,气都没喘上,就被选进了邮政银行的合唱队,天天排练唱歌,备战赛歌会。

这劳什子她本来是想梭边边的,反复解释了她声音不大中气不足,唱歌就更不行,但还是遭选上了。上头的人怕她想不过,专门给她解释了:小陈啊,选你不是为了喊你唱歌,是女的里头总还得有两个高一点的站在边上,不然只有中间矮杵杵的那几个,显得不好看。

所以我们的陈地菊冤啊,本来只是充台面的,但正儿八经的排练又一次都不敢缺。每天午休也不休了,下午下了班也不准回去,一群人挤在会议厅里,看着简谱,跟着拍子,一字一句惊呼呐喊:"红日照遍了东方,自由之神在纵情歌唱……"

傅丹心听她睡觉之前一边擦护肤霜,一边嘴里面还在哼《太行山上》,就忍不住笑她:"梅梅,你好像是有点喜欢唱革命歌曲哦——我们第一回去卡拉OK你就唱了个,那个那个,英雄赞歌,简直老鬏鬏不完了!"

陈地菊的喉咙上气一哽,哼了半句的歌词也立马哑了。她不好跟她爱人坦白这是她走之前她的男朋友那里得来的积习,只能把脸抹匀净了,脑壳转回来,说:"你就笑我嘛!你是自己管自己体会不到。我们在单位里面的,都是人在屋檐下不得不低头。"

傅丹心咳一声,把话在嘴里面窝了几窝,还是吐出来了:"哎梅梅,说到这个啊,我有个事要跟你商量一下。这马上再过两周就是世界杯了,龙刚他们准备整个沙龙,弄来朋友三四好一起喝酒看球,可能再下点小注。他们喊我去帮忙,给的条件还不错。我呢,觉得这也是四年才有一回的,再加上我本身就要看球,就答应他们了。往下六月中旬到七月中这一段我就基本都要在他们那儿熬起,可能回来就要稍微晚点。"

陈地菊本来都收拾好准备上床了,这下像是遭天上掉下来一个滚地雷砸在脑壳上,痛得她半点瞌睡都没了。"你咋还会跟龙刚那人一起做事呢?"她瞠目结舌的,耳朵里头嗡嗡响的是龙刚在火锅店里头绊那一跤的咣啷。"他钱都给你了吗?跟这种人还是能离远点就离远点吧?"

傅丹心这一阵心头考虑的都是大事,愣了一愣才反应过来地菊说的是自己去邮局找她和好的时候编出来哄她的借口。"唉你才有点记仇的,"他说,"都是兄弟家,话说清楚了账扯平了就过了嘛。龙刚那个时候是资金周转不过来,上周都把钱都给我了。"他一边说,一边想起那个装满了票子的天盛广场购物袋。那袋子经傅祺红手头一转,回来成了轻飘飘的一张皮,而本来递到他手里的时候,还是那么沉甸甸。

"你要咋谢谢我呢,傅丹心?"把袋子拿给他的那个女子眯笑着望他,白手儿攀上了他的膀子。

傅丹心当时就一个激灵,赶忙就要把这女人的手指拇甩脱了,好像它根根都是杨喇子①。"你这话才说得笑人，刘婷珊，"他勉强扯出一个笑脸，"这钱本来就是从我手头拿出来的，现在又不是走你包包头还，我谢你干啥？"

"哎，你这人才过河拆桥的！"刘婷珊手一伸，作势要把纸口袋抓回去，"不是我给你想了个办法去找我干爹帮你出这头，龙哥能把这钱给你吐出来吗？"

傅丹心看这女子的红蔻丹死死扣在了那白袋子上，只得说："好嘛好嘛，谢谢你。"

"这才对嘛，"刘婷珊一笑，把手松了，"那你要准备咋谢我呢？正好，反正我也饿了，你请我吃饭嘛。"

"我求求你了啊姐姐，"傅丹心说，"你是想整得我那老人婆直接把我撕了啊？你看我这里里外外的，你就不要跟我添乱了嘛。"

刘婷珊其实是比傅丹心小的，但倒像是不介意自己被喊老了，噗嗤一笑。"你说得，哪个把你撕得到啊！连我干爹都说佩服你，夸你有本事，你还怕你那老人婆干啥？"

"他真的夸我了？"傅丹心有点不敢相信。

"我骗你干啥？"刘婷珊说，手指拇又搭上来，"你等到嘛，马上就有好事情来找你了！"

傅丹心好像还能感到她那尖梭梭的指甲在他手膀上爬过，麻起了他背后一片鸡皮疙瘩。他皱了皱眉毛，定睛看到他面前那张瘦白白的脸，是他的爱人陈地菊，正在说："……跟他这种人搅在一起只有你吃亏的，他这啥沙龙是不是就是赌球的嘛？

---

① 杨喇子，又叫八角，刺毛虫，是刺蛾幼虫的俗称。

我早就听说过他要搞这些。你啊，好端端的有你的生意做，沾这些高风险的事情干啥？"

"唉呀，梅梅啊！"傅丹心叹口气，拍了拍陈地菊的肩膀，"赌球再有风险我又不得赌！我这是去给他们庄家帮忙的，稳赚不亏的。"他看到自己爱人脸上还是忧愁愁的，就忍不住伸手去抚她眉心那道杠杠。"你放心，你老公脑壳里头清楚得很，不得吃亏的。实际上这回摊子也不是龙刚一个人支的，还有另外几个朋友，都是我们镇上有头有脸的，人家找我，其实是看得起我——老实跟你说，这世界杯的盘不是哪个都能操的。你看嘛，这一回整对了，我们那新房子的装修基金就一步到位了！"

有一说一，有二说二。傅丹心提的这门生意听起来有点陡，但它背后的道理还是实在的，也就是说无险不生财，无变不成功。毕竟连《周易》里面也有：穷则变，变则通，通则久。后来又有：通其变，天下无弊法；执其方，天下无善教——都是在跟你说，人呐，过就要过个活套。比如那柴火在铁锅下头烧起了，闷呆的坐在里头，还在想"好热和啊"，殊不知下一秒就要化成一摊糊糊；幸好有几个伶伶的，两下把疬疬搓干净，跳出来才跑脱了。

平乐镇偏安在西南内陆一隅，镇上的人生来难免木痴，还好自从改革开放以来，慢慢地都开了眼，学一学看一看，比着箍箍买鸭蛋，总算把这变通的门道摸到了，甚至还可以举一反三：肉联厂的猪肉卖不出去，眼见只得丢了，就有邱厂长灵机一动，把肉都冻起了运到广州去卖，转眼买了两辆桑塔纳；液化气本来是利薄的买卖，多亏朱科长消息灵通，听说眉山里头缺气，扣了十几罐车下来运上去，换来的票子铺满了几张桌子；开火锅店的进来黑黢黢的废毛肚，本来没人要的，双氧水甲醛洗白了薄薄切出来一盘，标价三十元；做服装的，走珠海搬回来几麻袋全是外国的二手垃圾，收拾出来，补了再熨伸展了，喊的一件八百；有姓蒋的无端端做起了玻璃瓶，我们先还不懂，等工业开发区的啤酒厂可乐厂开起来了，他的玻璃厂就成了印钞厂；还有老刘家投钱下去买机器，车出些叮叮当当的螺丝阀门，其他人还觉得笑人，等他们跟政府关系打通开始定向供货了，他那标准件厂简直比金矿还来钱——如此等等，全是身边真真切切的例子，我们看在眼里，心头就酸纠纠的，想：他都可以，我凭啥不行？

物伤其类，人见眼羡。狐狸看到兔子死了都要难过，你看到隔壁子家头遭贼了也要赶忙把窗子关紧点，而我们镇上的人想捞偏财的心情更是像红眼病一样，一个传十个，十个传一堆。

陈地菊听了她爱人那一套挣外快的算盘，心头自然难以安宁，但她又看他每天早出晚归的劲仗，再看到镇上也一派热火朝天，到处都是世界杯主题的促销，个个都想趁势捞一笔，就有点不好意思泼傅丹心这盆冷水。算了嘛他那么大一个人了，她劝自己，遇到你以前人家也好好活了将近三十年啊，也没出啥事嘛。

——她还想遮掩，但她的私心我们外人一眼就看穿了。其实陈地菊这一回没有架势去挡傅丹心是因为她毕竟还忌惮龙刚，想到如果她硬是要跟傅丹心闹，不准他去帮龙刚的生意，不就很可能要把龙刚这人惹急了，那么万一他来挑拨傅丹心一句，把谭军那事说出来给他听了，到时候她才是再有十张嘴巴也解释不清。

她不敢螳臂挡车，就只得曲线救国。趁这天刚好午休得早，陈地菊赶起到宋姐小吃店买了一碗抄手，一份红油水饺，提起穿过马路，走到金典影楼去。她想的是中午时间影楼一般都没事，刘毅文熬夜打游戏的人通常不到下午不出现，王婷婷就往往一个人窝在柜外后头，在电脑上看港台综艺，那么她这两份抄手水饺端过去就正好两姊妹一起吃了，叙叙旧拉拉家常，再问问婷婷有没听说龙刚的世界杯沙龙，探探刘毅文是不是也参与其中——

——陈地菊打了一路的如意算盘，没想到走拢了居然见王婷婷精蹦蹦地在影楼门口，头发扎起个高鬏鬏，白T恤，牛仔裤，拖着个大纸箱要过门槛。

"婷婷！"陈地菊赶忙先跑进铺子去把外卖放到柜台上，又转回来托起纸箱子给她搭把手。

"梅梅姐！"王婷婷喊，很有点喜出望外的，"你走哪儿跑出来了！"

两个人把箱子抬进去，在摄影棚里放下了，紧挨着旁边另外两个大纸箱。王婷婷这才站直起来，拍了拍腰杆。"唉呀累死我了！多亏你来了梅梅姐，简直救了我一命！"

那箱子的确是有几分分量。陈地菊看了看收拾得漂漂亮亮的摄影棚，背景布反光板都撑起了，相机也放在桌子上。"是马上要拍照了啊？"她说，"你们家的摄影师呢？"

王婷婷嘴一咧，两步跨到桌子边上，把相机拿起来在手里面一舞。"摄影师就在这儿！"

陈地菊有点惊讶，又忍不住被她那样子逗得一笑。"咋呢？你这是要一手包干啦？"

"我本来早就想跟你说的，"王婷婷把相机放回去，走到箱子边上一把把封条扯了，掀开来拉出黄灿灿的一条，"这是我和郑维娜准备做的生意。"

陈地菊把细一看，才看出来王婷婷手上那片布是条裙子。"咋呢？你们要卖衣服啊？在这影楼卖？"

王婷婷噗地一笑。"梅梅姐你硬是有点欢。我们这影楼哪儿有买主买衣裳嘛？我们是准备在网上卖！"

之前，陈地菊是听单位上几个同事吹过网购的事，但她本来不喜欢耍电脑，就没信进去。现在听王婷婷这么惊乍乍地一宣布，只觉得耳朵嗡嗡地发蒙。"啊？你咋想起在网上卖呢？"

"还不是娜娜嘛，"王婷婷说，把黄裙子甩到箱子上，跟陈地菊一路走回前台去，"她那女子，心不安，天天都想冤我跟她一起做点事。之前不是喊我投啥夜总会呢，我说的'你这种太陡了，我本来就穷得很实在不敢来'，她就又想起跟我说这开网店的事。她妈本来以前是卖衣裳的，有进货渠道，我这呢又方便拍照片，我就想啊……——哎呀，梅梅姐你最好了！我最喜欢宋姐的红油饺子！"婷婷把柜台上的外卖袋子撑开，喜鹊儿一样喊起来。

两个女子就一堆坐下来，一个人端一碗，面对面吃午饭。王婷婷把油泼泼的饺子吞下去，话也顺着喉咙钻出来。拿她的话说，这网上开铺子简直是个无本生意，又不用洗铺面，又不用办执照，就喊郑维娜当个模特，她王婷婷拿起相机，咔嚓几下，可不就乖乖开张了。

"我早就想跟你说这个事情，结果你又一直都没空出来。我们本来还说找你给我们当模特的，结果只有算了——就喊郑维娜将就上了，她是矮点了，只有把角度找好些。"婷婷说，筷子戳起来又是一个胖饺子。

陈地菊把嘴里的三鲜抄手嚼碎了吞了，喉咙上还是有点哽，就喝了一口汤。眼见王婷婷说得轰轰烈烈，她的胃芯子却莫名发凉。好像是一夜之间的事，她的爱人和朋友们个个都多添了几番事业，像是那枝桠上开满嫩红的花蕊子，只剩下了她一根光杆杆。"你们这网上卖东西，卖的和买的都见不到人，也不能一手交钱一手交货，稳不稳当啊？"她话才一问出来，就觉得自己的确是老鬆了。

"稳当得很！"王婷婷说，嘴皮被辣椒水染得通红。她把一碗饺子都吃干净了，转脑壳看了看墙上的钟。"怪了，这郑维娜咋还不来？说好了一点的嘛？"

陈地菊一看时间都十二点四十五了。"唉呀我得走了，"她站起来，"我午休时间要过了！"也顾不上本来想问的事一件都没问，她把吃了一半的抄手拴起来在塑料袋里，马上就要朝外头走，却见金典影楼的门"吱"一声开了，撞进来一个穿碎花裙子拿白皮包的，珊红的长发闪缎一般，覆下来像床绣花铺盖。

"唉呀娜娜，你总算来了。看嘛，人家梅梅姐好不容易过来一下，这都又要走了。"王婷婷在背后喊。

陈地菊注意到郑维娜走路有点偏，问："娜娜，你还好嘛？"

郑维娜把门扶起站住了。就看她婉婉分抬素手，楚楚分撩青丝，露出来左眼睛边上一圈乌红，红到颧骨鼓肿成一团，好像趴了只癞蛤蟆。

"娜娜,你咋啦?在哪儿撞到啦?"陈地菊说,心吓得怦怦跳,又隐隐期待着那个答案。

郑维娜白眼儿一翻,现出来红血丝一片。"撞的?"她鼻子喷口气,"都是龙刚那个贱人打的!"

"龙刚咋能下手打你呢?简直太过分了!"陈地菊冲口而出。

"你放心,"郑维娜说,走进来一屁股坐在沙发上,"他那脸上比我更见不得人,还有背上,手膀子上……痛死他龟儿子!"

王婷婷过来坐在她边上,伸手想挨一挨她的脸又不敢挨。"你们啥事整成这样子啊?"

郑维娜撇了撇嘴。"没事!就是龙刚这砍脑壳的最近脾气坏得很,我本来还让着他,结果越来越变本加厉,气得我不得不跟他整了一顿,"她瞟了一眼陈地菊,"说到底啊,还不都是因为你们那个傅丹心太能干了!"

听到这个名字陈地菊就走不动了,也不管墙上的钟分针时针越靠越拢。"咋呢?关丹心啥事呢?"

郑维娜走皮包里摸出一个粉饼,打开来照一照自己的脸,虽然黑了一坨但总还是人模人样的,也就不好意思提他们拐了傅丹心的钱又鼓捣遭还出来的事,只得叹了一口长气,捡了后半截说:"这么多年了,每年都是我们龙刚帮六叔顾他那世界杯的局子,起早贪黑,哪回不是弄得巴巴适适的?今年子就不晓得扯啥怪教,六叔忽然把傅丹心喊进来入伙,喊他跟我们龙刚一起弄——把龙刚气得!……哎哟!"她忍不住手愁翻,把粉扑拿起来朝那坨淤青按下去,马上吃痛喊出来。

"你这个粉饼哪儿盖得住?"王婷婷站起来,进去拿她的化妆箱。"要先整点遮瑕才得行!"

郑维娜这番话把陈地菊听得云里雾里。"丹心是跟我说了他在帮龙刚弄一个足球沙龙,这是你说的那局子吗?"她说,"这六叔又是哪个?是他们一起弄的朋友吗?"

郑维娜嘴巴张一张。"哎梅梅姐啊,你不会吧?连六叔是哪个都不晓得!"

正好王婷婷回来了,一边把她的罐子扭开,朝郑维娜脸上涂些蜡黄的膏膏,一边跟陈地菊讲这周六叔的传说:"那可是我们镇上数一数二的大哥大,北门南门管完,黑白两道通吃。也就是今年年初的时候,他手下的几个弟兄跟公安局的两个小刑警在北门灯光球场起了冲突,直接就把砍刀亮出来了,刷地一声直接把一个警察的手膀子整条剁下来了。这事情闹得之大,最后居然整得公安局局长被下课了,只有周六叔还是屁事没的——你说神通不神通。"

陈地菊就想起来灯光球场那事了,毕竟是洒了血的,她是像从她妈那儿听过一嘴。"我咋一点都不知道傅丹心认识这么个人呐?"她说,眼皮子有点跳。"他还喊丹心来帮他做事?"

郑维娜一边眼睛上被王婷婷涂了一层又一层,白花花的啥都看不见了,只有拿另一只好眼睛瞟了瞟陈地菊,见她头发齐整整地绾在脑壳后面的网兜里,脸上的粉底淡淡的,遮不住的是黑眼圈和细细的鱼尾纹。郑维娜就有点舍不得来捅她这一刀,但是又咽不下她心头的气:凭啥啊!就你一个傅丹心好了不起,股份买都买了又要反悔,直接把我"皇朝"的生意给我整垮了——凭啥啊!她吞了口口水,说:"哎呀梅梅姐,你要说的话,这都是你们傅哥有

133

本事有魅力,走到哪儿都有人捧!都清楚六叔是轻易不提拔人的,但就是对傅哥另眼相看了——就连六叔的干女儿也遭傅哥迷得五迷三窍的!"

"你说的啥呀郑维娜!"王婷婷眉毛都皱拢了,恨不得把手上的粉刷子塞进郑维娜的嘴头,"这些话你都敢乱说!"

"我哪儿是乱说嘛,"郑维娜委委屈屈地撇个嘴,"我是说他那干女喜欢傅哥,又没说傅哥喜欢那女子!这也没啥子,哪喊傅哥长得那么帅呢?——难道梅梅姐心头还没数?外头喜欢傅哥的人难道还少了?喜欢就喜欢嘛,给她喜欢一下,又不得少一坨肉——你看现在六叔是真正把傅哥看重了,这么大的生意就拿出来给他做,这就是傅哥的魅力啊!"

陈地菊总觉得自己早该忘了她爸爸和妈妈吵嘴的事了,实际上每一次的情景都还是历历在目——

——有一回正是在吃晚饭,两口子说话之间就争了起来,叶小萱手膀一抬,挥起桌子上的一盘蚂蚁上树就给陈家康扣在脑壳顶上,粉丝缠住渣渣肉,油水顺着头发往下滴,陈家康气得嘴一张鸡啊狗啊的都出来了,抓起一碗饭朝叶小萱脸上按。还有一次是晚上,一家人都睡下了,陈地菊忽然听到主卧的门"哐"一声巨响,紧接着是叶小萱的声音,"杀人了!陈家康杀人了!",她赶忙起来去看,就看到她妈妈只穿着胸罩和内裤,赤条条地朝客厅里跑,后面撵出来她爸爸,全身上下也只有一条窑裤,手上舞个衣架要朝她妈身上招呼,陈地菊正想去拉,却见叶小萱两个箭步冲到窗帘后面抽出一根晾衣杆,眼明手快,反手就是一枪。最严重的一次是陈地菊高一时候,陈家康从海南出差回来,两个人吵了好大一架,整整一个星期陈家都没有开火煮饭,每天早上陈地菊起来,就看到她爸爸睡在客厅里,一床烂铺盖卷个脑壳,晚上她晚自习回来,陈家康还在客厅里,一边抽烟一边看电视,地上扑满了花生壳子——那一次,陈地菊觉得好像真要出事了,趁着和她妈妈在国学巷吃米线,她问:"妈,你跟爸不会真要离婚嘛?"

叶小萱愣了愣,像是听了桩稀奇事,笑起来:"哎呀梅梅,你想到哪儿去了!好端端地,咋会离婚嘛!"

陈地菊把脑壳埋在那碗牛肉米线上,看着那稀稀落落几坨牛肉,眼泪水一下就从鼻子芯里涌上来。她没有说话,光吃了口米线,把泪水压下去了。"我以后绝对不要像我妈这样。"她就是在那个时候下了决心。

她说这话的时候不过二八年华,唇红齿白,说得轻巧。等到她长到三十岁上吃三十一岁的饭了,嫁了傅家的郎,人也寄在傅家的篱下,再听她的女朋友们说了些傅丹心的闲话,她就一头想起了她爸她妈吵的那些架,想起蜷在寝室的她自己,不管客厅里的硝云弹雨,只把随身听的音量调了又调大,听张雨生唱:"如果大海能够带走我的哀愁,就像带走每条河流。"——陈地菊觉得手脚都发麻了,仿佛正浸在冰冷冷的海水中,多年前还很遥远的潮汐现在已经涨上来了,漫过了她的腰身,磐石一样压上她的胸口。

她听到她的女朋友问她:"梅梅姐,你咋了?你还好嘛?"

"没事,我多好的。"她听到她自己说。

陈地菊一步步地走回了单位,继续上班。下了班,她就按时去参加排练。一周七天里头有六天，合唱队都要排练。怪就怪去年子赛歌会邮政银行没有拿奖，今年代行长下了军令状，必须得个名次回来，其他的人抗议了也没用，就变着花样请病假请事假，实在梭不过才出现，百无聊赖地张个嘴，癞蛤蟆似的假唱，但陈地菊天天都到，不但到了，每一句轮到她了，她都一字不漏地唱出来。

七天里头大概有五天，傅丹心都不回来吃饭，有时候头一天晚上就提前说了，有时候当天下午打个电话，甚至只发短信："城里头堵得很，吃了再回来""龙刚喊了吃火锅""周眼镜过生，我们要整他请一顿""有个朋友烧烤店开张，我跟文哥去照顾他生意"，不然就"今天足球沙龙吃开伙饭"。偶尔陈地菊也难免表现出来不高兴，问"你咋不喊我一起去"，他马上说："你要来的话就来嘛！我是看你累了一天上班又练唱歌，多半不愿意来跟我们几个喝酒，抽我们的二手烟"——陈地菊就想到那乌烟瘴气的场子，想到那几个牙齿黄黄皮带扣闪闪的邓哥马哥周哥郑哥还有龙哥，"算了嘛，"她就说，"你自己早点回来，少喝点酒。"

七天里头至少有四天，陈地菊排练完了，回了县委家属院，傅丹心都还没落屋，只有她的老人婆在煮饭，还有她老人公永远在书房里面。汪红燕一定会出来招呼她，问她单位上还顺利吗，问她傅丹心是不是真的确定了硬是就不回来吃饭了，再不然就客客气气使她个嘴，今天少芫荽，明天缺抄手皮子。相比起来，傅祺红和她就交流得少些，偶尔走他书房里头探个脑壳出来说"回来了啊"，或者，遇到天下红雨了，他也要陪她下楼跑腿，说的是不想陈地菊花钱，但总是走一走就问起了傅丹心：

这一阵夜不收是在干啥啊？陈地菊不好说穿傅丹心的生意，就只说他是跟朋友一起看世界杯，然后傅祺红就要叹了：我这儿没出息啊，没本事，没长醒，天天昏耍、瞎混、乱整——他一边眼渍渍地念了，过会又再说些不相干的，痛兮乎兮，呜呼哀哉。陈地菊先还要想如何答应，后来才悟出他只是在自言自语。

七个晚上里头有三个晚上，陈地菊都睡到半夜就醒了，有时候是因为做了噩梦，有时候完全是莫名其妙地就把眼睛张开了，甚至都弄不清楚自己到底睡着没有。有时候她醒了十二点还没到，傅丹心也还没回来，她就干脆坐起来看书，《无人生还》早就看完了，又看《长眠不醒》，到了一点过两点听到大门钥匙响，又听到厕所一阵窸窸窣窣，然后就要看到傅丹心耷皮搭耳地推门进来，嘴头说"梅梅你咋还没睡啊"，人就一头栽在她边上像遭哪个一枪打死了，转眼扯起了噗酣。也有醒得晚的时候是四五点，睁开眼睛傅丹心就已经在她隔壁了，睡得沉沉的，像是个装满了米的口袋——这样的时候，陈地菊就可以花好一阵来研究她的爱人，看看他的眉毛睫毛鼻子人中，闻闻他头发里的烟味有没有混香水气，搜一搜他脱下来的衬衣裤子上沾没沾长头发。她满意了，但小肚子里充满了像是惆怅，就去上了个厕所。上完了一个人站在阳台上，看到天边慢慢要透白了，才赶忙趁她老人公还没起来打太极拳之前回寝室，爬上床，掀开毛巾被钻到傅丹心身边，故意把凉透的脚板贴到他小腿上，冰得他"唔"地缩一缩。

七天过下来总要有两回，陈地菊要在下班的路上倒个拐，去看她妈妈，时间还早就左拐到宝生巷的万家中介，迟了就在城墙边右拐，回天然气公司家属院。她们院子门口的桂花还没到花季，但那几棵女贞就已经长疯了，白花花掉下来铺了一地，淡幽幽的味道混着哪家炒盐煎肉的浓香。陈地菊去看她妈妈是想问问她最近的身体，有没有又和她爸角孽，哪想到她妈这一阵忽然格外关心她那女婿，张嘴问她和傅丹心关系如何，闭嘴喊她多关心体贴傅丹心，又一遍遍讲：你看那孙二孃的倩倩遇了个恶婆家鼓捣喊她打胎，那刘五孃的珊珊遭离了婚还要分家产——"比上不足，比下有余。"叶小萱念叨叨，督促陈地菊孝顺公婆，体谅丈夫，站够脚步还莫忘了把自己收拾漂亮，还有，娃娃呢？"你马上就算是高龄产妇，还不赶快抓紧揣起再说！"还有还有，工作呢？"你说你咋办？不然就把业务搞好争取升会计主管，不然就把你们代行拽好喊他给你转岗。要不然你是要一辈子死了都还坐那柜啊？"——仓皇皇地，陈地菊从娘家逃出来，忍不住怀疑她不是她妈亲生的，但隔了几天照镜子的时候看一看，又觉得自己越长越像叶小萱。

十几二十天悠悠过了，总算有了这么一天，陈地菊先是专门请了假说家头有事不能排练，又在午休的时候给傅丹心打了个电话。

傅丹心蔫耷耷地接了电话。他昨天弄到凌晨才回来，估计正在铺子上打瞌睡。

"今天晚上我们出去吃饭嘛？"陈地菊说。

"今天晚上？"傅丹心说，"我待会晚点还要去沙龙那边的嘛。"

那两个字响在陈地菊的耳朵里就像是哪个拿针尖尖戳了她两下。皱了皱眉毛，她说："我专门查了的，八分之一决赛刚刚打完，今明两天晚上都没有比赛的嘛。"

傅丹心在电话那头愣了一愣才笑了起来。"对的对的，"他说，"你还可以哦梅梅，连赛程都搞清楚了。唉我这一阵简直忙得白天晚上都糊起了——也是，是该出去吃个巴适的。你想吃啥嘛？我请客。"

"吃啥都行，找个安静点的地方嘛。"陈地菊说，把电话挂了。

下班前傅丹心给她发来了饭店的名字，说是一家刚刚开张日本菜，特别强调了厨子是正儿八经日本学了回来的，东西好吃得很，地点在创新北路蓉骏城。

蓉骏城在创新公园西面，陈地菊还从来没去过。她记得年初她和傅丹心去看新房子的时候它才刚刚开始修，四面都是田坝，到处装起脚架，没想到现在居然就自己阴悄悄地立起来了，硕大一坨，玻璃窗户亮闪闪的，空空荡荡的新铺面个个四四方方，上头的招牌五颜六色，宋体字写的都是香奈儿、普拉达一类的国际名牌。正是夕阳西下的时候，水泥地上积了一天的热气终于凉了，穿堂风过来，把积在喷泉池子里头的雨水吹得皱了几皱。

正是那：琉窗映日辉，暑气渐消缓，
　　　　寂寞穿空院，晚飔动微澜。
　　　　欲说心上事，又恐丹郎怨，
　　　　独自登钢厦，远瞻忆稻园。

陈地菊绕了整整一圈才找到上二楼的电扶梯，走上去了又找了好一阵都没看到一家开门的铺子，只有给傅丹心打电话。傅丹心倒是立刻就出来了，穿一件银灰色的短袖衬衫，很是精神，对她挥手："梅梅，这边！"

他带着陈地菊拐几拐走进一家窄窄的店面，门只开了半展，挂了个深蓝的布帘子又挡了一半，帘子上写着"一期一会"。

136

陈地菊跟着傅丹心弯腰钻了进去。铺子里面客人不多，错落的竹门后面是榻榻米的包间，顶上垂下来摇曳着大小不一的纸灯，甚至还有个古色古香的石缸子，里面游几尾橙幽幽的锦鲤。

"怎么样，还多安逸的吧？"傅丹心说，熟门熟路地领着陈地菊进了个靠窗的包间，"上回我跟一个朋友来了，就想到你肯定喜欢这儿。"

你跟哪个来的？——陈地菊差点问出来，但还是先把嘴抿了，端起自己门前的茶杯喝了一口，是幽幽的麦香。

她眼睛侧过去望着窗户外面，只见楼下创新公园远处还算绿油油，靠近这一片却堆起来一个个小山丘一样的，都是些工地的建渣，断壁残垣，乱石穿空，又听到对面傅丹心在说："菜我都先点了，都是巴适的，还整了个刺身全拼，他们这的刺身你必须要尝一尝，听说是大阪空运过来的……"他滔滔地，说了昨天晚上的球赛，说他的旧友新朋，说他们这次足球沙龙的大获成功，"整对了啊，这回世界杯完了直接可以换个新车！"

陈地菊就把眼睛转回来，看她爱人那神采飞扬的模样。"这回世界杯完了，你就差不多跟他们那些人淡一淡嘛？"

"你啥意思呢？"傅丹心眉毛皱起来。

陈地菊的心一下绷起了，舌头下面发酸。"我是听婷婷她们说的，你们那足球沙龙背后的老板好像是个有黑社会背景的？感觉是个不好惹的人物啊。你晓得年初灯光球场那个整条手膀都遭砍下来的，听说就是他手下的人干的。"她斟酌着把话头起了，一双眼睛观察着傅丹心，看着他俊朗的脸上略显疲惫的纹路。她捏紧了她的茶杯，脑子里面入了魔一样放的是叶小萱和陈家康吵得掀桌子的场景，叮咚银铛，锅儿盘儿倒成一片。

傅丹心笑起来。"王婷婷这人有点喜剧，"他说，"她有空嚼舌其他人的老公，咋不把她自己的老公管好呢？她跟你说没嘛，刘毅文也天天都在我们那儿，一晚上要买几手，这也赚了一两万了——她有本事，这钱不要了，来把她自己老公牵回去嘛！"

陈地菊略略一惊，又马上想到王婷婷对这事大概一无所知。"这刘毅文还是有点胆大啊。"她喃喃地说。

"唉，"傅丹心叹口气，"你不了解他们那两口子，文哥是被逼上梁山了。他自己给我说的，他再不想办法挣点钱王婷婷就要把肾给他挖出来卖了。正好我在这儿顾摊子，给他点赚头嘛，我又不得害他。"他深深地看了陈地菊一眼："梅梅啊，我晓得你担心我，但你还是对我有点信心嘛？这赌球堂子里头的人肯定复杂，但我也不笨啊。我心头清楚得很，他周老六喊我去给他操盘无非就是看我会算数，我就给他算好嘛，把这摊子给他弄转了，他也绝不会亏待我。我老实给你说，辛苦这几周等于我那铺子开一年！你看嘛，我都奔四的人了，现在还不博一把，这辈子就真的垮杆了。"

这些话从他嘴头出来了，干烧烧的，灼得他心颠颠一卷。傅丹心就想起了傅祺红，想起了他爸三十多岁的时候正在政府办兼管项目办，意气风发的，又恰逢招商引资的大潮，建工业开发区，建天山新城，批地，批定向供货，发指标，发债券，拿原始股，拿回扣——随便一抓都有一笔横财，但他爸那自命清高的硬就稳起不偷，把那一趟错过了，窝窝囊囊一转眼就老成

137

了五十好几——

——他想到傅祺红那枯黄黄的脸,就觉得自己脸上肯定也满是不堪。他忍不住抹了一把脸,看到他对面的陈地菊还定定地坐着,垂下眼睛看着手里的茶杯,像是没听到他掏心肺出来说的话。她还穿着她的工作服,连西装马甲也没脱,似乎丝毫没有被这闷人的暑热影响。他忽然觉得很无力,鼻子钻进来是他自己的汗臭,又黏又馊。傅丹心从来没有跟任何人说过,包括对他最好的哥们也没有提起,但他一直怀疑陈地菊离开永安城不只是因为叶小萱的那场病——肯定还有其他什么事情发生了,把这女子的心肝都化了冷灰。于是她才回了他们这个死秋秋的镇上,将就找了个死皮赖活的工作,又随便抓了个死眉愣眼的修电脑的结了婚,半死不活地过些天天——他咳了一声,闻到自己嘴里面冲出来的气也是腐臭熏天。

"哎梅梅,我说了半天,你听到没?"

陈地菊把眼睛抬起来了。"我都听到了,"她说,"你说的我都理解。的确是啊,到了我们现在这年龄,再不拼一把就迟了。我不是挡着不想让你有发展,只是有点害怕其他那些人信不过。但是你既然心头有数,我就不说了。"她顿了顿,看到服务员过来了,端个竹盘子,放下来几碟小菜。"傅哥,几个开胃菜是我们老板送的,先慢慢吃。"服务员说,笑一笑退起走了。

那穿着粉色和服的背影映在陈地菊的眼睛里,过了几秒钟才散。她默默地叹了口气,又像是给自己鼓劲,把下头的话一股说了:"其实我今天找你出来吃饭是有个事想跟你商量。周一的时候,我们代行长找我谈了个话,说我们银行准备建个新网点,是在石家桥那边,然后他们准备调人过去,问我有没有意愿。那地方现在有点偏,但以后地铁通了是肯定要发展起来的。他说我愿意去的话,就直接提拔我当营业主管。"

"石家桥?"傅丹心刚刚拿起来筷子又放下去了,"那不是都要到三环路了?那不就等于是要调你去城头上班?"一想到陈地菊要回永安城,他就觉得眼前像是蒙了一层雾,心头烦躁起来。

"是有点远。"陈地菊说。

"你们那行长才笑人的,"傅丹心说,"你又不开车,那不是只有坐公交车?那是要喊你天天四点钟就爬起来啊?"

陈地菊没料到她爱人会在通勤的问题上跟她较起了劲。"嗯,"她脑壳里头一过,张嘴说,"大概总能搭下同事的顺风车吧。刚好新网点的负责人是我现在的营业主管,人还不错,我估计跟他说一下他肯定可以搭我。"

傅丹心依稀想起了陈地菊提过这个人,姓贺,"西财研究生毕业的高材生"。"你才想得美呢!"他说。"你们孤男寡女的天天一个车子来来回回,是要搞点事吗?"这话一出来他就有点后悔,酸纠纠的实在是难听。果然,他爱人的脸上红了,一双黑溜溜的眼睛瞪着他。

"你说的啥啊!"陈地菊忍不住说,"你车上载过哪些女的,我啥时候问过你?"

"我载过哪个女的?自从我认得到你以后,我就只载过你一个人!"傅丹心说——是,刘婷珊拿那十万元过来的时候,的确是进了他的雪铁龙,但他拿了钱就马上把那婆娘撵下了车。

他问心无愧地看着陈地菊,陈地菊的心就总算定了。他只载过我一个人,她想,只有我一个人。喝了口茶,她说:"我知道这新网点肯定是远，也肯定不方便，但是既然代行长把梯梯给我搭起了，我总要上啊，总不能当一辈子柜员嘛——再说了，我本来就是合同工，这下要是不识抬举把代行长得罪了，只有坏处没好处。万一哪天他一不高兴就干脆把我炒了，那又咋办？"

炒就炒了嘛，我养你！傅丹心想把这豪言即刻就放出来，但又觉得时机未到，不能把运气说漏了。

陈地菊又说："其实我有个驾照，是高中毕业的时候我妈鼓捣我去考的，后来也试着开过几回。"她没讲出来她开的是谭军的车。"反正这新网点要明年初才启动，我还有时间再练一下，练好了再买个车，只要是自动挡的，应该也不难⋯⋯"

"一个自动挡的车要好多钱，你有数没？"傅丹心说，打断她那轻巧巧的劲头。

"现在车都便宜了。"陈地菊想起在她妈妈铺子上看的广告，"好像七八万就能买个自动挡。"

"七八万不是钱啊？"傅丹心喷口气，"你哪儿去找？"

你哪儿来的钱？陈地菊一下堵起了，恨自己这笨拙拙的脑壳，无事生非地提啥买车（是不是因为傅丹心刚才说了要换新车）。手一下都没处放了，她拿起筷子来想夹一坨冷豆腐，没想到那豆腐太水了，不然就是她手劲没下对，遭筷子一挨就碎成了一摊渣渣。

各位看官，到这里你们来说句公道话：这扯谎捏白的是不是要不得？不然为啥要说"畜生不如"，归根结底，是因为牲口不会说话就不犯孽障，人呢，开了口动了舌，就无不是业：妄语、两舌、蠹言、绮语——四口业中排第一个就是扯谎。至于扯谎到底有啥坏处？《淮南子》训诫的：口妄言则乱。这乱字最点得好，说的是说了谎心头就乱，心乱了就要发慌，一发慌就容易把事情弄倒。所以往往扯了谎不是害怕遭其他人逮到——实际上十之八九都是逮不到的，也没哪个有闲心来专门逮你——主要是怕你自己做贼心虚，疑神疑鬼的，听的是风声鹤唳，看的是杯弓蛇影，走两步就方寸大乱，最后一个扑腾栽到网子里头，举手投降。

你看我们现在说的这两个人，实际上傅丹心是情有可原的，毕竟他先把自己心头放平了再圆个谎出来，口直言心，心平气和，退一万步说也是不知不怪，只犯了小妄言；陈地菊呢，糟就糟在有欺诳心，事情捂起不说，明知故犯，张嘴句不成句，心慌意乱——这就是大妄言，万万要不得。

陈地菊跟傅丹心吃了那顿饭，千把块钱的刺身落到肚皮里还是空捞捞的，话说了几圈又像都白说了。按理，傅丹心的态度是表到位了：一是说他没跟其他女子有任何掺合，二是也没有一杆子否定陈地菊明年去石家桥新网点上班的事（"到时候再说嘛"），但毕竟这小两口子各有心事，因此还是有些离皮离骨。周末一家人去崇先祠公园，傅丹心就当着傅祺红和汪红燕的面对陈地菊工作发了些贬言；再到了周一上班，开完了例会陈地菊就遭代行长喊到，问她对调到石家桥的事情考虑得怎么样了，她就很扭捏，咋都说不出来一个干干脆脆的"对嘛"。

"这确实不是个小决定，"代行长说，点了点脑壳像是要强调他没怄气，"你再好好考虑一下，跟家头人也商量商量，等赛歌会结束了以后你再来给我回话。"

七月五号赛歌会，逢阴历五月二十四，

宜扫除，宜拆墙，馀事勿取。一大清早陈地菊起来了，看到外面风嗖嗖的，发灰的白云朵压在天边。"千万不要下雨啊。"她想，觉得右眼皮又有点跳。

邮政银行一伙人收拾出来坐大巴到了崇先祠已经是上午十点半。只见着天上阴云密布，然而古祠之中，红墙之下，却到处鲜花簇拥，彩旗招展，穿着旗袍唐装西装洋装的队伍们熙来攘往，大喇叭里面响的是激昂的《运动员进行曲》。

陈地菊一下像是回到了小学时候的校运会，不同的是，围在她身边的不再是她相熟相知的同学们，而是早已改头换面的同事，一个个脸儿刷得白白的，嘴皮涂得朱红，头发裹着发胶扭出百种姿态。女士的紫色礼服裙镶着闪钻，头上是小皇冠般的发箍；男士的条纹西装上一缕缕银线，配着亮缎的紫领带。这些人本来平时行走都是端直直的，现在就一个个满地乱旋，把陈地菊的脑壳都转晕了。她拿起手机来看了看，上面没有傅丹心的消息。本来他说好了要来看她们表演，结果早上她走的时候他都还在睡觉，她问他等会来不来赛歌会，他嘀嘀咕咕地像是说了个"好"。

"你出门没？我们马上要开始了。"她发了个消息出去。

第一组刚刚开唱几分钟雨就落下来了。领导们坐在听鹂楼二层阳台的房檐下干舒舒的，其他人就到处找地方躲雨。陈地菊跟一堆女同事们跑到了荷塘边上的游廊里，看到那些造孽的正在台上的一个个假装天还晴，一边唱一边笑眯了，任由水点子朝他们的白脸上溅。

"哎呀，我们这妆是不是防水的哦？"徐佳坐下来在陈地菊边上，拿出手机来耍。

"恐怕不是。"陈地菊说，使劲眨了眨眼睛，她眼皮上的假睫毛好像也沾了点水，跟两座小山一样重。

坐在她们对面的是一溜穿粉旗袍的女子，戴着圆润润的珍珠项链，头发挽起发髻，插着粉粉的绢纸做的山茶花，很是漂亮，可惜现在那纸都湿的粘在一起，显得憔悴了。

"哎，美女，你们是哪儿的啊？"一个同事问。

"我们是平乐工商联合会的。"对门子一个女子答，"你们呢？"

"我们邮政银行的。"那个同事说。

"哎呀，"对面的叹一句，"我听说你们那的理财产品比建行啊那些回报率要高些，是不是真的哦？"

这两个人就聊起来了，还聊得很是火热。其他人也在摆龙门阵，嗡嗡嗡地，夹着雨声，像是潮水在拍打着沙滩。湖心的台子上在唱："1992年，又是一个春天，有一位老人在中国的南海边写下诗篇……"

陈地菊本来醒得太早了，现在就觉得有点困，她眼睛都要闭上了，又害怕把眼妆弄花，只有硬撑着把眼皮张开。也是奇怪，她就看到她对面坐的那个粉旗袍正在对着她看，盯鼓眼地，看得她心头一丝发毛。

那女子微微有点胖，圆圆的鼻头，圆圆的眼睛，忽然对她一笑，露出两个酒窝。"你是梅梅姐吧？"

陈地菊感觉她像是有点面熟，但一下又想不出来是哪个，只有也笑了一笑。

粉旗袍看出陈地菊的尴尬，把身身往前倾了倾，介绍自己："梅梅姐姐，我是刘婷珊，刘五孃的女！"

陈地菊这才对上号了。"珊珊！好久没见你了，"她想起来上一次见到刘婷珊她还穿着白色的婚纱，一头黑发绾的新娘髻。

"你还好嘛?"

"就那样子嘛!"刘婷珊说,"你也晓得吧,我离婚了。哎呀,还是单身的日子更适合我!"

陈地菊这才想起她妈跟她转达的新闻。走她妈嘴头说出来,那刘五孃的女现在不是一般的凄凉,但她面前的刘婷珊却是红头花色,容光焕发。"你看起来状态很不错啊。"陈地菊说。

刘婷珊笑起来。"你也不错啊梅梅姐,只有那么脱俗了。可惜你结婚的时候我刚好在韩国,错过了。我妈说的你老公好帅哦!"

"算了嘛,"陈地菊说,啼笑皆非,"他也就是看得顺眼罢了。"

"顺眼就不错了,我要是能再找个顺眼的啊,我就阿弥陀佛了!"

陈地菊在这一片乱哄哄里遇到了老熟人,就和刘婷珊聊了好一阵,聊到还有两个节目就该邮政银行上台了要去准备了,才说:"珊珊,看到你真的多高兴的,问你妈妈好啊。"

"哎梅梅姐,"刘婷珊说,走她挎包里把手机拿出来,"好不容易遇到你,我们留个电话嘛。"

陈地菊就给她背自己的号码,一边看到刘婷珊一下下按手机,她的长指甲涂得嫣红,手机上也挂了个红坨坨的挂饰,随着刘婷珊的按键一蹦一蹦的,很是可爱。

这红艳艳的球球毛绒绒的,是个小帽子,勾针打出来,拼起别致的雪花纹。

陈地菊认出来这应该是那书店老板打的帽子,简直就跟她自己的那顶一模一样。

"你平时也要去'学而知'啊?"她问刘婷珊,很是惊喜。

"啥子知?"刘婷珊抬起眼睛看她一眼,她的睫毛上刷着浓浓的睫毛膏,丝毫没有被雨水影响,毛茸茸地翘起来像虫子的脚。

忽然的,陈地菊一惊。"你这个挂的是哪儿来的?"她指着那红帽子问刘婷珊,心头其实都有数了,耳朵里在嗡鸣。

"啊,这个啊?"刘婷珊才反应过来。她本来想扯个谎,但那谎又哪儿是那么好扯的?何况她是临到遭堵起了,还没开始编就乱了阵脚,说的:"这,这是我在我一个朋友的车里头捡到的,是不是还多乖的?"

赛歌会时候的雨早就停了,天放晴了,黑了又亮了。好像已经过了一天多两天,陈地菊却还是昏沉沉的,眼睛看出去雾蒙蒙的,呼出的气又白又浓,散不开,一圈一圈地围着她,绕在她的脸上身上脖子上,把她包进了一个蚕蛹里。她好像是登到台子上去了,唱了"红日照遍了东方",她的妆好像遭淋花了,但她也没有在意。第二天上班的时候她好像把午休都忘了,但也没哪个提醒她,代行长好像是在等她回话,但她也没去找他。

其实她有点想去找她妈妈,但又不知道要从哪儿说起:刘五孃的女儿跟傅丹心有些暧昧,而傅丹心,傅丹心当着她的面,青口白牙地对她扯了谎——陈地菊不敢想象叶小萱会作何反应,她妈是要拿起鸡毛掸子还是要抓起菜刀去找她的爱人,等把他逮到了,她妈就要一把鼻涕一把泪地都发泄出来,怪话骂遍,先人咒完,说不定还要把傅丹心的铺子上砸得一片狼藉,弄得哪个都收拾不到。

傅丹心好像感觉到她有点不对头——不然就是那个女子跟他通了风,他虽然没来赛歌会看她,但给她打了几个电话(她都没接），虽然还是夜不归地忙他的生意，但总要在屋头打照面的。看到陈地菊，他也问了几次："梅梅，你没事嘛？"

"没事。"陈地菊简短地说。

她不敢多说话，虽然在她肠肚里翻滚的，火辣辣的，烧得她胃发酸，她却害怕她一旦松了口，它们就要洪水一样汹涌而出，卷着泥浆，漩着白浪：吼，咒，骂，抓，打——就像她妈叶小萱会干出来的那样。

你不是她那种人，你不是她那种人。她一遍遍地对自己说。

晚上难得他们一家人都在一起吃饭。半决赛打完了，还要歇两天才打决赛。桌子上的菜比往天更多了几个，她也没在意，傅丹心给她夹了两回菜，她也拨到一边。

明天就去跟代行说算了，她心里想，嘴头嚼口白饭。就说我决定去石家桥那边上班。到时候可以在边上租个房子，我自己住。

一想到永安市，她就想到了她曾经的单身公寓，楼下的梧桐树，小饭馆，水果店老板的哈巴狗。街上的人虽然熙攘，但个个都是生脸面，也就互不相扰。周末了，她一个人坐29路去锦江楼公园，安安静静地坐在竹林子里，一本书翻开便过了小半天。

她的心都走远了，忽然听到有人喊她："小陈，小陈。"她回过神来，看到跟她说话的是她的老人公傅祺红，一张方正正的脸，一双眉毛黢黑。

"怎么样？"傅祺红说，"你考虑考虑，要是你愿意来政府办工作的话，我就立刻跟熊书记那边说，把需要协调的关系办起来。"

陈地菊像是才醒了，清清楚楚地看到了这一桌子上的人：傅祺红的嘴角融融含着笑意，眼神炯炯；汪红燕瞠目结舌的，伸手嘴上一捂，遮不住，话还是钻出来："哎呀，熊书记许了个这么好的机会？可惜了，只要会计啊？还有没其他位置缺人嘛……"

而她的爱人傅丹心头一扭朝边上转过去，哪个人都不看，一对耳朵红透了。

陈地菊知道，每一次，傅丹心的血涌起来，他的耳朵就要红，不管他脸上再是镇定，这双耳朵总要泄底——现在它们像要沁出血来了，她爱人的心里面肯定满是失落和难堪，还有，愤怒。

这个词电一样穿过她的胸口，她就听到了自己咚咚的心跳，她的太阳穴也突突地在跳，扯得她眼窝发痛，让她没来由地想到了郑维娜脸上的那块淤肿。一瞬间，陈地菊似乎听到了郑维娜骂龙刚的那句"龟儿子"，恍恍惚惚地，她好像明白了把那晾衣杆的铁尖尖深深戳到她爸肉里面去的时候，她妈妈心头的感觉——恍恍惚惚地，她知道了自己的答案。

她听到傅祺红还在说："小陈，你也不忙回答我，回去想想。跟丹心，甚至跟你爸妈也都商量商量，最晚这个周末之前嘛，给我个答复。我的看法是，你转到县政府来，对你的发展是有好处的，工作更稳定，平台更高，何况，我也在那儿多年了，有些人情关系，总能多些照顾。"

"我想转。"陈地菊说，"我当然愿意转了，这是大好事情啊，我爸妈肯定高兴都来不及，丹心肯定也是支持我的。谢谢爸爸啊，谢谢爸爸。"

傅祺红日记　1988年4月5日

今天硬是遭热惨了，明明才是四月间，

居然有三大三十度①，简直闻所未闻，又偏偏遭整起在太阳坝里晒了大半天，回屋头来一照镜子脸都红了，还有些脱皮。

今天这事本来办公室里头的人都争到想来的，先是这首届兰展开幕就很稀奇，又还有一株有兰王之称的"醉红素"，听说价值要上万，就更引得大家好奇。我呢，本来是不太想抢这种热门的差事，结果卫主任偏偏提前跟我说了："小傅，兰展你跟到马主任一起去，带好本子多记些，回来写文章。"

事实证明，今天这活动的规格的确有点高，不但白副书记和徐县长都来了，还有宣传部熊部长、农业办黄主任、乡镇企业局鄢局长以及平乐镇的聂镇长。领导们站成一排剪了彩，又按照顺序，挨个都发了言。烈日下头，领导们都是西装领带的，还要拿着稿子一页不落地念完，也是很遭罪。到最后，聂镇长站到话筒后面的时候，本来他稿子都展开了，结果就叹了一声气，把稿子一卷，宣布："太热了，我也不想多折磨你们了。我的话不讲了，大家先去阴凉的地方喝点茶歇会儿，然后看兰花嘛！"

底下的人掌声雷动。但据我观察，台上的其他几个领导脸上都不太好看。所谓行高于人，众必非之，这聂镇长确实是年轻有为的，只是可能还少了些低调啊。比如我自己就从来不提我是永安大学中文系毕业的，免得其他人要觉得低我一等。

这一阵硬是忙昏了。吃了晚饭我本来寝室头写稿子，汪红燕把丹儿弄睡了又来敲门，手上递过来一包香蜡，我这才想起今天是农历二月十九，我妈的生日。也是

---

① 四川方言中，"…大…"句式表强调意，下同。

难为汪红燕，硬是个孝顺儿媳妇，从来没见过我妈的面，还就把她的生日记在心头了。封建迷信那一套我是从来不信的，但我妈就信得很，汪红燕也有点信，我们就去过道那边的厨房里头装了一碗米，把一对蜡插起。我呢，还是规规矩矩地把香给老太太点了，又给她磕了三个头。

第 十 一 章

出平乐镇西门十七里是聚昌镇，聚昌出去再走三里，就到了长山子。这长山从永丰县绵延到灌县数十里，被青溪柏条两河相夹，山上沟壑交错，清泉浅流，楠木深翠中立有一座古庙，叫作荣昌寺，相传是隋文帝时候为了纪念汉代的道家名宿修的，到了清朝才改成了佛寺。按理说，这庙子坐两县之枢纽，汲两河之灵气，又承两教之遗辉，该是香客如织、香火不断的地方，可惜因为现在精神文明建设得好，大家都不迷信了，再加上到长山子的路又经年失修，弄得没哪个想朝那头走，它就被冷落了，进出只有几个和尚，念两句闲经，偶尔拿苕帚出来扫扫叶子。

好一番：苍崖古寺锁苔茸，寒殿老僧读残经。

荣昌寺的旧书堆里其实很有些名堂，那是二〇〇一年才被外头的人了解到的。这事还要说回到抗战时期，七七事变后，淞沪战败，南京失守，中原一片苍痍，就

有个隆光和尚跑到我们这偏远地方来躲难，大概没其他事做，便干脆起兴来办了个"荣昌诗会"，邀请当时永丰一带的诗人文友们到他山上来重阳一聚，饮酒赋诗，咏爱国之情，叹家国之恨。可能还是有神佛保佑的因素，从一九三九年到一九四五年，虽然外头烽火连天，这古寺中的"荣昌诗会"居然连年办下来了，辑录的诗词有两百余首，可惜了埋在那庙子里几十年都没人看一眼。也是亏了祖先显灵，新世纪初，总算走县上派了个姓傅的文官来考察地情，又冥冥中引他去旧厢房里把陈书抄翻遍了，才睹见这雄啸悲吟、浩然弥哀的四卷《荣昌诗会诗抄》。如获至宝地，那姓傅的把这些诗文毕恭毕敬地誊下来了，又选编了十二首最为华彩的，连同隆光和尚的事迹一起，付梓登在了《永丰县报》上有一个整版，轰动了一县十五镇的文化界。

当然了，归根结底，最要感谢还是我们的聂县长（当时还是分管文化的副手）。他端的是雄才大略，卓有远见，果断拍板立项了"荣昌诗歌文化节"，大笔一画，拨了五十万启动资金——这下荣昌寺才是真正繁荣昌盛了：路也开始修了，墙也重新糊了，庙子里的和尚都发了新衣裳，几尊旧菩萨烂鼻子断膀子的，都丢了，换了一批玻璃钢制的，锃亮的粉脸描着彩绘金漆——

——这些都是路边上的人说的，并非傅祺红亲眼所见。它那荣昌诗歌文化节开到今年眼看快是第八个年头，但他一回都没去过。按说，这文化节办起来和他当年写的那篇文章不无关系，但偏偏就没人想起来给他傅某人发个请帖。早两年余先亮还在位的时候，人家倒是请了县志办，但光是正主任；等到赵志伦上来了，这文化节就越办越大，每年请常务副书记，分管副县长，统战部长，宣传部长，文化局长，建设局长，旅游局长，民宗局宗教科长，省作协市作协县作协领导，乡长镇长，各界媒体，还有赞助企业老板，啰里啰嗦一长串，哪个还想得起你县志办那几个。

本来世态炎凉傅祺红都看惯了，荣昌寺那摊子每年闹得再响也是在几十里外的长山子上，他反正听不到——他早就不望了，但偏偏今年子样样都有点扯怪教，眼看刚刚过了处暑，飘一飘落到了他办公桌上金灿灿一张帖儿，上头写的：

恭请 傅祺红主任 于 二〇一〇年九月八日上午十点 莅临 永丰县聚昌镇荣昌寺 第八届荣昌诗歌文化节 指导

傅祺红的第一反应是这请帖是不是投错地方了，但上头又清清楚楚写着他的名字：傅祺红主任。他把这五个字把细看了几回，就有一股暖流旋上心口。你现在想起我了，他想，等于你发张纸篇篇，我傅某人就该给你招之即来吗？

他把那帖子随手一塞到抽屉里，打定主意不得去凑这个热闹。哪想到没几天，《永丰县报》的范大成打来一个电话，欢声欢气的："老傅啊，你八号咋走有安排没？没安排的话跟我一路嘛，我和我们司机早上来接你。"

"去哪儿啊？"傅祺红说。

"咳！"范大成说，"你才贵人多忘事的，去荣昌寺诗歌节的嘛。我专门给他们住持说了又说，喊今年子一定不能把你搞忘了——你总不可能没收到他们请帖嘛？"

傅祺红心头冷笑一声，想的又没哪个喊你姓范的去多这嘴。"多谢啊，"他说，

"多谢你们想得起我。问题是我这办公室里头一堆事情轧起,实在走不开啊。"

"你这就是给兄弟我打官腔了,"范大成说,"一个半天有啥走不开的?你有啥事弄不完嘛?拿过来,我来给你弄!"

"哎呀呀,"傅祺红赶忙说,"你这话说重了,我哪劳得动你这金笔杆。"

范大成笑起来:"老傅啊,你我两个就不说这些废话了。八号早上九点半,我准时来你们家属院门口接你,你就当是跟我出去秋个游嘛。再说了,他们那庙子这几年整对了,经费足,每个来宾去的都有车马费,少说都是一千二。"

他这数字一报出来,傅祺红心头就有谱了。这范大成恐怕是念起他前一阵给小范结婚封的月月红,想要支他个好处,还他人情。

"对嘛,"傅祺红说,一边捏着电话,另一边手指拇在办公桌上心不在焉地划过去一串是1200,"那就八号早上九点半嘛,我准时家属院门口等你。"

八号那天正逢白露,西风骤起,霜露始凝,傅祺红早上下床踩到地上就觉得有了寒气。他专门煮了锅醪糟粉子蛋,又额外加了枸杞和龙眼,再守到他名下那三个人各自都吃了一碗才收收拾拾出了门。九点二十五分,他站在了政府家属院门口,等了三四分钟,看到开过来一辆又黑又亮的帕萨特轿车,车门一开,走后座钻出来一个大董董穿枣红夹克胖墩墩戴金丝眼镜的,正是我们《永丰县报》的一把手兼县作协副主席范大成。

"哎呀呀老傅!"范大成把傅祺红上下一打量,看他一套挺直的中山装配双亮闪闪的黑皮鞋,"你这身人材啊,简直是要参加开国大典的风范。"

傅祺红就有些尷尬,两只手扫了扫他那衣裳的下摆。"老范你又朽我嘛,"他说,"我自来就穿的这些。"

他这套中山装的确是新买的,皮鞋也专门才做了护理,但他总不好意思在光天化日下显耀,赶忙一躬身钻进车里,再朝另一头两耸,空出来半边位子,喊范大成:"搞紧上来搞紧走,不然要迟了。"

傅祺红和范大成说话随便些,因为毕竟相识了多年。一九九六年,范大成走安庆镇文化馆调到县上来在报社当记者,结果直接遭当时县报的杨社长一脚踢到县志办来打下手。傅祺红记得他第一眼看到范大成的时候很是吓了一跳:只见这人竹竿儿似的一根,身上空嘹嘹挂件白里发黄的的确良衬衫,戴个黑框眼镜镶一对镜片瓶底子一般厚,更衬得他两颊寡瘦,嘴皮发青,活生生正像是哪儿钻出来的一个饿死鬼。

范大成那造孽样子看得连傅祺红这种喜怒不形于色的都起了两分恻隐之心,余先亮向来口无遮拦,直接说:"锤子,这报社咋给我整了这么个干虾儿过来,你这样都做得到事啊?走走走!我先带你去把饭吃了!"

那正是县志办刚攒起小金库,余先亮初尝革命果实的年月,一个办公室动不动就要去西门永辉饭店整一顿,好方便余拿些回扣——傅祺红把这个人的丑态看得穿,范大成一个乡坝头来的就要单纯些,余主任请他吃这顿饭的恩情化进了他的胃里,就融进了他的心里,从此以后感恩戴德,鞍前马后,硬是成了余先亮的狗腿子。傅祺红也曾经苦口婆心,几回都想要教这娃怜伶些,多为自己谋福利,少替他人做嫁衣,可惜范的耳朵里头早就灌满了全是余许的愿,一句多的都听不进去。直到九九年吴文丽调起来,把范大成转正的美梦戳破了,这安庆镇来的小伙子才像把县上的人情淡薄看懂了。

罢了罢了,当年的峥嵘岁月都淡了,秋风几吹,他们就一个二个地生了华发。傅祺红坐在轿车里,看到范大成的腮帮子都胖得鼓出来了往下掉,像是个喝饱了水的蛤蟆。"你们报社最近忙不忙啊,老范?"他问他。

"咋不忙呢!"范大成一拍大腿,"我们报社啥都要靠我,写东西要我写,跑关系要我跑,拉赞助还是得我上!我就羡慕你啊老傅,你那办公室里头都是些能干人。"

"你我两个人就不说这些客套话了嘛,"傅祺红说,"我那凶凶头哪几个人吃哪碗饭的你还不清楚?我不也是一样,上下两头,从大到小,全得自己来。"

他深深地叹了一口气,范大成就笑了,把眼镜扶正了,说:"结果吴那婆娘还真的遭提起来了?"

傅祺红不是没料到范大成要提两句他的老冤家,但心头还是一颤,嘴里说:"唉!我也算是把她汤到了。但上头的意思我哪扭得动?想穿了,反正她人也不讨厌,我呢,马上都要退休了,过一天是一天。"

"是啊,是啊,"范大成点点头,"我当年青年气盛的还是很怄了一阵,现在呢,我那没出息的儿也二十五了,娶了个媳妇也没啥出息——我就懂了。到了我们这年龄,哪个不都是为下一代考虑呢?我最近也听说了,你也像是要准备把你的儿媳妇调到县政府啊?"

傅祺红这下着实吃了一惊,咋会传到他这儿来了?当到老同事的面,他只得挤出一个笑来,说:"范老弟啊,你硬是消息灵通得很呐。不瞒你说,的确是想给我那儿媳妇换个稳当点的工作,女娃子嘛,不想她在那银行里头三天两头加班,太辛苦了。但这事办不办得下来哪个也说不清楚啊,只能尽人事听天命嘛!"

他们坐的轿车已经出了平乐镇,在灰扑扑的国道上颠簸。沿路两边的高楼都不见了,取而代之的是矮杵杵的汽修厂、配件厂和石材厂,间或有个小卖部,或者两棵刺桐树,上头稀稀落落地挂着几朵将要开败的红花。

"咋回事呢?"范大成把身身往前倾了倾,手指拇朝车顶子一指,"你这事该是有上头的帮忙嘛,不可能办不下来啊。"

"嗨呀,"傅祺红说,"阎王好过,小鬼难缠。就她们那邮政银行的领导啊,有点不好说。这人好像本来是想提拔她的,现在看我们想借调她就心头不安逸——这都整了两个多月了,老肖也亲自去打了招呼了,各种闲话说了一堆,反正不签字放人。"

范大成眉毛一皱:"你说的该不是代斌?这人我倒是还熟,经常来我那投广告,他还多活套的嘛,要不我帮你去跟他说两句?"

傅祺红本来是病急乱投医,把这话头抛出来,想到范大成办报纸的总要比他老傅多认得到两个人,哪料到就真的还遭他一探即中了。"哎呀呀,"他说,"我这是闲话随便说的,老范你莫放心头去,我自己屋头那点小事哪好意思劳烦你呢。"

"你这话说得,"范大成说,"我侄儿媳妇的事哪是麻烦?你放心,代斌跟我还算合适,我跟他说两句,君子度德而处,相时而动,该放手时就放手。"

傅祺红打个拱手:"老范啊老范,你这古文功底硬是了不得!那你这情我老傅就领了，多谢，多谢。"

范大成点个头，把脑壳转过去了朝窗子外头看。他们谈话间，车已经开到了聚昌镇的地界，只见路边人头涌动，电杆上拉的全是横幅和彩旗，正前方立了个古色古香的石牌坊，上头一幅刻上去又刷了金的：柏条丽水濯经纬，长山佛寺传诗魂。

"你看这对子，"范大成抬手一比，"简直很有些文采吧？是聂县长亲自写的。"

傅祺红扯扯嘴皮子，这对仗平仄都一塌糊涂到家了。"确实文采飞扬，文采飞扬啊。"他说。

各位看官，你们坐在这儿听了这么久，恐怕也把傅祺红这老儿的秉性摸熟了几分。他这人第一是稳重，第二是端正，说话从来滴水不漏，一般绝不轻易求人——所以你们掐指一算，也就能估谙到，既然他都要对范大成之流开口讨人情了，那么他儿媳妇换工作这事想必是把他弄得有点焦头烂额。

但你如果当面问傅祺红，他肯定是不认账的，硬要说他其实早就估谙到了，调工作这事难免要生些风波。毕竟他在衙门里沉浮了几十年，断不至于想当然地把熊书记画给他的这块大饼子立马当成了真的，一口咬上去——先要和面，再热油，就算下锅了也还要很是煎一阵去了。但好在他老傅还有四大四年的时间来等，而他手头再是没权，也就刚能拿捏住你徐家的儿媳妇，你要是出尔反尔不给我兑现诺言，我自然有的是小鞋子给吴文丽穿。

这只是官道上的计较，至于路边的热闹就还要多些。比如一般的人总要想当然尔，以为傅祺红是该维护他的独儿，见他要把这政府办的铁饭碗端来给他儿媳妇，就要发贬言、说闲话，但他傅某人又岂会被这些庸知俗见影响？龚自珍说了：不拘一格降人才。俗语也有：妻贤夫少病。君不见古往今来，早有则天朝侯敏之妻，肃宗时薛嵩之婢，再有高凉县冼家的女儿，东越国李家的幺妹，个个是巾帼更英雄，女子赛男儿的好例子。在他看来，调陈地菊进县政府也是同一个道理。是，这是一招险棋，一般人不敢走的，但又确实是一步绝杀。他儿媳妇这一子一旦在政府办落定了，就能把全盘都带活，既稳定小家，又繁荣大家——而他老傅作为一家之主，自然是要慧眼观大局，稳手掌远舵的，断不能被下头几个人的小情小绪左右了。

比如先是汪红燕唉声叹气的，几天煮出来的饭都不像话，肉味道没码匀，莴笋片也切得一片厚一片薄。他就把她教育了一顿，喊她不要做脸做色："人家政府办缺的就是财会，我才敢忙顺着把小陈的名字递上去——咋呢？难道我还能挑挑拣拣喊他们上头重新给你儿安排个岗位？"也好在这汪红燕虽然有点小心眼，总还听得懂人话，就终于把心态放平了，重新把家务捡起端端正正干了；至于傅丹心那娃娃，傅祺红本来是准备好了要看他做场，结果人家这回还算是稳得起，当时在饭桌上虽然脸有点黑但还是把话说到位了，听他爱人好生生答应了想要调工作，他就跟到说了两句恭喜贺喜。当然，后来小两口子进了卧房里头具体高声武气地在吵啥子他一个长辈就不好意思贴起耳朵听。总之，接下来几天这傅丹心又是神龙见首不见尾的，半夜不落屋。

汪红燕说："老傅你看你做的这事情，肯定是把你的儿伤了！"

傅祺红说："还不都是你给他惯适出来

的这少爷脾气！等他不安逸嘛，几天就过了，难不成他还一辈子都不见我了？"

事实证明，他还是把他的儿子批对了。过了三四天，他大清早在客厅里头把这娃娃撞到了，蹙眉愁脸的，两个黑眼圈挂起，喊他一声："爸。"

"看你这样子！"傅祺红说，"赶紧去洗把脸，喊你妈给你弄点吃的。"

是了，他屋头那两个人毕竟是他一手带出来的，脾气习性他都最清楚不过，捏一捏就都听听话话地该圆就圆，该扁就扁了。按傅祺红之前的预测，接下来就该开始走程序了，政府办肖主任起草个借调申请书，再由邮政银行的领导签上同意，那么他的儿媳妇就可以收收拾拾地坐进行政大楼B区三楼的政府办——这就算万里长征走出了第一步，至于接下来的人事指标要整好久这先不管，总之那创新公园人工湖从此就实打实地在陈地菊窗口外面荡漾了，岂不是比当年吴文丽来他们县志办的时候更见风光？

但也是该他倒霉，又说这说书人敷演出来的故事哪里有一帆风顺的？你看看傅祺红机关算尽，没想到还是出了两个来搅事的：一是邮政银行的代行长，先借口人手不够，说都有两个柜员在休产假了，现在是一个都不能再少，又夸陈地菊是他们的得力干将，都在考虑提拔她了，她在这坎子上走了实在是让他们银行损失惨重啊——就这样阴阳怪气，总之不放人。

至于这第二个搅事的就比姓代的更横，真真整得他傅家一家人人心惶惶，日无宁日。你说此人是谁？她不是别个，正是傅祺红那个疯什麻哔，兴起了惊风火扯，惹急了油盐不进的亲家母叶小萱。

她一走她女儿那听说了这调工作的事情，马上不请自来地到傅家说了一回感谢，坐在沙发上拉拉杂杂扯了三四个小时，不但把傅祺红脑壳皮子说痛了，连汪红燕都起来上了好几回厕所。

过两天她又来了，叮叮咚咚地捧了一大堆礼行，喊傅祺红帮她拿去送给县委政府里头那些帮忙的，其中两瓶茅台指名给熊书记本人。傅祺红一听气不打一处来，跟她说你以为我们政府是啥地方啊，这些部长主任个个都是按公办事的，哪个要收你的东西？还有熊书记，他老人家都是你一个居民婆婆能见得到的吗？他屋头吃的用的都堆不下了，还稀罕你的茅台？何况都反腐倡廉了，你这是要谢他还是要害他。他把这婆子打发回去了，又叮嘱他儿媳妇喊她妈在外头千万低调，不要跟他人摆谈这事，更不要到处乱窜帮倒忙。

按理讲他的话说得很明确了——傅祺红事后想了几次，确定自己是字字咬清的，就是喊叶小萱不要乱说、不要乱走。这明明是个奶娃儿都做得下来的事情，结果他亲家母那五十多岁的人了硬是没办到。这桩好走叶小萱的嘴里头传了出去，溜溜转转地，出了宝生巷，过了牵牛巷，又到了西门七仙桥，走吴三姐传给了孙二妹，又遭孙二妹讲给了蒋大嫂，蒋大嫂告诉了蒋大哥，再由蒋大哥闲话说出来给他的侄儿子，县报开车的小蒋听到了，就这样传到了范大成的耳朵里，整得最终出来了一个收拾不到的滔天大祸，把满盘都打倒了，使得有人官丢了，有人家散了，有人人亡了——这是后话，暂且不提。

转回来说这傅祺红终于到了长山上，从速腾轿车里钻出来，见仪态庄严地停了几排，都是亮闪闪的黑轿车。范大成眼尖，把车牌一扫,就说:"哎呀呀,吴县长和曾书记都已经到了,快走!快走!"

你看这范大成吨位虽大,却端的是身轻如燕,两步一阶地跑上去了,傅祺红也就跟着他上了台阶,急匆匆地跨过门槛,进了山门,眼不见一对金刚披红戴绿,怒目圆睁;再几步他们过了中庭,无心赏松柏下花花绿绿的看牌和香火炉里密密麻麻的高香;浮光掠影中,他走天王殿多罗吒毗琉璃留博叉毗沙门四个脚底下一溜烟过了,哪管这弥勒佛对着他笑眯了,更莫辨那韦陀菩萨手上的宝剑,就这样大步流星地踏进大雄宝殿门口的宽坝子。

这里面观众席的椅子都已经摆好了,拼成四个方阵,来参加开幕式的人些或站或坐,人头济济,话声如潮。大殿门口一个花台子搭得高高的,顶上红条幅扯起,后头背景墙一张彩打出来的远山淡景碧瓦金檐,前面一排桌子椅子,坐起的全是县上举足轻重、有头有脸的领导和名人:部长、局长、科长、主席、县长、书记,一个个脸膛方方,西装挺挺。他们有些抱着茶盅,有些握着手机,目不旁视,只间或相互交头接耳两句。

傅祺红心怀激荡,飘飘欲仙地正要抬脚登到这台子上去,却遭范大成一把扯了扯袖子,喊他:"嗨,老傅,你往哪儿走?我们坐这儿的。"

他把傅祺红带到观众席第一排,红绒面的椅子上放着刷白的A4纸,印有"贵宾席"三个字。他两个把这纸拿起来又把屁股坐下了,眼睛正对着台子上皮鞋们只只都一尘不染。傅祺红难免有些怏怏,还好周边坐的都是些熟人,县文化馆的老秦跟他隔张椅子,再过去是书法家协会的老郑。

"哎呀!祺红,好久不见了!你现在人红了,简直不容易看到了!"

"哎老傅,你今天硬要跟我们好生说一下,你到底有啥保养秘方?上个月退协小组活动我看到你们汪大姐,也精神好得很,越来越年轻了——你们屋头天天都在吃啥子啊?一个个都返老还童了。"

于是傅祺红虽然人坐得矮,但高帽子一顶顶戴起来了,精神就逐渐抖擞了,跟这几爷子热烘烘地摆起来了,聊养生、聊花鸟、聊摄影、聊熟朋老友。

"对了,你们听说没?"老秦说,"赵志伦那案子最近判下来了,三年有期徒刑,罚二十五万。"

傅祺红胸口里头梆地一下。"三年?"他说,"咋会判那么久呢?"

老郑摆摆手。"人民公仆为人民。这还是放到我们现在才给他判了三年,你说要是回到从前那时候,肯定直接拖出去砍头了。"

"理是理法是法,"傅祺红说,"赵志伦工作上还是兢兢业业的,何况他还有爱人和娃娃,就这样关他三年,他屋头咋办啊?"

"早就离了!"老秦说,"哪儿还有啥爱人?他这就是正儿八经的身败名裂、妻离子散。"

这八个字滚地雷一般打进傅祺红的耳朵里面,震得他牙龈发麻,舌根发苦。他正想张嘴说点啥,就听到范大成也发话了。

"我有一句说一句,老傅你莫在意,"范大成说,"这赵志伦肯定是有可恨之处,但把他整成这样子也确实有点造孽。这我也是听人家说的,说他出庭的时候一头头发全部都白了——他才好大啊?四十多岁嘛?"

"我咋会在意呢！"傅祺红说，"你说得对，说得对！人非尧舜，谁能尽善。何况君子之过如日月之食，犯了错了总要给人家一个改正的机会嘛，得饶人处且饶人呐！"他一字字铮铮地说出来，也不知道是要说给哪个听，又怕还表达得不到位，再使劲叹口大气："唉！"

"是这个道理，"范大成说，"老傅啊，我们这是闲龙门阵，你千万莫往心里去。说穿了，我们这些人都是虾兵蟹将，只能随波逐流。真正要朝哪儿还不都是上头说了算。"他瞟一眼台上。

一群老朋友把脑壳点了一遍，扬声器里就宣布开幕式正式开始。他们便都坐端正了，听上头的挨个来发言。本来，这样的场合傅祺红应付起来是不用费吹灰之力的，但说不好是因为他进来走急了，还是刚刚听来的话很杵人，眼见领导们在上面滔滔不绝，他肚皮里头就有些翻江倒海的，一阵阵发恶心。他赶忙把自己的虎口掐紧了，把气沉住往下运，但还是没压住那一股浑浊浊的，更说不好它是要往上走还是往下去。没法子，他只得弓起腰杆站起来，跟范大成小声交代一句要用洗手间，蹑手蹑脚地走会场上梭了出去。

他从侧门绕到了大雄宝殿的背后，见中庭里树木荫翳，有一丛夹竹桃开得正艳。也是奇了，这庙子前头都挤闷了，这儿后面居然清风雅静的半个人影子也没有，只隐隐传来曾部长断断续续的讲话。他舒了几口气，好像肚皮也没么难受了，直起身来顺着一条小径朝古寺深处走去。

将近十年前，傅祺红为了采集隆光和尚的诗抄，在这庙里头很是混了几周的时日，那各殿各馆的位置都还依稀在他心间。他走一走到了观音殿——这地方从前是盘丝洞一般，现在却修得赤墙朱柱了，柱子上挂两条长联，写的：

  世间无常多少事如梦如幻如泡如影如露如电，
  佛性有妙古今来不生不灭不垢不净不增不减。

要在往常，傅祺红多半要说这对子俗气，但今天他心里头却像是开了洞窍，空嘹嘹的就易生感怀。他正在恻然，忽然听到有人喊："哥！哥！"

他微微一震，转身过去正看到两个妇人搀搀扶扶地朝他走过来：有一个年轻些，大概四五十岁的样子，穿的素花衬衣搭个针织的开衫背心；另外一个就老了，头发稀白，弓腰驼背的，穿个深蓝色的袄子，嘴扁扁颧骨高高的，像极了他过世的老母亲黄慧兰。

傅祺红一下动都不动了，只听到那年轻些的女人又喊："哥！你咋在这儿呢？"——他把眼睛定起来再把细看了，这才认出这女的不是别人，正是他许久没见的三妹傅祺玲。

傅祺玲信佛有七八年了，虔诚得很，天天烧香念经，不然就打蒲垫，有点钱都拿来捐了香火。傅祺红劝了她好几回不要搞封建迷信她都油盐不进的，他就算了，懒得管她。哪想到居然在这荣昌寺的观音殿门口再遇见了。

"我，我在这开会，"傅祺红说，眼睛不由地晃过去看傅祺玲搀的那个太婆。要是他妈还活起在，现在就该是快八十了吧？

"哥，这是五孃，你还记得到不？"傅祺玲说。

傅祺红这才反应过来。是了，这太婆

自然不是他妈,而是黄慧兰的幺妹,住在崇宁县的黄五孃。她当年嫁得远,又是在乡坝头,从来和傅家走动得少,他上回见她大概是十几年前了。

"五孃好!你身体还硬朗?"傅祺红说。

"这是祺红的嘛!"黄五孃走近了些,一双枯手伸出来把傅祺红的手握住了,"你还在做学问啊?好有出息哦!"

"我哥在县政府工作。"傅祺玲说。

黄五孃本来都要把傅祺红的手放脱了,这下又一把捏紧了,拍了拍,"还是个长官啊,了不起!了不起!"

"现在都是公务员了,"傅祺红说,"不存在啥长官。"

黄五孃点点头,再凑近了些,把傅祺红的手板心抹开了,一边看一边说:"是个当官的,你是有这当官的命。"

傅祺红眉毛皱起来,恨他妹一眼。傅祺玲清楚她哥的脾气,赶忙说:"五孃,我哥不信这些的,你莫要给他看了。"

黄五孃只一哂,像是听了个笑话。她脑壳抬起来看傅祺红一眼,说:"不怕,不怕,我们看是要的。"——她说的这话硬就像他妈嘴头会说出来的,傅祺红恍恍有些失神,任这太婆把他的手拿捏住,干朽朽的指头在他手掌心里面划。

傅祺玲看她哥不做声气,赶忙再打个圆场,说的:"五孃看手相准,出名得很。多的是做生意的当官的出钱排队来找她看的。你喊她给你看看,肯定没错的。"

他这三妹今年才是刚上四十五岁,一张脸却黄泡眼肿的,没有精神,头发也不收拾,抱鸡窝样的一团,染黄了的颜色褪了又长出来黑的,再花杂着几根灰白。傅祺红本来都算了,听她说的这话又再看她这样子一股气就上来了。"傅祺玲啊,你这女子就这样的,说好多年都不改。这些鬼鬼神神的哪能信?你看你这陷进去了,整个人都瓢了。"他一边说,一边想把手收回来,又扯不动,就见他姥子一双手瘦嶙嶙的,钳子一样把他的手握住了,脸上眉毛皱得梆紧。

"祺红啊,"黄五孃说,摇一摇脑壳,"你最近得当心你名下的人啊。你看看,"她点点他的手板心,"这就是说有你下头的人要出乱子,收拾不好的话,怕是个大凶呐。"

实际上傅祺红老早就总结过了:但凡遇到这些批命的看相的卜卦的测字的,就没哪个要夸你命好,总归要挑你点儿不顺——只有说你要冲煞了、遇凶了、犯太岁了,才把你吓得到,才能哄得你把那白花花的银子摸出来,交给这些活神仙,施个法儿来帮你挡煞避凶躲太岁。

正是:喊你信你就信不信也哄你来信,
　　　说有灾便有灾无灾也买个消灾。

因此,诗歌节开幕式那天黄五孃信口雌黄说出来的话他自然是一笑了之了,至于啥喊他改天去摊贩市场找她,她好给他弄个符儿护身的话,他更是只当疯话听。过了几天,他跟汪红燕两个在屋头吃晚饭(两个小的各有各的事都还没回来),忽然想起了,提了一句:"哎,说出来你都不信,你猜前两天我遇到哪个了?"

"哪个嘛?"汪红燕正嚼了一嘴莲花白,含含糊糊地问。

"黄五孃!"傅祺红说,"我妈那个嫁到崇宁县的幺妹,你恐怕都没见过。我一看到她啊,还真的吓了一跳——长得有那么像我妈了。"

汪红燕喝一口白肉冬瓜汤,应了声:

151

"是吧。"

"你说这时间过得好快啊。我算了一下，我妈死了有三十四年了。她死的时候我刚刚二十岁，现在我都要退休了。"他叹了一口气。

汪红燕把碗放下来，提起筷子又不捻菜，脸上凝起了也像有些感伤。"是啊，"她说，"真的好快啊。我爸死的那年，我才九岁。"

傅祺红的第一反应是不对啊，汪驼背不是九三年才死的吗——再转一个念，他心头就咯噔一声，明白他爱人在说的不是汪驼背，而是她的亲生父亲，傅祺红那素昧相识的岳丈汪文敏。这么多年来，汪红燕鲜少在他面前提起汪文敏这个人，而傅祺红也从来没告诉过他的爱人，实际上，硬要说起来，他和汪文敏勉强算得上是见过一面。

那是六七年七月中旬的时候，正是三伏天里，平乐高小早就停课了，傅祺红在屋头帮他妈编草鞋，汗珠子顺着胸口流。他热得遭不住，就把活路搬到门口去做。坐在门槛上没好久，就看到白花花的太阳下顺着南街一群走过来，像是贫下中农造反兵团的那帮人，浩浩荡荡地，押着队伍前头一个瘦嶙嶙的，戴个高帽子，脸上涂得漆黑，两只手举起来高高一个草人，上头挂个白条子，写起：地主阶级的孝子贤孙汪文敏。傅祺红把他手上的草绳子握紧了，看着这个人埋起脑壳遭游过来了，忍不住有些热血沸腾。这就是恶霸地主汪生祥的儿啊！他想。他旁边的人都在喊，他也就站起来，跟着喊了一句："打倒封建余孽！打倒地主阶级的孝子贤孙汪文敏！"

也是怪了，不然就是他们两个特别有缘，也可能是因为他小娃娃声音额外尖。那么多人里面，傅祺红刚刚把口号喊了，就看到汪文敏把脑壳抬了一抬，朝他这边看过来，一张漆黑的脸上透着两个白眼珠，满满的全是红血丝，硬是像从十八层地狱里头钻出来的恶鬼。他那瘆人的模样把傅祺红吓得一颤，还好马上就有在汪文敏边上的一把把他的脑壳按下去了，再结结实实锤了好几下。

那天以后，傅祺红很是吓怕了一阵，就算是听到汪文敏今天又被红卫兵总队拉出来游街了，明天又遭毛泽东思想战斗队推上台去批斗了，他也不敢再去看热闹。到月底的时候，他听到说汪文敏自杀了，一个人躲在屋头吃了耗子药，等遭发现的时候死得都硬了。

四十多年了。到今天，傅祺红想到当时汪文敏看他的那一眼还是有些背脊发凉，他赶忙舀了点冬瓜汤，热热和和地喝下去，跟他爱人说："你今天这冬瓜汤做得好。放了些姜米子哇？硬是提味。"

——所以，要让傅祺红来说，应该是自从那天吃了冬瓜汤以后他胃里面才梗起了，没来由地就要想起黄五孃的话。我名下的人要出乱子，他暗自琢磨，那只能说的是傅丹心那个人了。

他便默默地多观察起他那不肖儿子，却发现这小子最近居然特别乖。应该说自从世界杯结束以后，傅丹心就像是收心了，晚上也不出去了，呼朋唤友的时候少了，每天早上起来准时去开铺子，临到周末就到城里头电脑城进货，给他买了新的 SD 储存卡，甚至破天荒地主动洗了几次碗——儿子的变化连傅祺红都感觉到了，汪红燕更是早就喜形于色。

"老傅啊，"她对他说，"你莫说，你这一招激将法还硬是用对了。我看啊，你要提小陈去政府这事还真的就把丹儿点醒了，使他明白自己也更要努力——你看他最近好有干劲，好懂事！"

"再看嘛，"傅祺红说，"不要又是架势起得大，结果只有三分钟热情。"

毕竟傅祺红是要更加老辣，明白有些事情光看表面不一定靠得住，往往还得深入调研。他大清早在阳台上正打着太极，忽然听到厨房里头窸窸窣窣地响，不用猜肯定又是他儿媳妇睡不着起来了。他赶紧雀尾也不揽了，直接收了势，把玻璃门推开走进去，招呼："小陈，早上好啊。"

陈地菊明明刚刚才看到她老人公在起一招手挥琵琶，就想到她还多的是时间把茶泡好再回寝室，哪想到物换星移的，一眨眼就看到这老儿笑眯眯地站到了她面前。她没地方躲，只有也笑一笑。"爸，早上好。"

"你这泡的是啥茶啊？还是袋装的？"傅祺红瞟一眼陈地菊手上拿的茶包。

"这是洋甘菊茶，"陈地菊说，把那纸封封递给傅祺红，"我朋友给我推荐的，说是助眠的。"

傅祺红一看那袋子上写的歪歪扭扭全是洋文，只有一朵小小的白菊还算熟悉。"咋你年纪轻轻的也睡不好啊？我是长期失眠的，中医院的杨院长前段时间专门给我开了些阿普唑仑，效果还不错。不然你也去找他看看？"

"谢谢爸，"陈地菊说，"我先自己调节看看吧，如果过段时间还是睡不好再说。"

"睡眠不好千万得重视啊，有问题还得正儿八经去看医生。"他把茶包还回去，又补了句，"你调动的事我已经在找人了，你放心，你们那行长肯定最终得放你走的。"

"谢谢爸。"陈地菊又重复了一次。

她轻描淡写的语气让傅祺红心头一紧。已经有好一阵了，他也说不出来具体哪点没对，只隐隐觉得他儿媳妇有些离皮离骨，进出打招呼都显得蜻蜓点水，坐在饭桌上吃饭也样样浅尝辄止，偶尔这样跟她说两句话，她就总是心神不宁的，像是她背后有哪个一直在喊她，喊得她三魂七魄都散了一半。

"对了，"傅祺好问，"傅丹心最近对你还好嘛？他要是又耍少爷脾气啊，我来给你收拾他。"

果然，陈地菊愣了一愣，才说："没事啊。我和傅丹心最近都好。"

傅祺红认认真真看了她一眼。他儿媳妇只顾埋着脑壳，盯着薄薄的茶包，手指拇摩挲着那朵白花花。

"都好就好，"他说，"小陈啊，傅丹心那个人还没长醒，你呢，就要比他懂事得多。有啥事你帮我和他妈多看到点，万一他有没做对的，你一定要给他指出来——他这娃娃从来就是遭惯适了，光吃补药，最要不得。你要多帮助他，不要将就他那臭脾气。我在这儿先给你保证，我和他妈都是站在你这边的，不管咋样都帮你做主。"

陈地菊这才把脑壳重新抬起来了，一双黑白分明的眸子看到傅祺红的眼睛里。她脸上的神情使傅祺红确信，这女子这下是把他的话听进去了。"我晓得了爸，"她说，"谢谢你。"

说穿了，傅祺红是信不过他儿这个人的，但陈地菊他就觉得还算靠得住。因此有好话他都懒得跟傅丹心说，反而是要传达给他的儿媳妇——既然他儿媳妇稳稳重重地答应了，就必定会把她手上的绳绳拉紧些，那么他那儿再是个孙猴子，也总不至于一个跟斗翻到天上去。

也是亏得傅祺红毕竟当了多年的一家之主，运筹帷幄中，早就吃透了知人善任、唯才所宜的道理。孔夫子也说，举直错诸枉，能使枉者直，意思就是一定得多倚重有能力的，把风气立正，才能使那些吊儿郎当的自惭形秽，进而奋发向上——在他屋头是这样，在单位里面就更是这样。你看他每次县志办周一的例会上讨论上周的稿件，总要毫不吝啬地对写得好的人大加褒扬。

"这是人家苏聪写的，"他说，把稿子举起来朝下头坐起的挥一圈，然后捧到自己面前，"你看看这：第一章池塘养鱼，第一节，渔场养鱼，第二节养殖品种，第三节观赏鱼，第四渔业户，第五科技兴渔——你们听一听，学一学嘛，人家这点到点列得多清楚，多全面！你再看你们其他人写的这些。"他伸手随便抽了一张起来念："公司成立之初，生产基地以每月一万元人民币租用了原永丰食品一厂的部分厂房，身为公司董事长、总经理的邓石方又兼任政协副主席，他慷慨承诺……"——他念不下去了，把这张纸朝桌子上一拍。"你这是啥子，吴文丽？你是在写小说啊？我要跟你们说好多遍：史体纵写，以时系事；志体横写，以类系事。志不同史，叙而不议——叙而不议是啥意思？你还给我来个'慷慨承诺'？"

吴文丽瘪一瘪嘴，不说话。苏聪呢，也是眼观鼻鼻观心，眼镜架得端端的盯着手上圆珠笔，眼皮都没抬。其他小曾小杨还有刘会计之流就更是木鸡一般，拿支笔在自己门口那张纸上戳戳点点。一个会开了四十分钟，傅祺红一个人就说了三十五分钟，口若悬河，苦口婆心，把茶盅里面水喝得焦干。好不容易散会了，他回了办公室，第一件事就是把茶盅里的热水再加起了，坐下来，看那碧潭飘雪的清香随着热气飘了上来。

傅祺红嘬半口热茶，正要享一丝清净，就听到他手机又突突响起来，屏幕上闪着三个字：范大成。他喉咙口一颤，赶忙接起来："哎老范，感谢你想得起，又给我打电话了。"

范大成笑起来。"我肯定想到你的啊。你放心，你儿媳妇那事我记在心上的，要给你问的——我这是有个其他事情想麻烦你帮个忙。"

"有啥事？你说，你说。"傅祺红一边答应了，心颤颤难免悬起来。

"我这儿有个市上《永安晚报》来的记者，下来报道我们县这两年的新发展。他想要来县政府走一圈，我呢，又刚好抽不开身，能不能麻烦你帮我接待一下，带他转一转？"

傅祺红松了一口气。这范大成，你就是不想请那顿中午饭嘛！"没问题，"他说，"你喊他来找我嘛，我给你好生接待。"

范大成赶忙道谢，一声声的麻烦啊麻烦了。

"你我两个人，"傅祺红说，"不存在。"

挂了电话他心头有点得意，你说以前哪个想得起他县志办这个烂枞枞，现在居然也要找他接待市上来的人了——既然人家找到他了，那他老傅自然就要把这事情办得既周到又热闹，最好得找个人跟他一路去，最好还得是个女的。吴文丽当然是最佳人选，但她现在好歹是个副主任，拿来接待一个记者规格太高——傅祺红略一琢磨，就走出办公室顺着走廊穿过去（吴文丽的办公室门半掩着,苏聪的办公室门紧闭),走到实习生的办公室(门大大开着),敲了敲门框框。

小曾和小杨本来都在各自的办公桌前忙活,闻声赶忙把脑壳抬起来了,像两只惊了的雀儿。"傅主任好!"

这两个女子都是二十三四岁的年纪,都快要研究生毕业了,小曾是省社科院的,小杨读的我们本县的师专。小曾短发齐耳,一张圆脸,矮胖矮胖的,为人稳重。小杨呢,感觉有些内向,但长得就多两分人才,瘦瘦高高,头发落到肩膀上是微微的波浪卷。

傅祺红眼睛在这两个人身上来回扫了几扫,心头的计较也打了几轮,终于说:"小曾,待会有个市上晚报的记者要来,你跟我一路去接待一下。"

事实证明,他老傅的决定果然英明。市上的记者十一点到了,傅祺红和小曾两个人在办公大楼西区入口把他接到,闲话一起,发现这记者(姓陆)居然和小曾是同一个高中的校友,气氛马上活跃了。这下傅祺红话也不用多说,就跟在这两个人后面,听他们聊得欢欢腾腾,过了花园和鱼池,坐电梯上上下下,看了四大班子的办公室会议室和三个风格各异的食堂,又拿出相机来咔嚓咔嚓,拍了中庭里别致的假山和设备齐全的运动场。

"傅主任,你们这好安逸啊,太舒服了。"陆记者说。

"是不错。"傅祺红也感到很骄傲。"我们平时用惯了还不觉得,实际上真的是很幸运啊,有这么好的办公环境。"

小曾说:"我们这不但硬件环境好,同事和领导也都好得不得了。比如说我们傅主任,绝对是四川省方志界数一数二的人物——我分到这儿来实习,我们社科院的同学都羡慕得很。"

傅祺红心头一甜,看到陆记者一边点头一边又在笔记本上记了两句,就更有些美滋滋的。他还在盼望这美好的时光会持续得久一些,没想到陆记者十二点半不到就告辞了要打转身,说还要赶个新闻发布会,无论傅祺红如何留他吃饭也不干。

也罢了,傅祺红想市上的人是要有素质些,何况他给范大成的人情也做了还没花一分钱。他就热热情情地把这记者送起走了,和小曾一路去食堂吃了工作餐又一路走回了县志办。

"今天辛苦你了,小曾,"傅祺红说,"你刚才提的那几个点子都很好。不然你这周找时间写个材料,下周一例会给大家做个汇报。"

"没问题傅主任,"小曾说,"我争取周四之前写好,先拿给你过目一下。"

"要的,要的。"傅祺红笑起来,一边点头一边走进他办公室去,再一屁股坐下来舒了大口气。这女子莫看貌不惊人,能力还的确很不错——不错,不错。

他心悠悠地把陈茶倒了,重新泡了一杯竹叶青,又坐下来刚刚把电脑打开准备看看股市,就听到他那门上"咚咚"响了两下。

"进来。"傅祺红说。

门一推进来一个人,傅祺红一看就有点讶异:只见纤细细长梭梭的,居然是刚刚才见过面的小杨。

小杨朝他办公桌走过来,脸上阴阴的,坐下来幽怨怨喊一声"傅主任",好似眼角都在发湿。

傅祺红这下股市也不好看了,把屏幕按黑了,问:"小杨啊,你是有啥事?"

他心头大略有了几份估谙。果然，小杨吐了一长气，说："傅主任，我晓得我学历没曾婧过硬，为人处世也比不上她……"

"没有的事，"傅祺红打断她，"你和小曾都工作勤奋，都各有优点。你来我们这儿这大半年和大家都处得好，你写的稿子呢，虽然还有很多提升的空间，但也算是不错。你看，我这周不就派了你不少的写稿任务吗？我今天喊小曾陪我去接待完全也是因为我想到她要写的稿子不多，不想耽误你的工作——你千万不要多心。"

他这话说出来一个字都没错，哪想到就把小杨一双眼睛说红了。"傅主任，我晓得你向来是最公平公正的，"她说，"所以我这有个事情，我想来想去，还是只有来跟你说。"

傅祺红一下觉得胃里头空捞捞的，也不管他刚刚才吃了整整一份蒜薹炒肉。"你说嘛，你说。"

小杨走包包里面掏出来一张卫生纸先捏在手上，然后说："其实，我早就听说了现在有一个指标可以留我们两个实习生的一个人下来。我也晓得我只是个师专的，各方面也有各种缺点——但是我确实很想在我们办公室留下来，跟到大家，特别是傅主任你多多学习。"她顿了一顿，拿纸在眼睛下面蘸了蘸，水润润的眼睛看了看傅祺红。

傅祺红呢，就像是坐在云里雾里，没听出个所以然。留实习生下来的指标？他心头犯嘀咕，这是哪儿来的天方夜谭？他吸了口气正准备张开嘴来给小杨解释清楚，说你现在业都没毕公务员也没考，爬都没学会咋就想学跑？

结果这小女子就偏偏不等他，急切切地说下去了，要诉苦把冤申："说起来这事肯定也是我有错，太心切了，而且也很幼稚——你也晓得嘛，苏聪苏老师他一直都很照顾我——这指标的事也是他偷偷个给我说的。我呢，肯定是清楚我自己能力有限，害怕自己留不下来，苏老师就跟我喊我不要担心，说他可以来跟你沟通一下，把这个指标拿给我……"她又没声音了，空空地出了一口气，才接着说："肯定也是我没做对，想要走这个后门。但我想到他的确一直都和你走得特别近，所以就把他这话信了，还，还……"

这实习生一边"还"，一边把脑壳埋得更深了一些，傅祺红的心也就随着往下掉。老天爷啊，老天爷啊，他默默地一遍遍念。

"还跟他发生了关系。"小杨把话说出来了，脑壳也一下抬起来，一双眼睛里眼泪水饱满了，对着傅祺红。"其实，自从吴主任提起来了，我就清楚他给我许的愿多半实现不到了。所以我也一直在犹豫，不晓得应该咋处理这件事情——说起来虽然我也有不对，但肯定主要是他以权谋私，把我骗了。"她把这几个字咬得清楚。"我想了半天，觉得还是应该站出来，来你这举报他。这指标我肯定是拿不到了；但他既然做了这种恶事，肯定也得要承担后果。"

傅祺红把背脊挺得端直，看着他对面这个了不得的女子。他耳朵里头嗡嗡的，像是黄五孃那沙哑哑的声音在咒他。

他想到苏聪，想到他办公室最近都紧闭着的那扇门。这祸什污，扯个这么大谎出来是要哪个来给他捡后脚？他心头暗暗咒了一句，又记起去年七八月份，苏聪的爱人才给他生了个娃娃，好像是个男娃娃？还是个女娃娃？

他吞了一口口水，终于把嘴张开了，说："小杨啊，感谢你对我们的信任，把这

156

情况来跟我们说明了。我是听得非常震惊，非常痛心呐！你说的这事情如果是真的发生了，那的确是大大的不应该，那犯这事的人必须要严惩。但至于你说的那实习生转正的指标，你恐怕有点误会——这指标要给哪个我们这还没定下来，这事情要决定还早得很，你看嘛，你们这儿研究生都还没毕业，随便咋说都要等到明年年底去了。而你呢，其实各方面都非常突出，只要你公务员考过了，肯定是大有机会拿到这个指标的。所以，从我们的角度来说，如果现在我们把这事情闹出来，这指标就肯定不好再给你了，对你来说是不是就太可惜了。"

傅祺红把话说得很慢，又要表达沉痛，又要表达真切。他字斟句酌地，把这根枝枝朝小杨伸过去了，就看到小杨的脸色渐渐变了，泛起了一丝红润——他心头才算是踏实了些。

"唉！"他长叹了一口气。"君子之过如日月之食啊。小杨，你放心。这事情我们肯定是站在你这一边的，绝对要彻查到底——你给我们一点时间，我们一定会给你一个满意的答复，好吧？"

傅祺红日记　1986年12月9日

这政府大院果然不是好混的，随便一个都不是等闲之辈。今天来了个三十出头的妇女，面生生的，一走进办公室就甩了一摞文件到我桌子上，说的："哎，你来帮我把这份报告顺一下，明天要。"

我呢，其实还是客客气气的，就问她是哪位。她跟我说她是城乡建设管委会的，还是没说名字。我其实也没甩什她，只说等我把手头给卫主任的稿子弄完再来看她这文件。结果这女人就老大不高兴，白眼一翻把文件抽回来转身就走了。

等她走了，我隔壁桌的马向前才跟我说，原来这女人是白书记的小姨妹，最是得罪不起的。"特别是你想嘛，"他跟我说，"你这要办转正的事情还不是得靠人家书记点头？"

这一下，剩下这一天我都心惴惴的，临到下班前还是主动去跟卫主任把这情况说了，特别强调了我其实是要帮她看的，只不过是要她等一会儿。卫主任呢还是人好，就劝了我两句，又跟我强调既然是他把我借调到政府办来的，就肯定要把我安顿好的，云云。

唉，也就只能先听到嘛，埋头好生做事情，千万不能再得罪哪个了。说起来也是怪我自己，本来广电站待得好好的，何必心厚，挤到这政府办里头来受气？晚上我也没心情做事，就接着看《基督山伯爵》。你不要说这外国人写书硬是会编情节，确实扣人心弦。我看到莫雷尔还不出来钱准备自戕跟他儿子告别那一段就还是有点眼睛发酸。"血可以清洗耻辱的"——如果最后我真的在政府办没留下来，又遭退回广电站了，我哪儿还有脸活啊。

第 十 二 章

不知道从哪一天开始，傅丹心意识到自己似乎有一门特异功能，就是他经常都能在脑海里听到他爸的声音。跟朋友出去吃饭，临到要买单，他听到傅祺红的念叨：

"唉你这娃娃啊要学会节约。尽去当冤大头帮人家给钱，等你没钱了看哪个要理你？"——他就手一挥把服务员招过来，卡丢出去喊她结这一桌的账。去买车，他眼睛刚刚落到那辆白色的雪铁龙上，就想得到傅祺红要说："买车买银灰色的嘛！好收拾，不显脏。"——他果断拍了板，把这雪白的小轿车开回去，好欣赏他爸皱起眉毛看它的样子。当年朋友喊他投资期货的时候，他倒是犹豫了一阵，拿捏不定自己到底能不能承担那个风险，直到他去交水费，看到账单出来比上个月多了五块钱，耳朵边就响起傅祺红理抹他的声音："跟你说了好多回，洗脸水洗脚水都不要倒，要接下来冲厕所，咋又搞忘了？"——他就在心头骂了句怪话，转脑壳签了期货合同，交了保证金。

真正要说起来，唯独有一件事情他自始至终都没考虑过他爸的反应，那就是和陈地菊结婚。他还记得那一天晚上他坐在肯德基里，一只手捏着户口本，另一只握着陈地菊的手，光听到自己心咚咚咚地一声声跳。他对面这女子的脸白而无瑕，像是一套崭新的房子，里面有铮亮的木地板，通透的玻璃窗，还有他未来的爱人坐在真皮沙发上看电视，看到他推门进来了，她就站起来，说："饭都煮好了，你去洗个手就可以吃了。"他呢，就对她一笑，潇潇洒洒地说："今天不在屋头吃。我带你出去吃好的，我这一单赚惨了。"

随着时间的推移，傅丹心不得不承认自己当时的想法还是太天真了。到头来，他和陈地菊虽然是名义上结了婚，却依然要寄身在他爸妈的屋檐下，两个大活人挤在他那十平米的小寝室里头，天天脸对着脸屁股贴着屁股，三顿都要在他人下巴底

下接饭。于是他就听到了，他爸那不冷不热的声气在他心头响起："婚姻大事就该从长计较。你这对象其实是不错，但操办得太仓促了，急于求成，反而要坏事——可惜啊，可惜了。"

每一次，一听到他爸那阴施倒阳的声音，傅丹心就要尖戳戳地痛一下，人也就像触了电一般跳一跳：为了讨好陈地菊的爸妈，他把信用卡刷爆了，给丈母娘买金戒指给老丈人买新电脑；为了赚点快钱好还卡债，他把豹子胆长起了去火中取栗，把傅祺红给他的钱挪用了去买高效益的投资；又为了跟圈子里头的其他两口子齐头并进，他把脸打肿了充起门面，带新媳妇一起出国去巴厘岛旅游了一趟；等等等等。

但是，就好像是被那死老儿诅咒了一般，傅丹心越是上了心，殷切切地想要把他和陈地菊的关系绑得更紧，修得更好，就越要弄巧成拙，捅些娄子。更糟心的是，本来以前是他一个人在他爸面前晃，遭骂就骂了，遭收拾了也没其他人看得到；现在倒好了，陈地菊住进来在他们屋头，就多了一双眼睛随时看他出丑，两只耳朵天天听他遭训，至于她这个活生生的人更是成了他爸随时拿来教育他的榜样："你看看人家小陈好懂事"，"这小陈工作就这么认真踏实，不像你"，或者，"你啊你，学得到你老婆一半的稳重就对了"。被他爸念得久了，傅丹心居然就不由自主地把这份唠叨化到了他的心头。有时候两口子刚刚亲热完，他搂着陈地菊，无端端地听到他老汉儿的声音在说："唉呀呀，不晓得这女子咋就眼睛瞎了，把你这人看上了。"——他就要打个寒颤，深深吸一口气，压住自己颈项后头倒竖起来的汗毛。

上一回听到傅祺红的声音还是他在恒

发新城刘家的别墅里宿醉醒来的那个早上，耳朵里面灌满了全是女人的惊呼火扯：刘婷珊在尖叫，刘婷珊她妈在尖叫，还有他的丈母娘叶小萱也在他面前张大一张嘴巴，嘴皮翻得像警灯在闪，滚出来的骂声像是警笛在扯——都这样了，傅丹心却忽然听到他爸一声幽幽的叹息。"傅丹心啊，"那个声音说，"我真的管不到你了。你自己好自为之嘛。"

从那天以后，傅丹心再也没有幻听到过他爸的声音。他倒不觉得是因为他爸对他彻底失望了，只估谙是因为他现在害怕的人变了，不再是那姓傅的老儿，而成了他姓叶的丈母娘。毕竟，到现在都过了两个月，他手膀子上都还留着那时候叶小萱给他掐下的紫印子，而他只要把眼睛一闭，就能看到他丈母娘那张血盆大口，跟他恶吓吓地说："你这个龟儿子的，如果再遭我逮到一回你干这种不要脸的事，我绝对提一把刀来找你，不砍你个十刀二十刀我不姓叶！"

实际上他丈母娘是多虑了，他傅丹心从来就不是个挂念儿女私情的人。是，这刘婷珊是有点对他五迷三道的，他呢又因为这女子和周老六的关系，不可能脸一抹就不见她。但归根结底，刘婷珊对他来说不过就是一堆白肉，他傅丹心不可能让自己掺和这堆肉里头去，更不可能为了这个人把他和他爱人的关系影响了，无事生非地整出点事来闹。归根结底，他傅丹心现在承担不起其他任何事情的打扰，他现在关心的只有一件，那就是：整钱。

他算是想通了，他丈母娘也好，他爸也罢，甚至包括他的弟兄朋友以及爱人，这些人要整治他，刻薄他，摔摆他，冷淡他，都是因为他没钱。等他有了钱，他就可以马上带着陈地菊走县委家属院搬出去，租个拎包入住的精装房等他们的新房子交房搞装修；下一步，他还可以换个上档次的新车子，开出去看哪个敢不给他面子；甚至，要是再整对了，他就干脆喊陈地菊把她那鸡肋似的工作辞了，也不用一天到黑加班了，也不用去啥山遥路远的石家桥了，直接来他铺子上当老板娘，两口子串起手来一个主内一个主外，可不就要把生意做得红红火火。

让傅丹心意外的是，这一回，他爸居然跟他想到了一堆。眼见他小伙还没把钱整到，来得及跟自己爱人开口喊她辞职，人家老傅就把关系画圆了，对他儿媳妇提出来：来嘛，你那熬更守夜的合同工不要做了，来我们县政府里捧个铁饭碗。

按理说，他的老父亲如此这般，专门绕了几圈路费了几转功夫来维护他的爱人，傅丹心是应该感到高兴的，但他心头却着实有点不安逸。这事被傅祺红在晚饭桌上提出来，他也不好意思发贬言，只得乖乖埋着脑壳继续吃饭，又等到他爸吃满意了，施施然站起来宣布散席，他才和陈地菊两个人起身了，一前一后地回了寝室。

"我要是你啊，我就把这事情再多想一会。"他对陈地菊说，"轰"地倒下来在床上，半靠床头。"我爸这人你还不了解，我就再清楚不过了。他在他们单位上迂腐了一辈子，人得罪了一堆，关系没救拢过一回。因此我确实有点不太相信他突然就有这个本事把上头都勾兑好了，把这么大个事办得下来。"

陈地菊不说话。坐在梳妆台前面，把她的粉饼拿起来，掀开盖子看一眼又关了放回去。"也是，"她说，"这事肯定不好

159

办。不过爸既然有心要办，就试一试嘛。要是真的能转成了，那还是很不错啊。"

傅丹心笑一声。"这政府里头的工作看起来风光，其实没啥意思，无聊得很，又没油水——你就看我们这家属院里头的人嘛，说起个个官大面大的，实际上今天又哪个偷隔壁子网了，明天又有人楼底下花台里头悄悄个种菜了，简直笑人得很。"

"你要这样说的话，"陈地菊抬起眼睛来扫了他一眼，"又有哪样事情有意思？说穿了，都没意思。我们邮政银行有啥意思呢，你开那铺子有啥意思，我们两个结这婚又有啥意思？"

他爱人这弯弯一转有点大，方向盘一打到底像是要把车旋下悬崖。傅丹心手撑住床，坐起来了些。"你这话啥意思呢？"

"没啥意思。"陈地菊说，转过去把台子上的罐子瓶子一个并一个排好。

从背后看，他爱人的颈项挺直得像一只仙鹤，傅丹心无来由地想到刘毅文他们楼底下的九味鸭脖，想到了他在刘家那个臭烘烘的客厅里头睡沙发的那几天里他想着陈地菊打的那些手铳。他忽然有点气，就说："你跟我结婚也不亏啊，这马上都要给你换个政府办的铁饭碗了。"

果不其然，这话一出，他爱人的颈背就又硬了硬。缓缓地，陈地菊把脑壳转过来了，看着傅丹心，脸上似乎有丝笑意，又见那皮子发着青白。"你这么说我还真的要感谢你了，"她说，"谢谢你背着我跟其他女的绞缠啊。"

傅丹心脑壳嗡地一声。狗×的，他想，结果说了半天她妈还是把那天恒发新城的事跟她说啦？"哪个女的哦？"他说，"我跟哪个绞缠过嘛？"

陈地菊盯着他。"你敢说你认不到刘婷珊？你敢说你没开车载过她？"

傅丹心暗暗松了一口气。"你咋就把这个女的扯出来了？"他说，把脑壳摇起来。"是，她跟我生意上几个朋友关系都不错，一起吃饭见过几回。但我跟她完全不熟，更没开车载过她——人家开的是奥迪A6，哪需要坐我那烂车子！"

陈地菊眨了眨眼睛，眼眶子接着红了。"对的，"她说，"你说嘛，你继续说。你说啥我都信你。"

虽然他爱人的语气有所不同，但她说出来的这反话却像极了他爸会说的。汩汩地，傅丹心的脑壳里冒出了傅祺红延绵的唠叨，像是岩浆一样堵住了他的心窍。"你这人！"他说，身身一挺从床上冲起来，"我都跟你说我跟那女子没关系了你还要哪样嘛？你看我天天哼哧哧地在外头伺候那些大爷，净是当龟儿子，还不是为了我们两个的这个小家——结果呢，我回来还是个龟儿子！一天到黑听我爸那人阴阳怪气还不够，好不容易回寝室头还要遭你来再跟我阴阳怪气，把我当成犯人来审！"

他骂完了还是气，提起脚来转到了床的另一头去，隔着一张席梦思看着他的爱人，瞪着眼睛，竖着眉毛。"我简直受够了！"他说，"你不要以为我傅丹心就真的是当龟儿子的料，比你们这些人都低一等，既配不上你们那些机关里头的工作，还要天天拿来给你们摔贬。简直是够了！"

陈地菊还是坐在梳妆台边上，一张嘴张了张但是又没话出来。她脸上的皮色依旧发青，两颊却泛起来两坨血浸的红。"我摔贬你？傅丹心，你还有没点儿良心啊……"

他爱人的话还没说完，就听到客厅里面他妈的声音。"哎你们两个，"汪红燕喊，"有啥事小声点嘛。我这儿看电视的嘛——

160

电视里头的人说啥我都听不到了。"

古戏文里头说：堆金积玉平生害，男婚女嫁风流债。这还是很有道理，意思就是金钱啊，情感呐，都不是好东西，妖妖艳艳弄得人心神不宁，就要造些孽来整不好几辈子都还不完，正所谓祖宗荫德儿孙福，前朝冤业后世还。《坤卦·文言》里头也说：积善之家，必有余庆；积不善之家，必有余殃。这讲的就是一家一族一门中，好的歹的都要传继下来，丝丝缕缕，任你后辈小子扯也扯不松，挣也挣不脱。这样来看：傅丹心爱钱是有源头可循的，他爷爷傅银匠一辈子都和真金白银打交道，就算后来大跃进转去打白铁了，经手也是那亮闪闪的不一般事物；而他男女之情上的仓促和绞缠大概也是遭了前代的传承。我们镇上其他人不清楚，其实傅祺红当年和汪红燕的姻缘也是匆匆结下的，婚前就有些说不清的腌臜，不足为外人道。所以你说傅丹心可恶也可恶，可怜也可怜，毕竟他这一辈子再大再野，也不过就是原河北清河县傅氏一门传下来至今四十七代藤藤上的一颗歪瓜——你就看它又扳又跳，最终也就不过是把自己扭得掉下来，扑通一声碎得稀巴烂，埋到泥巴里化成肥，来养傅家的根根。

现在而今眼目下，傅丹心浑然不知他原来渺如蜉蝣蟪蛄，正四仰八叉地支开在"阳光电脑"的柜台后面，一边抽烟，一边在电脑上看后天凌晨的球市预测：西班牙赔率下调，夺冠形势大好。他嘴头叼起烟，手上捏着一支圆珠笔，把立博、欧博和必发几家公司的赔率都挨个个齐刷刷地抄到他的笔记本上。周六叔的摊子看的是澳门盘口，但傅丹心每次都要纵览全球，提前把功课做足，才可以在比赛现场稳住缰绳，不被那分秒都在变化的数字带起跑，再来适时诱盘、滚球、放水赚差价。3.65，3.25，2.00……他一边抄，一边觉得心怦怦地跳。也就只有我傅丹心，他想，第一次上手就可以操决赛盘。你龙刚这些人一个个的猪脑壳，死了都整不醒豁——也就只有我傅丹心。

才是早上十点二十不到，平常"阳光电脑"是不得这么早就开门的。昨天晚上跟陈地菊架没吵完一晚上都没说话，傅丹心清早就走屋头走了，不想跟那几个人一起吃早饭，只随便在小卖部买了个菠萝包。他觉得自己肚皮里头寡寡的，看了一眼时间又还早，正在想不然泡杯茶来填个水饱嘛，忽然就看到有个人翩翩洒洒地跩进来，喊一声："老板，来买主了！"

就见这个人一张脸又黑又粗，两片嘴皮薄而发扁，下巴上胡子拉杂，眼镜就最见方正，穿进铺子来一边喊一边伸手就把傅丹心手上笔记本抢过去了，看一看又翻一篇。

"你个龟儿子的！"傅丹心一纵起来走周眼镜那里把他的笔记本夺回来，打开抽屉甩进去，"你干啥子，还想看我的赔率！"

周眼镜呵呵笑起来："你咋现在就开始搞算数了？这儿到半夜两点过还有大半天呢！"

"今天不是我守，"傅丹心说，把抽屉推进去关严了，"明天才是我守，今天是龙刚。"

周眼镜手一拍。"你娃可以哦傅丹心，直接把龙哥整来守季军赛了。他肯定有点不安逸你噻？"

"有啥不安逸嘛，大家一样都是帮忙的。"傅丹心淡淡地说。实际上自从周六叔

161

出面，鼓捣龙刚把那十万退出来以后，龙刚就和他离皮离骨的，时不时还要发两句冷嘲，但傅丹心并不在意：怄嘛，你接到怄，怄死了我小傅来帮你收尸。

周眼镜点点头，把两只手背起走过去看傅丹心货架上的东西：耳机，音响，键盘，显示器，摄像头。"我那办公室准备再配一台电脑，"他说，"你帮我看看呢？"

没料想到这闲人还真是个买主，傅丹心赶忙把烟杵了，问他："你配来主要有啥用嘛？"

"就是普通办公用的嘛，"周眼镜说，"最多有时候网上看点视频。"

傅丹心就懂了，扯出一张A4纸来又拿了一杆笔。"你这办公用的就弄个因特尔奔四的CPU就可以了嘛，再整个华硕的主板，然后显卡我建议你要弄好点的，打游戏不卡，看视频效果好……"他嘴里面一灿火说出来，手头的圆珠笔也溜得飞快，写到单子最后划了一个价：8799。"差不多要这么多钱。"

周眼镜看着那四个阿拉伯数字，像是陷入了沉思。傅丹心就一把把这四个数划了，在下头重新写了一个：8599。"我给你算这个嘛，"他说，"都是弟兄家，友情价。"

他已经准备好了还要跟周眼镜继续还价，哪想到人家一伸手过来把那张纸接过去了，盯到上头像天书一样的字看了一会。"对嘛，"周眼镜说，"8599就8599。电脑有价，友情无价。"

傅丹心笑起来。一刀就把这闷猪儿宰了，反而让他觉得有点不好意思。"我再送给你一副华硕的耳机。"他主动说。

"可以嘛，"周眼镜说，"那你先配到，配好了我来拿货嘛？"

傅丹心说："没问题。等这马上世界杯收拾了我就来给你配。半天就配好了。"

所以说天道酬勤，早起的鸟儿有虫吃。傅丹心难逢难有上午开了一回铺子，就马上做成了一笔大单子。他笑眯眯地收了周眼镜五百元的定金，又听周眼镜问："走嘛，这都要中午了，跟我去吃饭嘛？"

"对嘛，"傅丹心爽快地说，反正这天挣得多的都有了，"我们去吃蹄花汤嘛，我请客。"

后来，傅丹心反复地把那天接下来发生的事情想了很多遍，但无论怎么看，怎么分析，他也不得不承认：当时的自己不可能察觉出任何的异样。毕竟，在我们平乐镇上，两个人吃顿饭吃出十个人太正常了，吃个晌午饭吃到晚上十一二点也不算稀奇。本来地方又小，馆子又多，大家都认得到又没啥正事做，遇到天气好的话就个个都出来了，偷油婆一样满街跑，找人一起吃饭喝茶。

你看这傅丹心和周眼镜跨出"阳光电脑"的时候天气正是烂漫，金灿灿的太阳挂起，天难得地发湛蓝。他们过了十字口，正在往南门菜市场走，还没走到老城墙边，周眼镜就咚地接了个电话，几句话说了挂了就跟傅丹心说："走哇，不吃蹄花了，我两个弟兄正好在摊贩市场那边吃鱼火锅，火都还没煮开，喊我们一起去吃。"

他们便打了个转身去摊贩市场，坐下来在大堂里头和周眼镜的两个朋友一起，追杀了一条三斤的大白鲢，又开了啤酒，刚刚喝了几口就听到店门外头有人在喊："哎呀呀，逮到你们几个了！背到老的吃好的！"

他们一转过去看到街沿上立了两个女子，一个穿红裙子，一个穿牛仔裤。那穿

162

红裙子的一边喊，一边对着傅丹心招手，可不正是刘家那宝里宝器的独生女儿婷珊。

正是：

书生本无意，只怨风晴日暖不肯放人归；

小姐最多情，光见一枝浓艳哪料心祟祟。

傅丹心暗暗咒了一声，没奈何，只得扯出一个笑脸来，眼看着这两个女子穿进来，蝴蝶一样落在了这一桌男人中间。不消说，刘婷珊自然要挨到傅丹心坐，她的女朋友坐在对面。

"小傅，你最近还好嘛？咋都不理我呢？"刘婷珊说，手爬上来摸着傅丹心的肩膀。

傅丹心还没来得及表态，其他男人就都笑了。周眼镜说："唉呀珊珊妹，我认得到你这么多年了，你从来没对我这么热情过——我简直有点嫉妒啊。"

他的朋友接口说："周眼镜，你也好意思！你娃赶紧找个地方照一下你自己那尊容，还是要有点自知之明嘛！"

周眼镜也不生气，把自己偏分的头发一抹，说："是，我肯定是不漂亮，但是我很实用啊！"

"你这话说得，"他另外一个朋友说，"等于人家傅哥就不实用了？"

这下一桌人就把脑壳扭过来看着傅丹心，像是要等他表态。傅丹心只得把啤酒杯子举起来，说："唉呀，各位哥佬官不要洗刷我了。来，我敬你们一杯！"

一群人就都把酒满上了，举起来一碰干了。"敬小傅！""敬实用！"

喝过酒的人都清楚，这第一杯一开，就像是吹响了比赛的哨子，接下来桌子上一个个就都要冲出来敬酒，一杯接一杯，一轮再一轮，越喝越快，越喝越猛，越喝越亲热。傅丹心开始想着要回去开铺子，后来就把这事搞忘了，反正今天晚上也没事，心头又堵起一堆气，干脆喝个畅快。他们吃了三条白鲢鱼，下肚了土豆藕片苕粉不计其数，把整整一箱啤酒越喝越少，又再点了半斤枸杞酒，不知不觉要把太阳都坐下山。

"你这死女子，"傅丹心脱口跟刘婷珊说，"你简直把我害惨了——你晓不晓得，昨天晚上我跟我老婆吵了一架，就是为了你这婆娘！"

"哎小傅，你这样说我们珊珊妹我就听不下去，"周眼镜说，"是，你那爱人是气质好人又漂亮，但我们珊珊妹也不差啊，而且人家还对你这么一往情深的——你倒好，还要骂人家！太不怜香惜玉了。"

周眼镜的话把傅丹心听笑了。他脑壳本来有点发晕，一笑人也就跟着飘飘的，手伸下去要抓放在地上的啤酒瓶，抓一下没抓到，却看到这瓶子居然遭两只白手握住了，再见一股细流自己汩汩地淌进了他的杯子里头。他盯了一眼给他斟酒的人，看到刘婷珊也在望着他，一双眼睛乌溜溜的有几分楚楚，长长的眼睫毛卷起来，又浓又密，像是一张小毯子。他心头一下有点软，听到刘婷珊说："周哥你这人！小傅爱咋说我是他的事，我爱不爱听是我的事，你是哪个嘛，要管我们两个的事！"

满桌男人都拍起巴巴掌来，呱呱地像一群老鸦："傅丹心你这娃艳福太深了，我们简直甘拜下风。""所以说人比人气死人呢，小傅你娃硬是要不完，那头有六叔看重你，这头还有这么多妹妹喜欢你，可以！太可以了！""来！来！来！跟我们珊珊妹喝个交杯酒！""喝个交杯酒！""喝个交

163

杯酒！"

傅丹心想喝就喝嘛，酒桌子上演个戏，还把哪个吓到了。他就跟刘婷珊挽起手来，喝了个交杯酒。酒杯子放下来他刚刚想捻个菜来吃，就听到周眼镜和他的朋友又在起哄："对了！对了！酒都喝了，该进洞房了！走！走！走！你们两个先走了，早点进洞房。"

傅丹心说："你们这就过分了啊，我还有家有室的，你们是要害死我吗？"

刘婷珊扁起嘴说："你们看嘛。他不干，咋整嘛？"

周眼镜说："酒都喝了还不进洞房，简直是耍流氓！珊珊妹你不怕，哥佬官我来给你做主！"

周眼镜的两个朋友干脆站过来了，绕到傅丹心后面一左一右，作势要把他架起。"狗×的！"傅丹心骂，两个膀子挥起，转身要踢这两个虾儿，三个人绕着桌子追起来，走马灯一般。还坐起的一男两女就齐齐鼓掌，笑得颠头倒耳。

这群人正闹得欢畅，忽然听到有哪个的手机在响。傅丹心虽然醉了，依稀一听这声音像是从他身上传出来的，赶忙伸手去裤子兜兜头把手机拿出来，看到上头屏幕在亮，闪着两个字："龙刚"。

他脑壳皮子一麻，一脚站定了，接起来："龙哥，咋想起来给我打电话呢？"

"小傅你赶紧来救我个命啊！"龙刚说，声音焦干，"我这儿家头有急事，今天晚上这摊子我恐怕守不到了，你来帮我守一下嘛？"

傅丹心打个手势喊边上的人都安静了，走到店门口去，说："你有啥急事啊不能待会球打完再去？我该是要守明天，咋能今天来给你守呢？"

"唉呀，"龙刚说，"是郑维娜那女子出事了，我得马上要赶过去。小傅，你得救我啊，这事就只有你能帮我了。我给六叔都说了，他说的不然喊你来，不然就不准我走。"他有点哽咽了，鼻音也出来了，傅丹心从来没听过龙刚如此狼狈的声音，像个小弟娃在低眉顺眼地讨他的好。

"唉你不着急嘛，"他说，人大义大的样子，"我这正跟周眼镜他们在一起。我跟他们说一下，等看我打个车过来再说嘛。"

龙刚赶忙千恩万谢过了，傅丹心把电话挂了。他站在火锅店门口，看着对门子一溜紧闭的铺面，路灯已经打下来了，映着电线杆的影子又黑又长。他深深地吸了一口气。也就只有我傅丹心了，他想。

他走回去，看着那一桌子的人。男人们面堂发红，女人都杏腮含羞，五双眼睛在他身上，像是要等他宣布那开天辟地的消息。

"龙刚那娃整不醒豁了，打电话来喊我去救他，"他说，"看来今天这场子也只得我去守了。这下安逸了，老子一个人要连熬两个通宵！"

大话虽然说出来，但坐出租车上，傅丹心还是有点发怵。车窗子都被摇下来了，车里头却还满是酒气。微凉的风吹进来，吹在他脸上，也吹在他身边女人的头发上。

"小傅你不担心，"刘婷珊说，"你这是喝的啤酒，不得好上头，赶紧多喝点水。"她递过来一瓶矿泉水，瓶盖子已经扭松了。

傅丹心心头一暖，把水接过来，喝了一口。刚刚上出租车的时候，傅丹心本来是有点犹豫要不要带她，但周围几个男人都起哄，不准他把刘婷珊抛下了，再加上这痴心女子又造孽兮兮地望着他，嘴头说：

164

"小傅,我跟你一起去嘛。这还得一通宵,总得有个人来照顾你一下。"

傅丹心本来还有点将信将疑,但现在看来这女子其实还是识大体的,上了车再没啥咿咿呀呀或者要跟他动手动手,麻利地把窗子都摇下来了,又拿水给他喝。

看傅丹心把一瓶水喝了一大半,刘婷珊又说:"我这刚好有醒酒的药。我平时喝多了就吃一颗,效果还可以,你不然吃一颗嘛?"她伸手进包包里面摸了一转,拿出来一个念慈庵枇杷润喉糖的铁盒盒,打开来,里头排满了全是圆圆的白颗颗,聚在一起像是一只巨大的复眼。

刘婷珊把一对蔻丹红的指甲并起,挑出一颗白药片来,递给傅丹心。"来嘛,"她说,"吃了脑壳清醒些。小傅你没问题的,你是啥段位嘛,比他们那些人不晓得要高好多。等会你好生整这一盘,保证那些瓜娃子把窑裤都输干净。"

傅丹心看着这女人的眼睛里是赤赤的火,她说出来的话下到他的肺脏里,搅起来汹汹的血气。他想立刻就把这婆娘拉到怀里来,狠狠地亲她的嘴,再把她掀倒在后座上,痛痛快快地和她亲热。但是他忽然又听到了,在脑壳里面,那个很有些日子都没有出现过的,他爸阴森森的声音:"傅丹心,你不能一错再错啊。你要是再把陈地菊违误了,你就真的是不叫人呐。"

傅丹心胸口一紧,把两个坨子都捏起了。狗×的,算逑了。他想,硬生生把他鼠蹊里窜涌的阳气按下去了,只客客气气把手伸出去,走刘婷珊手上把那颗药捻过来,放到自己的嘴头,再一口冷水给它灌了下去。

陈地菊喝了一口杯子里的茶,才发现里面的水没有烧开,仅仅是温热的,茶叶也没有泡开,硬杆杆地浸在倒冷不热的水里,渗出一股生味。喝都喝进去了,陈地菊也就只有把这口水吞了,抬起眼睛来,看着坐在她对面的男人偏起脑壳翻一摞文件,一双眉毛皱得梆紧。

"代行,实在是给你添麻烦了。"陈地菊说。

代行长叹一口气,把文件合起来又把眉毛舒开了,说:"小陈啊,你确实是把我弄得很为难啊。"他摇了摇头。"你也晓得我们最近有好缺人手,小朱产假还没休完,这眼看小唐也就是这两周要生的事了——整个前柜就只有你和徐佳两个人顶起在,你要是现在走了,我去哪儿抓人嘛?"

对的,你编嘛,继续编。陈地菊心头想,脸上扯出个空洞洞的笑来。她面前对着代行长,背后却总感觉像有一双滚烫烫的眼睛在瞪她,正是她的妈妈叶小萱。"你这周一定要喊那姓代的给你个准话,"她妈反复跟她交代了,"不能再把我们当瓜娃子一样光喊我们瞎等。"陈地菊暗暗叹了口气,把背挺了挺。"代行,你说的这些我都清楚,"她说,"上回你找我谈话的时候也都给我说了,小朱刚刚休产假让我多顶一阵,我当时也是同意了的。只不过这都又要两个月了,我听说她好像还要延假?唉,主要是人家政府办那边也是缺人的,不可能一直无期限地把那位子空着等我啊……"

"我晓得,我晓得,"代斌摆摆手,"政府办那工作肯定是安逸,我要是你啊,我也想早点调过去。问题是你和我们签了劳动合同,是有责任有义务的,总不能说走就走嘛?对吧?"

"我当然不是想说走就走了,"陈地菊说,"不过只是想有个确定的时间。你看我是能国庆之后调？还是要等十一月，十二月？"

代行长把眼睛瞪起来，好像一只呛水的蚂蚱儿。"咋可能国庆节之后？这都还有几天就国庆节了，"他说，"看嘛，总要等小朱回来嘛，看她啥时候把产假休完嘛再说嘛。"

他说完这句话就不说了，嘴闭得梆紧，手指拇在桌子上哒哒几弹。陈地菊不由地怀疑：如果坐在这里的人不是她而是她妈妈，代行长的反应会不会有所不同——如果是她妈妈坐在这里，叶小萱该会要如何应对这尴尬的局面呢？是骂这姓代的说话不算话，本来只说喊她多上两周现在一抹脸成了要上到年底呢，还是把笑脸扯出来把高帽子给他戴起，再把代行长英明能干最体谅下属肯定能找个解决办法出来之类的赞美之词像花儿一样吐出来堆在他的面前？是扯出来一个满鼓鼓的信封给他上贡，还是把茶杯子里的冷水一灿火给他泼过去？有一瞬间，陈地菊觉得自己似乎看到了她的妈妈，黑嘴董脸，毛焦火辣地，在跟她说该要如此如此这般这般，把这个囚皮寡脸的赖子嘴撬了，肚皮剖了，脑壳钻了，总之要走他这儿挖出两句人话——但她仔细去听的时候耳朵里却是空嚯嚯的，只有窗子外面传来的西街上的车来人往。

"那就这样嘛，"代斌说，"你先去忙嘛。"

"好的。麻烦你了，代行。"陈地菊说，客客气气地站起来，走了出去。

她坐回了柜台后面，把几缕散下来的头发别到耳朵后面去了，按了下一个号把事情做起来了，行云流水地。上午的营业高峰已经过了，大厅里面稀稀落落地坐了小十号人，大多数都是西街上七仙桥和摊贩市场的老居民。开卡的，取工资的，交水费的，存定期的，何孃孃，孙大爷，叶伯伯，曾婆婆。陈地菊一边隔着玻璃和街坊们寒暄，一边心头的无名火在灼：代斌那人简直可恶，东拉西扯，一拖再拖，摆明了就是不放她走嘛。问题是她在你这烂垮垮的邮政银行干了这么多年，之前那么多次人事提拔有哪次想到她了？光现在假惺惺说些好话，好像很看重她的样子，其实无非就是想把她这老实人留下来继续哼哧哼哧给他做牛做马。

陈地菊觉得很懊恼，不仅是因为他们那个阴阳怪气的支行行长，更多的是因为她自己——已经不是第一次了，最近，她时常被这种愤懑冷不丁地罩住，像是一个黑漆漆的口袋哐地套在她脑壳上，一把就勒得她喘不过气。为啥呀，她又不是憨的，也不瓜，为啥要鼓捣把那没泡开的冷茶喝下去？道理她都懂，人她也看得明白，为啥就每次都把硬胃不起来，不能像她妈叶小萱那样当场就把态度表明了，把好话歹话都说伸展；为啥她就偏偏回回都那么肉扯扯的，那么窝囊？

她敲键盘的手劲大了起来，噼里啪啦地，像是冰雹在打下来，整得柜台那头取钱的也受了惊一般，把手头的袋子捏紧了，望着她。

"小陈啊，"那婆婆说，"不是我的钱有啥问题吗？"

陈地菊转头去看这客户，看着她脸上的皱皱和花白白的头发。"没问题，曾婆婆，"她支出一个笑，把银行卡，收据和钱都摞好了，两只手递出去，"来，这是您取的五十元。您拿好了。"

其实也不怪陈地菊腹诽，她这调工作

的事从七月中旬拖到了九月下旬还没有个下文，确实是有点气死先人的意思。好不容易到了午休，她没心情也没精力去给她妈扯回消，几下把她的盖浇饭吃了，又懒得这么早回去继续坐那铁笼子，她干脆悠悠摆摆地穿过马路，走到"学而知"去翻些书看看混时间。

因为上回专门来买了公务员考试的参考书，陈地菊发现这书店里面居然还有一个卖备考书籍的角落，整整两个书架上满是《国家公务员录用考试历年真题精解》《全国硕士研究生入学考试大纲》《法律基础知识》，还有《新东方英语》《新托福考试核心语法》《新GRE词汇精选》等等。她本来还有些奇怪我们镇上哪会有人用得着这种书，问了老板才听说这些考试书其实销量好得很。

"就二环路外面西南大学的一个女孩儿，去年来买了好些考GRE的书，"女老板对陈地菊说，"结果年初还真就考上了一个美国的大学，一个多月前走了，现在该是在美国上研究生了。"

陈地菊觉得有点头晕，无法在脑海里丈量从平乐镇西街到美国的距离。从那天以后，她就像入了迷一样，时不时来这备考书籍的角落晃一晃，翻翻这本，看看那本。

"高中时候我英语还是不错的，"她想，手里翻一本《考研核心词汇》，"咋现在就一个单词就认不到了？"

那些白白的书页上都印着黑黑的字，拼出来一页页的却在陈地菊眼睛里面化成了斑斓的景象，有摩天大楼，高架桥，大道上熙熙攘攘的人摩肩接踵地在走——陈地菊幻想她自己就在这些人中间，要去一个新的地方，换一张新的面孔。

有小令一首为证：荷盘渐枯风渐凉，今日芳菲明日黄，美人遥思他乡事，梅心远，一半儿清冷一半儿犟。

她把书合上了，放回去，晃眼间看到有一个穿牛仔裙的年轻女子站在她斜对面的书架前面，散散地背个大手提包，脑壳上架个粗框墨镜，很有点明星架势。陈地菊不由地多看了她一眼，才发现这人居然是有一阵不见的郑维娜。

"娜娜。"她喊，难得地有些惊喜。

也是稀了奇了，郑维娜手上捧着一本书，看得像是入了迷，陈地菊又喊了一声她才把脑壳抬起来。"唉呀，梅梅姐，好久不见！"她走过来站在陈地菊面前，书还捏在手上。陈地菊看到封面上写的：《网络营销宝典》。

"我听说你和婷婷那淘宝店好像还很红火啊？"陈地菊问，想起前两周见王婷婷的时候她给她显耀的她那铺子的主页，上头五个黄灿灿的钻石。

郑维娜笑起来，像是有点不好意思，把那书翻了个转，封面藏起来贴着自己的心口。"还算可以嘛，"她说，"我们两个也没想到。这才几个月都升了皇冠店了。我们最近在跟几个服装厂联系，准备试着自己打版。"

"你们简直太能干了，"陈地菊说，隐隐有点懊悔当时躲了王婷婷一阵直接把给她们当模特的机会出脱了，"有啥需要帮忙的地方记得跟我说啊。"

郑维娜点点头。"你和傅哥最近咋样呢？我听龙刚说傅哥最近简直找不到人的嘛，他还好吗？"

这恶吓吓的名字直接让陈地菊心头一哽。她不好把她的不安逸表现出来，只得额外扯开一个笑脸。"可以，我们都好得很。傅丹心就忙他铺子上的生意嘛。他世界杯以后的确像是收心了——看管得到好久嘛!"

郑维娜本来把话递出来是有点想探陈地菊的口风,没想到她一下直奔主题,把"世界杯"提出来了。她一下有点心跳跳的,又赶紧稳起了,一字一句抑扬顿挫地说:"唉呀!我就说龙刚是瞎操心嘛!你看,还是傅哥那人对,浪子回头金不换,毕竟啥都不如顾家重要啊!"

陈地菊再是不多心也听得出来这郑维娜唱戏一般的其实是话里有话。本来,平常她也就算了,顺着你这话轱辘再转两转,反正马上就要说再见——但今天她忽然有点不想忍。干干脆脆地,她直接把话说伸展了,免得这女子再牙尖:"其实,傅丹心前段时间出了点事,好像是在那足球沙龙操盘的时候出了错。他当时回来就跟我说了,还搞得很有点崩溃,幸好过后处理下来了——真正要说,这事还是个好事,他虽然赔了点钱,也算把教训学到了。"

郑维娜频频地点头,像是个认真听讲的学生,脸上也肃穆了。"原来你晓得那事啊,"她说,"我也是听龙刚摆了。还是很吓人啊,把赔率整错了两个点简直不是开玩笑的!还好是解决了,解决了就好。傅哥赔了好多钱呢?"

"赔了三万,"陈地菊说,尽量把语气放得淡又淡,"他倒是自责得很,弄得我也不好多怪他。花钱买个教训嘛,花钱消灾。"

郑维娜又是一怔,像是听到了啥天方夜谭一般。过了一秒钟她回过神了,抿起嘴来想忍,又始终没忍住,哈哈地笑了起来。"哎呀呀梅梅姐,我确实是佩服你,"她边笑边说,"你简直太看得开了。硬就是人家说的那种,视金钱如粪土。换了我啊,我肯定要给他打一架。你呢简直大气,说算就算了。也是,也是,花钱消灾,花钱消灾!"

郑维娜的笑声又脆又亮,真正是像银铃儿一样响穿了整个书店,引得收银台后的女老板也抬起眼睛来朝她们这边扫了一眼。陈地菊觉得脸上发烧,这女子笑得她心头有点发毛,但又遭她高帽子都戴起了,还拱到了台台上,一下不好跳下来,只得说:"是嘛,只舍财就能把灾消了那就是不幸中的万幸。我也不是啥视金钱如粪土,只不过钱嘛,够用就对了。应该说我们还是都很幸运的,吃穿住行都不缺,剩下的多点少点其实也没啥区别。"

郑维娜再把头点了点,说:"你说的这个我倒不是很同意。是,过的话都可以过,穿草鞋也是过,穿皮鞋也是过,但有那好鞋子拿给你哪个不想穿?都是人,哪个不想往高处走,往好了过?没钱的话咋走,咋过?就说你跟傅哥两个人嘛,现在是啥都不缺,等你过两年有个娃娃呢?万一——生生对双双儿呢?"

陈地菊万万没想到自己还真的遭这女子的几连问整得乱了阵脚。她勉强把脸绷住了,脑壳里头不由地回想自己上次来月经是啥时候。实际上,她也听她单位上那两个怀孕的女同事抱怨过好几回,说这年头生娃娃太贵了,光是订个好点的妇产医院再加月子中心就要八九万,还不要说请保姆,请月嫂,买进口奶粉,送双语幼儿园——她一下想远了,心里头空捞捞地发慌,背心子都有点出汗。

"这恐怕还是不至于哦,"她脱口而出,"我本来就没打算要娃娃的。"

各位看官，看到这儿你们是不是觉得有点稀奇，想的陈地菊这女子实在有点陡，咋好生生地跟她女朋友在书店里头摆了几句闲，就嘴一张蹦出来不想生养这样惊世骇俗的话。但你有所不知，陈地菊这一句乍一看像是遭郑维娜逼出来的气话，实际上却是话有其本，话有其源的。怪只怪我们说故事的啰嗦，不像是台子上演戏的，往往一灿火把甲乙丙丁都凑到一堆来，三言五句，捉奸的，报恩的，解误会的，见分晓的，都即刻一清二白——但实际上真人真事里面往往没有这么简单，不是说前因就硬要挨着后果，也很少见作孽了马上便遭报应，不然也就不会有王世名藏宝剑五春秋终报父仇，韩秀才舍鬼子十八载才得团聚等故事了。再转过来说陈地菊这个人，她的毛病就在于太喜欢忍，往往有哪个把她惹到了，她都不即刻发作出来，反而是要按下来藏到肚皮里头，作出一副明事理识大体的样子，说不清楚是要给他人瞻仰，还是要供她自己欣赏。问题是气是不能忍的，越是要装就越装不下去，越是不想就越要恼，不然又哪会有怕黄昏忽地又黄昏，不消魂怎地不消魂的诗句，更不会落得香肌瘦几分，搂带宽三寸的下场了。

你看她把这话说出来其实自己也吓了一跳，当着她女朋友的面没好意思多做声响，但走回单位上了一下午的班都心不在焉的，在脑壳里反复想着自己骤然发出来的这一句宣言。我是不想要娃娃呢，还是不想要傅丹心的娃娃？她默默地问，拿起名章来盖下去，一个红框子清丝严缝地圈在中间规规矩矩的三个字：陈地菊。

从小到大，这三个字她不知道看了多少遍。最开始在她的作业本上，《小学语文》《小学数学》的封皮上，到后来在她的学生证上，驾照上，身份证上，工牌上，还有他们的结婚证上。小时候她不太喜欢这个名字，尤其见不得中间那个"地"字，她妈说是她命里头缺土专门给她补的，她就觉得这字扎实得很心慌。她的同学们也都喜欢拿这个字取笑她，给她起了一系列的外号，诸如："地瓜""地龙""地钻钻"——总之没一个是好的。等到她和傅丹心去扯了证，九点半不到走民政局出来，一对坐在他的车里面看着两个红本本，一字一句地看了一遍又一遍。她记得傅丹心摩挲着他的那份结婚证上"陈地菊"三个字，说："哎呀，梅梅，我好喜欢你的名字啊。"

她就说："啊？我最不喜欢我这大名了，土得很，瓜兮兮的。"

傅丹心笑起来："你这名字多好的啊，那么特别。而且我们两个的名字放在一起特别配。你看：傅丹心，陈地菊。"

陈地菊就顺着他的话把她自己本本上的那两个名字也对起看了看：陈地菊，傅丹心——的确有一种说不出的联系。

傅丹心出事的那天晚上陈地菊睡到两点过就忽然醒了，心怦怦地跳，脚心和手心都冰凉。她看着另外那一半空荡荡的床，记不起来傅丹心到底有没有跟她说过他今天是不是要去足球沙龙，把手机捏了好一阵还是没有把电话打出去给他——既然他都没有找她，她又何必去找他？

她强迫自己看书，却一个字都看不进去，右眼皮跳得像是哪个吃错了药在发疯。她不得不走书的扉页上撕了一个小角角，又拿口红把这片纸抹红了，沾了口水贴到眼皮上，才把它安定下来。她坐在床上，闭目养神，想的：等到六点还没消息的话就给傅丹心打电话。

半梦半醒中，她的手机自己响起来了，

陈地菊迷迷糊糊地伸手去把电话接起来，听到了在那一头她爱人的声音。"梅梅，"他喊她，发出来的每一个字都在颤抖，"梅梅，你出来一下嘛？"

陈地菊看了一眼时间，才是早上四点过。"你在哪儿啊？咋不回来？"

"我在肯德基，"傅丹心说，"我，我出事了——梅梅，你过来嘛，你快点过来嘛。"

他喊她喊得像是一个走失了的娃娃，陈地菊的心都揪紧了。她赶忙起来了，轻手轻脚出了门，穿过空荡荡的东街走到天盛广场，推开那家二十四小时营业的快餐店的大门，上了二楼，在窗户边上的那个老位置找到了她的爱人傅丹心。

他在椅子缩起来一坨，手抱着蜷起来的腿，脸埋在膝盖后面。"傅丹心，"陈地菊喊他，伸出手来轻轻摸了摸他的肩膀，"傅丹心？"

直到傅丹心把脑壳抬起来了，陈地菊才看到他真的在哭，一张脸被眼泪水浸得焦湿，眉眼都皱在一起，眼睫毛也绞起来，贴在眼皮上。"梅梅，梅梅。"他喊她，一把抓住她的手，扯过去，把嘴唇印在她的手背上，印了一下，又是一下，他的眼泪水也沾上来，又湿又冷。

陈地菊没有见哪个男人在她面前哭过，更何况哭得这样地涕泪齐下、造孽兮兮。她一下也没抓拿了，坐下来在傅丹心的对面："丹心，你咋了？有啥事你好生说嘛？有啥事我们商量解决嘛？"

傅丹心就吞吞吐吐给她说了，说今天晚上是本不该他守那沙龙，所以他跟周眼镜他们几个一起夜饭就多喝了两杯，没想到又遭临时喊去操盘，他就只得去了，本来想的他喝的只是啤酒，打的又只是季军赛应该不得好多人来，但是没想到路上，没想到——"我遭整了！遭她整了，把我整惨了！"

他把这"惨"狠狠吐出来，龇牙咧嘴的，脸上的筋肉都纠起来了，一下有几分狰狞。下意识地陈地菊想要往后一缩，但又把自己稳住了，问："哪个整你了？咋整你了？"

傅丹心望着她，大颗大颗的泪珠子顺着他的眼角往下流。他的嘴皮好像张了张，又最终什么都没说，只是把头摇起来。"是我错了，"他说的，"真的是我错了，我该听你的，不该跟他们那些人混的，我该好生跟你说，不该跟你吵架的——唉这下整安逸，莫名其妙欠了他们一堆钱，咋整嘛？唉，我只有去死了，我只有死了算了。梅梅啊，我就想跟你说，不管咋样你一定要相信我，我心头真的从来就只有你一个人啊，就是我死了也只有你一个人啊……"

后来，陈地菊反复把这个场景想了很多遍，越想就越觉得那不像是一个真正发生过的场景，反而像是一个她在哪里看过的电影片段：她顶上的白炽灯打得透亮，穿过她身边一尘不染的落地玻璃窗，把他们的影子投射到外面还是沉黑的街道，忽然地，第一丝霞光破开了天空，照进了快餐店里，端端地打在了她和傅丹心握在一起的手上。陈地菊看着她爱人的手，皮肤比她的略略沉暗，把她的手紧紧地捏在掌心里，五个指头绞缠着她的，像是那大理石的雕塑即将沉入永恒。

"我只有死了，"她听到傅丹心还在说，"梅梅，我这下真的没法了，我只有去死了。"

"好多钱嘛？"陈地菊说。她的声音忽然发出来，有一种陌生的尖锐，把她自己

170

都吓了一跳。"你欠了好多钱嘛?"她把声音放沉了一些,又问,"我还有些存款,说不定能帮你还。"

傅丹心把背慢慢直起来了,愣愣地望着他的爱人,像是弥留中的人看见了灵光,整个人都定住了。陈地菊只得又问了一次。

"三,三十万,"他终于说,"我欠了他们三十万。"

都是命,陈地菊想。她从自动验钞机里把那摞钱拿出来,桌子上顿一顿,再递进扎把机里,咔嚓一下出来齐崭崭的一捆,推过去和其他扎好的并起,又再把下一摞放进验钞机。都是注定的,一切都是命中注定的,她对她自己说,两只手上不停。……六,七,八,九,十,十扎数完就打起来一捆。

她找谭军要四十万本来只是随口说的一个数字,哪想到就刚刚巧是这四十万,先是给了她和傅丹心新房子的首付将近十万,剩下的三十万又正好还进去了填傅丹心的债,整整三捆十扎每扎一百张红票子,银货两讫,再不相欠。

她把现金都点完了,账对好了,回执理清了,又把还没有用的银行卡、存单,点好了摞齐了,一样样封到箱子里面去,再装进去她的名章、业务章、假币收缴章那些零碎。

以往,陈地菊都是最后一个轧账的,还常常留下来和值班领导一起等款车到了再回家。现在她总算想通了,把那些额外的都留给想被重用的人去挣表现,她呢,就只管好自己的本分。四点半过一点儿,眼看营业大厅没人来了,陈地菊便有条不紊地开始轧账,等到五点正钟一敲,她就提起包包准时下班。

"你们老公又在外头等你了哇?"徐佳说,"天天这么恩爱,简直要把我们这些单身狗气死。"

陈地菊笑一笑,跟她同事说了再会,推开营业厅大门走出去,果然就看到那辆雪铁龙停在银行旁边摊贩市场巷子门口,又白又亮。她几步走过去打开副驾的门,就看到傅丹心侧过脸来抬起头对着她笑。他这段时间精神多了,胡子刮得干干净净,头发梳得伸伸展展,更显得俊朗。"下班啦?"他说,伸手拍了拍副驾的椅子,又把靠垫调正了。

陈地菊轻巧巧地坐下去,把手提包往后一送放到后排座位上,转过来就看到她的爱人正盯盯地望着她,手绕过来抱住了她的肩膀,脸凑近了,一对薄薄的嘴皮骤地吻上了她的嘴。

"梅梅,"他喃喃地说,"我想你了。"

陈地菊觉得脑壳有点晕,她一边伸出手来揽住她爱人的后背,一边想:都是命啊,真的都是命。

等他们终于把车子开出去了,开在车水马龙的西街上。陈地菊说:"今天午休的时候我撞到郑维娜了,她说龙刚在找你呢。"

傅丹心叹了口气,方向盘倒是握得稳稳的,但眼睛就飘过来看了陈地菊一眼。"他找我干啥?"他说,"我三大三十万都给了,也把态表清楚了,再也不想跟他们那些人有啥瓜葛了——他找我也没用。"

他这话说得笃定,陈地菊刚刚有些飘忽忽的心就又稳下来了。"怪只怪我们这地方太小了,总是要低头不见抬头见。"

傅丹心把手走变速杆上抬起来,伸过来沉沉地捏了捏陈地菊的手。"梅梅,你放心,"他说,"你那钱我肯定要慢慢还给你的。其实我最近也在想,不然干脆把我那

171

铺子退了算了，我看人家都开始在网上卖东西了，又没房租，客源又广，方便得多嘛。"

他们的车开过了十字口，街心花园层层叠叠摆满了一品红，背后一墙的绿植，中间又再镶着红花，拼出来：欢度国庆。陈地菊从车窗里看出去，忽然发现花园中间的大摆钟不知道啥时候拆了，现在杵在那儿的是一杆探照灯，高耸的杆子上顶着一个飞碟似的大圆盘，等天暗下来了，这一圈灯泡就要亮起来，把我们镇四面八方的枝枝角角都照得通明。

陈地菊忍不住眨了眨眼睛。"我今天也还在做白日梦，"她说，"想的不然我也不要盼到靠爸的关系去县政府里面了——就像你说的，那里头关系又复杂，又死沉沉的，我这才三十多岁一个人，是不是该再多拼一把？真正静下心来，说不定还能考个啥研究生。"

"研究生可以啊！"傅丹心马上说，"我支持你。你本来就爱读书的，肯定可以考起的。只要你考起了，不管去北京还是去上海，我都跟到你走。"

陈地菊嗤地一笑。"你咋还就当真了？说起比我还激动。"

"为啥不可以呢？"傅丹心说，再把陈地菊的手捏住了，"我是真的有点不想在我们这鬼凼凼待了，还不如换个地方闯一闯。"

为啥不可以呢。陈地菊感到一股热浓浓的气走她爱人的手心里涌过来。眼前，东街的路刚刚过了老城墙边，越展越宽，正有点峰回路转、云开月明的味道。陈地菊感到她的心口一阵悸动，好像真的有什么了不得的事要发生了——她转过去看着傅丹心，他坚毅而略带忧愁的侧脸。

等到他们把车开回了县委家属院，陈地菊还是有些心潮激荡。他们钻出了车子，看到今天院子也像是额外热闹，一堆邻居三五成群地站在一起，说些小话，看到他们两口子走过去了，对他们扯起嘴角来笑一笑。

"今天是有啥事啊？"陈地菊说。傅丹心却不说话，眉毛皱起来，大步朝他们单元门口走。到了单元门口就又看到围了一堆人，是傅家楼下的邻居。这几户都是退休干部，平常很少看到人影子。他们看到傅丹心两口子过来了就显得有点紧张，讷讷地喊："哎，哎，小傅，回来啦？"

这下就连陈地菊也觉得有些不对了。她跟在傅丹心的背后，一步两阶地上楼，上了一层又是一层，楼道里面倒是空空的，陈地菊听得到自己咚咚的心跳，大喘喘地呼着气。她上了四楼，又爬了一层十二阶，转过来在平台上，拉着拐角的扶手，正要抬起脚来再走那最后一层——就是在这个时候，她看到了，高高地在五楼楼梯间的墙上，殷红的笔触画下了张牙舞爪的几个大字。这些字是那样地红，衬得那背后那本来污黄的墙发着幽白。

欠债还钱。那血红的字写的是。

"我×你先人！"傅丹心咒了一句，扑着冲上去，一把把身上的衬衫脱了，抢到墙上去，疯了一样擦这几个字。但字都写上去了，又哪是这么容易擦掉的，他越是舞，就越是把这红漆弄到他的衣裳上，手上，脸上，头发上。

"哐"地一声陈地菊看到傅家的门开了，走出来她的老人婆汪红燕。她穿了一件棕黄色的衫衫，烫的头发像有点乱了。"哎呀你总算回来了。"她说，期期艾艾地看着她的儿。

傅丹心把手停住了，垂下来不动了。他光着上半身，显得格外地瘦弱而单薄，像遭人卸了膀子。

"幸好你爸还没回来，"汪红燕说，"就只遭我撞到了。那两个人倒是还客气，说的你当庄家整错了把钱给他们输了，要喊你赔起，说的该是好多就要赔好多，不能少了。"

"那些狗日的。"傅丹心说。他的声音哑哑的，光看着那扇墙。从陈地菊站的地方，她看不出到他的脸上是什么表情，只看到他的身体在颤抖着。"狗日的。"她听到他又咒了一声。

"你少跟我来这些花的，"汪红燕说，依然轻言细语的，"你就老实说，你欠了他们好多钱嘛？"

傅丹心没有回答。他还是对着那面墙壁，只把手举起来了，按上去，落在"欠"字和"债"字中间。

"三百万。"他嗫嗫地说。

傅祺红日记　1981年5月29日

昨天晚上吃饭的时候红燕就说肚皮有点紧，到十点过开始叫唤，果然是宫缩了。我赶紧骑车子到十字口去喊了个三轮，又转回来把她弄上三轮，一路去了县医院。

晚上十一点过进的病房，呻唤得没停过，我陪在边上也一夜没睡，到早上五点过，终于推进了产房，等到八点过二十五的时候，有个护士出来了，怀头抱起一个包包，递给我，说的："恭喜啊，六斤七两，是个男娃娃！"

也不怕人家边上的笑，我那眼泪水一下就涌出来了，把这娃娃抱在怀怀头，硬是坠手得很。我的娃娃长得漂亮啊，一头黑头发，眼睛睁得圆溜溜的，不像其他娃娃都把眼睛眯起。那护士说再没见过这么好看的娃娃了，另外有几个跑过来的也都连声夸他。

这娃娃被我抱在手里面，一双眼睛到处看我们这些大人，也不张，也不哭，简直有点像是个下凡的灵童。儿啊，你就是我傅祺红的儿子，我们傅家谱上的四十七世啊。爸，妈，你们在天之灵肯定都是欣慰的，我们傅家这下有后了，不要断根了。我得给这娃娃好生琢磨个大气的名字，就看他二天长大了更要出类拔萃，有大出息、大成就。

第 十 三 章

词云：

> 池中并红莲，花採损枝不断。待到绿塘摇滟，菡萏双双展。
>
> 别来万事难将息，清瘦潘颜减。幸有东君知己，分钗终合钿。词寄《好事近》

这一首长短句是我县老科协诗词研究会秘书长钟开德老先生亲自作的，为的是朝贺他幺儿钟铮和前儿媳妇孙玉霞破镜重圆，再结连理。一般来说，人家办二婚都比较低调，但钟铮和孙玉霞这回复婚就闹得有点响。说起来也是笑人：原本钟铮跟孙玉霞离婚是因为他和外头一个女的网起了跑了，还生了个娃娃；哪想到眼看这娃娃周岁都还没满，他姓钟的又想转了，背到那好不容易转正的小三和他的原配搞起了地下情，一来二去，居然直接跟这小三掰了，才生下来奶娃娃也不要了，浪子回头，揣着一张旧船票硬就又爬上了他前妻这艘老客船。

我们镇上的人看他城头变幻大王旗一般几转又几转，爱人变小三小三变爱人，看得脑壳都昏了，心更是跳得怦怦的，一等到国庆假钟家在清溪路上铜壶苑请客了，就都一窝蜂地跑来吃喜酒。四十多张桌子每桌十二个人挤闷了，缩起肩膀伸起筷子夹些鸭子肘子酥肉肚条，边吃边说："这孙二妹硬是会整，将近五十岁的人了还搞得跟真的一样，二进宫还要宴客，又来宰我们这些人一刀。你说他们办这一趟席要赚出来好多？"

叶小萱说："都是那几个老朋友了，封她个红包倒也没啥子，问题是这钟铮朝三暮四的，到底靠不靠得住啊？我还是有点担心二妹，太重感情了，容易吃亏。"

吴三姐说："我看啊，二妹也是没法了，也就是冤家遇到对头，瞌睡遇到枕头。大概这就是人家说的剪不断理还乱吧！但又有哪个清楚这是良缘呢还是孽债呐？"

刘五妹听不下去了，筷子上一坨香喷喷的酒米饭也先不吃了，放下来到碗里头，说："都是过了大半辈子的人了，你们这几个人咋长不醒一样，说啥子爱啊缘啊的。其实这两个人复婚的事情说穿了，还是因为房市。"——她抿起嘴来笑了一笑，不紧不慢地往下说："也是这姓钟的不要脸，当初离的时候把他们那铺面裹起跑了。本来他是想得美，准备把铺子卖了买套新房子跟新老婆住，又东挑西拣没看定。结果硬是天意啊，你看这下半年一来，楼市冲天地往上涨，他那点钱本来还值个小套二，这下套一都买不到了。新房子没着落，新老婆就不干了，把钟铮吆起去找二妹——因为本来二妹手头还捏到两套房子的，这婆娘就心凶，想要再胎①她一套，哪想到肉包子打狗，房子没要到，把老公整掉了！"

蒋大嫂说："你不要说，这房子今年子硬是邪门了。哎，五妹啊，说起你恒发新城那套别墅硬是可惜了，卖早了！你要是多等三四个月啊，随随便便多卖两百万！"

"哪儿存在呢，"刘五妹潇洒一笑，"我无所谓的，只求早卖早了！那套房子晦气得很，我一天都不想多留！"她那房子最终挂给了万家中介的对头，六月初卖了刚刚三百万出头。

"结果还是我那女儿跟女婿聪明，"叶小萱说，"幸好年初就把房子买了，稳当。他们那小区也选得好，这一趟涨价里头一炮冲先，翻了一倍还不止。你看这都还没交房，我们那铺子上都有人把他们那儿的期房拿来卖了，买的时候三十多万，现在随便卖八十万！"

"啥小区哦？涨那么多？"桌子上有人问。

"川西名居，"吴三姐热情地说，"这也是天上掉下来的大运。它那位置本来一般，结果遇到六月份政府地铁规划图更新了，硬是在那儿多加了一个'平乐东站'，离他们小区门走路五分钟不到，你想想，这得有多方便？我跟你说，现在入手还不晚，等明年下半年地铁通了啊，还要涨的！"

---

① 胎，四川方言，揩油，占便宜。

"那倒是，"蒋大嫂也跟着点点头，"真正是买啥不如买房，你看今年股市跌得，渣渣都不剩了。"

这两个字一出来，满桌的人都呻唤起来，像是齐刷刷遭踩了一脚。"哎呀哪个都不要在我面前提股市，"刘五妹说，"我这头套牢进去了将近一百万，解套简直遥遥无期啊。"

"说起解套，"叶小萱插嘴，"我那女子最近要换工作了。这儿要马上借调到政府办去了，苦啊！这下子压力就来了。"

"政府办的工作不得了哦！"对门子的人说，"小萱你硬是了不起，这种关系都找得到！"

刘五妹笑一声："她哪儿有这种关系？肯定是她那亲家找的嘛！所以说小萱啊你是比我们这些人都要凶些，眼光毒，看人准，把你那女婿抓得那么紧——硬是抓对了。"

"儿孙自有儿孙福。"叶小萱谦虚地摆一摆手，"该你的总是你的，不该你的抢也抢不到——你看看二妹和钟铮嘛，不就正是这道理吗？"

"说得好，说得好！"蒋大嫂说，把她的雪碧举起来，"来，来，我们大家碰一杯，祝二妹他们两口子百年好合，白头到老！"

当着外人的面只能说些客套话。过了一会，两个老姐妹一起去解手，叶小萱在蹲格里面一边屙尿一边骂："这龟儿子刘五妹简直阴阳怪气，我真的有点不想理她。"

她隔壁子蹲的蒋大嫂是从来最明理的，劝她："哎呀小萱啊，你也晓得五妹的日子不好过，她那女离了这么久都没着落，看到你们梅梅他们两口子那么好，肯定嫉妒嘛。"

叶小萱肚皮里有千言万语，又偏偏倒不出来，只得撇一撇嘴，抖两抖站起来，一边扎裤子一边又听到蒋大嫂关切的声音："说起梅梅，结果那姓代的放人没嘛？"

叶小萱说："唉！我就正想好生给你说一下这事的。那姓代的就是有点扯怪教，硬是不放人！唉我确实有点后悔啊，想到那个时候我就该把钱给他给够的——你看嘛，他肯定还是不安逸，弄得现在来卡我们。"

"不至于！不至于！"蒋大嫂说，也窸窸窣窣地像是站起来了，"一桩归一桩，他当年既然同意了收三万，也银货两讫了，哪会在现在这个当口上又来要性子、使手段？"

"人心难测啊！"叶小萱叹了一口气，把裤子扎好了，开门走到洗手台前去洗手。正对着她的墙上挂着一面长长的镜子，擦得纤尘不染，上头的白炽灯透亮，映得她脸上的黄褐斑像是染上去的一般，她嘴边上皱皱垮成一个八字，奔下来深深的两笔。

二〇〇六年年底，她的宝贝女儿陈地菊冷不丁一个电话打回来，跟叶小萱宣布她准备把她城头的职位辞了，回镇上找家银行上班。"你帮我看看哪儿在招人嘛。做啥职位都可以，前柜，大堂经理都无所谓。"陈地菊说，只有那么轻巧。

叶小萱清楚她刚刚受了情伤，因此也就不好意思跟这女子明说其实我们镇上的银行家家都俏得很，毕竟这钱字头的招牌还是好看，工资拿好多无所谓（反正吃住都有爸妈包干），重点是说出去好听，找对象就好找。因此，不管是周家刚刚新西兰留学回来的儿子，还是王家马上大专毕业的女儿，都在排起队来托关系、走后门。当时，陈家康和叶小萱想了不少办法，把

175

藤藤都摸遍了，地更是挖开了不只三尺，终于通过陈家康的老战友和邮政银行的代行长搭上了线。他们把陈地菊的履历递过去，很快就通过中间人传来话：这个女子不错，邮政银行愿意招。就是要出点钱，一口价：五万。

陈家康说出就出嘛，叶小萱就觉得这要价有点狮子大开口。也是女人家憋不住话，她转头遇到蒋大嫂，就把这事情跟她摆了，问她五万元在邮政银行买个柜员的位子到底合不合算。

"简直是敲诈！"蒋大嫂嘴一张蹦出来，"不瞒你说，我去年子才帮人在东门上建行找了个工作，当时是花出去五万——但那是建行啊！他个邮政银行，屁都不香的，凭啥也要收五万？我说啊，你就还不如等一等，看明年下半年说不定建行还要招人，我到时候来帮你问。"

叶小萱一听也觉得很在理，既然要花钱，肯定情愿买好的。她回去跟她的女说了，喊她不然等一等，哪想到陈地菊这女子就坚持得很，说邮政银行就邮政银行嘛，坐柜就坐柜——其他人都可以干，她又有啥不行？

没奈何，叶小萱得了这手谕，只得灰溜溜地转回来就准备交钱了，哪想到我们的蒋大嫂硬是古道热肠，顺着她的关系几刨几刨找到了邮政银行退下来的老行长，当年代斌的师父。蒋大嫂把这叶小萱命不该绝挫绝症，陈地菊孝女还乡望尽孝的故事给老行长讲了，说这家人为了医病钱都花得差不多了，这儿又要交五万实在有点具体。这下老行长还是动容了，就把话传给代斌，又通过中间人传来给了叶小萱：你还有点本事哦，小话都说到老人家那儿去了！对嘛，专门给你少两万，再少就没

得了。

当时，陈家康的老战友其实有点怄气，想到你找都找我了又背到去找其他人。叶小萱呢就很高兴，感觉这事简直办得漂亮，多问几句就俭省了将近一半的钱，划得来，划得来。她这头对蒋大嫂千恩万谢的，那头就把钱交出去转给了代行长。很快，陈地菊收到了厚厚的一沓《劳动协议书》，等到翻了年便正式在邮政银行平乐支行上了班。

——按理说，那两万元是他们主动给她少的，的确不该有啥不安逸。但现在，眼看那姓代的肉眉肉眼，一拖再拖，总之不放她陈地菊的人，叶小萱就难免心欠欠地起猜疑，眼皮子也跟着跳，想的：早晓得喊我们给五万就给五万了，看嘛！现在多的都整出来了！

终于，她等蒋大嫂走她那一格出来了，站在她边上洗手，再晃一眼女厕所里头也没的其他人在了，张嘴说："老蒋啊，老实说我梅梅这事啊我感觉实在是不能再拖了，再拖就要坏！不然，还是麻烦一下你，去找一下他们那老行长，看能不能我们再给那姓代的送点礼？我就干脆包两万块钱去，给他把这账扯平了，请他高抬贵手，赶紧放人。"

蒋大嫂把水龙头关了，两只手甩几甩，再扶了扶她蘑菇云一般耸起的头发。"你这实在有点想多了，"她说，"哪可能是因为这么点儿事情就记仇了，现在又来卡你？"

"不怕一万，就怕万一嘛，"叶小萱说，低声下气地，"老蒋啊，当时这事就是你帮我费心的，我们都一直很感谢你。那现在你就好人做到底，再去帮我们通一通嘛。我这实在是有点着急，也没其他办法了。管他是不是因为这两万元，我总之给他送

176

过去,有灾消灾,无灾祈福,总不得错嘛!"

蒋大嫂把叶小萱看了一眼又看一眼,最后真心实意地叹了一口长气:"唉!小萱啊,不是我不帮你,问题是他们那老行长腊月间就走了。说是脑溢血,本来吃饭吃得高高兴兴地,忽然脑壳一栽,人就没了!"

各位看官,这就是节约害人呐。人家说的:越抠越穷,越花越有就是这个道理,你看那些鹌鹑嗉里寻豌豆,鹭鸶腿上劈精肉的,一千多年了都还在遭人耻笑;再反过来看阿房宫、圆明园,一个三百里遮天蔽日,从骊山直走咸阳,一个就整它个四十轩堂依丽水,七楹正殿见乔松,那么就算遭火烧得灰都不剩了还有后人来念想长桥卧波,未云何龙?复道行空,不霁何虹,感叹畅春风光秀南苑,蜿蜒凤盖长游宴云云,说穿了,还不都是因为修的时候舍得花钱?

因此人生在世,总要有点千金散尽还复来的架势才不枉潇洒走这一回。更何况该富贵该落魄都是命中注定的,又何必勒紧裤腰带自己虐待自己?你看叶小萱这边费尽心机,转来复去算这两万块钱,哪想到那一头她那乖乖女婿已经戳下了一个三大三百万的篓子,正是再有几具尸身也填不平。也是怪我们这些人是看戏的因此只能干着急,不然早就把脑壳伸下去对到叶小萱喊:"哎!算了嘛!你莫在这儿瞎忙了。他那头该遭的都遭了,该垮杆是躲不过的,你赶紧把你剩到的好日子数到,过几天算几天!"

当然了,叶小萱她听不到这些话,而且就算听到了估计也不得认账。毕竟,自从战癌成功以后,她全身灌满了都是人定胜天的劲头,你看她这边走蒋大嫂那儿听到老行长的近况,那头吃了喜酒出来第一件事情就是给陈家康打电话:"喂!看来还是得你去把老朱找到,喊他再帮我们牵个线,给那姓代的交点钱过去喊他赶紧放人。"

"我不是都给你说过了的嘛,"陈家康哀嚎一声,"哪个喊你当时又要去找那姓蒋的背后讲价——人家老朱得都遭得罪了,我现在才不好意思又跑去找他。"

"为了你的女有啥不好意思的?"叶小萱一个头子给他打回去,"我都给你说清楚了的嘛,这事要办要赶快,不然就要坏了。我都厚起脸皮跑去问蒋大嫂,结果她那头的关系死了,你那战友再咋个不安逸总还活起的嘛?只要还活起的,有啥不能找的?"

她下完了军令状把电话收起了,沿着清溪路慢慢走起去赶公交车。正是金秋十月的好天气,凉风送爽,天高云淡,路边的几棵木芙蓉树更是把花都开烂了,燕脂露染,粉影憧憧。按理说一般人看到这美景是要心旷神怡的,但今天叶小萱看了却有点儿伤感,莫名想起了以前他们农资公司院坝里头的那棵木芙蓉树。

那树子现在早就不在了,当年却不是一般地枝繁叶茂,成了精一般,差不多有两层楼高,开花的时候就更是要不完了,数不清的艳粉花儿前遮后拥,像是一团火烧云,引得街上路过的人都要绕进来看一看。叶小萱的办公室窗子刚好对着这棵树,她做一做事脑壳抬起来看到那遮天蔽日的木芙蓉花,就总是忍不住叹气。

跟她同一个办公室的老邓就问:"小萱啊,你叹哪门子气呢?"

"你看这花现在开得漂亮，"叶小萱说，"结果最多再有一个星期就都要在地下烂瓢了。"

老邓笑一声。"你这女子才有点欢的，"他说，"这样嘛，明天我把相机拿来，好生给你在这花底下照两张相。"

叶小萱还来不及推辞，办公室里头的其他两个女的就欢呼起来："要的。要的。"

第二天，一群女的都穿得巴巴适适的，挨个排起队喊老邓照相。叶小萱也收拾出来，穿了一身白套装，依在树边上，对着老邓举起来的海鸥相机笑一笑。

"小萱啊小萱，"老邓把相机放下来，"你穿得跟个仙女一样，咋笑得比哪个都还苦——咋呢？看到我太倒饭了笑不出来哇？"

当时叶小萱才三十五过了三十六不到，离下岗还有几年，但她和陈家康的关系已经特别糟了，吵架早就是家常便饭，动不动惹急了两个人直接就要动手。她听到她的同事说了这句取俏的话，虽然鼻子还有点酸，但还是忍不住笑了出来。过了几天，叶小萱走老邓手头把自己的相片拿到了，说："嘿，邓科长，你还有点会照相的嘛。我自来最不上相的，这张居然还看得过去。"

"你哪儿不上相嘛！"老邓说，"是那些人不会照。你二天要照相啊就找我，我随时给你照！"

——引子起了，就有了故事。一来二去，采购科的叶出纳和邓副科长越走越近，两个人去菠萝滩的荒地里散了几回步，又专门约去隔壁中兴镇看了场电影，等到正好女方的爱人要去海南出差，邓副科长提出来了：礼拜五下午，我在"仙客来"等你。

那天叶小萱到底去没去"仙客来"到现在都是个谜。等陈家康走海南回来了，就看到他爱人坐在床边上，红眼睛红鼻子的，两张结婚证也摆在床头柜上。"陈家康，我们离婚嘛。"她说。

"你这婆娘吃错药啦？"陈家康说。

"我们这日子早就过不下去了，"叶小萱说，"我还年轻，不想这辈子就这样算了。"

"你还年轻？"陈家康说，"我看你确实是有点没长醒。都马上要四十岁的人了，你现在离了婚，看还有哪个要你嘛！"

"你放心，"叶小萱冷淡淡地看陈家康一眼，"有的是人要我。"

陈家康这才觉得他爱人像是动真章了，一下寒从脚下起，一屁股坐下来。"你这婆娘啥意思？这儿娃娃都读高中了你要离婚，那梅梅咋办？我咋办？哎我都给你保证了的嘛，我再也不得去逮猫儿了，你这又闹哪出嘛？"

不用说，叶小萱的婚最终没离成。等翻年到了一月份，恰是三九四九最冷的时候，农资公司有人用取暖器搞忘关了，半夜引起线圈短路，火星子蹿出来一灿火点燃了一堆编织袋，最后直接把整个院坝都引燃了，熊熊地把铺子里头的货烧得精光就不说了，宿舍住的人也烧死烧伤了几十号，至于院子里那株木芙蓉树，就彻底遭烤成了一截焦黑的桩桩。

叶小萱坐在公交车空捞捞的最后一排，摇摇荡荡地顺着清溪路朝平乐镇中心晃过去。沿途一排排竖起来的都是新修的房子，有的刷着浅棕的墙配红陶瓦的房顶，一派欧洲风情，有的是大块玻璃镶入挺拔简洁的楼体，满是摩登风尚——很快，她的女儿和女婿就要搬到这些漂亮房子里头去了，一个在公家办事稳当,一个做私人生意赚钱,和和美美地把小日子过下去。

幸好啊,她喃喃地跟自己说,幸好当时没冲动,稳住了没把她捉奸傅丹心的事说给她的女听,帮她过了个坎坎。你看嘛,都要过个坎坎婚姻才顺,就像走路哪有不绊跤子的呢。时间过了太久了,叶小萱早就忘了当时邓家良出事的时候她的绝望和悲痛,只余下一丝若有若无的庆幸:幸好啊,幸好没离婚,没搬到宿舍里头去跟那姓邓的一堆住——说一千道一万,再咋个过不下去了人总还活起在嘛,总还是比遭火烧死好。

说起来也是因为现在青年这一代人都是独生子女,又赶上改革开放的好时代,从小就遭惯适了,吃不得苦,心理承受能力差,丁点儿大个事就要死要活。也就刚刚上个星期,叶小萱正在一个人守铺子,就听得"吱呀"一声,玻璃门一开,一个年轻女子翩翩穿进来。你看她:一身墨绿套装瘦狭狭偏不显精神,一张粉白脸儿俏生生硬挂个苦相。这女子的两只愁眼看过来,喊叶小萱一声"妈",叶小萱就即刻知道她的女肯定是出啥事了。狗日的,她想,不是我的那宝气女婿又跑去找哪个外头的婆娘了嘛?——面子上她还是稳住了,说:"哎你这女子!好久都没来我铺子上了,今天是咋想转了?"

陈地菊把她的手提包丢在沙发上,人也跟着坐下去,问她妈:"咋就你一个人在呢?三孃呢?"

"她去带人看房了,"叶小萱说,"最近这楼市啊,大火!每天看房的人比以前多了一倍还不止,整得我们简直转都转不过来了。"

像是要帮她作证,叶小萱话音刚落,办公桌上的电话就响起来了。她接起来:"喂,万家中介……哎!曾哥啊,好久没消息了,你又在哪儿发财啊?……恒发的房子我这儿当然有啦,你要一期还是二期的嘛?……"

她嘴上谈生意,一双眼睛就探照灯一样看着她那女儿,见她游魂似的走沙发上站起来,走去到对着对面的墙,背起手来,把一张张彩打的房产信息看过去,把把细细地像是在读衙门外头的公告。那些加粗的大红字写起:"黄金地段","绝版户型","房东急售",再下头略小一号的字体显得谦逊些,写的是:"五十八万","八十八万","两百零八万"。

叶小萱几下子把电话那头的人打发了,对陈地菊说:"哎我给你摆,你跟傅丹心那房子简直买对了,现在你们那小区啊,涨惨了!"

她说这话是为了逗她的女高兴,哪想到陈地菊转过来了,一张脸还是哭丧起的,甚至比刚刚进门的时候更加凄凄。"妈,"她问,"你说我和傅丹心那房子如果要卖的话,卖得到好多钱呢?"

"你那房子现在随便喊八十万嘛……"叶小萱话说了一半才觉得嘴里头味道不对,"你啥意思呢?好端端的说咋想起问我卖房子?"

陈地菊把嘴抿了抿:"我只是想了解一下。那,现在铺面卖得起价不?如果是两间西门城墙边的铺面,卖得到好多钱啊?"

"西门城墙边那要卖点钱哦!"叶小萱说,"你没看那边摊贩市场都遭围起来了,马上就要搞拆迁,听说是要修个建面二十多万平方米的商住综合体,还要修个3D电影院——本来自来西门上就是开铺子的,

179

现在更要起来了，估计一个单间铺面都要卖上一百万。"

"那两间铺子该卖得到两百多万嘛？"陈地菊说。

"随便卖！"叶小萱说，"你这儿是哪个朋友要卖啊？介绍到你妈这儿来嘛，我中介费给他打折。"

陈地菊若有所思地点点头，像是定了心了。"那就好，"她说，"那就好。"

叶小萱说："好啥好？你问这一堆是啥意思嘛？"

她的女不说话了，走过去又坐回到沙发上，一双手抱住磕膝头，手指拇绞在一起。"唉，"她说，"没啥意思。说穿了，都是人家的事情，我只是帮起问一下罢了。"

叶小萱想说你还安逸的还有闲心想其他人，就听到陈地菊又接下去说："其实我是想来给你说我换工作的事。我最近反复考虑了，感觉这政府的工作实在有点不合适我。本来我从来就没想过要进政府，这样误打误撞调进去了估计也没好下场。再说了，我这性格生来就不会讨好的，连现在我们银行的领导都搞不定，哪儿有那本事在政府里头蹬打？"

叶小萱不得不承认她的女说的有几分道理。作孽啊，她心头念念，这女子咋就没把我体到嘛？偏偏跟他们陈家人学，死实得很。"你咋没事呢？"她说，"退一万步说你都是堂堂本科院校毕业的，瘦死了还有副架子嘛！再说了，你自己也清楚得很，你那邮政银行的班有啥出息？天天上得有好磨皮擦痒嘛？你现在有这么好的机会调起走还不走，是还要霉杵杵地在你们那儿混一辈子吗？"

"你说的这个我也完全同意，"陈地菊说，"我现在上的那班的确是没意思，但我要走的话也不一定就硬是要调到县政府里面去啊——说穿了，我跟他们邮政银行本来就是签的合同，只要我递了辞职书就可以走的。"

你看我们这叶小萱造孽啊，安安心心坐在铺子里头，也没把哪个惹到，结果窜进来一个陈地菊，刚刚闲摆了没两分钟就一刀甩出来直端端戳到她的心口上，比杀手还狠。"辞职？"她说，吸进去一口粗气，"你这死女子是吃错药啦？咋说发疯就发疯呢？"她走办公桌后面站起来，几步踩到陈地菊边上去，坐下来，瞪着眼睛看她：这到底是我十月怀胎生出来的骨肉，还是哪个妖精变的祸害？"你的工作好来之不易，你有一分钱概念不？居然青口白舌就跟我说要辞职？辞职了你还能干啥？在家当全职太太？就他傅丹心开的那个烂偏偏养得起你吗？"

"唉呀妈，你莫要激动嘛，我是说假设的话。"她的女说，"退一万步说，我要是真的要辞职，肯定要自己把后路先想好的，哪可能喊傅丹心养我嘛？——他那人啊，把他自己养起，不要再整出点晃事来，我们就都谢天谢地了！"

叶小萱再是迟钝也听出来陈地菊语气里浓浓的不屑。这人硬是在傅家住久了，她暗自揣量，咋说个话越来越像那傅老儿？"你这女子，"她说，拍一拍她女儿的手，"都三十多岁的人了，咋还像个小娃娃一样，说些话天一下地一下的？你啊，该学会踏实了。你听你妈的，你这换工作的事啊，是一般人几辈子都等不到的好机会。是，我不是不清楚，你肯定有委屈，有难处——但这些都是暂时的啊？你把眼光放远了看，真正到了县政府去了，扎稳脚跟，那前途不是一片光明吗？"她顿了一顿，把

180

话在嘴里窝了一阵,还是说出来了:"你啊,你现在也是嫁出去了,成家了,就该清楚过日子不可能是简单的——你看看你妈我,这么多年有哪天不是在熬,不是在忍?你再看看你的那些嬢嬢些,有哪个是过得舒服了?就说孙二嬢,前年一时冲动离婚了,这会儿呢?你想都想不到,她居然又要跟她那前夫复婚。她那前夫是个啥样的人?在外头找小三,生娃娃,还帮到小三来剐她的房产——就这样烂布巾巾一样臭熏了的一个人,我们都觉得不值,她都还要捡起来,你说是为了啥?"

她说到这儿稍微吞了口气做个停顿,正要张嘴来宣布正确答案,哪想到居然听到她的女追来一句:"就是啊,她到底是为了啥呢?"——这女子的一双眼睛睁得圆圆,黑白分明,犟兮兮来憨直直。

叶小萱一下遭她看来瞠起了,提前编好了的话也说不出来,哽在喉咙里头像是一根陈年的鱼刺,憋得她干咳了一声。

说句公道话,我们镇上的妇女确实都过得不容易,特别是中年以后身材又走样,手膀子上吊起小肚子里头鼓起,长的全是烦恼和忧愁。其实圣人早就说过了:君子谋道不谋食;君子忧道不忧贫。又有:为腹不为目,故去彼取此。这都是在教我们要放眼天下,纵观大局,多想形而上,少念肺肚肠,钱不够花就少花点,饭不够吃就少吃点,所谓安贫才能乐道,无欲就好静心——可惜这些妇女听不进去圣人的大道,个个眼见短又心凶,斤斤计较还搬弄是非,贪、嗔、痴、慢、疑,这五样都占满了,也就难免要在尘寰世中生出许多挣扎。

好在老天爷有慈悲心,大道给你指明了你硬是不去,他也不得就把你丢了不管了,还是要找其他法门来渡你。比如说我们镇上这些女的舍不下自己的烦恼,就专门有"三黄"来给她们解忧。你道是哪"三黄"?且听我来给你分解:

第一黄是南门老城墙边珠江美发的黄师傅,一双手巧,一张嘴会说,你走到他那去,一边坐下来剪吹烫再焗个油,一边同他摆摆屋头爱人娃娃街道的闲话,走出来三千烦恼丝也顺了,心也宽了;那二黄呢,是中医院逢周二四上班的黄医生,专看胸闷气胀妇科杂症,也调青春痘酒糟鼻黄褐斑,你去她那挂个号,一边等一边看到身边乡镇上来的都是面黄寡瘦呻唤连天,就先觉得自己的病不恼火了,等几个小时终于轮到了,让黄医生好生看一眼,骂两句,开三副药吃五六天,保证郁气也散了,脸色也好了;至于这第三黄,就比前面两位还要稀罕些,是本来住在崇宁县,难逢难有才我们平乐镇看相算命的黄仙姑,要把她找到就更要费些功夫,提前半年就要递条子,等她云游到我们这一方了,你就要沐浴更衣,准时到她的居所,再把封好的善捐(不少于三百元)递给看门的,才能进去看到黄仙姑面前,听她娓娓地把你的事业感情健康儿孙,远虑近忧小灾大难都给你说清楚,又教你如何化解,赠你香袋符纸,保证你走出来就要眼清神明,智增慧长。

现在而今眼目下,叶小萱最多的是贪心,最缺的就是智慧。黄师傅和黄医生都帮不到她了,只得找关系走后门再卡个位,来到摊贩市场黄仙姑的寓所里头,规规矩矩地,把陈地菊的八字递出去了,再惴惴不安地看着她对门子的太婆口里念念有词,手里捏着一支笔在本子上写写画画。

你看看这：

拉关系拜神仙阳间阴间上下都得打通，

批八字看面相真的假的高矮总要撞端。

黄仙姑一写一写眉头一皱，再"咦"了一声，吓得叶小萱胆浑身一颤，就听到仙姑说："你这女子不是一般人啊！硬是观音门前的童子转世的。"

叶小萱马上感到有一股热浪从她脚下涌起来，把她抛得高高的，头昏目眩。"真的啊？"她说，"真的啊？"

"我嚯你做啥？"黄仙姑乜她一眼，嘴头喃喃地念，"陈地菊，陈地菊……"她把笔放下来。"我给你说，你这女子是要成大事的啊。"

叶小萱还飘飘在半空中，又听到仙声荡荡，"成大事？她要成大事啊？"

黄仙姑眼睛还盯在本子上，啧啧两声。"可惜了，可惜了，你看你这娃娃，本来是百年难遇的好命，但偏偏就要遇克星——她最近是不是不太顺呐？"

"没错，没错，"叶小萱连连点头，"她最近就是浑事多得很，婚姻也像是不顺，事业也遇小人挡道，哎呀你不晓得我真的是焦得啊……"

黄仙姑把手举起来意思是喊叶小萱噤声，一边把眼睛一闭，掐指算起来。你看她枯瘦瘦的手看起像块老木头，但那大拇指就活如彩蝶，在指拇关节上下点动如飞。"戊庚壬……癸……庚丙戊……伤才官……杀……"她嘴头吐出来。

叶小萱坨子捏紧了，心头想：天啊天啊，她不得真的转不成这工作嘛，那咋办呢，我话都说出去了，这要咋收场呐。

"你这女子命里头木重，缺土，所以守不住财，"黄仙姑说，"还有我给你说她上辈子是观音门前待过的，所以慈悲心重得很，一旦遇小人，就容易遭整冤枉。"

"你说得太对了，"叶小萱附和，"她硬就是这样的人。"

"今年子刚好遇到是白虎年，又跟她犯冲，所以她今年子就该是要犯太岁。而且我看啊，你这女子的事业和姻缘的走势是重的，也就是说姻缘好，就事业好，姻缘出问题，事业也要出问题——所以你说她最近婚姻事业都不顺就是这样来的。"

"那，那我们该咋破呢？"

"你的女儿既然前世是个童子，今生就该是要找人护的。比如大姐你嘛，你一进来我就晓得你是五行属火的，对不对？"

"是的，是的，"叶小萱说，"我是火旺的。"

黄仙姑笑一笑："这就对了，所以你就是护你的女的，火体子就跟那罗刹一样，一路见鬼杀鬼见妖斩妖，帮这童子把身边的小人除了——但这是下策，因为罗刹跟童子是冲的，因此只能求保，不能求旺。"

叶小萱本来该不高兴的，想我又没惹到你，你咋一来就把我比成罗刹，但眼下利害关切，她也顾不得她自己的内心感受了，只问："那上策是啥呢？"

"上策自然就是找观音来护了。"黄仙姑说，一边走笔记本上扯了一张纸下来，拿笔写了几行字，递给叶小萱。"就是要找生日是这三个日子的人，命里头属水的，喊你的女去认个干亲——只要她把观音找到了，小人都退了不说，她自己的命也要旺起来了。"

叶小萱接过那张纸来，上头写的：贰

月十九，陆月十九，玖月十九。

"这是阴历啊？"她问仙姑。

"肯定嘛，"黄仙姑说，"阳历哪儿要的呢。"

叶小萱脑壳里头想一转，一时也想不出来哪个人的阴历生是在这三天，毕竟现在都过阳历了。"我回去问问看，找找看。"她说，把这张纸把把细细叠好放到自己包包里头了，又拿了一张纸出来。

"哎仙姑，"她说，"见你一趟真得不容易，我这儿还有一个人，是我女婿的，我也不晓得他具体的生辰，就只有名字和生日，你帮我随便看一眼，看这人大概咋样，还有，跟我的女合不合啊？"

黄仙姑稳稳坐起没伸手。"一般来一回就看一个八字的，"她说，"哪儿有看第二个的？我这儿后头还有好多人排起队在等。"

"哎呀麻烦你嘛，"叶小萱说，"我等会出去的时候跟门口的嬢嬢再多捐点供奉嘛。真的是好难得见你一回哦。而且这人也不是其他人，是我那女子的爱人，你也说了她的姻缘运还牵扯事业，我实在是很担心啊。"

黄仙姑叹个气，终于还是把那张纸接过去了。"对嘛，对嘛，"她说，"我今天算是给你特别破例了。你待会出去的时候再看到给我外甥女封个封封嘛。"她一边说，一边把那张纸摊开了，真的就只看了一眼，脸色骤地变了。

"傅丹心，"她问叶小萱，"这是你的女婿？"

叶小萱看黄仙姑那样子，心都掉到了胃里头。"唉！"她说，"我倒宁愿不是啊！哪喊我那女硬要跟他结婚呢？我汤都汤到了，有啥法呢？这人咋呢？命不好啊？是不是克我的女啊？"

黄仙姑像是没听到她的话，光把那张纸举起看。"傅丹心，傅丹心……"她一边念，一边摇头。终于她把纸放下来，说："老实跟你说，你这女婿的八字我以前是看过的。他的来头就更大了，上辈子是元始天尊座下的九头金龙之一，八字纯阳，五行里头更是足足有三个火。"

叶小萱松了一口气，又隐隐觉得有点不以为然。凭啥啊，傅丹心那娃述本事没的，一个中专毕业的，上辈子居然是条金龙？咋我的女都是重本高材生了，才是个童子呢。"那你的意思是说他的命还不错嘛？"她嘴头说。

黄仙姑摇摇头："他的命啊，不好说，也可以说是容易出大祸的，但也可以弄好了，就要成大事。我没记错的话，他那五行也是怪得很，火重，还缺水又缺木。所以全靠要看你咋给他补贴和平衡。比如说日常要多喝水，少喝酒，多注意按时作息，出行尽量多朝北方和东方走。总而言之，这个娃娃啊一定要给他顺毛捋，千万不能架势管教他训斥他——你想嘛，人家上辈子是条龙，哪个可能拿给你们这些凡夫俗子驯嘛？"

叶小萱揣着一肚皮的问题去找黄仙姑，结果走出来却感到更加困惑。尤其是黄仙姑居然亲自送她出了门，跟门口那个守门的妇女说："三妹，这是傅丹心的老丈母，把钱退给人家。"

那守门是个五十岁左右的妇女，她愣了一愣，赶忙把身边的坤包拉开拿出叶小萱才给的封封又递回来到她的手头。"我是说你看起有点面熟熟的，"那妇女说，"原来是傅丹心的老丈母！"

叶小萱还是没整懂这两个人和她女婿

有啥关系，但总归把钱捏了，转身往楼底下走。楼门口已经有两个人在等起了。一个男的四十上下，白瘦瘦戴个黑框眼镜，拽了个女的大概五十出头，穿得像个上等人的太太，舒舒气气的，脸上的皮肤也又紧又亮，一看就是在美容院花了大价钱的，但一双眼睛却是咕睛暴眼的，很有点吓人。按说叶小萱多耽误了黄仙姑的时间，使得这太太等久了，但她却丝毫不见愠色，反而温温柔柔地对叶小萱笑了一笑，她那鼓眼子盯着叶小萱，像是个成了精的蛤蟆，麻得她起了一身鸡皮子。

她赶忙几步踱出去了，又听到背后楼梯咚咚的是守门的走了下来，亲亲热热地喊："周幺妹，等久了，快上来嘛！仙姑挂念你和你们老聂得很，专门上峨眉山去给你们请了个开了光的平安佛！""姨妈，来，上楼慢点。"还有那男的也在说。

叶小萱当时心头还在想她的女婿是条金龙的事，迷迷糊糊也没多在意，等到她悠悠地走出了生死巷，又再穿过一溜的毛线铺、童装店、睡衣店出了摊贩市场，走到南门城墙边了，这才后知后觉地醒悟过来：日你先人的！刚刚那不是我们县县长聂锋的爱人，西门外长生街周家的幺妹周雨虹的嘛。

她一下觉得很得意，想她这算命的果然找对了，人家县长夫人都经常光顾的地方，灵验自不必说了。沿着城墙边她慢慢地走，心头就顺着这一路发散出去，想的等她的陈地菊进了县政府，是不是就能结识这些达官显贵，大有一番作为，说不定就有朝一日要弄个副科长来当，或者，万一再整对了，就要调去妇联谋个一官半职，当个副主席，再飞黄腾达了，祖先显灵，就要整成副县长——哎呀妈呀，那真的就是收拾不到，收拾不到了！

她的心突突地跳，面上挂着痴笑，不知不觉地走到了南门一环路路口边上，路这边杵起雄伟的一栋是农业银行，路对面几间歪歪倒倒的渣渣面肥肠粉铺子，左手倒拐是走十字口再回东门上，右手倒拐是去南门菜市场。叶小萱顿了一顿，朝右手边走了。去看周鹅那儿说不定还有点剩下脚脚啊脑壳啊，她想，走一走的，最多走了五十米，总之不到一百米嘛，忽然听到她背后的人群鼓噪起来，呱呱地像是一群老鸦。

"整起来了！""打架了！打架了！""喔唷，喔唷！整哦！"

叶小萱一听也赶忙定起不走了，转过来伸起脑壳看闹热——也就才是一瞬间，路边上的人都站满了，走路的，卖菜的，连铺子里头的人都专门跑出来了，一层层围起来看农业银行门口有两个人扭成了一团：一个扯着另外一个的衣裳，挥起鞋子在打，另一个抱起脑壳一边躲一边打转。叶小萱眼睛一花，还没看清楚，就看到那个打转的人终于挣脱了，灰硕硕的耗子一样朝她这边窜了过来，另外打他的那个肯定不得就这样让他跑了，也跟到撵了过来，手头还捏起那只皮鞋，脚上就一深一浅的，一边撵，一边骂："傅丹心！你个忤逆不孝的祸什污！你给我站到！你给我站到！"

硬是等到她听到了那个名字，叶小萱才像是终于清醒了，真真切切地看到了那个跑在前头的人果然是她的女婿傅丹心，而那个撵在后面的也不是外人，却是她那个永远周吴郑王正儿八经的亲家傅祺红。

叶小萱眼睛都张大了，感觉自己恍若在梦中，看到傅祺红一边跑一边喘地走她门口过去了，他的衬衫走裤腰里头翻出来了，瓢眉瓢眼的，三七分的头发也乱了，一撮撮搭下来，麻花花的白。

"傅丹心！你给我站到！你个不要脸的二流子、祸什污，给我站到！"他骂。

叶小萱忍不住想往后钻，生怕身边哪个人看出来她和这街上的这两个有二分关系，好在没有人在看她，我们镇上的乡亲父老都盯鼓鼓地看着傅家的这一对父子，一前一后地从农业银行门口一路撵到了南门菜市场边，又转进金家巷，朝着猪市坝深处去了。

"这像是亲父子的嘛？啥事情这么大的仇啊？"叶小萱听到她身边有个街坊说。

"你以为呢？"另一个说。"都是上辈子的仇家才会这辈子投胎给你当娃娃，专门喊你还债的！"

各位看官，你我两个都清楚得很，这傅祺红之所以公然不顾颜面了，在街上众目睽睽之下撵他的亲生儿子傅丹心，恐怕多少是跟傅丹心欠下的那三百万巨款有所关联——至于是其中的曲折究竟如何，我们下文再细细分解，这里先暂且按住不表，继续来说陈地菊她妈叶小萱。

你看叶小萱去菜市场路上遇到了这一桩，鹅脚脚鹅脑壳也没心情买了，整个人像是遭丢到冰窟里头浸了一宿又才爬出来，颤巍巍地沿着城墙边朝东门上走。不用说，傅丹心那娃肯定是犯事了，犯的这事肯定还不小。叶小萱把手机捏住了，想着要不要给她的女儿打电话问，又觉得心悬悬的，不敢打。万一她的女还没听过这事，那她打过去不是捅娄子，或者陈地菊早就清楚傅丹心犯的祸了，这么久了又偏偏没跟她提一句，肯定就是不想把事情闹大了，那她这样打过去是不是就要整搅肇①了。

这事情要是真的遭搅肇了咋办？先人的！我话都说出去了，都晓得梅梅要去县政府工作了，要是真的整倒了咋整？还是，万一，那两个人硬就离婚了，我哪儿还有脸在我们镇上混？她一边想一边走，手机握在手里头手心汗涔涔的，恍惚像是听到有人在喊她："小萱！小萱！"

她抬起脑壳看到有个人站在国学巷口子上，提了一兜黄澄澄的果子跟她招手，像是个熟人。

叶小萱就也含含糊糊地招了招手，脚步不停，接着往前走，走了两步又听到有人喊："小萱！"

她一看看到红旗超市门口坐了一个人，一边嗑瓜子一边对她点头，像是个街坊。她就对她笑一笑，也不站住来说闲话，继续往书院街里头天然气公司家属院走。

急匆匆都到干休所门口了，她又差点撞到一个对穿过来的，抬起头来一看也像是认得到的。那人把她扶稳了，笑起说："哎小萱，这儿急匆匆地朝哪儿走啊？赶到吃油大啊？"

叶小萱昏里昏咚的，只说"还没吃，还没吃"，就跟那个人道别了，一路脚步不停地走回了她屋头，拿起钥匙把门打开，冲进去一屁股坐下来在沙发上，四方墙壁对着她一个人，清净了。

陈家康不在，可能又出去哪儿喝酒了。叶小萱坐了一会，不晓得要拿自己咋办，就跑进寝室里头去在床上躺伸展了，躺了一会她还是跟打慌了的兔儿一样，就又坐起来，把她床头柜的抽屉打开了，最下头

---

① 搅肇，四川方言，搅扰，扰乱。

185

一格的最底下抽出来一个大信封，又扯出来一张整整十二寸的照片。

这张照片是她癌症住院最恼火的时候阴到交代陈地菊去给她放大了洗出来的。当时，她想的是死都要死了总得挑一张好照片来当遗照，不然鬼才说得清楚陈家康要乱翻些啥不上相的照片出来。这张照片里头的她才不过三十五六岁，脸上没啥皱皱，也没生黄褐斑，穿的是她最喜欢的那套白套装，笑兮了，背后一树子袅袅红红的木芙蓉。

叶小萱坐在床边上，把这相片捧在手头，正要好生看两眼，忽然听到门上叮当当响起来，紧接着就听到门开了，癫癫咚咚穿进来一个男人，一身酒气。这人矮杵杵的，粗黑眉毛，穿个红白条纹的保罗衫，像是她的爱人陈家康，喊："叶，叶小萱，看你说我不管事，这下我把事情给你办了嘛！"

叶小萱惊了一跳，赶忙把照片奏进抽屉，反身问："你在说啥啊？"

"嗨！你这婆娘！"陈家康说，依然醉眼迷蒙的，"前几天电话里头才把我骂瓢了的嘛，说我不管我们的女！我今天就出去给我那战友喝酒了，把梅梅的事情给他说了，喊他必须帮老子这个忙！老子直接就把那两万块钱给他拍在桌子上了，喊那龟儿子把话给老子下了，由他负责，绝对要喊那姓代的放我们女走人！"

傅祺红日记　1980年6月25日

昨天这事情过了，我还真的就不得不有点信命了。本来，我是大前天就要赶回平乐好去独柏树看那说媒的给我们提的汪家那女子，结果遇到路上客车爆胎，整了半天回屋头就迟了，弄到昨天才收拾出来走到汪家去。

实际上，汪这女子我在街上就看到过她几次，人确实比较伸展，就是有点高高傲傲的样子。也可能是因为这样，我到了他们屋头坐下来，一开始硬是没咋对上眼。说穿了，你汪家解放前再了不得现在也早就落魄了，而我却是个正儿八经的大学毕业生，你有啥本钱拿冷脸来对我？她不咋理我，我也不想理她，稀稀落落说了些话，又跟汪驼背一起吃了点东西，本来都要走了，结果外头天一下黑了，居然开始又打火闪又打雷。

我本来是坚决要回去的。但汪驼背说独柏树回东门城墙边还是有七八里路，这暴雨下下来乡坝头的泥巴路又更不好走，鼓捣留我下来过夜。后来就睡下来了，我跟汪驼背在外头那间屋，汪家这女子睡里头。结果哪想到半夜又是一个响雷把我打醒了，就看到这女子也居然坐起来了在她床上，光起个膀子，转过来看到我眯眯地笑。她这一笑确实是有点勾魂摄魄，等我反应过来，人就已经到了这女子的床上。

早上起来不消说，汪驼背还是很发了一通脾气，这女子呢也一直哭。实际上这事情都水到渠成了，也没啥多走揸①的，我就直接跟他们提出来可以尽快把证扯了。这样说了一通，汪驼背才算消了气。

在他们那吃了早饭我才出来回东门上，一边顺着田坝走一边还是有点恍惚，觉得这一夜简直是有点聊斋的味道，结果正在想就遭我撞到了前头路边上的粪坑里头白

---

① 方言，出差错，变更计划的意思。

花花地浮起一大坨，很是吓了一跳。幸好再看两眼才看清楚这肚皮朝天漂起的不是人，而是一头不晓得哪家圈里跑出来的母猪。

今天一天我都在想这事情，越想越是后怕。说不准确实是冥冥中祖先有灵，使我昨天晚上留在汪家了，醒了还多了个媳妇。你要说要是我昨天硬就冒起雨走了，恐怕淹死在这粪坑里头的就不是这头猪儿，而是我傅祺红了。

第十四章

天还没亮，傅家阳台上的灯就亮了，在五楼高的地方幽幽地切出一块四方形的光，像是一扇通往另一个世界的门。齐师傅解了手回来，睡眼惺忪地朝门卫室走，抬起头看到傅家那阳台上已经是影影幢幢的，就估谙到傅祺红大概是起来在打太极拳了。他忍不住摇了摇头，再叹了口气。

"造孽啊。"齐师傅说。

国庆前，县志办主任傅祺红屋门口遭黑社会的写了血字，这事彻底在县委家属院闹昂了，整得人人都惶惶地，就连齐师傅也遭喊去谈了两回话，喊他务必要加强门禁管理，社会人员进出都要登记，绝不放任何闲杂人等进来。齐师傅呢，当时头是点了，保证也保证了，心头就想："你又不给我添人手，又不添设备，我就一个人两只眼睛还都长在脑壳前头，咋可能把一个个进进出出的都看到？"

另一方面，大家又默契十足地统一保持了沉默。上头反复打了招呼绝对不能出去说这事，"要注意影响！"尤其是在傅家人面前就更要注意了，远远看到这一家的老老小小便立刻提醒自己：务必要把脸上的肌肉管好不做怪相，把嘴头的舌头管好不问闲话。这一点齐师傅也基本上做到了。只有有一天，他坐在院子头正在抽烟，就看到傅丹心开车回来，然后提着一桶白漆走他的车里头钻出来了，手上捏了个滚筒刷准备上楼。齐师傅忍不住问："小傅，你要不要我帮忙？我这儿刚好有个梯子。"

傅丹心一手提着漆，一手握着刷子，一下愣住了，像是没把齐师傅的话听懂一样。

"你要不要我的梯子？要的话我这就给你拿上来。"齐师傅又问了一次。

傅丹心这才像是反应过来了，笑起来。"谢了齐师傅，"他说，"我暂时用不到梯子，等我哪天要上吊自杀再来找你借。"

当时傅丹心说完就上楼了，留下齐师傅一个人坐在藤椅上心头悬掉掉的，烟捏在手上搞忘抽了就烧成了长长的烟灰，灰又掉了一地。

"造孽啊。"他再说了一遍，看着五楼那昏黄的光。

楼上的傅祺红当然听不到院子里头门齐师傅的兴叹，他正在出步翻掌，弓步推架，把注意力都集中在自己的呼吸吐纳上。"心静体松，"他心头默念，"圆活连贯，虚实分明……"

"哗"的一声他背后厨房里头忽然像是雪崩了，紧接着劈劈啪啪响成一串。傅祺红一抖赶忙把势收了，转身走进去看。只见他的儿媳妇陈地菊就站在橱柜门前，手里抱着一个半满的罐子，另一手伸出去想把柜子里头倒下来的红豆绿豆芸豆的罐罐都扶起来，但是大势已去了，只见各色的豆豆儿下雨一般走柜子上落下来，大珠小珠地朝地板上砸，弹起来、滚出去。

"爸！"陈地菊苦着脸喊傅祺红，"我本来在找红糖，结果一不小心把罐子都整倒了，不好意思！"

傅祺红一阵恍惚，一下像是回到了从前。那时候陈地菊才刚刚嫁进傅家，傅丹心还没整出这么多搅肇，那时候，他心头甚至还暗暗期待过，说不定马上就有孙孙儿要抱了——"不的事，不的事！"他说，两步走过去，一个接一个地把密封罐都重新立起了，又把陈地菊手上的那个罐子也拿过来，放回到架子上去，再躬起拿手去按，想把那些满地疯走的豆子安顿下来，但豆子些又哪会听他的？没奈何，他站起来了，跟陈地菊一起看这些豆豆儿跳，过了好一阵才算慢慢将息了，静下来，摊在地板上五颜六色的，倒也好看。

"哎呀！先人呐。"傅祺红说，忍不住笑起来。陈地菊也笑了。

翁媳两个把厨房门关了免得把屋头其他两个闹到，轻手轻脚地拿了帕子、笤帚和撮箕，把豆子走台子上抹下来，走柜子底下扫出来。

"你找红糖是干啥啊？"傅祺红问他儿媳妇。

"我胃有点痛，整得我简直睡不着，就想喝点红糖水。"陈地菊不好意思说她其实是在痛经。

傅祺红点点头，把脑壳埋下去看柜子底下还没有漏网的。"是这样的，这人睡不好啊哪儿都不舒服。"他站直起来，两只手握着笤帚。"小陈啊，我们对不起你啊。"他说。

"唉呀爸，你说啥啊……"陈地菊一下觉得有点气紧。

"我完全理解你为啥不想跟傅丹心过了，"傅祺红接下去说，"换了哪个人愿意呢？所以我真的是感谢你，宽宏大量，愿意再给他，也给我们傅家一个机会。"他顿了顿，把笤帚伸出去扫出来一颗藏在贴脚线边的黄豆。"等会下午我就要带傅丹心去取钱，我那儿正好有十万，先把他们那些人安顿到，等我和他妈再来把我们那铺面挂出去卖。你放心，我们既然给你保证了就肯定说到做到，绝对要把这个债解决了，随便咋样都不得影响你，拖累你。"

陈地菊隐隐觉得有点讽刺，想到出事那天可不就是他们两个老人家一个拖着她的左手泣声声地求她，一个拉着她的右手说要给她下跪，真正是把她将军一样堵死了——于是除了同意不跟傅丹心分手，她哪儿还有另一条路走呢？"唉呀你说的啥话啊，爸。"她说，声音有点哑，"你跟妈才不容易的。"

傅祺红长长地叹了一口气。"其实傅丹心这娃娃本质并不坏，就是朋友交拐了，近墨者黑，整成这个样子。小陈啊，老实说，我对他是没啥想头了，但是对你还是很有期望的。你看你那么有能力，又谦虚、踏实，等你调到政府办去了，好生干，肯定有前途。我那儿的几个老同事都给我保证了，都要把你关照好的。"

陈地菊笑了一笑。"爸你太看得起我了，"她说，"反正我是真的没啥信心，看这国庆后我们单位放不放人再说嘛。"

"他必须得放了，"傅祺红说，"你放心，我都去找了关系了，有人要去给你们那个代行长把话说清楚，他再不放你就真的不识相了。"

陈地菊没想到她老人公把事都管到邮

政银行来了。她捏了捏手里头那几颗豆子,像小石头一样硌在她的肉里头。"爸你不用担心的,"她说,"我这边单位上的事我自己晓得处理的。"

"你跟我客气啥,"傅祺红说,"你这声'爸'都喊了,就跟傅丹心一样是我的娃娃,你的事就是我的事,我该管的。"

陈地菊一下回不出话来了。她把手松了,把那几颗豆子丢到撮箕里头。"我先回寝室了。"

"对,对,你再去睡会回笼觉,"傅祺红说,"等会早饭我给你煮红糖荷包蛋。"

陈地菊推开门进了寝室,一眼就看到傅丹心长瘫瘫地在地下睡得正香,嘴大张起,吹出低低的噗酣,脸上还隐约挂着笑,像个奶娃娃一样。从出事那天开始,她的爱人就每晚上都打地铺睡,但他的睡眠质量似乎一点也没有被影响,天天十点过枕头甩下去,铺盖打开来,眼睛一闭就进入了梦乡。反而是陈地菊,一个人占着床上两个人的位子却一宿宿地睡不着,只得开起床头灯看书。

有时候傅丹心晚上醒了去屙尿,半梦半醒地走回来就顺着床头灯的光要朝陈地菊身边倒。陈地菊就伸手出去,两根指拇尖利利地抵在她爱人的肩膀上,另一只手朝地下一指。傅丹心才像反应过来了,喉咙里头咕隆一声,一翻身倒下去到他的铺盖窝里头,背过去,马上又睡着了。

陈地菊却睡意全无,接着看她的书,有时候书也不一定看得进去,就只是盯着纸上的黑印子发呆。她脑壳里天马行空的,想说是不是天下所有的两口子其实最终都是这样子睡觉的,一个在床上,一个在地下。她想到了隔壁子她的公婆,远一点她的爸爸妈妈,还有王婷婷和刘毅文,她高中时候的男朋友和他现在的爱人,大学时候的男朋友和他的爱人,还有谭军和他再婚的对象——想久了,想到这么多男男女女都那样一上一下地错起排起地躺起好像石滩上的海豹,她就觉得有些滑稽,忍不住想笑。然后她就感到眼皮还是沉沉的了,把书合起来,脑壳落到枕头上去,睡一两个小时天就亮了。

她没有等到吃早饭就出门了,把衣服穿好,包包拿起,踮起脚来走出寝室,走过傅祺红的书房(门缝里面透着灯光),走过厨房(里面豆浆机正在山崩地裂地响),然后在门厅穿起鞋子打开门,走出去又轻轻把门扣上了,"哒"的一声。

门口那面墙早就被重新刷白了,刷得太白了,显得楼道里面其他地方都额外地脏。陈地菊尽量不去看那些腌臜,只管一步步下楼去。院子里有几个邻居在排起做早操,看到她都赶忙挤出笑来,问她早上好,就连门卫齐师傅也要跟几步专门把小铁门给她推开了,说:"这么早就出门啦。"

"早。"陈地菊说,侧过身,出了县委家属院的门。

按说,今年国庆假算是她运气最好的一次,七天的假期破天荒地轮到了整整四天。要是平常家,她不然就要跟傅丹心一起去周边哪个景点走一走,甚至住个一两晚上;不然就回天然气公司家属院,喊她妈妈把她喜欢吃的菜都做一遍,整点烤鸭汤回来给她煮藤藤菜;再不济也能和朋友约起去看几场电影,然后去河滨大道那边坐一坐,喝喝咖啡,摆摆闲话——但现在这些事情统统都做不成了。她肯定是不想和傅丹心一起出门,也不想回去找她妈妈,料想到叶小萱看到她是一个人,肯定又要唠唠叨叨、问东问西，而镇上那些最是闹热的场所也都成了最容易遇到傅丹心的熟人和朋友的危险地带。

一天天的她不敢在东门上晃，就孤直直地朝西门外头走。九十年代中期，西门外这一坨是我们镇上最繁荣的地方，有西游记艺术宫，有激光打靶场，有普莱斯娱乐城，还有政府专门打造的餐饮一条街，却赶到〇〇年前后一家接一家地停业了，灵霄宝殿和罗马广场都空了，荒草长起半人高。很多年了，陈地菊都没有来过这一带，过了也是坐在车子上看个浮光掠影，只有等到她走穿了西街，走过了长生街，走到二环路边上才发现现在这西门外头居然有了人气。艺术宫和娱乐城的房子都刷新了，外面挂起了白底黑字的招牌，写的"西南大学平乐校区"，路上走动的全是些新鲜面孔的大学生，说的都是普通话。反正也没其他地方去了，陈地菊恍恍地跟着几个学生走进了校区的大门，在学院广场上晃一晃，去商业街上买杯奶茶，不然在路边的长凳上坐下来，拿本书出来翻开，像一片叶子那样静谧谧地遁入了林间。

王婷婷找陈地菊倒是已经找了将近一周。她给她打了几个电话都没人接，找傅丹心也联系不上，问刘毅文，他也说傅丹心自从世界杯打完以后就喊不出来了。好端端的，总不是我们咋把你们得罪了嘛？婷婷有点气不打一处来。好在她最近神来气旺，又有一大堆事情在忙，因此也没闲心使劲去怄这两口子的气。你看她一大清早就去西南大学里头见了个毕业生，正在马不停蹄地往外头走顺便接了个电话，忽然就看到路边一棵银杏树下面坐了一个穿着灰针织裙的在看书的。那女子打一眼看上去像是个学生，再把细一认可不就是她的朋友陈地菊。王婷婷大而不小地"咦"了一声，跟电话头说"我等会给你打过来"，再轻手轻脚地走过去，生怕把眼前这人吓起跑了一样，走拢了才喊一声："梅梅姐！"

陈地菊一抖脑壳抬起来，先是愣了愣，总算还是笑了，说："婷婷啊。"

"哎呀你还算认得到我。"王婷婷说，"给你打了那么多电话也不接，发了那么多短信也不回！"

"不好意思，"陈地菊说，把书收起来放回包包里，"我这段时间事情有点多，心头也乱七八糟的。我是准备要给你回短信的，你说你找我有事情，是啥事嘛？"

王婷婷想不是我撞到你你鬼才要给我回短信的。面子上她还是笑眯了，挨着陈地菊在长凳上坐下来，把她的手挽起，说："我找你嘛肯定是好事啊！"

这两个朋友许久没见，先就摆了些闲条。婷婷问陈地菊最近好不好，陈地菊说还凑合嘛，反正日子只得一天天过，边走边看要走到哪儿去嘛。她再问王婷婷最近都在忙啥，婷婷的眼睛就马上亮了。

"给你说嘛梅梅姐，说出来我自己都有点不信：我和郑维娜注册了一个公司！"王婷婷说。

陈地菊心头咯噔一声，一下说不出是啥子滋味。她料想得到王婷婷和郑维娜的淘宝店应该做得不错，但没想到就这样把公司都开起来了。"哎呀，安逸哦，是啥公司呢？"她问。

"服装公司。"王婷婷说。她拉开手提包摸出一个玫瑰金的名片盒，翻开来拿出一张名片递给陈地菊。

名片上写的：鬼丫头服装文化有限公司 总经理 王婷婷

陈地菊一笑。"咋取个这个名字啊?"她问。

"鬼丫头啊?"王婷婷也笑起来,"这是我们的品牌啊。说起来还是多亏郑维娜第一天来拍照的时候脸遭打淤了——你还记得到不?那天你也在的嘛——我就将计就计给她画了个女鬼妆,结果也不晓得为啥,可能是因为有特色嘛,一下子就在网上火了,然后我们的铺子也就跟到火了。"

陈地菊当然还记得,就是那一天,她从王婷婷的店里面出来,第一次在明晃晃的日头下不知道要朝哪里走。"那还有点欢的。"她说。

"就是欢得很啊!"王婷婷也点点头,"我们最开始还只是进衣裳卖嘛,上个月开始就决定试试找工厂来自己打版做些基本款,结果反响好得很,五百件两天就卖完了还一堆人来预定。"她手一拍。"现在啊娜娜就干脆把她那套房子拿出来抵押贷款拿了些钱,我呢也把我们屋头那点存款拿出来了,一起凑起来把公司注册了,准备就看看能做到哪儿去嘛!"

王婷婷在陈地菊面前说得眉飞色舞,陈地菊呢就觉得脑壳有点晕。也就是不过五六个月以前嘛,郑维娜和王婷婷还一个为了男朋友出轨哭得吸溜,一个为了爱人不会挣钱恨得牙痒,现在居然就说起抵押房产注册公司这样的事情来了。"那真的是要恭喜你们啊,"她扇一扇手里面的名片,提醒自己要把笑容挂在脸上,"这简直是了不起了!"

王婷婷呢,本来前一秒还高高兴兴的,这一秒忽然就把眉眼皱起来了,说:"哎呀梅梅姐,了不起啥啊。我就这两个星期忙得都要把脑壳转掉了。又要刻章,又要办税务登记,办公室又要买桌子,厂里头还要说的之前的面料买不到了,又要换面料,我这都还没去取样品……"她把脑壳摇一摇,深深吸一口气,伸出手来一把捏住了陈地菊的手——陈地菊的手冰凉,王婷婷的手滚烫。

"梅梅姐啊,这几天我都在找你,就是为了这个事,"王婷婷说,"你看我们这一大摊子,又碎又乱的,我和郑维娜呢,虽然是搭档,但是老实给你说我还不是很信得过她——坑我的事那女子以前又不是没干过。我就想啊,如果你能来给我们入个伙的话就最好了。你来当会计给我们把关,我就最放心了。你看嘛,"她又把包包扯开来,摸出一个文件夹里面都是些A4纸一排排印起字,"我这儿找不到你,就只有跑到他们西南大学来找应届毕业生,收了一堆简历,没哪个上相的。"她狠狠地拍了拍那文件夹,又把脑壳扭过来,一双眼睛鼓得溜圆,看着陈地菊。"梅梅姐,真的,你考虑看看嘛,看愿不愿意来跟我和娜娜一起做,一开始你不放心可以做兼职,等我们再上轨道了,我们肯定把工资给你开够,二天还可以分股份!"

陈地菊耳朵里头有些嗡嗡的,眼睛里头看着王婷婷那一张热切切的脸,没来由地她就想到了那个在张三哥烧烤摊的夜晚。那时候,这女子也是这样看着她,把那话一句句海浪一样拍在她的心上,劝她和傅丹心扯证结婚。

"你让我想想嘛婷婷,"她终于说,"我这儿还有些事情我得先考虑清楚了,再来给你回话。"

有人说绝处逢生,否极泰来。又说祸兮,福之所倚;福兮,祸之所伏。说的就是这命运难测,时运多变,就像那天上的风云忽明忽暗，一吹就吹得我们这些人鸣鹀学鸠一般东倒西歪，乱打旋旋——所谓：治乱，运也；穷达，命也；贵贱，时也。这些都是在民间广为流传的，连黄口小儿也可以颂唱得声声朗朗，听到的就以为必定是真知实理。殊不知娃娃些往往鹦鹉学舌，捞起一半就开跑的更是大有人在，很少有几个能够真正把书接到读完了，看到圣人下半句里头就在说：孰知其极？其无正也。正复为奇，善复为妖，人之迷，其日固久——这才说到了本质。就是说福啊祸啊其实打眼看过去都长得差不多，所以你我两个就很难认出来到底哪个是要帮你，哪个是要整你，到底是将降大任，先苦心志呢；还是将欲废之，必固兴之。因此祖先些又苦口婆心地说了：君子啊你这一辈子的修炼，就是要核乎邪正之分，权乎祸福之门，终乎荣辱之算，才可以舍彼取此，趋福避祸。

说回来我们这个故事里头，陈地菊她有没有眼水我们要打个问号；傅祺红呢，好歹经历了将近一甲子的起伏，自然就要火眼金睛得多，越是在扑朔迷离中就越要鉴毛辨色，听风辨位，不使其昭昭然绝不罢休。

你看他吃了午饭终于慢悠悠收拾出门了，揣着存折本本，带着他的儿傅丹心，深一脚浅一脚地走到了南门老城墙边十字口去取钱。抬起脑壳来他看到农业银行的大楼就矗立在面前，十几级台阶排上去像是升仙的天梯。他叹口气，忍不住又扭头看了一眼傅丹心，他那忤逆儿子的脸上刷了一层水泥浆一样，灰胴胴的，垂着眼睛。

"你这祸什污娃娃！"他说，"我是上辈子欠了你好多钱，这辈子没完没了地帮你还债！"

傅丹心站住不走了，始终和他爸保持三四步的距离。他还是不看他，光抬手摸了摸鼻子又把手放下去了。

傅祺红也挪不动步子，毕竟再走进了银行门口就要拿本本取钱了。"屡教不改说的就是你，"他接着说，"你上回炒期货捅了好大个娄子？这一转眼就忘了痛了，居然要赌球了！赌球都是你赌得起的吗？你也不看看你是啥料子，一没本钱，二没头脑——你哪来的本事去跟人家耍？"

"我没赌球，"傅丹心终于说话了，声音闷咚咚的，"我都给你说了我不是赌球，我是帮人家当庄家，我自己又没赌。"

"噢你还有理了！"傅祺红说，"当庄家就不是赌了？那你又是咋栽下去欠了这么多钱的？咳！我这辈子就没听说过庄家输钱的，你倒好，一输输了三百万，简直有水平，说你笨得屙牛屎都是抬举你了。算赔率好简单的事嘛你都可以整错，你爸我教你那么多奥数你都还给先人了！"

傅丹心终于把脑壳抬起来了。他看了傅祺红一眼，两个眼眶子通红。"你何必说这么难听嘛，"他说，"我都给你说了，我不要你帮我还钱，我自己的事我自己会解决。"

傅祺红点点头。"对的，"他说，"你就在这儿跟我说大话嘛。你真有办法解决那黑社会的还要跑到我们屋门口墙上写大字吗？你爱人还会气死血了直接当到我们两个老的宣布跟你分手吗？——我不把我这棺材本取出来先把那些人安顿到，是要等到看陈地菊跟你离婚呢，还是要看你遭黑社会砍死？真正把你砍死就算了，只要他们把你拖远点儿到那荒郊野外砍死了，我还就得个眼不见心不烦了！"

"那你就喊我遭砍死嘛，"傅丹心咕哝，

"死了算逑了。"

傅祺红看着他的儿，颈项上的生筋活脉，厚实实的肩膀，遭乱刀砍下去了就要皮开肉裂，红浓的血顺着白森森的骨头往下滴。"死？你以为你死了就算了，你这子债就不用我父偿了？你想得美！"他气汹汹地把这句话丢下来，转身过去接着朝农业银行里头走。

"我们根本就不该赔他们的钱，"从他背后传来傅丹心幽幽的声音，"这事情里头根本就有鬼。我根本就是遭他们故意陷害的。"

傅祺红站在营业大厅门口，正好看到里头一字排开的柜台，墙上数字的屏幕滚动的是现下的利率。活期存款0.35，三个月3.00，半年4.00，一年4.55，两年……三年……可怜他本本上这失而复得的十万元本来存到了那么好的利率，这下提前取出来就分都不分了！他就站住了，再一次扭头问他的儿："你啥意思？你咋就遭陷害了？"

傅丹心看了他爸一眼，吞了口口水，像是终于下了决心。"老实给你说，我是遭他们设局害了。我当天去操盘的时候是遭人家下了药，吃了好几颗摇头丸……"

"啥子呢？"傅祺红说，一下子耳朵就瓮了，心口一紧。"摇头丸？你这娃简直没救了——你赌就算了，还整起吸毒了？"这两个字走他嘴里头钻出来，黑耸耸的，惹得他全身一颤，手挥出来，刷地一巴掌就给他那儿扇在脑壳顶上。

"哎哟！"傅丹心脑壳朝后头一缩，"你咋子？"

"我咋子？"傅祺红难得地提高了声音，憋了好几天的火涌出来，一下竟收不住势头。"我也不等其他人了，我今天就亲自打死你这个不肖东西！"

这正是：

> 圣贤书里习君子，还需耳濡目染；
> 黄荆棍下出好人，全靠身体力行。

你看傅祺红他老父亲恨铁不成钢，这下两步上去左右穿梭，膀子一挥双峰贯耳，直接就给他的儿傅丹心招呼过去，又再一式云手出来把他逮稳了，抡起坨子来，朝他身上接二连三地捶下去。

"哎呀！打人了！这儿打人了！"营业大厅里头有人在惊呼呐喊。傅丹心呢，就抱起脑壳想朝街上窜。这头傅祺红却死死地把衣裳给他揪住了，不离不弃地对他的儿步步紧逼上去，手上二指一弯爆栗子一个接一个，脆生生地敲在这混账的肩膀上，背上，脑壳上。

"祸什污！"他嘴头骂，"你这个祸什污！"

街上的都遭这一对的闹热吸引过来了。傅祺红本来是最在乎他人的，现在却仿若在无人之境。他的眼睛里光看得到他的亲生儿子，那一张脸他太熟悉了，就算是扭眉皱眼揉成一团他也不得认错。傅丹心一边躲，一边嘴头喊："哎呀，爸，不打了嘛！不打了嘛！我错了，我错了！"

他那讨饶的模样让傅祺红蓦地想到了这娃娃小时候，也是一个德行，没皮没骨的，稍微挨两板子马上就涕泪齐下，一声一泣地喊："爸爸，我错了！爸爸，我错了！"

这都好多年了啊？傅祺红想，咋这娃娃一下就长这么大了？——他刚刚起了恻隐之心，手劲松了，没料到他的儿竟泥鳅一样一板把他的钳制挣脱了，连滚带爬地，

193

甩起脚朝南门外头跑。

傅祺红手上一下空捞捞的，像是把个氢气球放飞了。

"哎！跑了！跑了！"街上的人喊。

傅祺红却没有动。有那么一两秒钟的时间，他呆呆地立在路上，眼睛空空地望着他的儿越去越远。

"赶紧撵嘛！快撵啊！"街上的人又喊。

他才像是反应过来了，脚一蹬，拖起一身的皮肉跑了出去——等真正跑起来，他才意识到自己确实是老了，脚上灌了铅，骨头又硬，关节又痛，头顶上冒虚汗，胳肢窝里发恶臭，再加上那路边看热闹的视线，烔烔的如微波一般辐射过来，硬是要把他的里外都烤焦。他觉得气紧，又不得不把劲提起，在众目睽睽之下把步子绷撑了，撵着傅丹心拐进了南门菜市场金家巷，又再转进去到了猪市坝僻静深处，才终于在一堵老墙跟前把他那忤逆子一把揪住了，站稳了，脚顶下、心窝头、脸面上都像是遭整脱了一层皮。

"你个祸什污！"他说，"你跑啥跑？朝哪儿跑？跑得过和尚还跑得脱庙？"

他那儿子虽然比他年轻不少，但平常缺乏锻炼，又经常熬夜，眼下这脸色居然比他的还要难看，躬起身身张大嘴，只有出的气，没有进的气，说不出话。

"我打你两下你居然还敢跑？"傅祺红接着骂，杵在穷途末路里又四下无人。"你有啥脸跑？你赌就算了，居然还吸毒！吸毒这种事都是随便沾得的啊？你一沾就人都不是了，只能是人渣！"

傅丹心把脑壳摇了摇，又把手抬起来跟着摆。"不，不是，"他终于把气接起了，"我没赌，我是当庄家，自己根本没赌。还有那摇头丸也不是我自己要吃的，是人家设局害我，囉我吃的！"

"害你？"傅祺红冷笑一声，"你才会抬举你个人的！是，你傅丹心硬是了不起完了，还有人专门要设局来害你——是为了你的才啊，还是为了你的钱嘛？你是个啥了不起的人物，要招得人家来害你？"

傅丹心的耳朵刷地红透了，一张嘴闭起，牙齿咬紧下嘴皮。"我咋晓得他们为啥要整我呢，"他说，"但那个给我下药的婆娘就跟我诅咒发誓地说了，说的是六叔喊她给我下药的——我也想不通啊，我勤勤恳恳地帮他周在鑫守摊子，是哪点把他惹到了，整得他宁愿把自己的生意肇了也要来整我？前头先说的输赢都跟我无关，现在又说'江湖上从来只认庄家'，要喊我个人掏腰包把钱赔给那些下了注的——哪儿有这本书卖？爸，"他看着傅祺红，一双眼睛红得像在渗血。"爸，你相信我嘛，这事情肯定是有鬼，中间绝对有哪个人在挑。你信我这一回嘛，先不慌去取钱，更不要卖妈西门上的铺面——凭啥就要这样轻飘飘地送给他们？你等到，我肯定要把这其中的鬼揪出来——等我把他找到了，你看我不把他朝死里头整……"

傅丹心嘴里头还在说，喋喋地跟中了蛊一样，傅祺红却忽然定住了。他的心咚咚地跳着，像是有个人在他胸膛里头擂鼓。恍恍然地，他看到一缕灵光走乌云里头穿出来，端端照在他的眉心之间。

"你先不忙。你说的这个周在鑫是不是有点年纪了？以前天山房产的董事长，住在西门上的？"他问傅丹心。

傅丹心嘴皮停下来，皱一皱眉毛。"他像是有六十多岁，我倒不晓得他还搞过房地产，"他说，"是西门上那个没错，不然我们这儿哪儿还有第二个周在鑫嘛？"

194

这三个字落进傅祺红的耳朵里头，硬像是老天爷终于答应了他这几天的祷告，他绷紧了的心一下松了，腿杆的酸痛也消散了，浑身舒软。"周在鑫！"他说，"这还真的是冥冥之中自有定数啊。我给你说，这个人我和他打过交道的，按理说他还欠我一个大人情。这样，你先不忙去找他，把这事交给我。等我去把他找到来，跟他好生摆一摆，说不定还有点儿柳暗花明的机会。"

摸到心窝子说，傅丹心觉得他在数任前女友和现任老婆那里都还算吃得开的原因并不是因为自己长得有多么帅，也不是因为他格外温柔体贴，更不是因为他在床上有啥过人之处——虽然这些方面他都不算差，但傅丹心深信他之所以在情场中纵横十多年，浑事昏事幌事都干了不少却还没遭报应的原因只有一个，那就是他傅某人道歉的本事绝对是卓绝群伦，很要找些人来比的。

再多的危机他都用凄切切赤忱忱的"对不起"化解了，一回不行就说十回，光说不行就再加点眼泪花儿——但这一次他和陈地菊之间的问题却没这么简单。不用其他人说，傅丹心自己也意识到这一回不再是他道个歉就可以混过去的。自从那天出事以后，虽然陈地菊是答应了他爸妈不跟他分手，当着屋头两个老的也会淡淡跟他说几句话，但一旦他们两个进了自己的寝室，她就眼睛也不朝他这边瞟一眼，声音渣渣也不冒半丝出来，直接把他的枕头铺盖抱起来朝地下一丢，自己呢就躺尸一般直挺挺地占住床中间，不然看书，不然耍手机，总之彻底把他傅丹心当空气。

傅丹心确实是有点心灰意冷了，再加上他现在的心思都在如何消灾减债上，也就更没闲心来想如何逗他爱人高兴。因此两口子吃了夜饭又回寝室，忽然听到陈地菊喊了他一声"傅丹心"，他就有点不敢相信他自己的耳朵。

他倒拐子一撑走地上坐起来，望过去床的那一头："你喊我？"

"啊，"陈地菊说。"能不能把你的笔记本电脑借给我用一下？我要上个网。"

陈地菊要用笔记本上网，这也是有点稀奇。不管嘛，傅丹心一跃跳起来，麻利地走他的双肩包里头把笔记本电脑拿出来——心头盘算桌面上没啥不能见人的东西嘛——递给了陈地菊。

陈地菊把电脑打开了，连起网，又把浏览器点开来，输入：www.taobao.com。那屏幕本来是刷白白的，过了几秒钟就哗地跳出来各种五颜六色的文字和图片，叠起摞起，密密匝匝，像是哪个把糖盒盒打倒了。她盯着这堆东西看了几秒钟，无奈何，转过脑壳去问傅丹心："哎，你来帮我看看咋个在这儿找具体的铺子呢？"

傅丹心一双眼睛都亮了，站起来绕过来坐到床边上，走陈地菊手头把电脑拿过来放在自己膝盖上，说："你要找啥铺子嘛？"

"就王婷婷和郑维娜开的铺子，叫鬼丫头服装店。"陈地菊说。

"嘿，她那两个是有点鬼。"傅丹心说，手上把名字敲进去在搜索框，又按回车。

陈地菊再看到时候就看到鬼丫头服装店赫然列在屏幕最上面，名字边上三个金色的小皇冠。

"我好像是听文哥说婷婷是在网上卖衣裳，"傅丹心说，鼠标点进去，"咋呢，你准备要照顾她们生意啊？"他尽量把语气放得随意了又随意，就他们两口子之间一切都只是寻常。

陈地菊没说话，看着屏幕上服装店的页面，入了迷一般。一张张照片都是郑维娜的脸，但又不像是她。那张脸有一大半都被涂成了泛着幽蓝的青黑色，像是海底下游上来的水怪，莹莹地发光。

"这是啥意思呢？"傅丹心说，"有点另类哦，搞不懂，搞不懂。"他看了一眼他的爱人，觉得她的脸上也像是被一层颜料包裹住了，讳莫如深。

"前几天我遇到婷婷了，"陈地菊终于说，眼睛看着屏幕，"她说她们这家店开得还很成功，现在刚刚注册了一个服装公司，想喊我入伙，去她公司里头当会计。"

傅丹心愣了一愣。"服装公司？"他说，"王婷婷和郑维娜？她们两个女子疯扯扯的能搞啥服装公司！先不说王婷婷了，光说这郑维娜——你也不看看那龙刚把我们整成啥样子了，难道你现在还要跟这女子裹在一起？"

陈地菊看了他一眼。"你的意思是如果你跟龙刚闹翻了，我就不能跟郑维娜一起做事情了，是不是？"

也还是谢天谢地傅丹心总算不笨，感觉出来他爱人这话恐怕是反起说的。"也不是这意思嘛。"他赶忙深明大义地表态，"我是害怕你吃亏——他们那屋头的人惹不起啊。"

"我的确也是不想跟郑维娜和龙刚打交道。"没想到陈地菊居然顺着他的话说下去了。"婷婷也跟我说她不太信得过郑维娜，"她又说，把电脑屏幕转过来给傅丹心看，"但她们的网店生意确实是做得很可以。我估计她们是运气好，赶上这一波电商要起来了。听说郑维娜把她房子都抵押了，重新找银行贷款出来投资这个公司。"

傅丹心也就把细去看那屏幕上的页面，裙子，T恤，针织衫，成交量五百，一千六，两千三。"看起来是还可以哦。"他说。

"我有这么个想法，"陈地菊说。"想听听你的意见。你也听说了嘛，最近房产大涨，我问了我妈了，我们那新房子现在随便可以卖八十万。"她顿了顿，瞟了傅丹心一眼——傅丹心眼睛都不转了，听得全神贯注。"我觉得这其实是个机会。"她接着说，"本来那房子我们去住了也就是住起，再涨价也变不出现来，其实我们只要下决定再在爸妈这儿住一阵，把那套房子出手，拿起钱去找王婷婷，就说我们要入股她的公司，喊她跟我们打伙做，把郑维娜踢出去——听婷婷的意思，这铺子本来就是她在弄，郑维娜实际上就是当个模特，还有就是出了些钱。那么其实这模特哪个都可以当——她那脸都涂成那样子了，又有哪个认得到哪个是哪个——至于钱嘛，我们也可以出。何况她跟我们合作的话，我可以来给她做管理，做会计，她呢，肯定也信得过我们，这样她也放心，我们也赚钱，这不就是双赢嘛？"

傅丹心觉得大腿上一阵刺痛，脑壳一埋才发现是他自己在掐自己。还硬不是在做梦的嘛，他想，看着他的爱人，依然是那个清清淡淡的模样，眼睛里头却又有点脱胎换骨的意思。

"哎你可以哦梅梅。"他说，喊出来她的小名，"你不要说，这事情可能还真正做得！我前段时间也在想干脆把我的铺子关了在网上开起卖——结果你还跟我想到一堆去了！你说得对，我也觉得现在电商肯定是要起来了，再加上我们跟刘毅文王婷婷这关系，真正我们两家人联手了，啥生意整不好！我看这样，你呢就去探探王婷婷的口风，把她那头先说拢，把郑维娜踢出局，然后我们来入伙。"他伸出手来叩了叩电脑屏幕，上头一排排卖的都像金缕玉衣，一串串评的全是灿灿五星。"这事要是整对了，我们就真的要发家致富了！"

县志办办公室里头最近很有点人仰马翻，鸡犬不宁，说起来还不是因为四个字：*君心难测*，再补四个：*想些来整*。本来，今年子县志办重中之重的任务就是完成二十年大县志的初纂一审，因此其他的年鉴啊地情文献啊之类的工作都统统排到后头去了，全办公室的人加班加点地理资料、撰稿、统稿，眼看胜利在望了。哪想到，十一假期才刚刚过完，忽然咚地下来一个手谕，说要求县志办务必在年底之前把2007—2009的三年年鉴整出来，最好是十二月份就要拿定稿来给上头过审。

这一下满办公室的人都是瞠目结舌的，彻底成了铁梗杆上的耗子——没了抓拿。苏聪说这不就是君要臣死臣不得不死吗，吴文丽说死倒是简单了，白刀子进红刀子出一分钟都要不到。问题是这三大三年的年鉴，虽然每年各乡镇单位的资料都交上来了，但是还全部都堆在资料室里头生灰，黄瓜都还没起蒂蒂，这就要喊我们整个菜出来马上要等到吃，请问是不是在搞笑？

当然了，会议室里头坐了一圈没哪个笑。傅祺红就更笑不出来了，他一双眼睛盯着他底下的人愁眉苦脸，心头不免有些火烧火辣。这些做事的人还懵懵懂懂，但他老傅这管事却心头有谱：下这异想天开的指令的不是其他人，正是我们县上的一把手，县委书记熊国正。而这姓熊的忽然慌到赶到想要这二〇〇七到二〇〇九年鉴的原因也不难猜，大概是因为（据小道消息说）中央纪委的人已经下来了，正在彻查市委李书记的贪污腐败案，估计李下台是早晚的事了——那么你就算一算嘛，所谓的巢倾卵破，再加上一个萝卜一个坑，李书记下课必定要牵动一堆人遭殃，紧接着组织上就要噌噌把人朝上头提了。而我们的熊书记呢，眼看着也就只能再坐一届了，这一趟再不上就真的上不到了，因此肯定是要铆足了劲，调动各方资源来颂他的政绩表他的成果。那1986—2005的二十年县志记的都是前朝旧事了，远水解不了近渴，因此这人才下了急令，喊县志办必须要把这2007—2009的年鉴赶出来，真真个急功近利、公器私用。

傅祺红默默把心头这口气吞了，脑壳抬起来，脸皮也拉长了都是肃穆。"既然上头话都下来了，"他说，"我们这些人也只有好生做，尽快把任务完成了。这样，我来弄概况和政治部分；苏聪，你和小曾搭手来整经济——这个是重头戏，得多费些心；吴主任，你就和小杨一起负责把文化和社会生活搞了，剩下的人物乡镇企业和其他的我再来想想办法，不然就去党史办，不然去中学里头借调两个笔杆子过来，帮我们一起整。大家这个月辛苦一点，先把手头其他事都放了，加班加点一下，应该可以……"

他话还没说完，就看到吴文丽把手高高举起来，长梭梭像一根白萝卜。"傅主任，我就有点不懂了，"她说，"我一直都是带小曾的，我们两个一起做事也早就做顺了，这咋又换了个人给我？"她瞟一眼小杨，对她一笑。"不是说我对其他人有意见，问题是我们既然现在都在赶时间，我哪儿还有空来又要重新磨合，不是反而把多的都耽搁了?"

吴文丽的话赤瞎瞎地说出来,满屋的人一下都有点尴尬。傅祺红心头清楚得很这女人是舍不得人家小曾能干,想到搭个会写稿的她就好梭边边,遇到小杨不如小曾灵性,她就生怕自己要多干事了,因此当然不安逸要发杂音。他眼睛扫过去看一看小杨,就看到她满脸通红,嘴巴瘪起来像个要煮破的饺子。再看看苏聪呢,便见这小子是静如处子,脑壳埋下去,把圆珠笔死捏在手上,一动不动——早在放假之前,傅祺红就把苏聪喊到他办公室里头来跟他摊了牌,说他跟小杨的事他已经了解到了,也把人家小杨那边暂时安抚下来了,那么这一回姑且既往不咎,但是这种原则性错误以后绝对不能再犯。

当时,苏聪那张本来一向白生生的脸居然涨一涨地发了紫,嘴皮也白了,哆哆嗦嗦半天,终于说:"谢,谢谢傅主任。"

"唉小苏啊,"傅祺红说,"人这一辈子总是要犯点错,特别是你还年轻,就更是难免。我呢,也不是啥老学究,更不想教育你在男女关系应该如何去处,但这件事情里头你最不该犯的其实是扯这个谎,跟小杨说我们这儿有转正的指标。你看你扯了一个谎,我们就都要源源不断地编出些假话来圆这个谎——这就像是吸毒一样,一旦进去了,就轻易都出不来了。"

"是,"苏聪说,"傅主任你教育的是。"

"我不是要教育你,"傅祺红说,"这道理也是我看多了血淋淋的例子才学来的。特别是我们这政府里头,人与人之间更加复杂。说不好今天要帮你的,明天就要害你,因此千万要万事谨慎,站够脚步。不然你看嘛,一旦你有个把柄落到其他人手头了,你就这辈子都不要想安生了。"

他这话慢吞吞地说出来,声音虽轻,分量却重,压得苏聪脑壳里得死死的,身身缩起来像是个淋了雨的秧鸡儿。"对,"他说,"你说得对。"

傅祺红叹一口气。"小苏啊,我是真的希望你这一回学到教训了。这事呢我反正就尽量帮你压嘛——但你这幌子确实扯得有点太大了,你说我们哪个有那本事,去给那小杨伸手一抓抓个名额回来给她?也就看嘛,我们只有先把她安抚到,走一步算一步嘛。"

苏聪还是没抬脑壳,心头想的是办公室里头早就传遍了的八卦:傅主任找了关系要把他儿媳妇调到政府办去了,而且是先上车后买票,公务员都先不用考的!

"谢谢傅主任,"他说,"谢谢傅主任。"

傅祺红看他那造孽兮兮的样子,又叹了一口气出来。"你不用谢我,"他说,"你好生工作就是对我最好的感谢。你看嘛,我们这办公室里头除了你,哪儿还找得出来第二个真正能写文章的?"——是这道理啊,当时傅祺红想,安顿自己惴惴的良心和跃跃的私心,所以我帮他也是帮我自己,不然他要是再遭整起走了,这一箩筐的事还有哪个来帮我做?

还有哪个来做事啊?傅祺红又把这话默默地跟自己说了一遍,再看一圈这几个散兵游勇一个个坐得叉胖巴叉,最后才把眼睛落在吴文丽的身上。他说:"那这样嘛,吴主任,既然你不想麻烦带人,就干脆跟我调算了。你来弄概况和政治,我来跟小杨做文化和社会生活,这下总对了嘛?"

陈地菊坐下来,才发现她的写字台上已经积了薄薄的一层灰,手放上去就是一个印子。转眼间,她搬到傅家去已经要一年了。最开始她还经常回天然气公司家属院,吃个饭,跟她妈妈摆会龙门阵,然后再去她的寝室里头拿点衣服,找两本书——那一阵,每一次走进来她的寝室里都是干干净净的,一尘不染。据她爸说,叶小萱每天早上起来第一件事就是要来把她寝室抹一遍,"就跟打扫神龛一样"。

她妈妈是多久没来收拾过她的寝室了?陈地菊想。她甚至一下都想不起来自己上一回回来,坐到这张写字台前是什么时候。她本来想去厨房里面拿张抹布,但犹豫了几秒钟又算了——反正总归都是要积灰的,又何必抹它?

有诗为证:

秋光秋影入秋室,红稀香淡,旧台无心扫。

一番风雨一番凉,往事流连,何处梦明朝。

她躬下腰来,一把拉开写字台抽屉最下面那一个,里面一叠叠摞起的都是她高中大学时候的纸纸篇篇。她把它们都搬到写字台上来,一张一本地翻过去:笔记本叠起笔记本卷了边边,模拟卷贴考试卷粘成了一饼,还有复习时候写的提纲,课上传的纸条条,同学和笔友写给她的信,零碎碎的光写了个开头的文章,以及各种成绩单、卡、学生证、图书馆证,上头是她十五六岁十七八岁二十一二岁时候清寡的脸,有时候圆些,有时候又尖了。

她翻过她大学时候宏观经济学课上的笔记,上头的字草得她自己都认不到了,红笔画了些圈圈,记号笔写的"必须背""默写三遍"。又有她高考前模考的卷子,像是掉到水里头又捞出来了,和数学英语物理化学卷子皱起糊起在一起,凝成了一块硬梆梆。还有高三毕业的那个暑假,她南京的笔友写给她的信:"……最终差了三分没上复旦,哭了整整一周。算了,同济就同济吧,我总之是下了决心不复读的。明年寒假你来上海吗?或者我可以到九寨沟玩,顺便找你……"

这么多年了,陈地菊看到这信心头还是一紧,手腕子一翻把这几页旧纸卡回去,又接着往下找。她拿起来一本薄薄的笔记本,封面上一只泰迪熊,四个彩虹色的字:"美好生活"。她一下想不起来这本子是哪儿来的,翻开来才发现是她曾经的日记本。实际上也算不上日记,就是她断断续续写下来的一些随想,用了大概有半个月就荒废了,难怪她没印象。那时候她的字要端正些,陈地菊翻了几页,看到这么一段:

"想不出来明年这个时候我会在哪里。每个人都说考不上大学你就毁了。那么说不定明年这时候我已经死了。但或许,可能死根本不是最可怕的事,大学没考上还要活下去才是最可怕的,一天天的都看不到尽头还要一直活着才是最可怕的。周老师说的话虽然很残酷,但的确是有道理的,我这种成绩现在才想去拼上海交大肯定是来不及了,的确是西南财大要更加实际一些。'实际',意思大概就是要承认自己只是一个普通到不能再普通的普通人吧。"

陈地菊忍不住笑了起来。一瞬间,她希望她可以时光穿越回去,跟那个十六七岁的她自己说:能考上西南财大就已经很不普通了。她不知道那一个陈地菊会作何感想,当她得知自己根本没有考上西南财大,只不过上了一所本地的二本,工作了几年也没有长进,依然是个一文不值的前柜。最终，她不但没有考上外地的大学，甚至干脆嫁了个东门上一条街长大的男子，还和他爸妈住在了一起，每天睁眼睛出门，闭眼睛睡觉，周而复始，终而复始。

陈地菊叹了一口气，出来的这一声是那样沉沉，把她自己都吓了一跳。她眨了几下眼睛，把这本子放回去，又继续在这一堆纸里面翻下去——她是下了决心了，这个抽屉找不到就找下一个抽屉，写字台抽屉里面没有就去找床底下的纸箱子，总之不把东西找到绝不放弃。

皇天不负苦心人，最后还是遭她找到了，两个齐崭崭的蓝本子，她的本科毕业证和学位证。陈地菊翻开来，看着照片里面她自己那瓜兮兮的样子，头发扎起来一个马尾，脸上没有打粉，又偏偏专门擦了口红，太红了，落在那黄垮垮的脸上，像是哪个拿红笔画上去肇耍的。

她站起来一下觉得脑壳有点晕，把手扶在椅子背上站稳了，也不管一桌一地的狼藉，把椅子推进去了，拿着这两个本本走出寝室去，走到客厅里面坐下来，狠狠地吸了两口气，才慢慢地听到了她自己的心在跳。咚。咚。咚。

伸手过去她把她的手提包拿过来，摸出一张对折好的A4纸，打开来，再把里面的内容最后看了一眼：

"辞职信

尊敬的代行长……"

她把这信折了回去了，拿手掌抹了几抹展平了放到毕业证里面去，确保它不得遭压皱，又把两个蓝本本都放进了包包里——陈地菊站起来，趁她爸妈还没回来之前，几步走出了陈家的大门。

往年家，每到重阳一过，秋意愈见浓重了，傅祺红就总要诗兴发作起来做两首七绝，再不然填一阕《清平乐》或者《减字木兰花》，赋些秋风飞落叶，黄菊散满庭之类的——也就是看到物候变化了，之前妖娆兴盛的都渐平淡萧索了，他老傅心头的愁绪就汩汩地泛滥开来，掩不住，硬是要化成些形销肠断的截句。每到这个时候，唯一能宽他心的就是去畅想他退休以后的生活，想到到时候闲下来了就正好把这么多年写的文章都整理出来，弄个集子，再把几十年记下来的日记好生看几遍，说不定就能触发些灵感，整一个长篇出来，以他个人这一辈子的沉浮来折射我们国家这五六十年来的蓬勃变化，还正好可以利用他县志办工作这些年积累下来的观察和数据，真正做到包罗万象，写尽众生百态，写透人情世故——每一回，一想到这里，傅祺红再是消沉的意志也要重新被振奋起来，胸口里头激荡起少有的昂然。甚至，他连书名都想好了，不如就叫作《大志》，而他自己也可以仿效前人取个笔名，类似于：平乐孤翁。

——这是往年家的情况。

到了今年子，也说不清楚是哪儿不对，重阳早就过了，眼看都霜降了，马上就要说立冬的话，傅祺红却一首诗都没写出来。他估谙大概是这一阵事情实在太多，有他办公室里面的人事纠葛，上头下来的各种任务压力，又有他儿媳妇调工作的事，还有他那宝器儿子欠的账。你看他这一大清早就到了办公室，茶水泡了，端端坐下来在他的办公桌前，手上捏着从他儿子那抄来的周在鑫的号码，眼睛盯着桌子上方方的座机，就硬是提不起气来打这个电话。

当然了，电话本身他是打得来的，无非就是把话筒先提起来，手指拇照着纸条条上的号码按下去一、八、六……十一个数字按完听筒里头就该响起嘟嘟的声音，声音响一阵电话那边就该有人接起来说话，十有八九说的都是"喂"。

接下来麻烦就来了。傅祺红在脑壳头想了又想，腹稿打了一遍遍，硬是没有一稿满意。他是该说："周总，你好啊，好久没联系了。不晓得你还记得到我不？我是以前项目办跟你打过交道的傅祺红。"或者说："请问是周先生吗？我是县政府的，姓傅，以前在项目办当副主任，现在是县志办的主任。"不然干脆说："周在鑫，是我，傅祺红。以前你们天山找政府买七仙桥那块地的时候，我帮过你的忙呢……"

傅祺红正在揪心挠肺地搞排练，就听到办公室门吱呀一响，打开来走进来一个亭亭玉立的小杨，手上抱一堆资料，脚后跟一带把门关了。

"哎，哎，"傅祺红赶忙说，手头的纸飞飞塞到抽屉里，"你不关门嘛，不用关门。"

小杨抱的资料垒起来抵到了她的下巴尖尖。她直端端走过来把这些都放在傅祺红的办公桌上，说："这是文化局和旅游局交上来的〇七到〇九年的全部大型活动，社区活动，园区开发的文件，我把我觉得比较重要的都用红笔勾出来了。"

傅祺红把资料柜的门关了，转过身来，一双眉毛皱拢了。"你这女子！"他叹口气，"我给你说了几回了，红笔只能我改稿的时候用，其他情况一律只用蓝色或者黑色的签字笔。"

"我是害怕你看不到嘛。"小杨说，有点委屈。

傅祺红笑一声："白底黑字，我又不是瞎了，咋会看不到？"

两个人话说到一半，忽然听到门上又是咚咚两声。今天才闹热的，傅祺红想，就看到门一开，走进来一个脸上笑眯了、小胡子收拾得油光水滑的人，可不正是他的老熟人，组织部的副部长夏定青。

傅祺红心头咯噔一声，料到此人此时来到此地来肯定是没好事，面子上他还是绷起了，喊一声："老夏啊，好久不见！难为你还想得起到我们，大驾光临到我们这栊栊里头来，简直蓬荜生辉了。"

夏定青本来手抱起来要作揖，结果眼角一扫看到端端还站了个年轻女娃娃，不禁把她多打量了两眼。

"这是小杨，"傅祺红说，"我们这儿的实习生。小杨，这是组织部的夏部长。"

小杨脸上立马露出一个笑来，眼睛里面也莹莹的。"夏部长好！你喝茶嘛？我来泡。"

她话一说完没等两个老的有多余的反应，便脱兔一般两步走到饮水机边上的柜子前面，轻车熟路地拿出来杯子和茶叶罐子，又问："傅主任，我也给你泡一杯啊？"

"我这儿有茶了，你不管我。"傅祺红说，觉得有点尴尬。

夏定青倒是笑呵呵的，说："老傅啊，你看你简直福气好。手底下一个二个都能干得很嘛！"他一边笑，一边闲步踱过去，走到傅祺红办工桌对面的椅子上坐下来，一副要在此安营扎寨的样子。

傅祺红的心跳得更快了。他勉强把自己稳住了，走过去把桌子上那堆文件抱下来放到地下，再转进去在自己位子上安顿下来，隔着一个空荡荡的办公桌和夏定青双目对着两眼，好似蚂蚂儿向着蟾蜍。

"来，夏主任，你的茶。"小杨走过来把杯子放下来，再把茶杯盖斜起盖起，好漏出些缝缝散气。"有点烫,你稍微等会儿喝。"她把这过场做完了,就再笑起来,一边退了出去。"那我先走了,你们慢慢聊。"轻手轻脚地把门掩起来关了。

"哎你这实习生确实是有点灵性,可以,可以。"夏定青又说了一次。

忽然间傅祺红脑壳里头灵光一闪,想这姓夏的莫不是走哪儿听说了苏聪和这女子的事,要理抹我手下的人?要真是那样,他老傅也就再没他法了,只能把苏聪交出去喊组织上处理,反正他对这小子也是仁至义尽了——他一边想入非非,一边隐隐松了口气。

"老傅啊,我也不跟你卖关子,"夏定青说,"我这趟来是给你说你儿媳妇调工作的事。"

傅祺红的心掉下去了,哐当一声把他的脾胃肠都砸穿了。

夏定青看他脸上那样子,呵呵笑了起来。"哎呀呀,我话还没说完呢,"他说,"你不要捞起一半就开跑嘛。你儿媳妇这工作是肯定要调的——我们都给你说好了,人家肖主任那儿的位置也给你留起了,绝对不得反悔。"他把桌子上的茶杯拿起来,吹了两口,杯子倾一倾将那茶水在嘴皮上沾了沾,的确是滚烫,就又放回去了。"只不过现在有这么个问题。你也听说了嘛,中央纪委的人下来了,主要是要调查市上那个人的问题。"他顿一顿,手指朝天花板一指。"现在估计李是要下来了,下来了哪个要上去就都等到在看——这真正是个紧要关头啊。所以书记格外交代了,喊我们大家都要更加谨言慎行,千万不能在这个时候整娄子出来。我们现在的意思呢,就是看能不能把你这调动的事情缓一缓,等中央的人调查完了走了,该下的人下了

该上的人上了,再来做计较。"

所以你看这官场上是不是波谲云诡,丝丝相扣,真正是投一石则起千层浪,牵一发而动全身的地方。傅祺红哪想得到上两星期市上开会听来的闲龙门阵居然扭起绕起跟他这区区小文官搭上关系,不只把他的事业牵动了,现在还有家庭——先要加班加点搞年鉴就不说了,现在居然连他屋头的妻小都要遭连累!

他缓缓地点了点头,好像他那脑壳有几千斤重。"老夏啊,"他说,"你们在位子上的硬是不一样,是要比我考虑得周全得多。的确是这道理,本来我们这里里外外就人多嘴杂,眼下这关口调人确实是有点冒险——唉,也是怪我儿媳妇那单位上那领导,紧到不放人,拖到现在,拖得这样不上不下的。"

"这事我刚刚才听德霖摆起来,"夏定青点点头,"我也是觉得奇怪啊,这都三四个月了,咋还没办下来?根据他的分析啊,他估计肯定是有聂那边的人到你儿媳妇那行长那儿去递话了。"

"不可能哦?"傅祺红说,"我这么小个事情咋可能惊得动他聂县长?"

夏定青一训。"咋不可能呢。聂这个人啊心细得很,心眼又小,而且他做事情都是不按章法的,他要是想整你不安逸,啥子下三流的法子都使得出来。"

傅祺红颈项背后没来由地一凉。好像是有个啥重要的事情他该是要记得的,又偏偏想不起来了。

"哎呀你放心!"夏定青手一摆,嘴张开来一笑,"我都给人事局蒯局长打了招呼了,喊他过了年直接去你儿媳妇那儿调档案,那么他邮政银行那头再啷个横也不可能不给的,到时候直接就把你儿媳妇调过

202

去到老肖那了。"

"蒯局长愿意帮这么大个忙啊?"傅祺红说。

"人心所向呐!"夏定青又把茶盅子拿起来吹了两口,这下终于像是水温对了,伸伸展展喝了一口。"你看嘛老傅,我把这话给你说在这儿放起。等到后年子换届的时候,那姓聂的肯定是坐不住的!"

各位看官,你看这夏定青来的时候把傅祺红吓得心跳跳的,等夏把话说完了人走了,他的心依然是跳得咚咚响,但这响声里面又有份不一样的激昂。默默地他把县委常委这几个人数了一串,姓熊的要上,姓聂的要下,那留下来的坑坑又是要哪些人去填呢?

他觉得很是遗憾,自己年龄到了只能退休了,再没想头了。但好在还有下一代——等陈地菊年后进了政府办,万象俱新,哪个又说得清楚会有啥样的事情要发生呢?

骑起自行车回家的路上,他很久以来第一次留意到路是那么宽,天是那样蓝。在家属院门口他跳下车来,笑眯眯地跟门卫齐师傅打了个招呼。

也是巧了,傅祺红刚刚在楼门口把自行车停好,就看到陈地菊走了进来。她少见地穿了一件橘粉色的毛衣,配着米色的灯芯绒半裙,衬得她一向惨白的脸上有几分红润。

傅祺红想这女子今天是轮休啊,就听到陈地菊喊他:"爸,你下班回来啦。"

"啊。"傅祺红说,把钥匙捏到手上,都要上楼了,又忍不住(再看到也没其他人),转头来把话热喷喷地说了出来,"小陈呐,我给你说,今天人家组织部的领导专门来关心了你调工作的事。他们现在给我保证了,你这事年后马上就办,而且是由人事局的局长亲自去办——至于现在嘛,就暂且缓一缓。你呢,反正就拖起拖起把事情做起嘛,也不要再去找你们那领导了。等过了年,他们上头的人来处理。"

他这话说完了,想到他儿媳妇该是要对他笑一笑的,哪想到她却忽然嘴巴一扁,眉毛皱起来,一副要哭的样子。

"哎呀小陈,你咋了?没事嘛?"傅祺红说,又左右看了看有没哪个邻居要走过来。

"我没事,"陈地菊说,"就是觉得多感动的。爸啊,你对我太好了,对我调工作的事这么上心。唉,其实,"她停下来,咬了咬下嘴皮,又接下去说,"这事我本来不想跟其他人说的——傅丹心是知道的,但我爸妈我都没说——其实我前几天已经给我们单位上递了辞职信,这个月月底就正式离职了。我是想反正我也做不到好久了,他不放我我就自己走了算了。不过,爸你千万不要多心,我也不是为了调到政府里头去才辞职的。因为我这正好有个朋友的生意让我去帮忙,我就准备先去她那帮他们一阵再说——不管咋样,至少不用再受我们那行长的窝囊气了。"

傅祺红一下有点天旋地转的,赶忙把楼梯扶手捏紧了。硬是不是一家人,不进一家门呐,他想,他这儿媳妇做这事咋很是有点他儿子的风格呢?这儿眼看河都还没过完就反手把桥拆了。

"哎呀小陈呐,"他好不容易挤出来一句话,"你放心。年后你那政府办的工作肯定是要落实下来的,绝对万无一失!"

一直到走公证处出来了,陈地菊才觉得自己那颗悬了好几天的心终于落了下来,她的手也才实实地搭在了傅丹心的手膀上。傅丹心脑壳转过来对她一笑。"走哇？要不要去哪儿坐一会？"他说，"我请你喝个奶茶，暖和一下。"

陈地菊没说话，像是失神了一般望着街对面的银杏树。那些枝条都萧索了，落下来脆黄黄的叶子铺满了街沿，好似一条金色的地毯。她把这故乡的美景勾勒了几遍，细细地镶到心窝子里了，才对她的爱人笑一笑，说："我倒想去喝奶茶啊，那哪个帮我把这公证书拿过去给吴三孃嘛？"

"这还不简单，"傅丹心说，"我开车带你过去宝生巷，你把东西拿给她就可以走了。我在路边等你，火都不用熄的。"

"你啊，硬是少爷命，"陈地菊说，"三孃本来就是给我们帮忙的，背到我妈帮我们卖房子，连中介费也不收我们的——你倒好，就把委托书给人家一丢就算了？感谢的话也不说两句？再说了，我下午这马上还有事。"

傅丹心吞了一口气，眉心忍不住一皱。"我就不是很理解，"他还是把话说了，"为啥你现在啥事都要把你妈瞒到？辞职也不给她说，这卖房子也要背到她来弄？实际上你不拿你那点死工资，出来投资生意是好事啊。你妈不像我爸他们，她本来就是脑壳活套的，你给她解释一下现在电子商务的红火，她肯定是要支持我们的啊。"

陈地菊说："我妈那人在你这女婿面前装得很潇洒，实际上还不是老古板一个，特别是工作啊房子啊这些事对她来说更是比命都重。我们这生意还没成之前千万不要跟她说，不然她一个不对歇斯底里发作了，你去把她收拾到嘛。"

傅丹心一下想起他那丈母娘横起来的样子，陡地寒颤就走背心子蹿上来了。"对嘛，"他说，"你说了算，你说了算。"

两个人说话间已经走到了街边上停的雪铁龙旁边。这一阵天天都雨稀稀的，本来雪白的车身身溅满了污泥巴。"这车啊硬是不经脏，"傅丹心说，眉毛一皱，"算了算了，只有再去洗趟车了——你要不要我把你载到宝生巷嘛？"

"不了，"陈地菊说，"我两步就走过去了。"

傅丹心看到陈地菊把手提包打开，把那份公证了的房产交易委托书放进去，忽然莫名其妙地心头一跳。他不由地伸手出去把他爱人抱拢过来，嘴亲下来在她脸上像是要盖一个章。"辛苦了，老婆。"他说。

"没啥辛苦的，"陈地菊说，笑起微微把脸往后一缩，提包也挎回到肩膀上，"既然都想好了，就一步步地去做就对了。"

一步步来就对了。她心头默默把这句话又念了几遍，望着雪铁龙钻到车流里头往北门上去了，才转过身来，穿过了街，朝摊贩市场里面走过去。

摊贩市场门口开的那家李记凉粉是夏天时候最红火的，陈地菊记得她有一段时间很是沉迷这家的口味，每天下午下了班就要走过来吃一碗。现在天冷凉粉早就卖不动了，它顶上那招牌还在，铺子里头却堆起来五颜六色的改卖羽绒服了。陈地菊就觉得这有点取俏，把嘴角扬起来想笑，笑了一半又觉得鼻子发酸——她走过了半条街的铺子，绕过两个卖杂柑柚子的贩子，再钻进一个细长长的楼梯口，上了二楼，就看到一扇防盗门半掩着，门边上贴起一张A4纸，上面黑字印起：鬼丫头服装文化有限公司。

她在门上敲了一下，听到里面说"进来嘛"再把门推开走进去，迎头就是好几堆摞大半个人高的纸箱箱，耸起横起把本来该是个客厅的这间屋挤得像个仓库。只有挨到窗户边上还算有点空，卡进去一张办公桌，办公桌后面站起来一个女子笑眯了的，可不正是前一阵刚刚当了总经理的王婷婷。

"哎呀梅梅姐，"婷婷说，走办公桌后面绕出来，使劲把陈地菊抱了一抱，"谢谢你啊，你简直是帮了我们的大忙了！"

"你说哪儿的话，"陈地菊说，"我才要谢谢你和娜娜信得过我呢。"她一边说，一边又看了看这乱得章法都没了的房间，心里头琢磨自己待会要在哪儿做事。

"来，来，你来这边！"王婷婷硬像是当了经理了就额外灵性，不用陈地菊问，立刻就挽起她的手把她带进了边上另一间屋。这一间本该来是个寝室，小是小点，但是比外头那间整齐了许多。正对着窗子的那面墙刷得雪白，上头挂了几个原色的木挂钩，吊起几套配好了的衣裳，橘红的毛衣，奶白的裙子，靛青的大衣，款式都很大方。再来房间中间更是像模像样地放了个大办公桌，上头杵起一台电脑，配的办公椅还是正儿八经可以升降的那种。

"这是你的桌子，"王婷婷说，"昨天娜娜专门去龙刚他们公司搬的。这一套是全新的，他们才买来的。"

"哎呀呀，"陈地菊说，"婷婷啊，我都给你说了我本来就只能给你们临时帮几天忙，随便找个角角就可以了，又何必还专门给我弄个这么大的办公桌，还把龙刚都惊动了。"

"几天也要给你弄巴适啊！"王婷婷把陈地菊的手又挽住了，荡秋千一样晃一晃，"你先做嘛，做一阵再看，再看！"

陈地菊看王婷婷那嬉皮笑脸的样子，就清楚这女子肯定没把她的话当真听进去。"不是，婷婷，你听我说。"她把眼睛沉下来，盯着她的女朋友，"我是正儿八经不可能帮你们长久做的。你们这账我先给你开始理出来，但你们那头找会计还得继续找，需要的话我也可以帮你们面试，把把关。不过我确实是最长也做不过这个月月底的。"

王婷婷这才感觉到事情不对，领悟到陈地菊不是要端架子试探她，而是实打实地不得来给她当会计的——完了完了，她心头想，好不容易找了一个来镇那鬼头鬼脑的郑维娜结果这儿就又要跑了。她把嘴扁起，说："哎呀梅梅姐，我简直不懂了，你都辞职了为啥不能来给我们做嘛？你是不相信我吗，还是不相信娜娜？"她一顿，像是一下开窍了，再看了陈地菊一眼，终于说："梅梅姐，你老实给我说，你是不是有点顾虑娜娜还有龙刚那边的关系嘛？其实这个我们都可以慢慢商量啊……"

"我不是顾虑哪个，"陈地菊说，把王婷婷打断了，"也不是信不过你或者娜娜。你看你们两个把这路都选了又这么有决心地往下在走，肯定会越来越好的。我只是，"她深深吸了一口气，"我确实已经有其他安排了。"

她本来是想到把话说到这儿就差不多了，哪料到眼睛一抬却看到王婷婷还是目不转睛地望着她，矢志不渝地，像个台子底下听掌故的娃娃。她一下就有点下不到台一样，不由得就把本来埋在肚皮里头的下半截也吐了出来："我已经想好了，准备要去读书。"

这一下，不只是王婷婷吓了一大跳，就连陈地菊自己也心头一悸。她这才意识到这是她第一次把这句话说出来——不是在心里面回回转转地惦念也不是在梦里头萦萦绕绕地逸想,而是实实在在地把这些音节一个接一个地发了出来,炸开了在她的嘴上像一串响炮。

"我想去读研究生。"她又说了一遍。

王婷婷张着嘴巴过了好几秒钟才想起来要说话。"研究生?你要读啥啊?要去哪儿读?"

"我还是准备就读金融方面的,"陈地菊说,"至于学校嘛……"她把这一阵都在日思夜想的那几个字在脑壳里转了又转,终于还是觉得不要把话说满了,就说:"看到时候考得起哪儿嘛。"

婷婷还是有点瞠目结舌的。"小傅晓得这事吗?"

"前段时间我稍微跟他提了一下,感觉他应该是支持我的。"陈地菊说,恍然想起那个他们开车回家属院的傍晚。那个时候,那几个红漆的大字已经染在了傅家门口的墙上,但他们两个还对此一无所知,徐徐说了一路的话。"不过我还没具体跟他说的,"她接着说,"这段时间他烦心的事情有点多,我就想等他那头稍微消停点了再跟他慢慢说。不然你也清楚他那性格,一旦自己心烦就啥事都听不进去,万一爆起来就要整得鱼死网破,恐怕就连我来帮你们看账这事也搞不成了。"

王婷婷赶忙狠狠地点了点头。"哎呀梅梅姐你这放心,"她说。"你们两口子的事情我不得多嘴的——再说了,你要继续去深造是好事嘛,等你学成了,说不定我们生意就真的做起来了,到时候你来给我们做财务总监。"

婷婷这痴话说得格外欢喜,却莫名让陈地菊眼睛一热。她把脑壳偏了偏,看出去窗户外面是那再熟悉不过的街景,灰白的云重重叠叠在深秋的天上,衬着"蜀香美鱼火锅"的大红招牌。

她深深吸了一口气,眨了眨眼睛,转回来对着婷婷扯出一个笑。"反正估计也就是这几个星期的事了。"她说,一边走到办公桌边上去,把她的手提包放了下来。"等我把你们账都理顺了,估计其他那些事也就多多少少尘埃落定了。到时候,我肯定是要跟傅丹心好生摆一下。"

直到她肩膀上陡然轻了,陈地菊才意识到那个塞满了各种证件证书申请书报名表的通勤包是多么沉重。

人家说:逢人只说三分话,未可全抛一片心。又说:真人不露相。还告诫了:率性而行,不诛即废。这都是在教育我们为人处世要多个心眼,要有分寸,要低调,切勿招摇——是为韬晦。话说到这儿,我们就不得不承认这县志办的傅主任祺红确实是深谙德高愈要偃伏,才俊尤忌表露,家财千万深埋的道理。你莫要看这老儿貌不惊人,天天骑个烂自行车,四季都穿一样衣裳,却阴到暗到这儿有点基金,那儿有点存款,你再朝他肚皮上按几下,力道下对了,他就哗地嘴一张,吐出来整整两大两套铺面!

也是不当人家的,这两间铺子的事情傅祺红这么多年来都是当国家机密来保守的,连他亲生儿子都毫不知情,只有他的爱人汪红燕,也是因为房产证上要写伊的名字,才被告知了有这么回事。至于傅祺红是从哪儿网来的这两间铺子,就连汪红燕也搞不伸展。表面上傅祺红说:"不该你晓得的,就不用你操心。"但其实他心头清楚这件事情是有点说不得的——不该说,不好说,不说了不说了。

傅祺红不得当到其他人的面承认，但他实际上是有点得意的，每每回想到九三九四年那一阵，小平同志南方谈话响彻神州，各地招商引资大潮汹涌，永丰县政府里一派云蒸霞蔚的气象，各办公室各部门里头更是龙驰虎骤的闹热，而他当时才不过三十多岁的年纪，不但在政府办里头混成了一人之下、数十人之上的副主任，又被委以重任，坐上了刚刚新成立的项目办副手的宝座，每天接待的是县内外举足轻重的地产老板和总裁，过目的是动辄上百万上千万的项目报告，需要协调的更是上到书记县长、下到大队街道办的各方利益——这是个啥三头六臂才干得下来的活路啊？也就只有他傅祺红不但漂漂亮亮地干下来了，还神不知鬼不觉地从天山集团老总周在鑫的手头套出了两间西门一环路边上的铺面。这还不算，更重要的是他这铺面绝不是以公谋私、趁火打劫来的，而是得的光明正大、名正言顺。

为啥说是正大光明呢？因为他收的不是回扣，而是润笔费。毕竟如果不是他亲自帮那周在鑫洋洋洒洒起草了八十三页巨细无遗的《七仙桥商住楼项目开发申请报告》，助天山集团在审核会上得了个满堂彩全票通过，直接以国土局规定的一类土地定价（每亩二十六万元）把西门城墙边这黄金口岸端了，这块地皮就要走进拍卖程序，到时候啥子新泰宇、嘉祥、鑫丰都要来争，价格不翻个四五番才怪。这样一算，他帮这姓周的省下来的就不只七八百万，那么他们拿区区两间铺面出来给稿费，绝对是天值地值。又说了，当时傅祺红提出来要这铺面并不是看上它好值钱——那两年，走他手头过的有钱的项目还少了？他为啥就偏偏看上了天山这一家？说穿了，还不是因为它要开发的这项目偏巧是落在西门老城墙边，汪家祖上老店信诚魁的地皮上——说穿了，这西门上的地本来就该是他爱人屋头的，因此他伸手出去拿这一坨回来也是为了完璧归赵，可不就是正儿八经地名正言顺吗？

只是可惜了这事情不好意思出去到处宣传到处说，不然哪个听到了能不佩服他傅某人那笔下生花、火中取栗的风流；更可惜的是枉自他这老子有如此的手腕和身段，却偏偏半点儿都没有传到傅丹心那混账小子身上去。硬像是应了人家说的：老雕蜕生夜猫子，一代不如一代。你看这街上勾栏瓦舍中五行八作的，总难免要干些鸡鸣狗盗、作奸犯科的勾当，却再不见哪个会瓜兮兮地咚一声就欠下来三大三百万，硬是把祖上几辈子的德都丧了，逼得他老傅不得不走到这西门外头的巷陌地方来，帮那不肖儿子收拾他的烂摊子。

——傅祺红一边心头发些牢骚，一边还是老老实实地沿着西街走拢到了长生街口子上的三花茶园，正是周在鑫在电话头约了他要见面的地方。老远他就看到茶园门口立了两个人，一个高高瘦瘦还见斯文，一个脑壳溜光就有点瘆人。傅祺红估谙这两个都是那姓周的手下，就赶忙把多余的口水吞下去，腰板挺直了，马起脸走过去正要给他们下话，哪想到那高瘦的居然一看到就对着他作了半个揖，嘴头说："傅主任哇？你好啊！快进来嘛，六叔在里头等到你。"

傅祺红心头一下就舒坦了些，跟着这高瘦的走进茶园，穿过大堂到了间雅间，便看到一张大桌子上红木茶盘盛着套功夫茶茶具，茶杯茶海茶宠一系列林落有致。桌子后头坐了个头发略见花白穿暗花唐装袄子的,依稀是他十几年前见过的天山集团前董事长周在鑫。

　　　　更能消几番风雨,匆匆霜发染两鬓。
　　　　旧巷陌再觅英雄,可堪回首恩怨冥。

"傅主任,多年不见你还是神采依旧啊!"周老六抬起手来,指一指桌子对面的位子,"坐,坐!"

虽然他这老熟人的架势很殷勤,但傅祺红心头却隐隐有点不安逸。他一边坐下来,一边琢磨这姓周的装模作样的到底是喊他喊的"副主任"还是"傅主任",他很是想把话说清楚,说他现在已经坐正了,早就不是副手了,但又感觉不咋好开口。

"你想喝啥?普洱还是岩茶?"周老六问,把茶杯子一个个地从茶洗里头夹出来。

"不麻烦了,"傅祺红说,"我就说几句话,说了就走。"

"话要说,茶还是要喝嘛。"周六叔不紧不慢地把杯子放下来排好了,扫一眼傅祺红。"你电话里头说是想跟我谈一下傅丹心的事。老实说,你这儿子的事我最近也经常在想啊,"他叹口气,"实在是有点可惜啊!他本来很不错的,又聪明又灵性,会做事还围得住朋友,大有前途啊——咋就搞出这么大个娄子,我们是着实没想到。可惜啊,可惜了!"

傅祺红说:"他那个人啊,从来就是这样子的。看起来长得大胴胴的,实际上心思还是单纯得很。与人交往从来不多个心眼,一来就称朋道友,动不动就推心置腹,毫无城府,不是摆着要喊其他人来整他、害他嘛!"

周六叔笑起来,呵呵地,一边把刚刚烧开的电水壶提起来,把滚水浇到茶壶里头去。"傅主任啊,你这就太小看你那儿子了。你不要说,他其实还是很有点你当年的风采的,面子上规规矩矩的,背后脑壳打得滑得很。"

周在鑫笑的那声音让傅祺红背上一阵发寒,心头也跟到起烦躁。莫不是这盘棋里头还有哪一步他老傅看漏了?他就赶紧哈哈了两声,像是要给自己鼓劲。"守规矩是必须要守,但是这规矩的条条款款之间本来就留有很多空间,那就当然是要有点心思、有点智慧的人才看得出来,走得出去。"眼看周在鑫给他倒茶,他就抬起两个手指在桌子敲一敲,茶杯端起来嘬了一口,再舒口气。"话说回来,老周,当年还不是我这打滑的脑壳给你帮了忙,写的项目报告一上去就通过了,你才那么顺利把西门上那块地买到了——哎,我这人不做生意的,但我也晓得那块地黄金口岸值钱得很呐!十几年前你就已经是买赚到了,到现在你说嘛,翻了至少有二十番吧?"

周在鑫凝神起来像是在脑壳里头打算盘,手上举的公道杯也停在半空中。"不止!不止!"他笑了,把茶水一溜线羼下去,"也是那块地啊,确实是风水好。你晓得我为啥当年下了那么大的功夫硬是要买它,就是看中它毕竟是那时候汪生祥他们屋头发家的地方。结果呢,硬就还有点神,自从拿了那块地,天山的生意还真的就一笔比一笔顺。"

傅祺红把茶杯子端起又喝了一口,发现这茶到现在就有丝回甘了。他点点头,说:"是啊,那块地确实是好啊。我当时项目报告里头也专门写了的,回溯了西门七仙桥作为我们县商业口岸的历史渊源……"

"哎你等一下，"周在鑫说，把傅祺红打断了，"你说的这个项目报告到底是个啥子东西啊？跟我七仙桥那块地有啥关系？"

傅祺红鼓起眼睛，盯着茶桌子对面。这人看起来还是穿得周正啊？总不得就已经老年痴呆了嘛？"项目报告啊！"他说，本来是想说得落地有声，结果听起却有些鹦鹉学舌的效果。"就是我当时专门给你们写的申请政府批那块地给你们天山集团的报告啊！哎要不是因为我那报告，你们咋可能当时第一次审核会就全票通过了？"

他这话说得有点急，心也跟着跳起来，眼渍渍地盯着周在鑫，盼望他赶快把这一紧要关节想起来——哪料到这姓周的眉毛却皱得更紧了，嘴头嗤一声。"咳！傅主任啊！"他说，"我晓得你这人迂，没想到有这么迂！我那项目通过跟你啥报告哪有半毛钱相干？还不全是我真金白银去通的关系！你去问问你那马主任他从我儿拿了好多钱，你再去问问他们国土局那姓蒯的又从我这儿拿了好多？哎，就连你，当时还是给你们马主任打杂的，我也拿了两套铺子给你啊？我没记错嘛？"

傅祺红也说不清楚是不是因为周在鑫说话的声音特别大，总之他的耳朵就嗡嗡起来，嗡嗡的像是有风在里面窜。他下意识地伸出手去拿他的茶杯，却发现里头早就喝干了，又没哪个来羼。他的心又咚咚地跳起来了，硬是有一种要出事的感觉。他把坨子捏起来，手指甲狠狠地掐进手板心里面去。冷静，他对自己说，一边下意识地把眼睛朝门那边扫一眼，就看到那高瘦瘦的小伙子站得笔直像根石柱子，脸上一丝笑也没了。

"是，"他冲口而出，"是有这么回事。这样说来硬是惭愧，这么多年了，我才第一次晓得这铺子我拿得是受之有愧——受之有愧啊！"他顿了一顿，"老周，你看不然这么办嘛，我愿意把我那两间铺子都还给你。你呢，能不能就看在傅丹心那娃娃还算是个可造之材的份上，把他欠的那债给他抹了？"

傅祺红的话一说出来心头即刻一阵酸痛。毕竟这铺面不只是钱，更是他丈人家的祖产啊！但如果现在不把这房产给出去，恐怕他家就要绝后了。算了算了！关二爷也要大意失荆州的，他想，也算是有借有还嘛。说穿了，只能怪傅丹心这混账东西自己把各人家产肇掉了，难道还能怪我吗？他看一看周在鑫，看到这人本来把茶杯子端起来要喝，这下却把杯子放下来了，嘴张张地盯着傅祺红。对了嘛，傅祺红悻悻地想，这下你该高兴了嘛？

"傅祺红啊傅祺红，"周在鑫说，笑得身身都仰起来，朝椅子背后一靠，"你啊！早知今日，何必当初！哦，你现在想通了，连七仙桥的铺面都要拿出来还给我了——只不过我商铺多得很，难道还馋你这两间吗？"他脑壳一摇，"你说得对，你们傅丹心那娃娃的确是个可造之材，可惜了，摊上了你这么个爸！老实给你说，你以为他的债是咋欠出来的？要不是你当时鬼迷心窍要去给赵志伦那娃落井下石，整得我侄女婿丢了那么大个面子，我还真就真心实意地想重用重用你那傅丹心的——哪个喊他那么倒霉，遇到了你这么个爸！"

傅祺红一下硬是觉得像是地震了，他人在板凳上好端端地坐起却陡地一陷。他背后出了冷汗，人就清醒了，眼睁睁看明白了那件他一直没想起也不敢想的事情：可不是嘛，天山集团的老总周在鑫也就是西门外的周六叔，也就是当年一手助聂锋选上了县长宝座的他的舅丈人周老六。

傅祺红说不出话来，周在鑫就接续把话往下说："傅主任啊，实际上你想要给你儿了这个债也很简单。说穿了，我也不想要你的铺子，也不想要你的钱。我只想要你帮我写份材料，写清楚当时你说赵志伦贪污、挪用公款都是诬陷他的，是你一时鬼迷心窍，公报私仇。实际上人家赵志伦一向清清白白，根本不晓得你们其他下头的人背着他搞的花样，吃的回扣，等等等等——你懂我的意思嘛，就朝这方向自由发挥就行了。总之，只要你把这个材料写了，交到你们政府纪委去，傅丹心欠我的这三百万啊，我就给你一笔勾销！"

傅祺红记不清楚他是咋个出的三花茶园。大概是跟那姓周的嗫嗫了两句，保证了一定回去好生考虑，才遭那高瘦瘦的客客气气送了出来。他一双眼睛里雾蒙蒙的，手也像是在发抖，颤颤巍巍地顺着西街朝东门外头走。一路上，他像是遇到了几个熟人，迷迷糊糊地跟人家打了招呼，又仿佛遭哪个扶了一把，不然就要摔个跟跄。他脚底下踩着落叶，满地猩红红的像哪家办了丧事刚刚炸完了炮仗，恍恍地，就有个说书先生走浓白的烟子里头钻出来，上了台，惊堂木一拍，嘴头唱：

算计计终归错算计，叹息息难免长太息。

黄雀儿等在螳螂后，贪一子就要输一局。

好不容易傅祺红走回了县政府家属院，眼见天都黑了，霓虹灯路灯也东风夜放地亮了起来，正好齐师傅就站在门口，也像是失了魂一样，大张着嘴，手头捏着一张报纸。

"齐师傅好啊。"傅祺红听到自己招呼他。几十年都是一样的话，下意识就说出来了，生冷冷的。

"哎呀傅主任！"齐师傅却像是一下活了，两步走过来抓住傅祺红的袖子。"今天的晚报你看了没？出大事了！"

傅祺红似乎没听懂门卫在说什么，但他还是看到了，那张递到他眼前的《永安晚报》，黢黑的大字映在橘红的路灯下，写的：触目惊心！永丰县奢侈办公楼背后的权力腐败。

"这就算完了啊？"陈地菊问，把委托合同又仔细看了一遍，两只手递回去给了唐老师。

笑眯眯地唐老师把合同接了，扫了一眼，轻飘飘放下去在办公桌上那一叠文件的顶上，盖着陈地菊的身份证复印件毕业证书学位证还有成绩单。"哪儿就完了，"她说。"这不就才刚刚开始吗？"

唐老师这话说得像一句广告，惹得陈地菊本来有些沉甸甸的心也多跳了两下。"希望能顺利嘛，"她说。"英语我好久没摸了，一次考不行的话就只有多考两次。"

"你没问题的！"唐老师说，"我看了你的本科成绩，GPA多高的，英语也一直很拔尖。而且澳洲相对而言竞争并不是很激烈。如果你雅思能考个七分七点五，那么申一轮下来八大里头录取拿个三四个也不是不可能的事。"

陈地菊扯出来一丝苦笑。"我能拿一个就不错了。"她说，把手上的报名费收据又卷了一卷，卷成细细的一条塞进钱包。"随便哪儿要我我就去哪儿。"

"你啊！"唐老师说。"你放心！我在我

们出国中心搞了十多年培训,见过的学生多了去了,好多根本不如你的都出去上了名校。你只要是下了决心,好生努力半年,肯定是八大随便选!"

"也只能努力了。"陈地菊说,"我工作都辞了,房子也要卖了,没的退路了。"

"对的!"唐老师说,笑得愈加灿烂,"今天背水一战,明天海阔天空!"

陈地菊觉得有点缺氧。等她走出了出国培训中心的办公楼,忍不住狠狠地吸了两口气。正是快要到饭点了,远远地可以闻到空气里炒菜的味道,校园的路上三三两两走着去食堂的学生,拿着饭盒或者开水瓶,穿着灰黑黑的防寒服,眼睛是黑的,头发也是黑的。

澳大利亚,她在心头默念。

仅仅一个月之前,这四个字都还完全像是天方夜谭。也真正是撞了鬼了,她在西南大学里头游魂一样飘的时候,不知怎的就看到了出国中心的广告:澳大利亚金融硕士直通车——中了邪一般她走了进去,走进了招生办唐老师的办公室,走火入魔似的她听到自己在问:"我就想问一下,像我这样毕业了又工作了好几年的人还有可能出去留学吗?"

哎哎哎,各位看官,你们听到这儿是不是觉得有点莫名其妙,想的陈地菊这小女子咋一把打这转弯打得这么猛?其实你们如果走去问一下她妈,叶小萱就要跟你说她的这个女实际上从小就是这样子,看起来文文静静的,但心头就最是刚烈。一般你稍微惹她一下可能也看不出来,因为这女子平常闷墩墩地就忍了,但你千万不要这样就以为她是好惹的再继续惹她,不然把她惹凶了,她直接彻底翻脸往往是一瞬间的事。她小学的时候把同班经常欺她的那个费头子娃娃的书包连文具盒带门钥匙一灿火丢到阴沟里头去就是这样子来的;到了中学,发现她妈把她写给隔壁班男生的信都偷偷收起走了,她直接一个月没跟叶小萱说话;高中时候遇到有一次叶小萱和陈家康打架——其实根本比不上他们打得最凶那几次,结果陈地菊居然打电话报警了,弄得他两个老的丢死了先人,从此再也不敢在屋头打了。

所以如果你拿陈地菊一下整陡了居然要去澳大利亚的事去问叶小萱,她估计就不得像你我两个人这样惊讶,毕竟是她肚皮里头钻出来,发起狠还是体她。唯一的问题是现在叶小萱对这事完全不知情——不只她没听过,连同陈地菊的爸爸、公婆、朋友、熟人和爱人也都通通被蒙在鼓里。

摸着良心说,陈地菊也不是故意要瞒他们,主要还是因为她实在想不好应该在什么时候,什么地方,咋个拿话给他们说,以及应该先给这一长串人的哪一个先说——本来嘛,这些问题没个三五个小时是想不太清楚的,而她最近又实在太忙了,忙得经常中午饭都来不及吃,忙得恨不得多长两只手,再添一个脑袋。

你看她这才走西南大学平乐校区出来,直接打了个车就准备到摊贩市场王婷婷她们公司继续理账,结果电话却响起来了,接起来那边急吼吼喊她的是她妈妈的好朋友,万家中介的吴三孃。

"梅梅啊,"吴三姐说。"你搞紧来一下铺子上!这儿有个诚心买主,马上就要下定金签合同。"

他们那套川西名居的房子喊吴三姐帮到卖才不过三个星期,这样的警报就已经扯了两回。第一回因为叶小萱刚好在守铺子不好带买主回去,人家就觉得这儿里头是不是有点问题就直接黄了；第二回因为陈地菊在屋头帮汪红燕洗窗帘走不开，等她把窗帘洗完了过去买主等不及都走了，整得吴三姐很是不安逸。"梅梅啊！"她说的，"你卖这房子不然就给你妈说清楚光明正大地卖，不然你就灵性点，喊你来铺子就赶紧来，几下卖了好收拾，不然你拖拖拉拉今天不成明天不就的，总要遭你妈逮到——到时候你自己给她解释清楚啊，不要把我扯进去！"

这次陈地菊就不敢怠慢，赶忙喊出租车司机改个方向，不去摊贩市场了，去宝生巷。到了巷子门口一派人挤人的，她就干脆走车上下来了，一路小跑到了万家中介。

吴三姐正焦眉愁眼地坐在办公桌后面，心头盘算叶小萱今天下午在安德那边带人看房子肯定是不得来铺子上，就看到终于进来一个瘦长长的穿件蓝紫大衣很修身，可不就是那个她看到长大的侄女子陈地菊。

"哎呀陈姐，"吴三姐站起来，绕过桌子来迎陈地菊，"辛苦你了还要专门跑一趟！你的车停进建行背后那个停车场了哇？要注意点啊，你那奔驰不能随便停到路边边上，不然万一遭刮花一道就要大几千！"

陈地菊眼睛都张大了，还以为自己一下发了梦天。吴三姐却把她的手一捏给她使个眼色，又介绍："来嘛陈姐，这是小张，还有小何。小张小何，这就是房东陈姐。"

陈地菊这才看到沙发上有一对两口子模样的年轻人，一个穿了黑夹克，一个穿的黄大衣，手牵着手站起来，期期艾艾地喊她："陈姐好。"

"好。"陈地菊说。

三个人就都坐下来了。两个买主矮矮地坐在沙发上，陈地菊拖了张椅子坐茶几对面，显得高些。吴三姐拿了一次性杯子给他们倒了水放下来，然后介绍了两个年轻人的情况：他们都是灌县人，都在工业开发区工作，收入稳定，贷款没问题，首付也是齐的，万事俱备，现在就差一套位置佳、风水好的新房子当婚房。

"我带他们看了五六套房子，"吴三姐对陈地菊说，"就把你这套看上了。位置这么方便，又马上赶到就要交房了，户型也很巴适。"

"我们真的很喜欢你这套房子，陈姐。"小何把话接下去。"只不过你这要价八十七万其实是有点高。本来我们就没钱装修了，都想好了买了就住清水房嘛，只不过厕所厨房还是得装一下啊，不然没法住啊，你看……"

"嗨呀小何！"吴三姐吆喝一声把她打断了。"我都给你说了，这套房子八十七万真的是天值地值！你看我这儿上周刚刚卖了一套一个小区的，户型还不如陈姐这套，直接是八十八万成交的。我都给陈姐说了她这套该要提价的，结果是她心好，想说价都定了都这样卖嘛——八十七万卖给你你就算捡到了，咋可能还要少？"

"陈姐，老实给你说，"小何就不理吴三姐，继续对陈地菊发力，"我们两个存了三年才有点钱给首付，哪想到这儿遇到房市又猛涨，只有又回去问家头亲戚借了些钱——这样七凑八凑，再加上贷款，我们的预算也就是最高最高八十五万，这里头还要给中介费，给契税、印花税，真的是有点恼火啊。"

她眼巴巴地看着陈地菊，陈地菊也就看着她的脸。她应该是不过二十五六岁的年纪，一双眼睛不大但画了眼线，脸长长的打着橘色的腮红，嘴皮皴了，口红就跟着裂开几条路路。

"你们没那预算就不要看这种房子嘛，"陈地菊说，淡淡的语气，"就在这儿街道上看一套旧点的二手房也可以啊，还能剩些钱来搞装修。"

铺子上其他的人万万没料到陈地菊会说出这种话来。吴三姐手心都有点发汗，生怕她一招以退为进跐得太远，要把这好买主放起跑了。她扫了一眼沙发上那两个，看到他们也不说话了，相互把手捏得梆紧。

"这样，八十六万五，少五千总是应该少的吧。"小张说话了。他长得干瘦，声音却有点大，口音里头带着重重的灌县腔，又硬要说普通话。

吴三姐松了口气，想到这门生意跑不脱了。陈地菊当时来找她的时候说能八十万卖出去就很好了，还是她建议喊价多抛起点，"万一遇对买家了呢"。喜滋滋地，吴三姐就料定陈地菊是要接招了，她看看她的侄女子咬了咬嘴皮，沉吟了几秒钟，又把落在她那白净净脸上的一丝头发拨到耳朵后面，才不紧不慢地说："既然这房子你们买了是要来当婚房的，那确实是该少一点。这样吧，图个吉利，我给你们少六百，六六大顺，就当是我送你们的红包了。"

本来听到陈地菊说这前半截话吴三姐还在心头发"哎哟"，等她把话说完了，吴三姐就简直有点折服。不愧是叶小萱的女啊，她想，简直把她妈体到了，怜伶，怜伶！

你看陈地菊这话一说，他们讨价还价的调性就定了，使再大的劲也只能在三位数上转，整死上不到四位数，又是几个来回，最终这套房子以八十六万九千两百成交，三方在合同上都签了字，买家给了五万定金。接下来就只需要等贷款办下来，最多再两周，双方就可以一起去房产局办过户。

等两个买主手牵手地走了，吴三姐就忍不住也把陈地菊的手握住了，说："哎呀梅梅，你简直有点能干哦！恭喜啊，恭喜！你这价钱卖得太好了！"

陈地菊眨了眨眼睛，脸上是几分恍惚，像是没听到吴三姐的恭喜。营业税和个税要交掉百分之五还多，她心头算，还要交增值税、印花税、提前还贷的手续费。商科硕士读两年得花五十万，可能还要拿五万出来给些杂费还有机票呢——剩下的大概还有二十万出头，就都给傅丹心吧。

一想到这名字她就从心颤颤连下去一路痛到胃里面，一下醒了，看到吴三姐一张脸笑得像是开了花，皱起在她面前，嘴头说着恭喜。

"还是真的要感谢三孃你帮忙啊，"陈地菊说，"这中介费我还是要给你的，该给好多就给好多。"

吴三姐手伸出来，一掌打在陈地菊肩膀上。"你这女子跟我说啥见外的话！哪个要你的钱了！我就高兴总算把这事了了！"她叹口气，手抬起来在眼角上抹一抹。"其实啊，这一阵我心头一直不安生，背着你妈帮你卖这房子，等她晓得了还不气死血。但是梅梅，你的心思三孃懂得起。你还年轻，想通了就赶紧走，看开点把眼光放长远些，好日子还在后头。"

也说不清楚是不是因为肩膀遭打痛了，陈地菊一下觉得鼻子发酸，眼睛里面也热烘烘的。"三孃，真的谢谢你啊，"她说，"你放心，这事我肯定是要给我妈说清楚的。说穿了，我妈最终还是得站在我这边啊。她其实也清楚得很，我咋可能跟这样一个人过下去，过一辈子嘛？"

"是。"吴三姐点点头。"你妈她实际上也为难得很。你说她撞到傅丹心跟刘家那女子在床上，她不气吗，不替你抱不平吗？其他人不晓得，我就最清楚。她怄得啊在我面前都哭了两场。但她不敢给你说啊，害怕你承受不起。其实当时我就跟她说了，梅梅没你想的那么经不起事，你那女都三十岁的人了，该是要见些风雨的——再说了，不经历风雨，怎么见彩虹呢，是不是？"

陈地菊愣了好几秒钟才把吴三姐说的话听懂了，把那些离肢散片拼起来，眼睛前面一下雾了，一片刷白。她像是有点站不住一样，靠到吴三姐身上去，再伸出手来使劲抱了抱她妈妈的好搭档。

"谢谢你啊，三孃。"陈地菊说，"真的谢谢你。"

从宝生巷出来已经快要是五点了。按理说这时候我们镇上的人都该还在上班，但他们却一个个都提前跑了，出来买菜准备弄夜饭，围着摊摊挤作一团，捡两把冬寒菜，不然买块烤红苕捏在手头捂热和。冷湿湿的风吹在陈地菊的脸上，使她觉得自己的脑壳里头前所未有地清醒。她的魂魄像是升腾了，飞到了一个高高的地方，俯瞰着这街道上的熙攘，三姑六婆、尘垢秕糠——曾经，她自己也在这些人中间，苦痛和愧疚都长在身上，迟疑和自责也坠在心头，真切切、沉甸甸；而现在那所有的一切却忽然变得轻巧又荒唐，像是哪个随口编出来的一则故事。

她拿出手机，很快找到了自己要打的号码。只按了一个键，陈地菊就听到电话里响起了熟悉的回铃音，紧接着是傅丹心的声音："哎梅梅啊，咋呢？这时候想起给我打电话？"

"傅丹心，"陈地菊说，"我现在在去肯德基路上，你等会铺子关了就过来嘛。我有些事情要跟你说清楚。"

苏子有云：山高月小，水落石出。又有俗语：不是不报，时候未到。都说的是天老爷行事自有一套，看起是垂眼昏昏，实际他高高在上的，把啥子看得明明白白，底下但凡做过了恶事，最终没有不喊你还出来的。你就看永丰县的县委书记熊国正，自从十五大以后就稳踞我们县的第一把交椅，任县长那位子上人换了又换，他熊书记总之安如磐石。客观来说，熊书记确实为我们县做了不少好事：东南西北四条街挖了修了填了又挖整了五六次，现在下雨天总算不积水凼凼了；直达永安市的车子，以前本来是面包车，现在换成了有空调的大公交，车票还便宜了一块五；南门东门菜市场整改了几次，终于把卖蔬菜卖干货和卖熟食的分开了，免得串起串起不干净；至于要买东西，以前买衣裳要上西门，买五金杂件就得去北门，来来回回要把脚都跑断，现在就对了，整起来一个天盛广场应有尽有，一趟整完——如此总总，不一而足。

因此，虽然我们都清楚熊书记的老婆女儿早就移民美国了，他在各处的房产也是两只手都数不过来，但还是认为他总体而言是个好官。本来嘛，哪个坐到那么高的位子不想顺便捞点油水呢？主要要看人家还是兢兢业业把工作做好了的，也正儿八经为我们父老乡亲谋了些福利，哪想到走啥地方跑来这么个记者，出了这么篇报告，说我们县政府修得如何如何富丽堂皇，好死不死就把正在市上的中央纪委的专员惊动了，就这样咚咚里个锵，直接把我们敬爱的熊书记拉下了马。

"哎，你说这是不是理扯火？人家古时候的县衙些专门都要修得额外宏伟，要分三堂六院，要有照壁，要有头门，为了就是震慑刁民，以立官威，咋现在熊书记把我们政府楼整漂亮点儿，就还犯了法了？"

汪红燕万万没想到在这摊子边上等个锅盔会等出这么长一串壳子。她下意识地张了张嘴，但是话就跑不出来。她身边的街坊接了话："嘿，罗锅盔，你个打锅盔的哪搞得伸展官场上的事？你以为熊书记真的是因为他那办公楼遭下课吗？肯定还是把上头哪个得罪了！"

街坊眼睛一翻，伸个指拇朝天上一指。打锅盔的呢，就埋起脑壳把煎锅掀起来，拿火钳把炉子里头的烤得脆黄黄的锅盔都挨个翻个面，"简直有点突然！"他把锅康回去。"好端端的，咋说下就下了！"

街坊笑起来："你才有点喜欢操闲心的。你等到嘛，我把这话先说在这放起：他熊书记下课还仅仅是个开始，那政府里头这下肯定要大乱的，最后跟到遭起的绝对是一把拉！"他一边说一边把手朝边上一舞，差点把汪红燕打到了才赶紧把势收了，嘴上说："哎大姐，对不起啊。"

"你这人，"汪红燕忍不住说，"理是理法是法，哪儿有你说的那么玄？政府是党的，又不是他熊国正的，咋可能他一下台就乱了，还要整其他人也下来？我老实给你说，我爱人就是政府里头的，现在他们那儿一切都是井井有条的，一点儿都没乱！"

她把这话丢下来，锅盔也不买了，提起她的菜就走了，等走到了倪家巷，才觉得自己的心咚咚跳得像一面鼓，脑壳顶上也发旋旋。她赶忙在路边上找个花台坐下来，把菜都放下来了，人瘫在花台上，伸手掐住自己的虎口，张开嘴大口大口地喘气。幸好这条巷子里头要拆迁，铺子早就关了门，冷清得很，再没哪个路过的撞见她落魄样子。

她抬起眼睛来，遇端了一样就看到对面墙上有个血红的"拆"字，伸开来有半面墙大，四仰八叉，龇牙咧嘴，穷凶到了极致——汪红燕呆呆地盯着它，莫名其妙地想起了她爸爸遭造反兵团那群人把一双手反绑起拖起走的那一天，眼睛里头一下热烘烘的。

简直不要人活了啊，她心头想，一边抬起袖子来揩眼泪花儿。这日子简直不要人活了。

先是她那儿子天天都提心吊胆的，害怕黑社会来整他，这就不说了。关键是，根据汪红燕的观察，傅丹心跟陈地菊两个人也像是出了问题。她那儿媳妇本来就有点清高，一贯都离皮离骨的，这一阵更是经常都见不到人，偶尔撞见了也是皮笑肉不笑地随便打个招呼，一转眼就又不在了。

"小陈最近咋了？"她就把傅丹心逮到悄悄个问，"是不是因为你爸说要给她调工作又这么久都没调下来，她有点不安逸我们啊？"

"还调啥工作啊？"傅丹心说，眼睛恨起，鼻子头喷口气，"她跟我这儿基本上就算扯豁了！"

"你在说啥啊？"汪红燕吓了一跳，"你们婚都结了，生米也都早就煮成了熟饭，咋可能又要说分手？"

"咋不可能呢，"傅丹心看他妈一眼，眉毛皱成了一团，硬像是跟她有啥深仇大恨，"她陈地菊不想跟我过了，我还要死皮赖脸扭到她吗？"

215

"哪能这样呢，"汪红燕说，"婚姻不是儿戏，她还青口白牙答应了我和你爸不得跟你分手的嘛？"

她还想多说几句，傅丹心就把钥匙一抓出门了，门一甩哐当一声。

当天晚上两个小的都没有落屋，汪红燕前思后想，还是把这事说给她爱人听了。"你还是赶紧想个办法把小陈那工作给她落实了，"她说，"不然你看嘛，你那香喷喷的儿媳妇就要飞了！"

傅祺红两只脚都提起来了，正要浸到那热滚滚的洗脚水里头，被她这话吓得一愣，又把脚放回去在瓷砖上。"啥意思啊？"他问，声音干嘶嘶的。

也是自从傅家门口遭写了红字以后，傅祺红就像吃了瘆药一样，日渐萎靡，最近这两周更是一夜夜地睡不着，脸上尽现枯朽。毕竟是相处多年的夫妻，看他这样子汪红燕都有点不忍心了，但该说的话又不得不说："啥意思？就下午你儿自己跟我说的，说陈地菊要跟他离婚！"

"咋又把这一头提起来了？"傅祺红说，伸手在脸上一抹，"小陈她不是答应了我们说不分手的嘛？"

"这空口无凭说的你也能信吗？"汪红燕说，"更何况你给人家承诺的，一是要负责还债，二是要调她去政府办，现在有哪样兑现了吗？人家肯定等不及了嘛！"

"这几天政府里头啥情况你又不是不晓得，咋可能现在调她进去嘛？"傅祺红说，"至于这还债的事情，我这正在进行中啊，正在进行中。"

"我就搞不懂你有啥好肉扯扯的，"汪红燕说，"他周老六要喊你写个声明说你当时冤枉了赵志伦你就写嘛，他赵志伦的案都判了，当时判他也不是因为你傅祺红一个人说了他啥坏话，你就写了交上去他们也不可能把这姓赵的放出来——退一万步说，就算他遭放出来了又回来当主任，你就退下来当副主任，这也不是天要塌了。你也算得到的，你还有四五年就退休了，你就忍这一招把这几年混了就了事了，有啥大不了的？难道你的脸皮子那么值钱，比我那两家实打实的铺面还值钱？"

她爱人在位子上蠕了两下，一双光脚板冷飕飕地踩在地砖上，大叹了一口气。"唉呀红燕啊，"傅祺红说，"你说的这个我完全同意。本来我之前就跟你说了，我的确是准备写这检讨信去消他那三百万的债——这肯定比卖那两间铺面划得来啊！我老傅的脸皮子值几个钱嘛？问题是现在政府里头天已经变了，熊书记是肯定要下的，中央纪检委的人也说来就要来了，完全是风声鹤唳，人人自危啊！我在这个关头去找纪委递个检讨书，那恐怕就不是光给赵志伦翻个案那么简单，一个不对啊，多半要把我整进去！"

傅祺红的话说得激动，一双肿泡泡的眼睛都鼓出来了，脸上的老人斑也显得更加黢黑。汪红燕不由地想，要是她这随时都周吴郑王的爱人真的进了监狱，那简直是有点取俏。"唉。"她叹口气，眼睛瞟到电视上广告马上就要放完了，"反正话都是你在说。前几天跟我说要写信上去帮赵志伦平反给你儿消债的是你，现在说办不成了的也是你；给你儿媳妇许愿要调她去政府办的是你，现在整得不上不下的弄得人家不安逸我们的还是你。傅祺红啊，你自己也清楚得很你的儿是因为你才遭那些人整了，欠了那么多钱，现在他媳妇也要跑了，你就不管他，光想到你脑壳上那顶乌纱帽！对嘛，只要你良心过得去，你自己看着办嘛。"她把脸转回去了，继续看她的《母亲心》。

也就是：棘心夭夭，母氏劬劳。你看这汪红燕坐在路边花台上气都接不上来了，却终究还是放不下她的骨肉。她把冷风一口口吸进去，脑壳慢慢清醒了些，想起昨天晚上跟傅祺红说的话，就觉得自己是没做对，不该气上来就拿话去堵他。毕竟现在唯一能解开这团乱麻的人就只有傅祺红了，她是该说多点好话把他抟到才对。

一想到这儿，汪红燕也顾不得脑壳昏了，立刻走包包里把手机摸出来，拨通了她爱人的电话。响了两声那边接起来了，是傅祺红那不愠不火的声音："喂。"

"老傅啊，"汪红燕说，"你今天啥时候回来呢？我这儿正在菜市看到卖的猪脑壳还可以，不然我给你买点凉拌猪脑壳，你还有啥想吃点没？"

"凉拌猪脑壳可以啊，"傅祺红说，"你喊他们多放点榨菜，多放点芫须。"

"没问题！"汪红燕说。她顿了顿。"昨天是我不对，把话说急了，今天你回来我们慢慢商量。没事的，再是好大个坎，总是要跐过去的。"

"你是话丑理端，"傅祺红淡淡地说，"我也想通了，这事也没第二条路可走。那姓周的本来就不是我们这些平民百姓人惹得起的。我这儿正在写那情况说明书呢，待会下班前我就给纪委那边送过去。"

"哎呀，哎呀，"汪红燕说，"太好了！简直太好了！"

傅祺红说："也是没其他办法了。唉，就跟你说的一样，反正我都要退休了。"

"你先赶紧写嘛，"汪红燕说，"我这马上去把猪脑壳肉买了。"

她就把电话挂了，而傅祺红却还把手机贴在耳朵边上，嘴头依然堵满了幽怨，就只听到话筒那边那"嘟嘟"的忙音，一声声越拉越长。他眼前浮现出来他爱人那张又瘦又冷的脸，昨天晚上斜起眼睛恨他的那一眼。这么多年来，虽然嘴上不说，但傅祺红心头总认为汪红燕肯定是有点看不上他的。毕竟是汪家的大小姐啊，当他还在东门上帮他妈打纸钱折元宝的时候，汪红燕就跟着汪文敏背《论语》读《诗经》了，真正要不是因为"文革"把啥都打翻了，地主的女儿没人敢要了，汪红燕又哪会听了那汪驼背的安排，下嫁给他这穷酸书生？

他深深叹了一口气，把电话揣回了裤子里，重新拿起钢笔来，对着面前的稿笺纸。

尊敬的各位领导：

尊敬的各位领导，他想，你们个个神通之大，手段之高，硬是要拿点人来比。本来我傅祺红安安生生地编我的县志，你马主任就偏要跑过来跟我叙旧，关心我的升迁——说穿了，不过想借刀杀人，喊我帮你们弄赵志伦，话都帮我编好了扯过我的手指拇去画押，现在就整得我的儿遭人陷害，欠了一笔巨债。还有你范总编，妄自我这么多年还把你当朋友，结果你阴到暗到居然帮聂锋办事，送个啥记者来喊我接待，哪想到引狼入室，把熊国正整垮台了，弄得我的儿媳妇工作都调不成了，眼看就要跑了，还有我那爱人，这下更是要把我看扁了，恨死血了。各位领导啊，你说你们是不是把我老傅提起来耍，简直是整我冤枉整惨了！

他接下去写：

首先，我要感谢你们在百忙之中抽出时间来看我的这封信。我怀着沉痛和悔恨的心情……

　　也是巧了，他这一句还没写完就听到办公室门上响了两声。傅祺红马上寒毛都竖起来了，一把把稿笺纸收进抽屉里，坐端起来，问："哪个？"

　　外头的人说"是我"，然后就把门推开走了进来，原来是会计刘姐。刘姐手上抱起个文件夹，一边抬起脚来跨过地上堆起叠起的书和文件，穿到办公桌前，说："哎，傅主任，你还好嘛？咋这才几天没过来，你这办公室一下这么乱哦？"

　　傅祺红说："咋呢？我办公室有点乱是犯了哪条规矩、哪章要求了？这就是我们埋头苦干做事的人顾不得挣表面功夫，至于那些办公室里头整整齐齐的，多半是天天在耍的。"

　　刘姐一愣，把手上的本子都抓紧了，想的还是吴文丽她们说得对，这老儿这几天脾气硬是怪得很。她吞口口水，说："傅主任，你上周喊我理一下我们今年的账看还有好多钱，我这算出来了，大概还有七万多块……"

　　"那就都拿来发年终奖嘛，"傅祺红说，手一挥，"连实习生在内，按人头平均除一下，该是好多就好多。你算好了拿来给我签字就是了。"

　　刘姐再是一愣，正儿八经以为自己听错了。先不说在这当口发年终奖简直就是顶风作案，更不要说他们办公室从来都没有给实习生发年终奖的先例。不会吧，她想，又看了一眼办公桌后头傅主任那张酱黄的脸，这人是一下癫冬了？还是外头传的那事情，总不可能是真的嘛？

　　好歹也同事了十多年，她忍不住说："傅主任，这事你恐怕还是再考量考量呢？现在这风头浪尖上发年终奖实在是有点不妥当啊，简直有点是要主动去撞枪……"

　　"撞到枪口上也是我撞嘛，"傅祺红说，把她打断了，"你们其他人反正拿钱，遭是我遭，又不关你们的事。而且我总之都要下了，也不差这一桩事。"他把这话干炸炸地说出去，有一种泄火的感觉。他盯着刘会计，看到的全是那些整他、害他、冤他的人。

　　"哎呀傅主任，"刘姐说，眨了眨眼睛，居然像有点渍渍的。"我晓得现在熊书记下了，中央纪委调查组又来了，大家肯定都有点紧张。但只要是坦荡荡的，就不得出问题的。你看嘛，"她把手上的文件夹举了举，"今年子你上来以后的账都在这儿了，一笔一单都是清清楚楚的，我前后看了三遍，绝对没问题——这话我还是敢说的，我们这账随便他们哪个来查，绝对查不出来半点问题。"

　　傅祺红没想到会走刘会计那听到这一番话。他定起眼睛看了看她，看她那高耸耸的卷头发，扁方方的棕框子眼镜。"唉刘会计，"他说，"我谢谢你啊，谢谢你！我们也算是共事多年了，我老傅今天就跟你说句老实话，我怕的不是纪委，而是那姓聂的。熊书记走了，他又还在记恨我当时把赵志伦整下来的事，往下走，我绝对没好果子吃。"

　　刘会计摇摇头。"傅主任，你说的这话不对。赵主任那几年的账是啥样子，我是最清楚的，也就是一直没人来查，真正把本子翻开了他咋可能走得脱呢——这是一是一、二是二的事，他要是没做，你光说

218

他又咋可能把他说下课了?"

傅祺红喉咙一紧,一下话都说不出来了,只得把茶盅拿起来喝了一口,里头只剩了茶母子,又冷又冽。他笑一声。"我硬是没想到,"他说,"到这个时候,居然是你来说了句公道话。"

"该是啥就是啥嘛,"刘会计说,"老实说,我从余先亮那时候一直做到现在,傅主任你名下的账肯定是最清楚的。而且,"她顿了顿,"当年余先亮跟梁英网起的时候,偷偷个拿了好多钱出去哦,我呢,一个刚刚毕业分配过来的,拿到那本烂账,真的是吓得睡都睡不着,想的到年底上头查账的时候我咋交代得清楚哦。"她摇一摇头。"你还记得不?那是九八年,还不是多亏了傅主任你写信去把他们两个举报了,我这工作才算保下来了。"

九八年,傅祺红悠悠地想。等刘会计走了,他就站起来,一边把饮水机重新烧起来,一边把地下散起的书和杂志都收回到原来的位置去。九八年,他想,那一年傅丹心在职高最后一年,汪红燕刚好上四十,那一年开了十四届人大,古城镇发现了新石器时代遗址,上海市委书记专门来视察中兴镇的农科村,还有,平乐一中评上了省重点,永丰县首次选上了全省十强县,位列第九。他把办公室里头理顺了,书柜门都关好了,又重新把热水焖到茶盅里,在办公桌前坐下来。九八年,他眼睛一闭,就清清楚楚地看到了那一年的数据:全县国内生产总值三十四亿七千零五百万元,地方财政收入一亿六千六百九十二万元,城市居民人均可支配收入四千九百元,全县水稻种植二点五万公顷,小麦一点二万公顷,马铃薯五百三十七公顷。那一年,"七•一五"特大暴雨降雨二百三十毫米,淹了六千三百九十七户房子,死了十一个人。

他把抽屉打开来,把里头刚刚一灿火塞进去的稿笺纸拿出来,理伸展了,然后"哗"地一声把那张检讨信扯下来,拿两只手捏紧了,再一下又一下地,撕成了片片。老傅我这么多年兢兢业业,他心头念,是有哪一年哪一本志书没写清楚,写翔实,写出彩?我凭啥要写检讨?就因为你聂锋刚愎自用,专横跋扈,我傅祺红就该要让到你,给你磕头——没这本书卖!至于你傅丹心,你老子我养你这么大该是够意思了,也没啥事情亏待过你,你自己要想不开去跟人家赌球的混,还吃啥摇头丸,整出这么大个事情来,就该自己收拾,你这翻年吃三十一岁饭的人了,没道理还要靠你爸来给你捡脚子。你想下我三十一岁的时候我爸在哪儿嘛?死都死了几年了!

傅祺红本来还气势汹汹地把那坨废纸捏在手头,一想到傅银匠忽然就心头一闷,脑壳发旋。他把嘴张开来,却只听到自己喉咙里头干响响地响,像是坟飘子在冷风里面残卷。爸啊,你硬是走得太早了,他想,眼睛酸叽叽的,背上全是冷汗。他抓紧了办公桌的边边,还是觉得自己的椅子在往下陷。他就把脑壳埋下去,居然看到脚底下的地板都不在了,只有漆黑黑的一片看不到底,还有幽幽的冥火在往上钻,要缠住他和他的办公椅,卷起他们,眼看就要卷紧了,扯一把掉下去就是那阿鼻地狱。

"老傅!老傅!"

好不容易傅祺红才把脑壳抬起来了,听到像是有人在喊他。他一双眼睛是糊的,眨了几下才看到面前站的是他的老战友,人大主任马向前。只见马向前一双浓眉皱得梆紧，一双手伸过来掌住傅祺红的肩膀，说："老傅，你这是咋了？这脸色咋这么白啊？你是哪儿不舒服啊？"

傅祺红手抬起来抓稳了马向前的膀子，总算把他自己拉起来了，坐正了，又赶紧灌了下去一口热茶，暖烘烘地到肚皮里头去了，这才说："哎呀老马啊，你这来得太是时候了！我肯定是这一截失眠有点严重，刚才一下简直糟啥子魔了一样——幸好你来了！"

马向前认认真真把傅祺红的脸看了又看，屁股慢慢坐下去在沙发上，说："老傅啊老傅，失眠还是要重视哦，要去看医生才对。"

"看了的，"傅祺红说，"你放心，人家给我开了药。来嘛，我给你泡个茶，你要喝绿茶还是红茶？"

"不喝！不喝！"马向前说，"我就是来给你说个事情，说了我就走！"

傅祺红屁股都抬起来了，这下又重新放回去在椅子上。"啥事呢？"他说，心又有点跳，只有拿刚刚刘会计的话给自己鼓劲：我们的账清楚得很，不怕哪个查。

马向前抿一抿嘴，长叹了一口气。"这事情其实有点不好说，"他说，"不过我想来想去，还是决定必须来给你说一声，毕竟我们这么多年的朋友了，不然我随便咋个都过意不去。"

傅祺红的心再跳得快了些，两只手捏成了坨子，放在磕膝头上。

"你说你啊！"马向前把脑壳摇了好几摇，才说，"你的那位实习生杨伊婧这周一已经正式去纪委做了笔录，把你跟她那些事情都跟罗书记说清楚了。你这事情啊，本来如果是单纯的男女关系也就罢了，但你又给人家许了愿，说要给她安排正式政府工作，要进编制，这就属于以权谋私，就比较严重了，再加上最近这形势你也清楚，所以我们也是骑虎难下，不处理不行啊！现在呢，纪委那边已经定了，要严肃查处你的案子。我呢，左思右想，还是想到来给你提前说一声，是有这么个事情要进行了。你就最好是能回去先给红燕把这情况交个底，也可以考虑给傅丹心说一声，大家都有个心理准备。"

傅祺红听马向前说了这么大半天，只觉得像是有个蛤蟆在学起说人话，架势摆得像模像样，说出来的却全是呱呱呱呱。他实在忍不住，大笑了几声。"老马啊！你这说的是哪儿跟哪儿啊！"他说，"小杨说的这事情是跟苏聪闹的，跟我哪儿有半分钱关系？前段时间这女子也来找我说过，我呢，是可惜苏聪是个人才，当时还跟她安抚下来了——唉呀，其实我也晓得最后肯定是安抚不到。她还是有点能干，居然钻去找罗书记说了，那就该咋处理就处理嘛！问题是这不关我的事啊，跟她许愿要给她转正的是苏聪，跟她搅起的还是苏聪！"

马向前的眉毛又皱起了。他干脆把手也抬起来，揉了揉自己的眉心子。"老傅啊老傅，"他说，"你跟我这儿狡辩有啥用？你也在政府里头这么多年了，该是清楚纪委办事最是稳当的，轻易不出手，出手必定要拿人。罗书记他们肯定是不得听一个小女子的片面之词就要处理你老傅嘛——人家他们早就全面调查过了，你自己说，你难道没有把这女子专门调来跟你一组工作？没跟她在人前人后打情骂俏？没去找肖德霖的关系给她在政府办找位子？"

"你在说啥呢？"傅祺红忍不住了，两只手撑在桌子上想站起来，却觉得整个办公室都在打旋。难不成他刚刚已经掉下去

220

了在阴曹地府，现在在这儿跟他说话的其实是那马面罗刹。"这些瞎话都是哪儿来的啊！全是些血口喷人无中生有，真正是欲加之罪何患无辞！"

他自己把这几个字说出来，忽然就一下懂了。他看着马向前，忍住胃里面正在翻腾的酸腐。"老马，你就给我老实说一句，"傅祺红一个字一个字地说，"这是姓聂的要弄我，还是姓熊的要弄我？"

有一两秒钟，马向前没有接话，脑壳转了一半过去，目不转睛地看着饮水机上的红灯在闪。终于，他像是回过神了，拍了拍沙发，站了起来。"傅祺红啊傅祺红啊，"他说，"你还是真的有点本事，咋就把人都得罪完了？"

汪红燕把凉拌猪脑壳倒到盘子里头，又把把细细地把边边上溅起来的红油都揩了，再退了一步，欣赏桌子上的盘盘碗碗：卤肥肠，回锅肉，韭黄肉丝，泡椒猪肝，再加上这盘凉拌猪头肉，硬是百花齐放的样子。她把酒杯子拿出来洗了，挨着筷子摆在碗边上，以防傅祺红性子来了要喝两口，又拿起帕子来，准备再把厨房台面擦一遍，免得漏了哪个角角等会又要遭批评。

她刚刚把灶台擦了一半就听到门口钥匙在响。那几十年不变的节奏一听就是她的爱人。她赶忙把帕子挂回水槽边上，走出去迎到门厅里，高高兴兴地喊："哎呀，你回来啦？"

傅祺红一头进屋来了——与其说是走进来的，不如说是栽进来的。汪红燕吓了一大跳，赶忙两只手伸出来把他扶稳了，说："哎呀老傅，你咋啦？路上绊到啦？"

她爱人没说话，只听到喉咙里头在喘粗气。"哎，红燕啊，"他终于说，"出事了，出事了。"

透过厨房照出来的灯光，汪红燕看到傅祺红一张脸白得吓人，额头上密密麻麻的冷汗挂起，印堂发青，嘴皮发抖。"来，来，你不慌。"她赶紧说，扶起傅祺红到客厅沙发上坐下来了，又转过去倒了杯温开水，拿出来喊他喝。"有啥事情你慢慢说，慢慢说。再是有天大的事情，总有办法解决的。"

她在傅祺红边上坐下来了，把水杯子接过来放在茶几上，又捏住他的手。"老傅，"汪红燕轻言细语地问，"你说嘛，出啥事了？"

傅祺红的嘴皮子抖抖瑟瑟了半天，终于说："我，我遭他们整了，我遭他们整惨了。"

一点点地，汪红燕听到她的爱人把事情说了，说聂锋肯定是早就设了局要整他，说现在连熊那边的人也对他落井下石，准备把他弄掉算了。那诬告他的实习生也不晓得是遭哪个撺掇的，更说不清楚还有好多人都遭买通了，准备要作假证来害他——老天爷啊，都是些蛇蝎心肠啊！他傅祺红一世兢兢业业，刚直不阿，居然要遭这样子整下课，遭人家说他搞小三，潜规则自己办公室里头的实习生！

"你的意思是，"汪红燕趁他发泄完了正在歇气，问，"那你跟那实习生是清白的了？"

"当然是清白的啊！"傅祺红说，声音又大起来，"红燕啊，你要相信我啊！难道我的为人你还不清楚吗？我咋可能做那种事嘛？"

汪红燕看着他，看他一双眼睛本来都陷到眼窝子里面去了，现在又恨得鼓出来了。"这你不要问我，"她说，"当年我是咋个嫁给你的,难道你搞忘了?"

"你咋嫁给我的?"傅祺红说,"不就是江西巷一个媒人给我爸提的亲,我又专门去独柏树你屋头见了你和你爸,就这样定下来的?"

汪红燕笑了一声,本来握到傅祺红的手朝怀里头一缩。"对的,你硬是记得好,记得精巧得很,"她摇了摇头,"算了嘛,几十年前的事我也不跟你扯了。那现在这纪委要调查你的事你准备咋办?你是赶紧把那检讨书给他们递过去还是干脆等他们来找你谈话的时候再给他们嘛?"

"你在说啥啊?"傅祺红喊一声,耳朵里面嗡嗡的,看到眼前他的爱人,"还在想啥检讨?我这就是要万劫不复了,彻底是要身败名裂、遗臭万年了!不只是我一个人,我们这家人现在都完了——你想下当年傅丹心搞那早恋遭传成啥样子,那几年我们简直是比过街的耗子还讨人嫌!现在这事情闹出来我们还要咋过?还有啥脸面出门?还有啥脸面拿来见我傅家的列祖列宗?"

"天呐!"他站起来,在客厅里面走过去到博古架边上,又走回来,来来回回地打旋旋。"红燕,你说,这是咋就搞成这样子的?这一下外头欠了黑社会三百万,儿媳妇要跟我们那儿离婚,然后我儿又要遭纪委调查,说我搞小三?"汪红燕看到傅祺红把坨子捏起来了,一边走一边骂一边舞。她胸口一紧,下意识地赶快扫了一眼傅家的大门——那门关得死紧。

傅祺红轰地一屁股又坐回了沙发上,真正是走投无路。"红燕,你说我们咋办啊?"他把脑壳埋下去在磕膝头上,肩膀抖得像两把蒲扇,"你说我们这家人现在该咋办啊?咋办啊?"

"其实办法倒是有一个。"他忽然听到汪红燕的声音,又细又轻。他把脑壳抬起来,看着自己的爱人。她一张脸上没啥表情,映着橘黄的灯光,像一尊佛像。"五一年的时候,我爷爷晓得肯定是跑不脱了,就主动去跟工作队的人说的,他确实是罪孽深重,愿意把命交了,希望他们高抬贵手,给他屋头其他人一个改造学习的机会,"她顿了顿,接着说,"就这样,我们屋头其他人才留下来了。等到'文革'的时候我爸又遭逮了,天天遭造反派的人斗,但他其实也不是遭斗死的。其实,是因为他听到那些人说要喊我妈第二天上台去斗他,不然就要给我妈剃阴阳头,他呢,当天晚上就不晓得走哪儿找了一瓶耗子药,把那一瓶都喝了。"她抬起眼睛来,看了傅祺红一眼,又把手伸出来了,轻轻地放在他的手上。"我听到人家说,把耗子药吃下去肠子都要给你烧烂,不是一般地痛。但那天晚上我和我妈一点儿声气都没听到,等早上我们睡醒起来找到他的时候,才看到他把一个枕头都咬穿了。"

把最后这句说完汪红燕就不说话了,只张着眼睛看着傅祺红。她那眼睛像是两汪死水,又似乎还有微澜。

"你,"傅祺红也看着他的爱人,三十多年了,就是这张脸,这双眼睛,他看了三十多年,"你这是啥意思?"

汪红燕把手收回去,坐正了,叹了口气。"不是我心狠啊,"她说,"你想想是不是就只有这一条路?不然就我们一家人都要遭殃,遭人家吐口水,接下去几十年都毁了、没落了;或者就我们剩下来的人还有条活路,你们单位也没法调查你了,那黑社会的债也抹了,丹儿那小家估计也就不得散,那傅家人以后走出去还好歹抬得起头来。"

傅祺红下意识地也把脑壳抬了抬,颈项后面有一股热气冲上来了,冲得他眼睛里面雾红红的。没来由地他想到一句:血可以清洗耻辱的。他记不起是在哪儿看到这句话了的,但它就一遍遍地在他脑壳里头转起来:只有血才可以清洗耻辱。

像是过了很有一阵,傅祺红终于站起来了,这一回站得稳当了些。他把茶几上的那杯水端起,平平整整地走起来,一步步扎实又庄重。他走进了他们的寝室,把门关了,坐到双人床他的那一边去,把水杯子放到床头柜上,又埋下去把柜子最下头一个的抽屉拉开,拿出来里面两个盒盒。这是杨院长前两周才给他开的,走后门专门开了三个月的量,免得他紧到跑中医院麻烦。

他把盒子打开,抽出来第一板药,大拇指轻轻一推,推出来白白的第一颗。

傅祺红按部就班,一颗颗地把药拿出来,放到水杯子边上排好,他爸挨着他妈,他妈挨着他的大哥还有大姐,再来是他的大妹、二妹、三妹,然后是他的爱人、儿子,还有、儿媳妇,接下来就该是他的孙儿了,还有孙媳妇儿,又还要有曾孙儿、玄孙儿、来孙、晜孙、仍孙——他傅家生生不息的子子孙孙。

他脑壳里头又响起来了,那说书先生的声音。只听得这人把惊堂木一拍,走那丹田里头洪洪地发出来:

憎苍蝇竞血,恶黑蚁争穴,急流中勇退是豪杰,不因循苟且。

叹乌衣一旦非王谢,怕青山两岸分吴越。厌红尘万丈混龙蛇,老先生去也。

陈地菊怎么也没想到,自己这么快就把这本书看到了最后一页。也就是三四个星期以前吧,她走她老人公手头把它接过来的时候,还说了一句:"这书硬是有点厚哦,要看到啥时候去了。"

傅祺红忍不住笑一声,说:"哪喊你问得那么刁巧,要找关于澳大利亚的书看。我这儿就只有这么一本,还是好多年前的畅销书,我走夜市上买来的。实际上我好像就看了一章不到。哎呀,这种太现代的小说我看不懂。你是年轻人,可能合你的胃口。"

陈地菊就把这本书拿起走了。哪想到一翻开就看进去了,睡在床上看,雅思班课间休息看,中午吃饭的时候也在看——就连现在,她都坐在房产交易中心里头等到办过户了,还是忍不住把这本书拿出来,如饥似渴地把最后那十几页看完了,再脑壳抬起来,眼睛里面水雾雾地盯着交易大厅里头跑过去穿过来的人。

"陈姐你看的什么书啊这么好看?都走到这儿了也不放下来。"她隔壁坐的小张说。

陈地菊赶紧拿手把眼睛抹一抹,扯出一个笑来把书转过去递给这小两口看。

"荆棘鸟,"小何念出来,"听起有点吓人啊。"

"多好看的,"陈地菊说,"你有空该找来看一下。"

他们还要往下再说几句,就看到吴三姐风风火火地跑过来了,一边跑一边招手:"快来!快来!马上就喊到你们的号了!"

陈地菊他们就遭吴三姐带起,走一个柜台跑到了另一个柜台,签字、画押、画押、签字,硬是就像扮姑姑宴一样,交出去几叠纸,拿回来几张收据,然后就听到三姐宣布:"对了！办完了！"

买家那两口子兴奋地抱在一起，吴三姐也走过来抱了抱陈地菊。

"哎呀，我算是把你交代了！"三姐说。

"硬是交代了！"陈地菊笑起来，也跟着说。虽然她不是很明确这个"交代"到底是啥意思。

也是他们今天运气好，赶在交易中心关门之前把手续办完了，走过大厅里头一堆堆没喊到号只有明天再来的，哀声一片。陈地菊和买家两口子还有吴三姐在交易中心门口告别了。"陈姐今天没开车啊？"小张问。

"今天想走一下。"陈地菊说。

她就一个人走了，沿着创新北路和未来城刚刚封顶的楼盘，走进了创新公园里面。这公园太大了，修了有一年多了还没修完。东面紧靠政府和城区的弄得比较巴适了，郁郁葱葱的，这一头呢，是挨着还没住人的新小区和新商业街，就坑坑洼洼地像野地一样，还到处堆起建渣。陈地菊有点后悔自己走这一头钻进来了，但她又确实着急，想抄近路，好回傅家去赶夜饭。她已经想好了，无论傅丹心咋个反对，她今天晚上都必须要把话跟傅祺红还有汪红燕说清楚，毕竟房子都卖了，钱咋分也说好了，下周就要去办离婚，实在是没有任何理由再把几个老的蒙在鼓里了。她想好了，反正她等会绝对不得说傅丹心半句坏话，好聚好散嘛，更何况她老人婆老人公两个人也一直都对她很不错。

她一边在心头打腹稿，一边走那泥巴混着石头的小路上踩过去，忽然看到不远处堆起的砖头和水泥板背后钻出来几个人影子。

陈地菊吓了一跳，再一看才松了口气。那些人都是农民模样，老实巴交的，穿起军绿色的大衣和灯芯绒的夹克，围成一圈抬起个担架，大气不出地走着。陈地菊把眼睛眨了几下，才看清楚那担架上白生生泡耸耸躺起的居然真是一头死猪，那猪很是有点大，肚皮鼓起来小山一样朝着天，上头两排蔫搭搭的奶头。

这群人没有一个转过来看她，那死了的母猪更不会朝她这边看了，就那样一队越走越快，朝北边去了。

一直到他们彻底消失在她的视线外了，陈地菊才像是忽然醒了过来，看了眼时间都六点过了，就赶忙加快了步子朝公园外面走，过了人工湖，又过了梅花道，便涌过来那熟悉而鼎沸的声音：街上的杂谈、闲话、叫卖，三轮的吆喝，自行车的铃铛，汽车的喇叭，还夹杂着救护车的鸣笛——也就是一眨眼，平乐镇东街就在她的面前了，或者应该说，是老平乐镇的老东街。新的平乐镇已经在她的身后起来了，一栋栋的有的刚刚打好地基，有的马上要封顶了，日新月异，节节高升，像是平原上春天里的竹子。

陈地菊一个人往前走，想着自己即将要踏上的路，要去到的地方。她似乎还没有听到那尖锐的悲鸣，心里面依然充满了希望。

[特约编辑：吴　越]
[插　　图：游　江]

颜歌与我们的小镇

张定浩

1

《平乐县志》最引人注目的,大概是对明代话本小说叙事腔调的拟仿。小说中不断用"诸位看官"式的套语所构建的虚拟说书情境,以及各种旧体诗词韵文的频繁插入,都会令当代小说的读者非常错愕,进而有一种不知所措之感,但在颜歌那里,我想这是一个深思熟虑的结果。

《平乐县志》在同时期恰好有一个非常有趣的参照物,那就是阿乙新近出版的长篇小说《未婚妻》。这两部长篇有很多不约而同的相似之处,它们都是以家乡小城的市井小民作为书写对象,故事主干都是围绕相亲、结婚所勾连出的两个联姻家庭的日常琐事,都特别着意于地方风土人情的描写乃至方言的注入,同时也都拥有很强的写实功力,得以捕捉和品味人情世故中的表里不一。甚至,这两部小说都具备强烈的文体意识,两位作者都清醒地意识到自己在做一些与众不同的试验,只不过,他们试验的方向却是截然相反的。《未婚妻》显然是一部现代小说,作家的主体意识极为强烈,人物心理的表现程度非常深,叙事时空上的穿插、闪回与叠印也很自如,这部小说是西方文学借助翻译深刻影响中文写作的典型,阿乙这次取法的对象是普鲁斯特。而在孤悬海外的双语写作者颜歌这边,《平乐县志》在各种意义上却都是对现代小说的反拨,是中国小说叙事模式的转变完成之后的再转变,因而也不再是简单的复古。颜歌未必想成为第二个冯梦龙,但冯梦龙是她的乡愁,是她的童年记忆印在老中国的屏风上。

浦安迪曾谈到中国明代兴起的"文人小说",他反对将明清章回小说视为一种通俗文学,反对将其纳入从变文、讲史再到宋元话本的民间口传文学或者说平民集体创作的谱系,他试图证实"明清长篇章回小说是文人写的小说,而且要特别指出它是一种在文类意义上前无古人的崭新文体。它在本质上完全不同于宋元的通俗话本。它是当时文人精致文化的伟大代表,是明清之际的思想史发展在艺苑里投下的一个影子,是以王阳明为代表的宋明理学潜移默化地渗入文坛而创造出的崭新文体"(浦安迪《中国叙事学》)。进而,他认为明清章回小说所借用的"诸位看官"之类的说书套语,并非只是口头文学的残留或模仿,而是文人作者有意为之的反讽修辞。虽然明清章回小说中的说书套语是否为反讽修辞,抑或只是小说家地位还不够独立时的无奈迎合,学界还有争论,但到了二十一世纪的第二个十年,在《平乐县志》中,说书套语的再使用,显然是身为文人作者的颜歌主动选择的一种修辞手段了。那么,她是想借此营造出一种什么样的效果呢?

> 诸位看官,看一看叶小萱的痴儿模样,想必你心中也早有计较:她的这一出为女择婿必然不会如此顺利,定要有些曲折,生些风波,否则现这里就书不成书,话不成话,又何苦来啰啰唆唆讲这回故事?于是你看:叶小萱这如意算盘注定无法如意,她现在得意,等一会便要失意,但至于到底是如何一个失意法,且听下文慢慢道来。
> ——《平乐县志》第一章

> 苏子有云:山高月小,水落石出。又有俗语:不是不报,时候未到。都说的是天老爷行事自有一套,看起是垂眼昏昏,实际他高高在上的,把啥子看得明明白白,底下但凡做过了恶事,最终没有不喊你还出来的。
> ——《平乐县志》第十四章

说书套语首先当然是在彰显叙事者的存在,这个叙事者在对着读者说话,提醒读者他是在听一个故事而非参与一个故事,引导他在沉浸式的细节体验之外,还要对人生意义进行更为广阔的思考。但这个叙事者与现代小说中的叙事者又完全不同,后者要么是作者的化身,要么是作者创造的一个人物,总之,是一个具有鲜明个性、意志和思想的个体,但说书套语却恰恰是要隐藏掉任何个体的身份，也就是说，他试图引导读者面对的，不是他个人的智识，而是某种更为普遍之物。

在《平乐县志》中，类似的说书套语和引语贯穿始终，它背后的那个拟话本叙事者，显然是一个集体而非个体，类似中国正史中的"史臣曰"或古希腊悲剧中的歌队，是伦理标准的提供者，而这个伦理标准不属于作者个人，而是作者设想的某种公共伦理。具体到《平乐县志》中，那个拟话本叙事者所代表的集体意识，是颜歌心目中的中国民间伦理，它是由明清以来儒、释、道三教混合后的世俗化产物，强调祸福相依和惩恶扬善，用"积善有余庆、积恶有余殃"的因果报应法则尤其是现世报来表明人应当为自己的行为负责，再用天命来揭示人的有限性，以缓解人的焦虑。《中庸》："天命之谓性，率性之谓道，修道之谓教。"性就是被称为天命的那个东西，性、命之间本无特别区分。一个人的性命虽然被天注定，但因为他自己并不清楚，也没有别人能够清楚，所以人之为人的要义，就是要慢慢通过学习和求道的途径去抵达自己的命运，既不能强求，也不能不求，这是性命之学的古义。此种性命之学经过孔孟的张扬，又被宋儒反复辨析，再到明清文人索性将之借助小说的形式完全世俗化，以起到教育大众的作用。对颜歌而言，至少在平乐镇，这种朴素的民间伦理依旧鲜活，从古至今并没有非常大的变化。

但在《平乐县志》中，还贯穿着另一个叙事声音，那就是主要人物——县志办副主任傅祺红——的日记体叙事。小说共十四章，除却最后一章之外，每一章的结尾都附有一小段傅祺红日记，和正文话本叙事的连贯顺叙不同，日记部分采取的是片断倒叙，从故事发生时的2010年初开始，倒推至1980年6月25日傅祺红结识妻子汪红燕结束，前七章分"今日工作"、"今日学习"、"今日膳食"和"今日琐记"四部分，属于傅祺红正式接手编写县志后的稳定阶段；后七章的日记不分节，记录傅祺红大学毕业后早年工作和生活片段。这部分县志办副主任的日记，可以说是颜歌奇妙的创造，它们除了和正文在情节上暗中呼应之外，还不动声色地呈现了官僚系统的来源，即冰冷且强大的权力和自私怯懦虚伪人性的一拍两合。傅祺红一直以"正人君子"自居，以史家自诩，却不曾有任何的承担，他擅于将一切错误、弊端都归结于他人，每每在日记中将自己洗刷得像办公大楼一样干干净净，打扮得像办公大楼一样漂漂亮亮。他的日记自然也会透露出一些时代的生活面貌和精神痕迹，但究其实质，都是极表层的，像水中的浮沫。某种程度上，我觉得小说中"傅祺红日记"的部分实在是小说家泼给时下非虚构热潮的一盆兜头凉水：日记和县志当然都是非虚构，是如今的社会人类学者和田野工作者的最爱，但它们有可能也是虚伪的、浮泛的和无聊的，它提供的现实，有可能只是一种自我阉割的现实、一种鹦鹉学舌的现实和一种被意识形态强力冲刷过的宛若面具般的符号化现实。

　　《平乐县志》因此就比它表面看起来的样子要复杂。它在放弃现代小说的个人叙事者声音之后，并非简单地回归到传统章回小说的集体叙事，而是同时给我们端出来两种集体叙事者的声音，其中话本叙事者代表着民间集体，而县志叙事者则代表官僚集体。小说家让我们看到两种集体声音之间在各个方面的撕裂，而这种撕裂才是普通人所生活其中的现实，它浩瀚而持久，正大而无形，与之相比，知识分子的那种躲在微信朋友圈和个人意识流里的忧国忧民实在微不足道。小说的结尾处，傅祺红作为权力斗争的牺牲品，被迫自杀，末章的日记也同时阙如，而如果有日记的话，此时应该已倒回到傅祺红的学生时代，一个或许尚未被权力体系污染的年龄段，这或许也是小说家在暗示这场撕裂的胜败：民间集体的声音不仅在某个时代的官僚集体声音消失之后仍会继续存在，也早于这个官僚集体声音诞生之前就已存在，像海洋吸纳所有的河流。

2

　　《平乐县志》有一个很显著的缺点，就是结尾收束得太快，很多抛出去的情节线索都来不及处理，傅丹心的赌球被算计有点牵强，随后傅祺红的自杀和陈地菊的留学也有些突兀，当然不是说傅丹心不能被算计、傅祺红不必自杀或陈地菊不该留学，从故事发展的角度作者为他们设想的结局都没有问题，只是从节奏上讲，有点太突兀了。古典章回小说的篇幅都相当长，《金瓶梅》、《水浒传》、《西游记》和《红楼梦》都在七八十万字至百万字之间，因为也只有在这么大的体量下，才容得下作者对于日常生活和人类心灵巨细靡遗的热情，和那种竭力铺排、漫衍编缀的写法。对颜歌而言，《平乐县志》文体的热身阶段，是《平乐镇伤心故事集》里的几个短篇，但从短篇过渡到长篇，并不是那么轻易的事，它需要的不仅是技艺，还要有悠长的耐心和掌控力，就像画一个或大或小的圆，短篇可以就是一段随性的圆弧，而长篇可能更需要将一个圆画完整，而仅仅一小段圆弧就已经预设了整个圆周的必要长度，如果中途想走捷径到终点，势必圆不成圆，方不成方。

　　当然，这种节奏上前慢后快、前松后紧的不均衡现象，实则也是当代长篇小说中的一个普遍问题，当代生活和出版的节奏很难允许那种十年磨一剑的写法，小说家经常写着写着就没了心力和耐心，开端对一个小说家的诱感，远比结尾要大得多。

但从另一个角度说，我们读古典章回小说，抑或《战争与和平》或《追忆似水年华》这样的浩瀚长篇，往往并不在意阅读的连续性，往往可以翻到哪页读哪页，翻到哪页就能从哪页继续读下去，这就像生活本身，我们都是从中途进入生活，我们认识另一个人也是从他的中途开始认识，我们在生活中通常不太关心开端也不会总想着结局，生活本身也不存在什么特定的高潮，生活就是绵延无尽的中途，就像那些古典章回小说其实通常都可以绵延无尽地写下去一样。在这个意义上，《平乐县志》结尾的缺点实则并不影响它的成就。

它的成就，和那些古典章回小说一样，是写实艺术的成就。

当代中国小说其实不太注重写实。先锋小说就不用说了，所谓的"新写实"其实更多是放大了生活无聊和乏味的一面，以此表明某种对生活的质疑态度。至于林林总总的现实主义，究其实质，首先还是各种强烈的作者意志，各种对于"生活应该是什么样"的观念选择。

孙述宇曾谈到过《金瓶梅》的写实艺术，"《金瓶梅》里充满了琐事，而竟然又能吸引读者，是有原因的。比较浅显的一点，是作者能够看到日常生活里的风趣，而且把这种风趣写出来。小说中笑料很多，又是笑话，又是惹笑的人和事；有些人物和事件，表面上并不滑稽，但仔细看深一些，我们就要微笑起来。作者有很生动的幽默感，而且对于世事的表里不一特别感兴趣……作者能写家常事的一个更深原因，是他的异常的生命力，这生命力表现为对世界与人生的无限兴趣，使他觉得生活很值得写"。孙述宇进而特别指出，正是这种异常充沛的生命活力，使得小说家能够几乎不抱偏见地看待笔下的人物，无论是妓女还是帮闲，作者都能处在他们真实的境遇中看待他们，"《金瓶梅》之所以了不起，是作者嘲讽尽管嘲讽，但并不因之失去同情心，而且对人生始终有很尊重的态度……试看《金瓶梅》所表现的宽容，在以后几百年的中国小说中再也找不到"（参见孙述宇《金瓶梅的艺术》）。

作为一本"小说家的小说"，《金瓶梅》暗暗影响了随后的一代代中文写作者。颜歌虽然没怎么提过《金瓶梅》，但借道冯梦龙，她对于此种中国古典写实技艺自然不会陌生，而在技艺的心摹手追之外，更重要的是那份对于世界、人生的兴趣和生命活力，是那种对于凡庶生活不抱偏见的同情、尊重甚至热爱的态度，使颜歌迥异于很多现代小说的追随者。

叶小萱是《平乐县志》中最先出场的人物。她是个农资公司的下岗出纳，和朋友吴三姐搭伙做房产中介，丈夫陈家康是天然气公司的科长，小康之家衣食无忧，最牵挂的就是女儿陈地菊的婚姻大事。在小说中，她的亲家公傅祺红对她的判断是"泼",但我们要记住这只是一个来自政府公务员的判断,这判断与其说反映了叶小萱的性格,不如说反映了傅祺红居高临下的认知水准。乍看起来,叶小萱就是个咋咋呼呼的中年妇女,爱显摆,爱计较,好胜心强,刀子嘴豆腐心,平时的爱好就是和几个老姐妹打麻将,说闲话。她没有什么很深的执念,年轻时候也动过离婚的念头,但丈夫劝一劝也就算了;老了之后,对丈夫的一点花花肠子,也就睁只眼闭只眼,一门心思都放在女儿身上;平时对女儿有强烈的掌控欲,但女儿一旦被有妇之夫抛弃回到镇上,以及后来兀自闪婚,她气一下也就接受了现实,并且全部吃进,替女儿百般维护。她的庸常言行背后是一颗健全的令人安心的灵魂,因为假如真的遭遇到什么变故,她身上坚忍、包容和良善的一面就会释放出来。

正是这样的人物,构成了中国人生活的基石,但这样的人物并不好写。画鬼容易画人难,我们的当代小说中更多的是一些充满执念的人。

> 说句公道话,我们镇上的妇女确实都过得不容易,特别是中年以后身材又走样,手膀子上吊起小肚子里头鼓起,长的全是烦恼和忧愁。其实圣人早就说过了:君子谋道不谋食;君子忧道不忧贫。又有:为腹不为目,故去彼取此。这都是在教我们要放眼天下,纵观大局,多想形而上,少念肺肚肠,钱不够花就少花点,饭不够吃就少吃点,所谓安贫才能乐道,无欲就好静心——可惜这些妇女听不进去圣人的大道,个个眼见短又心凶,斤斤计较还搬弄是非,贪、嗔、痴、慢、疑,这五样都占满了,也就难免要在尘寰世中生出许多挣扎。
>
> ——《平乐县志》十三章

贪嗔痴,是佛教所谓的"三毒",《金瓶梅》的题材也是人性中的这些弱点,虽然相较于《金瓶梅》,《平乐县志》在各个方面都要保守很多,颜歌的下笔不够狠辣,但这也因为她这部小说的重点本不在男女的情欲。在先前的《我们家》中,颜歌写了一个在情欲和孝顺之间百般周旋的凡俗的父亲,《平乐县志》则试图写出一个被强烈母性煎熬着的凡俗的母亲。

叶小萱谈不上是这部小说的主角,她的女儿陈地菊和她的亲家公傅祺红似乎才是这部小说的主角,颜歌自己在访谈中也谈到过小说的主人公是县志办即将退休的副主任和其三十岁出头的儿媳妇,小说中显然也有相应的两条叙事线,叶小萱似乎只是其中穿针引线的角色。但或许因为篇幅的关系,陈地菊和傅祺红这两条叙事线发展得都还不够充分,读罢全书,最令我们关心的人物,恐怕还是叶小萱。她是那个会在小镇上继续顽强生活下去的妇女,不会自杀也不会逃离，还会继续在种种浅尝辄止的痴心妄念中挣扎，我们每个人都会在生活的某个时刻遇见她。

3

《平乐县志》还有两个从古典小说那里学到的优点。

一是对于"无事之事"的在意。作者在戏剧化情节的时间叙事之外，专心经营着一些相对静态化的空间场景，比如叶小萱、吴三姐、蒋大嫂她们的麻将局，比如傅祺红的家庭晚餐，比如傅丹心拿手的纸牌游戏"诈金花"，还有傅祺红和马向前的乒乓球局，都写得声色毕现，妙趣横生。这其中，牌局和宴席是古典小说里也常见的场景，而乒乓球局倒是颜歌新的创造。

> 两个老朋友趁着午休时间到工作大楼的运动场来打乒乓球，你来我往正杀得激烈。马向前这话音刚落，傅祺红手上的板子差点甩脱了。
>
> "唉老马，这些话不能在外头说哦！"他赶忙招呼。
>
> "嗨！"马向前反手铲球，又快又准，"你怕啥，这又没人！"
>
> 他们这乒乓球桌子的确是靠在墙边边上，现在又只有他们这一桌在操练，周围十几二十米都是空空荡荡。
>
> 傅祺红勉强把球接起来，回身踩实了，把腰杆沉下去。"还是要谨慎点！说不清楚。"他说。
>
> "老傅啊老傅，"马向前摇摇头，"你这人啊就是这毛病，太谨小慎微了！我看到你我都累！你怕啥？现在一个你老傅，二个我老马，我们都是退休倒计时了，过完这一届就拍拍屁股走人，该养花养花，该种菜种菜，总之都要下课了！"
>
> "还是得站好最后这一岗啊。"傅祺红失了一个球，转身跟过去把球捡回来了，又扬手发出去。
>
> "那是！"马向前笑，"这么多年的关系了，我还能不了解你？你老傅一不爱钱，二不爱权，无非就是关心你那著书立说、定史修志的事情——不然我干啥要去给德霖打招呼，喊他一定要全方位支持你，把这二十年大县志弄好？"
>
> 傅祺红这才反应过来，肖德霖是以前马向前在政府办的得力助手，马调起去了人大，肖才就被提上来了。
>
> "哎呀老马，看来我是要感谢你啊。谢谢，谢谢了！"傅祺红说。
>
> "谢啥谢，一句话的事情！"马向前说，"先不说那闲话，实际上我

这头有个事情,是想找你帮忙的。"

"你说!"傅祺红吊他一个短手,"你有啥事我肯定帮忙嘛。"

这个球桌子上一弹飞出去老远,马向前小跑到篮球场边上才捡起来,又走回来。他把球捏在手上不发,先把话说完了:"……其实也是个一句话的事情:你们办公室那副主任的位置,我们考虑让吴文丽来坐,由你来提个名,如何?"

乒乓球的你来我往和两人谈话中的机锋往来,构成一种奇妙的对位法,这种对位法也体现在诸如牌局和饭局的描写中。这些日常娱乐与吃喝闲谈是普通人的快乐所在,它们可以周而复始地存在下去,是古典小说创造出来的一些悠长的瞬间,像巴赫的音乐,可以让我们栖息其中。

二是叙事针线的缜密与叙事节奏的顿挫。这是一部值得重读的小说,在重读时我们会处处感受到作者行文中许多细小的用心。比如第一章叶小萱因为女儿陈地菊推掉自己苦心介绍的相亲对象并自顾自谈了个恋爱,遂痛骂她道:"你上次就是这样,交了个啥样子的人,把自己都整臭了!弄得那么好的工作都不要了!"仔细的读者多少有点不明所以,要到第五章龙刚借酒醉调戏陈地菊不成,才说出谭军这个名字,再到第七、八章,陈地菊和谭军的恋爱史才被仔细交代出来。再回想第三章描写陈地菊和她的爱人傅丹心第一次在宾馆发生关系,傅丹心没带避孕套,陈地菊指点他去洗手间看看,说一般酒店都有。这里也是埋了一个伏笔,表示陈地菊之前也有过类似的经验。

又比如围绕傅祺红给了儿子傅丹心买房付首付的那十万元钱,先是第三章傅丹心听说陈地菊要出首付,就闭口不提有这十万元的事;然后在第五章傅丹心和好友刘毅文的聊天中提到一句投资的事,说每月有一万元收益;一晃就再到了第八章,傅祺红得知傅丹心私吞了十万元,就要他拿出来,这才逼得傅丹心躲到刘毅文家,并说出十万元投资被黑社会朋友龙刚骗了的事,而他的不回家却引发陈地菊误会,以为她和谭军的情史被龙刚告诉了傅丹心;随后傅丹心依靠刘婷珊的关系要回了投资,但也因此牵连进更深的黑社会网络中,最终被陷害。这里面草蛇灰线,叙事反复穿插倒错,又有各种"接榫"的技巧(即"一件进行中的事情被提前纳入邻接的另一个情节,不露马脚地为引出新的情景起桥梁的作用"。参见浦安迪《中国叙事学》),以及不动声色的反讽,可以说深得古典小说文法之堂奥。

类似的例子还有很多。又比如范大成这个角色,我们第一次见到他是在第六章末尾的傅祺红日记里,范大成是刚从县报调到县志办公室的年轻人,却被当时的县志办主任余先亮委以重任,傅祺红在"今日工作"中如是记载：

> 我清楚得很，余先亮这么做只不过是为了气我，但他着实是公器私用、本末倒置了。范大成一个县报借调过来的，对县志工作根本不太熟悉，还是个小年轻，哪能当这统笔？罢了罢了，看来这《1996—1998年鉴》注定要打倒了。说起来，这也是余在任上的最后一本年鉴了，他居然为了赌一口气，把这事办得如此不漂亮。按理最后这一本是来给他盖棺定论的，结果成了口草棺材。正是可恶之人必有可怜之处啊。

傅祺红对范大成早有戒心，后来县志办又来了个吴文丽，挤掉了范大成的编制名额，让傅祺红终于松了口气。范大成被迫回了《永丰县报》，继续做记者，最后竟然也熬成了社长。多年后，两人相见，倒是其乐融融，范大成邀傅祺红一起去诗歌节，又主动要替傅祺红解决儿媳陈地菊调工作的事，撩拨得傅祺红忘乎所以，随后就不声不响地给傅祺红下了个套子，让他背上了陷害县委书记的黑锅。官场中的机心险恶与波谲云诡，由此得见一斑。傅祺红一贯以稳重端正自居，但在退休前意外被扶为正职之后，竟然得意忘形，马失前蹄，栽在当年自己瞧不上的范大成身上。这里面也有作者很深的反讽在。

还有第七章结束时，傅丹心被自己的老丈母叶小萱捉奸在床，但到了第八章，我们会发现这个看起来火爆万分的情节被刻意搁置延宕了，仿佛一切都没有发生。小说悄悄地转到了下半部分，我们读者一直在等待捉奸在床这件事的后续，但没承想更凶险的事情正蜂拥而来。这种延宕和反高潮的技巧，也是从古典小说中习得的。

在《平乐县志》里，几乎每个人都在不停地装假说谎，无论是在谈话中还是在日记里，作者让我们看到虚伪并不是什么十恶不赦的道德缺陷，而是一种人人有之的日常行为。谎言是一个家庭乃至一个社会的润滑剂，是我们从小进入学校学会的第一堂课。艾略特在诗里有言，"人类不能忍受太多的真实"，现代小说家多半要把真相撕开了给人看，但古典小说家们却往往点到即止，知道体谅和尊重人性的弱点。

4

《平乐县志》以叶小萱在东门城墙下头"说哀怨"开始，却结束在"希望"这个词语上。这里面我想也有颜歌很深的寄托。

特里·伊格尔顿在《无所乐观的希望》一书中仔细辨析过希望和欲望的不同:"希望比欲望更为积极。后者围着匮乏感打转,前者却将这种不安和一定程度上紧张的期待混在一起。……希望源自欲望,但和普通的欲求不同,它又在其中加入了些许的轻快。在尚未到来的幸福和我们当下的处境之间,有一种可被觉察的联结。……在希望和欲望之中都有当下和不在场之间的相互作用,未来于向往中依稀被带至焦点。然而,和欲望不同,强有力的希望却不单单在现实的渊薮之上盯住将来的满足,而是对其实现有快乐的期待,通过在当下之中辨出未来的征象和确定性,将某种欣快感和未来的不完全感融汇于一起。正如恩斯特·布洛赫所说,'幸福的当下同时也被理解为对未来的许诺。'与之相比,欲望在多数情况下并不令人愉快。那些有欲望的人不苟言笑也不翻跟斗,而怀揣希望的人可能就不同了。"

欲望指向特定的满足,满足之后又会滋生新的欲望,而一旦这种满足被阻断,一旦确信无法获得满足,绝望感就会油然而生。相较而言,希望就显得要包容很多,怀揣希望的人愿意接受某种未来的不确定,那种不确定的期待本身就足以令他感到幸福。

当代中国小说更为着力的,是复杂个体的复杂欲望,以及由此引发的失败感和绝望感。它们大多数确实很难让普通读者感到愉快,如果它们能够安慰到我们,也只是因为我们从中看见了自己的影子。相较而言,古典文人小说的作者更关心的,却是市井小民的单纯希望。此种关心,并非"通俗"二字可以解释和涵盖,这里面有一种中间阶层的文人作者"普化凡庶"的志向,不同于自上而下的精英教化,类似"三言二拍"这样的拟话本小说和《金瓶梅》、《西游记》、《水浒传》、《三国演义》等长篇章回小说,通过融汇大小传统和沟通上下阶层,共同参与建构和形塑出当时的"社会一般宗教生活"(参见赵益《普化凡庶:近世中国社会一般宗教生活与通俗文学》)。这有点类似于基督教文学对于西方大众文化所起到的作用,而在"信、望、爱"这三种美德中,希望是最容易被普通人接受并施行的美德。"和所有美德一样,它是后天习得的以特定方式去思考、感觉和行动的习惯。希望必定属于一种生活形式,而不简单是一次性的事项"(参见伊格尔顿《无所乐观的希望》)。

在《平乐县志》中,几乎每个人物都怀揣着希望。叶小萱的希望是女儿嫁个好丈夫,婚姻美满;陈家康的希望是家里红旗不倒,外面偶尔见见女网友;陈地菊的希望是买个小房子,和相爱的人安稳度日;傅丹心的希望是多赚点外快;傅祺红的希望是退休前可以从副主任提拔成正主任,连他最终选择自杀,也更多是出于一种保护家人的希望和结束羞辱的希望……这些希望，朴素实际，毫不过分，但正是这些简单素朴的希望支撑着市井小民的生活，进而成为人类社会生活的基本形式。我们要了解他人潜藏的欲望，或许需要依赖精神分析或意识流的探索，但日常言行举止的展现和描写就足以暴露出一个人的希望，《平乐县志》的用力之处正在于后者，它有力地表明，是希望和随希望而生的快乐，才是生活的根基，而文学的要义之一正是教会人希望，而不仅仅只是教会人怀疑和愤怒。

这种希望的力量还在于，它可以承受希望的破碎，因为这同时就意味着新的希望的产生。"当我们希望的目标最终被揭去面纱，我们才会知道自己所希望的是什么"（伊格尔顿《无所乐观的希望》）。小说最后，陈地菊一边卖掉了房子一边看完了《荆棘鸟》，准备去澳大利亚留学，作者知道她的希望或许就将破碎，但仍把"希望"这个词语留在了最后：

  陈地菊一个人往前走，想着自己即将要踏上的路，要去到的地方。她似乎还没有听到那尖锐的悲鸣，心里面依然充满了希望。

而要理解这样的希望，你就不能只是一个外部的或始终处于逃离状态的观察者，而要设法成为一个置身其中的生活者。现代"侨寓文学"和当代"小镇文学"的一个共通点在于，作者都是站在他所书写的那块乡土之外，是借助某种外部眼光审视着那块乡土，而书写平乐镇的颜歌虽然也处在平乐镇之外，但或许因为她身处的位置足够远，远得让她可以从某种更宏阔的时空参照系中去看待那一小块乡土，像茫茫太空中穿过虫洞抵达童年的探索者。

《平乐县志》这部长篇，据说是颜歌平乐镇系列的最后一部，如果拿它和这个系列最初的《五月女王》相比较，其风格的不同就仿佛是在跷跷板的两端，就仿佛是舍伍德·安德森遇见了桑顿·怀尔德（一位在中国长大并深受中国古典文艺影响的美国作家）。而颜歌就是这样从跷跷板的一端一步步走向了另一端，用十五年的时间，从"小城畸人"走向了"我们的小镇"。

[特约编辑：吴　越]

昆仑海

海 飞

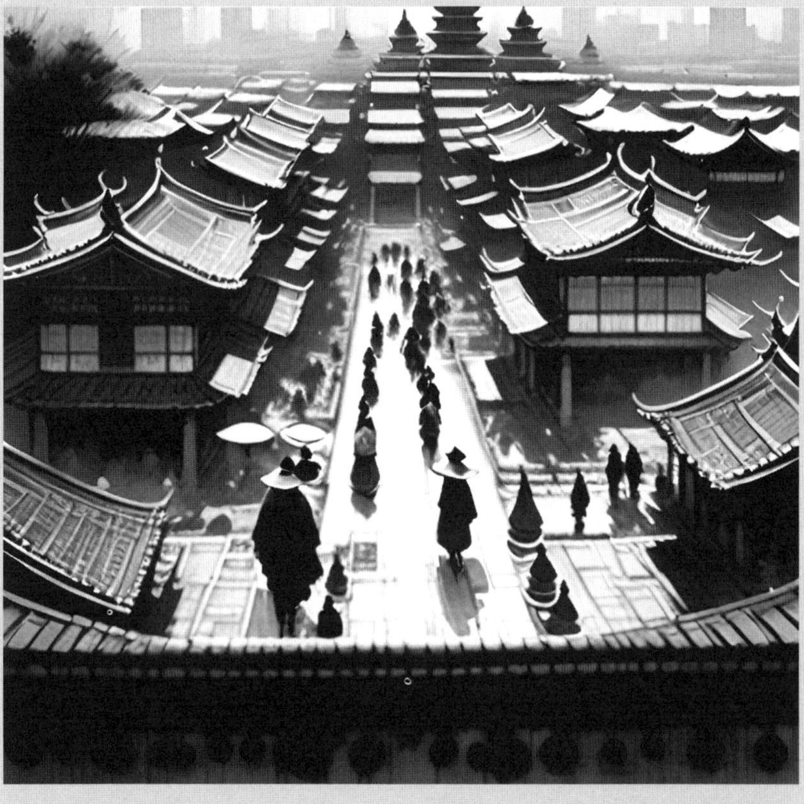

第壹波　　日落紫阳街

1

杭州，春分。昆仑一个人一匹马，冲出位于城东的候潮门，瞬间在驿道上奔跑成一道闪亮的光。

万历三十五年的春光在昆仑的视野里，像海浪一样连绵铺展，昆仑抱紧马脖子，他看见春风肆无忌惮地迎面撞来，味道香甜，来自于青草以及花粉；也望见牧童放飞的风筝，似乎给天空送去一件鲜艳的衣裳。可是在一个能听得见不远处水声的路口，疾驰的昆仑却猛地勒紧马缰，差点就跑错了方向。他拍了拍阿宝的脑袋，说你是不是也看花眼了？不许开小差，现在往右拐，咱们一起去台州。

阿宝是昆仑胯下的那匹骏马。它之前的主人是皇上。

如果让时间回到半个时辰之前，昆仑还在浙江巡抚甘士价的府上陷入一片手忙脚乱。那时候他正趴身在鸡窝里，掏出一枚刚刚产下来的热烘烘的鸡蛋，然后又在那只不明所以的母鸡的一路追随下，风风火火奔去甘士价的八仙桌旁。在宽阔又光滑的红木桌面上，昆仑有个宏大的理想，想让余温尚存的鸡蛋奇迹般地站直，犹如一只稳扎稳打的酒盏。按照杭州人的说法，春分日里要是能竖起一枚新鲜的鸡蛋，这辈子想不风光都难。昆仑来回试了很多次，让巡抚甘士价瞪着那双六十二岁的眼睛，始终提心吊胆；也让地上等待已久的母鸡，扭酸了歪来歪去的脖子。

礼部郎中郑国仲像从地底冒出来似的，突然出现在巡抚府。他是当今国舅爷，上个月刚从京城赶来杭州。郑国仲抓起再次倒下来的鸡蛋，在八仙桌上啪的一声敲碎，将流淌的蛋清及蛋黄一丝不漏倒进了嘴里。然后他歪过头，似笑非笑地对昆仑说，你去一趟台州，帮我取回一封信。

昆仑抽了抽鼻子，在郑国仲嘴里飘扬出的蛋腥味里，闻到了谎言的气息。所以他安静地笑了笑说，国舅爷让我亲自出马，难道只是为了一封轻飘飘的信？

那你认为是什么？

可能是来自海防前沿的情报。

郑国仲就不再吭声，将蛋壳在手里浑然不觉地捏碎。过了一阵他说，去台州你还有另外一个任务，就是暗中押送一名死刑犯。将他押解回杭州，下个月在武林门问斩。

至于为什么是暗中押送，郑国仲很长时间没有解释。他只是望向院子里零碎的阳光，像是望见遥远的台州城，城外那片波光粼粼的海，广袤而且深邃。很久以后他闪了闪眉头，继而又转眼一笑，对继续提心吊胆的甘士价说，只不过是一些倭寇而已，甘巡抚也用不着担心。

昆仑听完这句，耳边顿时响起粗粝的海风。他几乎已经看见海浪翻滚，也看见翻滚的海浪将倭寇的小船冲上台州海域的沙滩，然后赤脚的倭寇一路前行，到达戚继光将军早年在台州城所修建的那段海边长城的脚下。在那场虚幻的海风中，昆仑又听见郑国仲说，春分日里是要吃春菜的，杭州的春菜是不是要跟鱼片一起滚汤？

郑国仲接着说，吃完了春菜，昆仑你就可以出发了。

2

经过三个多时辰的长途奔波，从杭州出发的昆仑，在这天傍晚准时到达了台州城的紫阳街。在他后来向朝廷提交的"万历三十五年出征台州谍情秘录"里，那排密密麻麻的文字当中，他提到这天傍晚时分当自己出现在预定的接头地点时，发现甲十八号密铺已经是一片大火焚烧过后的废墟。那时候黄昏刚刚降临，而跟随落寞的黄昏一起到来的，还有一场蓄谋已久的春雨。

春雨寒凉，昆仑坐在黄昏的马背上发呆。他听见胯下的阿宝打出一个细小的喷嚏，声音类似于即将绽放的花蕊，突然被劈头盖脸的雨点所击碎。此时他目光彷徨，望向丽春豆腐坊的断墙残壁，以及雨水中无声飘荡的焦烟，感觉紫阳街的这场大火，实在烧得有些居心不良，甚至是心狠手辣。昆仑后来从马背上跳下，抹去残留在脸上的雨水，等到整个人清醒过来一半，才隐约听见一阵若有若无的琴声。他感觉琴声缥缈，好像是弹琴人的往事不忍回首，也或者是凝望一段潮湿的记忆。

位于紫阳街甲十八号的丽春豆腐坊，是朝廷设在台州城的地下密情枢纽，其刺探收集的倭寇敌情，主要针对窝藏在浙东及浙南沿海的各类奸细与叛贼。浙江拥有长达千里的海岸线，沿海六座府城，总共设置防倭要塞十个卫以及三十个所，驻扎兵力不少于五万。然而就连统领这些卫所的左军都督府，以及常在紫阳街上打马经过的台州知府刘梦松，也从不知晓关于紫阳街上丽春豆腐坊的真实内幕。

离开杭州之前，昆仑已经从郑国仲的嘴里得知，豆腐坊密铺是由京城锦衣卫直接设立，而其掌握到的所有密情，在经过郑国仲之手后只送往一处，那就是万历皇上朱翊钧的豹房。

在《万历三十五年出征台州谍情秘录》里，昆仑后来还提到，这天被雨淋过的紫阳街异常阴冷，大火洗劫后的丽春豆腐坊已经倒塌在雨水中轻微地喘息。黄昏将昆仑包裹，海风从东边天宁寺方向吹来，凌厉并且萧瑟，笔直钻进他单薄的衣裳。在那场令人颤抖的倒春寒中，昆仑在火场里弯弯曲曲转了一圈，依次发现了三具烧焦的尸体。郑国仲之前告诉他，豆腐坊密铺里的三名伙计，全都是朝廷蛰伏在台州的暗桩，而其中昆仑要接头的那人，代号"玉竹"。现在昆仑望着那些浸泡在雨水中的尸体，三张焦糊的面孔，让他实在无法判断谁是"玉竹"。至于他要带回杭州交给郑国仲的海防情报，则更加显得没有着落。

昆仑站在雨中，凝望琴声传来的方向。透过缠绕的雨雾，他看见一个目光明亮的白衣男子，也或者是少年。少年的双手在湿润的古琴上缓缓经过，如同在傍晚的水面上漂过。而那细碎的琴声，则传达出一片久远的寂寞。他要过一阵子才知道，这个青涩的犹如被雨淋湿的竹子一样的少年，叫作笑鱼。他还将知道，笑鱼在两个月前来到台州府，到紫阳街的无人馆里学琴。教他古琴的人名叫丁山，据说是个沉默寡言的女子。

但是此刻昆仑并不知道，当他沉浸在笑鱼的琴声中时，已经被一个名叫陈五六的人盯上了。

3

陈五六当然姓陈,有着一丛坚硬而且朝气蓬勃的胡子。在店铺林立的台州城紫阳街上,他已经延续了很多年的人五人六。

陈五六此刻整个人油光发亮,窗外的倒春寒拿他一点办法也没有。在紫阳街南街口的聚兴楼二楼包房,陈五六全身发烫,感觉炎热的夏天就在急匆匆专门为他赶来的路上。因为刚刚吃完一场丰盛的海鲜,而铁皮火炉中的炭火又燃烧得很旺,所以陈五六汗流浃背,恨不得扒去身上所有繁琐的衣裳。他还想跳进附近那条宽阔的灵江,抓回一条肥美的鱼,当场用来红烧,或者是撒上几粒盐烧烤。

跟往常一样,吃过海鲜以后,陈五六就要给自己泡上一壶天台山华顶云雾。壶里的水将要烧开,陈五六望向火炉中熊熊燃烧的炭火,仿佛看见昨晚丽春豆腐坊那场尽情肆虐的大火。他冷笑了一声,不禁为自己引火焚烧的壮举而自豪。这时候有个名叫拿酒来的伙计气喘吁吁地奔来。拿酒来有一双歪斜的眼睛,它们一年四季都很倔强,始终朝着地板的方向歪斜。现在他擦了一把因为奔跑而泄露出来的口水,在给陈五六递去一片紫阳街刚刚出炉的天王顺海苔饼时,按捺不住心中的急躁,向陈五六禀报说:甲十八号出现一位年轻的后生,他娘的,刚刚骑马赶到。陈五六不吭声,拿酒来就补充道:那人皮肤有点黑,不白。可能太阳晒得比较多。但是我们台州城的雨,刚才已经毫不客气地把他淋透。

陈五六咬下一口心爱的海苔饼,闻见烤熟的芝麻的芳香。他将滚烫的海苔饼迅速翻转,说,能不能不要绕弯,直接跟我说重点?拿酒来就十分用力,想让自己歪斜的视线从地板上抬起来。他跑到陈五六右手边,朝他那片完美无缺的耳朵说,那家伙牵了一匹上好的马,马蹄钉了十分昂贵的铁掌,它比台州城所有的马高出了半个头。陈五六甩了甩耳朵说,高你个头,你快要把我急死了,我让你说重点。拿酒来就再次使劲回想,最后终于灵光乍现。他说,哥我想起来了,那家伙在向笑鱼打听……

打听什么?

打听丽春豆腐坊那场着急忙慌的大火。

陈五六听完不再急躁。他不声不响提起茶壶,倒出其中烧开来的华顶云雾茶茶汤,又在里头加了一瓢冷水。接着他不慌不忙卷起袖子,将油腻又带有腥味的双手安静地伸进青花瓷的汤盆中。水温正合陈五六的心意,此时他慢吞吞地洗手,其间又抬眼望向桌旁那些长短不一的鱼骨,以及刚刚吃剩下来的海螺与贝壳。最后陈五六摸了一把左边的脸,并没有摸到一片本来就应该有的耳朵。所以他声音斩钉截铁:朝廷的狗,弄死他!

4

雨点停住,紫阳街上的灯笼渐次点燃,像是在昆仑的眼里托起一条蜿蜒的河,河水有着血红的颜色。关于豆腐坊的大火,刚才他跟笑鱼打听过了,问他火是从什么时候开始燃烧的,笑鱼说夜里丑时。

烧了多久?

两个时辰后熄灭。

昆仑又问火是从哪个方向开始烧,为什么没有人救火?

笑鱼的眼神覆盖一层昏暗的暮色。他

说，我什么也没看见，刚才告诉你的一切，全都是因为亲耳听见。

拿酒来带着一帮弟兄冲向丽春豆腐坊时，明晃晃的刀子切开那排灯笼血红的光晕，瞬间让整个紫阳街显得充满杀气。路上拿酒来碰见一群调皮的番鸭，番鸭正在啄食一条想要夺路而逃的蚯蚓。拿酒来认为好鸭不挡道，所以心中特别恼火。他吼了一声让开，身姿矫健地越过番鸭的头顶，如同跃过宽阔的战壕。然而当拿酒来气势汹汹着奔向豆腐坊时，却没想到昆仑已经在豆腐坊行将倒塌的窗口，在那堵颓败的泥墙上，发现了许多处烧焦的血迹。昆仑凝视绵延的血迹，看它一路延伸，最后到达一处散落着黄泥的废墟。他蹲下身子，在废墟上先后捡起几枚铁质的箭头。

昆仑将锋利的箭头在袖子上擦亮，就看见每个箭头的中央，分别烙印着一个细小的"左"字，左边的左。昆仑问笑鱼，台州城有哪些人姓左。笑鱼目光安静，说至少在紫阳街，他还没听说过哪户人家姓左。

昆仑想总会有眉目的，反正他需要找到箭头的主人。现在他已经确定，豆腐坊是毁于一场人为的纵火。之前他观察了豆腐坊的前后两道门，发现两扇烧焦门板的外侧，漆面上都有几道深刻的划痕凹槽，凹槽中残留着零星又新鲜的杉木碎屑。这样的一幕几乎让昆仑清晰地勾勒出昨晚大火的惨烈：当火灾发生时，豆腐坊里的"玉竹"和另外两名暗桩战友想要推门逃生，门板却被靠在外头的杉木棍给牢牢地顶住。加上现在的几枚铁质箭头，他又完全可以想象，当门被堵住时，"玉竹"他们奔向了窗口，想要翻窗逃离。然而窗外同样有人把守，那些人当即射进一排暗箭，射中"玉竹"，血液喷溅在窗边的泥墙上。于是"玉竹"倒下，被蔓延的大火所吞噬。由此，掉落在黄泥堆中的箭头也有了答案，那是几支射偏的冷箭，由于大火足足焚烧了两个时辰，木质的箭杆已经被烧成灰烬，只能留下几根铁质的箭头。

很明显，作为锦衣卫北斗门在台州城设置的密情枢纽，丽春豆腐坊已经暴露。隐藏在台州的倭寇势力，借助一场大火，将它在深夜里剿除。昆仑望向街面上一整排摇曳的灯笼，感觉它们氤氲的红色遥远又深邃，容易让人想起四个字：杀机四伏。

5

拿酒来带了六个弟兄，总共携带着七把刀子。他噌噌噌噌奔到豆腐坊门外时，对笑鱼没完没了的琴声感到厌恶。此时他看见昆仑蹲在废墟的中央，捡起一枚黝黑的箭头。接着昆仑非常仔细地将箭头擦亮，摆在手中端详，那样子好像是在擦亮一件精美的瓷器，还要设法研究出瓷器的花纹和产地。拿酒来等不及了。他猛地吹出一声口哨，却因为漏风，声音显得有些像是冒牌的哨声。他怒气冲冲挥了挥手，所有的手下便向昆仑恶狠狠地围拢了过去。

昆仑望向逼近过来的刀光，紧锁的眉头渐渐舒展开。他又盯着拿酒来手上晃来晃去的刀子，笑眯眯着不紧不慢地说：喂，你是不是姓左？

拿酒来骂了一句左你个乌龟头。他实在有点摸不着头脑，奇怪怎么有人死到临头了，竟然还在意他姓什么。他卷起袖子狞笑了一下，气势汹汹着抬腿，踢向脚边一堵碍手碍脚的矮墙。脆弱的矮墙应声倒下，拿酒来就要挥刀奔向昆仑时，却看见他突然就从地上飞起,像是凶猛的老鹰那样飞起。

此时拿酒来眼睛都看花了,他以为那只老鹰要扑向自己,却发现老鹰在空中走的是另外一条路线。他看见昆仑竟然笔直飞向了弹琴的笑鱼。他也同时听见笑鱼身后的那堵墙壁迷迷糊糊呻吟了一声,好像是十分疲倦。接着呻吟声变成了撕裂般的哀嚎,于是整堵墙壁就变得很不争气,顷刻之间轰然倒塌。尘土飞扬,脚下的豆腐坊在剧烈地摇晃。拿酒来还没搞清楚到底是怎么回事,却见到抱着笑鱼的昆仑已经在暮色中飞出,将纷扬的尘土甩在了身后,飞到远处后又稳稳地落下。

拿酒来像筛子一样发抖。他知道正是由于自己踢断了那截矮墙,笑鱼身后的墙壁才会因为失去支撑而像沙雕一样倒塌。刚才令他眼花缭乱的一幕同时也让他震惊,眼前的昆仑绝对不是一个容易对付的家伙。但是拿酒来不想退缩,因为紫阳街是他大哥陈五六的地盘。拿酒来豪迈地指着昆仑道:你以为你飞得那么快我就怕你了吗?还不快过来送死!拿酒来话音未落,就看见昆仑的手腕轻轻一抖,送出三道黑色的光线,犹如黑色的闪电。此时他只是听见风中一阵呼啸,便发现身边的三名手下已经在同一时间里倒下。倒下的时候,那些人的喉管已经无一例外地被一支黑色的铁箭头所穿透。

昆仑走向拿酒来,问他,是谁派你来的,说出来我可以饶你一命。拿酒来却脚底抹油,扔下刀子后瞬间奔跑得像一只出笼的兔子。

昆仑并不想追赶。他捡起地上的长刀,发现刀背上同样刻有一个左字。这时候笑鱼的声音像清晨里的琴声一样响起。笑鱼

说救命之恩无以为报,但这位大哥我可以告诉你,刚才那些人是陈五六的手下。

陈五六是谁?

陈五六在紫阳街上人五人六,我听说他爷爷叫陈大成,曾经是戚家军的前锋左哨。

昆仑扔下那把长刀时终于笑了。他说好一个前锋左哨,那么陈大成的这个宝贝孙子,脖子上的脑袋铁定就保不住了。

在昆仑的"出征台州谍情秘录"里,关于这天傍晚接下去的时光,他还记录了另外两件事情。首先是夜幕降临时,来自无人馆的琴童过来接笑鱼回去,那时候昆仑才发现,原来笑鱼的眼睛有病,他是紫阳街上众所周知的瞎子。昆仑看见笑鱼缓慢地伸出一只手,搭上名叫寸草的琴童单薄的肩膀,然后转头,对他浅浅地一笑,说我在无人馆学琴。我师父叫丁山,她是个好人。师父说学琴能够安神静气,养肝明目。笑鱼还说紫阳街上的所有人都喜欢师父的琴声,可惜师父从来不出门。说完笑鱼跟随着琴童,一步步行走在幽深的紫阳街,如同走进一场幽深的梦境。他一身洁白的衣裳,飘逸而且轻柔,仿佛站立在游船的甲板,漂浮在微波荡漾的河流。路上笑鱼跟琴童寸草说,自己的琴没了,那把他十分珍爱的古琴,被埋在了倒塌的墙脚下。寸草说,师父很担心你,她刚才弹琴的时候突然断了一根弦。笑鱼凝思了一阵,说,人有旦夕祸福,天有不测风云,就像谁也无法预料豆腐坊昨晚的那场大火。

昆仑在谍情秘录中记录的第二件事情,是关于他引以为豪的骏马阿宝。当笑鱼的背影在紫阳街上消失,昆仑看见阿宝站在一处寂寞的墙角。阿宝喷了喷鼻子,又反复嗅闻着地上一丛碧绿的叶片,它似乎还

242

没有想好，是否要对那丛不像青草又像青草的叶片下口。昆仑过去抚摸阿宝的脖子，蹲下对着叶片仔细端详。他摘下其中一片叶子闻了闻，接着就拍了拍阿宝的脑袋说，还好你没有贪嘴，不然就犯下了一个天大的错误。

在台州城陌生的夜色中，阿宝转头，目光有着彷徨与疑惑。它后来听见昆仑说，你可能已经忘了，这是玉竹。我记得三年前的那个秋天，皇上把你送给我的时候，京城西郊的那片松树林里，也长着许多这样的玉竹。

阿宝打出这一晚的第二个喷嚏，表示它也同时记起了三年前的秋天。它将脑袋搭上昆仑的肩头，望向暮色沉沉的台州城，以及那排流光溢彩的灯笼时，仿佛见到了三年前遥远的京城。那时候它驮着曾经的主人，穿行在灯火通明又歌舞璀璨的夜市。街道两旁的行人一茬接一茬地跪下，跪在它英姿勃发的马蹄边，跪好以后又声情并茂地高喊：皇上万岁！

6

阿宝的回忆继续深入，深入到三年前的九月初四，京城西郊一片不为人所知的松林冈。那天的天空蓝得发慌，在浓郁的松木芳香中，阿宝总是觉得鼻子很痒。

而在昆仑的记忆里，万历三十二年夏秋交替的时节，每天从早到晚，他眼里一直充斥着刀光剑影，耳边也回荡着昂扬的厮杀。只不过那样的厮杀虽然令人汗流浃背，却跟血腥无关，因为那是一场延续了好几个月的封闭式集训。而集训的秘密开展，则意味着属于京城锦衣卫麾下的一支特殊组织——"小北斗"的成立。"小北斗"的旗下，清一色都是十来岁的少年。

时间到了八月初四，那片后来被命名为"北斗冈"的松林外围，突然就戒备森严，里里外外增添了三道防护圈。负责现场防守的人员，全都是飞鱼服在身，手提绣春刀，清一色的锦衣卫。松涛阵阵，阳光在铺满黄沙的操练场上豪迈地走过，昆仑带着手下的几个弟兄出现在平常用来休憩的院子时，看见一个其貌不扬的中年人正坐在一把非常普通的靠椅上，双目微闭。此时林中鸟声四起，偶尔还夹杂着零星的蝉声。昆仑局促地看了一眼召唤他入场的郑国仲，听见他说，你没猜错，那是如假包换的皇上。

秋天一下子变得无比辽阔，此时就连将院子团团围住的那片笔直站立的松树，也突然显示出宫廷般的庄严与肃穆。昆仑按了按青春期的喉结，将一声咳嗽勉为其难地压了回去。他感觉皇帝好像就快要枕着蝉声入睡，却忽然听见一阵闯过来的风声，穿插进茂密的松林，继而又抵达细密的松针，如同在一排萧瑟的刀尖上经过。如此安静。

阳光缓缓移动，斑驳地停靠在昆仑的脸上。这时候他看见皇帝的眼睛睁开，如同掀开一件橙黄色的龙袍。皇帝说，你叫昆仑？今年十七？

昆仑愣了一下，说，再过三天就是十七。

那我就当你是十七。皇帝说完这句，似乎并不急着往下讲。他站起以后扭了扭脖子，又捶了捶腰，可能是刚才闭目养神时，那把陌生的靠椅让他觉得不够舒服。接着他仔细看着整齐排列在面前的七个少年，目光从每一张无所适从的脸上掠过，似乎觉得这几个毛头小伙还算是英姿飒爽，

243

配得上即将要分发给他们的绣春刀。想到这里皇帝突然就笑了，话讲得慢条斯理。他说，今天是个特殊的日子，你们要一辈子记在心里。说完皇帝将一双眼睛眯起，如同正午时分，躺在皇宫里的一只满腹心事的猫。他盯着昆仑道，今天为什么特殊？你来说。

今天是小北斗成立的日子。昆仑回答。

皇帝却摇了摇头，散淡的目光流露出一丝沮丧，继而又龙颜舒展，打了半个哈欠道，你只说对了一半。记住了，今天是朕四十一岁生辰的日子。皇帝说完哈哈大笑，说，普天同庆，朕已经安然无恙地度过了四十一年，朕还想再活许多个四十一年。

风继续吹着，把整个秋天吹成一片灿烂的金黄，也似乎吹成梦乡一样的宁静。昆仑听见自己十七岁的呼吸，来自跳动的胸腔中，浑厚有劲，却也十分隐秘。他很想说一句祝皇上寿比南山不老松，可是当眼角的余光中出现那片静默的松林时，又觉得这样的话语多少显得有点轻佻。这时候皇帝又目不转睛地再次盯向他，目光中有着无比的喜悦。皇帝说，昆仑这个名字好，朕喜欢，因为那是一座仙山。皇帝还说，选你来当这支队伍的掌门，朕觉得心里踏实，因为感觉背后有绵延的仙山，祥云缭绕。

昆仑踩着锃亮的靴子，身上的飞鱼服已经湿透。他听见皇帝说，其实什么普天同庆，还有什么国泰民安，那都是嘴巴上讲讲的。朕心里很清楚，天下早就处处暗藏凶险，所以才会想到成立一支"小北斗"。说完皇帝把眉头皱紧，感叹这么一个大好的日子，自己把宫里的寿宴扔在一旁，却要来这片荒郊野外。可是朕认为值得，

朕就是想过来跟你们说一句，你们加入锦衣卫不是享福，而是吃苦。什么叫吃苦？就是为大明王朝刀尖舔血，为朕赴汤蹈火。我啰里啰唆就说这些，接下去你们都听礼部郎中郑大人的。各位小北斗，祝你们好运！

那天在北斗冈，郑大人郑国仲起先什么也没说。他从昆仑开始，将一枚枚精致打造的乌金吊坠，郑重地挂在每一名小北斗队员的脖子上。吊坠是勺子形的，昆仑低头，看见它从左到右，一路点缀着七颗明亮的星星，明显是象征着天上的北斗。这时候郑国仲将第一把绣春刀扔向了昆仑，随即大喊一声：刀人合一，北斗永辉。从现在开始，你们就是皇上手里刺出去的一把把刀子。那么所有的刀子，你们现在都听好了，告诉皇帝，你们一个个都是谁。

昆仑扑通一声跪下，第一个回答，在下昆仑！今年十七！顺天府吉祥院长大，自幼……

自幼什么？皇帝侧头问道。

自幼是个孤儿！昆仑说完这句，便看见一队勤奋的蚂蚁，正在皇帝的靴子上热烈地奔跑。

孤儿有什么关系？皇帝说，你眼前的整个大明王朝，以后就是你的亲生父亲。一个个的，都给我往下说。

昆仑听见一起集训了三个月的弟兄们瞬间跪成一片，声音一浪接续一浪：

在下韭菜！今年十六！来自江苏武进！

在下横店！今年十六！来自金华东阳！

在下胡葱！今年十六！江苏武进！

在下风雷！今年十五！来自绍兴府诸暨！

在下寻枪！今年十五！广东肇庆！

在下千八！同样十五！浙江江山！

244

黄沙飞扬，小北斗的叫喊声在操练场上回荡。这时候皇帝不声不响地抬头，看见一片慈祥的云朵正仪态端庄地停下，而松林中却有许多只潜藏的鸟，在那场少年们的叫喊声中冲天飞起。皇帝望向鸟群慌乱的翅膀，说这些鸟胆子好大，刚才一直在偷听。朕想知道，你们当中谁射箭射得最快？昆仑还未来得及应答，便看见韭菜和胡葱已经同时跨出一步，并且甩出了挂在后背上的弓。

鸟群在头顶四散。皇帝说，你们想射哪只？他话音未落，便听见嗖的一声，两支羽箭已经同时飞向了空中。

被射落的是鸟群中唯一的一只白头鸭。白头鸭掉落在地上，两只腿脚撑了撑，随即从伤口蜿蜒出一团热烈的血。皇帝轻飘飘地瞄了一眼，看见白头鸭在抽搐，脖子上的箭羽在颤抖。他说，是谁射中的？昆仑说，禀告皇上，是他们两个同时射中的。

皇帝顿时一阵迷糊。他皱了皱眉头，就看见队伍中的横店冲出，迅速过去捡起那只白头鸭。横店将白头鸭的尸体展开，现场的众人于是瞬间看清，插在鸟脖子上的，原来是两支贴在一起的箭。

这时候郑国仲狠狠地瞪了一眼横店。郑国仲说，是谁让你出列的？回去！说完他凑到皇帝耳根前私语了几句，皇帝于是迷惑地望向胡葱，看见胡葱摘下额顶的黑纱幞头，接着又甩了甩脑袋，露出齐肩的乌黑长发。

皇帝释然，笑着说还是个女娃子。胡葱上前一步，说，禀告皇上，站我身后的韭菜，是我大哥。我们是来自江苏武进的一对双胞胎，只是看上去长得不怎么像。因为我比他好看。

皇帝噗呲一声笑了，说调皮。这时候他听见昆仑说，其实皇上不用就此惊讶，如今射箭只是雕虫小技，在小北斗里不值一提。

那你给我来点新鲜的。皇帝说。

昆仑于是即刻就从地上嗖的一声飞起，飞向操练场边时，在火器架上凌空抽出一根火铳，随手扔向了胡葱。胡葱也瞬间跃起，接过火铳后在空中转身，啪的一声射出一枚铁弹，当场击中了提在横店手中的白头鸭。白头鸭被射出去很远，横店站在原地，捏了捏手指说，好烫。

这时候郑国仲咳嗽了一声，责怪昆仑刚才这一招有点冒险，万一横店稍一躲闪，中弹的就是横店的手指。昆仑笑了，说国舅爷不必担心，在这个操练场里，横店要是会躲闪，他就不是小北斗的成员了。

为什么？皇帝问。

昆仑回答：既然都是少年锦衣卫的兄弟，就要对各自有信心。

皇帝于是笑了，说，虽然你在狡辩，但听起来好像也没什么漏洞。又说，记住了，你们以后都不允许有漏洞。

7

黄昏在不知不觉中降临，那天皇帝执意骑马，在锦衣卫的层层护送下离开，队伍走到半途又突然停住。远远地，皇帝从马背上跳下，对昆仑招了招手。昆仑一路奔跑过去，正要扑通一声跪下，皇帝却托住他臂膀，说不用太过拘谨。皇帝将手上的马缰交到昆仑手里说，朕决定，将这匹心爱的骏马送给你。

昆仑诧异着抬头，眼里交织忐忑与惊慌，很久以后才蹦出一句：昆仑不敢。

夕阳挂在北斗冈的头顶，皇帝来回抚

摸着骏马，让它雪亮的鬃毛在微风起伏中显得闪闪发光。他说得语重心长：不用想太多，朕只是希望，大明王朝的孤儿，在此后的一生里不再显得孤单。

昆仑的目光瞬间涌上一片潮红，他看见天边那轮夕阳一直不愿意坠落，如同一枚浑圆的金币，静悄悄地挂在天上。那天他目送着皇上离去，看他一步步徒步走下山冈，委顿的身影忽高忽低，像是一个上山采药又要在天黑之前急着赶回去的邻居。他抓着尚且留存有皇上手温的缰绳，看见暮色犹如浓雾一般笼罩。此时他身后的阿宝在他耳边悲怆地嘶鸣了一声，声音很快被迎面吹来的阵阵松涛所吸收。这样的一幕，已经足以让十七岁的昆仑升起无限愁绪。

8

万历三十五年的春分，昆仑在台州府紫阳街上找到收尸婆，让她将丽春豆腐坊的三具尸首送去附近的巾山掩埋。夜色流淌，阿宝凝望堆在推车中远去的尸首，目光凝滞，眼神一片寒凉。昆仑抚摸它的脖子，说，我跟你一样伤心。接下去我们要去寻找凶手，他叫陈五六。

此时的陈五六依旧待在聚兴楼的二楼包房。他站在窗口，将一本卷了又卷的线装《雅人集》凑到眼前。密集的烛光豪放而且奢侈，他口中念念有词：争渡，争渡，惊起一滩鸥……

陈五六突然遇到了难处，因为《雅人集》上接下去的那个鹭字，他不确定到底该怎么读。他一直喜欢背诗，因为背诗让他显得儒雅，气质芳华类似于无人馆里弹琴的丁山。但他现在有点生气，想不通古代的诗人为何要在争渡争渡的后面，用上一个如此生僻的字眼。所以他转头，面向拿酒来轻飘飘地笑了笑，接着就说出一句，我怎么这么幸运，养了你们这么一群废物！

刚才从豆腐坊成功逃亡，拿酒来回到聚兴楼后胆战心惊奔去陈五六的右手边，对着他右边的耳朵，将发生在丽春豆腐坊的一幕汇报得十分详细，其中包括倒塌下来的墙壁，以及差点就要送命的笑鱼。陈五六一句一句听着，听到最后，差点把这一晚吃下去的海鲜给吐出来。他问拿酒来，到底要我提醒你多少次？我虽然只有一片耳朵，但是哪怕你站我左手边，我还是每个字都能听得清楚。他还将滚烫的茶汤泼向拿酒来那张迷惑的脸，从拿酒来的鼻子旁捡去一片湿润的茶叶，说，要是笑鱼有个三长两短，我就会把你剁碎，剁碎以后扔去灵江里喂鱼。

现在陈五六心里很乱。他望向眼底的紫阳街，心想朝廷有什么了不起，还派人过来追查丽春豆腐坊的大火。也不打听打听，我陈五六是谁。然后他让思绪回到从前，回到四十六年前的嘉靖四十年四月，传说中的那场花街之战，尸首遍野。而硝烟弥漫的战场，其实就离台州城不远。那年台州参将戚继光获悉倭寇自桃渚镇登岸，遂命陈大成和丁邦彦两位将军率部赶至花街迎战。轰轰烈烈的战役惊天动地，明军将倭寇团团包围，现场厮杀得血流成河。作为前锋左哨，据说陈大成挥舞一把刀子横冲直撞，深入敌阵当场取下了倭寇首领的头颅。陈五六从小就听父亲讲述那段他们倍感荣光的历史，为他们陈家的荣耀与辉煌而无比自豪。他也跟许多人吹嘘，吹嘘时竖起大拇指，为他十分勇猛又功勋卓越的爷爷陈大成。但他后来才发现，原来自己唾沫横飞讲出的源源不断的故事，一直存在着一处容易让人忽略的差错。那就是他爷爷陈大成其实是戚继光将军的前锋右哨，并非左哨，而真正的前锋左哨是丁邦彦。但是陈五六决定将错就错，因为丁邦彦的孙女丁山跟他很要好。陈五六还穿开裆裤的时候，就跟丁山两人一天到晚奔跑在紫阳街，奔跑得气喘吁吁汗如雨下。有天陈五六抓住丁山的左手，送给她一束胭脂花的时候说，丁山妹妹你听我说，你就让我爷爷是前锋左哨，而你爷爷是右哨。反正咱们两家人不分你我，也分不出谁左谁右。

陈五六想起这些，不免在自豪的同时又心里恼火。他想如果不是因为爷爷陈大成，如今的紫阳街怎么可能这般繁华，说不定早就灰飞烟灭。又怎么能轮到那些朝廷的狗，来台州城里人五人六？

想到这里，站在二楼窗口的陈五六便朝紫阳街吐出一口痰。他看见那口愤怒的浓痰迎风飞舞，也听见街道北边的迎仙坊方向，那排闪亮的红灯笼的尽头，忽然在不经意间响起一阵敲锣打鼓。陈五六放眼望去，望见一条通体发亮的长龙，正在紫阳街那条潮湿的石板路上摇头摆尾，好像是喝醉了一场酒。花龙由一节一节纸糊的灯笼构成，这让陈五六意识到，原来自己的记性竟然有这么差，差点就忘记了这是春分日的夜晚。陈五六记起，每年的春分日，台州城都有一个不甘寂寞的夜晚，因为紫阳街会迎来海边渔民热闹纷呈的花龙滚舞。此时花龙的龙头正上蹿下跳，似乎巴不得把自己的脖子给摔断。而聚兴楼对面的那片空地，因为雨过天晴，那方早在上元节就搭成的戏台上，好像有一场名为《花关索》的剧目正在等待着上演。

9

昆仑牵着阿宝，跟随热闹的花龙，穿行在流光溢彩的紫阳街。酒楼里飘溢出酒菜的芳香，也传来台州人豪情满怀的行酒猜拳，加上公子小姐的风声浪语，已经让疲倦的阿宝觉得这一路上眼睛很酸。这时候昆仑看见花龙正游向远处的聚兴楼，接着又扭扭摆摆，奔向对面的露天戏台。花龙让看戏的人不再关心台上的关索，他们即刻让出一条宽阔的通道。花龙靠近戏台，从南到北转圈。因为发光的身子左右摇摆，又时不时高低起伏，所以台州人的喝彩声经久不息。

陈五六在这时候大摇大摆登上戏台。他将台上的演关索的拉扯到身边，送给他一块元宝，跟他商量说，今天的戏我们两个一起演。我演关老爷，就是丢下你不管，又让你千里寻找的那个爹。你觉得如何？

台下嬉笑声一片，陈五六又从兜里掏出一大把碎银，皱起眉头无限烦恼。陈五六说，春分日总要分点什么，这些银子睡在我兜里我嫌它太沉。我想把它给扔了，大家会同意吗？

叫喊声此起彼伏，人群欢呼着陈公子气派，陈公子威武。于是昆仑觉得，这个姓陈的男人这么风光又这么豪爽，肯定就是陈五六。他盯着陈五六托着碎银的那只手，心想等下要是把它给剁下来，刀口是该切在手腕上，还是直接切在肩膀上？总之陈五六似乎跟自己兜里的银子有仇，而他现在又跟陈五六有仇。

灯盏就在此时来到昆仑的身边，她是回头无岸当铺的老板娘，当铺在紫阳街上开张了很多年。灯盏端着一盏酒，偶尔会用鲜红的嘴唇咪上一小口，酒盏边留下许多枚湿润的唇印。陈五六的碎银像雨点一样洒下时，灯盏盯着掉落在昆仑脚边的银子，觉得像过路的飞鸟撒下来的一堆鸟屎。她问昆仑你捡不捡？昆仑看了她一眼，笑着说，我这辈子最不缺的就是银子。

灯盏笑得跟往常一样妖艳。她眨了眨睫毛很长的眼，在弥漫开来的香粉味中说，你一直盯着陈五六，你的眼光告诉我，你想取下他的人头。昆仑说，敢问怎么称呼？灯盏说，叫我灯盏，就是一盏油灯的灯盏。紫阳街上的所有人，都觉得我非常有女人味。昆仑盯着灯盏裸露的脖子，以及脖子以下欲盖弥彰的胸脯，说，你会不会穿得太少，你喝的是什么酒？灯盏的一张脸即刻变得潮红，她把胸前那块狭窄的肚兜小心翼翼往上提了提，又将几根手指伸进酒盏里，抓出一把酒后瞬间弹向昆仑的脸。灯盏说女人喝的酒就叫女儿红，陈五六不是你对手。你要是想取下陈五六的人头，我可以帮你，我在隔壁的回头无岸当铺里等你。

说完灯盏就像一阵歪歪扭扭的风一样飘走，只剩下撩人的芳香还停留在原地，好像她整个人从来就没有出现过。昆仑抹了一把脸，发现那人弹向自己的酒液已经蒸发，剩余一股酥痒的温热和酒的气息。这时候他望向戏台，才发觉陈五六已经不见了，台上只有继续挥舞着马鞭又一路奔向西川的关索。

10

没过多久，昆仑就再次见到了陈五六的背影。在一条曲折的巷子里，陈五六独自一人赶路，像个蹩脚的戏子。昆仑之所以能够如此迅速地找到这个男人，是因为他是昆仑，是备受皇上器重的锦衣卫小北斗的掌门人。

昆仑准备下手，他没有多余的时间。对这个自称是戚家军前锋左哨嫡亲孙子的家伙，他不允许自己有耐心。但是后来由于一个女郎中的出现，昆仑的计划又被暂时搁浅。这个郎中名叫杨一针，是紫阳街上名为"针针见血医馆"的馆主。医馆在丽春豆腐坊隔壁，两者隔开的距离只有溪流那么宽。所以说在昆仑后来的回忆里，他发现万历三十五年春分日傍晚，当他到达台州城紫阳街的时候，一再碰到各种各样形形色色的面孔。这些人都跟走马灯一样不断出现在昆仑的眼里，其中包括一身白衣过来台州学琴，又被昆仑在危墙下飞身救起的笑鱼；包括喜欢吃海鲜又心狠手辣的陈五六，他缺少了左边的耳朵；也包括腰肢柔软摄人心魄的女人灯盏；以及踩着像风火轮一般的滑板出现在紫阳街的杨一针。

那天当昆仑正要飞身过去拎起陈五六的脖子，南边蜡巷口方向忽然传来一道车轮的滚动声。已经离地的昆仑于是又悄无声息落下。他循声望去，见到一个红彤彤的人影，仿佛一颗飞速流转的火球，十分凶猛地朝他冲了过来。

那天杨一针穿一身火红的衣裳，又背着一个青篾编织的竹篓。她脚下踩了一个奇特的滑板车，总共有四个轮子，支撑起一块长条形的平板。车轮滚滚，杨一针就那样带着一阵热烈的风，瞬间冲到昆仑的身边，又迅速在他眼里走远。她看上去威风凛凛，像是《西游记》里踩着风火轮的哪吒。她走远后又回头瞪了昆仑一眼，说你是不是想找死？

248

声音跟着四个车轮飘远，昆仑看见迎仙坊往北的紫阳街，很快就被杨一针火红的背影拉成一条狭长又鲜红的河。此时陈五六已经再次不见了踪影，昆仑忍不住在心里笑了一笑，觉得这真是一条奇幻的紫阳街。然后他干脆决定改变方向，暂时过去追赶一下杨一针的背影。后来他跟听他讲故事的阿宝解释说，我决定去追赶杨一针，事实证明是有道理的。

这天杨一针的滑板车继续往前，过了白塔桥，过了紫阳宫，又越过被烧毁的丽春豆腐坊，车轮最终是在甲二十号的门前停住。那时候一身火红的杨一针突然飘浮，像是一团跳动的火。她从滑板车上猛地跳下，只是单脚一挑，滑出去的板车就凌空飞起，最终被她给稳稳地接住。

在甲二十号门口，杨一针将滑板车夹在腰间，抖了抖背上的竹篓，抬腿进门时又忽然转身。远远地，她对追赶过来的昆仑突然甩出去一把闪亮的银针。细密的银针扎透夜色，飞向昆仑时携带着尖利的呼啸。杨一针看见昆仑十分轻巧地避开，就说，你到底是在追人还是在追魂？不过我觉得你更像是在找人。

昆仑盯着杨一针背上的竹篓，里面塞满了各式各样的草药，有着山野里的露水气息。昆仑说，原来你喜欢夜里采草药，那么我要找的人就是你。

11

昆仑的判断是对的，杨一针就是他想要接头的代号"玉竹"的暗桩，"玉竹"并没有葬身于昨晚的那场大火。

两人对上接头的暗语，杨一针问，怎么知道我还活着？昆仑说一切都是你在指引，我见到栽种在豆腐坊的玉竹。玉竹不可能长在豆腐坊的墙角，经过一场大火，也更不可能那样郁郁葱葱，就连根部的泥土也那么新鲜。

"那能说明什么？"

"说明玉竹是在大火过后有人移植过去的，提醒我接头人还活着。"

"那为什么确定我就是玉竹？"

"因为你在竹篓边，特意绑了一丛玉竹。"

风吹进医馆的窗口，这时候杨一针在房里点燃第二根蜡烛。为了确保密铺的安全，当初杨一针在紧邻豆腐坊的甲二十号开了一家医馆，以给自己的身份多一重掩护。昨晚烧死在豆腐坊的三人，除了两名暗桩搭档，另外一名则是过来借宿的路人。

陈五六就是幕后的凶手。昆仑说，我会让他生不如死。杨一针说，你太急躁，你刚才不应该对他动手。因为这人的背后还有更加隐秘的势力，需要我们一起调查。

夜已经很深，门外布满积水的石板路上，传来噼里啪啦的脚步声，像是某个醉酒的夜归人。这时候杨一针急忙点燃一团火苗，又抓起一个火罐。火苗沿着火罐口的壁沿燃烧，杨一针突然扒下昆仑的衣裳，即刻将炙热的火罐啪的一声盖上他肩膀。火罐烫得昆仑皱了一下眉头，他看见虚掩的门当场被推开，此时扶着门框站在他眼前的，竟然是陈五六。

陈五六酒气熏天，看见杨一针正在准备第二只火罐，手里抓着一团燃烧的火苗。火苗在药味扑鼻的医馆里晃荡，陈五六觉得，那很像一团幼小又隐秘的心思。这时候他听见杨一针问他，陈公子是想扎针灸还是想拔火罐？今晚最后一单生意，我可以给你打八折。

陈五六打出一个芳香四溢的酒嗝，闻

到聚兴楼里椒盐富贵虾的气息,正从他喉管里热情洋溢地冒出。他说,针针姑娘不用跟我谈打折,传出去容易让人笑话。你知道我陈五六有的是银子,银子那么多容易让人烦恼,就像夏天紫阳街里层出不穷的蚊子。

杨一针不声不响,将第二只火罐扣上昆仑的肩膀。陈五六听见吱的一声,感觉是火罐盖住了夏天里惊飞起的一只蝉。随即他听见杨一针破口大骂,说,本姑娘已经提醒你很多遍,叫我杨一针,不要叫我针针。就像你叫陈公子,本姑娘不会叫你陈蚊子。

陈五六愉快地笑了。事实上他来医馆,既不想扎针灸,也不想拔火罐。他盯着背对着杨一针的昆仑,看见这人肩膀上的肌肉绵延起伏,跟宽阔的后背非常扎实地连成一片。这让他想起刚才聚兴楼为他煮熟的一只无比硕大的石蟹,主要是那只石蟹血红又坚硬的外壳。此时杨一针又抓起一把银针,想要一根一根扎进昆仑的肌肉。陈五六于是很担心,担心那些脆弱的银针一不小心就会扎断了。

银针扎上昆仑的肩膀,一根接着一根。陈五六看见杨一针不停地捏揉银针的屁股,捏得十分细致。他的一只手伸进怀里来回摸索,想要找出那本他所喜爱的《雅人集》,却发现诗集不知什么时候被他粗心地搞丢了,可能就掉落在刚才赶往医馆的路上。后来他放弃寻找诗集的念头,说,针针姑娘我想跟你打听个事,《雅人集》里有一首诗,叫争渡争渡,惊起一滩鸥……鸥后面的那个字,你知不知道该怎么念?这时候陈五六却听见昆仑在第一时间里开口。昆仑笑得比较和蔼,告诉他那个字念路,石板路的路。陈五六于是一下子变得心情很差。他非常气愤地望向昆仑,看他肩膀上扎满银针,很像一只令人讨厌的亮闪闪的刺猬。陈五六说,你真多嘴,我刚才问的又不是你。我知道你是朝廷的狗,也知道狗会吃屎,难道狗还懂得念诗?

昆仑继续微笑,好像自己是个聋子,陈五六的话他一句也没有听见。昆仑说,陈公子我没有骗你,那个字真的是念路,就是走上不归路的路。

陈五六被激怒。他说,你给我闭嘴,别以为老子就怕了你。实话告诉你,丽春豆腐坊就是老子给烧的,我看你能把我怎么样。

杨一针十分安静,在陈五六的叫喊声里,她看见两根蜡烛的火苗在不经意间开始颤抖。此时她捏了一下昆仑的肩膀,又从他肩膀上抽出一根银针。杨一针诧异地说,陈五六你这是怎么了,怎么说来说去会说到丽春豆腐坊的大火?杨一针话刚说完,就有一队提刀的官兵,像潮水一样涌进了她的医馆。带队的人叫张善桥,来自台州府驻守军,是一位声望颇高的把总。张善桥一个跨步走到三个人中间,疲倦地揉了揉眼,说,本官在找人,本官今天心情很不好。

杨一针站在那里丝毫没动,说这里都是人,不知道张把总要找的是哪个。张善桥就捻了捻稀疏的胡须,眼睛眯成一条线,说本官要找的肯定不是像你这样的女人,所以你抓紧时间给我让开,免得我没收了你那些七七八八的银针,以及故弄玄虚的火罐。

四五个兵勇手持明晃晃燃烧着的火把,瞬间冲进医馆的里间,经过稀里哗啦一通搜索,最终又摇头晃脑出现在张善桥的眼前。昆仑说,张把总到底在找什么人,可不可以稍微透露一下,也好让我们帮你一把。张善桥总算放开已经被他捏得很干燥的胡须,说,你以为本官是那么随便开口的人?难道监狱里逃脱一个死囚犯,我也有必要亲口告诉你?

昆仑怔了一下,说,莫非是骆问里?

张善桥张开的嘴巴一直就没有合上,看上去好像是在经历一场轻微的牙疼。此时他举起手中的刀鞘,呛啷一声就将锋利的刀子拔出。然后在火把的照耀下,他非常专心地走到昆仑身边,无比惊讶地盯着他。张善桥想,在他负责的台州城地界,怎么突然就冒出这样一张陌生的面孔,可是说出的话语竟然又跟算命一样准确。所以他情意绵绵地盯着昆仑,似乎盯着紫阳街某户人家昨晚刚刚丢失的一只仪态万方的鸡。

我有点等不及了,张善桥说,快点告诉本官好不好,你,到底是谁?

12

昆仑丢下如临大敌的张善桥,一个箭步冲出医馆,又飞身上屋顶,瞬间在紫阳街的夜色中消失。路上他听见暗哑的狗叫,也看见整条沉睡的街道所有店铺都店门紧闭,就连窗口仅剩的一些灯火,也如同商量好似的在一盏一盏熄灭。这让昆仑觉得,此时深邃的紫阳街,正深深地陷入一个巨大的谜团中。

早在离开杭州之前,昆仑就听郑国仲提起,需要他押回杭州武林门问斩的死囚犯叫骆问里。骆问里不简单,他除了犯下一桩不可饶恕的凶杀案,还可能已经被险恶的倭寇收买。郑国仲认为,倭寇可能会在路上拦截押运的囚车,试图劫走骆问里。就此,郑国仲让昆仑远距离跟随台州府派出的官兵队伍,路上执行暗中押送。但是郑国仲又说一旦发生不测,昆仑也不用靠前,只需一路跟踪找出那帮倭寇的老巢,等候朝廷派人过去全盘剿灭。

然而昆仑没有想到的是,此行他尚未开始押解,狡猾的骆问里却已经提前越狱逃脱。现在张善桥心事重重,将追赶的队伍兵分两路,在许多个路口茫无目的地搜索。但是昆仑十分清楚,张善桥不可能截杀到骆问里。昆仑望向那些摇晃的火把,看着官兵渐渐走远,感觉在浓浓的夜雾中,火光似乎出现了奇怪的重影。这时候他听见脚下的一扇店门吱的一声打开,然后在氤氲的水汽中,就有一些手提长刀的矮个子男人如同隐秘的鱼群一样涌出。那些男人清一色的紧身黑衣,脸上戴着青面獠牙的面具。昆仑告诉自己不用急,估计骆问里就要出来了。也或者,骆问里就是这帮黑衣人的其中之一。然而昆仑也觉得奇怪,怎么自己的视线会变得越来越模糊?所以他晃了晃脑袋,心想是不是自己有点头晕?

此时杨一针还留在"针针见血"医馆,一直赖在他身边不走的是陈五六。陈五六说,张善桥有什么了不起,只是一个小小的把总,这样的官职要是跟我嫡亲的爷爷陈大成相比,那他能算个屁。杨一针说,你爷爷现在还好吧?他能不能什么时候揭开坟墓从地底下爬出来?陈五六觉得很无趣,说,针针姑娘咱们不聊这些,你再帮我一个忙,告诉我砌下落梅如雪乱的下一句。他说这首诗他上午还背得滚瓜烂熟,可惜现在又忘了。杨一针说,拂了一身还满,麻烦你出去。陈五六就眼前一亮,急忙说对的对的,就是拂了一身还满,《雅人集》上也的确是这么写的。他还说,你刚才在那家伙身上插满银针时，我还冷不丁想起过这一句。

杨一针的手里，抓着一把刚才从昆仑身上抽出来的银针。现在她只是淡淡地看了一眼，心中却即刻抽紧。不会有错，杨一针一直相信自己的眼力。她把银针不露痕迹地收起，却在心里告诉自己，昆仑已经中毒。因为此刻那些银针的针尖，正在烛光的照耀下渐渐发黑，犹如熏染上了烛火吐露出来的烟尘。

杨一针想，昆仑可能是遭遇了暗算。

13

昆仑从屋顶跃下，落在了那群戴着青面獠牙面具的黑衣人中间。他说，谁是骆问里，最好站着别动，是死是活今天都必须留下。但是昆仑说完这句就感觉身子发飘，脚底也似乎全然没有了力量。他知道自己已经中毒，至于中毒的原因，就是晚上在《花关索》的戏台下，妖艳的灯盏朝他弹射过来的那些酒液，那时候他就感觉脸上发麻。果然，现在昆仑眯紧眼睛一看，发现眼前那扇打开的店门，门前所挂的招牌，正是"回头无岸当铺"。

昆仑迷迷糊糊，看见当铺的招牌渐渐变成两块，接着又变成了四块。然后招牌四周出现一些五颜六色的光圈，红的紫的，黄的绿的，一直在飞舞，一直在转圈。但是当那些黑衣人的刀子从四面八方砍来时，昆仑依旧准确地腾空而起，并且在掐断一人的脖子时，毫不费力地夺下了那人的刀子。刀子在昆仑的手上挥舞，他是在砍杀的间隙中看见，此时回头无岸当铺里忽然间又闯出一个身影，犹如冲出一只凶猛的老鼠。那只硕大的老鼠奔到紫阳街，似乎脚底抹油，顷刻间就拼命往南飞奔。昆仑闻到监狱里经久发霉的气息，也看见那人杂乱的头发如同干枯的稻草。那人踩着一双赤脚，所以在潮湿的紫阳街上拼命奔跑时，石板路上就回荡起啪哒啪哒的声响。昆仑喊了一声，骆问里你给我站住。但他看见那家伙迅速拐了一个弯，腰身似乎像蛇一样十分柔软，很快就不见了踪影。

昆仑觉得头晕眼花，手上的刀子也越来越沉。他想冲出包围圈即刻去追赶骆问里，却听见耳边响起一阵风声，接着肩膀上就是一阵热辣辣的疼痛。此时他十分清楚，自己已经中刀。

杨一针后来知道，这天中刀的昆仑几乎已经追赶上了一路狂奔的骆问里，一直追到了丁山的无人馆门口。这时候筋疲力尽的昆仑被拦截他的黑衣人围住，眼前是此起彼伏的刀光。昆仑举着刀子扶住墙角站稳，好像看见黑衣人的中间出现了拿酒来的身影。拿酒来擦了擦嘴，说，哪怕你是一只老虎，我现在也能把你剁碎，天亮之前就埋进巾山的泥土，让你在明天的春天发芽。然而这时候无人馆的门打开，里头飘出一个女人轻飘飘的声音，说住手！

拿酒来愣了一下，转过头去时通过一双歪斜的眼睛发现，让他住手的人正是笑鱼的师父丁山。此时月光刚刚在雨后的天空出现，拿酒来看见丁山的一抹侧影，正在月光下慢条斯理弹拨她心爱的古琴。拿酒来想，为什么他每次见到丁山，总是跟皎洁的月光有关？拿酒来说，嫂子你别生气，我不应该在你门前动武。

丁山按抚着琴弦，又拢了一下耳边的长发。昆仑在模模糊糊中看见，丁山就像一段安静的文字，也或者是沉稳的音符，却有着流水一般的气息。丁山说，拿酒来你可以走了，别让我再见到你。拿酒来站在那里犹犹豫豫，停留在自己的刀光中陷入一阵迷惑。丁山说，你到底滚不滚？拿酒来被那样的声音吓了一跳。他战战兢兢地后退两步，示意那帮黑衣人离开，对丁山说，那嫂子我走了，嫂子你不好生气的。

14

杨一针吹灭针针见血医馆里的蜡烛，正要出去寻找可能遇险的昆仑时，门突然被撞开。一阵风放肆地吹进来，杨一针看见紧跟在风后出现在眼前的人是丁山和笑鱼，然后笑鱼闪开，被无人馆家丁抬进来的是躺在木板上的昆仑。

昆仑整个人抽搐，脉象渐渐微弱，额头是雨点一样的汗珠。丁山对搭着昆仑手脉的杨一针说，杨姑娘，恳请你救他。杨一针却回过头来笑了，说，丁山你真是一个花痴，这男人你也能随便帮？

丁山说，还来得及救吗？杨一针扒开昆仑的眼皮，看见密集的血丝，心想要是再晚一炷香的工夫，昆仑就会剧毒攻心，随时丧失了呼吸。但她还是笑着问丁山，你能出多少银子？

银子并不值钱，无人馆里最为珍贵的，是那把两百年的古琴，名叫天涯。丁山说，杨姑娘要是看得上，我等下就会让人送来。

在杨一针的记忆里，她在紫阳街这么多年，从来没听丁山说过这么多的话语。她知道所有的台州人都喜欢丁山的琴声，却很少有人听过丁山的嗓音。杨一针说，你这么动情，担心有人会吃醋。丁山愣了一下，听见杨一针又说，我是说陈五六。

此时昆仑已经气若游丝。他躺在木板上，隐约听见两个女人的声音，像是两团墨汁一样化开。他感觉自己无法呼吸，可能生命已经到了最后一刻。此时他看见紫阳街戏台上的花关索，正在一路寻找他的父亲关羽。所以他就觉得整个人漂浮在一条河里，一路漂向京城，漂去一个名叫吉祥孤儿院的地方。他看见孤儿院的嬷嬷马候炮叼着烟杆站在十多年前的门口，告诉幼年的他说，你以后要记住了，你爹没了，没了就是死了。嬷嬷边说话，边喷出一口浓郁的烟。昆仑看见烟雾中的京城下起一场大雪，大雪一直绵延到遥远的辽东战场。战场上尸横遍野，有一张男人的脸从死人堆里高高仰起。男人一身金黄色的铠甲，他挣扎着站起来并跨上雪地中唯一的一匹白马。阳光打在男人的铠甲上，昆仑问嬷嬷，那人是谁？马候炮说，他就是你爹，十步之内就能取人首级，你爹是大明王朝的英雄。昆仑于是试着喊出一声爹，那人却像被阳光所融化的雪，当场在马背上坍塌了下去，只剩下一摊流淌的水。这时候昆仑又听见马候炮说，我不是跟你说过了，你爹早就没了，没了就是死了。死了的意思，就代表你是孤儿。

杨一针在木板上昏迷的昆仑微弱地喊出一声爹时，一共抓了五根银针，每根银针蘸了十二味剧毒，找准昆仑的太阳穴，猛地扎了进去。丁山知道这是以毒攻毒，她看见昆仑整个身子奇迹般地弹了起来，竟然直挺挺地坐着，面色潮红，跟火烧云一样灼热。昆仑说了两个字：倭寇。然后就猛地吐出一口污浊的血，喷了针针见血医馆雪白的墙上。

丁山闻到一股猛烈的血腥味，又看见昆仑抖了抖身子，再次倒了下去，如同倒在一片杂草丛生的废墟里。丁山缓了一口气，说，杨姑娘，他是不是没事了，我现在就可以抬他回去？杨一针在丁山的声音中惊醒，好像此刻被救活过来的是她自己。现在她不想告诉丁山，昆仑在遇险之前，就是从她这间医馆里冲出，冲进了紫阳街的夜色。但是杨一针擦了一把惊心的汗，脱口而出的一句，又让她自己都觉得莫名其妙，而且听起来十分好笑。杨一针说，回去哪里？

回去无人馆，他还需要照料。

杨一针即刻对丁山笑了一下，觉得自己突然显得有点多余。所以她又说，难道你想把他留在这里？

15

张善桥无精打采，带着一帮手下回到台州府监狱。监狱里臭气熏天，那个一脸焦躁的九品司狱带领的队伍同样也没有抓到逃脱的骆问里。张善桥于是更加恨这个倒霉的夜晚，觉得整个世界都在跟他作对。

张善桥是在这天傍晚骑着一匹雄赳赳的马，过来跟狱管办理一下有关犯人骆问里的交接手续的。手续一路畅通，张善桥在确认文书上按下了手印。接着他坐下跟狱管一起喝酒，准备明天天一亮就出发，押送着骆问里一路过去杭州，也顺便游览一趟传说中风景秀丽的西湖。可是酒才喝到一半，手下就慌慌张张跑来告诉他一个消息，说骆问里突然不见了，牢房里只剩下一根孤独的铁链。

月光在头顶晃来晃去，让人想起浑浊的洗脚水。现在张善桥蹲在监狱的围墙根，盯着骆问里刚才越狱出去的那个墙洞，想不通这个洞到底是谁给挖出来的，挖得那么及时，挖掉的还可能是他骄傲了许多年的把总的位子。他沿着那个洞口十分艰难地爬了出去，迎接他的是一双被遗弃的乌黑发亮又奇形怪状的破鞋。他可以想象，就这样两只漏洞百出的破鞋，在越狱成功的骆问里开始撒腿奔跑时，的确很难跟上那双急于想要往前冲的臭脚。

沿着骆问里臭烘烘的脚印，张善桥弯弯曲曲行走出一段路，最后因为突然闹肚子，才急匆匆返回。也是在返回寻找茅房的路上，张善桥捡到一本半新不旧的古诗集，名叫《雅人集》。他突然就笑了，不能理解台州人怎么会那么喜爱读诗，问题是读诗一点作用都没有，既不能帮他找回深夜逃脱的骆问里，也不能帮他保住多少有点油水的把总的位子。所以在低头钻进茅房之前，张善桥将《雅人集》给撕碎。他撕下其中几页攥进手里，决定用来上茅房救急，至于剩下来的那些诗页，则被他毫不含糊地扔进了脚底的茅坑。

16

在天亮之前，陈五六弓着身子，略带疲倦地登上了台州城一座叫巾的山。他钻进一个山洞，很快闻到一股女人的香味，又跟往常一样，顺着那些芳香，见到了正在这里等待他的灯盏。灯盏面容慵懒，盘腿坐在一面宽阔的蒲团上，正对着一面铜镜有条不紊地梳理长发。她一边梳头，一边仔细收集这天掉落下来的几根头发。灯盏十分珍爱自己的头发，希望它们始终保持生机盎然，如同飘扬在头顶的一团热烈的火。可是最近有不少头发相继离开，灯盏认为这不是一种好的征兆，说明某些东西正在抛弃她。这多少令她有些难过。

灯盏来自倭国，已经在台州城潜伏了很多年。昨晚她一眼就看出，突然出现在紫阳街的昆仑比丽春豆腐坊这个大明国的密铺还要麻烦。然而她没有想到，自己的努力竟然功亏一篑，洒出去的含有红花绿叶揪心粉的毒酒最终没能要了昆仑的性命。

现在灯盏的视线在陈五六的脸上掠过，说，我已经查明，杭州城过来的那人是锦衣卫。你知不知道他现在在哪里？他居然还活着。陈五六闷声不语，一屁股坐在石凳上，随手摘下一截草根塞进嘴里，嚼出一道苦涩的腥味。灯盏放下梳子笑了，说那人在无人馆，丁山把他留下了。丁山昨晚花了大价钱将他救活，此后就将他留在了自己的闺房里。说完灯盏拢起长发，一步步走下蒲团。她宽大的裙子下面露出光滑又细嫩的脚，仿佛是踩在夏天的河水里。然后灯盏又笑了一下，说，看来丁山很在意那个锦衣卫，难道她想当这个锦衣卫的女人？

陈五六听到这里终于没有忍住。他说，灯盏你不要再笑了，你再这样笑我就生气了。

然而灯盏却笑得更加放肆。灯盏说，没用的东西，一提到丁山你就变成一条软不拉几的蚯蚓。我真担心以后的很多计划都会毁在你手里。

灯盏的身后，蹲着昨晚那帮戴了面具的黑衣人，陈五六叫他们刀人。刀人们正聚集在一起磨刀，最近几天收集起来的春雨，被不停地淋在磨刀石上，这让磨刀的声音显得生机盎然。灯盏豢养着这帮刀人，刀人也视她为头领。她的老家是在日本北海道，父亲叫子丑，曾经是丰臣秀吉的得力助手。早在五年前，灯盏跟她男人郑翘八来到台州，看上去像是一对谋生的商人，开起了一家当铺，实际上却是在暗地里招兵买马，聚起一支隐秘的倭寇势力。最近灯盏定期向大海彼岸的丰臣秀吉残部提供她在台州城收集的情报，决心在时机来临时充当内应，一举摧毁明朝的海防线。

灯盏说，陈五六，你要是再不动手，我就让刀人杀回无人馆，杀他个鸡犬不宁。陈五六说，不行，我说不行就是不行。说着他看了一眼那些蹲在地上不停磨刀的刀人，刀刃被他们磨出闪电般的光泽。陈五六说，你们都听着，要是谁敢跨进无人馆一步，我就让他后悔终生。我陈五六什么事情都做得出来。接着陈五六又告诉灯盏，骆问里越狱一事已经办妥，这个脚很臭的男人已经在离开台州的路上。陈五六说，该做的事我自然会做，用不着你操心。至于丁山跟她的无人馆，请你离得远一点。

天渐渐放亮，陈五六一个人走出山洞口，感觉风吹过脸颊，也钻进他茂密的胡子。他望向巾山脚下无人馆的方向，隐约看见丁山的闺房，露出黄豆那么细小的烛光。他知道那盏烛光从昨晚开始就一直亮着，烛光下也坐着夜不能寐的丁山，为的是守候那个混蛋异乡人，也就是灯盏所说的锦衣卫。想到这些，陈五六就不免有点忧伤。他想锦衣卫有什么了不起，锦衣卫又有什么资格，就可以那样整晚留在丁山的闺房？

丁山是我陈五六的女人，陈五六一直这么想。从他穿开裆裤时，带着穿了小花裙的丁山一天到晚跟两只小狗一样奔跑在紫阳街时，他就十分坚定地那么想。那时候陈五六经常用袖口擦去丁山额头的汗，也在她跌倒时帮她拍去膝盖上的泥巴。陈五六会腾出其中一只手，样子豪爽地搭上丁山的肩膀，然后很认真地说，丁山妹妹你听我讲，你爷爷是戚家军前锋右哨，我爷爷正好是前锋左哨。咱们两家人不分你我，也分不出谁左谁右。陈五六说完这些，会抬头盯着丁山的眼睛,说,你知道为什么吗?因为我们原本就是亲如一家。

陈五六想到这里,心里便觉得极大的安慰。他能想起自己幼小的时候,丁山就经常跟在他身后,很亲热地叫他五六哥,声音跟叽叽喳喳的雀鸟一样。现在陈五六走在下山的路上,因为山路湿滑,所以他每一步都踩得很仔细。他生怕自己会跌倒,跌倒了以后会被灯盏当作一场笑话。

17

昆仑在无人馆醒来,看见窗外的台州城陷入一片鹅黄色的阳光里。阳光十分清爽,照进窗口时打在一身蛋青色衣裳的丁山身上,呈现出一种类似于蒲公英的毛茸茸的效果。

闺房里古朴素雅,一直点燃着淡淡的熏香。此刻丁山背对着昆仑,正面对一个玛瑙制成的研钵,用捣杵捣碎一团碧绿的小蓟草,又在捣烂的草浆中撒入些许三七粉。丁山并没有回头,却在用玛瑙勺子舀起草浆的时候静静地开口,细碎的声音飘到昆仑耳边。丁山说,你别动,我昨晚都没发现你身上有刀伤,伤口裂开了是会流血的。

窗外琴声缥缈,琴声飘落在倒挂窗口的常春藤上,传到房里时就沾上了许多叶片的气息。昆仑说,窗外弹琴的人是不是笑鱼,你是他学琴的师父丁山?

丁山将草浆敷上昆仑的伤口,一点一点抹平,说,还好笑鱼昨天救了你,笑鱼他耳朵比我灵,先听见了门外刀子的声音。丁山和昆仑不紧不慢地说话,这时候,陈五六正带着张善桥和他的手下,像一阵心急的风一样急匆匆地赶往无人馆。

陈五六带着张善桥来到无人馆时,让张善桥和他的手下暂时留在了门外。他小心翼翼跨进门槛,整理了一下头发,好让自己显得容光焕发。在无人馆的琴童寸草的带领下,陈五六绕过一个六角亭子,又遇见一段流水。他踩过铺在流水上的由竹子搭成的水榭,最终在院子当中一棵枝繁叶茂的桃树下见到了丁山。丁山在观摩笑鱼练琴,告诉他正确的手法。坐在他们身边的,正是靠在一张躺椅上的受伤的昆仑。

陈五六说,丁山你在忙吗?我想跟你说句话。丁山并没有转头看他,视线停留在笑鱼的古琴上。丁山说,有什么话可以走近一点说,你离我那么远我听不见。陈五六就往前走了两步,走过去的时候步子迈得有点恍惚。陈五六说,坐你身边的这个外地人,张善桥张把总想要把他带走。

为什么要带走?丁山说,他犯了哪一条王法?

他跟昨晚监狱里逃脱的一个犯人有关。

怎么就有关了?丁山又说。

张把总昨晚只是说有犯人逃脱,这个外地人却直接说出了犯人的名字。所以张把总觉得,他跟犯人说不定是一伙的。

我怎么觉得是你想把他给带走。丁山说完起身,随手在笑鱼的古琴上弹出一串急骤的音符,声音瞬间戛然而止。陈五六愣了一下,觉得丁山将那串音符一把甩在了他脸上,然后他又听见丁山说,不然张把总为什么不自己过来跟我谈?

陈五六一下子手足无措,不知道该如何去反驳。他站在原地用尽全身力气想了想,最后脖子挺直,说,丁山难道你还不明白?我的意思这个人不能留在无人馆,更不允许他留在你身边。这样会让我心里很乱。

昆仑是在陈五六说完这句时笑眯眯着抬头，看了一眼从头顶桃树上漏下来的阳光，觉得阳光让满树的桃花显示出透明的样子。昆仑说，陈五六，我现在就可以跟你走，只是要麻烦你在前面带路。陈五六没想到事情会处理得这么简单，低头转过身去时，却听见丁山的声音再次响起。丁山说，陈五六你以前不是这样的。你现在一落千丈，每天都是酒足饭饱，就连走起路来也是晕头转向。

陈五六觉得全身燥热，在即刻袭来的伤心中不禁把一双眼睛紧紧地闭上。接着他听见丁山说，你要是敢把他带走，以后就不要踏进无人馆半步。

昆仑看着陈五六的背影，看见他垂下肩膀，整个身子好像矮下去一截。他可能在脑子里想了很久，最后才终于转头。转头时陈五六面如土色，心灰意冷地把眼睛睁开，估计是鼓足了勇气才说，丁山你跟我说实话，你是不是喜欢上了他？你要是喜欢他，那你简直就等于是杀人犯，简直就等于是把我杀了。不是，是凌迟了。

丁山说，喜不喜欢跟你无关，你出去的时候记得把门给我关上。

陈五六这天在无人馆差不多把面子都给丢光了。他感觉丁山声音决绝，仿佛将他当成结怨许多年的仇人。在离开无人馆之前，陈五六伤心欲绝，说，丁山你也变了，你以前也不是今天这样的丁山。他说，你不要总以为我是一个粗人，其实我现在每天都在背诗，背的全都是你喜欢的诗。我都已经知道砌下落梅如雪乱的下一句，是拂了一身还满。

就在这里，丁山看见许多片桃花纷纷落地。她说，我对下雪没有兴趣，出去时记得把门给关上。

陈五六就迎着头顶摇晃的阳光，一个人走出了无人馆的大门。路上他碰见等候在门外的张善桥，张善桥问他怎么回事，怎么突然之间就掉起了眼泪？但是陈五六擦了一把脸，说，张善桥你放屁，放了一个狗屁。老子实话告诉你，刚才只是有一只虫子找死，不知天高地厚钻进了老子的眼皮。张善桥说，时间不早了，其实我对逃犯的事情已经不感兴趣，要么那个外地人你自己看着办。陈五六就吼了一声，说，请你快点滚！

陈五六高一脚低一脚，走在上午时分的紫阳街。他每走出一步，就觉得心情变得越发糟糕。回忆像一支冷箭般射来，让陈五六感觉到受伤。此时他想起那年丁山母亲去世，自己过去参加葬礼，一起帮着抬灵。棺木经过那个小县城的街口，碰巧遇到当地县太爷纳妾，过去喝喜酒的衙役们一个个都耀武扬威，牛得不行。衙役们二话不说，冲进送丧的队伍，当即扯断了灵前的白幡，并且扬言要将丁山母亲的棺木给砸碎。陈五六那时候没有动手，只是跟他们论理，也说自己的爷爷是陈大成，是当年戚家军的前锋左哨。爷爷以前率队参加过著名的花街之战，他老人家之后做下的每件事情，也都是很讲道理。然而陈五六话刚说完，却看见眼前出现一个远道从北京城过来贺喜的锦衣卫百户。百户扇了他一个响亮的耳光，并且喊了一声花街你个鸟，你爷爷哪怕是戚继光，那老家伙也早就成了一堆臭烘烘的白骨。接着百户唰的一声抽出刀，刀子搁上陈五六的肩头。陈五六很纳闷，说，怎么了，难道你还想动刀？他骂出一句，说这到底是什么朝代，怎么就轮到你们这帮狗杂种人五人六？这时候百户猛地卡牢他脖子，说，前锋左哨是吧，我看你这个左哨还能不能吹得响。说完百户手起刀落，当场割下了陈五六左手边的那片耳朵。陈五六满脸是血，血像是从他的耳孔中冒出。他听见风刮得很乱，纷乱主要停留在他左边那一侧的脸。他在乱糟糟的风声中低头，眼看着跳动在地上的那片鲜血淋漓的皮肉。此时陈五六却很没有道理地笑了笑，然后就趁着百户洋洋得意转身之际，冲上去一把夺过刀子，当场扎进了他的肚皮。陈五六紧紧地按着刀子，看见刀口涌出一股热烈的血，好像是一个鲜红色的泉眼。他看着百户的眼睛渐渐变成灰不溜秋，这才说，朝廷怎么养了一群狗，争渡，争渡，我看你还能狂吠多久。

现在陈五六一脚踏进聚兴楼，想要立马喝上一场汹涌的酒。他想丁山难道把过去的那些事情都给忘了？丁山难道不知道，留在她身边的那个男人，其实也是一只朝廷的狗？那年陈五六因为对一名锦衣卫百户行凶，台州府不问青红皂白，直接将他关进了大牢。就此丁山到处奔走，诉状先是送往台州府衙，再是送往浙江巡抚府和浙江提刑按察使司，可是知府和巡抚、按察使谁都不愿意过问此事，所以陈五六在牢里一待就是五年，出来时满脸都是生机勃勃的胡子。

陈五六想到这里便摸了摸左边的脸，那里依旧没有他的耳朵。他想不管怎样，他这辈子就是跟肮脏的朝廷有仇，撒尿也要跟那些人隔开一条路。所以他愿意跟着灯盏一起走，干他个天翻地覆。

18

昆仑坐在无人馆里养伤，陪伴他的是笑鱼的琴声。现在骆问里已经逃脱，留给他唯一能做的，就是尽早过去剿灭了灯盏。他有理由相信，给他下毒的灯盏，就是杨一针说过的，位于陈五六背后的那股更为隐秘的倭寇势力。

紫阳街上的风吹得惬意而且慵懒，风中有着无人馆的花香，让昆仑觉得这真是一个让人留恋的地方。他看见丁山从闺房里走出，安静地捧出一盆叫不出名字的花。丁山让花晒太阳，也给它浇水。昆仑看见花在阳光下愉快地绽放，丁山身上也因此有了无声无息的花朵的气息。昆仑就是在闭目养神的时候想，台州不应该是眼前这样，处处暗藏着倭寇的踪迹。他想如果可以让自己选，他宁愿带上锦衣卫"小北斗"驻扎在台州，将所有的倭寇势力一网打尽，让丁山能够好好地弹琴，每天在无人馆种花养花。

事实上昆仑早已有所耳闻，台州城暗藏倭寇的地方不仅仅在府城，还包括桃渚营。桃渚营位于海边，被海水和潮声所包围，是朝廷设立的一处重要海防卫所。半个月前，"小北斗"的两名成员，来自江苏武进的韭菜，以及来自广东肇庆的寻枪，已经被郑国仲派往了桃渚，为的就是铲除卫所里的倭寇奸细。

昆仑想到这里，听见丁山的脚步从自己身边经过，好像是流淌的水，或者飘过去的一阵风。他想问一下丁山，刚才为什么不同意陈五六把他给带走，但是他望向丁山远去的背影，觉得在眼前的无人馆，在笑鱼悠远的琴声中，自己最好保持安静。

19

杨一针夜里来无人馆时，又有一场急

258

促的春雨降临。杨一针撑一把伞，雨水扑向紫阳街，也扑向她的伞，接着雨珠就在伞的四周纷纷滑落。杨一针给昆仑提过去一罐熬好的中药，帮助他祛毒扶正，固本培元。

昆仑坐在廊沿，跟笑鱼一起看雨。他看见笑鱼面对雨的方向，很多次眨了眨眼睛，又试着伸出一只手，想要接住飘过来的雨丝。笑鱼说，昆仑兄弟，台州的雨是什么样子的，是不是也很干净，干净到透明？昆仑望着他一双明亮的眼睛，眼睛被雨雾所缠绕。他知道笑鱼什么也看不见，所以就问他，你以前有没有见过雨？笑鱼说，见过，在我很小的时候。我见过父亲窗口的雨，落在窗棂上啪哒啪哒地响。也在马背上见过落向大海的雨，很快就消失，海水把它们一滴一滴给收走。笑鱼说，我见到的雨速度都很快，雨是潮湿的。

杨一针打开药罐，里头的药汤还是热的，药的清香四处飘荡。在琴童寸草扶着笑鱼离开的时候，昆仑把整碗的药汤喝下，抹了一把嘴，说，回头无岸当铺的灯盏，是陈五六的同伙。我明天就会去找她，她有一群青面獠牙的手下。杨一针说，灯盏已经不在当铺，我先去查一下她的去向。

昆仑说，怎么查？杨一针说，灯盏身上有股骚味，我会顺着骚味的方向往下查。

丁山就是在这时出现在昆仑的眼里。雨下得稀里哗啦，像是流过屋顶的一条河。这时候无人馆的上空，又走过一道凶狠耀眼的闪电。昆仑看见丁山的身后站着萧瑟的寸草，寸草怀里抱着一把幽静的古琴，她抱得很紧，像抱着一条沉默的大鱼。丁山说，杨姑娘，这是我昨晚答应给你的古琴。它叫天涯，来自两百年前南京留都的宫廷，古漆有点脱落，我一直舍不得修补。

丁山说完把一张脸转了过去，抚摸着天涯古琴，又望向飘荡在天地间的雨。丁山说，请杨姑娘收下。哪天我要是想起天涯，可能会忍不住过去看它。

雨开始慢慢收敛，昆仑却在此时发现，雨声中的丁山已经泪水滂沱。他急忙扶着廊柱站起来说，这件事情就到此为止，杨姑娘的救命之恩，自当由我来回报，天涯必须留在无人馆。但他看见丁山在泪水中露出一抹笑容，也看见夜风将丁山的长发吹起。丁山说，我已经决定了。

杨一针认为自己显得多余，不如早点离开。她干脆拎起药罐，又哗啦一声把雨伞打开。但在踏进雨幕的时候，她终于没有忍住，笑了一声说，你们两个到底谁是情种？搞得我现在就想去一趟聚兴楼，帮你们预订一桌明晚的定亲酒。说完杨一针回头，笑呵呵地望向站在一旁的笑鱼说，还好你是个瞎子，不然看见这一幕，牙齿或许比我还酸。

笑鱼茫然，闻见纷纷扬扬的细雨，很容易勾起他童年里的记忆。然而他又听见杨一针的声音跟随雨丝一起飘来。杨一针说，笑鱼你听好，姐姐已经决定，过两天就帮你治好你的眼疾。姐姐很大方，干脆帮人帮到底，绝对不收你的半分纹银。

20

万历三十五年春分日过后的第二天，夜里还是一场绵密的雨，雨让紫阳街浸泡在黏稠的水里。笑鱼站在无人馆琴室的窗口，隐隐觉得漆黑一片的视线中，跳动着一些红色的光影。笑鱼认为是看见了梦境，但是后来那些光影又飘来荡去，类似于他童年记忆里，游弋在池水中的红鲤鱼，这也让笑鱼止不住怀疑，难道这一晚的雨会是红色的？但是这样的念头很快又在笑鱼的心中停止，因为他已经十分清晰地听见，就在远处的巾山，差不多是半山腰的方向，竟然传来了叮叮当当的声音。笑鱼的耳朵非常灵敏，他知道那是铁器，无疑是刀剑相互碰撞的声音。他还从声音中分辨出，双方都使足了力气，想要置对方于死地，说明一场纷乱的厮杀正在巾山上进行。

琴童寸草就是在这时候满脸兴奋地奔来。寸草在雨声中听不见铁器的声音，他只是透过潮湿的窗口望向丛林茂密的巾山，他的声音愉悦而且惊讶。他喊了一声说，孔明灯，那是孔明灯。可是下雨天的巾山，怎么会有一排火红的孔明灯？

事实上寸草和笑鱼都不会知道，就在一刻钟之前，离开无人馆的昆仑已经独自杀进了巾山上的山洞。杨一针是在傍晚时分过来告诉昆仑的，她说灯盏就躲藏在山洞里，护卫她的是她豢养了多年的那帮刀人。昆仑出发之前，杨一针给紫阳街上的孩童送去许多孔明灯，孔明灯在巾山脚下点燃，一只一只升空，很快将深夜里的山野照耀成一片通红。

昆仑是举着火把一步步走进山洞，首先惊起了一群黑压压的蝙蝠。他看见成群的刀人朝自己拥来，就勒令他们都站着别动，说，我今天过来，主要是寻找"回头无岸"的灯盏。但是刀人的刀光排山倒海，一浪接着一浪，似乎要在山洞中将他掩埋。昆仑于是也不想再开口，而是让自己的绣春刀直接冲向了那排海浪。海浪一次次被切开，昆仑看见泼溅在眼前的浪花是红色的，携带有新鲜血液的腥甜味。血液来自不甘后退的刀人，反复喷出时就不再显得奢华，反而让人觉得是廉价的。

当昆仑割稻子一般砍杀过去，丢下一堆断手残臂，最终抵达山洞的尽头时，一路上却始终没有发现灯盏的身影。昆仑转身，又一路踩着断手残臂冲出山洞。他在洞口发现，在那排孔明灯的照耀下，许多嗷嗷直叫的刀人已经丢盔弃甲，纷纷抱头鼠窜，迎接他们的是杨一针甩出去的一把又一把的银针。银针一般会飞向刀人的喉管，也有许多直接钻进了刀人的双眼。

雨下得缠绵而且热烈，深夜的巾山上湿气升腾，如同云蒸雾绕的仙境。昆仑看见一棵苍劲的松树上，可能因为树枝太滑，突然掉落下一个长发飘扬的女人，仓皇之间就要奔向乱石嶙峋的山脚。此时他猛地跃起，如同飞进雨幕中的一只凶狠的鹰，带着一声浑厚的呼啸，俯冲过去，瞬间就将那人给提起。他没有提刀的那只手犹如鹰爪，抓住女人的脖子后使劲一卡，却发现转头过来的那张脸并不是灯盏，只是灯盏手下一名长相丑陋的女刀人。昆仑将女刀人一把甩向岩石，看见她犹如一只柔软的八爪鱼，张开四肢紧紧贴在了岩壁上。昆仑上前，绣春刀指向八爪鱼，问她灯盏在哪里。女刀人凄惶地笑了笑，嘴巴一歪什么也说不出口。她过了很长时间才像一团烂泥，啪嗒一声掉落下来，掉落下来时抬头望向昆仑说，你找不到灯盏姐的，你找不到的。

杨一针后来冲进回头无岸当铺，看见当铺里除了一盏又一盏点亮的油灯，根本就没有灯盏的人影。灯火影影憧憧，四周跟死亡一般寂静，杨一针还看见当铺里挂了两片风格飘逸的字幅，字幅上赫然写着：

不要回头，回头无岸。

21

当巾山恢复到往日的宁静时,张善桥在紫阳街的街口,将杀气腾腾的昆仑堵住了。张善桥坐在一匹苍老的马上,马不像马,瘦得像是奄奄一息的驴。张善桥说,站住,为什么你刚才杀了那么多的人?本官要代表官府抓你去坐牢。昆仑于是刀子入鞘,将刀鞘举到张善桥的眼前,问他是否认得这把刀子。张善桥有点老眼昏花,他借助紫阳街的灯笼发出的光,逐渐在细雨中看清了刀子的模样,这才口舌有点结巴地说,难道这是传说中的绣春刀?难道你是锦衣卫?

昆仑不想耗费过多的语言,但是他一路走去无人馆的时候,又回头问了张善桥一句,你要押解去杭州问斩的骆问里,他人现在在哪里?张善桥在马背上一个哆嗦,觉得有一颗清凉的雨滴击中了他的脖颈。张善桥有点委屈,说,本人正在查,但是本人不知道到底该往哪里查。你能不能给在下一点提示?

这天的后来,昆仑在无人馆,继续陪笑鱼看雨,也或者说是听雨。在此之前,杨一针已经给笑鱼送来一罐熬好的药汤,药名叫作青羊肝散。青羊肝散由白菊花、决明子、女贞子以及上好的北方枸杞配伍而成,又加了晒干的羊肝在切片以后磨成的粉。笑鱼一边听雨,一边闻见昆仑身上尚未消散的刀剑气息。他说,你知不知道人世间最好的人生,就是远离刀光?昆仑说,我喜欢刀光,但是自从来到无人馆,我又喜欢上了你跟丁山的琴声。

可能是因为你喜欢上了我师父。笑鱼笑着说,我现在仿佛能听见你的心声。

笑鱼患的是目盲症,八岁以后的每一个白天与黑夜,他眼里所能看见的,基本是一团白光。

在此之前,笑鱼的记忆一直跟父亲有关。他趴在父亲怀里入睡,能听见池塘里鲤鱼喝水的声音。父亲经常把他抱上马背,那是一匹绚丽的白马,让他看见碧绿的青草一直生长到遥远的天边。更多的时候,父亲会骑上白马带他去看海。骏马在海边停下,笑鱼趴在父亲背上,或者是站在父亲的肩头。那次他听见父亲问他,孩儿长大了想干什么?笑鱼回答:孩儿想骑马挥刀,征战四方。

那时候父亲沉默了一下,抚摸着他的头发,说孩儿不用征战四方,世间最好的人生,就是远离刀光。

然而也就是八岁那年的冬天,笑鱼亲眼看见马背上的父亲不知怎么就冲向了海边的悬崖,在空中留下一抹惨烈的白光。父亲连人带马坠入大海,像是被辽阔的海水给收走。海风在那一年的冬天哗啦哗啦地吹着,笑鱼坐在海边,连着坐了三个月,天天以泪洗面。三个月后笑鱼没有等到浮出水面的父亲,却看见眼前是白花花的一片。那时候他的视线越来越模糊,最终被一团耀眼的白光所占领。白光偶尔会熄灭,那是在笑鱼哭累以后,整个人终于入睡的时候。

昆仑把笑鱼的故事听完,终于了解了他的眼睛是怎么变瞎的。昆仑对着飘过来的雨丝说,其实我跟你一样,我们都是孤儿。

原来你的父亲也不在了。笑鱼这么说着,想起很久以前,自己很喜欢的那首童谣:

阿父，请带我登山啊！
我要踩着你的脚印窝，你要牵着我，
我就能登上山岗顶。

阿父，请带我观海啊！
我要坐上你的肩膀，你要驮着我，
我就能看到海的尽头……

在笑鱼轻声浅唱的歌谣声里，昆仑后来说，我父亲是战死在沙场，他死在遥远的辽东，死在了漫天风雪里。

雨依旧细细地飘着，昆仑和笑鱼也一直那样坐着，好像两个人要一直坐到天明。直到无人馆里响起夜莺飞过的声音，笑鱼才突然问了一句说，师父呢，师父的房里怎么一点没有声音？

昆仑也是到了这时候才想起，这个夜晚，当他从巾山上回来后，他也的确没有见到过丁山的身影。

22

万历三十五年的春天，昆仑在某天深夜剿灭了灯盏手下的那帮刀人后，从第二天清晨开始，就到处寻找丁山。然而整条紫阳街，就连整个台州城也没有人知道，丁山到底去了哪里。一连三天，昆仑每天坐在无人馆门口，希望丁山能够出现。但他等来的只有无穷无尽的细雨，也或者是从紫阳街头顶落下去的夕阳。

杨一针来到无人馆，催促昆仑上路，带上海防情报前往杭州城交给国舅爷郑国仲。但是昆仑像一个木头人，眼神呆滞。杨一针骂了一句：没用的东西！

时间到了第四天，紫阳街上迎来了一批身穿飞鱼服的少年，少年们骑着矫健的骏马。骏马在无人馆门口停住，首先跳下来的是锦衣卫"小北斗"的横店。横店目光沉重，说，哥，国舅爷让我告诉你，我们现在需要去桃渚。

这时候杨一针也刚刚赶到。杨一针像一阵风，从拥有四个小轮的滑板车上跳下。杨一针说，别跟他废话，他现在已经是一个废人，他想留在无人馆守终。

昆仑迷迷糊糊把脸抬起，看了一眼横店身后的"小北斗"，除了来自江苏武进的韭菜，以及来自广东肇庆的寻枪，七个兄弟现在连他总共还剩余五个。昆仑说，为什么去桃渚？可是他等了很久，也没有听见任何人回答。这时候他看见胡葱掉落下来的泪水，他记起胡葱是韭菜的双胞胎妹妹。昆仑说，到底出了什么事？横店于是把头给转了过去，哽咽的声音在清晨的风里飘荡。

横店说，韭菜和寻枪死了，他们死在了桃渚。

昆仑看见一道锋利的光，在紫阳街的上空劈落，如同一道闪电。

第贰波　雾锁桃渚营

1

张望迷迷糊糊，整个人困得发昏。上午巳时分，海边吹来的浓雾刚收起来不久，他坐在桃渚营千户所的营房门槛上，对着捧在手里的一碗药汤发呆。作为桃渚营千户所的千户官，张望患病差不多有一年。他总感觉睡不醒，脑子昏昏沉沉，像是被人塞进了一团棉花，整个人一点精神也没有。就比如现在，他虽然刚起床不久，却还是想找个地方躺下，让眼睛闭上就行。

药汤是伙房里的伙夫毛二给熬的，张望目光昏花，觉得它看上去像一碗黑糊糊的涮锅水，还有那种刺鼻的辛味，闻一闻就知道味道很苦。他没办法，皱起眉头一口喝下，感觉汤水在肚里发出叽里咕噜的声音。

张望愁眉苦脸地把碗放下，望向门口那条石头蛋子路。晨雾让路看上去有点潮湿，好像它刚刚出了一身的汗。这时候，张望就想起昨晚的一个梦。他记得黏稠的梦境里，先出现的是两具尸体，尸体轻飘飘的，漂浮在千户所城墙外的河沟里。那时候刚下过一场暴雨，雨水让狭窄的河沟涨满，两具尸体顺水而下。张望记得他们彼此抱得很紧。

后来河边出现一只硕大的老虎。老虎若有所思，低头行走在一片清凉的月光下。它踩在蛋子路上，肉垫饱满的脚掌宽厚而且绵软，悄无声息地进入桃渚营的城池。桃渚营里人来人往，老虎的样子有点傲慢，它穿行在道路中央，面对一群闻讯赶来的持刀兵勇，只是稍微晃了晃脑袋。兵勇就如同被船头犁开的河水，惊慌失措着往道路两旁闪开。

这样的梦境跟昨晚现实中的月光一般清晰，张望想到这里就隐隐觉得，接下去的几天，桃渚营肯定会有什么事情要发生。

这时候果然有一阵海风刮起，没有半点征兆。海风撕扯着校练场旗杆上那几面陈旧的黄旗，发出类似于海浪拍岸的声音。同时细沙开始飞舞，漫天的沙尘中，张望似乎看见了副千户李不易佝偻向前的身影。张望对此不够确定，他抹了一把眼，抹出一缕蛋黄色的眼屎后才看清，李不易的重影渐渐聚集到一起，他穿的是一件宽大的衣裳，因为海风降临在头顶，那件衣裳被吹成一面破败的旗。

风吹得很乱。李不易带着满脸黄沙，冲到张望宿房门口时，闻见一股药汤的苦涩味，在他身后那间宿房里飘来飘去。张望脸色黝黑，明显是缺乏睡眠而显得很虚弱的样子，他身后的宿房中几乎什么也没有，只剩一铺宽阔而凌乱的床。

李不易在四处滚动的风中把衣裳束紧，他看着睡眼惺忪的张望，说，时间差不多了，要不千户在这里歇着，我一个人过去。

天色渐渐暗下，似乎有人从远处扔过来一面巨大的黑布。张望摆了摆手，目光疲倦地看向天边。天边乌云翻滚，仿佛一个正要准备走向落幕的朝代。

必定是一场大雨！李不易目光空洞，接着又说，他们正从台州城过来，路上会不会就此而耽搁了？

张望没有吭声，他想一场雨有什么可怕，再大的雨也下不了一整天，怕的是接下去还要不停地死人。所以他咳嗽了一声，嘴里没头没尾地飘出一句：该来的终归要来，世上哪有什么事情会被真正地耽搁？

桃渚营位于台州城东北，两地之间相隔几十里。那天昆仑离开紫阳街冲出台州城的城门，让胯下的阿宝奔跑成一支箭。雨点冰凉，昆仑一再催动马鞭，不知道含在眼里的，是雨滴还是泪水。

根据横店的叙述，韭菜和寻枪阵亡时，桃渚营是一个阴冷的雨天。但是昆仑想不明白，那天韭菜和寻枪到底是陷入了什么样的险境，才会在一场春雨中双双遇难。

昆仑知道，凭韭菜和寻枪的身手，两人哪怕是孤军奋战，几十个倭寇也不是他们的对手。

横店说那天韭菜和寻枪的尸体运到杭州城，郑国仲当晚就让台州府衙最负盛名的仵作开始验尸。仵作围着两具尸体转了一圈，像是走在一场深刻的回忆中，他最终在韭菜的脚跟前停住，手指长时间抚摸着下巴。韭菜的两只靴底被洞穿，仵作拔下靴子时，发现左右脚底板也都呈现一处溃烂的伤口。他量了靴子洞眼以及伤口的尺寸，又在伤口处插进一根竹签，探测其深度及内沿。竹签后来带出一片坚硬的碎屑，仵作将它扔进一盆水里，水泡升起又消失后，渐渐看清是一块生锈的铁片。他沉思了一阵，手指又回到瘦削的下巴，最后漏出的话语像是讲给自己一个人听，说奇怪了，怎么会是箭伤？

大雨滂沱，此刻昆仑已经到达桃渚营的城墙外。他在马背上抬眼，额头淌下一行水珠，随即看见蜿蜒的城墙内，整个千户所兵营都已经被茫茫的雨雾所覆盖，似乎覆盖着一个云雾缭绕的城堡。这时候隔壁一条小路上也冲出一匹快马，瞬间将昆仑甩在了身后。马很快停住，站立在密集的雨点中喘气。昆仑看见马背上的主人戴了一顶圆形的斗笠，背影在雨雾中有点虚幻。那人渐渐回头，其间将竹编的斗笠稍稍往上提了提。笠檐四周盖了一圈透明的纱巾，纱巾缓缓撩开，昆仑透过雨帘看见，藏在斗笠下的那张脸，竟然是杨一针。

张望和李不易已经在雨中等候多时，此刻他们赤头站在瓮城口的河沟前，全身已被淋透。唯一的一把伞，是由蹲在地上的一个名叫毛二的伙夫举着，以遮盖身前正在燃烧的蜡烛和纸钱，让它们不至于被这场令人厌烦的雨所浇灭。

雨一个劲地下着，昆仑下马，不想再多看杨一针一眼，因为杨一针在紫阳街上骂他是废物。他走到领头的张望面前，看见对方胡乱擦了一把眼睛，好像是被飘荡的烟尘熏得掉出了眼泪。张望盯着昆仑身上的飞鱼服，不禁打了一个哈欠，然后视线又从马背上的杨一针脸上缓慢地掠过。可能是因为实在没有睡醒，他在雨点中张大嘴巴，极力喊出的声音却还是空洞绵软，说，你们两位……谁是国舅爷……派来的"玉竹"？

昆仑愣了一下，听见身后的杨一针催马上前，最终挡到自己跟前说：我！

雨水密集地打在昆仑头上，顺着脸颊一直往下淌。昆仑闪了闪眉头，转头望向蹲在地上的毛二，毛二烧纸钱烧得十分专注，仿佛身边所有的一切都跟他无关。然后昆仑听见李不易说，之前两个杭州守戍营过来的兄弟，就是死在这里。那天夜里有倭寇入侵，等我们赶到时，尸体已经在涨水的河里漂出了一段路。

昆仑怔住了，耳朵里仿佛消失了雨声，只听见脚下奔涌的河水声。李不易说的两个兄弟，显然指的就是韭菜和寻枪。当初郑国仲派他们来桃渚，杭州卫守戍军送来的折子上没有提到锦衣卫，只说他们是杭州卫守戍军的水兵，过来桃渚是为了训练一番海上实战。

纸钱燃烧的烟雾从毛二身边升起，带着一种悲凉的温度。昆仑看着大雨中流淌的河水，河水越涨越满，最终漫过了河沟。此时他感觉眼睛很痛，鼻子很酸，忍不住回头时，却看见胡葱六神无主地从湿淋淋的马背上滑下。胡葱落到地上，身子不由自主抖了一下，顷刻间泪流满面。

李不易垂首，在雨点中深深叹了一口气。他让出一条道，声音显得苍凉而且恭敬，说，几位先跟我们回营房吧！路上小心，这里的蛋子路很湿滑。

2

桃渚千户所坐落在城中后所山的山脚，群山环绕又面朝大海。

早在两百多年前，因浙江沿海倭患日益猖獗，太祖就决心要增强海防。到了洪武十七年，信国公汤和巡察东南沿海，遂提出兴建抗倭城池的建议。三年后，包括台州健跳及桃渚在内的总共五十九座海防卫所建成，桃渚设立了千户所，隶属于浙江海门卫。千户所建成后，又因时常遭受台风海浪侵袭，且难以防御倭敌，城池于是经历过两次内迁，最终于正统年间在现址的后所山临崖而建，从而面对倭敌的来袭，占据进可攻退可守的有利地形。

昆仑和杨一针坐在营房的议事厅。昆仑想起韭菜和寻枪，心里觉得很乱。议事厅里深藏潮湿的霉味，夹杂着海风的咸腥，让人昏昏欲睡。李不易抱进来一堆官兵的花名册时，杨一针抽出一本，目光在纸页上一排一排掠过。后来她把花名册放下，沉吟片刻，望向坐她对面的张望说，根据朝廷收到的密情，桃渚千户所里有倭寇安插的奸细。

议事厅顿时更加安静，杨一针盯着张望，目光渐渐收拢。她告诉在场所有的人，桃渚营的奸细已经暗藏多年，不时会向外传送出讯息，这人与外界联络的代号，叫作"穿云箭"。

张望此前迷迷糊糊，一直处于半瞌睡的状态，现在他终于眨了眨眼，努力想让自己变得清醒。他张开嘴皮说，原来还真的有这回事，这一切我早有预感，不然很多事情根本说不通。张望停了一下，觉得该补充什么，他想起桃渚营之前还丢失过一份海防图，翻遍整个营房也没找到。他说既然认定有奸细，那就一起查吧。

张望说完耷拉下脑袋，眼神昏花又想要睡去，好像说了刚才一通话让他很累，必须要抓紧休整一下。张望是个极端嗜睡的人，据说他有许多次骑马巡城，一不小心就在马背上睡着了。于是马就安静地驮着他，一路将他送回到宿房门口，让他在阳光下睡得更加安稳妥帖。

给张望盖上一面军毯的时候，李不易跟杨一针解释，海防图是在一年多以前丢失的，里头有沿海五十九座海防城的具体位置和布兵数量。那时候他刚调来桃渚不久，他以前是在宁波慈溪的观海卫任职。

张千户得的是什么病？杨一针问。

据说是肾虚，浑身乏力，神气倦怠，又怕冷。李不易看了一眼已经入睡的张望，又说千户一直在吃药，只是不怎么见效，每天都睡不醒。

杨一针看着张望，看见他拧着眉头，两片耳朵皮偶尔会跳动一下。她想，这人为何连睡着了也心事这么重，也或者他此刻是在装睡？

杨一针说，张千户，你最好还是醒一醒。

雨点停止的时候，昆仑已经在翻看韭菜和寻枪阵亡那天的《桃渚千户所每日军情纪要》，纪要写得密密麻麻，其中最为关键的部分，来自于毛二的口述，负责记录的人是李不易。

毛二的口述内容大致是这样的：

我叫毛二，今年二十九。我是桃渚营千户所甲字号伙房的伙夫，每天主要负责为张千户烧饭炒菜，也为他熬药。

跟千户所的许多官兵一样，我也是地道的桃渚人，家就住在营房城墙外的一个小村子，离这里很近，过了一棵樟树就是。也正因为是本地人，我夜里忙完了，经常要偷偷回家一趟。家里有个老父亲，我是一个孝子，要回去看他一眼。当然我也有自己的一点小心思，伙房里的小鱼小肉，或者是油盐酱醋，有机会我会藏在袖子里带回去一些。这事情我做得不对，我以后一定改。

出事的那天晚上，我也回家了。我在家里待得很晚，因为外面一直在下雨，我又没有雨笠。后来雨停了，我就走出家门，往营房里赶。那时已经过了营房熄灯的时辰，我记得我走在路上的时候有点奇怪，城墙望楼里虽然点着灯火，却没有看到值守的士兵。那时刚刚下过雨，所以我能在夜色里将灯火通明的望楼看得很清楚。按照我们桃渚营的军纪，每晚在望楼里值守的起码有两个士兵，一旦发现敌情，他们就负责击鼓传讯。这天负责守夜的正好是韭菜和寻枪，他们是从杭州守戍营过来的，两个人很年轻，长得跟我多年前死去的弟弟一样。

我走到瓮城口，看见一匹孤零零的战马，站在河沟前发呆。我想是谁这么不小心，夜里马都没有拴好，让它跑出营房吃夜草。可是那马见到我，一双眼却是泪水汪汪的。于是我走到它跟前，当场就被吓住了，因为我看见了地上的一摊血，血正顺着城墙外河沟的斜坡，一直流到河里。我心想坏了，然后再定睛一看，差点就喊

出了声音。天呐，我分明在河沟里看见两具漂浮的尸体。尸体顺水而下，彼此抱得很紧，整条河里都是血。我是在尸体就要在河沟里转弯的时候，看见两张脸从水底浮了出来，我看得千真万确，真的，死的人就是韭菜和寻枪。

那时候我差点把命都给吓没了。我急忙转身，想要冲进营房报信，却看见不远处趴着一帮持刀的倭寇，他们像鬼一样突然冒出来，好像正要冲过来对我下手。所以我假装什么也没看见，也不敢喊，怕他们当场要把我一起给灭了。

我慌慌张张冲进城池，笔直冲向张千户的宿房。我必须把死人的信息第一时间告诉他，因为他是千户……

昆仑看着卷宗，一直没有盖上，眼里出现的仿佛是那天夜里的雨。他觉得很奇怪，韭菜和寻枪竟然死得悄无声息，让整个事件显得扑朔迷离。他原本想独自过来调查韭菜和寻枪阵亡的真相，现在他终于明白，郑国仲当初让他去紫阳街与杨一针接头，接下去接受杨一针的派遣，任务的下一站，就是眼前这座暗藏杀机的桃渚营。既然桃渚营有里通外合的倭谍，代号为"穿云箭"，那么韭菜和寻枪的离奇死亡，肯定就与这个"穿云箭"有关。

窗外是桃渚营狭长的中心街，昆仑站在窗口，看见手持刀枪的兵勇和来往的百姓擦肩而过，一切都显得很平静。时间已经是傍晚，街道上有农妇赶了一群归家的鹅，鹅在石板路上一摇一摆，像一艘摇晃在暮色里的船。过了一会儿，沿街店铺里有油灯渐渐亮起，于是这座军民杂处的卫所，似乎在微微吹拂的海风中变了一种颜色。

昆仑转头，看见杨一针正深思熟虑地看着他，当然也许是看着他身后的夜色。这时候昆仑才发现，杨一针的睫毛很长。

3

杨一针在第二天首先要找的人是李不易。她根本不想去见张望，她觉得从这个嗜睡如命的人嘴里也问不出什么，只能望着他一直流泪打哈欠。

李不易的宿房跟张望离得比较远，差不多是在营房不同的方向。宿房门前是清澈的化龙渠，渠沟其实很窄，杨一针一步就能跨过。渠里长了茂盛的水草，品种最多的是地毯草和红松尾，它们像是一堆秘密一样趴在水底，在杨一针的眼里摇摇晃晃。

杨一针敲了敲门，看见李不易正在房中画图，他喜欢画各种各样的地形设计图。李不易有一个想法，要逐步将桃渚营扩建，他希望新建的营房里，房屋之间的距离不能太宽，最好不要容许两人并肩经过。他的意思是，这样的设计，万一今后倭寇入侵城中，在巷子间的运行速度会受限制，也不利于在石墙之间展开他们的长刀跟长枪。

杨一针仔细看着设计图，觉得李不易说得有点道理。她随即看见李不易又指向设计图的街道中央，说分布在中心街左侧和右侧的小巷，彼此之间不能一眼望到底。也就是说两条巷子尽量别在一条直线上，而是应该相互平行。就此李不易解释，这样一来，冲进对面小巷的倭寇，就看不清我方的阻击力量到底隐藏在哪个方位。

杨一针点头，随即又愣了一下，说，营房的城池为何要扩建，难道是我们要扩军？李不易笑了，笑得有点隐晦，他说，

桃渚营暂时不需要扩军，但我们需要扩充的是女人。

因为朝廷的军丁屯田制，千户所内的兵勇世代相继，他们一年四季的时光中，三分守城，七分耕种，农忙时收割，农闲时练兵，祖祖辈辈均居于桃渚营里。于是，迎娶女人成家立户，便成了年富力强的军士们关心的头等大事。李不易说，生儿育女可不仅仅是一家子的事，也是为了确保城内一代代兵丁的延续。但实不相瞒，目前城里的年轻女子不多，我们得向外引进。这样一来，目前有限的兵营房舍势必就会不够用了。

李不易是个义乌人，事实上，他就是戚家军的后裔。当年的戚家军中，有很多诸暨人和义乌的农民与矿工。

沿着化龙渠的河水，李不易带着杨一针，一路走访桃渚营的街巷。风吹在杨一针的脸上，让她好几次都去整理自己的头发。她看见许多叫不出名字的野花，一路生长过去，在她眼里呈现出一种寂寞的繁华。杨一针想，如果没有倭寇和奸细，这里原本应该很太平。她也就此想起了自己在紫阳街上的滑板车以及采草药的竹篓，但她知道，这一切也仅仅只能想想而已。

路上李不易跟杨一针聊起了之前就职的观海卫，说了几句人家根本听不懂的当地燕语。杨一针试着学了几句，最后被自己的声音给逗笑了。李不易还向杨一针展示了插在腰间刀鞘里的一把短刀，那是他前些年从入侵观海卫的倭寇手中缴获的战利品，名叫牵肠挂肚。牵肠挂肚的刀背中间刻意留出一道弯月状的豁口，李不易说，被俘获的倭寇要是想自残，刀子插进肚里狠狠地一搅，被豁口拉出来的便是一把血

淋淋的肠子，谁也别想把他给救活。

李不易比张望年轻许多，脊背挺得很直，说话的声音也是铿锵有力。他走路时眼睛望着前方，身上有很明显的军人气质。哪怕是到了冬天，李不易也每天夜里要去化龙渠边的黄衙井，用那里的冒着热气的井水直接冲澡。他认为人就是这样，头脑越冲越清醒。

杨一针跟李不易走到黄衙井前，最终在井台前停住。井水在阳光中晃荡，杨一针看着自己的倒影，忽然说张千户每天睡不醒，李副千户觉得有没有其他的原因？

李不易眉头皱了一下，他显然是听清了这一句，却转眼望向化龙渠里的水草。水草间有一只懒洋洋的小虾，正慢悠悠地张开银白色的身子，好像要在这个上午把难得一见的太阳给晒足。杨一针转头，看了李不易一眼，说，我是不是问得太唐突，李副千户觉得不方便回答？

李不易瞬间笑了，他说自己跟张千户配合得很好，千户因为身子弱，平常营房里大小事务顾不上打理，他自然会帮衬着一起做。

可是千户所里竟然会有奸细……李不易想了想说，真是出乎我意料。你说张千户这么多年带兵，真的也挺不容易的。

杨一针也笑了，她看着李不易说，你等于什么都没说。

按照建制，桃渚千户所下设十个百户所。每个百户所设总旗官两名，小旗官十名，小旗官手下各配置十名兵勇，故百户所下辖人员为一百一十二人，而整个千户所统辖的总兵力为一千一百二十人。李不易后来带杨一针去了城西一个百户所的水田，让她见识一下官兵在春耕时的抛秧以及插秧。杨一针看见那名精瘦的百户官在田埂上抛出秧苗，秧苗铆足了劲飞起，一下子跟天空离得很近。秧苗色泽青葱，在白云下面划出一道绿色的曲线，最后啪嗒一声落在水田里，砸出一片巨大的水花。她还看见卷起裤腿的官兵是倒退着插秧的，他们赤脚踩在滑溜溜的泥田里，腰身弯成一把弓，插落青秧时每一行不多不少，都是正好安排的七株秧苗。

杨一针看着这一切，想象着一旦倭寇入侵时，这些离开水田的卫所官兵在战场上会是怎样的一副模样。

后来官兵们累了，纷纷回到田埂上。他们舀起茶缸里的茶，偷偷看一眼杨一针，在喝下茶水的时候，相视而笑聊起一些含糊不清的话题。等到茶水在肚里撑满，他们就一个个跑远，对着海风吹来的方向撒尿，笑呵呵地说看谁的尿冲得更远，能把对面一片田里拉犁的水牛给冲倒。还说去年谁家的儿子中了武进士，可这孩子他爹撒尿的玩意却像一根软不拉儿的面条，所以说人不能貌相，裤裆里头也可以做道场。

杨一针也试着喝了一勺茶缸里的水，觉得很甜。这时候对面那头苍老的水牛停下，背上很快落满一行白鹭。水牛慈祥地望着杨一针，杨一针就想，可能在这一片看上去有点冰凉的水田里，就有她要寻找的倭敌卧底"穿云箭"。

媒婆翘嘴阿婶在此时来到水田间，她一瘸一拐，在这样的太阳底下身上依旧盖了一件蓑衣，好像生怕随时要下雨。翘嘴阿婶屁股一扭一扭，路上不停地咳嗽，她左手抓了一把土黄色的纸片，右手食指在嘴里一抹，带出一些口水，然后就将沾湿的纸片一张一张分发到官兵的手里。她让这些男人回去记下各自的姓名和生辰八字，自己才好去三门、黄岩以及石浦，尽快给大家物色合适的女人。

翘嘴阿婶分发完纸片，坐在田埂上喘气，她歪着脑袋盯了杨一针很久，最后翘起两片嘴皮说，姑娘好像不是本地人，有婆家没？

杨一针笑着不说话，阿婶就朝水田里照了照自己的影子，说，要不我给你牵线张千户，张千户也不是本地人，他也想找女人，托我说媒已经一年多。

不用了，杨一针说，我怕我的生辰八字在这里水土不服。

水田里响起一片哄笑声，有人嘴里没把门，喊了一声说，张千户的腰板能行吗？要不让毛二天天给他买海蛎子，海蛎子吃了才能壮阳。阿婶就不服气地站起来，吐出一口痰，问，他怎么个不行？你别看张千户睡不醒，他有时候可能壮得如同一头牛。

杨一针看着巧舌如簧的媒婆，又看她扭着屁股一路走远。透过那件千疮百孔的蓑衣，她发现这年过半百的女人似乎还有那么一点残存的风韵。媒婆偶尔露出来的腰身，在阳光下呈现出一片雪白。

后来李不易脱了靴子挽起裤腿，一脚踩进水田。他看了杨一针一眼，跟她说，媒婆的嘴，跑堂的腿，你别听她瞎扯。还说，咱们把"穿云箭"给揪出来，我现在跟你一样有信心。

4

昆仑从一条小巷里拐出，眼前突然出现一道耀眼的光，他身子一闪，即刻看见空中迎面飞来的是一把菜刀。菜刀从昆仑额前切了过去，笔直飞向巷口的泥地。这时候有一只大红花冠的公鸡扑棱着翅膀飞起，公鸡神色慌张，又有一种死里逃生的庆幸。

毛二站在伙房门口，头上落了几片彩色的鸡毛。他整个人气势汹汹，对着昆仑骂了一通道，你就是个丧门星，你要是晚点出来，老子现在已经把它一刀两断。

昆仑把菜刀捡起，手指在刀口处摸了摸，说，听你这意思，我是不是还要赔你一只鸡？

毛二这天上午一直在抓鸡。鸡是他刚在街上买的，他想宰了它，炖上天麻和田七，给张望补补身子。结果这鸡很不老实，死到临头还从毛二手里挣脱了出去。毛二一路追赶，几乎跑遍了半个桃渚营，其间还被公鸡拉了一身滚烫的屎。

伙房门口是一片绿油油的菜地，毛二接下去开始摘葱，没有了公鸡，幸好他这天还买了两条小黄鱼。他在烧鱼的时候要放很多的葱，到了夏天还要加上紫苏，这样可以去腥，鱼汤闻起来也很香。他摘葱的时候很奢侈，不是一根一根地摘，而是把整棵葱连根拔起，在眼前甩一甩，甩掉葱头的泥。

昆仑说，伙房里就你一个人吗？你给张千户当伙夫几年了？毛二此时已经在摘大白菜，他剥下一片菜叶，跟那些葱扔在一起说，关你什么事？你要不帮我去抓鸡。

昆仑抖了抖飞鱼服，抬手弹去飞到身上的一只亮闪闪的甲虫，说，你让一个锦衣卫去帮你抓鸡，是不是杀鸡用牛刀，大材小用了？

锦衣卫有什么了不起。毛二说完从菜地上跳起，他身子很小巧，并拢双腿连着跳了好几回，转眼就跳到了伙房门口。路上毛二还甩了几次手里的葱，将残留在葱头的泥甩向昆仑的飞鱼服。昆仑觉得这人有点意思，看他在地上跳来跳去的样子，犹如一只活泼的青蛙。

毛二开始洗菜，他生机勃勃地跳到水缸前打水，洗起菜来动作十分迅速。等到要切菜了，毛二又提着那把宽阔的菜刀，一下子蹦跳到了高高的案台上。他把切菜的砧板摆摆端正，菜刀笃笃笃笃落下，看得昆仑有点眼花。毛二蹲在案台上，个子瘦小，撅着两片没怎么长肉的屁股，他忙活了一阵又移动一下双脚，这才望向昆仑说，你找我什么事？你有没有看到我很忙的？你要不帮我烧火。烧火烧好了你先给锅里加两勺水，勺子浮在水缸里。对了我还想起来了，你看看缸里的水够不够，我等下还要给张千户烧一锅洗澡水，他已经一个月没洗澡了，身上可能都要长出草了。

昆仑在灶口前坐下，点燃一把生火的茅草。茅草在他手里呻吟了一下，即刻送出一团炙热的火苗。他把燃烧的茅草塞进灶膛，在一团升起的烟雾里说，你下次说话，能不能一句一句说？

毛二撅着屁股，说也行。他又伸出一个手指头，说，接下去你问一句我答一句，反正我尽量不多说一句。我要是多说一句，你就用菜刀切了我这截手指头。

昆仑欣赏着毛二的手指头，看它长得很细，跟一节葱一样。他说，你说好了吗？那我接下去要开始问了。

那天毛二在发现韭菜和寻枪的尸体后，就一路奔去了张望的宿房。但张望睡得很沉，毛二喊了两声他也丝毫没有反应。毛二于是想，张千户会不会没在房里？所以他就急着去点油灯。毛二记得一点，他在点灯的时候有点慌，第一次打火没有点着，可是手指却好像被油灯的灯芯烫了一下。

你是说油灯刚刚熄灭？所以灯芯才会烫到你手指。昆仑往锅里加了一勺水问道。

我没这么说，这些都是你在说。毛二把切好的菜堆到一起，说，我只是好像被灯芯烫了一下，再说一遍，是好像！也就是说似乎，可能！

那么油灯点燃后，张千户是否在房里？

在呀！他不在房里还能在哪里？他就在床上。毛二说完，从案台上啪的一声跳下，又将切除下来的几个葱头随手扔向了墙角，他说张千户鞋子都没脱就睡着了，睡得就像一头猪。

刚才这些，你在做笔录时怎么都没说？

没人问我我干吗要说？对了，死的那两人跟你什么关系？难道是你兄弟？

昆仑点头，听见毛二说怪不得。毛二看了一眼昆仑的飞鱼服，感叹张千户真是眼尖，一眼就能看穿。

毛二记得韭菜和寻枪刚来桃渚营的那天，张望看着韭菜递过去的杭州守戍营的折子，眼睛都没抬起就问，你们当真是杭州卫守戍营的吗？告诉我杭州城东有几扇城门，从北到南分别叫什么门。韭菜那时候一下子被难倒了，他说自己也是刚加入守戍军不久。张望于是慢慢地笑了，说，你糊弄不了我，我一听你口音明显就是京城人。但是杭州卫守戍军里只有江浙一带的人，所以你这份盖了巡抚印章的折子虽然是真的，但我猜想你们可能是锦衣卫。因为我还看出，你们两位的身手非同一般。

昆仑听毛二说完，看着他抓在手里的两条剖洗干净的小黄鱼，闻到一股腥味。他想张望说的没错，过去了这么多年，待在京城的韭菜和寻枪的确学会了满口的京腔。这一点，可能当初连郑国仲都没有想到。

昆仑说，你说得很好，接着往下说。

270

毛二却说，我已经说得够多了，我要说的都说完了，那么你到底要不要赔我那只鸡？

时间转眼到了下午，张望午睡了一阵，感觉整个人稍微有点清醒。但他决定接下去还是待在宿房里，他有许多的事情要做。

张望后来蹲到窗前的地上，那里堆满了各种各样的石子、晾干的水草以及规格不一的小木条和小木片。木片有长的方的，也有圆的。最近一段时间，张望一直在搭建一座花园的模型，花园的出入口和遍布各处的亭台楼阁、草地林木、山石景观已经完工，接下去他要处理的，就是纵横交错在花园中的便道和小径。

昆仑踩着下午柔软的阳光，看见张望的宿房门口洞开，像是一扇夏天里的窗。他一脚踩进房里，张望的思路随即被打断。

张望身子倾斜，护佑着眼前那个幼小袖珍的花园，他示意昆仑脚步轻一点，别震垮了他刚刚搭成的花园藏书楼的顶层阁楼。在张望的脑海里，整个工程接下去最为繁琐的一项，就是如何在花园中摆入剩下的那堆五颜六色的小木条。他认为每根木条都代表连接各处的便道或者小径，小径将是琳琅满目，彼此互相交叉，又各自通往未知的旅途。

张望跟昆仑解释时声音断断续续，昆仑摆出一副仔细听讲的样子，好像是听懂了。他感觉那阵声音像吹来吹去的风，只是奇怪，张望现在怎么思路变得清晰，脑子能够应付过来如此复杂的花园。

昆仑说，阳光真好，张千户怎么还有这种爱好，一个人在房里琢磨后花园？难道你接下去准备要娶好几房老婆？

张望却皱了皱眉头，仿佛再次陷入沉思，也仿佛即刻又要入睡的样子。面对那个十分珍惜的花园模型，他突然又撑开眼皮，打了一个哈欠说，在你眼里它只是一个不值一提的花园，但你错了，它实际上是一个巨大的迷宫。

这是一个软绵绵的下午，张望后来又开始目光涣散，他强打起精神说，我现在就可以告诉你，这项工程要是建成，你从这里的入口进去，整个人转来转去，哪怕是耗费半生的心血和精力，你也别想寻获其中的出口。张望抹了一把脸说，你将在这里迷路，不得不回到最初的原点，你会开始怀疑过往的人生，直至最终向花园里的每一棵草以及每一片树叶投降。

说完，张望耷拉下脑袋，好像他已经向自己的睡意投降。

夕阳终于到来，昆仑看见橘红色的阳光爬进雕花的窗格，洒落在眼前的花园模型上，呈现出一片类似于繁花似锦的虚幻。他望向整间宿房，竟然没有看见一张桌子和椅子，却见到躺在地上的七七八八的斧头凿子和锯子，以及一些凌乱又陈旧的刨花。张望缓缓睁开眼睛，像是进入一段绵长又迷离的回忆，他说上元节那天，自己是在烟花和爆竹声中心血来潮，突然想起了自己曾经在云南当总督的祖父。祖父是一个很奇怪的家伙，入土之前耗尽晚年时光，一门心思就为了搭建一座别出心裁的迷宫。张望在上元节想起这些，觉得时不我待，就干脆将桌子和椅子全都剖开，手头于是有了一堆可以利用的木条和木片。

昆仑听着这些，才发现原来张望是将所有的杂物都堆在了宽阔的大床上。但他同时看见，床上唯一摆得很端正的，只有躺在枕头边的《纪效新书》以及《练兵实纪》，那是戚继光的两部著名的兵书，是将军毕生抗倭的经验总结，具有很高的参照价值。

夕阳在不经意间离开，当屋里陷入一种令人昏昏欲睡的灰暗时，张望养的几只鸽子纷纷飞回到宿房，落在地上很大方地走来走去。鸽子目光笃定，偶尔会盯向地上那片看不懂的花园模型，虽然觉得新奇，脚步却一直不敢靠近。昆仑望向鸽子，也仔细看了一眼张望的靴子，他想起那天深夜毛二冲进这间宿房时，张望曾经穿了靴子躺在床上睡得像一头死猪。接着昆仑又想起，京城锦衣卫也养了一群数量惊人的鸽子，那些鸽子经过训练后，向外下达拘捕剿杀令以及传递各种密情，是一件非常容易的事情。

张望在鸽子的叫声中醒来，他扭了扭脖子，声音疲倦地说，里头太暗，外面坐。

门口有一张四方的石桌，石桌上摆着毛二让人提过来的食盒，以及一壶温热的绍兴黄酒。旁边有一个炭炉，炭火已经差不多熄灭，炖在炉口的，是每天给张望熬药的药罐。

食盒打开，里头除了毛二煮熟的那只大红花冠的公鸡，还有一碗黄豆炖蹄髈，以及一盘香椿炒鸡蛋。公鸡这天下午被倔强的毛二追得无路可逃，最终它干脆站定，被毛二一把提到了砧板上。然后毛二一刀下去，砧板震了一震，公鸡拳头一般大小的头颅就彻底与它的身子分开。

昆仑和张望喝酒聊天，张望三杯酒喝下去，脸色涨红，睡意渐渐消退。两人酒杯你来我往，有时会相视一笑，好像彼此心灵是相通的。张望夹了一口香椿炒鸡蛋，送到嘴里时眉头一皱，吐出一堆泥沙。他拍了一下石桌，咒骂毛二居然还敢穿着靴子跳上灶台炒菜，泥沙分明是他靴子上掉

落的。还说毛二要是再敢这样，老子就把他裤裆里那家伙给切了，免得他以后炒菜时朝锅里撒尿。

张望的祖父功勋显赫，但是朝廷越来越繁杂的公务搞得他焦头烂额，又分身乏术。祖父常常汗水连绵，每到夜里就在昏黄的油灯下感觉寂寞和孤独。后来他干脆辞去官职，与过往的一切分道扬镳。他回到老家的明月轩，画了一大堆的手稿，想要搭建一座脑子里构思了很多年的花园迷宫。

你可能想不到这样的迷宫到底神秘在哪里。张望看着昆仑，目光高深莫测，说，我现在可以告诉你，其实你进了花园以后，虽然乱花迷眼，但你从第一个路口开始，只要在延伸到脚下的每一条分岔小径上一直往左，总是往左，那么你就能很轻易地寻找到正确的出口。

昆仑静静地想了想，喝下一口酒说，这些彼此交错的小径，你都准备怎么搭？

张望闭上眼睛，好像一下子被问到了痛点。他只是阴沉着脸回答，说，目前从祖父留下的手稿中，我还尚未得到应有的灵感。

黄昏越来越深重，张望喝下就快要变凉的药汤。当那群鸽子走到他脚跟时，他撒了一把米饭，又把罐里的药渣倒在门前的蛋子路上，自己又先踩了一脚。然后他说，这么多年我他妈的都太忙了，我以前还跟李成梁将军的部队征战辽东，幸亏运气好，才他娘的捡回一条不值钱的老命。

昆仑于是在张望的声音里想起自己的父亲，当初父亲就是孤身战死在辽东的沙场。他沉默了一下，就随口跟张望打听，辽东到了冬天，是不是会下很大的雪？张望说，被你讲对了，辽东落下来的雪，每

272

一片都有白色的海鸥那么大，覆盖着战场上茫茫的尸体。

张望这么说着，好像突然想起来什么。他从兜里掏出两串缠绕着线绳的挂坠，交到昆仑手里，说，如果没有猜错，你来就是为了他们。

昆仑怔了一下，两串挂坠是"小北斗门"的七星勺子吊坠。当初在杭州，他没有在韭菜和寻枪的脖子上找到，现在他没想到，吊坠却一直留在张望的手里。

我能猜到他们是你的兄弟，张望说，东西还给你。你节哀。

昆仑抓着吊坠，手里一阵冰凉，感觉这个傍晚多少有点不够真实。他后来看见张望从屋里提出一盏油灯，在石桌上点燃。张望睁着两个昏花的眼珠子，在油灯的光芒里说，酒我喝不动了，我今天说的话比整个春天里的话还要多。我实在是很困了。

夜幕就是在这时候洒下，杨一针朝张望的宿房走来时，转头看了一眼张望倒在地上的药渣，也看见张望仰躺在石椅靠背上，已经睡着了。张望还是拧着眉头，耳朵皮偶尔会跳动一下，好像他在睡梦中等待着杨一针开口。

杨一针暗自笑了，提起油灯在张望眼前晃了晃。跳动的光线下，张望慢条斯理地把眼睛睁开一条缝，他莫名其妙地笑了一下，目光随即变得寒冷，抬头看着杨一针说，你是在怀疑我杀人，还是在怀疑我装睡？

昆仑不慌不忙，看着手里的吊坠，声音很淡定，说，我兄弟出事的那天夜晚，张千户有没有去过哪里？

我一直在床上。这一点毛二可以作证！

那天你是穿着靴子睡在床上，有没有这回事？

这我哪里能记得？那天下雨，雨声缠绵，我困得要困死了。

一下子死了两个人。血水灌满了河沟，张千户难道就没有听见一点动静？

营房里那么多人，你一个个问过去，看看有没有人听见过动静。

张望停了一下，抓起一杯酒一口倒进嘴里。他扫了一眼昆仑身上的飞鱼服，说，你有没有搞错？我是千户，正五品，手下掌管着一千多号人，官阶不见得会比你低。你凭什么用这种口气审问我？

昆仑抓着两串乌金的吊坠，线绳挂在手腕上。他闪了闪眉头，给自己又倒了一杯酒。酒杯在石桌上碰了一下，他说，张千户，咱们接着喝酒，有些事情慢慢聊，总会聊出个大概来。

张望却并不领情，他随手抓起一只鸽子，随便抚摸了一下它的羽毛，然后就使劲将它朝空中扔了出去。

鸽子越飞越远又越飞越高，昆仑看见它最终飞出桃渚营的城墙，似乎在这一晚开始低压下来的云层中穿云而过。

我知道这营房里有人要陷害我。张望面无惧色地盯着昆仑说，你别看我经常睡不醒，但这并不代表我傻。我祖父以前是总督，这个营房里，谁的身世敢跟我比？

杨一针掩了掩鼻子，在张望喷出的酒气里，她漫不经心地看了一眼天边，似乎听见隐隐的雷声，觉得接下去又会是一场瓢泼大雨。她说张千户毕竟是将门之后，什么事都能沉得住气。

张望却当作什么也没听见，他只是认为夜里下雨总归不是好事情，他真是被桃渚营的雨给烦透了。他后来把头抬起，说，看来接下去还要死人。阎王爷挡都挡不住！

杨一针转头说，死人不怕，关键要看

死的人是谁。杨一针还说，酒真是好东西，张千户现在怎么一点都不困了？

张望对着酒杯里的夜色笑了，然后他开始四处张望，说我没那么傻，再不清醒一下的话，可能连脖子上的脑袋都没了。

5

大雨滂沱，桃渚营的城墙外黑灯瞎火。亥初时分，东城门外的村庄，夜色里奔跑着一个游方郎中。

郎中举着一块被雨打湿的布幡，在污水横淌的村落里跑得慌不择路。这人最终敲开毛二家的木门，木门在风雨中一阵晃荡，里头露出的脸是毛二的妻子。她看上去倦怠而且瘦弱，抱着六个月大的孩子，身上衣裳破旧，打了好几处补丁。几颗雨点击打在她平常的脸上，毛二妻子抱紧熟睡的孩子，恍惚间有一丝丝的惊讶。她没想到如此疾风骤雨的夜里，出现在眼前的并非自家的男人，而是一位上门的陌生郎中。

郎中的身子几乎完全湿透，她的语气也显得湿淋淋的，她湿淋淋地说刚才经过门口，听见屋里有老人的咳嗽声，听起来着实病得不轻。她还湿淋淋地说如果不介意，愿意就此进门把一下脉，也顺便避雨。

不停咳嗽的是毛二的老爹。老人风烛残年，像一把干枯的随时都会被风吹散的草，已经靠在床沿咳出一摊污浊的血。郎中将滴水的布幡架靠在墙角，她的眼神中闪过了一道精亮的光，她是杨一针。此刻她不用把脉也能看出，毛二爹气若游丝，痨病已经步入膏肓。

逼仄的屋里，油灯火苗弱不禁风，在一股经久不散的药汤焦煳味中，杨一针开始望向桌上黑乎乎的药罐，她的手指离开病人的手腕，说，最近在吃什么药，拿来我看一眼。

毛二妻子抱着孩子拉开抽屉，从里头取出一个药包，等到线绳拆开，杨一针在油灯下抚平里头的各味药品，心中便大概有了眉目。这时候孩子醒了，哭得很伤心。毛二妻子撩开破旧的衣裳，在吹进来的一阵急风中赶紧给他喂奶。杨一针却眉头一皱，听见屋顶瓦片上似乎响过一阵细碎的脚步声。她即刻如一道疾风般冲出，果然看见有个人影从屋顶落下，一路朝桃渚营的方向奔去。

雨越下越急，杨一针追逐在漆黑的夜里，听见风声在耳边阵阵呼啸。

人影在纵横交错的巷子间奔跑得飞快，有几次在路口几乎是凌空跃起，踩上墙角又瞬间浮在空中拐弯。杨一针看见，仅仅是弹指之间，那人就轻易将她拉开了一段距离。

杨一针追到村口樟树下，人影最终在眼里消失。她抹了一把脸，正要甩去满头的雨水时，人影却从头顶落下，顷刻间站在她面前。

树上落下来的是昆仑。他背对着杨一针说，毛二有问题，这人一直在撒谎！

昆仑刚才就坐在毛二家的屋顶。在杨一针到来之前，他在大雨中望向东边一望无垠的桃渚营的城郭，在雨声中他开始确定韭菜和寻枪当天出事时，并非是面对一帮入侵的倭寇。要不然，那么一场惨烈的厮杀，桃渚营一千一百二十号将士以及脚下这个村庄的村民，不可能没有听见半点声响。而他现在坐在屋顶，同样是雨声阵阵，却分明还能听见桃渚营城墙根河沟里积水涨满的流淌声。

昆仑相信，毛二在对李不易陈述现场案情时作了伪证，那天不可能有一群持刀带枪的倭寇。而他最初开始怀疑上毛二，其实是在这天傍晚，因为张望房里的那盏油灯。毛二说那天他冲进张望宿房报信时，点燃了房里的油灯。但昆仑在和张望喝酒时才发现，张望后来从房里取来的油灯，其实是摆在床边凿出的一个四方墙洞里，因为他房里已经找不出可以摆放油灯的桌子和椅子。张望的大床像宽阔的河床，那样一个漆黑的雨夜里，毛二哪怕是望见了墙洞里的油灯，也必须爬上床板越过张望的身子才能伸手够到油灯。那样的时候，床上的张望，难道还能睡得像一头死猪？

这个营房里有人想陷害我。昆仑现在跟杨一针提起张望的这句话时，听见杨一针声音果断，说，拿毛二！

事实上，杨一针去毛二家中，也正是对他产生了深刻的怀疑。她傍晚去张望的宿房，看见倒在地上的药渣，其他都没问题，只是其中的钩藤和石菖蒲让她觉得很可疑，这是两味能够令人瞌睡不止的药材。

杨一针后来去了桃渚中心街上的药铺，询问掌柜开给张望的药方里究竟有哪些药材。掌柜倒背如流，丝毫没有提到钩藤和石菖蒲，他还说每次给张望抓药的人都是毛二，毛二还给他爹一起取药，他爹患的是痨病，药方里倒是有钩藤和石菖蒲。但是刚才在毛二家中，杨一针在他爹的药包里，却唯独没有发现这两味药。

事实很明显，两份药的配伍被毛二更改了。

桃渚营灯火通明，深夜的伙房外竟然围了一大群兵勇。昆仑和杨一针赶到时，发现被李不易带队堵截在灶台前的，正是东张西望苦于眼前无路的毛二。毛二就像下午被他千方百计逼到墙角的那只公鸡，两条腿不由自主地抖来抖去。他好像在等待自己长出一双翅膀，能够从窗口奋不顾身地飞出去。

李不易在巡查营房时，从毛二床底的泥洞里出人意料地搜出一堆卷在一起的白纸。他将白纸凑到油灯前火烤，发现其中一张慢慢显示出一行字，是一封未及送出的密信，告知对方锦衣卫派人过来桃渚营，着手调查韭菜和寻枪的离奇死亡一事。

毛二的密信是用伙房里的葱汁密写的。事到如今，他觉得已经没有必要再抵赖，于是扯了扯嘴角，掏出兜里的一枚葱头，说我还是承认了吧，我就是营房里的奸细，证据全都在这里。说完，他将葱头一把扔进嘴里，并且笑眯眯地嚼了一口，说要死其实很容易，我所有的话就说到这里。

李不易这时迅速冲上，狠狠卡住毛二的喉咙，并且使劲想要掰开他嘴巴。他知道葱头里肯定有毒，毛二是想服毒自尽。但是就连昆仑和杨一针也没有想到，此时亡命挣扎的毛二，在不停躲闪间，却冷不丁抽出挂在李不易腰间的短刀，躬身一把扎进了自己的肚皮。

血缓慢地流出，染红了刀口。就在李不易茫然不知所措的一刻，挣脱开来的毛二却轻而易举地跳上了灶台。他在灶台上退后一步，整个人半蹲着，望向挤到伙房里的所有人的脸，包括刚刚赶到这里的张望。

张望扒开人群，站到李不易身边，吼了一声，下来！

毛二摇了摇头，摇得很淡定。他紧紧抱着那把扎到肚里的刀，好像担心它会遗失。他非常骄傲地笑了，接着一双手猛地使劲，让刀子又往肚里深入一截，并且旋转了刀柄。血终于欢快地喷出，像春天刚刚解除了封冻的小河。毛二的目光绽放出前所未有的满足，他抓着刀子横手一拉，又猛地向外一提，昆仑看见，和那把牵肠挂肚刀一起抽出来的，是一堆白花花又血淋淋的肠子。肠子软绵绵的，面对外头新鲜的空气显得无所适从，它们热烘烘地停留在毛二的肚皮上犹豫了一下，最终纷纷滚落，滚进毛二脚跟那口炒菜的锅里。

张望一直冷眼旁观，似乎灶台上的毛二只是站在戏台上演戏。等到这一切结束，他看着坍塌下来的毛二，终于骂了一句该死的东西，连死也要死得这么不堪入目。后来他盯着那口七成新的锅，看见里头冒着热气的花花肠子越堆越多，越堆越复杂，仿佛是乱糟糟的羊群挤满了山坡。

张望即刻转头。离开之前，他看了一眼昆仑，咬牙切齿地说，明天我一定要换了这口锅！

6

清晨无声无息地铺开，桃渚营的营城在飘荡的雾气中显得山色空蒙。阳光渐次到来时，城里城外的树木开始悄无声息地喧闹和拔节，生长得无比嚣张。东城门外的河沟旁一片鹅黄柳绿，农妇在这里露出半截肥硕有力的腰身捣衣洗菜，家里的男人荷把锄头，牵着一头耕牛意气风发地踩上了石板桥。

这座已经躺在海边两百多年的村寨一般的城池，如果不是因为战乱，海风带来的宁静从来就不会缺席。海风有时还带来几只远航的海燕，它们试着飞向陆地，钻进桃渚一带的山崖洞穴中，用唾液和绒羽筑巢，形成一种名叫燕窝的滋补品。

现在，昆仑走过了石板桥，走进狭小的瓮城，看见低矮的拱顶石壁，以及身边的石墙上，留下许多刀剑经过的印迹。当年戚继光在这里抗倭，官兵们举着兵器策马奔腾，白天黑夜进进出出，刀剑一次次在石壁上不经意地划过。嘉靖三十八年，数千倭寇大举进犯桃渚，像一群黑压压的乌鸦围城七天七夜。军民奋勇抗击，与戚继光的队伍里应外合。就在这个瓮城里，官军与被困的倭寇短兵相接，兵器厮杀你来我往，刀剑撞击在石墙上，纷纷喷溅出四散的火花。血流成河，血腥的气息一直在瓮城上方飘荡，经久不散。

昆仑看着这些，脑子里回想起韭菜脚底板上的箭伤。他到现在也还没有想明白，箭如何会射在脚上？他想象着韭菜那晚从某个高处举着绣春刀飞下，地上却突然射出两支箭，直接射中他的脚掌。这样的一幕，昆仑觉得不可思议，这种箭术绝非是地上跳来跳去的毛二所能企及。

张望的宿房门口，药罐已经在昨晚被他砸碎。他砸得非常凶狠，好像是砸碎了另外一个无耻的毛二。昆仑跨过遍地的药罐碎片，看见张望一个人坐在地上，正对着房里那座花园模型发呆。昆仑站了一阵，问他整个桃渚营里，谁的箭射得最快？张望愣住，说，射箭？如今基本都是火铳鸟铳，我们很少练习射箭。又说之前的弓箭都锁在库房里，大半年没用，说不定箭头都已经生锈。

昆仑望向墙洞里的油灯，说毛二可能不是"穿云箭"，就凭他那样子，一个人绝对对付不了韭菜和寻枪。

你能明白就好。张望站起身子说，眼睛却依旧看着琳琅满目的花园模型。他说

276

桃渚营就是一个迷宫,迷宫里到处都是假象,那全是设定好的圈套。

张望昨晚很忙,在砸碎了药罐以后,他整个人灵感迸发,之前凝滞的思路好像完全被打通。他奇怪自己竟然丝毫没有睡意,于是就对着那个模型花园,破天荒地折腾了整整一个通宵。现在他已经搭成了二十四条小径,每一条小径的石子下,都隐藏着令人惊喜的秘密。但他背对着昆仑说,谈什么城池扩建,房屋间距离不能太宽,街道两旁的巷子又要互相平行,这些都是几十年的老调重弹了,戚继光将军的兵书里早就写得很清楚,不是某些人口口声声说的新花样。

张望停了一下,又吟诗一句,说封侯非我意,但愿海波平。真正厉害的是老子这座迷宫,倭寇一旦闯进来,老子只需坐在望楼上晒太阳,不出半个月,不用动刀动枪,老子就能把那些迷路的倭寇给活活地饿死。这叫什么?这叫不战而屈人之兵!

阳光涌进屋里,昆仑听见张望气势汹涌喷薄而出的一番话,也听出了他的指桑骂槐。他望向门外的操练场,旗杆上黄旗飘扬,黄旗下李不易正带着一队士兵练习刺杀。两把刀子齐头并进朝李不易砍去,李不易在沙堆前身子一蹲,双手甩开,左右两个兵勇便摔倒在地上嗷嗷直叫。

昆仑跨出门槛,走进迎面吹来的风中。这时候他听见身后的张望说,堆弓箭的库房在关公殿那边,锁匙就在李不易的手里。

7

李不易是在夜里被昆仑拿下的。他那时正跟往常一样,兴致勃勃地去黄衙井边冲澡。他只是没有想到,此时身后的不远处,昆仑已经轻飘飘地飞上了屋顶。他坐在倾斜的瓦片上,头顶是清凉的月光,身边长满了风中招摇的瓦楞草。按照杨一针给他的思路,他是想观察一下李不易在夜里的行踪,看看这人是否有什么不可告人的秘密。

在毛二自残的现场,杨一针曾经有过疑问。她记得很清楚,就在毛二往嘴里扔进那枚葱头前,李不易有过一个细小的举动,他似乎很随意地摸了一把腰间牵肠挂肚刀的刀鞘,然后静悄悄地解开刀鞘的卡扣。也就是这么一个动作,让毛二后来在被李不易卡住喉咙并且试图掰开嘴巴时,很轻易地抽走了他刀鞘中的刀子。

一切似乎天衣无缝,杨一针起初也觉得可能只是一个巧合。但她想起毛二扔进嘴里的葱头其实并没有藏毒时,又认为这有可能是一种默契的配合。她想如果李不易早就设计好让毛二背下整个事件的黑锅,那么他必须要安排一个环节,让毛二先是坦然地认罪,然后又第一时间自残,造成证据链的闭环,也由此中断了整个事件的往下调查。

昆仑俯视着黄衙井前的李不易,看他不紧不慢地从井里再次提出一桶晃荡的水,接着又宽衣解带,最后只剩一条宽大的裤衩。他在寒凉的夜风中拍了拍身子,提起井水往自己头顶浇去。所有的一切看来都无比正常,李不易还在搓澡期间唱起一支悠扬的小曲,声音跟随化龙渠的流水一路飘远。后来昆仑听见曲声终止,李不易也开始转头观望四周,在确定周遭无人时,他像一只褪了毛的猴子,小心翼翼地爬进井口,随后发光的身影就在夜色中消失。

昆仑从鱼鳞一样的瓦片上落下,静悄悄地坐上了黄衙井的井台。月光中,他低头看了一眼，看见井水被搅乱，潜入水里的李不易像一条摇头摆尾的鱼，正要从井底浮起，手里似乎还抓了一个幽黑的盒子。

月影在井水的晃荡中被打碎，李不易一只手搭上井台，正要人鬼不知地爬出时，转眼看见了坐在他头顶的昆仑。这时候他左右为难，身子僵在井口不知如何是好。他彷徨了一阵，听见昆仑开口说，李副千户你猜一猜，你脚下是黄衙井的井水，我眼前是化龙渠的河水，咱们原本是井水不犯河水，可我现在怎么就偏偏挡在了你的头顶？

李不易下沉到水中，抬头看了一眼井口不一样的月光，感觉井水越来越冷。他两条腿在水里摇摆了一阵，突然一甩头，吼了一声让开，随即就从井水中冲天而起，携带出一根银白色的水柱。

昆仑的腾空几乎是在同一个瞬间，他整个身子浮起，在空中转了个身，张开的手掌像一片坚硬的翅膀。昆仑看准李不易的脑袋，猛地一掌按下，嘴里又喊了一声回去，于是顷刻间，李不易又活生生地被重新按进了井里，井台边溅出一片硕大的水花，像飞起来的一片海。

张望对李不易的审讯不温不火。李不易坐他对面，满头都是黄衙井的水珠，好像他在这个乍暖还寒的春天里大汗淋漓。张望起初主要是跟李不易聊天，他首先回忆起的是李不易刚从观海卫调来的那个下午，自己去东城门口接他。那天李不易春风得意，骑了一匹精神饱满的白马，身后还带了几个随行的摇头晃脑的弟兄。张望见他从马背上跳下，向自己拱手行礼，态度谦恭而且样子文雅。张望于是展露笑容，笑眯眯地说，你叫李不易？你这名字看上去简单，仔细想其实有点复杂，听起来又像是一个诗人的名号。

张望的回忆步步深入。他认为李不易来桃渚营这么长时间看似斯文明理，实则却是满肚子的坏水，明里暗里想把他这个千户给挤走，好让自己在桃渚营一手遮天。张望和声细语，他问李不易，你急什么急？你年轻不易，我年长其实更不容易。我要走的时候海宁卫指挥使自然会让我走，你以为我还想老死在这里？我早跟你说了，海边的气候一点都不适合我，太潮。

门外飘进橘子花香，张望说着说着就细细地抽了抽鼻子，感觉在这样一个静谧的夜里，橘子花香安静优雅，而且释放出一股甜蜜，令人心旷神怡。他后来看着眼前的一个铁盒子，盒子是刚才李不易潜入黄衙井底捞起、又在被昆仑按回井里时匆忙扔下的。现在盒子已经擦干，打开以后夹层里有一封密信，但张望顺着读一回又倒着读一回，读来读去也始终没有明白，如此胡言乱语又毫无章法的话语到底是啥意思。他问李不易，这应该是你们观海卫独有的燕语？

李不易抬头看着张望，脸上灰蒙蒙的，最终一个字也没说。

张望等了很久，没有等到他想要的答案。他走到李不易跟前，凑到他耳朵沿说，不想开口是吧？那也行，既然你不服，咱们就直奔主题。

李不易被绑到刑架上，先是被喂了一顿鞭子，好好的衣裳被抽烂，抽打出许多血痕，他还是一直不吭声。张望说，我明白了，你可能在等，等我用上更加惨绝人寰的酷刑。于是他在刑房里用目光大致数了一下，刑具主要有狼牙棒、烧红的烙铁、插入指甲的竹签以及刮人皮的铁丝刷等。

但张望想，这些可能还是比较普通，要不就来一点有新意的，所以就跟手下说，去拿一根铁凿子来，咱们把李副千户的耳洞给凿穿。他这耳朵可能被堵住了，我跟他说的话他什么也没听见。

李不易于是被侧脸按在地上，脑袋被人踩住。负责刑讯的士兵先是提来一个铁锤，接着又拎过来一把铁凿子，凿子插进李不易的耳朵孔试了试，看上去粗细程度刚刚好。

张望说可以的，要的就是这个效果，凿吧。把两个耳朵凿穿，这样就能听得清楚我说的话了。

铁锤举起，有人在旁边一双手扶稳那根铁凿子。李不易感觉耳朵里很凉，又看见巨大的铁锤头在头顶晃来晃去，找准了方向就要朝他落下，这时候他从牙缝里挤出一句，说，我招。

张望笑了，样子很斯文地缓慢蹲下，他拍了拍李不易因为遭受挤压而变形了的脸，说，你终于肯开口了，其实我最多只是吓唬吓唬你。你这个人真胆小。

早在观海卫时，李不易就叛变明军，成了倭寇的奸细。到了桃渚营后，为了拉拢人员，他起初放任毛二的小贪污行径。他看着毛二带回去一个鸡蛋，接着带回去一篮鸡蛋，接着带回去一只鸡……等到毛二有天往家里赶去一头营房里的羊，他就抓了个现行，威胁毛二说要送他一家人去北方当苦役，全家都累死在冰天雪地里。那时候毛二的妻子还在怀孕，肚里有几个月大的孩子。听到李不易语调温和的威胁，这孩子兴高采烈地踢了毛二妻子的肚皮一脚。

李不易后来命毛二将抓回来的药先送去他房里。他将毛二爹配药中的钩藤和石菖蒲混进张望的药包，是想让张望嗜睡，毫无精力打理军政。他也好找理由掌握整个桃渚营的实权，同时也方便掌控兵力。

韭菜和寻枪出事的那天，李不易让毛二将值夜的韭菜骗去海边，说是那边出现一群入侵的倭寇。但他之前在海滩里埋下一排锋利的箭头，借鉴的是当初戚继光对付上岸倭寇时埋的板钉。韭菜一双脚踩上箭头，整个人动弹不得，等待他的就是李不易和几个手下轮番砍来的刀子。韭菜奄奄一息，最后被绑在马背上，嘴巴被一把新鲜的草堵住，用马驮着血淋淋的他回到城门前。毫无防备的寻枪见状，急着跑上去要将成了血人的他抱下。可是李不易就藏在马肚子下边，夜色里，李不易准备好的剑猛地刺出，当场就刺穿了寻枪的肚子，血像河里的水一样涌出……

李不易要除掉韭菜和寻枪，是因为他也看出了两人的锦衣卫身份，而且有次他给张望的药包里加入钩藤和石菖蒲时，正好被韭菜撞见。韭菜虽然不懂医，但李不易想，这两个锦衣卫留在营房里，早晚会阻碍他与外界联络，还不如早点给杀了。那天在河沟边动手时，受伤的寻枪和韭菜一直紧紧地抱着，两人都想护佑对方，让刀子砍在自己的身上。

自从昆仑和杨一针过来桃渚营后，调查步步紧逼，李不易觉得这事情很难躲得过去了，就决定让毛二出来顶罪。他给了毛二两根金条，提醒毛二当初是他将韭菜骗去了海边，这已经是死罪。他说毛二要是不愿意顶包，那么全家人就惨了，他即刻就会上门把他们给除掉，一个个扔去城外喂狗。

真相早晚会查明，你终归是要死的。李不易说，既然横竖是个死，你何必要添上妻子，以及刚刚生下来的儿子？再说我以后会对他们很好，这里的千户位子就是留给我的。

关于井里捞出来的情报盒子，其实是一个名叫阿海的人留下的。阿海也是一个倭谍，常来桃渚营与李不易互通情报与指令。但他一般都不与李不易见面，每次留下的信息都是扔在黄葫井里，利用的文字表意方式的确是观海卫独有的燕语发音。燕语是慈溪一带观海卫的独门暗语，从四处征召聚集起来的营兵和当地人为了交流方便，慢慢形成了一种新的发音，因为叽喳叽喳，像燕子鸣啼，所以被称为燕语。阿海这次和李不易也是用燕语约定，子夜时分和他在天妃宫里见面，双方当面交接密情。

说完了吗？张望问。

李不易温文尔雅地回答，说完了，你们可以出发了！

天妃宫笼罩在橘黄色的月光中，这里偶尔能够听见几声短促的鸟叫，在空旷树林中悠然回响。天妃宫位于后所山的山腰，其实就是一座妈祖庙，里面供着保佑渔民平安出海的妈祖女神。

阿海这天下午就来了桃渚营，他经历过无数次的情报输送，此前一直活跃在福建连绵五百里的烽火门水寨，自福建宁州、流江以南至罗源县濂澳门。此刻他站在一棵具有百年树龄的翠柏下，感觉山风钻进脖子，这让他比较武断地认为，浙江的海边似乎比福建要冷一些。柏树枝头高昂，直插云霄，陪伴它的，是那座洁白的天妃神像。天妃面容很慈祥，阿海站在她脚下，觉得自己渺小得像一粒尘土。于是他低头对美丽的女神拜了拜，态度虔诚得像一个认错的孩子。

一只松鼠从柏树上从容地蹿下，阿海凝神一看，看见对面走来的人就是李不易。李不易好像刚换了一件衣裳，整个人干净整洁了许多，在寂静的天妃宫前显得有点飘逸。阿海很自然地迎上去，正想要开口时，却见到李不易身后又慢吞吞走出另外一个男人，这一幕毫无征兆，男人身穿飞鱼服，好像是从李不易的身影中刚刚分离出来的。阿海惊醒，叫出一声坏了，转头就想跑，但是那边迎面过来的，又是提了刀的桃渚营千户所张望张千户。

阿海很明智，瞬间打消了逃跑的念头，他干脆站在那里不动，专心致志地看着自己落在地上的影子。在被张望用绳子绑起来时，他对身边的昆仑比较热情地笑了一下，并且用地道的福建话音感叹说，我就知道你们浙江这地方的人很精明。

张望将这个夜晚安排得很紧凑。他很快就开始了审讯，就在刚才刑讯李不易的刑房里。从他精神抖擞的样子来看，他现在好像已经迷恋上了审讯这件事。

阿海非常配合，他一闻到刑讯房里的血腥味，就从头到尾不想做任何无谓的抵抗。据他交代，他来浙江与李不易接头起始于半年前，其间带走了桃渚营及附近海防的很多军事密情。此次他与李不易见面后，就要漂洋过海去琉球走一趟，与那边一个代号为"花憧"的倭寇头领接头，取回一个入侵明朝海岸线的"婆婆丁计划"。至于接头的暗语，具体方式是阿海问对方"八仙为什么能过海"，然后对方的回答听起来文不对题，说"因为八仙喝起酒来，一个个都是海量"。

但这两句暗语毕竟有点简单，所以按照约定，阿海与"花憧"接头时，还必须带上一份接头信物。信物就在李不易这里，需要他当面交给阿海。

张望对阿海的表现比较满意，但他又想起，接头信物还在李不易手里，姓李的刚才竟然一点都没提起，看来还是不够诚实。他问阿海，到底是一份什么样的信物？阿海其实早有准备，他望向地上一堆沾了血的破烂衣裳，说这是不是李不易刚才换下来的？因为我看见他身上有鞭痕。

张望说，是又怎样，不是又怎样？

阿海说，那么信物估计就在他口袋里。

张望命人取来衣裳，阿海很主动地帮助寻找，可是他翻遍所有口袋，发现全都是空的，什么也没搜出。阿海眼珠转了一下，像一只聪明的松鼠，他提起衣裳抖了抖，就决定要拆开衣领。缝线被挑断，衣领摊开，里头果然卷了一张宣纸，宣纸在桌上展开，是一幅《八仙过海图》。这时候阿海终于舒了一口气，他十分认真地说，就是这个八仙图。八仙为什么能过海？因为八仙喝起酒来，一个个都是海量。

张望却在阿海的声音里感到一阵由衷的沮丧，因为刚才刑讯李不易时，鞭子抽打在他身上，使得八仙图不仅被抽烂了一截，而且还被李不易的血所染红。张望看着昆仑，心里悔不当初，可他又听见阿海不停地絮叨说，我不会骗你的，的确就是这个八仙图。八仙为什么能过海？因为……

阿海啰里啰唆，声音沙哑。这让张望很烦，觉得脑袋都要炸开，他突然提起刀子，看都没看阿海一眼，就猛地朝他脖子方向劈了过去，说，八仙你个头，老子就快要被你给烦死了。

阿海的头颅飞出，带着一股热情洋溢的血，很干脆地撞向了墙角。人头落下，又在地上连着滚了好几滚，最终停下时眨了眨眼睛，两片嘴皮倒吸一口冷气说，张千户，算你狠！

昆仑站在一旁，脑子里一片茫然。他看着阿海依旧站立在地上的身体，脖子以上部分是残缺的，正不停地冒着血。脑袋已经不见了，好像是被人变戏法一样给藏起。昆仑止不住一阵唏嘘，心想张望怎么出手如此之快，自己根本就没时间将他拦住。这时候他听见杨一针离开的声音，他蓦然转头，看见的只是一抹背影。

杨一针的背影在刑讯房门口一晃而过，走得比一缕急速的风还要决绝。

8

当晚，锦衣卫小北斗成员横店和胡葱踩碎潦草的夜色，冲去了城西百户所的那片营区，同行的风雷和千八则守在营区的门口。他们听着黑色的空中传来夜鸟的声音，突然觉得今晚必定要发生大事。

营房里兵勇睡得很香，他们此时并不知晓李不易被捕的讯息，谁都认为这是一个非常普通的适合做梦的夜晚。

横店举着哔卟作响的火把，对着手里的一串名单，一个个大声念过去。名单里的人是李不易当初从观海卫带来的随从，也是他的奸细同伙，那天一起参与了对韭菜和寻枪的暗杀。他们其中一个当上了百户长，三个是小旗官，剩下的一个则是普通士兵。百户长就是那天杨一针在水田里见过的抛秧的家伙，普通士兵是那个嘴上没把门，笑话张望身子不行的插秧的兵勇。

百户长听见横店的叫喊声，揉了揉眼睛从床上坐起。他看着抖动的火把心生疑惑，说，怎么了？

横店说，没怎么，只是过来通知你们

一声，赶紧卷铺盖，因为你们死到临头了。

百户长瞬间冲到潮湿的地上，一把抽出床底的刀。横店于是将火把扔给胡葱，说，你在这里等一下，我过去看看他到底拿了一把什么样的刀。说完，横店跃起身子即刻出现在了百户长的面前，对方还没来得及出刀，横店已经一掌击落在他肩头，让他当场跪在了自己跟前。横店说，你如果想现在就死，那我就让你痛快一点。

百户长一言不发，他抬起头望着横店，紧咬着嘴唇，十分不服的样子。横店笑了，说，我看出来了，你并不想马上死。

郑国仲在第二天傍晚见到了从桃渚营赶来杭州的信使，闻讯以后，他当即从杭州城星夜出发，火速奔向台州。李不易就是"穿云箭"，这让披星戴月的郑国仲感觉一路的奔波虽然辛苦，却是非常值得。

事实上，关于"穿云箭"的密情，也是杨一针之前在台州府紫阳街丽春豆腐坊里打探到的。杨一针将此密告郑国仲，郑国仲才派出韭菜和寻枪过去桃渚营打前站，看看是否能先期掌握一些必要的信息。

阳光垂直地打下来，东城门的河沟前，总共排着六辆囚车。囚车里跪着的，是李不易和他的那些手下。

昆仑点燃一炷香，为了祭奠在这里遇难的韭菜和寻枪。胡葱也跪在地上，一直在抹泪，她想起自己的双胞胎哥哥，手里的纸钱一片一片地撒进燃烧的火堆里。她有时看着翻卷在火焰里的纸钱，有时又转头，目光如同一把冰刀，刺向囚车里的李不易。

烟雾缭绕，头顶盛开的梨花开始在烟雾中落下，白色的花瓣纷纷落在胡葱身边。昆仑走过去，将原本属于韭菜的那串小北斗吊坠挂在胡葱的脖子上。他擦了擦那个七星勺子状的乌金吊坠，看见它在火光里闪烁着暗淡的光。

胡葱已经跪了很久，此时昆仑想把她牵起，她却推了昆仑一把，说，走开！

胡葱现在连走路也要跟昆仑隔开一段距离。就连横店也知道，她现在开始憎恨昆仑，她恨昆仑当初没有跟韭菜和寻枪一起过来桃渚营，要不然，两人就不至于落入李不易的陷阱。横店记得那段时间里，昆仑在杭州钱塘火器局，正忙着跟嫂子赵刻心学做烟花，没有向郑国仲打听韭菜和寻枪出征的原因。那时候昆仑做了很多烟花，这些烟花被他点燃，在夜空里灿烂无比。烟花熄灭时，等来的却是韭菜和寻枪的尸体。

郑国仲就快要到达桃渚营，昆仑和杨一针上马，准备带着横店他们去城外那条蜿蜒的泥路上迎接。马刚走了几步，昆仑回头，发现胡葱和横店不见了。他问千八，人呢？千八望向城墙，说他们两个掉头回去了。

这时候杨一针一愣，似乎心急火燎。她即刻就让马回转身子，风驰电掣般冲向了桃渚营。昆仑仿佛也意识到了什么，他扭过头来，提了提马缰，转身朝杨一针追去。

此刻李不易他们的囚车正在回去牢房的路上。囚车行进在桃渚营正中心的龙门街，阳光晒得李不易睁不开眼睛，他低头，看着脚下倒退的石板路，渐渐感觉心灰意冷。此时街道两旁突然一片哗然，李不易回头，看见从远处冲来的是杨一针和她胯下的骏马，骏马高昂着头颅，奔跑得非常迅速，让街边惊讶的人群一时间都忘了躲闪。

李不易不知道发生了什么。他随即看见马背上的杨一针目光如电,满脸的焦虑,并且在街道那头对着天空喊了一声住手,声音似乎要穿透所有的街巷。与此同时,阳光下的石板路面上,突然映照出一个从天而降的人影,人影是从街边的一幢屋顶上飘下来的,顷刻间就落在了李不易的头顶。

惆怅的李不易怅懵着抬头,他跟所有人一起看见,落在自己囚车上方的是愤怒的胡葱。胡葱对疾驰过来的杨一针视若无睹,同时看见抄近路的昆仑已经越过囚车队伍,从她身后的另外一条巷子中冲出。胡葱觉得再不下手就来不及了,她一把甩出挂在背上的弓,早就准备好的利箭咔嚓一声,瞬间就射进了李不易近在咫尺的头颅。

一股血朝天喷出,午初时分的中心街突然静如子夜。过往的人脚步飘忽着停下,纷纷望向囚车顶的胡葱,目光陷入一种持久的虚幻。等到杨一针和昆仑从南北两个方向赶到时,押解的官兵才如梦方醒,他们一下子掏出兵器,将囚车给团团围住。

胡葱站在车顶,脖子上挂了两串小北斗门的乌金吊坠。她缓慢地拔出绣春刀,对脚下围拢过来的官兵喊了一声,让开!我替我报仇,这一切都跟你们无关。

郑国仲的马就是在这时冲进了人群,他没料到自己到达桃渚营的第一时间,耳闻目睹的竟然是如此难以想象的一幕。他气得鼻子冒烟,但他仍然强压着火气,心平气和地说,绑!

此时围观的人群中又冲出来一个横店,他拔出双刀,双臂哗啦一声展开,挡在囚车前怒视着那些就要冲上来绑胡葱的士兵说,谁敢上来?

胡葱踩着横店的肩膀跳到了街面上,她将绣春刀入鞘,然后提着那把弓问郑国仲说,李不易难道不该死吗?

要死也是死在朝廷的刀下!郑国仲说,你没有资格跟我顶嘴!你也没有资格动用私刑!

那有什么区别?胡葱梗着脖子回答,反正他早晚都是一个死。就算是我替朝廷杀人!

张望这时偷偷地笑了,他看了一眼李不易耷拉下去的脑袋,以及插在他头顶的还在颤抖的箭,觉得胡葱这一仇报得真是有想法。李不易当初用箭头扎穿韭菜的脚底板,胡葱现在就用箭头射穿他头颅,这叫一报还一报。张望想到这里差点就笑出了眼泪,他跟昆仑说,你手下一个女娃子,杀人的速度比我还快。我就喜欢这样的手下,要不你就干脆把她留给桃渚营吧。

昆仑瞪了一眼张望,急着过去向郑国仲求情,请求他不要给胡葱治罪。郑国仲的声音却砸在他脸上,说,你给我闭嘴!郑国仲又看了杨一针一眼,于是杨一针上前取过胡葱手里的弓,又把她的绣春刀给卸下。但她仍然十分细心地整理了一下胡葱的头发,说,听姐一句,快去给郑大人认错。

这时候,郑国仲的随从却已经将铁链子缠上了胡葱的双手。胡葱没有反抗,她的目光望向了昆仑。这时候的昆仑目光阴沉,他们同时觉得,阳光似乎是从街边的屋顶上倒退着走过。而且阳光走过去的时候,一只目光阴险的猫刚好踩过不远处一间屋的瓦片。

9

黄昏。郑国仲进入了一片树林,被身边缠绕的雾气所包围。雾气由海风送来,也从脚底潮湿的泥土中升起。春天的桃渚营，永远被迷雾所覆盖。

张望和胡葱随随便便杀人，连眼睛都不眨一下，却打乱了郑国仲的整盘计划。他原本想亲自审问一下李不易，问他是给谁卖命，之前桃渚营丢失的那份海防图，又是被他送去了哪里。郑国仲有一个大胆的设想，就是将阿海收到麾下，将他发展为明朝的暗桩，让他继续前往琉球，去跟代号"花僮"的人接头，取回倭寇入侵明朝的"婆婆丁计划"。但是如今这一切都成了泡影，郑国仲在缭绕的雾气中不免有点沮丧。

昆仑进入树林时，牵来了郑国仲的马。郑国仲满脸疑惑看着他，听见他说，郑大人想不想去看海？

海边风声阵阵，海水在黄昏里是一片青灰色的世界。波涛滚滚，仿佛要吞噬眼前的一切。波涛托出一群翻飞的海鸥，昆仑看着那些浮动的翅膀，以及翅膀后面那个无比辽阔的水域，似乎深不可及，令人望而却步。

郑国仲迎着海风，突然想起一件事情。他说根据锦衣卫另外一条线的密情反馈，那次从台州城监狱里深夜逃脱的犯人骆问里，就是逃去了大海对面的琉球。骆问里之前在杭州的钱塘火器局待过，掌握大量的先进火器制造技术，如今他是倭寇设在琉球的地下火器局的总管，该火器局马不停蹄昼夜生产，势必成为明朝海防安全的一大隐患。

昆仑望向茫茫大海，走到郑国仲跟前说，找郑大人出来，只是为了商量一件事。胡葱杀了李不易，我也没能留下阿海。昆仑愿意将功赎罪，假借阿海身份前往琉球，设法拿到倭寇的"婆婆丁计划"。

郑国仲以为自己听错了，他差点笑了出来，觉得这样的念头不可思议。但他又听见昆仑说，哪怕不去琉球，小北斗也不可能躺在海边数星星。

声音在海风中随风飘荡，郑国仲在这样的声音里，突然一下子精神抖擞。

军中无戏言！郑国仲说，你要想清楚，那是琉球，虽是我大明藩国，但不能说是我大明本土。人一旦跨出这一步，就是拿性命去赌。

皇上说天下处处暗藏凶险。小北斗的诸位兄弟寿命长短，要看各自的造化。

有句话你再给我说一遍！

昆仑站直，迎向郑国仲的目光，声音洪亮：人在吊坠在，北斗永不败！

郑国仲再次笑了，此时他看见空中的北斗七星一闪一闪，闪亮得十分透彻。

三天后的清明节，有船要趁鸡鸣时分涨潮出海。晨雾一阵一阵涌来，将郑国仲的全身打湿。郑国仲来到离桃渚营不远的海边码头，亲自送昆仑和横店他们上船。因为又少了胡葱，原本七个人的小北斗队伍，现在只剩下四人。

出海的这艘商船是一艘庞大的车轮舸，船长四丈二尺，阔一丈三尺，已经等候在水雾蒙蒙的码头。车轮舸安装四个大轮，大轮在海中击水转动，带动船体运行，其航速远快于人力划桨。

船帆渐渐升起，昆仑回望桃渚营的方向，看见曙光就要来临，送行的队伍中还有沉默的杨一针。杨一针昨晚就向郑国仲申请，希望能一同去琉球，郑国仲沉吟不语，最后说，你再让我想想。现在杨一针远远看了昆仑一眼，似乎把想要说的话咽进了嘴里。昆仑于是想起紫阳街上的针针见血医馆,以及那天夜里杨一针举着游方郎中的布幡,敲开毛二家的木门。

海风吹起杨一针的长发,昆仑对她笑了一下。这时候晨光中奔来一个桃渚营的小旗,小旗向郑国仲和杨一针禀报,说陈五六昨晚又出现在了紫阳街,这人偷偷进去无人馆,想要抱走丁山的那把天涯古琴,结果被巡夜的台州府官兵发现,最终落荒而逃。

昆仑终于明白,原先下落不明的丁山其实是被陈五六给劫走的。他喊了一声,我这就去找陈五六,先去把丁山给救出来。

郑国仲的脸即刻拉下,他挡在昆仑跟前说,你的下一站是琉球。

杨一针看着昆仑,突然就笑了,说,我差点忘了,你是一个情种。你要是就这样去了琉球,说不定会得相思病的。这种病,没有药。

张望极力克制自己,不让笑容喷出。事实上,他还是个多才多艺的主,不仅会建造迷宫一样的花园模型,还能画出一手好图。就在昨晚,他也决定将功补过。他连夜挑灯劳作,对照着李不易的那幅旧作重新画了一幅《八仙过海图》,画出的样子竟然跟原来的一模一样。刚才在送昆仑来海边的路上,他虽然一夜没睡,却一点也不瞌睡,还在马背上骑出了英姿飒爽的味道。

现在张望要送给昆仑一样礼物,是他用竹子雕刻的天妃女神像,能够保佑昆仑出海一路平安。但他在袖口衣兜里摸来摸去,却始终没有摸到那枚竹雕。张望不觉有点沮丧,认为自己是忘记带上了。他试着摸向另外一只衣兜,却出乎意料地掏出了那枚神像。

张望摸着头皮,含含糊糊地笑了。他听见昆仑说,画画和雕竹子算什么本事,你有本事就去帮我找到丁山,到时候我就送你一匹汗血宝马。张望却说,我不缺马,我只缺兄弟。所以我会替你去找丁山。

昆仑说,那我要怎么谢你。

张望着,你给我好好地回来,回来陪我喝酒。

昆仑没有再说话,还是把目光投向了初阳。他觉得心头有缠绵的温暖,在这样的温暖里,他分明看到船帆吃足了海风,昆仑也终于站上甲板,目光望向被初阳染红的海面。昆仑开始沉醉在海风带来的回忆中,他想起万历三十五年的春天,他从京城出发,先是去了一趟杭州城,接着又赶往台州府,然后他此刻就要离开桃渚营,前往异乡琉球。他突然觉得自己并不能预知自己的下一步,这让他觉得自己很像是一条海里的鱼。

现在,朝阳已经开始在昆仑的视线里连绵铺展,他不知道这一路马不停蹄的出征,位于海水那头的琉球,被誉为海上的珍珠的那个岛国,等待他的又将会是什么前路。这时候昆仑站直身子,他缓缓转过身子,眯起眼睛向岸上所有的人挥手。

第叁波　琉球国长夜

1

阳光像一丛争先恐后的银针,从遥远的天幕撒下,纷纷撒向大海中的黄岩号。

黄岩号车轮舸行驶在一望无际的海面，硕大的车轮一次次刨开海水，将它们拍打成四分五裂的泡沫。昆仑坐在最豪华的船舱里，透过四方的窗口，看见迎风招展的大明王朝日月旗，在海面上留下一抹晃动的倒影。他眯着眼睛望着被光线扎满的船舱，感觉自己是端坐在一只巨大浮游动物的胸腔里，也像飘荡在一片潮湿的梦境里。他不清楚自己是在梦中航行，还是航行在一片梦里。

在许多个黄昏来临时，昆仑都会带上小北斗中的千八和风雷，去甲板上走一走。那些由远而近的金色光线，浩浩荡荡地在他视野中铺开，看上去无比奢侈。昆仑闻到海水的腥味，也看到海面上反复浮起又沉下的，一只有圆桌那么大的得意洋洋的海龟。海龟似乎为黄岩号护航，有时候它会回头，模糊地看一眼站在船头的昆仑，苍老的目光显示出一份情意绵绵。这样的时候，昆仑就觉得自己已经跟沉默的海洋融成了一体。所以他索性躺倒在甲板上，抬头望向无家可归的云层，觉得摇晃的甲板，以及绵软的云层，似乎将他托进了一个舒适的摇篮。这样的时候他开始思念一个名叫丁山的姑娘，也思念起丁山在紫阳街无人馆前的背影。于是他想非所问地说，千八和风雷，咱们还有几天的行程？

千八说还有三天，风雷说也或者是四天。昆仑最后想了想说，如果不出意外，我们最迟在第五天的清晨，就会抵达琉球国的那霸港。

昆仑想，丁山现在是不是也站在紫阳街的黄昏，凝望无人馆的夕阳？她在夕阳中抚琴，柔弱的身影肯定跟皮影一样。所以他清晰地看到丁山低垂的眼帘，也听见丁山发自肺腑的一声叹息。他说，千八你告诉我，琉球为什么要叫琉球？

千八的回答十分豪爽，说传说中的琉球是躺在海里的一条虬龙。虬龙身子很长，有着山峰一样的脑袋，但从来没人见过它的尾巴。所以在很久以前，琉球也叫作琉虬。

在黑夜来临以后，时光总是显得十分漫长，那时候千八就会叫来横店和风雷，几个人围着躺在甲板上的昆仑你一言我一句，展开一些漫无边际的话题。风雷觉得海上的日子简直过得糊里糊涂，以至于他居然忘记了陆地上的泥土和青草，以及老家那座叫丹桂房的村庄里四处飘飞的炊烟，到底是什么样子。风雷的烦恼同时引发了横店的担忧。横店开始担心，开船师傅会不会他娘的一直没有睡醒，也或者是老眼昏花迷失了海路，所以黄岩号这么多天其实是在海面上绕弯，根本没有前行。

夜已经很深，仿佛比海水还深，深得让人不敢大声说话。船舱里透出迷迷糊糊的光线，昆仑听着身边小北斗们渐渐减少的话语，心里想着丁山，丁山，丁山。他记起张望曾经答应过他，要去帮他找回被陈五六劫走的丁山。他不知道张望是不是信口开河，倘若这家伙真的食言，那么等他从琉球回来，肯定要将这人的嘴皮给撕成一片一片。他要让张望明白，一个不讲信用的男人，付出的代价到底会有多大。

时间就这样又过去了五天。到了那天午时，昆仑的视线中出现一片模糊的海岛。海岛晃晃悠悠，如同另外一只浮出海面的乌龟。后来乌龟的背上渐渐呈现出一些树木的影子，一片连着一片，于是黄岩号上的其他旅客开始兴奋地指指点点，说那可能是棕榈树，也或者是槟榔。他们还说琉球岛上有一口大钟，大钟上用明国字书写了"万国津梁"。除此以外，岛上还有一道守礼门，刻出的明国字是"礼仪之邦"。

两个时辰后，船终于像一个巨人般靠岸。当硕大的跳板嘭的一声落下，人群欢呼雀跃。在那阵久违的泥土气息里，昆仑看见一个五光十色的那霸港码头，也看见码头上人头攒动，拥挤成黑压压的一片。随即空中又响起三声震耳欲聋的鸣炮，于是琉球人赤膊上阵的太鼓表演拉开了序幕。太鼓手挥汗如雨，在人群中像田鸡一样跳跃。他们一边敲鼓，一边热情地叫喊着依洒依呀，响声如雷，顿时让千八看傻了眼。此时风雷却狠狠地踢了千八一脚。风雷揪住他耳朵皮，说，你是不是觉得一双眼睛不够用了，还不快去给海掌柜拎箱子。

海掌柜就是昆仑，他现在的身份是来自明朝的药材商人。离开台州府前，郑国仲让人从云和运来了一大批的中草药，抬进了黄岩号的船舱。而昆仑之所以叫海掌柜，是因为桃渚营里被张望削去头颅的那个从福建过来的日本奸细，叫作阿海。

阿海来琉球，是为了跟代号为"花僮"的人接头。"花僮"之前一直跟随在倭寇首领丰臣秀吉的左右，帮助他到处攻城掠地。丰臣秀吉暴亡后，他又成了丰臣残部安插在琉球的头号人物。在即将到来的小满这天，"花僮"会主动上门，找前来琉球的阿海接头，目的是交给他一份自己所精心设计的"婆婆丁计划"，据说那是一份摧毁明朝海防线的完美计划。

那天在人群的裹挟下，昆仑缓步踩上结实的跳板。跳板在他脚下频频颤抖，他边走边望向琉球国的天空，看见远处一片陌生的云朵。这时候他想，自己究竟要在这片陌生的云朵下待多久？

2

明灯客栈像个热闹的集市，里头的客人来自世界各地，除了中国、日本和朝鲜，还有金发碧眼鼻梁高耸的葡萄牙人、西班牙人、荷兰人以及意大利人。到了夜里，这些五光十色的面孔便纷纷从房里出动，聚集到客栈院子中那排密集的灯笼下，一起喝酒一起赌钱，顺便也为一些尚未谈成的买卖讨价还价，而他们嘴里所讲的，都是千篇一律的不够标准的汉语。

这天到了深夜子时，当院子里所有的人都带着酒味散去，整个硕大的客栈又从不同方向传来五花八门的鼾声时，昆仑嗖的一声跃上房顶。随后他脚尖一提，整个人如同被一片海浪托起。在琉球岛鳞次栉比的瓦片上，他像夜幕中一只轻巧的鸟，一路上身影起伏，飞奔向远处灯火阑珊的首里王城。

首里王城城墙高耸，里里外外戒备森严，如同中国的紫禁城。昆仑看见一队负责巡守的亲军队伍，在城门间穿梭，士兵提着刀剑，披挂在身上的铠甲在月光下反射出一排幽冷的光。此时他想起，郑国仲曾经跟他说过，王城里居住的除了琉球国的王公贵族，还有很早之前就从大明朝福建迁徙过来，如今又在岛上世代繁衍的闽人三十六姓。

月光清瘦，照耀出昆仑同样清瘦的影子。此刻他伏身在一幢房顶的风狮子跟前，仿佛一块永久的瓦片。夜风吹过，带动风狮子身上的铃铛，声音一片清凉，并且传得很远，一直传到了暗夜的深渊。而阴阳师楼半步就是在此时撞进了昆仑的眼里，他像是忽然从地底里冒出来似的。楼半步的汉服不仅宽大而且繁琐,两只肩头还分别绣了一圈太极八卦图,仿佛重任在肩的样子。可能是因为走得太急,楼半步身上时刻蒸腾出一股热气,所以他每走几步就要扯一扯汉服的领口,为的是让琉球的夜风畅通无阻地贯穿进他干瘦的身体。

楼半步行色匆匆,好像对自己赶路的速度不是很满意。但他走到一个墙角处时却停住,然后在四顾无人后撩起长衫,腰板猛地挺直,对着眼前那排青砖十分享受地撒了一泡憋了很久的夜尿,声音听起来像是一场淅淅沥沥的春雨。撒尿的时候楼半步低头,来来回回掐了好几次手指,最终确定这个时辰是吉时,诸事皆宜,包括撒尿。可是等他撒完尿以后心安理得地抖了抖身子时,宽敞的袖子里却滑落出一片丝绸。丝绸轻飘飘的,悄无声息地飘落在地上。楼半步警觉,即刻回头张望,目光朝不同的方向散开。而当他最终捡起那片粉红色丝绸,又毫不犹豫地塞进怀里时,只有在房顶注视他许久的昆仑知道,那片丝绸其实是属于某个女人的贴身肚兜,有着柔软的质地,以及光滑的色彩。

昆仑是到了第二天才知道,传说中深谙天象的楼半步,竟然还是琉球国国王尚宁王所钦定的宫廷采购主管。在琉球,宫廷向域外商人所采购的一应物资,都必须要经过楼半步那双细小的眼睛翻来覆去地检阅。

宫廷御库位于王城第二道城墙的东边。那天昆仑带着横店和千八、风雷,穿过王城的迎恩门时,见到库房外来自世界各地的商人已经排成一条弯曲绵延的队伍。队伍中大家交头接耳,相互夸赞各自带来的颇具异域风格的物资样品,也都期待着早点能跟采买官面谈。

烈日挂在头顶,御库门口的样品展示台前被挤得水泄不通。楼半步坐在采买一旁,整个身子刚好藏在凉爽又通风的阳光阴影里。他把眼睛眯成一条细小的缝,看上去是在无所事事地打瞌睡,但所有商人与采买官的交谈,都一字不漏地钻进他耳朵里。轮到昆仑时,横店和千八、风雷将带来的中药样品在桌上铺开,让采买官看见那些品质优良的党参与一点红,还有海马和黄芪、相思子、鱼腥草以及铁皮石斛等。

阳光源源不断,洒下一轮又一轮,密集的中药气息掺杂在一起,在昆仑眼前飘荡开来。这时候楼半步把细小的眼睛眯成一条缝。他轻摇着手里的蒲扇,慢条斯理地把脑袋转过来,目光在排列整齐的药品上一寸一寸移动,最后才抬头盯着昆仑,细细地抽了一下鼻子说,我以前好像没跟你做过生意,你的中药有一股陌生的气息。

昆仑上前一步正要回话,楼半步却伸出一根手指,指着他道,陌生人,站在那里别动!

陌生人昆仑就此止步,看见楼半步阴凉的目光一片一片,纷纷在他身上跳来跳去。楼半步说,你不仅陌生,眼里还藏着一种刀光剑影。实话告诉你,其实我刚才一直在留意你,你不像是卖中药的,倒像是卖火药的。

昆仑笑了,说中药泻火,楼大人要是对火药也感兴趣,下次我也带点样品,大明王朝的火药价格包你满意。不过贩卖军火,那是杀头之罪。

楼半步绿豆一样的眼珠在狭长的眼缝中从左到右滑过。他伸出右手,看似深思熟虑着掐起了指头,一个接着一个。昆仑也是到了这时才发现,原来这人的众多手指都留有修长的指甲，指甲被精心保养，犹如长在他手上的刀片。昨晚月光透明，所以昆仑忽视了楼半步这些透明而妖娆的指甲。

楼半步掐完指头，瞅准桌上一把褐色的药草，抓起后托到鼻子跟前闻了闻，说，如果没有猜错，这应该是晒干的蒲公英。既然你是药商，那么告诉我它到底有什么功效。

清热解毒，消肿散结。琉球岛上毒虫繁多，蒲公英可以治疗各种毒虫蛇伤。

还有吗？

昆仑就上前一步，凑到楼半步跟前降低了声音说，这东西也可以治疗妇人的乳痈肿。

楼半步脸上荡漾开不易察觉的笑容。他的声音不知道什么缘故，竟然变得有点嘶哑，说，既然你连这个都知道，那我再问你，蒲公英还叫什么？

还叫黄花地丁、华花郎。另外在我们老家，蒲公英也叫婆婆丁。

婆婆丁？楼半步用嘶哑的声音重复了一遍，接着又来回掐了一轮指头。他盯着自己的脚尖，说，很不凑巧，西南方向刚才起风了，说明这个时辰不宜采购中药，你可以回去了。昆仑愣住，正想再争取一下，身边一直沉默的采买官随即一把将他推开。此时楼半步扫了一眼挂在他腰间的明灯客栈的房牌，看似不屑一顾。

昆仑说请楼大人给个机会，楼半步却在靠椅上很不耐烦地挪了挪身子，随后就对等候在后边的商人队伍慢条斯理喊了一声：下一个。

3

处在大海中央的琉球由许多岛屿组成，北部毗邻日本南部的九州岛，然后一路往西南方向延伸，直到靠近大明王朝台湾的鸡笼山。整个岛国主要包括大隅诸岛、吐噶喇列岛、奄美诸岛、冲绳诸岛以及大东诸岛等。

昆仑翻到过的史书是这样记载的，洪武五年，太祖朱元璋派使臣杨载携带诏书出使该岛国，称其为琉球。随后自洪武十六年起，历代琉球王便向明朝进贡并且请求册封，岛内也使用大明朝年号，他们的官方文书及外交条约都用汉文书写，就连首里城的王宫也是面向西方，表示归慕大明的意思。

这天离开宫廷御库后，昆仑和横店、千八、风雷他们便游荡在首里城的街头。阳光躲进云层，街市上显得不那么炎热。千八走着走着，就被街边一个水果摊所吸引。他皱紧眉头，实在没想到竟然有一种样子十分丑陋的水果，看上去就像是密密麻麻的马蜂窝。可是摊主将马蜂窝削皮以后，里头却呈现出一团非常水嫩的金黄，并且流淌着蜂蜜一样的汁液。此时摊主切了一片果肉递给千八，千八只是犹疑着咬了一口，便十分坚定地爱上了这种名叫菠萝的水果。他很骄傲地跟横店说：甜。不是一般的甜。

那天千八和横店、风雷的手上，始终举着一堆切片的菠萝。三人狼吞虎咽，吃相十分凶猛，吃完了一堆又买一堆，路上稀稀拉拉遗留下扎菠萝的竹签。他们都跟在昆仑的后头，在街头悠闲得像欢快的鸟。昆仑后来在一个露天戏台前停住，他实在没有想到，此时的那霸港码头，竟然也在上演《花关索》，而且戏台布景和唱词，跟他之前在台州府紫阳街上见到过的如出一辙。戏台下观众挤成一团，昆仑远远地望着，看见台上的花关索带上母亲一路奔波前往西川，为了寻找父亲关羽。这时候横店就急忙跟千八和风雷解释，解释关羽为何不知道会有关索这么一个儿子。横店说这事情说起来很复杂，必须从桃园结义说起，当初为了解除后顾之忧，刘关张三兄弟决定分头去杀各自的家人。横店眉飞色舞刚说了一半，就看见身边一位大叔眉毛直瞪了他一眼，大叔说，既然你知道这么多，还不如上去自己演。给我滚远一点。

横店纳闷，打出一个香味四溢的饱嗝。他斜了大叔一眼，又举了一根竹签晃荡在他眼前说，听口音你也是一个大明的人，既然都是来自海水的西边，为何就不能对我尊重一点？

我尊重你个小乌龟。大叔咬紧牙根，正要一个巴掌扇过来时，横店已经被焦急的千八扯远。千八说，你看见海掌柜了吗？海掌柜好像不见了。

千八和风雷都不会知道，此刻的昆仑早就远离了人群，正飞奔在那霸港的街头。昆仑在追赶一个目标，一路上紧追不舍。风从他身边不停地掠过，在奔跑中他开始回忆刚才发生的一切。

刚才在戏台下，昆仑不由自主想起曾经的紫阳街时，却猛然发现台上扮演花关索的男子，无论是身姿和嗓音，都跟他在紫阳街的那段记忆浑然一体。他怀疑自己是被记忆所困扰，所以一步步走去后台，却看见地上胡乱地扔着属于花关索的那片面具，而扮演花关索的人却不见了踪影。昆仑恍恍惚惚，看见阳光露出云层，在他眼里慢悠悠地晃荡。然后他猛地转身，就看见一个稍纵即逝的背影，在阳光下唰的一声穿过。昆仑开始追赶，朝着背影消失的方向。他一次次跃上屋顶，又从屋顶落下，在街头的人群中穿梭。直到他冲进一条名叫卖鱼巷的弄堂，飞身而起最终飘落到那人跟前时，才发现此时被自己堵住的，果然就是笑鱼。

笑鱼露出清水一样明净的笑容，像浅水中一条欢快的鱼，说，你追上我的时间，比我预想的快了半个时辰。

昆仑却盯着笑鱼，说，你的眼睛怎么回事？

笑鱼眨了眨明亮的眼，昆仑随即看见一道清澈的光。笑鱼说，之所以让你来追我，就是为了让你知道，我的眼病已经彻底痊愈。我现在看见一个完整的你，原来你跟我一样高。你身板很结实，两道眉毛浓黑，此刻你的眼里既有疑惑又有惊喜，但你的眼神告诉我，你正在想起紫阳街上的很多事情。

昆仑看着眼前锦衣华服的笑鱼，似乎看见台州城一场连绵的细雨。他后来知道，笑鱼的眼睛在离开台州城以后就开始康复，直到整个世界在他眼前变得一片清晰。而这一切的根源，笑鱼认为就是昆仑和杨一针为他提供的青羊肝散。事实上，笑鱼真实的名字叫苏我明灯，他是琉球岛最大富豪苏我入鹿的侄儿。苏我入鹿来自日本的鹿儿岛，在琉球经商多年，富可敌国，就连昆仑所入住的客栈，也是他们家的家产。因为笑鱼叫苏我明灯，所以才叫明灯客栈。那次离开台州，苏我明灯带走了紫阳街《花关索》的剧本，回到琉球后就组织了一个戏班，专门上演明朝这出千里寻父的戏曲。

那天昆仑跟笑鱼走得很远，两人不知不觉走到了海边，直到站在一片壁立千仞的悬崖上。这时候潮声灌满他们的耳朵，海风吹拂他们每一寸肌肤。在昆仑眼里，海风仿佛是来自台州的方向，风中夹杂着紫阳街上小吃的气息。于是昆仑想起自己当初到达台州府的第一个夜晚，在凌厉的倒春寒中，俊朗而飘逸的笑鱼由琴童寸草所伴随，行走在灯笼高挂的紫阳街上。他还想起杨一针说，笑鱼这辈子就知道瞎说。然而此刻站在他眼前的笑鱼，却是来自日本鹿儿岛，如同雨后一棵修长清爽的植物。苏我明灯的秀发跟随他洁白的衣裳，在带着咸味的海风中飘拂，他微笑的样子，像一朵偶尔飘过的白云。

你来琉球多久了？明灯说，我突然有一种奇特的感觉，觉得你不像是以前紫阳街上的昆仑。

你以前眼睛看不见我，又怎么知道我不像以前？

我虽然看不见你，但却不影响我在人群中分辨出你的气息。

我现在是什么气息？

明灯笑了，说，有可能是我说错了。但起码你现在不叫昆仑，你叫海掌柜。

昆仑望向脚下的大海，海浪不停地拍打着悬崖。他说，就像你原本叫笑鱼，其实是明灯。而我爹叫我昆仑，我娘叫我阿海。而我手下那些伙计，则叫我海掌柜。

海掌柜为什么要来琉球？

来琉球贩卖药材，为稻粱谋。昆仑说，但主要是四处走走，看看不同的大海。

明灯俯身抓起一把细碎的石子，撒向深不见底的悬崖。石子携带起的灰尘，在海风中飞舞，直到最终扬起，有一些又飘回到明灯的眼里。这时候昆仑似乎听见明灯的一声叹息。明灯说，我觉得你不像是一个商人。

明灯又补了一句，我真想念以前的紫阳街。

4

苏我家的宅院，位于首里城最繁华地带，家中富丽堂皇，到处流光溢彩。昆仑跟随明灯踩在洁净的地板上，看见穿梭的佣人纷纷停下脚步，垂首侧立在两旁。

苏我入鹿十分友好，他是个富贵又典雅的商人，身上的衣裳绣满了细密的金丝，脸上却始终带着安和的微笑。作为明灯的叔父，入鹿在琉球最大的产业，是一家套用了大明国顺天府"六必居"名号的酱园。那是琉球唯一的一家酱园，聘请的是从北京城"六必居"挖过来的酱菜师傅。师傅姓赵，老家是在山西临汾的西杜村，世代都以制作酱菜为生。

得知昆仑来自大明台州府，是明灯重见光明的恩人，苏我入鹿的感激溢于言表。他取出家中最好的泡盛酒，又摆上新鲜海鱼的刺身拼盘，配以六必居酱园出产的一等酱油。昆仑坐在餐桌前，提着金子做的筷子，将蘸了酱油的生鱼片送进嘴里，顿时感觉味道细腻，满嘴留香。

泡盛酒酒味清淡。昆仑盘腿而坐，跟入鹿频频举杯时，佣人们又端上各种精心料理的素斋，包括许多种美味的豆腐。他听见入鹿说，日本人的豆腐制作以及酱油工艺，都得益于大唐早年一个名叫鉴真的和尚，当初就是鉴真大师将豆腐和酱油传去了日本。

酒过三巡，入鹿命人拿来一把三味线。三味线改良自大明朝的三弦，紫檀的琴杆细长，音箱则用打磨的猫皮包裹。入鹿将琴身搁在大腿上，一边喝酒，一边用象牙拨子弹拨三根丝弦，声音时断时续，在铺满月光的院子里飘远。院子里有排青翠的竹子，昆仑望向月光下那些细碎的竹影，听见入鹿说，楼半步这人不好对付，他也跟我一样，来自日本。但你跟他打交道，需要处处小心。

昆仑说，我只是个商人，再说我的药材无可挑剔。

可是楼半步对药材不感兴趣，他只对白花花的银子感兴趣。在他眼里，自从你下船的那一刻起，你就是一堆送到琉球来的银子。

三弦声再次响起。此时明灯已经微醺。明灯又喝下一盅酒，眼神中开始弥漫着一闪一闪的星光。他盯着酒盅壁沿的青瓷，说，银子再多有什么用，又不能给我换回一个父亲。

琴声戛然而止，昆仑看见入鹿放下手中的三味线，像是小心安放一件珍贵的财产。入鹿目光庄严，望向明灯涨红的脸，说，你不能再喝了，我已经跟你说过无数次，有些事情要学着放下。

我倒是希望能够放下。明灯说完，歪歪斜斜站起身，赤脚走向那片清凉的院子。院子里铺着一道一道的鹅卵石，在月光中笔直往前延伸。昆仑看见明灯身躯晃荡，鹅卵石顶着他白皙泛红的脚掌。而有那么一阵子，明灯左脚的拇趾被夹在了鹅卵石狭长的石缝里，一时之间难以拔出。这时候昆仑听见身边苏我入鹿的叹息声。苏我入鹿声音悠长，说，人生就是绵延的痛楚，如果可以跟我兄长交换，我愿意那年坠海死去的人是我。

昆仑转眼望去，发现入鹿的一张脸，顿时变得苍老。

5

小北斗中的千八是到了这天夜里才知道，下午在戏台前跟横店发生争执的戏迷大叔，名叫骆驼。骆驼胡子拉碴，裤腿卷了好几卷，茂盛的腿毛间有一道粗犷的刀疤，身上还有一股类似于炮仗炸开来的硫磺气息。他喜欢赌骰子，每隔几天都要来一趟明灯客栈，跟一帮商人聚在一起，狂赌一个通宵。

这天赌桌摆在院子里，头顶月光洒下，像洒下一把银粉。骆驼坐庄，他猛地跳上赌桌，踩在桌面上摇头晃脑，如同异常兴奋的太鼓手。洁白的骰子躺在盖碗里，骆驼手掌张开，在碗边静悄悄转了一圈。随即他托起盖碗一抖，骰子便带着一声呼啸，朝着夜空飞了出去。时间似乎过了很久，当骰子终于落回到桌面，骆驼手中的瓷碗便很准确地盖了上去，将跳动的骰子盖在了中间。千八听见倒盖的碗里发出一阵叮叮当当的声音，也听见骆驼豪情万丈喊了一句：有钱的赶紧给我押上，没钱的给我滚开。

千八倒退两步，看见人群蜂拥，熙熙攘攘的一群各不相同的脑袋下面，宽阔的桌板也迅即被大大小小的银子所挤满，看上去像是鱼篓里刚刚倒出一堆新鲜的银鱼。这时候骆驼拍了拍手掌，声音非常响亮。他对千八勾了勾手指，说小家伙，赶紧去给你爹买一壶酒，等下爹分你一点银子，足够你买一箩筐的菠萝。千八看了身边的风雷一眼，腼腆地笑了笑，又退出一步，最终一个字都没说。骆驼于是打出一个愤怒的喷嚏，他将嘴里喷出的槟榔朝千八狠狠地砸了过去，说，去你奶奶的，老子当你爹绰绰有余。

风雷和千八又对视了一眼。骆驼冷笑一声说，怎么着，乳臭未干还想造反吗？

楼半步就是在这时候一脚仙风道骨地踩进昆仑的房间。在将房门关上之前，他目光悠远，细细地看了一眼踩在桌板上耀武扬威的骆驼，吐出四个字：醉生梦死。

昆仑正在房里看书，捧在他手里的是唐高宗时期编修的《新修本草》之《图经》。他将《图经》卷本放下，迎向楼半步说，楼大人，你怎么知道我住这里？

楼半步眼角一挑，说，在琉球，你就是住在海底，我也能找到你。

华顶云雾泡上时，楼半步咪了一小口，就随手抓起摆在桌上的药书。他只是随意瞄了一眼，便看见《图经》翻开那页的右下角，画了一株细瘦的婆婆丁，旁边也果然印着一列字：主妇人乳痈肿。

楼半步笑了，笑容很细，说你究竟是对药材感兴趣，还是对妇乳感兴趣？

可能都感兴趣。昆仑笑着回答。

楼半步于是伸出一只手，盖在《图经》页面那株细瘦的婆婆丁上。他随即把笑容收住，说，我要是买了你的药材，你准备怎么答谢我？

昆仑当即转身，从一只箱子里取出三根金条，塞进楼半步的手中。

楼半步的眼睛在寂静的房中眨了眨，看见金条在烛光的照耀下闪闪发光，似乎有着让人心跳加速的颜色。他环视了一下室内，再将金条握紧，说，你的心意我领了，但我还是要提醒你一句，离苏我入鹿他们一家人远点。他没什么了不起，只是开了这间客栈，又做点酱菜而已。昆仑于是清楚，在琉球，自己的一举一动，楼半步其实全都看在眼里。

月色如洗，昆仑将楼半步送到楼下，走进那群赌徒中间。他看见楼半步斜了一眼踩在桌板上继续坐庄的骆驼，也听见他再次骂了一声醉生梦死。骆驼却对着楼半步双手抱拳，说，楼大人，麻烦你抬头看一下天象，看看明天会不会下雨。

楼半步于是就朝身后扔出一句，说，明天会下铁，第一个砸中的就是你。

骆驼摸了摸后脑勺，这才盯住桌上的盖碗，眼睛冒火，叫喊出一句：有钱的给我押上，没钱的给我滚开。

这时候，昆仑看到了千八和风雷正在不远的一张赌桌边上朝他笑了一下。于是昆仑也笑了一下，说，继续赌。一直赌到赢为止！

6

在昆仑的感觉里，琉球的清晨比大明朝要来得早。当一小块日头像指甲盖一样浮出海面，霞光便在遥远而辽阔的东方露出苗头，继而在海水中静悄悄铺开，直到大面积推进，最终抵达琉球国雾气茫茫的城池。

一个时辰后，海鸟翻飞。昆仑跟在楼半步身后，踩着湿气尚未收起的石板，穿过已然活跃起来的街市，去往尚宁王的王府。尚宁王是琉球第二尚氏王朝的第七代国王，他是第三代国王尚真王的曾孙尚懿的长子，也是第六代国王尚永王的女婿。早在大明宣宗年间，琉球中山王蓄势，率队先后攻灭岛内毗邻的北山王国及南山王国，最终统一诸岛。中山王名叫巴志，明宣宗册封其为琉球王，赐姓为尚，名曰尚巴志。由此，尚姓也就成了琉球国的国姓。

那天尚宁王头戴王冠，身上一袭藏青色的王服，面容平静地端坐在王宫的正中央。他正在跟苏我入鹿说事，商量如何给琉球岛建造强大的海堤防护工程。一直以来，琉球都深受海潮及海啸的困扰，猛兽般的海潮有着巨大的破坏力，常给当地百姓带来灭顶之灾，生活苦不堪言。

修建海堤防护需要耗费大量的银子，尚宁王为此愁眉紧锁。但是刚才经过一番交谈，入鹿又提醒他，关于海防，应对海潮是一方面，另外还必须要有军事的海防。入鹿说近来海盗猖獗，琉球渔民以及出海的商船已经频频遭劫。

银子，说来说去还是需要银子。尚宁王忧心忡忡地将目光抬起，望向空旷的殿堂。他此番找苏我入鹿进宫，为的就是想跟入鹿借点银子，另外也希望他能捐助一部分。让这个富人出点血，也是天经地义。对此苏我入鹿并不推辞，他深深知道，即使尚宁王想让他颗粒无收，甚至直接派兵没收他的财产，他也无计可施。他当然满口答应，于是两人正在估算两项海防工程大致需要耗费多少银两。

楼半步带着昆仑迈入殿堂时，苏我入鹿正铺开一张琉球国的舆图，他专注的目光落在舆图上弯弯曲曲的海防线上。

昆仑看了一眼入鹿，目光不温不火。他听见楼半步跟尚宁王介绍自己带来的那些药材样品，说药材总体上还算地道，也是岛内所急需的，问题就是价钱不菲，是否需要采购，还要听听国王的意见。

尚宁王捻着自己数量有限的胡须，看一眼药材，又回头去看那份舆图。

采购这么大量的药材，你准备怎么办？尚宁王转头，望向楼半步。

我是这么想的，药材一部分留在宫里自用，剩下的则高价卖给岛内的药铺。楼半步沉吟片刻，又说朝廷可以出个告示，从今往后，凡岛内急需的药品，各家药铺均需从国库采购，不得自行交易。

苏我入鹿闻听此言，即刻将舆图卷上。他对着尚宁王咳嗽了一声，随即抓起一把药材，摊在鼻子前细细地嗅闻，说，禁止百姓自行交易，无异于与民争利，未必是妥当的方式。但这药材正如楼主管所言，的确是上品。国王要是考虑银子的问题，连同刚才提到的海防，我这边会尽量提供方便。

楼半步的脸色一下子变得阴暗。他喷了喷鼻子，望向苏我入鹿，说，入鹿掌柜毕竟是有钱人，嘴巴一张就送出一股芬芳，不仅显得大方，还体现出你的仁慈。

殿堂里气氛一下子显得有点紧张，但是昆仑后来提出的建议，则让尚宁王喜笑颜开。昆仑提出价钱不变，但是银子他可以不要，他希望能同尚宁王等价交换岛内的壶烧、菠萝、芭蕉布以及首里织等特色商品。

在下只是一个商人，喜欢频繁的交易。等到这些商品送去明朝，换来的照样还是银子。昆仑说完，看见尚宁王笑呵呵地从王位上站起，随即掸了掸衣裳，说，成交！尚宁王还说，我喜欢跟聪明又善良的人交朋友，年轻人怎么称呼？

国王可以叫我昆仑，也或者可以叫我阿海。

好一个昆仑，尚宁王上前一步，说，我知道那是明朝一座巍峨的大山，气势磅礴，如同大海。

此时苏我入鹿站在尚宁王身后。他的目光越过尚宁王的肩膀，望向昆仑时，脸上露出一丝不易察觉的微笑。昆仑于是觉得，入鹿这有所收敛的笑容，明显是为了躲避楼半步细碎又阴损的眼光。

7

杨一针是在这天午后，搭载另外一条商船抵达了琉球。跟随她身边的是锦衣卫小北斗门的胡葱。郑国仲当初没有同意杨一针跟昆仑一起过来琉球，有着他自己的打算。他希望在外人眼里，让杨一针和昆仑变得彼此陌生，这样方便兵分两路，看似分割其实又相互照应。

杨一针离开台州之前，郑国仲又释放了羁押在狱中的胡葱。郑国仲站在胡葱面前说，你射向李不易的那支箭让人记忆深刻，所以这笔账我一直给你记着。记住了，让你去琉球，是给你一个将功赎罪的机会。那时候胡葱把头昂起，好像没把郑国仲的话给听进去。她看见阳光暴晒，所有阳光都射进她的血管，这让她感觉身上很痒，就问杨一针什么时候可以出发，出发前她必须先洗个澡。她误以为身上痒是因为牢房里到处都是跳蚤。杨一针冷着脸说，以后你跟我说话，必须先叫我一声姐姐。胡葱就抓了抓乱糟糟的头发，也板着一张面孔，望向石板路说，知道了姐姐。

琉球国的阳光似乎比台州更为猛烈。这天当阴阳师楼半步带着几名亲军出现在首里城街市，正要张榜公布以后岛内不允许自行对外采购药材时，却看见杨一针正在一家名为"百草阁"的药铺里推销药材。杨一针带来名目繁多的药材，成色丝毫不输给昆仑，价格却只有昆仑的八折。楼半步于是哗啦一声抖开手中告示，一直提到杨一针面前一寸左右的地方，差不多是将告示贴在了杨一针的脸上。楼半步抑扬顿挫地说，麻烦你读出来，一个字也不许漏。杨一针愣住，抬手把写在绢布上的告示挡开，说，你是哪个混蛋？我可不可以不认识明国字？楼半步就回头瞥了一眼带来的几名亲军，说，在琉球，我有时候姓王，你可以叫我王法。

杨一针笑了，笑得像是在紫阳街上踩着风驰电掣的滑轮般飘逸而放肆。她走去柜台前，望向噤若寒蝉的药铺掌柜林老板，说，这位大哥，麻烦你告诉那个獐眉鼠目的王法，我带来的药材不用花钱，全部送给你。

送也不可以！楼半步收起告示，提着布轴对手下的亲军挥了挥手，说这人胆子真大，带走！我要把她的胆割出来看看，是不是比她的头还大。

胡葱即刻就要拔刀，但她看见杨一针闪了闪眉头，说，不要吓坏了他们，姐姐倒是要看一看，他到底能把我带去哪里。

尚宁王在他的王宫殿堂里见到被楼半步捆绑过来的杨一针时，正在跟苏我入鹿兴致勃勃地下棋。在这之前，他听楼半步说了半个时辰杨一针的坏话。尚宁王用两只比女人还白嫩的手指头夹着一枚白棋，笑眯眯看着杨一针说，就这么一件事情，楼主管你还是把人家姑娘给放了。楼半步却摇头晃脑背诵出一通琉球岛的律令，声称扰乱市场秩序者，理应下狱。

尚宁王摩挲着手中的棋子，一下子显得很为难。他问苏我入鹿，碰到这种事情，官府应该怎么办？苏我入鹿却依旧盯着棋盘，声音沉迷，说，看来这是一局死棋，国王要是不介意，我们重新摆一局。

阳光在殿堂里悄无声息地游走，时间过了很久，双手被捆绑的杨一针已经站得腿脚发麻。后来她干脆一屁股在地上坐下，对着阳光涌进的方向吹起愉快的口哨。等到棋盘上的棋子落得密密麻麻，尚宁王转身示意她别吵，杨一针就坐在地上埋怨，说，琉球国真是一个混账的地方，我都没有犯法，国王却不让人给我松绑，难道是要留下我一起用餐？

这时候尚宁王噗呲一声笑了。他落下一枚棋子，说，这事情要是按照你们大明朝的律法，我应该怎么办？

国王应该将那个号称王法的人凌迟。

这是为何？尚宁王说着，皱起了眉头。

送人东西也会犯法，这事情说到大明朝去会让人笑掉大牙。杨一针说，乱世才用重典，琉球国既然擅用重典，说明已经是乱世，跟我原本所想象的差得太远。还有，那个绰号叫王法的人抹黑朝廷形象，让国王在百姓和商人面前丢脸，这样的人，难道不应该法办？

尚宁王起初一双眼睛瞪得浑圆，后来又差点把眼泪都给笑了出来。最后他起身伸了一个十分标准的懒腰，说，杨姑娘你这一通噼里啪啦的，全身上下长了几张嘴巴？杨一针说，嘴巴再多有什么用，最终还是敌不过你们那些不讲道理的律法。

尚宁王站起身来，抖了抖宽大的衣袖，眉开眼笑地说，错，我这就把你给放了，我还要亲自给你松绑。

8

横店第一个得知了杨一针来琉球的消息。这天傍晚他靠在明灯客栈某个房间的窗口打一个十分悠闲的瞌睡，海风徐徐，让他睡得忘乎所以。后来有一颗石子朝他扔来，正好砸中他额头。横店睁眼，抹去流淌出来的亮晶晶的口水，发现站在客栈外头那片竹林里的女孩竟然是好久不见的胡葱。他当即飞身出去，没过多久就跟胡葱在一处密林中会合。

怎么你也来琉球了？横店兴奋地说。

你能来，为什么我就不能来？胡葱说，我跟一针姐等下就住进明灯客栈，你给昆仑哥带句话，夜里去一针姐的房里碰面。

横店看着胡葱，忍不住笑了。他原本还以为胡葱被羁押在桃渚营的监狱里受苦，但现在看来，胡葱一点也没有变，她换了一套装束，反而比以前更好看了。

夜里，当明灯客栈外的竹林随风飘落几片竹叶时，昆仑已经进入了杨一针的客房。那时候他看见胡葱转身，静悄悄地走出，并且小心地把房门带上。

杨一针一边整理带来的衣物，一边问昆仑，为什么不要尚宁王的银子？昆仑说倘若我接受了银子，这桩生意就算了结了，我必须早日打道回府，没有时间甄别出谁是阿海将要接头的"花僮"。

"花僮"有线索吗？

昆仑摇头，又说，可能是楼半步。杨一针望向窗外，看见月影婆娑得十分缥缈，说，如果真的是他，这个猥琐的男子，我早晚会把他切成两半，挂去台州的城墙上晒成人干。但是昆仑接下来很快就听到一个不好的消息，杨一针告诉他，郑国仲之前派来琉球的一名暗桩，现在已经不见了，估计已经遭遇不测。

前来琉球打前站的暗桩，是郑国仲在去年秋天就安排下的，这人原是扬州府上供职的一名医学正科，名叫牛刀刀。杨一针离开台州府前，郑国仲让她到达琉球后就去一家名为"百草阁"的药铺，药铺同时也是医馆，可以买药也可以治病，里头负责把脉针灸的女郎中，就是牛刀刀。但是下午在百草阁，当杨一针过去推销药材时，却发现医馆里一张花梨木医台已经被撤去了墙角，和一排凌乱的杂物堆在了一起。一名郎中告诉她，牛刀刀是在一个月前失踪的。杨一针于是轻而易举地看见，留在花梨木医台上的笔架和镇纸，盖着扬州商号的印鉴，上面已经落满灰尘。

昆仑想，牛刀刀的失踪，肯定是因为身份暴露，那么这起事件的源头，他必须尽快调查清楚。这时候他想到了笑鱼。笑鱼就是在一个多月前回到琉球的，之前他为了治疗自己的眼疾，在大明朝各地寻医问药，而且为了追随亡父的踪迹，笑鱼也曾经去过扬州。

笑鱼是琉球人，他原本叫明灯。杨一针听完昆仑提供的消息，转身陷入漫长的凝思。她透过窗口望向客栈院中的牌匾，灯笼下的明灯客栈四个字似乎有着秘不可宣的气息。杨一针想，难道青羊肝散果真会有如此神奇的功效，能让明灯短时期内重见光明？然而是不是还有另外一种可能，面若桃花的明灯，之前根本就是装瞎？这时候院子对面响起一阵剧烈的嘈杂声，好像有一伙人急匆匆冲上楼去，嘭的一声撞开房门。纷乱的争吵声随即响起，杨一针听见，声音正是来自昆仑客房的方向。

9

过来闹事的人是骆驼。昆仑刚从客房后窗跃进自己房间，便看见对面的门框顷刻间被撞垮，如同雪崩一般稀里哗啦坍塌。被凌空踢翻在地上的，是个潦倒的日本武士。骆驼随即气势汹汹冲进，卷起袖管吼出一声道：赌桌上的账一文也不能少，你给我讲清楚，到底欠了那个朝鲜人多少两银子？

我记得是三两。潦倒武士从地上支起身子，声音战战兢兢。

你他妈的还敢嘴硬！骆驼操起一只花瓶朝他砸了过去，又伸出一片手掌举在空中，说，小倭人你给我看清楚了，你分明是欠人家五两。你要是不还了朝鲜人的五两，朝鲜人也还不了我的五两，他正好欠你爷爷五两。

潦倒武士抹了一把眼，仔细望向骆驼的手掌。昆仑被这一幕逗笑，他看见骆驼脏不溜秋的手掌，食指和中指被拦腰斩断，只剩下两坨黑漆漆的肉团，所以那些指头全部加起来，总共也只剩下三枚。这时候骆驼愣了一下，急忙换出另外一片手掌，跟昆仑说，你能不能别笑，我刚才是忙中出错，举错了手掌。赌账写在天空底下，五两就是五两，绝对变不成三两。

昆仑笑声不断，说你刚才砸坏我花瓶和门框，是不是也应该赔我几个银两？骆驼就把手掌收起说，你要是再敢插嘴，爷爷这就把你的骨架拆散。爷爷跟万历皇帝一样，最看不惯的就是日本人欺负朝鲜人。鸣梁海战你总知道的，多少惨烈？但惨烈归惨烈，也不能让狗日的丰臣秀吉太张狂。

昆仑看着喋喋不休的骆驼，感觉他义正词严仿佛将自己当成了一尊铁塔。他闻见骆驼身上一股硫磺和硝烟的味道，好像是来自某个烟雾升腾的战场。但他这时候也突然想起，骆驼刚才伸出的两片手掌，不仅崎岖不平异常粗糙，上面还沾满铁屑和铁锈。昆仑说，骆大哥息怒，我支持你讨债。在我们大明，只要人还活着，所有的债都死不了。

既然你这么识相，那我就给你个面子交你这个兄弟。骆驼说着，朝昆仑竖起一枚硕大的拇指。

昆仑是在半个时辰后才知道，骆驼果然是来自台州府，事实上，他的确就是从台州牢房里越狱的骆问里。那时候昆仑和骆问里坐在院子里，把之前的赌桌当成了宽阔的酒桌。骆问里撩起裤腿，让昆仑看见那道触目惊心的刀疤，以及脚脖子上曾经被铁链锁住而留下来的累累伤痕。昆仑问骆问里为何在越狱后会过来琉球。骆问里一边喝酒，一边从怀里掏出一枚番椒干，狠狠地咬了一口，说，爷爷来琉球，是过来帮人打铁。

昆仑也喝下一口酒，再次想起郑国仲之前跟他说过，骆问里曾经是杭州钱塘火器局的锻造师，掌握大量的火器制造及火药配伍技术。郑国仲还说骆问里跑去琉球，最终成了倭寇设在岛上的某个地下火器局的总管。

骆问里再次掏出一枚番椒干，朝昆仑扔了过去。昆仑试着咬了一口，感觉嘴里烧灼一般热辣，几乎掉出了眼泪。骆问里却哈哈大笑，开心得不得了，说年轻人不吃番椒，就等于没有见过世面。爷爷现在考你一回，你猜我当初是怎么越狱的？昆仑眨巴着眼睛，伸出被辣痛的舌头，说，大哥既然是打铁，肯定就力大无比，牢房的铁窗被你两只胳膊一扭，就成了两截麻花。

骆问里摇头，说，你只能想到铁窗，却没想到我脚上的铁链，所以你应该多吃一点番椒。说着骆问里继续咬着番椒，嘴里喷出一股火辣的味道，说实话告诉你，爷爷越狱时还在牢房里留下一罐番椒酱。那罐番椒酱，味道实在好得不行。

昆仑在夜幕下抬头，望向杨一针的客房。房里灯影憧憧，杨一针的影子就站在窗口。他相信骆问里刚才的一番豪言，已经一字不漏飘进了杨一针的耳朵。昆仑还想起，那天在阴冷的紫阳街，越狱奔跑的骆问里踩着一双宽大的赤脚。骆问里在跑远后脚步停住，双腿叉开又把腰身弯下，整个脑袋从裤裆里钻出。那时候他嘲笑追赶的官兵说，爷爷跟你们打赌，你们这辈子永远也追不上我。

10

月光豪爽，铺陈在琉球国的大地上，如同在明灯客栈撒下一场雪。杨一针后来躺在床上，眼里一再出现三个男人的影子：楼半步、明灯以及骆问里。这些人似乎都有可能是"花僮"，也有可能不是。杨一针分别给每人都找出一串理由，最后又试着将这些理由推翻，而她最终想起的，却是在百草阁失踪的牛刀刀。

没有人会知道，只有杨一针自己清楚，牛刀刀其实是她姐姐，一直以来跟随母姓。杨一针出身衢州府常山县，祖上是备受皇上青睐的京城太医院医官。特别是曾祖父杨继洲，擅长用针，用一生之力编著了中医神书《针灸大成》。而杨一针自小体弱多病，到了秋天就感觉胸闷，像是压了一块巨石，呼气吸气总是跟不上来，直到脸色发紫，躺在地上不停抽搐。父亲在她六岁时就断言，这孩子至多还能再活五年。

杨一针不会忘记，就在自己患病的那几年时光，父亲的眼里只有她。那些年父亲对她姐姐牛刀刀不问不顾，好像她只是家里多出来的一个佣人。父亲每次去省城拜望达官显要，坐船带去杭州的只有杨一针。母亲每年过年给孩子做新衣裳，父亲首先要她量的也是杨一针的尺寸，棉袄加上棉裤棉袜，剩下的碎布才留给牛刀刀。那年牛刀刀十岁，父亲竟然忘了给她做生日，说等两年以后杨一针十岁，该买的再给她一起补上。那次牛刀刀穿着缝补过的旧衣裳，在村口抱着膝盖，独自坐了一天。她看见冷风穿过树梢，树叶纷纷掉落，然后一只黑色的大鸟飞过，在她头顶遗落一片残败的羽毛。这让牛刀刀感到了无比的悲凉。夜里，牛刀刀熬了一碗味道很苦的草药，端去给杨一针喝。杨一针不明所以，药刚喝了一半，药碗便被赶来的父亲夺走。父亲一个巴掌扇了过去，扇在牛刀刀脸上，问她是不是想把妹妹给毒死。牛刀刀不语。结果也正如父亲所言，一个时辰后，杨一针腿脚冰冷脉象微弱，吐出来的血比喝下去的药还多。杨一针至此明白，姐姐是她的敌人。但是半个月以后，牛刀刀再次给杨一针端来一碗药汤，逼着让她喝下。杨一针退去墙角，说，你是不是很想我早点去死？牛刀刀说，死有什么可怕，我可以陪你一起，就看你敢不敢。杨一针把眼睛闭上，喝药时眼泪掉在了碗里。后来她感觉天旋地转，药汤在她肚里翻江倒海。她还看见闻讯过来的父亲将牛刀刀一脚踢出了家门，父亲说，你给我滚，杨家没有你这样的女儿。

牛刀刀在那个异常冰冷的下雪天离家出走，身上衣衫单薄，从此没有半点音讯。然而到了这一年秋天，杨一针的胸闷竟然奇迹般地消失了，父亲也是到了这时才去仔细研究牛刀刀当初的草药配伍，发现里头的奥秘是极其大胆的以毒攻邪。父亲悔不当初，却再也没能见到被自己赶出家门的牛刀刀。

当然，这一切发生的时候，杨一针的曾祖父杨继洲因为身负盛名，一把年纪还在四处悬壶济世。

现在杨一针想起这些，便再次感觉胸闷，并且听见自己滞缓的心跳。当初郑国仲让她来琉球国与人接头，她就确定牛刀刀必定是自己失散多年的姐姐。那时候她百感交集，感念于姐妹两人不仅没有放弃父亲所教的医术，还最终走上了效忠朝廷抗击倭寇的相同一条道路。但是牛刀刀的意外失踪，又让杨一针有一种可怕的预感，觉得姐姐此时已经遇难，或许跟她天人永隔。

明灯客栈的夜晚，显得无比漫长。在安静得如同死去的长夜里，杨一针辗转难眠，听见入睡后的胡葱在漫无边际的漆黑中说起了梦话，听着让人惊悚。胡葱睡在另外一铺床上。她可能是在梦中见到了死去的韭菜，所以在床上抱紧自己，声音发抖，不停地哭喊着哥哥，哥哥，哥哥。

11

牛刀刀的尸体在第二天被冲上海滩。她死得很惨，脖子被死死地勒紧，整个身体裸露，双乳被残忍地割去，下体还被塞进一截削尖的竹棍。杨一针冲进围观的人群，看见一片人世间的惨白，以及那张熟悉的但已经被泡得肿胀的脸。一阵头晕目眩即刻向她袭来，她是在恍恍惚惚间脱下自己的罩衫，全身虚软地将姐姐的尸体盖住。她紧紧地咬住嘴唇，半跪在牛刀刀身边的海滩上，缓慢地抬起目光，恶狠狠地盯着围观的众人，蹦出一个字：滚！

直到人群散去，杨一针依旧面色发紫。她声音飘忽，跟留下来的百草阁林掌柜商量，让他给牛刀刀找一块墓地，把肿胀的尸首给埋了。林掌柜面对萧瑟的海风，诧异于杨一针为何对一个素不相识的亡人如此伤感。杨一针说，天下若是没有这些懂医之人，也就没有我们这些药商的饭碗。再说我跟这位郎中一样，都是漂泊在外的女人。

牛刀刀却最终没能入土。后来是林掌柜让人搬来一堆柴火，摆在她架空的身体下，又浇了一桶油。杨一针在替牛刀刀解开被勒紧的脖子时才发现，那些被海草所缠绕的绑绳，其实是几根古琴的丝弦。这让她想起丁山的无人馆，以及曾经在无人馆里学琴的笑鱼，也就是后来的琉球国的苏我明灯。

火光点燃，杨一针望向那片烧红的海滩，似乎在升腾的浓烟中看见，自己九岁那年的下雪天，衣衫单薄的牛刀刀被父亲一脚踢出家门，随后便踽踽独行在那片白茫茫没有尽头的冰天雪地中。

回去百草阁的路上，杨一针听见林掌柜一声声叹息。林掌柜回忆起，牛刀刀失踪前那天，正好明灯过来药铺，跟他讲述大明朝青羊肝散治疗眼疾的特效。明灯的一番话即刻引起牛刀刀的兴趣，她向明灯打听青羊肝散各种药物的具体配伍。明灯于是望向牛刀刀面前的笔架和镇纸，问她是否来自扬州，还说这位姐姐要是真的对青羊肝散感兴趣，改天不妨去我府上一趟。

杨一针踩踏着脚下的石板，随着林掌柜的描述，仿佛看见一个穿戴斯文慈眉善目的男子，正笑眯眯着站在牛刀刀身后。男子手提一团古琴的丝弦，他查看一眼身后，即刻间面目狰狞，将那团丝弦毫不犹豫地套上了牛刀刀的脖子。丝弦紧紧缠绕，牛刀刀猝不及防，她用尽全身的力气挣扎，越是挣扎，脖子却被勒得越紧……

在这样连绵的想象中，杨一针回到了明灯客栈，没想到第一眼就看见了等候在她房门前的寸草。寸草之前陪苏我明灯去紫阳街学琴，是明灯身边的琴童。现在他身穿琉球风格的蔚蓝衣裳，手持一枚日式花笺，抬手交给杨一针说，明灯少爷请你过去相聚，他在酱园那边等你。

杨一针盯着五彩的花笺，看见明灯的字写得潇洒俊逸：久日不见，甚是想念。

你家少爷怎么知道我在琉球？杨一针问。

这岛上的事情，少爷哪怕今天不知晓，到了明天就一定全盘知晓。

酱园里还有谁？

还有昆仑大哥，也就是海掌柜。我刚才给他送花笺，他已经先过去了。少爷说你跟海掌柜分明是朋友，来到琉球却又装作相互不认识，他真是有点看不懂。

街上响起一阵脚步声。杨一针望去，看见一群身穿六必居酱园工服的男人，额前缠着日式头巾，正心急火燎着朝酱园的方向奔去。那些男人脚步散乱，腰间都塞了一把宽阔的短刀。短刀映射着阳光，带动起杂乱的光线，在沿街那排店铺间明晃晃跳动。

杨一针看了一眼从客房里走出的胡葱，让她送寸草下楼。随后她即刻闪身进屋，打开箱子抓起一把细密的银针。那些银针平常用来针灸，但是到了危急时刻，也可以飞向对手的每一处死穴，伤人就在不经意的一瞬间。

胡葱就是在这时候回到客房的。她看见杨一针站在自己面前，说，过去告诉横店，昆仑有危险。

12

这座完全套用名号的冒牌六必居酱园位于海边，三面被海水所环绕。海风越过高耸的围墙，带走煮熟的黄豆的香味。昆仑跟随明灯走在一段鹅卵石路上，感觉偌大的酱园井然有序，工人繁忙，地面整洁，面积超出他的想象。他看见明灯的衣角在风中起伏，有一种威严并且宁静的力量。

昆仑还看见一排硕大的缸瓮，缸瓮尚未派上用场，码在一起叠成一道暗红色的墙。墙边支着许多竹竿，竹竿上挂着风干的腊肉。来自大明的山西人赵师傅给明灯端来一盘酱瓜，酱瓜旁摆了两片切薄的酱肉。明灯看了一眼昆仑，说尝一尝赵师傅的手艺，或许能给你带来惊喜。昆仑咬了一口酱瓜，感觉浓香的汁液流出，咸味也把握得恰是火候。这时候他听见远处的养殖房里，传来一阵猪的嚎叫，声音甚是凄厉。随后酱园的门被推开，一群身穿工服的男子鱼贯而入，他们扎着一轮白色的头巾，手里提着寒光四射的刀子。昆仑愣了一下，听见明灯说，今天是我们杀猪的日子，等下你就会看见血流成河。

不到一炷香的工夫，当杨一针和横店他们冲到酱园门口时，闻到的是一股浓烈的血腥味。此时酱园围墙上站着两名弓箭手，弓箭手正拉弓引箭，射向脚底下的酱园。杨一针看见，围墙地基的缝隙中，正流出一团血。血越积越厚，一直往前流淌。

横店不顾一切冲了进去，当即看见一支箭头嗖的一声落下，射中的却是一头仓皇奔跑的猪。猪躺在地上浑浑噩噩呻吟，一把短刀即刻扎进了它的脖子。横店到了这时才明白，那些持刀的工人，原来是酱园的屠夫。屠夫刚才杀猪时，有两只凶猛的猪从案台上挣脱，左冲右突，令工人们手足无措，于是才有了翻上墙头的弓箭手。

苏我入鹿在这天午餐时来到酱园，那时候阳光很好，白晃晃的一大片，这让苏我入鹿不由得眯起了眼睛。在他细小狭长的目光中，看到了一场稀里哗啦的雨。他看见太阳雨下空气清新，眼前的酱园却突然多出来一大帮客人。苏我入鹿笑得很开心，兴奋之情溢于言表。雨点收住时，他跟昆仑以及杨一针介绍，开门七件事：柴、米、油、盐、酱、醋、茶。酱园因为唯独不卖茶，所以才沿用了大明朝在北京城响当当的酱园的名号，也叫六必居。

苏我入鹿在酱园的露天设了宴席，席间他频频敬酒，跟昆仑把酒言欢。其间他看见两只蚂蚁爬上桌布，差点被佣人端上来的菜碗给压死。他凑上自己的筷子，等着蚂蚁慢吞吞爬上筷头，这才小心翼翼举起那根富贵红的筷子，让佣人将蚂蚁护送去墙角处的那片菜地。苏我入鹿说，蚂蚁虽小，但也是生命。他还平易近人地问杨一针，之前跟昆仑是不是早就认识。杨一针喝了一口汤，回答得模棱两可，说明灯兄弟在台州时，我们都是他朋友。入鹿点头，说在琉球国，有什么事情，你们尽管可以来找我。以后楼半步要是敢欺负你们，他就是摆明了欺负我。

空中出现一道亮丽的彩虹，苏我明灯牵着昆仑的手，离开酒桌在天空底下跪下。他望向彩虹，转头时声音坚定，跟苏我入鹿说，以后海掌柜就是我兄弟，比亲兄弟还要亲的兄弟，同生共死的兄弟。

苏我入鹿百感交集。他给明灯送去赞许的眼神，说，我真羡慕你们，羡慕你们如此年轻，羡慕你们情同手足。而我只能在所剩不多的岁月里，缅怀我那英年早逝的兄长。

杨一针不会忘记，那天回到明灯客栈时，昆仑告诉她明灯之前不是装瞎，他是真的有眼疾。杨一针问他为何如此确定，昆仑说六必居酱园跟明灯的家里，那些平整的石板间都铺设了修长的鹅卵石道，这是特意为明灯所布置的盲道。明灯刚患上眼病时，只需沿着凸起的鹅卵石行走，就可以畅通无阻。

你是听谁说的？

六必居酱园的赵师傅。

赵师傅还说了什么？

赵师傅说明灯的母亲也在琉球国，就住在六必居酱园里。当初为明灯铺设盲道，就是她向苏我入鹿提的建议……明灯母亲名叫伊织，是一个忧伤的女人，她天天在房里烧香拜佛，祭奠自己的亡夫。苏我明灯双眼痊愈的那天，她泪流满面前去海边，就在明灯父亲坠崖的地点，面对吞噬她男人的海水，她整整跪拜了三天。

13

夜晚的琉球并不缺少美景。夜市喧闹，酒楼里歌舞相伴，明月映照着笛管与琵琶，一如繁华的大明朝之江南。苏我明灯给昆仑和杨一针他们准备了几匹快马，马在街市上昂首经过，周身被华丽的酒香以及嘤嘤嗡嗡的唱曲所萦绕。

明灯没有想到的是，昆仑这次来琉球，货柜里装的除了各色草药，竟然还有琳琅满目的烟花。一行人到达海边一片空旷的沙滩，横店和千八、风雷将烟花点燃，夜空顿时绚丽夺目，就连海水也变得灿烂无比。

皓月当空，数不尽的烟花继续引爆。明灯喜不自胜，在沙滩上忘乎所以地策马奔腾。他看见昆仑一直陪伴在他身边，马背上的昆仑双手各执一枚烟花，臂膀高举，烟花弹朝着深邃的夜空飞去。弹头一直啸叫着升空，先是绽放出壮美的火树银花，接着又在空中呈现出两盏随风飘荡的灯笼。灯笼晃晃悠悠，在明灯的眼里形同两只升空的气球。

我想给这烟花取个明亮的名字。明灯望向天空，面色酡红，说它应该叫昆仑双灯。昆仑勒马停住，感觉明灯的声音气宇轩昂，他显然已经在烟花下陶醉。这时候明灯转身，一袭华服在月光下闪闪发光，他说多么漂亮的昆仑双灯，既有昆仑，又有明灯。昆仑等他说完，举在手里的两只烟花便在响亮的爆炸声后，再次朝着夜空冲奔出去。

杨一针坐在温热的沙滩上，感觉这个夜晚绮丽得几乎要发疯。她看见胡葱赤脚踩在漫过来又收回去的海水中，脸上意兴阑珊。胡葱瞥了一眼马背上嘻嘻哈哈的昆仑和明灯，嘴角一扯说，我看他们就是两个疯子。但是胡葱很快就发现，等到明灯回来时，整个人已经陷入了沉默。明灯望向远处一片黝黑的悬崖，眼里竟然泛出了泪花。昆仑于是知道，那片海水拍打的悬崖，留存着明灯最深的痛楚。此时他似乎看见一匹白马，如同魂灵出窍，带着马背上的主人，义无反顾地飞身冲下了悬崖。

苏我明灯一家原本是住在日本岛的萨摩藩，那里离琉球国其实很近，就隔了一片海水。那年他们一家来到琉球，看望明灯的叔父苏我入鹿，却因为那匹鬼邪附体的白马，纵身跃向了悬崖，使得全家陷入海水一般的哀伤。夫君溺亡后，伊织的世界成了一片灰暗,她一度失魂落魄,每天像幽灵一样游荡。如果不是苏我入鹿对嫂子每天坚持的守护与开导,伊织也许已经在那年秋天纵身跳下了悬崖。

明灯望向昆仑,从怀里掏出一册剧本,说,现在你应该知道,我为何会如此喜爱大明朝的《花关索》。其实我是羡慕这出戏里的花关索,虽然千里迢迢,却最终能跟他母亲一起,同失散多年的父亲关羽团聚。而我,却永远也没有这样的机会。

然而令昆仑和杨一针感觉意外的是,当初在台州府紫阳街,送给明灯《花关索》剧本的人,竟然是陈五六。杨一针接过剧本,一页一页翻过。但她很快就发现,剧本当中有一页竟然是空白的,她以为是内容缺失,可是对照了上下页,又发现其中的唱词是连贯的。

杨一针抬头,目光跟苏我明灯撞在一起。

这张空白页被人换过了,明灯说,就在我回到琉球国之后。

你想跟我们说什么?

陈五六给我送来的剧本,原本也有空白页,这是我的琴童寸草告诉我的。但是我回到琉球后,有一天当剧本重新回到我手上时,发现这张空白页被人换掉了。

既然都是空白页,那你又怎么知道被换掉了?杨一针问。

因为我之前眼瞎,所以我手感特别敏锐。大明朝的纸张比琉球国的细腻,你仔细去辨别就会知道。虽然这张空白页跟其他页面一眼看上去并无二致,但是你去抚摸,就会发现它的质地比较粗糙。也或者你提起纸张抖一抖,就会听见它们的声音是不同的,明显不是同一批纸张。

昆仑盯着剧本,觉得如果把脊背上那条打结的装订绳给解开,换掉其中一页的确不是难事。但他没有想明白,为何有人要取走原来的那张空白页?而且取走以后又重新换上一张,说明对方极力想掩饰这样的偷梁换柱。

剧本经过了哪些人的手?

人手太多。明灯告诉昆仑,他那个自己组建起来的戏班,所有人都接触过。

你今天特意给我们带来这个剧本,杨一针声音迟缓,说,你还想告诉我们什么?

明灯把视线移开,望向幽蓝的海水。昆仑听见他过了一阵才开口,说,就在我发现页面被换掉的那天,百草阁的牛刀刀失踪了。

杨一针愣住,即刻感觉海风好像换了一个方向,吹到脖子上也有点发凉。明灯既然主动提起了牛刀刀,说明杨一针今天火葬牛刀刀一事,明灯全都看在眼里。于是她问明灯,你为什么要告诉我们这些?

因为你们都是好人。父亲生前一直跟我讲,要做一个善良的人。善良者在黑夜里自带明灯,善良者无敌。

杨一针缓缓望向昆仑,见他起身,拍去身上的沙尘。他走到明灯身边,说,看来你知晓我们来琉球的目的。

苏我明灯却摇头,说其实我什么都不想知道,但是我现在知道了。我虽然以前是瞎子,可是我心里不瞎。很多事情,我还是能够洞悉,包括以前紫阳街上的陈五六,那人心里有鬼。

海水在不远处不停翻滚,浪头转眼之间变得汹涌。昆仑听见明灯说,你们能不能告诉我,不久的将来,琉球国是不是将会迎来一场刀光?不然,你们不会以这样的方式来到这座岛上。

昆仑沉默,好像沉默就是这个夜晚的

一切。后来他让横店和千八点燃他们带来的最大一枚烟花，想用盛大的烟花把这样的谈话终止。那颗烟花在宁静中升腾，一直向上攀升，不断呈现出奇景，类似于一截又一截蓝色的绳梯。此时夜空被彻底渲染，明灯抬头望向那团蓝光，说，这是不是就是传说中的天梯？如果世间有天梯，我愿意攀附着那些绳索登天，去面见我天上的父亲。

昆仑凝神，此刻他也想起了自己的父亲。他说，我跟你一样，也失去了父亲，我的父亲是死于辽东的沙场，他为大明王朝守住疆土而亡。

可是父亲以前告诉我，世间最好的人生，就是远离那些纷乱的刀光。明灯回头，此时他身后的夜空，是继续往上生长不停攀升的天梯。他注视着昆仑的眼睛，说，你们还会在琉球逗留多久？在刀光到来之前，我希望眼前这片宁静的夜色，能够在你我的记忆中保留。

昆仑于是说，刚才有些话，请明灯兄弟把它给忘了，也或者可以把它埋在心底。

明灯笑了，说，你可以一千个放心。我今天之所以带你们来海边，真正的目的，是为了避开琉球岛上的那些耳目。

14

昆仑回到明灯客栈时已经是深夜，稀薄的夜色中他觉得自己已经被悄然融化。打开门的吱呀声中，他还未来得及点灯，就感觉黑暗中有一双阴冷的眼，正跟密林中的虎豹一样盯着自己。此时空气凝固，他的手长久地没有离开门把手，仿佛是和门长在了一起。床底下有两三只蛐蛐开始鸣叫，声音惊慌喑哑，如临大敌。在蛐蛐这种急促的如同南方阵雨般的叫声中，昆仑小心翼翼地把门掩上，看上去像是害怕这扇门会突然散架。背对着那双黑暗中的眼睛，昆仑的声音轻声响起：是不是赌钱赌输了？你这副阴森森的样子，很容易把人给吓死。

骆问里在板凳前站起，不声不响地把灯点燃。灯火明明灭灭的光线，把骆问里的身影拉长并且摇曳得婀娜多姿。骆问里眼睛望着地上自己飘荡的影子，嘴里却说，你是锦衣卫。

接着他又说，我已经看穿了你。

昆仑掸了掸衣裳，看见细瘦的烛火在空气中晃荡，骆问里一张扭曲的脸也在明亮起来的灯火中摇摆。他只是笑了笑，就听见骆问里又说，你刚才在海滩上燃放的烟花叫天梯。这烟花来自杭州钱塘火器局，是由火器局第二代总领赵刻心所研发。

除了这个，你还知道什么？

赵刻心的男人名叫田小七，是个彻头彻尾的锦衣卫。许多年前，他从京城过去杭州替皇上办事，这人身上的气息，跟你现在一模一样。

骆问里的声音也像被夜风吹散似的，显得虚无缥缈。昆仑坐下来，开始认真地脱下鞋靴，说，既然你已经这么认为，那你就当我是锦衣卫吧。我的绣春刀就在房里，我来琉球的目的就是为了抓你回去。

骆问里从怀里掏出一把手铳，铳膛笔直指向昆仑。但昆仑头也不抬地说，问题是我并没有绣春刀，你要是不相信，现在就可以在房里搜一搜。昆仑说完，将脱下来的鞋靴在床榻前摆放端正，然后他捏着脚脖子说，你这手铳总共有几把？我愿意重金将它买下。如此精美的火器，我相信就连传说中的钱塘火器局也难以打造。

骆问里将信将疑，后来终于在昆仑的话语中陷入平静。有那么一刻，他甚至浑然不觉地叹了一口气，声音类似于一种来自天边的苍茫。

可惜我再也回不去钱塘火器局了。骆问里把手铳收起，像是自言自语，说老子能打造世间最好的火器，却无法改变自己的命运。他选择了一把合适的椅子坐下，沉默了片刻。在灯花啪地爆燃了一下的时候，仿佛从梦中惊醒的骆问里开始回忆。他说，臭小子你给我听好，我的故事会令你目瞪口呆。

在骆问里那段悠长的回忆中，昆仑开始慢慢知道，眼前这个胡子拉碴不修边幅的男人，虽然曾经是钱塘火器局的首席锻造师，但在浙江提刑按察使司一份冗长的罪案记录里，骆问里后来又成了一场凶杀案中的奸夫。那桩耸人听闻的案件，当年曾经在杭州城闹得沸沸扬扬。

人生简直是无聊透顶，骆问里猛然吼出一句。他觉得自己原本是想把无聊给铲除，结果更大的无聊反而像倾泻而下的沙堆一样，把他掩埋。

除了扔骰子赌钱，骆问里在杭州期间的闲余时光，都跟一个名叫阿普的女人有关，那是令骆问里心跳静止的女人，只可惜是个有夫之妇。阿普像一坛三月里的酒水，清凉而妩媚。无数次骆问里心里一直在想一个问题，阿普为什么要那么早嫁人，如果不嫁人，就不会有那么多连绵的人生变故。于是他又想，一切都是命。

骆问里能打造最好的火器，却始终改变不了他在赌桌上的手气。因为赌博，他屡屡欠下赌债，也让跟他交好的阿普为他变卖首饰，负债累累。然而倒霉的事情总是排好队伍一件接着一件赶来，偏偏这时，他们两人的奸情又被阿普的丈夫所识破。那天阿普丈夫将骆问里堵住，堵在一条狭长阴暗的巷子里。那天慌乱的骆问里，面对着小巷里的一堵陈旧的青砖墙，心想这下大概是要还一还情债了。他开始在慌乱的同时清点墙上的砖块，在他点到二十五块的时候，阿普的丈夫缓慢地将刀子拔出，说休想反抗，我要送你跟阿普去官府。你们两人的命运，就是塞进猪笼以后一起沉底钱塘江。阿普丈夫缓慢地说完这一切，突然飞快地舞动刀子接二连三地劈来。骆问里挡架了几个来回后，终于变得愤怒，他想：娘的你是真的想要翻天吗？他瞅准时机一脚踢向那人的屁股，那人一个趔趄倒下，结果却鬼使神差，刀子亲切地扎进了自己的喉咙，顷刻间血流如注。他惊恐地看着地上的血漫延，很快就比一张八仙桌的面积还要大。然后他对自己说，我猜我一定是要死了。

骆问里命案在身，连夜逃出杭州，在夜色中仓皇得像一只被拔去了毛的公鸡。帮助他逃脱的人是他赌桌上的债主，名叫田鸡。田鸡精明得像一只田鼠，之前他赢走了骆问里腰包里很多的银子，这让骆问里十分感慨，总觉得自己就是田鸡的专用钱庄。尽管如此，他看上去却十分义薄云天。在大明王朝上空疲惫星光的照耀下，绕过沿途重重兵勇设置的关卡，田鸡依然像一只精明的田鼠一样，将他千辛万苦送到台州府，说要给他指明一条正道，让他远渡重洋过去琉球国，去当地一家火器局当总管，薪酬会丰厚得令人难以想象。

我敢保证，就算你每天都不停地输钱，都输不完你丰厚的薪酬。你的银子简直可以用来再娶十房老婆，只要你的身体吃得消。那天在台州府一家十分偏远的客栈，在明灭摇晃的灯火中，田鸡信口开河地就给骆问里灌了一大壶迷魂汤。骆问里没有响，在油腻腻的一张鸡翅木小方桌边，他开始想这跌宕起伏的一路。最终他问田鸡，你为何要如此帮我？让我产生一种简直是碰见了贵人的错觉。田鸡愣了一下说，我本来就是贵人，你可以叫我田贵人。接着田鸡想了想说，你有点想多了，总的来讲我其实是在帮我自己，因为我要是不这么努力，你欠我的那些赌债就仅仅只是一个数字，我永远等不到回收的那天。

骆问里还没来得及应答，就看见客栈房门哗啦一声被撞开，冲进来的是一帮台州府衙门的捕快。他们站在门口，手中各握着一把刀，不停地喘着粗气，为首的班头满头是汗，他用刀指着骆问里，不停地喘着粗气说，你，你，你……骆问里皱了一下眉头，他非常不喜欢这个小跑几步就话也说不清楚的班头。他讨厌地说，我什么？我就是骆问里！随即那个为首的班头露出一个难看的笑容说，找，找，找的就是你。

台州府的捕快是接到省里提刑按察使司的悬赏通告，一路巡查，终于发现了他的踪迹，于是过来抓捕他入狱……

那你后来又是怎么越狱的？昆仑给骆问里倒了一杯酒，笑眯眯期待着他的下文。他说，我觉得你才是一只会打洞的田鼠。

骆问里并不急着喝酒，却从兜里摸出一条番椒干豪情满怀地咬了一口。他把咬剩的番椒干捏在拇指和食指间，举到昆仑眼前说，帮我越狱的是它，火红又美味的番椒。接着他嚼了一口番椒，嘴巴歪斜着道，为此老子花了十三个月的时间，并且还赔上了两只嫡亲的手指头。

昆仑得以再次目睹骆问里那片长得像生姜的手掌，因为小指和无名指的缺少，那只手看上去只剩下一半，似乎一支现成的手铳。他正想问番椒怎么就能帮你越狱，却听见骆问里叽叽嘎嘎地笑了起来。昆仑等待他漫长的笑声消失，说，你笑什么？骆问里收起了笑容，他把半片手掌放在小方桌上，十分正式地说：你不是江浙一带的商人，你的京城口音很地道。所以你骗不了我，你有可能真的就是朝廷派来抓我的锦衣卫。

被你讲对了一半。昆仑笑着说，我的确从小就在京城长大，但要是说到锦衣卫，我在京城街道上倒是见过不少，却从来没想过自己能跟他们走到一起。

骆问里沉思一阵，随即把剩下的番椒干全部塞进嘴里。他低吼了一声：在琉球你休想动我一根手指。老子什么风浪没见过？吃过的盐比你吃过的饭还多，做你爹都绰绰有余。

昆仑再次笑了，温和地望着骆问里把一杯酒干脆利落地送进嘴里。等到骆问里抹嘴上的酒花时，昆仑说，就算你吃最多的盐，你跟我爹相比，估计还差一个戚继光。

骆问里认真地望着昆仑，后来他说，你为什么这么说？

因为你只杀过一个人，就是阿普的丈夫。但是我爹，他老人家据说杀人如麻。我真为他自豪。

我终于明白了，他是个刽子手。小心报应啊。

不，他是战场上的英雄，手提战刀，割下人头无数。说到父亲，昆仑的眼里瞬间有了光。我想象过他在战场上的雄姿，刀光一闪，一个人头，刀光再一闪，又是一个人头。

骆问里愣了一下,随即就被逗笑了。他把杯中的酒全部喝光,说,这杯酒我敬你爹,他老人家现在在哪里?但是昆仑并没有及时回答他,而是垂下眼帘,看着眼底的鸡翅木桌板,过了一阵才声音低沉地说,可能在某片杂草丛生的泥土里,因为他早就死了。但是我自豪,因为他是为了他的国家战死的,他是个英雄。

骆问里突然觉得喝下去的酒有点苦,他斜着眼不屑一顾地看着烛火无力的光线想,这真是一个令人出乎意料的夜晚。

15

一场暴雨是在凌晨时分降临的。雷雨交加时,骆问里带着满身的酒气离开昆仑的房间,低头冲进漆黑一片的雨幕。他在路上行走,能闻到自己的酒气被风吹得歪斜,被雨淋得湿透。他还听到自己在雨中打出一个响亮的饱嗝,这时候他觉得自己真是糟糕透顶,可能整个人生都受潮了,兴许要在毒辣的太阳底下翻晒三天,才能驱赶身上所有的潮气。

凶猛的雨水冲刷着明灯客栈,狂风又一次次卷起被雨浇灭的灯笼。此时一道闪电啪的一声划过,在将天地照耀为一片白昼的光线中,昆仑沉默地站在门口,透过飘荡着水雾的绵密雨阵,看见骆问里突然出现又急骤消失的背影,心想这人从台州府带来的明朝海防图,不知道有没有出卖给倭寇。但是无论如何,那份海防图他必须完好无损地带回台州,不能缺了一个角,还要亲自交到给他下达任务的礼部郎中郑国仲手里。

雨一直都没有停。昆仑有很长一段时间都站在客房门口发呆,虽然他觉得,这不是一个适合发呆的日子。斜风斜雨,很快就打湿了他的半边身子,这让他觉得,他有一半陷在了孤独中,一半陷在了夜雨里。

16

骆问里在暴雨中疾步行走,雨水不停冲洗着他疲沓的脸皮。他终于在将近半个时辰后到达海边。那时候他在铺天盖地的涛声中,像一头被雨淋透的野猪那样,四处急切地寻找着巢穴。他终于找到了一块海礁背后的岩石,他将手按在岩石上一块长满了青苔的地方,一个黑色的洞穴缓慢地洞开,像大地上突然多出的一张嘴巴。

这天楼半步在洞中见到骆问里时,看见他全身都在滴水,犹如刚刚上岸来的水鬼。楼半步掐着指头,声音尖细而且刻薄,说你在明灯客栈待了那么久,足足有两个时辰,你是不是跟那个年轻人聊得很欢?骆问里一声不吭,站到一个热气腾腾的熔炉前。他扒下自己湿透的衣裳,在熔炉燃烧的火焰前烘烤。楼半步于是看见骆问里健壮的体格,这人身上的肌肉一块块凸起,皮肤上也随处可见已经愈合多年的伤口。晨雾一样的水汽开始在骆问里的衣裳上蒸腾,楼半步眯起细小的眼说,我重金聘请你来琉球,不是让你过来赌钱和找人聊天的。还有,那个名叫海掌柜的年轻人,你最好离他远点。

骆问里似乎对楼半步的声音置若罔闻,他只是听见岩洞里一阵叮叮当当的锤击声,急促而且密集,听起来十分悠远。在这个秘不宣的地下火器作坊,没有人比骆问里更加清楚,那是深夜加班的工人正在捶打从熔炉里抬出来的一截烧红的炮管。粗大的炮管由骆问里亲自设计,而他之前曾

307

经向那些来自日本的工人提出非常严格的要求，那就是轰天炮的所有部件必须反反复复焚烧，并且连续捶打三天三夜。现在骆问里抽了抽鼻子，很轻易地从炙热的熟铁气息中闻出，此时的炮管焚烧还远未达到火候，而那些日本工人的捶打虽然听起来足够卖力，实际上却是浮皮潦草，根本没用上足够的心思。

骆问里提着衣裳，看见它渐已烘干，颜色正从一片深黑，像退潮的海岸线一样慢慢变得灰白。这时候他背对着楼半步说，你之前答应过我，开始打造轰天炮时，你就会把我的阿普还给我。

在阿普出现之前，你还必须完成一万枚炮弹。不然你那些轰天炮，仅仅是中看不中用的铁管。你还必须完成三千支三眼铳，三千支连子铳，以及一千只神火飞鸦，外加十眼铳、拐子铳、迅雷铳各一千支，虎蹲炮和大将军炮各八百门。楼半步说完，伸出右手小拇指，让他细长的指甲跟一截透明的勺子一样深入自己的耳孔。他将指甲在逼仄的耳孔里专心致志地转了一圈说，还有，你带来的明朝海防图，是时候呈交给我了。那只是一张纸，你留着它有个屁用。

我现在就要见到阿普。

你必须先交出大明海防图。

骆问里的一双眼终于笔直瞪向楼半步，眼里有着生铁的寒光。楼半步却没有在这样的目光中退缩，而是很随意地提了提宽大衣服的领口。此刻他虽然是处身在寒凉的岩洞，但毕竟身边有一口日夜焚烧的熔炉，所以他照样觉得全身无比燥热。

海防图在阿普的手里。骆问里说完，正想再补充一句，却看见楼半步细碎地笑了。楼半步什么也没说，在缓慢地收起笑容后，起身扬长而去。然而楼半步走出一段距离又心无旁骛地回头，干瘦的声音传过来，说其实我昨天已经让人搜过，阿普的身上，除了几根汗毛，什么都没有。

17

骆问里躺在一块石板上，很长时间难以入眠。此刻附近熔炉里映照出来的火光，在他眼里不停地跳跃。这是一个在岩洞中隔出来的最潮湿的房间，头顶一年四季都在滴水。骆问里喜欢这样的潮湿，有时候他觉得自己就是那一朵青得发慌的青苔。也就是在这个逼仄的洞穴，骆问里已经为楼半步的火器及火药生产耗费了大量心血。身边的石桌上堆满了各式各样的设计图纸，虽然看似杂乱无章，但他能记得每一页图纸中每一个设计环节的具体细节。就在刚才，他发现自己从台州府带来的木板箱已经被人翻过，很明显，是楼半步在搜寻那份令他垂涎欲滴的明朝海防图。骆问里想到这里便寒凉地笑了，不到最后时刻，他怎么可能让楼半步拿到那份海防图？那是他赖以生存的筹码，是他能够挟制楼半步的武器。

现在海水的声音又灌进耳朵，平静而且深远。这让骆问里相信，洞穴外的暴雨已经停歇，海滩宁静。这样的时候，他很容易就会想起阿普，以及自己那些更为久远的混账往事。

事实上，骆问里的一生也是波涛翻滚的一生，曾经那些汹涌的浪头，一次次将他命运的小船掀翻，将他按入海水中央。他也曾经征战辽东，跟随李成梁的部队策马奔腾奋勇杀敌。但是那一年的战事急转直下，当他从充满血腥味的死人堆中爬出后成了敌军把兔儿的一个俘虏，之后好不容易回到大明朝部队又遭受非人的待遇。骆问里万念俱灰，最终成了一个逃兵。他在躲过友军的重重追杀后先是隐姓埋名深藏进一处叫作"海觉"的寺庙，接着又逃亡南方，前往杭州进了钱塘火器局研习火器制造。其间他认识了令他魂牵梦萦的阿普，阿普平淡以及平静，像是湖边一棵突然长出的青菜，让他在灰暗岁月中看见一道亮丽的光。然而跟有夫之妇阿普的相遇，让他不得不再次逃亡，继而又彻底背叛朝廷，成了令人不齿的叛国贼。而这一切的缘由，全都是因为那个名叫田鸡的债主。

在台州府被当地捕快抓捕入狱之后，骆问里就想尽一切办法越狱，为的是跟等待他的阿普团聚。然而在越狱成功后，他首先见到的竟然是处心积虑的田鸡。田鸡对他毫不隐瞒，告诉他阿普已经被人掳掠去了琉球国，想要见到她的方法只有一个，就是去琉球地下火器局，帮助监造、设计明国部队正在使用的火器及火药。田鸡同时还给了他一页图纸，要挟他必须一同带往琉球。那天烛光暗红，当骆问里试着展开那张发黄的图纸时，发现那竟然是一份明朝海防图，其中详细标注了大明王朝海岸线上各处海防卫所的位置，以及各处卫所的驻扎兵力和火器配备。

几天后，越狱后的骆问里为了避人耳目，刨光了头发，包上一块头巾，在月黑风高潮声激荡的夜晚，被人送上了一艘海船。骆问里怅然若失地踏上了前往琉球的行程。那霸港码头，迎接他的果然是望眼欲穿的阿普，然而阿普只是跟他在一起待了一个晚上，第二天清晨就被阴阳师楼半步带来的人再次劫走。楼半步用干瘦的声音同骆问里说，男人待在床上的时光不能太久，想要一直拥美人入怀，那就跟我去

一个地方，让我知道你到底有多大的本事。于是楼半步带着骆问里，在那个漆黑的深夜，跌跌撞撞地在海边的礁石堆里，找到了一个无人知晓的岩洞的入口。

海水一直在不远处晃荡，水光映照着骆问里早已像青草一样蓬勃生长出的头发，让他感觉密布周身的阴凉。身处异乡的骆问里无比怅惘，突然心头酸楚，他觉得自己不过是一张随风飘荡的叶片。他张望着深井一样的岩洞四周，想这岩洞会通往何处？会不会就是他另一个故乡？而更有可能的是，倭敌们完全可以在海边，直接从这个岩洞口把火器和火药装上战船，迅捷出征。这时候他听见楼半步阴阳怪气的声音传过来，你带来的海防图呢？骆问里在空旷的回音中沉默，又在细碎的桨声中眨了眨疲倦的眼。他盯着自己手上的两根断指，真想即刻回去台州，把那个将他的人生推进万丈深渊的田鸡当场给掐死。

那时候他想，人真是一步都不能走错，不然的话前面一路都是凶险。

18

三天后，二十四节气中的小满终于如期而至。

昆仑这天很早就站在客房的窗口，看见缭绕的晨雾中，整个忙碌的那霸港的天空混沌而且饱满，似乎挤满了雨水的气息，然而雨点最终还是没有到来，就像整整一个上午一直待在房中的昆仑，并没有见到上门找他接头的"花僮"的出现。早在昨天晚上，昆仑就在房中挂出了他从台州带来的《八仙过海图》。八仙图是阿海跟"花僮"的接头信物，虽然之前的原图被损毁，但张望后来连夜临摹出的样子完全可以做

到以假乱真。

大明朝是小满，琉球也同样是小满。自洪武年间起，历任琉球王就一直使用明朝的《授时历》。这天中午，跟国内江南一带的习俗一样，明灯客栈的午餐以吃食苦菜为主。饭后昆仑推出一张靠椅，在《八仙过海图》下打了一个盹。迷迷糊糊中，他听见房门被静悄悄地推开，但他知道那不是"花僮"，只是一场路过的风。

时间到了夜里，昆仑叫了一壶酒，坐在房中独饮。酒喝到第三杯的时候，他听见噔噔噔噔上楼的脚步声，但那也不是"花僮"，而是从夜市归来的杨一针和胡葱。从两人的交谈声中，昆仑听出胡葱带回了这个季节中的一片桑叶，桑叶上还躺着琉球人送她的一条刚出生不久的蚕公子。

苏我入鹿就是在这时候到来的。他几乎跟杨一针在同一时间里上楼，只不过他登上的是另外一道楼梯。在二楼的通道，入鹿隔着客栈当中那个狭长的院子，对楼层对面的杨一针和风细雨地微笑。入鹿说杨姑娘在入睡前，可以把蚕公子放在耳边，那样就能听见它不停吞食桑叶，声音淅淅沙沙，像是一场春雨洒落在瓦片。

昆仑在房中继续喝酒，他听见就在杨一针进门并关上房门的时候，入鹿的脚步声也最终在他门前停住。他抬头，看见入鹿依旧站在门槛前。入鹿一双手反剪在背后，笑眯眯地看了他一眼，说，海掌柜一个人喝酒，会不会显得有点孤单？

杨一针在一炷香的工夫以后听见苏我入鹿离开的声音，昆仑一直将他送到客栈门口。后来她将后窗打开，于是看见昆仑跟夜里的风一样飘进了房中。昆仑摇头，说苏我入鹿并不是"花僮"。入鹿过来只是为了告知，三天后是尚宁王母亲的寿辰，

他希望昆仑能送上一份厚礼，以确保所带来的药材能够顺利成交。

19

第二天，昆仑在明灯客栈继续等待。整整一天，他哪里也没有去，像是一枚钉在客栈里的钉子。

第三天，客栈跟往常一样繁忙，有人离店，也有一拨拨新的客人过来，住进不同的房间。只是昆仑的门前，"花僮"还是没有出现。夜色很快到来，这让昆仑开始担心，担心再这样下去，自己这枚钉子差不多就要生锈了。

20

第四天就是尚宁王母亲的寿辰。那天在琉球国的王宫，尚宁王大摆筵席，整个王国的达官贵人悉数到场。

宫廷里酒香四溢歌舞升平，苏我入鹿坐在酒席中央，视线一次次在人群中掠过。他看到了正在大块吃肉的楼半步，看到了琉球国一身铠甲的首里亲军的首领，也看到了来自葡萄牙和西班牙的那帮酒量特别好的商人……然而一直等到盛大的酒席进入尾声，苏我入鹿终究还是没有见到前来送礼的昆仑的身影。

苏我入鹿的目光最后落在楼半步的身上，看见这个干瘦的男人面色酡红，正在喜滋滋地剔牙。于是他想，究竟发生了什么事情？

21

苏我入鹿不会知道，事实上此刻的昆

310

仑，正跟骆问里面对面坐着。

就在那个海水中的岩洞，一炷香的工夫之前，当骆问里检查了一番熔炉里焚烧的炮管，然后光着膀子回到他阴暗潮湿的房中时，见到的一幕令他无比惊讶。骆问里看见他那张凌乱的石桌前，正在仔细凝视那些火器设计图纸的人竟然是昆仑。那时候昆仑并没有抬头，视线可能是停留在轰天炮炮座所对应的一排尺寸数据上。昆仑说，不用紧张，先把门关上。

骆问里愣了一下，视线在房中的各个角落里游走。这时候昆仑却朝他扔过来一样东西，等他慌张地接过，才发现躺在手里的，果然就是他急于想要寻找的那把特制的短手铳。昆仑说，我让你把门关上，这样我们才可以好好说话。

骆问里实在无法想象，那天夜里他在暴雨如注中离开明灯客栈时，昆仑其实一直跟踪在他身后，直到看见他如受伤的野猪一般，翻滚上那艘风雨中的小船。后来是那天的闪电帮到了昆仑，让目力极强的他足以见到，骆问里渺小的身影在那片漆黑的悬崖底下消失。

现在骆问里在那片光滑的石板上坐下，像是坐在一个绵软无力的梦里。他实在没有想通，没有小船，昆仑到底是如何进入这个岩洞的。但他觉得这些已经不重要了，重要的是，昆仑此番过来，绝不仅仅是为了找他说话聊天。

骆问里说，我没有看错，你身上的每一个毛孔都有锦衣卫的气息。

昆仑说，咱们今天不说锦衣卫，咱们今天来好好赌一把骰子。

怎么赌？

很简单。我输了，我跟你说一句真心话。你输了，就回答我一个问题。昆仑说完，从兜里摸出一枚骰子。他手指一弹，骰子即刻飞向了空中。骆问里在骰子呼呼作响的飞舞声中抬头。他永远无法忘记，这天当骰子最终落在昆仑的手里时，岩壁上的两颗水珠也正好同时落下。两颗水珠不偏不倚，其中一颗恰好砸在骰子的正中央，散发出细密晶亮的水花，而另外一颗则啪嗒一声，十分准确地击中了骆问里的头皮。

骆问里怔了一下。他十分惊讶地坐在石板上，感觉头皮一股前所未有的清凉，然后他很快又看见一缕缠绵的水线，干净而且透明，毫无保留地从自己的额头上滑落。

骆问里说，究竟谁怕谁，我这一辈子最喜爱的就是赌。来吧！

22

然而昆仑第一局就输了。所以昆仑盯着骆问里的眼睛，声音坦荡，说，我的确是锦衣卫，我是小北斗门的成员。你所认识的田小七，我是他最小的弟弟。

骆问里咬了咬牙，骰子在他手中再次飞起。直到骰子跌落在石板，他又猛地用一只酒杯盖住，直到里头叮叮当当的跳跃声最终停止……

然而这一局昆仑还是输了。于是昆仑开口，我来琉球国的确是为了抓你回去，所以你绝对没有逃脱的可能。但你现在要是愿意帮我一个忙，或许我还可以放你一马。

骆问里没有道理地笑了，说，感谢你如此慷慨。然而当第三局的骰子揭开，他却发现自己出乎意料地输了，所以他听见昆仑的声音再次响起。昆仑说，回答我第一个问题，你来琉球这家地下火器局，究竟是谁聘请的你？

骆问里并没有犹豫，回答得很爽快，这人你认识，他就是阴阳师楼半步。

第四局很快结束，骆问里又一次输了。昆仑问他大明海防图在哪里，骆问里应答，还在我手里。

把它交给我。

骆问里摇头，说，除非你能再赢我三局。

昆仑轻描淡写地笑了，说，从现在开始，我决定连续赢你五局。

果然，这天的最后，骆问里打死也不愿意相信，作为老赌棍的自己竟然连续输了十四局。他将那颗要命的骰子在石板上砸成一片粉碎，发现骰子中间并没有灌注水银。于是他在茫然中垂头，说，我答应你，在你离开琉球之前，一定把海防图交给你。但你也要告诉我，为什么你能连续赢我十四局。

昆仑从石板上起身，怅然间抬头，望向岩洞顶就要掉落下来的又一颗水珠。他说，再跟你讲一句真心话，在我加入锦衣卫大开杀戒之前，我叫吉祥。从七岁那年的秋天起，甚至能闻到生和死的气息。那时候我在京城一家孤儿院里生活，我哥哥田小七也是战亡将士的孤儿，他是一个打更的更夫。我有个师父叫满落，后来他带我云游四海，给我起了另一个名字，叫昆仑。

昆仑就这样一字一句说完，也让骆问里在他寂静的眼里，看见一股岁月中忧伤的气息。

骆问里叹声道，原来这一切都是命，看来你前面两局，只是故意输给了我。然后他听见昆仑说，你接下去的命我已经替你写好，只要你跟我回去我大明朝，我一定会向朝廷求情，你之前的罪行将会得到最大限度的宽恕。

头顶的水珠终于在这一刻落下，骆问里在沉默中伸手，将冰凉的水珠稳稳地接住。

骆问里说，我已经倒霉了一辈子，所以你所谓的朝廷对我的赦免，我可能只有在死去以后才会愿意相信。

23

杨一针这晚留在了明灯客栈，她在等候昆仑的消息。中午跟昆仑碰头时，昆仑告诉她，既然"花僮"迟迟没有出现，那他决定夜闯海水中的岩洞。因为他觉得骆问里隐身的地方，很有可能就是琉球的地下火器局。

为什么要选择在今晚？

今晚是尚宁王母亲的寿宴，宫廷里宾朋满座，我相信"花僮"也肯定会位列其中。昆仑沉思了一阵，又说，"花僮"应该就是火器局的幕后执掌，不然他成不了对抗我大明的气候。趁他不在岩洞，那里防守空虚，也许我就能当场堵住骆问里，直接拿他问话。

现在杨一针的客房里，从台州带来的五轮沙漏，流沙已经一次次清空，而胡葱又无数次将漏壶倒转。从昆仑离开客栈，时间已经过了将近两个时辰，杨一针有一种不祥的预感，觉得静谧的空气中似乎有什么事情正要发生。

事实的确如此，杨一针就是在这时听见一阵上楼的声音。声音虽然细微，但她能够辨别出，那些蹑足而行的脚步层出不穷，同时来自左右两道通往二楼的楼梯。

此时杨一针并没有移步,而是轻轻掀开后窗前的帘布。她发现窗前的树枝底下正悄然掠过一道属于宽背刀的寒光,类似于深夜中的暗流涌动。

杨一针屏住呼吸,对凝望她的胡葱甩了甩头,示意她拿武器。

24

昆仑离开岩洞以后,并没有直接回去客栈。刚才跟骆问里的一番较量,让他基本能够确定,楼半步就是暗藏的"花憧"。但是昆仑疑惑,这人为何迟迟不愿意接头?所以他心中所想的,是如何尽快接近楼半步,设法得手那份意欲摧毁明朝海防线的"婆婆丁计划"。

宫廷中盛大的宴席终于结束。当一场喧闹收起,四周又回归到平静,昆仑隐身在一棵参天古木中,看见最后一个跟尚宁王告别的人,正是酒后微醺的阴阳师楼半步。楼半步回家的脚步踩得弯弯曲曲,有好几次他差点被自己绊倒。

昆仑一路跟踪,闻到楼半步打嗝以后喷出一股细密的酒气,酒气围绕着城墙,久久不散。然而昆仑后来发现,楼半步兜兜转转以后最终靠近的地点,竟然又回到了王宫附近,而隔壁就是苏我入鹿家的素园。在一个长满鲜花的路口,楼半步飘荡的身影静悄悄拐了一个弯,等到昆仑跟上,却发现这人已经在一瞬间消失。昆仑怔住,又看见鲜花覆盖的路边,原本一块稍稍支撑起的井口那么大的盖板,此时则正好悄无声息地掩上。路面就那样很神秘地恢复到原状,昆仑于是想起,刚才骆问里曾经告诉过他,楼半步用来储存弹药的仓库,就建造在尚宁王王宫一带的地底。

昆仑跃上屋顶,决定等待楼半步的再次出现。他由此得以俯瞰,此时静躺在眼底的素园里苏我明灯的一袭背影,正在一片明灭的灯火中显现。明灯在弹琴。琴声散淡,听起来竟然有点幽怨。昆仑在那样的琴声里倚靠向一堵砖墙,有那么一刻,他忍不住又想起了遥远的丁山。他愿意将明灯的琴声当作丁山的琴声,却又似乎听见,惆怅的丁山正在古琴前发出一声令人不易察觉的叹息。

用不了多久了,昆仑想,或许再过几天,完成使命的自己,就会出现在回去台州的船上,就会尽快地找到丁山。

然而一场意外就在此时发生。当坐落在素园东北角的日式熏蒸房的房门嘭的一声被撞开,昆仑看见矮小的房里猛然冲出一个赤身裸体的男人。男人大汗淋漓,全身蒸腾着汹涌的热气。他冲出一步以后又因为赤裸的身体而停住,最终在天空底下无比凶狠地嘶吼出一声:抓刺客!昆仑于是在他一次次歇斯底里的叫喊声中听出,这个有着雪白身体的男人,原来是苏我入鹿。

犹如一场酒席被掀翻,这天的首里王城,即刻充斥着惊恐和嘈杂。四处都奔跑着火把,王城内外一片昂扬的追杀。当飞奔的昆仑从房顶上落下,他最终跟一身铠甲的首里亲军首领一起,一前一后将那个无处藏身的身影给堵住。亲军首领扭了扭脖子,发出关节转动的声音,他举刀一步步朝那人靠近。昆仑看见这家伙的背影缩头缩脑,战战兢兢倒退几步,然后他最终将头转过来时,果然就是喘息成田鼠一样的楼半步。

楼半步全身发抖,打嗝打得不成体统,似乎又想呕吐。后来在尚宁王和苏我入鹿一起赶到时，他才收拾好心绪，若无其事地将低垂的头颅抬起。楼半步声音高低起伏，埋怨这好好的一个夜晚，自己一个人独自走路回家，走着走着竟然被人当成了刺客追杀。

尚宁王转头望向苏我入鹿，看见他在焦灼的月光下皱紧眉头，显然是有些无可奈何。后来苏我入鹿转身，迟疑着走远，楼半步于是就气势汹汹抖了抖衣裳，跟堵在他眼前的亲军首领说：我不是刺客，给我让开！

昆仑就是在这时候开口。他喊了一声道：慢！

楼半步的眼睛眯成一道铁丝一样的线。他想不到昆仑竟然走到尚宁王身边，昆仑说他刚才亲眼看见，从素园方向逃窜出来的身影，就是如假包换的楼大人。他还说楼大人既然心里没鬼，一个人走路为何要左冲右突，最后又变成一路狂奔？

现场包括首里亲军在内的所有人都无法忘记，这天当昆仑振振有词说完这些时，楼半步突然变得气喘吁吁。他像是一只抓狂的野猫，无比凶狠地扑向了昆仑。楼半步目光狰狞，挥舞起总共十只透明又锋利的指甲，就像一排寒光凌厉的刀片，朝昆仑的脖子扎了过去。接着昆仑一个轻易的闪身，就在楼半步扑了一个空时，大家看见他宽大的衣服袖口里，突然掉落出一片轻柔又光滑的丝绸。丝绸有着隐秘的芳香，最终在夜色中飘落，飘落向路中央的一块石板。这时候亲军首领疾步上前，俯身将它捡起。

当亲军首领捡起丝绸后摊开看了一眼，又心事重重地将它交到尚宁王手里，尚宁王只是扫了一眼就将一双眼睛闭上，好像他认为这个夜晚已经惨烈到不忍目睹。

尚宁王说，人和物证，一起带走！

25

就连昆仑也没有想到，楼半步一直珍藏，每天都要三番五次拿出来抚摸与嗅闻的粉红色丝绸肚兜，竟然属于明灯的母亲。肚兜上精心刺绣的字令人过目不忘：伊织。

等待已久的刑讯终于到来，苏我入鹿也闻讯赶来，冷眼看着楼半步。楼半步被扒光，干瘦的身子像一条挂在屋檐下的风干的鱼。等到一轮皮鞭落下，他抖了抖手指，又心痛地望向刚才在挣扎中所损毁的指甲，终于承认伊织的肚兜是他从素园里偷的。而他刚才潜入素园，就是为了偷看熏蒸房里宽衣解带又赤条条的伊织。

苏我入鹿此时便再也无法控制自己，突然从怀中掏出一把短手铳，若不是被站在一旁的亲军首领架阻，他射出去的铁弹就会在第一时间命中楼半步。被夺去手铳的入鹿又抓起一把刀，像疯子一样扑向楼半步。在被刑讯人员挡住后，他愤怒地挣扎，扬言要将楼半步切开，切成一块一块扔出去喂狗。

楼半步抱住脑袋，巴不得缩成一团把自己塞进地底。他看见苏我入鹿歇斯底里，目光喷火，不将他砍死就誓不罢休的样子。于是他彷徨地起身，晃了晃脑袋，说，想要灭口是吧？那咱们就干脆来个鱼死网破。

楼半步开始说话。他的话像是被刀子捅开来的麻袋，里头滚落出的豆子一泻千里。他说，苏我入鹿你别再装了，你比我还脏，脏得就像一块抹布。你那些腌臢的事情，信不信我现在就公之于众？我已经忍了你很久。

苏我入鹿愣住，站成一尊雕塑。他听见楼半步义无反顾的声音，说，你别以为能够瞒天过海，你早就贪恋你嫂子的美色，想将她占为己有。当初你兄长坠海，是因为你安排了一匹发情的种马，并且给种马喂下了令它狂躁的药，才会让你兄长连人带马坠下悬崖。刚才在熏蒸房，我也亲眼看见你趴在伊织的身上，抖动得就像一条不停抽搐的狗。

整个讯房像是被推入了深海，昆仑能听见所有人粗细不一的呼吸，沉重而且凝滞。楼半步却越说越起劲，他抹了抹嘴角泛起的白沫，吐出一口痰，说，苏我入鹿我实话告诉你，我比谁都清楚，苏我明灯以为你是他叔父，其实他是你跟伊织的野种。你厚颜无耻地霸占了嫂子，还把生下来的儿子当侄子养……

楼半步滔滔不绝时，讯房里突然响起砰的一声，声音震耳欲聋。谁也没有注意到，苏我明灯早就已经赶到现场，并且迫不及待抓起了入鹿刚才被夺走的手铳。滚烫的铁弹射出，命中楼半步脑门又穿透他头颅，血从他后脑喷出，洋洋洒洒喷溅在他身后那堵砖墙上。明灯看着如同泥浆一样坍塌下去的楼半步，确定这人已经死透。所以他将手铳不屑一顾地扔在地上，站在那里纹丝不动。他像是在警告已经一命归天的楼半步，说，我们家的事情，还轮不到你来管。

那是一个血光中无比阴暗的夜晚，也是暴风雨的夜晚。苏我明灯疯狂地奔跑在雨中，想起当初从台州府回琉球的船上，也是这样贯穿在天地中的暴雨，颠簸的商船似乎要被海上的风暴所吞没。但也就是在那时，明灯的视力开始恢复，他只是一眨眼，竟然就清晰地看见了翻滚的波涛，以及头顶一闪而过的闪电。那一刻他泪流满面，在甲板上跪下，重重地磕头。他感谢让他重见光明的昆仑和杨一针，也感谢这场犹如神灵降临一般的风暴。但是从海上回到琉球后，他又宁愿自己依旧是一个瞎子，一切都眼不见为净。因为他没过多久，就发现了母亲和叔父入鹿的奸情。他也由此想明白，为何当初自己眼瞎时，只有通往熏蒸房和他母亲卧室的方向，入鹿没有为他铺设密布鹅卵石的盲道。

明灯不会忘记，有天入鹿邀请百草阁药铺的牛刀刀前往素园做客时，席间不知道什么缘故，突然对她狠下杀手。但是苏我入鹿没有想到，牛刀刀并不是那么好对付的，她竟然攻势凌厉，一下子砍翻了素园的好几名家丁。明灯冷冷地看着这一切，想起自己的父亲堕崖而亡，便不在乎这场杀戮到底谁会胜出。那场较量的最后，苏我入鹿和牛刀刀都倒在地上，两人狠命抢夺现场剩下的唯一一把刀。刀就在明灯的脚下，他站在那里纹丝不动，听见入鹿的祈求，说，孩子，帮我，我是你爹。明灯万分惊讶，望向脚步凌乱匆忙奔跑过来的母亲时，看见她掩面而泣，目光中并没有否认。时间短暂而又漫长，就在他黯然转身的那一刻，明灯自己也没有想明白，为何他最后还是将刀子踢向了苏我入鹿。苏我入鹿握刀在手，一刀扎向牛刀刀，同时他卷起一团刚才被斩断的三弦丝线，将牛刀刀活活地给勒死。

昆仑追上明灯时，看见他坐在那片悬崖顶上，犹如一块长在那里无数年的石头。明灯的一双腿挂在悬崖边，说，鸠占鹊巢，你是不是觉得这一切很好笑？

昆仑离他很远，不敢向他靠近。昆仑

说，要是知道会发生这一切，我就不会让人将楼半步拿下。明灯笑了，笑得比哭还难看。明灯说，你觉得你在安慰我？其实你这是在嘲笑我。

昆仑也在悬崖边坐下，任凭暴雨将他们一起冲刷。他特别喜欢水天一色，喜欢从天而降的水声将他笼罩，这样就可以让他觉得自己是世界的一部分，是一棵长在悬崖边的孤独的树。此刻他心中升起的，是跟雨点一样密集的疑问：楼半步刚才明明是进入一个地下通道，怎么后来又出现在了素园？关于苏我入鹿和伊织，以及他们苏我家族的一切，楼半步为何会了解得那么清楚？还有，入鹿怎么会有手铳？他从熏蒸房里赤条条着冲出时，又为何嘴里喊的是抓刺客，而不是抓盗贼？一个商人，他怎么会担心家里有刺客……

昆仑想到没有尽头，想到所有的问号都打成了一个结。最后他开始真正担心的是楼半步既然已经被击毙，那自己是否还能拿到"婆婆丁计划"？

26

暴雨停歇的时候，昆仑目送着苏我明灯悄无声息地离开悬崖，他自己也悄无声息地回到了客栈。他整个人都湿透了，所以地面上留下了一摊发黑的雨水，像一张缩小了的琉球国地图。他想将这一晚发生的一切及时告诉杨一针。可是他三番五次发出信号后，杨一针的房里却始终没有动静。最后他干脆通过后窗，直接闯进了杨一针那间客房，却发现房里空空荡荡，里头一个人影也没有。

昆仑站在房中，像是站在孤立无援的梦中。

27

清晨再次悄无声息地到来，昆仑这天是在等待杨一针的出现时，猛然见到了上门来的苏我入鹿。入鹿全身像是铺着一层白茫茫的晨雾，他左眼浓密的眉毛上挂着一滴随时会掉落下来的水珠，让昆仑闻见一股深刻逼人的凉意。入鹿抬手，将眉毛上的水珠抹去，犹如抹掉一段可有可无的记忆。他仔细凝望挂在墙上的《八仙过海图》时，声音如同涌过来的海水，有着呛人的咸味，说，海掌柜能不能告诉我，八仙为什么能过海？昆仑于是在一阵怅惘中惊讶地站起，目光迎向苏我入鹿。依照之前阿海所交代的接头切口，昆仑口齿清晰地说，因为八仙喝起酒来，一个个都是海量。

苏我入鹿站在原地纹丝不动，如同房中刚刚多出来的一根柱子。后来他扯了扯嘴角，露出一抹笑容。笑容跟以往完全不同，谈不上温和，甚至都缺乏一点明亮。他像是船到码头人靠岸，眼前的一切容不得拖延，所以并没有寻找一张椅子坐下，即刻就开口道，我就是来接头的"花僮"，跟我走，我带你去一个地方。

昆仑在话音中沉默，看见飘扬在房里的薄而淡的水雾，跟随晨风一起摇摆。接着他听见苏我入鹿又说，还愣在那里干吗？

清晨的那霸港码头却是浓雾堆积，犹如重重包裹着一团秘密。昆仑走在路上，望见细长的街道盘根错节，像是朝各个方向蠕动出去的蛇。此时街上并没有人影，浓雾中星星点点的灯火，如同守候在路边的鬼火，以至于昆仑有一种错觉，苏我入鹿是带他去了一块墓地，或者他们走进的，是一团神秘的梦境。

路上昆仑什么都没问，只是紧随着入鹿。后来入鹿进入素园，带他走去一处隐秘的花园。在一座假山前，随着茂密的芦苇叶子被掀开，入鹿轻轻按动深嵌在太湖石中的机关，于是在乱石的移动声中，昆仑眼前显现出一条暗藏的通道。暗道曲曲折折，通往幽深的地下，像是深入地心的喉管。

昆仑踩着向下的阶梯，跟着入鹿逐级而下。此时空气越来越阴冷，两旁高悬的铁盆中，燃烧着既是取暖又是照明的炭火。苏我入鹿边走边说，我现在要带你去看的，是我们的弹药库，这是我们地下火器局的一部分……火器局是一个深藏在地下的城池，它的另外一部分在海边，是我们造枪造炮的地方。那里跟弹药库是相通的，中间隔了几道厚重的铁门……

苏我入鹿断断续续的声音在地下库房回响。昆仑也就此明白，楼半步当初能在半夜里潜入素园，也是通过弹药库的地下暗道，而他行走的方向，差不多跟现在的路线相反。这时候苏我入鹿是察觉出了昆仑的心思，所以他在喉咙底下咒骂一句，说楼半步就是一条忘恩负义的狗，当初要不是我把他从日本带来琉球，他现在早就已经在荒郊野外饿死，连骨头都被人捡去烧火。

昆仑感觉周身一股阴凉，看来正如他昨晚所想象，楼半步一直是苏我入鹿的助手，替他掌管着偌大一个火器局。然而在琉球国所有人面前，这两人却一直在很认真地演戏，演着一台视对方为眼中钉、彼此间又恨之入骨的戏。

眼前终于出现一片平坦又空旷的场地，昆仑看见如同山坡一样堆积在一起的弹药，连绵起伏又分门别类排列规整，其中包括鱼雷、风火雷、陶瓷雷以及粗细不一的雷管，浩大的场面令他吃惊。昆仑走到弹药中间，抓起一把差不多跟羊屎那么大的铁弹，说，我们约定的接头日子是在小满，时间为何推迟到了今天？

苏我入鹿似乎什么也没听见。他眉头紧锁一路往前，走出一段距离后最终在一座雕像前停住。那是一个用石头雕凿出来的男人，两颗滚圆的眼球有着睥睨一切的眼神。他虽然盘腿端坐在地上，却还是比苏我入鹿高出半截身子。

知道他是谁吗？苏我入鹿说。

昆仑站在雕像前，感觉入鹿正在逼视着他，目光比石头还坚硬。他看见雕像身上那件宽大的衣裳往各个方向撑开，样子十分饱满，好像是被风撑起的一个帐篷，也好像是要掩盖住隐藏在胸腔中的无限蓬勃的野心。

他叫丰臣秀吉。入鹿说完，眼里放射出一道犀利的光。可能是回忆起曾经跟丰臣秀吉四处征战的岁月，他说，我现在所有的努力，都是为了继承将军的遗志。将军叱咤南北勇猛无比，誓要跟大明决战到底。跟他相比，眼下统治日本的德川家康可谓鼠目寸光，简直就是一个无耻的懦夫。所以我要征召的是丰臣的旧部，我要瓦解和争取的是德川现在拥有的军队和武器。

昆仑目光飘了一下，视线离开冰冷的雕像，转移到胸怀激荡的苏我入鹿身上。他知道此刻的自己需要发出一声赞叹，或者是一通感慨，所以说，先生既然有惊人的毅力，又具备如此强大的火器局，那么一旦到了开战之时，明朝的海防线势必将摧枯拉朽，不值一提。

然而苏我入鹿的脸上却没有显示出惊

喜。他沉思了一阵，目光凌厉地回头，说，之所以拖到今天才接头，是因为你下榻的明灯客栈，有着明朝的细作。

昆仑愣了一下，感觉一阵锐利的风在耳边越过。他还未来得及开口，就看见苏我入鹿盯向站在不远处的两名库房守卫，对他们十分果决地甩了甩头。然后两名守卫笔直走向一堵紧闭的铁门。铁门可能是有点生锈，他们花了很大一股劲才推开一条缝。最后守卫抬腿，狠狠地踢了一脚，就在沉重的铁门被哐当一声撞开时，昆仑瞬间看见的，竟然是被捆绑在铁架上的杨一针。

杨一针满身血污，头发乱糟糟地披挂在脸上，嘴角还淌着一缕挂下来的血浆。她显然是饱受摧残，身上伤痕累累，脑袋耷拉下，整个人已经气若游丝。昆仑看见眼前的一切都在摇晃，耳边响起的声音也类似于某片悬崖正在轰然倒塌。他即刻感觉头晕目眩，周身的血液也似乎在瞬间凝住。此时他暗自咬紧牙关，恍惚之间觉得，头顶有千万斤重量的石板正要朝他砸下，砸向他的头颅和肩膀，顷刻间就要将他砸成一块肉饼……然而昆仑又必须在转眼之间恢复平静，平静得像是波澜不惊，也平静得像是突然之间陷入诧异。所以昆仑说，这人是谁？

难道你不认识了？苏我入鹿笑着道：她是住你对面客房的杨姑娘，杨一针。

杨姑娘？她怎么会被捆绑在这里？昆仑难掩心中起伏，说，先生的意思，难道她就是客栈中的细作？

苏我入鹿打出一个细小的喷嚏。兴许是因为库房中阴凉，他给自己披上一件武士道和服，艳红的武士服上绣了一丛饱满的菊花。他说，你别看杨姑娘长得楚楚动人，她最近却一直在追查一桩凶杀案，死者是百草阁药铺的女郎中，名叫牛刀刀。入鹿说完，将武士道和服的丝带在他结实的腰板间扎紧，说，其实我很清楚，牛刀刀也是明朝派来的卧底，当初就是我将她亲手剿灭。

牛刀刀死在入鹿的手上，昆仑听见这一句，目光显得有点锋利。但他说，会不会搞错了，杨姑娘看上去那么普通，你就是给她十个胆子，她也不敢过来琉球当卧底。那不是死路一条？

可是有些人就是愿意踏上不归路。苏我入鹿清了清嗓子，目光在昆仑身上不屑一顾地扫过。他的声音显得狰狞，说，就比如海掌柜你，好像你在每天半夜时分，都会偷偷摸摸去一趟杨姑娘的房里。

昆仑整个人一瞬间抽紧，如同听见一场电闪雷鸣。此时他刚想劈出一掌，劈向眼前的苏我入鹿，头顶却有一个巨大的铁笼如同雷霆般落下。昆仑只是听见一声轰鸣，就看见落下来的铁笼不偏不倚，将他盖在了笼子的中央。这时候他还没来得及出手，铁笼顶部又弹射出无数根粗大的铁管，转眼之间穿插在他前后左右四周，最终将他死死地挤压在铁管的中间。

昆仑被困住，四肢动弹不得，周遭都是挡住他的铁管。此时站在原地的苏我入鹿却面不改色，最终冷冷地笑了。苏我入鹿的目光柔情四溢，饶有兴致地望了他几眼，接着又靠近他，说，现在我可以告诉你了，接头的日子为何要推迟到今天。

事实上就在小满那天，当苏我入鹿去昆仑房中时，第一眼就发现挂在房中的《八仙过海图》是假的。

苏我入鹿围着铁笼，慢吞吞转了一圈，为的是仔细检查一番，这个首次派上用场的铁笼，在设计上是否还存在什么漏洞，以便于日后改进。然后他说，好一个海掌柜，就跟那幅八仙图一样，整个人都是赝品。还说，要不要我提醒你一下，正确的《八仙过海图》，铁拐李握拐的手是右手，而不是你那张图中的左手。

昆仑站在铁管中间，恨不得把自己的脑袋给撞碎。此时他无论如何腾挪，全身的力量终究还是无法施展。眼看着苏我入鹿一副得意忘形的样子，他无计可施，所以就干脆闭上双眼，被深刻的怨愤所吞噬。他同时在心里一次次咒骂张望，咒骂他当初对着八仙过海的原图临摹，为何会如此粗心大意，会在铁拐李的左手和右手上出错。苏我入鹿却好像根本不愿给他留下安静的时光，傲娇的声音再次响起，说，我再告诉你一个秘密，当初让你去参加尚宁王母亲的寿宴，目的就是为了将你从客栈中支走。这样我才方便动手，将你跟杨一针两人分头收入囊中。

库房里只剩下苏我入鹿冷笑的声音。苏我入鹿接着说，人心就跟蛇蝎一样险恶，海掌柜你在演戏方面肯定比不过我。所以想要在我面前胜出，那你就等于踏上了一条死路。

28

骆问里像一匹脱困的野马，全身有着无穷的力量，奋勇奔跑在通往灵鹫寺崎岖的山路上。山路湿滑，细碎的石子磕磕绊绊，让赤脚的骆问里一次次摔倒，锋利的石片也毫不留情地割破他脚皮。但骆问里全然顾不上这些，只想尽快赶到山顶的灵鹫寺，救出令他魂牵梦萦，每个夜晚都要思念无数遍的阿普。

刚才在岩洞中的火器局作坊，闻听楼半步在昨晚被苏我明灯一铳毙命，且他那些手下已经被尚宁王悉数捉拿，骆问里便举起手中那把正在试刃的倭刀，将它重重砍向头顶挂下来的一片钟乳石。钟乳石纹丝不动，甚至都懒得溅射出一点火星，但此时骆问里已经胡乱套上一件衣裳，跟疯子一样奔向远处海水滚涌的洞口。骆问里急迫得气喘吁吁，急迫得忘记了穿鞋。

楼半步虽然是装神弄鬼的半个道士，但自从羁押了阿普，他就别有居心，将她深锁在了山顶的灵鹫寺。寺庙里日夜派人守候，为的是生怕阿普逃脱，也担心骆问里会将她劫走。现在骆问里已经登上了半山腰，刚才的一路狂奔，让步入中年的他几乎被掏空。他双手支撑着膝盖，真想把闭闷的胸腔给撕开，让几乎窒息的自己好好透一股气。然而他只是站直身子抬手擦了一把汗，整个人便绵软无力地倒下。于是骆问里干脆摊开身子，仰躺在荆棘丛中。耳边山风呼啸，四周响起阵阵松涛。骆问里似乎听见松涛来自山顶，正传来阿普对他深情的呼唤。

头顶许多云朵棉絮一般飘过。散漫的棉絮慢慢聚集到一起，在骆问里的眼里，仿佛聚集成一个款款移步的阿普。这时候骆问里终于掉下了辛酸的眼泪，眼泪顺着干燥的脸颊，渗透进他嘴角。这让他想起，曾经的台州府监狱中，穿戴铁链和镣铐的自己，也是无数次透过狭小的窗口，凝望属于明朝的云朵。事实上，那是对深印在脑海中的阿普的凝望。

为了越狱，骆问里决定跟同样是嗜赌成性的那位九品司狱开赌。司狱将一枚铜钱弹向了空中，他在铜板的飞舞声中笑呵呵地说，你连裤衩都千疮百孔，难道还想切下里头的小鸡鸡来跟我赌？骆问里一只手迅速抱住裤裆，剩下的一只手张开，勾了勾小拇指，说，你先说愿不愿意赌。

怎么赌？

骆问里捋了捋心爱的小拇指，将它前后左右抚摸了无数遍，然后无比忧伤地说，只要我输了，这根手指就是你的，你可以当场把它带走。

你是觉得我的手指不够用呢，还是认为你的小拇指可以加点酱油红烧，也或者是撒一把细盐，将它中午炖了汤喝？

骆问里却始终凝望自己的小指，目光中甚至有了些许潮湿。骆问里说，司狱这辈子洪福齐天，缺的肯定不是铜板。我觉得你现在最需要的，是下次站在赌桌前，能气势磅礴地讲出一个傲人的传说。

什么样的狗屁传说？

当然是你赢过人家一根手指的传说。那样子的话，你的骰子还未开局，赌桌前的所有人，腿脚就自然开始发软了。

司狱反复摩挲着长了一些绿锈的铜板。铜板此刻正深陷在他肥厚的手掌里，像是躺在一床温暖的棉被中。司狱将铜板攥紧，说，你口吐莲花讲了那么多，无非是看上了我的这枚铜板。告诉你，爷爷不会那么傻。

骆问里愉快地摇头，说，司狱大人果然是猜错了。实话告诉你，如果你输了，我只有一个要求，就是恳求你菩萨心肠，将伙房里那罐番椒酱送给我。在下口味有些重，实在太喜欢吃辣，再说这牢房中每天的伙食，寡淡得就跟昨晚剩下的凉开水一样。我实在是没有胃口，每次都难以下咽。

然而骆问里很惨。第一局的骰子尚未停稳，他就如坠深渊满腔忧愤。那时候他迫不及待蹲下，死死盯着冰冷的石板，祈求缓慢下来的骰子能继续转动，好歹能够再翻滚一圈。最后他陷入绝望，盯着落定的骰子，像是要用目光将它穿透，也像是看见了自己穷途末路的明天。

骆问里沉沉地叹了一口气，伸出一只手在石板上摊开，声音如同寂灭的炭火，说刀子，谁去把刀子拿过来。

于是没过多久，司狱只听见咔嚓一声，似乎是有人咬断一截甘蔗，但是眼底那块石板上，却随即漫延开一团浓稠的血。那时候骆问里皱了一下眉头，看上去是悲痛欲绝。他倒抽一口冷气，喊出一声他娘的，没想到这么痛。他沉思一阵，接着就小心翼翼抽出盖在石板上的手掌，所以那枚切去以后又与手掌彻底分离开的小拇指，就被他毫无保留地遗留在了青石板的中央。四周万籁俱静，一阵陌生的风吹过，带起陌生的沙尘。骆问里垂头，将手指根涌出来的血一点一点吸进嘴里，好像是不想让它白白浪费。此时他额头上冒出雨点般的汗珠。骆问里在阵阵袭来的疼痛中咬了咬牙，即刻又将此时已经守在他手掌最左边的无名指竖起。骆问里眼里布满淡淡的血丝，盯着满脸痛楚的司狱，又盯着守土一方的无名指，最后笑眯眯地说，没事司狱大人，愿赌服输。来，咱们再来！

那天的石板上，总共留下了一长一短两根手指。长的是血淋淋的无名指，短的是血液流光，已经开始变成一片惨白的小拇指。血在石板上寂静地流淌，朝着不同的方向，最后似乎渗透进有着鸭蛋青颜色的石板，让里头淡青色的花纹，渐渐增添了一些细密的红色。骆问里无比忧伤，他望向离他而去的两枚手指，像是望见两个登船以后就一直远航的儿子。此刻他心中有巨大的不舍，却又很果断地抓起骰子，然后跟司狱心平气和地商量：这次能不能由我来扔？司狱却在阵阵微风中颤抖，好像是在某个梦魇中无法自拔。他的喉咙里可能是被吹进了沙子，所以声音沙哑，说，不用再扔了，伙房里那罐番椒酱，已经是你的。我还会让伙夫……将罐里的番椒酱加满。

骆问里愣住，感觉一切都偏离了自己的想象。他提着业已残缺的左手，声音颤颤巍巍，说，那怎么可以，司狱大人难道忘了，赌桌应该有赌桌上的规矩。

司狱却一点一点垂头，像是被烈日晒焦的树叶，视线也尽量避开那块被骆问里的血液所勇猛占领的石板。在这个充斥血光的上午，司狱站在地上的一双腿脚似乎是向某人借来的，跟他受过惊吓的声音一样，瑟瑟发抖。司狱说，但是你……也别忘了，在这座牢房……本人所说的每一句，都可以是规矩……

骆问里开心不已，几乎兴奋得掉出了眼泪。此时他再次蹲下，像一个慈祥的父亲，想要将那两枚孤单的手指收起。但他看见鲜血淋漓的石板上，一直沉默不响的无名指却突然没有理由地跳动了一下，样子轻盈欢快，仿佛是要配合他内心所涌起的窃喜。骆问里抽了抽鼻子，情真意切，在用目光抚摸那截无家可归的无名指时，他把眼泪收起。欣喜之余，他又很及时地望向拴住他双脚的铁链。繁琐的铁链绕来绕去，环环相扣，又锈迹斑斑，似乎随随便便就能拴住他的一生。但此时的骆问里并不这么想，他在心里跟自己说，姓骆的恭喜你了，他娘的，这辈子你终于成功了一次。

29

阿普盘腿静坐在灵鹫寺的禅房，无缘见到飘浮在窗外的云朵。她眼里一片灰暗，布满飘飞的灰尘，也飘浮着此生数不尽的罪孽。首先是跟骆问里的奸情，奸情败露后招致丈夫猝死，再是骆问里来琉球国，一个明朝的子民来监造攻打明朝的火器，还带上泄露机密的大明朝海防图……所有的往事一幕一幕，每一幕都羞于回首，不忍卒读。现在阿普在忧思中忏悔，一声一声敲打着木鱼，想让声音将罪恶的自己掩埋。木鱼声中，她全然忘记自己是被深锁在灵鹫寺，也忘记每天夜以继日的生活，一寸又一寸的光阴，都是在缭绕的香火中一成不变如出一辙。

阿普身穿一件麻布做的海青，泛白褪色的海青在胸前包裹，上面打满了补丁。但即使是如此，在这间缺乏光线和照明的禅房，四处可见的破败和陈旧，也难掩她脸上和脖颈上残存的风韵。也是在这间打坐的禅房，靠南的那堵墙壁上，灵鹫寺的住持前两天突然发现，墙上不知何时多出了一个血红的"问"字。那个"问"字写得执着有力，一笔一画却又尽显苍凉，赫然出现在墙体的中央。那天住持面对这触目惊心的一幕，不禁在茫然间摇头，又在风干的血腥味中将双目闭上。住持想，血字一定是阿普咬破了手指，在某个寒凉的月夜心如磐石般地写下。

阿普似乎在木鱼声中渐渐枯萎，骆问里却在此时靠近了灵鹫寺的山门。那时候骆问里看见一只凶猛的秃鹫，正趾高气扬栖落在山顶一棵高大的乌桕树上，嘴里叼着一片血淋淋的肉。骆问里聚精会神地凝望，抬头望向秃鹫时想，那片滴血的肉最好是来自楼半步。他希望死去的楼半步已经被苏我入鹿切割，切割成互不相连的一块一块。因为骆问里早就有所耳闻，苏我入鹿仿造的六必居酱园有着令人发颤的秘密，那就是酱园会收集琉球岛上某些死人的尸体，然后在深夜里切割，割出一块块分量均匀的连皮带肉、又在酱过以后晒干成风味独特的腊肉。

秃鹫的目光杀气腾腾，骆问里手拄一根业已腐烂的木棍，扶着灵鹫寺的围墙站稳。刚才从半山腰奔向山顶的路上，因为走得太急，他很不幸运地崴了一脚。所以一路上骆问里比较狼狈，他拄着木棍小心翼翼行走，像是沙场上败退下来的瘸腿的马。现在他循着木鱼声的方向，一步一步靠近阿普的禅房。面对挂在房门上的那把沉重的铁锁，骆问里似乎毫不担心。他很快从怀里摸出一枚钥匙，试着将它深插进锁孔。接着他小心翼翼转动钥匙，在感觉不得要领时，又将金黄色的钥匙进一步深入锁孔。转眼之间，骆问里果然听见啪嗒一声，声音干脆利落，锁体和插销也就那样十分愉快地分离了开来。

门吱呀一声敞开，此时阿普感觉一道锋利的光，正如一支飞过来的箭，直接射向她的双眼。阿普不用睁眼，仅仅凭着飘进房里的气息，就能闻出来者是骆问里。她听见骆问里扔掉手中的木棍，还在飘荡着灰尘和霉味的禅房中疲倦地揉了揉眼睛，等他看清了房中的一切，他原本急促的呼吸在刹那间停止，仿佛是被人击中了命门。

事实也的确如此，这天当骆问里目睹了墙上惊心动魄的血字，又赫然望见盘坐在角落中的阿普时，整个人便彻底塌陷。顷刻之间，骆问里泪水涟涟，张开的嘴巴几近失声，只能发出一连串沙哑的嘶吼。此时他腿脚发软，无比诧异地望向阿普青光光的头皮，像是望见一场惨绝人寰的灾难。骆问里哭嚎：头发，阿普，你的头发呢？

阿普的眼皮依旧合上，眼角却不由自主流淌出一行热泪。很久以后她说，为什么你只关心我的头发？

骆问里泪水滂沱，跪在地上抽搐，像是跪到阿普面前想要认错的儿子。他伸出总共有八根手指的双手，颤抖着想要贴近阿普的头颅，然而那双手却始终停留在空中，一次次都不敢去触碰，仿佛近在咫尺的阿普是一块坚硬的冰，也是一个灼热的火球。骆问里只是见到自己的泪水，正一滴一滴砸下，砸向阿普的头皮。然后泪水又在阿普毫无遮盖的头皮上静悄悄滑落，滑落进她脸颊，仿佛成了阿普的又一场眼泪。

阿普的声音像飘浮的尘埃，也像树梢落下来的树叶。阿普说，哪怕我不剪掉头发，它们也会在日以继夜的悔恨中一根一根掉落。

骆问里的脑袋于是一次次撞向墙壁，好像是要把坚硬的石墙给撞开。但也就在此时，门口涌进来的光线却突然被人挡住，于是骆问里在细碎的阴影中转头，看见的是苏我入鹿的几名家丁。家丁正手持明亮的短刀，像围堵一头漏网的野猪一样向他围拢逼近。骆问里管不了那么多，仓促间即刻就掏出了手铳，铳管毫不犹豫地举起。骆问里叫喊，一个个都给我闪开，老子今天想杀人。

阿普在凶狠的声音中抖了一下，随即将木鱼敲得更响。她闻见空气中的杀机，所以将眉头皱紧说，骆问里我想问你一句，咱们这辈子的罪孽，难道你觉得还不够深重？

骆问里却上前一步，铳管瞄准的方向在苏我入鹿的几名家丁身上渐次游移。他说，阿普我求你了，烧香拜佛等到回我们的大明王国，一切还来得及。咱们现在就冲出去，离开这阴曹地府一样的琉球。阿普却再也没有吭声，只是加速敲打着木鱼，声音越来越急，犹如一阵急骤的雨。

30

杨一针是在半个时辰后醒来的，她缓缓撑开眼皮，看见困顿在铁笼中的昆仑，以及死亡般沉寂的弹药库房。此时她想起被苏我入鹿杀害的姐姐牛刀刀，便悲愤交加，心如刀绞。她同时想起奉命来到琉球任务尚未完成，自己跟昆仑却身陷囹圄，面对的是无法预想的明天。想到这些，杨一针狠狠地挣扎，想让自己从捆绑的铁架上挣脱。这时候她却听见一个声音响起，说世上的女人为什么总是那么傻，你这样的反抗完全是徒劳，还不如再睡一场安稳觉。于是杨一针发现，不知什么时候，骆问里也出现在了这里。骆问里蹲在一个角落，佝偻着身子，脸上若无其事，脚上却被捆绑了繁琐的镣铐。

昆仑也在这时候醒来，他刚才睡得很沉，在一个混沌的梦里再次见到了丁山。他看见丁山目光忧郁离开无人馆，一路走去大海的方向。路上丁山一次次向人打听，琉球国离台州府有多远，坐船总共要走几天。于是昆仑在梦里觉得，丁山是在等他回去，回去陪她坐着，一辈子听她弹琴。现在昆仑眨了眨眼，暂且让刚才的梦境飘远。他在逼仄的铁笼里望向骆问里，以及拴住这人双脚的铁链，说，没想到你也会有今天，这就是你背叛家国的结局。

骆问里却不屑一顾地笑了。他只是很好奇，此刻在铁笼中动弹不得的昆仑，怎么还有心思跟他费尽口舌谈起虚无缥缈的家国。骆问里抹了一把脸，抹出一团细碎的泥沙，说，臭小子，你还是赶紧留点力气想想自己。我敢跟你打赌，在你被苏我入鹿处决之前，我肯定早就离开了这里。说完骆问里甩了甩头，觉得待在这里太过无聊，决定跟昆仑炫耀一下，让他知道当初自己是如何从台州城牢狱成功逃脱的。骆问里滔滔不绝，他的故事从跟司狱赌博说起，说到了自己损失的两枚手指，也说到了那天最终赢来的一罐辣味扑鼻的番椒酱。他还唾沫横飞着告诉昆仑，自己可谓聪明绝顶，凭借着之前在钱塘火器局对生铁的了解，他早就做好了打算，要用咸味聚集的番椒酱，利用其中含量丰富的盐，去将困住他的铁链一点一点腐蚀。骆问里说上天不负有心人，为此我整整花了十三个月的时间。直到有一天我亲眼看见，原本粗大的铁链就像中了邪一样，在我手里奇迹般地断开，就像一块松脆的油炸鱼排，被我轻而易举地折断。

骆问里得意洋洋说到这里，目光却突然变得忧伤。他望向自己残缺的手指，好像看见自己灾难深重又颠沛流离的一生。此时他又猛然想起为他削发为尼的阿普，目光变得一片潮湿。他难忍悲恸，狠狠地咬了咬牙，心想昆仑还跟他奢谈什么家国。当初要不是所谓的家国将他厚颜无耻地抛弃，他也不至于沦落到今天这地步，不仅背上叛国的罪名，还要让阿普跟他一起受苦。所以他义正词严质问昆仑，你有什么资格跟老子谈家国？老子为那个狗屁家国血战到底的时候，估计你还是一颗种子，正躺在你爹蠢蠢欲动的裤裆里。

杨一针也是到了这时才从骆问里的嘴里得知，这人当初之所以成了辽东李成梁部队的一名逃兵，背后有着难以想象的凄惨。那一年大雪飞舞，骆问里带着弟兄如同一把尖刀杀入敌营，他在奔驰的马背上身负重伤，一个人坚持到最后，终因寡不敌众而成了把兔儿的俘虏。在战俘营，骆问里遭受严刑拷打，身上没有一块肌肉是完好的，但他始终没有屈服，反而在一个月黑风高之夜，瞅准时机杀出一条血路，又历尽千辛万苦一路爬回到了李成梁部队的营房。然而此时的部队却对回营的骆问里失去了起码的信任，甚至疑神疑鬼，将他当作把兔儿派来刺探军情的奸细。于是在一次突围中，副将命令尚未康复的骆问里一个人骑马冲在队伍的最前面，目的是为了踩响敌军在雪地上随处埋设下的风火雷。那次骆问里咬牙切齿，周身的血液冲到了脑门。最后他忍无可忍，终于愤怒到极点。他骂了一句狗娘养的，随即挥刀砍翻了逼迫他上马的副将，又掉头冲进了白茫茫尸骨遍地的原野，也从此与他眼里已然狼心狗肺的明军决裂。

骆问里说完，目光挑衅着望向昆仑，眼里似乎依旧飘飞着那年辽东战场的皑皑白雪。雪覆盖他身上每一处伤口，跟伤口中汩汩流淌的血掺杂在一起，于是他屡屡中刀的身子，像是开出无数丛娇艳的花朵。他瞪着昆仑说，别以为你父亲牺牲在沙场就有什么了不起，老子比他惨了无数倍，惨到你无法想象，惨到一次次问自己，为什么还要活着？

昆仑却目光凛然，他说，哪怕有再多的借口，也不是你卖国的理由。昆仑说，骆问里你好好看看，看看堆积在这里成千上万的弹药。难道你想见到明朝的海防线被入侵的倭寇摧毁，家园被炸成粉碎，百姓生灵涂炭，国土变成一片焦土？

骆问里无言以对，他在茫然中垂头，盯着地上一根蠕动的蚯蚓。他看见蚯蚓攒足了力气，细小的身躯在潮湿的泥石间攀爬，好像要使劲攀爬向另外一番天地。这时候他闻听昆仑的声音再次响起。昆仑说，骆问里你到底有没有想过，一旦这些火药在明朝引爆，被炸碎的可能是你父母，还有你兄弟，以及你的妻子和儿女。

昆仑的质问连绵不绝，让骆问里陷入长久的沉默。此时的骆问里不得不想起，想起北京城一条狭长的胡同，以及胡同深处不同的季节里，一个总是会开满桂花及石榴花的院子。自从逃离李成梁的部队，骆问里就再也没有回去过北京城的那条胡同，也无从了解院子中家人的生死。他只是记得，当年自己入伍前，妻子已经有孕在身，至于后来生下来的是男是女，他则一次次提醒自己，永远不要去打听。因为骆问里很清楚，作为一个屠杀了上峰的叛贼，自己靠近家园的每一步，都将给家人带来无尽的麻烦，甚至是灭顶之灾。

31

杨一针记得很清楚，这天当地下库房中巡守的卫兵向他们走来时，倚靠着石墙的骆问里当即闭上眼睛，像是昏睡中的缩头乌龟。然后卫兵列队离去，骆问里的眼睛又缓缓睁开。他扭头望向那些远去的背影，看着十几人队伍的影子渐渐被压扁，直至成为一条移动的黑线，线条又在拐弯后越来越短，最后彻底消失。骆问里觉得这样的凝望似乎还不够，于是又侧身趴到地上，耳朵贴近岩层，久久地聆听。可能是感觉地底传来的脚步声已经降低至轻微，所以他起身，像是完全抛却了刚才的忧伤，笑着说，谢天谢地，这帮鸟人已经走出去很远，那我现在可以金蝉脱壳离你们远点，省得听你们啰里啰唆讲那些道理。

杨一针在这时候看见，神神叨叨的骆问里竟然稀奇古怪地张大嘴巴，像是张嘴漂浮在水面，等待虫子漂移过来的一只以逸待劳的青蛙。随后骆问里将拇指和食指塞进洞开的嘴巴，两根手指使劲一掐，即刻就从舌头底下掏出一枚金光闪闪的钥匙。骆问里将挂满口水的钥匙举起，说，有没有吓到你们？这就是传说中的嘴里含着金钥匙。

昆仑看见一个喜悦的骆问里，也看见金色的钥匙在第一时间插进一把铁锁的锁孔，铁锁锁住了缠绕他双脚的铁链。骆问里看上去信心饱满，前后左右来回转动钥匙，转动时他嘴中念念有词，说，佛祖保佑，保佑我的万能钥匙所向披靡。

果然，骆问里又一次成功了。成功的骆问里一脚踢开镣铐，面容威严，像是功成名就的将军。然后他站起身子，功德圆满地伸了伸懒腰，让昆仑听见他紧邦邦的骨头得以舒展的声音。他很骄傲地望向昆仑，说成功只属于有准备的人，现在有准备的人要先走了。说完骆问里拍拍屁股，一瘸一拐地走远，留给昆仑一个八面威风的背影。昆仑看着他左右起伏的身影，说，慢点。骆问里回头，很认真地问，海掌柜还有什么指教？

昆仑说，海防图，你得把海防图留下。

骆问里噗呲一声笑了，说，傻小子，你真是一根筋，到了现在还惦记着海防图。海防图又不是钥匙，它无法帮你打开眼前的这个铁笼。

然而，就连杨一针也没有想到，那天瘸腿走出一段距离的骆问里竟然停下，站在原地沉思，接着又转身。骆问里目光深沉，望向昆仑像是无可奈何，说，看在你从小是在京城长大的分上，你爹说不定以前还是我在辽东战场的战友，那我还是为难一下自己，索性救你一次吧。回头的骆问里一边摇头一边叹气，说，谁让我是高风亮节的人呢？

事实上，罩住昆仑的天降号铁笼，当初就是由骆问里为苏我入鹿亲手设计的。可是骆问里现在走到铁笼前，又不急着将它打开。他反而抱着一双手，隔着粗大的铁管问昆仑，作为一个从北京城来的人，你知不知道京城有条铁匠胡同？

昆仑说知道。

果真知道？

铁匠胡同在城西。在我被收养去吉祥孤儿院之前，家就住在那里。

你就知道跟我胡扯。骆问里眉开眼笑，说家住铁匠胡同的是我，我从小跟着我爹打铁，所以我一辈子都跟铁打交道。

昆仑说，信不信由你，铁匠胡同挤了几百号人，那里穷得叮当响，又不是什么金窝银窝，值得我跟你夸耀。再说胡同里既然还住了你这样一个混蛋，我都认为我当初投胎投错了地方。

骆问里愣了一下，像是脑袋被撬开，顿时迫不及待打开铁笼暗藏的机关。只听见轰的一声巨响，一根根铁管开始挣扎着移动，之间渐渐撑出距离，将挤压在中间的昆仑松开。骆问里急忙张开粗大的手掌，好像要揪出昆仑跟他拥抱一场，然而也就在这时，他听见一排杂乱又凶猛的脚步，轰轰隆隆正在冲过来的路上。骆问里紧张地回头,那帮巡守的卫兵果然再次出现,卫兵一路上迅猛奔跑,奔跑时纷纷拔出刀子,切开气流发出坚硬的回响,刀身闪耀着锋利的寒光。骆问里说,这回糟了,他娘的我真是多管闲事,我最应该救的人是阿普。

32

万历三十五年,就在小满过后的第四天,琉球地下弹药库房,脱困的昆仑犹如一只松绑的海雕。那时候昆仑腾空而起,瞅准一个朝他冲来的卫兵,就在一脚踏上卫兵头颅时,只是咔嚓一声,当场就将他的脖子扭断。接着昆仑夺过卫兵手上的长柄倭刀,攥在手上抖了抖,好像是要试试刀子的手感。等到他将倭刀猛然挥舞成一阵狂风,就有两名卫兵的脑袋先后离开支撑它们的脖颈。脑袋飞了出去,最终在远处掉落,掉落在高低不平的岩层上,热烈地打滚。而脖颈上喷薄的热血,飞溅在库房的屋顶。

骆问里被这眼前的一幕所惊呆。等到在地上打滚的脑袋晃晃悠悠停住,他才被昆仑继续挥砍的刀光猛然惊醒。他匆忙奔去杨一针身边,非常利索地将她从铁架子上解开。然后他用商量的口吻跟杨一针说,我已经好多年没有上过战场,杀敌的本领肯定已经退化了很多,所以接下去轮到你们搭救我。这样我们之间就算扯平了。杨一针瞪了他一眼。他又说,搭救我就是搭救咱们的海防图。说完骆问里又看见其中一名卫兵被斩断的手臂,从空中笔直朝他飞了过来。他身子一斜,呼啸的断臂便从他耳根直接飞了过去,与此同时,一股新鲜的血也不作任何商量,十分慷慨地喷溅

在他脸上。骆问里伸出舌头舔了舔,发觉血还是异常滚烫,他瞠目结舌,望向人群中挥刀砍杀的昆仑,不禁发出由衷的感叹,这小子狠是真狠,怎么跟我以前在战场上一模一样?这时候杨一针已经捡起地上一把倭刀,直接塞到他手里。杨一针说,你要是不自己冲出去,没人愿意救你。

在兵器和兵器的碰撞声中,骆问里听见杀声震天,仿佛响彻记忆中的原野和山谷。这让他恍惚看见二十年前的辽东沙场,一场遮天盖地的雪,以及奔腾在他胯下的矫健的马。此时骆问里深吸一口气,觉得跟下雪天一样冰凉。他攥紧倭刀,似乎感觉到手腕上正在滋生出一股熟悉的力量。于是他冲到昆仑身边,跟他并肩站在一起,像是跟战场上的兄弟站在了一起。骆问里一刀劈了出去,手法有点僵硬。等到身子站稳时,他晃了晃那条受伤的腿,跟昆仑说,臭小子,没想到咱们都来自同一条胡同。那么你是谁家的儿子?

昆仑替他挡住斜刺里插过来的一刀,随即将偷袭的卫兵踢出去一丈多远,飞出去的卫兵身子最终又深陷进两片岩层的中间。昆仑说,闭上你的嘴。

33

明灯闯进苏我入鹿位于六必居酱园的一处密室时,入鹿正端坐在看上去有半亩池塘那么大的书桌前,专心致志着抄写《金刚经》。他身边站了两个妖娆的女人,女人几乎赤身裸体,身上只盖了透明的轻纱。她们一起站在新鲜墨汁潮湿的气息里,在轮番给入鹿研墨,研墨时轻纱摆动,周身散发狐狸一般的光泽。

明灯是在半个时辰前得知,入鹿已经

囚禁了昆仑和杨一针,并且准备将他们屠戮切割,腌制成风干的腊肉,那样就可以把他们像风铃一样挂在屋檐下。现在明灯冷冷地看着周遭的一切,闻到密室中奢靡的暗香。那些游荡的香味像摸不着的灵魂,催人迷幻,又令人眩晕。他盯着提笔书写旁若无人的苏我入鹿,用压抑的声音说,看在我是你儿子的分上,请你释放了昆仑。

苏我入鹿不响。他的笔锋缓缓收住,又将粗大的笔管从纸上提起,目光却依然停留在《金刚经》湿漉漉的文字上。这时候一个女人裸露的左脚提起,踩在一张凳子上。苏我入鹿于是顺手将毛笔搁上她平整而光滑的大腿,好像他觉得那是一只构思精巧的笔架。苏我入鹿叹了一口气,《金刚经》的抄写似乎让他耗费了不少精力,所以他开始宽衣解带,可能是为了让自己透透气。当他露出白皙的胸膛时,另外一个女人已经柔情款款地给他递来一截六必居酱瓜。香脆的酱瓜被他一口咬断,他在嚼碎以后对明灯说,我杀的每一个人都是对的。以后你终将明白,我现在干的每一件事,都是为了你日后的霸业。然而明灯却冷笑一声,嘴里吐出一句道:一个被人唾弃的私生子,还有什么脸面谈霸业?

入鹿愣了一下,像是被人扇了一巴掌。他双肩猛地一抖,身上唯一的衣裳滑落,彻底呈现他毫无遮盖又雄姿勃发的身体。他气势磅礴地抱起身边一个女人,就像抱起一床潦草的棉被那样,将她随手扔到了硕大的书桌中央。此时女人的身子在光滑的桌面上扭动,嘴里发出模糊不清的喘息,入鹿却扭头望向明灯,说,既然你是一个男人,有本事现在就当着我的面,将她彻底征服。

明灯说,你真是无耻,无耻到不可理喻。入鹿却扭了扭脖子,骨头发出奇怪的声响。他说,想要征服世界,首先要征服的就是人。要征服人,就要学会无耻。这些你以后都会懂的。

明灯的目光渐渐变得寒凉。他从来没有想到过征服,哪怕是占有世间的一棵青草,更别说用刀砍剑杀换来的霸业。他在愤然中拂袖而去,让入鹿听见门被哐的一声踢开。入鹿望向儿子消失的方向,顿时觉得心里空旷,空旷得像一片没有边际的海洋。往事在他眼里浮沉,他一下子想起了很多。事实上很少有人知道,入鹿那些悠远得像一缕烟一样的过往,基本跟一个名叫灯盏的女人有关。

入鹿是在一年前登上从琉球那霸港出发的商船,以采购丝绸的名义首先抵达了大明台州府,此行的目的是暗中观察明朝各地的海防,并且伺机发展各路暗桩。在台州城紫阳街的回头无岸当铺,他一眼就认出了姿色不凡的灯盏。灯盏的父亲跟入鹿一样,曾经也是丰臣秀吉手下的部将。在了解到灯盏依旧保有一份攻城掠寨的雄心时,入鹿道出了自己的全盘计划。那次两人在明灭的油灯下一拍即合,决定在台州成立入侵明朝的指挥中心,以灯盏为首领,一是为入鹿建在琉球国的据点提供各式情报,二是等待入鹿回去琉球后慢慢制定出"婆婆丁计划",日后寻机取回后择时在台州实施。

入鹿不会忘记台州城令人惊叹的夕阳,夕阳下的紫阳街像黄金碎了一地。他同时记得那次他跟灯盏经过长达几天的促膝长谈后,最终心心相印,在攻打计划的许多细节处不谋而合。然而当灯盏的丈夫郑翘八得知此事时,却在忽明忽暗的厅堂里犹豫不决,喃喃自语地说此生最需要的,是油盐酱醋的安稳日子。于是入鹿望向窗外的夕阳喷了喷鼻子,说,翘八兄弟,怎么你更像是这间屋子里的女人?于是在这天晚上,在一顿丰盛的晚餐过后,当郑翘八在灶屋里埋头洗碗时,一直站他身后的灯盏先是将他柔情四溢地抱住,一张脸紧紧贴在他背上,然后很没有道理地敲碎一只青花瓷瓷碗,接着就举起锋利的碗片,在郑翘八的脖子前使劲一拉,当场就将他的喉管给割断。郑翘八在灯盏的怀里一寸一寸坍塌,灯盏就在这时凑到他耳朵前,吹气如兰地细语,说,相信我,我终有一天会来陪你的,我永远是你的女人……那天郑翘八僵硬的尸体还躺在屋里,灯盏就把自己清洗干净,并且仔细梳妆了一番。然后她小心翼翼踩过那些流淌在地上的黏乎乎的血,在一轮月色的衬托下,像一道白光,也像一片柔软的晚潮,风情万种地漫上了苏我入鹿的凉床。她一双眼睛迷离,迷离得像是刚刚醉醒的样子,说有本事就来征服我,就像不久之后,你就要征服大明朝连绵不绝的海防线那样。

柔软的晚潮仿佛还在入鹿的耳畔回荡,灯盏的故事也还远没有结束。入鹿不会告诉被他霸占的嫂子伊织,那次他让明灯过去台州,名义上是学琴,幕后的实情是为了从灯盏手上取回一系列的情报。情报就被灯盏装订在明灯带回琉球的《花关索》剧本里,一页毫不起眼的空白纸,却会在遇火以后显现出密写的内容。其中一条情报比较简短,说的是有个女郎中名叫牛刀刀,这人虽然过来琉球行医,但她实际上是明朝锦衣卫派去执行侦察任务的细作。

入鹿那天在明灯外出时,从他房里拿到了《花关索》的剧本。他撕下那页空白纸,将密写的情报看完,借助眼前的烛火

将它烧成灰烬。四周一片寂静,他在一番思索后坐下,独自弹奏起心爱的三味线。按压着三味线紧绷的丝弦,在悠然晃荡的烛火中,入鹿突然就有一个想法,觉得如果用这种看似柔软实则锋利的丝弦将牛刀刀给勒死,或许也是一个不错的选择。他希望看见牛刀刀的身体战栗并且挣扎,在气绝人亡时在他眼前柔软地躺下,像一个妩媚又臣服于他的女子般,心甘情愿地躺下。

34

地下库房中横七竖八躺着十多具尸体,尸体缺胳膊断腿,也或者是脑袋搬家。此时昆仑手上的长刀也已经换到第三把。第一把刀子被他砍成刀口四处卷刃,像是一排牙齿掉落了几颗以后显得高低不平的牙床。第二把刀子一下子扎穿两名卫兵的身体。刀子留在前面一名卫兵胸口,只能看见一截羊皮裹扎的刀柄。骆问里发现两个中刀后的男人一前一后站在一起,暂时还没有完全断气,而露出在他们身体中间的,是一段闪亮的刀背。刀背在冒烟,冒烟时有两股缓慢的血,分别从左右两端出发,朝着中间地带汇集。

两具尸体始终站立,仿佛两个被牵引在一起的木偶,十分恩爱的样子,步履摇晃却始终不愿意倒下。在那昂扬又四处乱蹿的血腥味中,骆问里简直看慒了。他在恍惚间晃了晃沉重的脑袋,以为是在那霸港阳光充沛的舞台下看一场武生戏。然而当昆仑又抡起第三把刀时,他才觉得眼前的这一幕真实又具体,这并不是在戏台上演戏,而是昆仑在游刃有余地杀敌。所以骆问里再次举刀,狠狠地杀进人群。血液

就跟雨水一样飘扬起来，又一阵阵落在他身上。骆问里挤到昆仑身边。在挡架住砍过来的倭刀，又哗啦一声划开一名卫兵的肚皮时，骆问里背对着昆仑笑呵呵地说，我是真的很想知道，你小子到底是谁家的儿子。也或者，你们家是在铁匠胡同的几号？

昆仑是在挥舞刀子时忙里偷闲说了一句：铁匠胡同丙陆号，旁边一条臭水沟，里面有数不尽的老鼠。

骆问里砍出去的刀子突然很没有道理地收住。他也是在此时中刀，肩膀上被拉开一道口子。血非常兴奋，吱溜一声从他皮肉的豁口中钻出。但骆问里跟中邪似的呆在原地，好像丝毫没有察觉到肩膀上皮开肉绽，也感觉不到半点痛楚。他只是站在那里自言自语，说不可能，铁匠胡同丙陆号是我家，我家世世代代住在那里。

这时候昆仑已经将眼前卫兵的喉管刺穿。他看见骆问里目光痴呆，像是停留在无法醒来的梦里。接着骆问里稀奇古怪地笑了一声，说，臭小子你肯定记错了，你怎么可能住在丙陆号？搞得我们两个是一家人一样。昆仑真想过去扇他一个耳光，他说，骆问里你这个老东西我警告你，你再这样神神叨叨，我就把你两片嘴皮给割开。

远处又冲来一队黑压压的卫兵，如同一场翻滚的洪水。杨一针知道，再这样下去，昆仑就是有三头六臂，也砍不完源源不断的倭敌。她看着身边那些娴静得如同处女一般的弹药，心想冲出去的办法只有一个，就是将整个库房引爆，在将卫兵炸得支离破碎的同时，也将所有的弹药全部摧毁，从此深埋在琉球岛的地底。杨一针说，骆问里你听好了，这些弹药都是你亲手打造的孽债，为了大明朝的海防固若金汤，你理应将它们炸毁。

骆问里望向自己亲手打造的弹药，觉得上天是在跟他开一个玩笑。他脑子里响起巨大的轰鸣，也似乎看见火光冲天。在那样的火光中，他见到自己先是从京城赶到辽东战场，接着又逃亡到杭州和台州，直到现在的琉球，也就是这所有的一切，构成他悲凉又荒诞的一生。事实上，如果不是刚才昆仑的提醒，骆问里都已经在漫长的岁月中忘记，二十年前自己家门口的确有一条臭水沟，里头一年四季也确实穿梭着肥胖健硕且灵动无比的老鼠。所以他现在目光灰暗，垂头时声音一片沙哑，说，你们先走，所有的事情留给我。说完骆问里弓下腰身，牵扯出长长的导火绳。他将导火绳一点一点捋直，又迅速开始在地上布线。布线时他忍不住抬头，看见昆仑已经将受伤的杨一针背起，就要杀向那群卫兵抓紧时间冲出去。此时他呆呆地凝望昆仑远去的背影，像是凝望一艘离他而去、就要在大海中漂远的船。所以他最终还是没有忍住，喊出一声道：等一下。

昆仑回头，看见骆问里目光潮湿，一张脸紧紧地绷着。骆问里努力让自己站直，然后很认真地说，你今年是不是二十？你出生在万历十五年的夏天。说完骆问里移动那条伤瘸的腿，像是摇了一条破败的船。他最终抹了一把眼，犹犹豫豫着说，你娘是不是姓沈？在她嫁到铁匠胡同之前，老家是在离京城不远的通州府。

杨一针趴在昆仑背上，看见骆问里傻傻地站在那里，似乎要用人生中最后的时间，等待昆仑给他一句回答。而也就在此时，她无比清晰地感觉到，身下的昆仑不由自主抖了一下，好像是腿脚发软，也似乎是波涛翻滚中，一艘就要被掀翻的小船。

昆仑感觉头皮发麻，骆问里没完没了的声音令他憎恶。骆问里还说，如果我刚才说的一切没错，那你娘嫁的人，就是我。此时犹如听见五雷轰顶，昆仑再也无法控制自己。他猛地冲了过去，抬腿一脚就将骆问里踢飞。他几乎是歇斯底里，叫喊着，骆问里你无耻，你给我闭嘴！我娘虽然是姓沈，但她跟你没有任何关系。

骆问里重重地摔落在地上，整个人却已经泪水滂沱。此时他牵了牵嘴角，像一个不可理喻的疯子，笑了一阵又哭出一阵，声音哽咽地说，你听我把话说完，万历十五年，就在我离家从军的那天，咱家的石榴花掉落了一地。那时候你娘挺着个肚子，站在门前那棵桂花树下，那是她从通州府带过来的丹桂，上面有一个鸟窝，我说的这些有没有错？

杨一针永远记得，那天昆仑挥舞起刀子，像个疯子那样砍向了骆问里。若不是捉襟见肘的刀子被岩层挡住施展不开，那时候缩成一团的骆问里，即刻就会变成一具血流满地的尸体。后来昆仑气喘吁吁，迎向冲过来的卫兵时脚步有点踉跄。可是令杨一针胆战心惊的是，当黑压压的卫兵冲到眼前时，恼羞成怒的昆仑却迟迟没有举刀。刀子劈了过来，杨一针喊了一声小心，昆仑怔了一下，送出去的刀子却根本没有方向。杨一针说左边，昆仑提着刀子晃了一晃，整个人差点跌倒。杨一针又急忙说右边，昆仑似乎到了这时才猛地惊醒，刀子准确扎向了咿呀呼喊的卫兵。鲜血热气腾腾地溅在昆仑脸上，他没有时间抹去，却在再次挥刀时咒骂了一声无耻，又恶狠狠地说，我爹叱咤沙场，杀！我爹已经死了，杀！我爹不是骆问里这样的混蛋，杀！

∙∙∙∙∙∙∙∙∙∙∙∙

杨一针听见震天的厮杀，也看见那些卫兵像一排等待收割的芦苇，整齐地倒下，像是倒在诗意盎然的秋天。

35

骆问里是在昆仑的厮杀声中点燃长长的导火绳的。导火绳开始忘乎所以地燃烧，冲在路上的昆仑一声声咒骂。此时骆问里真希望他能快点冲出去，又希望他能永远跟自己站在一起。但是骆问里知道，此时自己浑身乏力，就像一只瘟鸡。加上那条不争气的伤瘸的腿，他可能会永远留在这里。果然，骆问里只是攒足力气迈出了几步，就在滋滋冒响的火星中跌倒，而此时冲过来的一个卫兵，又一刀将点燃的导火绳砍断。这让骆问里十分恼火，他整个人趴在地上，抓起刀子劈了过去，瞬间将那人的左脚砍断。卫兵十分惊讶，他亲眼目睹那只孤独的脚掌，这天上午刚穿上一只新鞋的脚掌，竟然跟自己抬起来的小腿分离开，分离以后又一直留在了地上。很久以后他才撕心裂肺地大叫一声，声音痛苦而且空洞，好像失去的那只脚掌，以及套在脚上的新鞋，是他这辈子最为珍贵的财产。

此时骆问里冷笑一声，又在那只血淋淋的脚掌上补了一刀，即刻将它分成了两半。他努力攀爬过去再次点燃导火绳，火星又啪的一声冒出。这次他支撑着地面，终于顽强地起身，朝着昆仑的方向跌跌撞撞奔去。然而他没跑出几步，回头时又看见，受潮的导火绳似乎已经熄灭，奄奄一息像一条死于冬眠的蛇。于是他站在那里等了一下，觉得很不放心，又急匆匆折了回去，但此时的导火绳竟然又嗞的一声响起，瞬间就燃烧得无比欢快而且迅速。骆

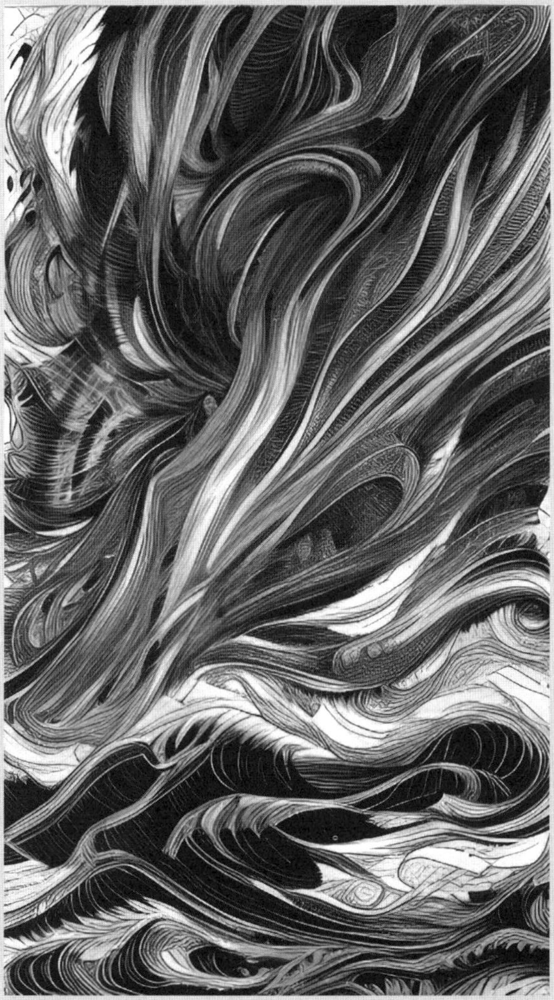

问里觉得这回彻底糟了,他目光痴呆,望向飞速移动的火星,犹如看见一道就要劈向他的闪电。

36

万历三十五年,小满过后第四天,当昆仑背着杨一针像一只雄健的海雕般凌空从洞口跃出时,听见身后响起一声山崩地裂的爆炸。爆炸声连绵不绝,如同惊蛰过后的一阵阵滚雷,天地间都在剧烈地摇晃,随后愤怒的火光冲天而起,顿时遮蔽了琉球岛的整片天空。

昆仑飞在空中,听见气流升腾,声音排山倒海。他忍不住回头,在熊熊的火光中看见,苏我入鹿火器库房所在的整片山坡,就像一匹不堪重负的老马,由南至北,苍老的马背就那样疲倦地塌陷了下去。爆炸气浪中飞翔的昆仑最终在远处稳稳地落下,抬头时看见尘土飞扬,许多细碎的沙石纷纷掉落,如同一场连绵的春雨。

炙热的气流即刻抵达,好像是海风送过来的热浪,让四周连绵起伏,弥漫开硫磺和硝烟的味道。此时杨一针无比安静地站在昆仑身旁,她望向火光灿烂的方向时,声音有点虚幻。杨一针说,骆问里还在里面,他是否真的是你父亲?

昆仑似乎什么也没听见,他只是看见自己的眼里,正飘荡着千万颗滚烫的尘埃。尘埃一直飞舞,飞舞到十五年前,京城的秋天,那时候他刚好年满五岁。有一天他离开吉祥孤儿院,在孤儿院嬷嬷马候炮和孤儿院哥哥田小七的带领下,腿脚蹒跚地走到了铁匠胡同的丙陆号。在一条臭气熏天的水沟前,马候炮用长长的烟杆敲了敲他幼小的脑袋,又对着烟杆嗞的一声抽了一口,随后喷出一股呛人的浓烟。举着那根油腻又乌黑的烟杆,马候炮指向院子里行将枯萎的石榴树,以及门前一棵没心没肺又忘乎所以盛开着的丹桂,说,臭小子你要记牢了,我这辈子只说一遍。这就是你破碎了五年的家。你爹战死在辽东,他在沙场上杀敌无数,很勇猛,是英雄。说完马候炮又十分贪婪地抽了一口烟,好像她一辈子所有的时光都是用来抽烟的。抽完烟马候炮剧烈地咳嗽,咳嗽的时候声音雄壮,等到开口讲话时又嗓音震颤,偶尔说出一句需要停留片刻,你娘在生你的时候,大出血,这时候好巧不巧,兵部又让里正官……传来你爹战亡的消息,所以你娘她脑袋一歪,闭上眼睛,死了……你娘姓沈,不是大婶的婶,是沈万三的沈。沈万三你不知道,他是吴兴南浔人,很有钱的,他娘的三百年也用不完。

37

苏我入鹿在响彻天际的爆炸声中着急忙慌地冲出密室。他衣衫不整,像从围猎场中侥幸挣脱出来的野兽,拼命奔突到六必居酱园门口时,看见的是一场形同末日般的大火。火光如同洪水猛兽,顷刻间烧灼他眼球,也将他的一张脸映照得猪肝一样通红。

没有人会想到,刚在密室中寻欢作乐的入鹿,此时竟然泣不成声,眼泪夹杂着鼻涕,很像被人痛打欺负过的孩子。入鹿很清楚,爆炸明显是来自他地下军火库房的方向,倾注他毕生心血的火器和弹药,此刻已经在光天化日下毁于一旦。这时候酱园里所有的屠夫和家丁在他身边集结,刀铳在手,浑然是一支强大的军队。入鹿抹去浑浊的眼泪,声音像烈日下晒干成皱巴巴的熏肉,说,找到他,那个名叫昆仑的杂种,即刻给我碎尸万段!

家丁和屠夫齐刷刷冲出六必居酱园的时候,昆仑已经抵达了尚宁王的王宫。他看见尚宁王孤独地坐在王座上,僵硬的目光如同抛出鱼线后架在船舷边的鱼竿。为了掩盖窗外的火光以及源源不断飘飞过来的烟尘,王宫中所有的窗户全部紧闭,就连帘布也严丝合缝地拉上。

昆仑站在尚宁王昏暗的视线中,如同站在一个无计可施的黄昏。他看见尚宁王的两片嘴唇动了一下,声音软绵绵地飘了过来,说,原来闯祸的人是你,那么我应该感谢你,还是即刻将你捆绑,送到苏我入鹿的屠刀前?

昆仑十分安静地站在那里,缓缓接过托在横店手中的飞鱼服,抖了一下即刻就哗啦一声披上,又迅速将腰间的绑带扎紧。此时风雷又给他递来锦衣卫小北斗门的令牌,他于是阔步走到尚宁王脚下的台阶前,将那块烫金的令牌尽量举到王的眼前:大明王朝锦衣卫小北斗门掌门昆仑,官阶从四品,与镇抚使同级,特奉礼部郎中、国舅爷郑国仲之命,前来叩见尚宁王。

尚宁王愣了一下,疲倦又倾斜的身子差点在王座上掉落。他急忙走下波斯地毯覆盖的台阶,无比郑重而且好奇地检阅了一番小北斗的令牌。面对眼底闪闪的金光,他的眼神中有迟来的惊喜,却也有隐隐的忧伤。最后他十分无奈地叹了一口气,伸出干瘦的右手摆了摆,说,你们还是回去吧,我赶紧给你安排船只,现在回去明朝还来得及。

昆仑惊讶,没想到竟然是这样一个结局,接着他听见尚宁王绵软的声音再次响起。尚宁王说,别怪我多嘴,但是就凭我首里王城区区二千多号人的亲军,绝对不是苏我入鹿的对手。所以镇抚使大人,你虽然过来我王宫,但我实在难以保护你。

昆仑笑了,我们要的不是保护,而是要跟尚宁王一起,将苏我入鹿跟他在琉球国的党羽,通通剿灭。

不可能!尚宁王正色道,镇抚使毕竟太年轻,要知道蚍蜉撼树,谈何容易?实话告诉你,该死的入鹿就是一块巍峨又坚硬的石头,而我这个偏安一隅的王,只是一枚脆弱的鸡蛋。他苏我入鹿哪怕只要动用一片石头的棱角,也随时能将我这枚鸡蛋给敲碎。

没有人会知道,为了琉球岛的安宁,尚宁王已经忍了苏我入鹿很久。他是在十八年前从岳父尚永王的手里,继承了琉球国的王位。那时候他也雄心勃勃,想为琉球的繁荣及百姓的福祉干下一番丰功伟业。然而事与愿违,当苏我入鹿的产业在岛内枝繁叶茂,各种势力越来越庞大时,尚宁王渐渐觉得,这个国家仿佛不是他的,自己只是被象征性地安排到了空旷的王座上。而王座下的所有基石,苏我入鹿则随时可以抽走。

早在许多年前,躺在王室寝宫里的尚宁王就在夜里隐隐听见,床榻下的地底,似乎总会响起遥远而密集的凿洞声,声音沉闷,每晚都不绝于耳。尚宁王经常为此失眠焦躁,以为是人到中年,听见了自己紊乱的心跳。后来他让阴阳师楼半步算了一卦,楼半步却指头掐来掐去,目光飘忽地说,那是海水冲击那霸港的声音,千百年来都是如此。尚宁王当然不会相信楼半步的这一套,但他又在夜里思前想后时突然记起,白天有模有样掐着各枚指头的楼半步,每个透明的指甲深处,好像都有一缕没有来得及洗干净的细沙,而那些细沙所特有的斑斓的颜色,他好像以前从来没有见到过。于是几天后的夜里,尚宁王派人跟踪楼半步,发现他走着走着竟然在一处阴暗的角落蹲下,犹如一只探头探脑的田鼠,转眼之间钻入地底不见了踪影。几个月后尚宁王才打探出实情,原来楼半步是在琉球岛建造一南一北两座地下库房,里头堆满了各式各样的火器和弹药。那时候尚宁王就想拘捕楼半步,并且查清军火的来源,但他很快又吓出一身冷汗,他担心万一楼半步将位于王宫附近的北库房引爆,那么摧毁的不仅是弹药,很可能还有他们尚姓家族世世代代所居住的王宫。所幸的是,刚才昆仑引爆的弹药库房,属于两座库房中的南库房。

尚宁王是在小满那天,楼半步被羁押审讯并且抖露出实情后,才将更为广阔的幕后原委梳理清楚。原来阴狠的楼半步,跟一直暗中控制琉球的苏我入鹿是一伙的。苏我入鹿不仅在打造弹药火器,还早就在琉球的地上地下布置了数量惊人的隐形部队,人员包括他们家的家丁、六必居酱园各色面孔的员工以及地下弹药库房和地下火器作坊里数不清的工匠和值守。

尚宁王背对着昆仑,在缺乏光线的殿堂里,他的身影在收缩,显得十分渺小。他说,你知道吗?苏我入鹿的那些手下,全都是当初跟在日本国丰臣秀吉周围的骁勇的武士。他们身经百战,残忍到极点,杀死一个人就像杀死一只小鸡。

昆仑在尚宁王的声音中听出了刻骨铭心的恐惧。他还了解到,最近一段时间,首里王城的亲军经常会在三五成群外出时,莫名其妙地消失。虽然失踪亲军的尸体始终无法找到,但往往是在子夜时分,亲军营房里会被人扔进一截砍下来的手掌,也或者是一片粘连着毛发的头皮。这让尚宁王不得不相信,负责王城安危的首里亲军队伍,正在被苏我入鹿的手下一茬一茬地剿灭。

昆仑上前一步,说,难道你还想让这一切延续?你不杀他,自然是他一步步过来杀你。

尚宁王摇头,他不停地搓着手说,我想跟他摊牌和解。至于怎么和解,总归是有办法的。总之我的想法只有一个,琉球国这艘船,不能经历惊涛骇浪,我需要它在风平浪静中平平安安,那样我才对得起作古的岳父。

风平浪静?昆仑不禁笑了。他想再这样下去,琉球岛将不再姓尚,终有那么一天,会成了他们倭人的天下。那么作为大明王朝的锦衣卫,昆仑是绝对不会答应的。在阔步离开之前,他站到尚宁王眼前,说,既然你瞻前顾后谨小慎微,那就让我独自面对这一切吧。总之你要记牢,当初是我大明王朝万历皇帝册封你为琉球王,但是皇帝想要看到的琉球,绝对不是现在这样一个窝囊的琉球,一个令人耻笑的琉球。

昆仑踏出殿堂,看见整个王宫的头顶乱云飞渡,许多王宫的宫仆也垂头站在通道两旁,一个个噤若寒蝉。此时他甩了甩飞鱼服,愤然跟横店和千八、风雷说,走。但他又听见身后尚宁王沉重又滞缓的脚步,尚宁王追到他身边,委屈地说,你到底想让我怎样?

你不需要怎样,只用平平安安继续做你的国王。昆仑说,但对我来讲,接下去所要面对的,就是一场血战。

千八记得那天尚宁王仔细地看了昆仑一眼,然后他转头望向横店,说,把你的

334

绣春刀借我一下。横店不明所以，举着绣春刀不知该如何应答时，尚宁王已经飞快出手，猛地抽出刀鞘中的宝刀，接着又刀尖一转，直接扎向了自己的脚背。

只听见噗的一声，血即刻喷了出来。在殿堂门口落满爆炸带来的灰尘及泥沙的地板上方，喷射的血像盛开的一朵朵幼小的梅花。这时候尚宁王笑了，他咬紧牙关，猛地将刀子拔出，又将刀尖上的血在自己王服的袖口上迅速擦了擦。在将绣春刀还给横店的时候，他说谢谢。

差不多过了一炷香的工夫，昆仑带着横店和千八、风雷离开了尚宁王的王宫。那时候他手里举着另外一枚令牌——首里王城亲军的出战牌。尚宁王在鲜血梅花落满脚跟前的时候跟昆仑说，我能做的只有这些，你带着这枚出战牌去号令首里的亲军，去跟苏我入鹿展开决战。愿佛祖保佑，保佑你能大胜而归。但是万一咱们输了，我也好有个托词，说令牌是你闯进王宫，将我脚背扎伤以后从我手上抢夺走的。说完尚宁王又勒令身边的宫仆，赶紧去找一根绳子，去将他团团捆绑在王座中央。

昆仑接过令牌说，不用那么麻烦，没有你说的万一，我会将苏我入鹿制服，让他成为被打趴在地上的断了腿的狗。

38

早在遥远的洪武二十五年，为方便海洋两岸的贡使往来，明太祖派出福建沿海的慎、梁、郑、金、蔡、毛等总共三十六个姓氏的船工及学者前往琉球，帮助其发展造船及航海业，并负责来往官方文书的编写和翻译。这些人此后便世代居住在琉球岛上的唐营，成为当地的名门望族，史称闽人三十六姓。

在闽人三十六姓的记忆里，他们听闻过的最为惨烈的事件，是在三年前的万历三十二年十月初九，发生在福建泉州的一场耸人听闻的大地震。据说地震让城楼崩塌民房倒毁，百姓死伤无数，尸首绵延堆积，全城一片哀嚎。但是后来能够让闽人三十六姓刻骨铭心牢记的，还是三年后的今天，他们在琉球国亲眼所见的一场无比惨烈的流血厮杀。那的确是一场令人惊悚又叹为观止的血战，现场杀声震天，尸体铺满海滩，四处流淌的鲜血染红了海洋，以至于当许多海鸥飞临那霸港码头时，都被浓烈的血腥味熏呛得纷纷回头。后来，闽人三十六姓干脆将这场史无前例的恶战称之为昆仑之战。

那天以远处南库房始终燃烧的火焰为背景，苏我入鹿端坐在一架由四匹骏马牵引的马车上。他望向远处的昆仑，只是粗略估算了一下，就觉得自己的兵力起码是对方的十倍。刚才昆仑去过一趟首里亲军的营房，可是当他亮出尚宁王亲自转交的出战牌时，即刻在营房里引发一场骚乱。许多官兵瑟瑟发抖，有的甚至扔下兵器剥了军服，在仓皇间逃脱。昆仑并没有阻挡，他最终发现，愿意跟他一起加入决战的，总共才不到五十人。但他还是笑了笑，说够了，剩下的人员等下过去打扫战场。

现在苏我入鹿在马车上站起，像隆起的山峰一样站起。他身披铠甲，铠甲将眼前的阳光一一反射，让阳光溃不成军，于是在广袤的天地间，苏我入鹿看上去已经主宰着琉球岛的一切。

马车的边上停留着一驾牛车，牛车给苏我入鹿拖来了一台威力无比的佛郎机大炮。当第一枚子炮装填入炮架上的大将军母炮炮膛，入鹿似乎在一场瞌睡中醒来。他目光悠悠，非常认真地拔出腰间镌刻了菊花的长剑。随后他眼睛眯了一下，当即就将伸出去的剑尖直接指向了昆仑的方向。长剑同样反射阳光，入鹿此时只说了一个字：放！

昆仑很快听见轰的一声，便看见烟雾升腾。一枚硕大的炮弹穿透气流，呼啸着向他飞来。在此之前，昆仑早已经让身边的亲军散开，所以当炮弹出膛时，他毫无顾虑地腾空而起，整个人飞得比升空的炮弹还高。炮弹在他脚下飞过，又在他身下的沙滩上炸开，炸出一个井口那么大的窟窿。随后昆仑跟随飞扬的细沙一起落下，落下时他看见，苏我入鹿的众多手下长刀在手，乌泱泱一片朝他冲了过来。

杀声鼎沸，天地间一场混乱。当刀子跟刀子碰撞在一起，落地的昆仑找准一个方向，横举绣春刀在原地飞速转了一圈，刀锋所到之处，滚圆的人头当场落了一地。

苏我入鹿坐在宽敞的马车里，嘴里咯吱咯吱，不停地咬着六必居酱园的酱瓜。香脆的酱瓜连同汁水，被他一口一口吞进肚里。此时他望向杀成一片的战场，简直就是一个血光四溢的屠宰场。他两只眼睛一下子望向这边，一下子又望向那边。当他看见被砍倒的首里亲军时，就会止不住皱一皱眉头，然后开始在心里数数。他想这么多新鲜又倒霉的尸体，再过几天就会被处理，变成他酱园里美味的酱肉，又在不久的将来，自己带队攻打台州府时，成为那些勇猛的日本岛武士在战场上补充体力的配餐。想到这里，苏我入鹿又觉得自己会不会太过残忍？但他很快就打消了这样的顾虑，只是假装心生慈悲，开始虔诚地默念起《金刚经》："所有一切众生之类，若卵生，若胎生，若湿生，若化生……我皆令入无余涅槃而灭度之，如是灭度无量无数无边众生，实无众生得灭度者，何以故，须菩提，若菩萨有我相，人相，众生相，寿者相……"

苏我入鹿嘴里念念有词，可是《金刚经》才念到一半，他就听见身边的四匹骏马陡然抬起前腿，在一阵莫名的惊恐中仰起脖颈嘶鸣了几声。入鹿闭垂的眼皮啪的一声撑开。他即刻看见远处飞来一道锐利的光，那道光黑白相间，穿插进气流，仔细一看黑的是飞鱼服，白的是绣春刀。但是入鹿并不惊慌，他将展开在脑海中的《金刚经》卷册合上，然后就唰的一声抽出菊花剑，整个人腾空而起，迎战空中朝他飞来的昆仑。

在闽人三十六姓的另外一场记忆里，这天决斗的昆仑和入鹿，像是两只凶猛的嗜血如命的大雕。他们一次次扑向对方，在空中，在落下来的沙滩上，在海水翻滚的海面上，也在远处陡峭的悬崖上。他们似乎要将对方撕开，撕成血肉飘飞，更要撕成支离破碎。

39

没有人会想到，这天战场上正杀得天昏地暗又血肉横飞时，现场竟然又会出现骆问里。南库房的弹药爆炸，并没有将骆问里炸碎，他反而在一块巨石的托举下被猛烈的气流推向空中，最终又安稳地落在火焰场的外围。现在骆问里黑不溜秋，整个人像一截焦黑的木炭。他拼命奔跑，穿过沙滩上厮杀的人群，如入无人之境，在来来往往的刀剑中毫不在乎自己的生死。他也全然不顾那条受伤的瘸腿，只想尽快赶到远处海水奔涌的方向。

只有骆问里自己知道,此刻他摇摇晃晃的视线,始终停在波涛翻滚中的一块礁石上。而站立在那块礁石上的,是在海风中瑟瑟发抖的阿普。骆问里目光焦灼,两颗眼珠都要掉出来。他望向背影灰暗的阿普,像是望见从今往后,自己潦倒落魄的后半辈子。就在刚才,侥幸捡回一条命的骆问里再次冲去山顶的灵鹫寺,想要带上阿普离开琉球。然而阿普目光寒凉,整个人没有温度。阿普说,不用逼我,我的后半辈子,将注定跟青灯与木鱼为伍。说完阿普用柔弱的双手将骆问里推开,一个人冲向了惊涛拍岸的海边。

海水开始涨潮,将阿普围困在原本属于浅水区的礁石中间。现在骆问里无限慌张地冲到海边,看见硕大的礁石正被上升的海水慢慢吞没,而阿普却执着地站在怪石嶙峋中,像是刚刚长出来的另外一块石头,始终没有移动半步。骆问里觉得不能再等了,他翻身入海迅速游向阿普,却看见阿普扭头,破碎的声音被凌乱的风迎面吹来。阿普说,别过来,你我之间永远隔着一片海。

骆问里的腿脚和膝盖很快被海水淹没。他试着往前几步,眼角落下热泪,边走边说,阿普,我错了。但那声音被风吹走,吹向远处刀剑厮杀的战场,很快被一片一片砍碎。阿普觉得他就要游过来,面不改色迎向他的目光,然后在礁石中往下踩踏一步,接着又是另外一步,她看上去是那样义无反顾。

骆问里全身的力量都被抽走,他是在心惊肉跳中像只软绵绵的八爪鱼般瘫软着跪下,弯腰垂头时,差不多有半个脑袋都被海水淹没。骆问里泪水纵横,一声声祈求阿普,跟我回去。

海风肆无忌惮地吹着,吹过阿普一览无余的头皮,也吹动她身上那件缀满补丁的海青。海风最终吹到骆问里的眼里,让他闻见来自削发为尼的阿普身上熟悉又陌生的气息,那是属于木鱼声声和油灯将枯的气息。骆问里实在无法将眼泪收住,他说,只要你跟我回去,我愿意一辈子做牛做马,从此以后做尽世间善事。不赌博,不欺骗,不喝酒,不争吵。我甚至可以重新回去台州的监狱坐牢,为的只是让你心安,替我自己赎罪。骆问里哭成一个泪人,说,阿普我求你了,快跟我回去。

远处是又一场翻滚的海浪,像绵延的山坡般推移过来。阿普说,骆问里我什么都可以原谅你,但有一件事永不能原谅,你为何要背叛明朝?背叛国家者,就是我永世的敌人。说完,阿普看见席卷的海浪浩浩荡荡,已经向礁石逼近。这时候她抚平身上被风吹乱的海青,抬头望天时,面对无穷的蓝色深吸一口气。然后她看着跟空中众多云朵一样涌过来的浪花,就那样气定神闲、如履平地般踩踏了过去。

海浪先是将慈祥的阿普托起,像托起一丛素洁又高挑的花。接着那丛花颤颤悠悠摇摆了一下,又在海面上突然矮了下去。骆问里哭天抢地一般嘶吼,声音穿透剧烈的海风。他整个人被汹涌的海浪卷起,卷起时看见阿普青光光的头颅在海水中沉浮,最后就像一团褴褛的海草,就那样静悄悄地沉了下去,如同是被胸怀仁慈的海水给彻底收了回去。

40

杨一针加入这场战斗时,溃败的首里

亲军已经有人丢盔弃甲，在尸首遍地的沙滩上落荒而逃。那时候苏我入鹿的手下依旧密密麻麻，如同空中降临的一堆蝗虫。他们排列出整齐的队形，将战场中厮杀的昆仑和横店他们围在中间。队伍向前推进，队形也开始收缩，那样子好像是仅仅通过排山倒海的步伐，就能将勉力支撑的昆仑和横店他们给踩死。天地间都是昂扬的厮杀，杨一针目光所到之处，每一个方向都被飘洒的血光染红。

这时候谁也没有注意到，悲恸欲绝的骆问里已经从退潮的海水中站起。他像一只肢体柔软的八爪鱼，悄无声息地支撑起垮塌的身体。站直的骆问里全身都在淌水。他目光潮红，茫然望向远处挥刀砍杀的昆仑，奇怪那样一道迅捷的背影，跟他二十年前在辽东战场上豁出一条命的样子，怎么相像到如出一辙？骆问里想来想去最终如梦方醒。他突然意识到，原来那是自己的儿子，丝毫不用怀疑的儿子。于是他甩了甩身子，甩出身上的海水。然后他离开脚下的沙滩，留下一串深浅不一的脚印，他迅速掰开两具尸体的手，又仔细捡起摊开在死者手掌中的长刀。骆问里双手握刀，两把刀碰到一起，彼此的刀刃相互磨了磨，发出清晨的阳光推开窗户的声响。这时候骆问里彻底清醒。他像一头从暴雨中踩出来的猛兽，全身湿漉漉，朝着围攻昆仑的武士不紧不慢地迎了上去。

清醒的骆问里几乎是闭着眼睛砍杀，此时他好像全身上下长满了手臂，到处都是他挥舞出的刀光。他一路杀到昆仑身边，说了一声，你先走，把这些兔崽子留给我。但是昆仑似乎什么都没听见，也将他当作一团并不存在的空气。骆问里在砍杀的时候说，你可以不认我这个父亲，因为我是

一个彻头彻尾的叛徒。但我这辈子只有你这么一个儿子，你要给咱家留种。昆仑脑子里嘤嘤嗡嗡，听见骆问里又说，离开之前你必须告诉我，你娘她现在在哪里？昆仑的视线一片模糊，如同看见遥远的铁匠胡同里，正愤怒生长着的一大片石榴花以及桂花。他不会告诉骆问里，事实上自己这辈子从来就没见到过亲娘。他只是从孤儿院嬷嬷马候炮的嘴里得知，娘姓沈，来自京城附近的通州。在他爹出征辽东之前，娘已经发胖，身子怀胎五个月。至于他爹的姓名，嬷嬷却从来不愿意提起。嬷嬷说，我抽了一口烟就被我吞进去了肚子，那些东西我全都忘了，你不用知道那么多。

远处再次传来佛郎机大炮的炸响，那是苏我入鹿在催促手下一鼓作气，抓紧赶尽杀绝，在中午到来之前尽快结束这场已经没有悬念的战役。此时骆问里在轰鸣的炮声中愣了一下，当即判断出炮弹落下来的位置，肯定就在自己的身边。所以他趔趄着推了昆仑一把，将他狠狠地推开。

果然不出骆问里所料，当落地的炮弹在不远处炸开，昆仑在巨大的回响中看见空中到处都是飞扬的细沙。细沙漫天飞舞，其中冲撞着血淋淋的耳朵，血淋淋的手脚，眼眶中迸裂出来的眼珠，以及一颗被炸成两半的头颅。昆仑听见哀嚎遍野，也看见骆问里趴在血流成河的沙滩上，身上被细沙盖满。骆问里被埋在沙尘中，好像在轻微地蠕动。他抬头无比绝望地看了昆仑一眼，声音沙哑，哭喊着说，我的腿，我的腿是不是不见了？

昆仑跟杨一针一起，即刻冲到奄奄一息的骆问里身边。他看见骆问里之前受伤的那条瘸腿，现在只剩下了一半。腿上赫然被炸出一截断层，像是被人捣烂的马蜂

窝，鲜血汩涌时，四周垂挂满破棉絮一样的皮肉，在渐次落下的细沙中簌簌发抖。而他手上的两把刀子，已然不见，整个人像被抽去骨头一样成了一堆烂泥。

苏我入鹿已经等不及了。他回到马车上再次挥舞长剑，挥向昆仑头顶的方向，喷射出来的反光像是穿透一切的闪电。此时杨一针听见，身后已然响起群魔乱舞般的呐喊，声音遮天蔽日，那是苏我入鹿的手下，正在发动起又一场冲杀。数名倭敌挥舞刀光向骆问里奔去。

昆仑不顾一切抱起骆问里，听见骆问里说，不用管我，你要是不快点走，我就会断子绝孙。说完，骆问里用最后的力气将昆仑推开。他滚落在地上，望向狂奔过来的一群倭敌时说，赶紧把我的头颅砍下带走，上面有明朝的海防图，别让它落到苏我入鹿的手上……

杨一针一辈子也无法忘记，那天昆仑愣在原地，只有风带起血腥的气息在四处飘散。骆问里对着昆仑如释重负般地笑了一下，用尽全力摸到了身边不远处的一把刀子，随即便握紧刀子嗞的一声，无比迅速地割向了自己的脖子。喉管瞬间被割断，喷出来的血一片灿烂，洋洋洒洒喷在了昆仑的脸上。昆仑整个人愣住，像是被一种巨大的力量推开，直挺挺地跌倒在地上。

杨一针看见整个世界都是血，人间几乎就是血的海洋。倭敌的刀光犹如乌云一样覆盖过来，即刻就要将眼前的沙滩压扁。她对着昆仑喊了一声，别磨蹭了，割下头颅快走。

昆仑支撑着身子，像是一块冰冻的岩层。他不知道究竟发生了什么，只是感觉头晕目眩，头顶的阳光像是下了一场雪。这时候杨一针又喊了一声，你到底砍不砍？你不砍我砍！

昆仑起身，恍如四肢僵硬的木偶。他昏昏沉沉抓起绣春刀，摇摇晃晃凑到骆问里脖子跟前。四周是难以想象的寂静。仿佛所有的心跳停止……他跪在骆问里身边，听见铁匠胡同远去的风，风让石榴花落了一地。于是他沉沉地闭上眼睛，只是听见咔嚓一声，手中锋利的刀子已经不明所以地向骆问里的脖子切了下去。

41

时间如射出去的箭，顷刻之间仿佛过完了一辈子。昆仑迅速割开一具死尸的衣服，扯下一大块布，包裹起骆问里被割下来的头颅，带上横店他们撤离。这时候他看见琉球岛的空中，竟然正落下白茫茫的一片雪。那轻飘飘的白色纷纷扬扬，无论如何也不是幻觉。这时候他张开嘴巴，像是停留在一场梦境的中途。他战战兢兢询问杨一针，怎么了？是不是真的在下雪？

在尚宁王的记忆里，那天他确实也是看见了一场人间无比奇异的天象。尚宁王想，那一团一团落下来的白色，带着一股逼人的寒气，莫非就是传说中的雪？但他看见那场雪花飘扬时，又觉得令人百思不得其解。因为雪始终局限于昆仑的头顶，像是一个将他笼罩的寒凉的光环。当昆仑背着骆问里的头颅迈开一步，那些雪也缓缓地向前飘动一步，始终跟牢他，裹住他疲倦的身子。那时候尚宁王觉得很冷。他掐了一下大腿，告诉自己不对，因为在琉球岛千百年的历史上，从来就没有下过雪。因为雪不属于琉球。

尚宁王坐在一驾马车上。就在刚刚过去的上午，他借用横店的绣春刀扎伤了自己的右脚，并让人把自己绑在王座上，以示自己给昆仑的亲军出战牌是被昆仑武力夺取的。接着没过多久，他就在寂静的王宫里，听见远处一片此起彼伏的厮杀如同翻滚的春雷。尚宁王目光浑浊，踮着受伤的脚，站在原地痛定思痛。他一次次叩问自己，难道就要如此这般，在琉球度过漫长又屈辱的余生？难道就为了怕昆仑出征失利，怕苏我入鹿秋后找他算账，就把自己捆在王座上，给自己寻求一个万全之策？终于他在这种痛苦的纠结中，猛然喊了一声：备驾！声音在广袤的王宫中飘荡，几乎吓到了自己。

现在杨一针的眼里，看见的是尚宁王倾其所有，亲自动员了首里亲军中那些当初不愿随昆仑出战的援军，现在他们正在风雷、横店和千八的率领下，朝着苏我入鹿的手下浩浩荡荡反扑了过去。沙尘踊跃飞舞，刀子再次遇见刀子，天地间又是一场猛烈的厮杀。

昆仑一路上背着父亲的头颅，像是背着一座山。他的脚步十分虚软，歪歪斜斜走到尚宁王那驾马车跟前时，遇见的是两匹骏马无比忧伤的目光。这时候昆仑终于倒下。他身子晃了一晃，像是站了千百年的山坡，跟疲倦的河流一样倒下。

杨一针是在后来解开被布匹捆扎起的包裹，看见骆问里的一双眼睛依旧睁着，好像是望向远处的海水，以及海水上方翻翻飞翔又纷纷在惊吓中回头的海鸥。这时候杨一针试着扒开骆问里的头发，发现那片落满细沙的头皮上，的确是隐藏了一幅大明王朝的海防图。海防图若隐若现，当初显然是骆问里刨光了头发，再用蘸了青墨的针头在头皮上刺扎，才得以按照情报中的海防图，扎出绵延的海岸线，以及遍布各地的大大小小的海防卫所。

杨一针的呼吸几乎停顿。她不得不折服，心想用如此绝妙的方式避开所有人的目光，用自己的头皮带上海防图来到琉球，世间也唯有骆问里才能想到。也难怪时间过了这么久，苏我入鹿和楼半步无论怎么耗费心思，也始终无法搜到这份深藏在发丛中的海防图。

42

首里亲军开始打扫战场时，谁也没有见到苏我入鹿的尸体。入鹿被找到时正端坐在六必居酱园的密室，手里捧着一本半新不旧的《金刚经》。他脚下躺着两具温热的尸体，那是一直伺候他的两个女人，刚才她们被他从雕花大床上赤条条拖起，毫不犹豫地捅死，像是捅死两只兔子。现在昆仑给苏我入鹿扔去一把刀子，说，起来，你我之间再战一回。

入鹿心事重重地将《金刚经》放下，又缓缓看了一眼昆仑身边的横店、千八和风雷，以及纷纷拥进来的首里亲军，这些人几乎塞满整间暗香飘动的密室。入鹿说，我觉得这样的决战，不够公平。

昆仑于是甩头，让风雷、横店和千八他们退了出去。

琉球的气象风云变幻，阳光在转眼间消失，顷刻间空中乌云翻滚，却始终没有掉下一滴雨。当密室的门最终打开，入鹿已经完全被制服。他奄奄一息趴在一片波斯国出产的地毯上，被昆仑踩在脚下，像是踩着一片丑陋的腊肉。这时候苏我明灯赶到，人群即刻为他让出一条通道。苏我明灯冲进狼藉的现场，站在昆仑的不远处。他看着昆仑手中的绣春刀，隔着那段凝滞的距离，说，念在你我兄弟一场的分上，能不能刀下留人？

昆仑说，为什么？

因为他是我父亲。明灯说完，茫然闭上眼睛，忍不住把头扭了过去说，能不杀吗？

昆仑说，不能！

也就在这时，他突然听见噗的一声，显然是昆仑的刀子已经痛快淋漓地扎进了苏我入鹿的身体。明灯在诧异中回头，眼眶中随即盈满了泪水，泪水夺眶而出，泪雨滂沱。明灯在泪眼迷蒙中看见，门外那片翻滚的乌云，积蓄很久的雨终于落下。他根本没有想到，眼前的昆仑竟然如此残忍，残忍到无比陌生，残忍到令他后背发凉。接着他亲眼看见昆仑将刀子拔出，同时带出一团属于他们苏我家族的血。于是明灯咬紧牙关，直到牙床发酸。他愤慨地瞪向昆仑说，你能不能告诉我，这一切到底是为了什么？

昆仑沉默了一下，说，我不管他是谁的父亲，我只知道他是大明王朝处之而后快的敌人。我要是留他在世上，必将后患无穷。

明灯看见外面的雨下得更大了，像是下着一场瀑布。他迎向昆仑的目光，声音变成前所未有的坚硬，说，疯子，你们都是一群疯子。

说完明灯突然亮出了一把短刀，他割断了一截衣袖，缓缓地对着昆仑将衣袖举起，然后手一松，衣袖随即掉在了一片雨地里。昆仑一言不发，盯着明灯。他知道明灯的意思是割袍断义。他还看到明灯像一场白色的旋风冲进琉球岛磅礴的大雨，犹如冲进一场流离失所的人生。

42

位于王宫附近的地下军火库房被打开。因为扎伤了自己的右脚，尚宁王坐在一顶简易的轿子上，被人抬进来整整有八十一级台阶的地宫。面对那些数也数不尽的甚至叫不出名字的火器和弹药，尚宁王着实被惊吓到了。他想起过去的许多个夜晚，自己无数次在床榻上听见的来自地底的挖凿声，身上就再次冒出密集的冷汗。而当昆仑告诉他，眼前所有这些火器和弹药，包括海边岩洞中的火器作坊，都将成为琉球国的资产时，尚宁王再一次被吓到。他瞠目结舌，两只眼睛睁得跟灯笼一样，实在没有想到，自己竟然有这么一天，让岛上的防卫实力顷刻之间变得如此强大，简直就是武装到了牙齿。

回去王宫的路上，尚宁王觉得风和日丽心情舒畅。他让昆仑靠自己近一点，然后凑到耳根前悄悄问他，你要不要留在琉球？我有一个女儿今年十四了，他们都说长得跟出水芙蓉一样。昆仑笑了一下，望向他受伤的右脚，脚背上已经被杨一针敷上了治疗创伤的云南白药。此时尚宁王又让自己的面容显得很神秘，他压低了嗓音说，你知道的，我的王座就是我岳父留给我的，那么这个惯例，我觉得完全可以保留。

昆仑再次笑了一下。他不会告诉尚宁王，其实他现在就想回去台州，去一个名叫无人馆的地方。因为那里有个姑娘名叫丁山，他十分想念丁山的古琴声。

43

胡葱的尸体在苏我入鹿的密室中被找

到，她被脱光了衣裳，泡在一个巨大的酒缸里。那天在明灯客栈，胡葱是跟杨一针一起，被苏我入鹿的手下暗中抓捕，但杨一针此后就未见她的踪影。事实上，苏我入鹿在当晚就将她奸污，又跟对当初的牛刀刀一样，割去了她的双乳。

三天后的那霸港码头，尚宁王为昆仑特意准备的商船即将起航。商船四周及高大的桅杆上，扎满了彩带，此时码头上送行的人群，都在翘首企盼着昆仑的到来。他们想亲目睹昆仑离开琉球的背影，因为关于昆仑的故事，将是琉球人此后许多年里津津乐道的传说。

此刻只有尚宁王知道，昆仑和杨一针正在灵鹫寺附近的半山腰。当寺庙中沉浑的钟声响起，在几棵苍劲的松树旁边，昆仑和杨一针为两座新坟添上了最后一把土。两座新坟分别属于牛刀刀和胡葱，面朝西北方明朝的方向。杨一针先后洒了两杯酒，转身就要离去的时候，看见横店依旧端坐在胡葱的坟前。横店说，我可不可以不走？我想留在这里一直陪着胡葱，我怕她在这里孤单。

昆仑听见松涛阵阵。他在一阵寒凉中想起，曾经战死在桃渚营的胡葱的孪生哥哥韭菜。也想起在桃渚营，胡葱飞身跃上了载有李不易的囚车，二话不说，射出去的箭羽当场将李不易的头颅射穿。自从离开京城，总共七个人的锦衣卫小北斗，如今却只剩下了四人。

天空中下起一场绵绵的细雨。昆仑望向细雨飘飞中的横店，说，小北斗的任务还远没有结束，我们这些活着的，需要为死去的弟兄继续战斗。

船帆升起，商船就要起航。那天雨过天晴时，空中出现了一道绚烂的彩虹。昆仑头顶着彩虹，踩过撒满鲜花的步道，他抱着装有骆问里人头的木盒，在尚宁王始终注视的目光中，缓缓登上了宽阔的甲板。此时海风吹拂，头顶的海鸥不知疲倦地飞翔，鸣叫的声音似乎是欢快，也似乎是忧伤。

昆仑站在甲板上，一次次凝望送行的人群，却始终没有见到苏我明灯的身影。而当商船乘风起航，耳边传来波涛被切开的回响时，他凝望抱在胸前的木盒，在那一抹黝黑发亮的反光中，却依稀听见了明灯轻唱起的童谣，声音像海水一般苦涩：

阿父，请带我观海啊！
阿父，我要坐在你的肩膀上，你要驮着我。
我就能看到海尽头。

阿父，请带我饮风啊！
阿父，我要到你的梦里头，你要捧着我。
我就能飞到云口端……

第肆波　台州府明月

1

张望站在桃渚营的宿房门口伸了个懒腰，听见浑身的骨头咯咯咯地欢叫。他眯着一双眼睛，看见清晨的阳光像剥开来的春笋，一点一点露出。晨雾并没有在这天出现，所以他大致能看见远处那片渐渐清晰起来的农田，也闻见泥土的腥味此起彼伏。农田由千户所官兵集体戍垦，并且参与耕种。过去的几年，在张望的带领下，官兵们开垦出的农田已经越来越广阔，土壤也因为深耕而显得更加肥沃。眼下正是水稻拔节抽穗的季节，远远看过去一片青黄。张望很多时候都会去田边走走，听听稻子喝水以后骨节舒展开的声音，那样他心里就会觉得十分饱满。

自从送昆仑离开台州远赴琉球国，张望就不再一天到晚打瞌睡，他成了桃渚营里一个兢兢业业的千户官。除了带队操练以及种养庄稼，每天的清晨跟黄昏，他都会骑上战马去一趟附近的海边，亲自巡视一下片区内的海防。所以在副千户官码头熊的眼里，桃渚营所负责巡防的那片逶迤的海岸线，差不多就是张望日思夜想的老婆。张望要是每天不过去看上几眼，夜里就会心头发痒，以至于辗转反侧难以入眠。但是张望认为虎背熊腰头脑简单的码头熊只看懂了一半。事实上，他去巡视海防，为的也是顺便看一眼，远处有没有漂过来的商船。或者更加准确地说，他是想看看靠岸的商船上，会不会出现从琉球国归来的昆仑。很多时候张望都在冥思苦想，前往琉球执行秘密任务的昆仑，难道真的就能够平安回航？

倭谍李不易被胡葱一箭射死后，码头熊就在两个月前，接替上了空缺出来的副千户官的位子。他到任以后的第一件事，就是要给张望物色一个老婆。在此之前，在那个名叫九斤的媒婆的撮合下，已经有十九个女人先后嫁到了桃渚营。那些有着不同姿色的女人都有一个共同点，就是特别爱笑，不管跟谁见面，都是盈盈一笑。她们在不同的日子里，在锣鼓和唢呐响起时，被大红的花轿抬到桃渚，然后就被各自的男人，也就是在桃渚营任职的九个百户官以及十个总旗，情意绵绵地牵入了红烛摇曳的洞房。为此张望连着喝了十九次喜酒。他变得日理万机，付出去的喜银也是不少，所以他总是装出忧心忡忡的样子，搓着手说，我真担心我不是战死，而是被没完没了的喜酒给喝死。每次喝酒，他都在码头熊的安排下，坐在媒婆九斤的对面。九斤是个苍老的女人。她挽在一起的头发虽然梳理得油光发亮，让落上去的苍蝇都站不稳脚跟，但褶皱密集的脸皮却跟稻草一样晦暗。张望陪九斤喝酒。九斤一边喝酒一边抽烟，这让她看上去有一种腾云驾雾即刻就要成仙的感觉。她常常眯着一双细眼，将张望从头打量到脚，最后作出的判断，是这人肯定每天夜里睡不好觉，躺在床上心头发痒，因为他需要一个女人。九斤这么想的时候，眼里闪烁着这个年纪的女人难得一见的波光。她总是能让张望喝得十分开心，面色红润而且看上去心旌摇荡。以至于许多人误以为，张千户才是当晚即将奔赴洞房的新郎。

在经历十九次的喝酒对饮以及上下打量后，九斤并没有辜负副千户码头熊寄予的一腔厚望。在她的不懈努力下，一个即将年满十九的姑娘终于进入她老鹰一样四处搜寻的视野。到了芒种这天的午后，当整个桃渚营千户所都在慵懒的阳光中昏昏欲睡，气宇轩昂的九斤再次出现在旗幡招展的营城里。那天迎接她的是街边一只凶悍威猛的白鹅。肥胖的白鹅将屁股一撅，脖子如同凶猛的棍子一样伸出，它甚至都省略了粗鲁的鸣叫声，直接就将九斤追逐出去很远。九斤一路惊慌，她像一只受惊的小鸡一样四下乱窜，最终奔跑到人高马大的码头熊跟前，急忙抽了一口利于压惊的水烟。烟雾仙气飘飘地从她空洞的嘴里吐出，九斤说张千户的老婆敲定了，家住离桃渚不远的健跳，人家有个好听得不得了的名字，叫海螺姑娘。说完她在码头熊身边一块圆润的石头上坐下，垂头丧气捏了捏刚才差点崴到的脚踝，说海螺姑娘已经同意嫁过来，嫁给妻子死了很多年的光棍千户张望，成亲的日子就选在夏至那一天。码头熊听完这些，打出一个气势磅礴的哈欠，似乎觉得消息来得有点突然。他嘴里反复念叨着海螺姑娘海螺姑娘，认为这名字的确有点吸引到了他，容易让他联想起海螺洁白细嫩又味道鲜美的肉身。但他又有一点担心，担心这姑娘的样子，会不会长得像绝大部分海螺那样，有着扁圆又坚硬的外壳。这时候九斤就被抽进去的第三口烟呛到了。她怒气冲冲地对着码头熊呸了一声，把一口翻滚的浓痰吐向那只视她为不明之客，依旧想瞅准机会攻击她的白鹅。九斤把烟杆在石头上敲响，严厉地说，码头熊我实话告诉你，人家海螺姑娘貌若天仙。但是她嫁过来的那天，你必须把这只不知天高地厚的白鹅炖了，我想喝鹅汤想得发疯。

夏至日的清晨很快就来临了。这个有着微凉天气的清晨，和往常一模一样，不一样的是张望这天起床，码头熊不允许他披挂上陈旧的胄甲，而是让他换上一套簇新的常服。然后等他上马就要过去海边巡察时，先前嫁过来的一个百户官的女人又风情万种地走来，在他胸前挂上一朵鲜红绸布扎成的大红花。女人接着盈盈一笑，又给他端来一碗海参，柔声说，张千户需要补补身子，晚上去了洞房，别把自己累垮。张望很不以为然，他冷笑一声，跳上马背时豪情万丈地说，就你们这些女人瞎操心，老子又不是没进过洞房。

张望开始在清凉的晨风中策马驰骋，田野和秧苗纷纷在他的视线中后退。那时候他觉得小腿肚一热，心想原来自己也是一匹脱缰的野马。

2

六月的海边风云变幻，各种来路不明的云层在巨大的天幕上翻滚。天幕在一声巨响中从中间裂开，白晃晃的光线于是很快倒下来一场雷雨。沙滩被淋得浑身湿透，许多地方冒出趾高气扬的独脚海蟹。很久以后，当粗大如手指的雨点突然被天空收住，张望就看见更加蓝色的海水，越发洁白的天空，简直空旷得令人心痛。他还看见那些走累了的海蟹气定神闲，吐出一些透明的气泡。

张望从马背上跳下，站在湿漉漉的沙滩上，感觉水天一线的海面上，似乎正有一艘大船悠哉悠哉漂来。此时他伸出一只手，码头熊就很快解下挂在腰间的铜制千里镜，递到他手里说，不会有错，那还真的是一艘船。好像还是一艘巨大的船。

紫铜色的千里镜在张望的手里旋转并且拉伸。张望很快看见圆形而且摇晃的视域里，那艘越来越逼近而且跟高楼一样雄伟的船上，船沿和桅杆处都扎满了彩带。彩带在海风中猎猎飞舞，衬托出一个硬朗的男人。男人正笔直站在船头甲板上，他的目光悠远，一张脸被直射的阳光晒出生铁般的颜色。张望似乎不够确定刚才的一幕。他晃了晃脑袋，又眨了眨眼睛。此时他的耳朵皮又很不应景地跳了一下，所以当他再次举起千里镜时，开始对荷兰生产的这种跟烧火棍一样的玩意，失去了原有的信任。但是烧火棍镜头里照出的那张脸，现在已经变得更加清晰，清晰到哪怕是磨成灰他都认识，因为那分明就是死不掉的昆仑。那么长时间里，自己一直牵挂在心里的昆仑。

张望的声音饱含惊讶。他望着浩瀚的海面，像是望见一个深邃的洞穴，感叹说，这小子竟然能活着回来，怎么也像是一个天大的笑话。说着他把千里镜沉默地递了出去，想要递给身边的副千户码头熊，可是码头熊却一直没有接。这时候张望诧异地回头，看见的却是已经奔驰在马背上的码头熊的背影。此时那匹马的四条长腿，正将许多潮湿的细沙踢踏得四处飞舞。张望喊了一声，你他娘的这是要赶去哪里？码头熊却头也不回，只是在马背上吼了一声，我他娘的去营房备酒！

张望愣住，随即又忍不住笑了。他在沙滩上一屁股坐下，仔细望着商船漂来的方向，说是应该备酒，接风洗尘，好好喝一场。海风哗啦哗啦，放肆而胡乱地吹着，将他胸前无比娇艳的绸布红花吹起，犹如吹拂一朵真正的牡丹。此时屁股下面一片冰凉，张望冷不丁又笑了一下，心想这是个什么日子，很多事情都凑到一起了。海潮声灌满了耳朵，他看上去喜形于色，又轻声嘟哝了一句：真他娘的是双喜临门。

3

万历三十五年的夏至日，桃渚营里原本要到黄昏时分才铺展开的迎娶新娘的酒席，因为昆仑的突然到来，早在中午时光，就提前张罗开了。千户所的营房里欢声雷动，犹如刚打了一场振奋人心的胜仗。咋咋呼呼的码头熊手臂一挥，迅速就有人抬来满满的一缸酒。酒是桑葚酒，血红的酒液倒进粗瓷大碗，兴奋的张望当即笑成一朵怒放的花。他站在八仙桌前毫不客气地一脚踩上凳子，望向昆仑时又豪情满怀地卷起袖管说，今天我先喝，每次喝三碗。

昆仑站立在八仙桌对面，听见张望的喉管不断发出咕咚咕咚的声响，很像一口正在漏水的井。他想要是这么喝酒，等到夜里新娘到来，张望肯定早已经趴在地上，成了一头谁也抬不动的猪。但他也顾不了那么多，这一路从琉球国回到台州府，几乎被漫长的旅途给憋死。刚才上岸以后，看见桃渚营的城门，城门前流水潺潺的河沟，蹲在黄衙井边洗菜捣衣的妇人，池塘里盛开的荷花，柳树上鸣叫的知了，以及用崇拜的眼光望向他的白鹅，还有早被冲洗干净的石板街道，他就觉得眼前这一切跟记忆中挥散不去的琉球相比，实在是换了一个世界。

官兵们排成一排，呼喊着要轮流过来敬酒，大概是想把昆仑直接醉死。昆仑来者不拒，跟收割稻子一样，一个接着一个，有次序地喝下去。直到后来他觉得腿脚有点发软，才过去搂住张望的肩膀，扯了扯他耳朵，感觉有点凉。昆仑说，好你个张千户，看来我没在琉球战死，却要在这里被你这帮兄弟给喝死。张望的耳朵不由自主跳了一下，随即将那些呼来喊去的手下给推开。他将昆仑拉到一边，面色高深莫测，说，实话跟你讲，我还真没想到你能活着回来，我以为你会被人埋葬在琉球。这么看来，"婆婆丁计划"你拿到了？

昆仑很神秘地笑了一下，说，你猜。

张望懒得去猜，他觉得这些事情猜来猜去容易让人头痛。他最不喜欢的就是头痛。

昆仑就很认真地说，丁山呢？丁山现在在哪里？你以前可是答应过我，会把她给找回来。

张望的耳朵皮又跳了一下。他两只眼睛一闪，觉得刚才酒喝了太多，现在肚子很胀。在去茅房撒尿之前，他说，你先喝酒，丁山的事情我晚上再跟你说。

下午的阳光简直可以说是像毒蛇一样毒辣。张望冲到茅房时，撒出一泡不是很急的尿。这时候码头熊已经在这里等他。码头熊说，什么情况？张望却反问他，酒里下了多少药？码头熊眼睛一眨，仔细回忆了一下，说，反正可以毒死桃渚营里所有耕田的牛。张望说知道了，说完心狠手辣地将裤袋扎好，又把胸前被压扁的绸布红花一片一片捋直。张望说，火枪手可以准备了，他娘的一场喜酒，竟然喝成了丧酒。

张望笑眯眯地回到酒席，看见几个百户官的女人正围成一圈。女人们盈盈一笑，纷纷给昆仑劝酒，又接连不断地倒酒。此时他是亲眼看见，昆仑一连喝了九碗桑葚酒，随后就敲了敲可能是晕乎乎的额头，开始莫名其妙地掉眼泪。昆仑擦了擦潮湿的眼眶，抬头喊了一声，张望你过来，我有件事情要问你。

昆仑把张望推去一个角落，过了一阵才说，我不会隐瞒你，其实"婆婆丁计划"拿到了，就在我手里。那个代号叫"花僮"的是个日本人，名叫苏我入鹿。

张望说，那是个什么样的计划？昆仑说，你知道婆婆丁吗？婆婆丁其实就是蒲公英。蒲公英的飞絮飘到哪里，种子就埋到哪里，一夜之间生根发芽。张望说，你真是啰唆，能不能讲重点。昆仑说重点就是，苏我入鹿在咱们绵延千里的海防线上策反了一些大明将士成为他的倭谍，这些倭谍就像撒下婆婆丁的种子，总有一天会一声令下，揭竿而起。

张望非常仔细地点头，说，我想起来了，李不易就是婆婆丁的种子，好在这颗种子咱们已经把他给灭了。昆仑摇头，说，你只讲对了一半。张望说，讲对了一半是讲对了哪些？昆仑就擦了擦越来越潮湿的眼眶，说，实话告诉你，桃渚营里还有另外的倭谍。所以我现在就是要问你，你觉得剩下的倭谍会是谁？现在这么多喝酒的人，你觉得他会不会就在这间房里？张望一时之间无语，垂头看了一眼胸前的大红花，觉得刚才去了一趟臭烘烘的茅房，绸布扎成的红花好像在开始慢慢枯萎。这时候昆仑也发现，刚才被自己抹到手上的眼泪，竟然有着紫红颜色，也就是成熟桑葚果的颜色。昆仑说，张望你搞什么名堂，快去给我换酒。张望于是觉得没有必要继续演戏了，所以他阴冷地笑了笑，说，等到这时候换酒，难道你不觉得已经迟了？

昆仑说，张望你究竟什么意思？张望说，没什么意思，我的意思就是，接下去你会不停地掉眼泪，就像一个人死了亲爹一样。

张望说完走出几步，又慢吞吞地回头，像是一只散步的猫。他看见昆仑此时掉出来的眼泪，已经从原先的紫红渐渐变成了血红。他张嘴，说，酒里下的药叫泪如泉涌，接下去你的眼泪会争先恐后，就跟令人烦恼的春雨一样没完没了。继而流出来的，就是遍布你周身的血液。然后……张望叹了一口气，声音中充满无尽的惋惜，又说，然后你就没有然后了。

昆仑开始迷迷糊糊时，张望一手策划的桃渚兵变彻底拉开了序幕。除了码头熊，还有众多百户官和总旗在听从他的召唤。包括刚才一起敬酒的胡搅蛮缠的兵勇。

房顶的瓦片即刻被掀开，瓦椽条和瓦椽条的中间，随即探出许多根火铳，铳管幽黑，一起对准了脚下的昆仑。昆仑身子软绵绵的，看见自己层出不穷的眼泪掉落，落在脚尖处，看上去的确就像鲜红的血。所以他说，张望你他妈的真狠，你是不是想把我射成一面筛子。张望说，我实在没有时间了，我不能这么陪你耗着，我晚上还要进洞房的。昆仑于是迷迷糊糊看见，被抽去瓦片的屋顶，漏下来的阳光确实已经夹杂了一些类似于黄昏的气息。不过他说，张望你太急了，我又不想耽误你做新郎官。但你也有可能是做贼心虚，你要是一个下午不是耳朵皮跳来跳去，耳朵摸上去还特别凉，我也不至于早就判断出，其实剩下来的倭谍就是你。

昆仑话音刚落，空中就坠落下来五个浑圆的球。球砸落在地上滚来滚去，溅出许多新鲜的血。张望就在一瞬间发现，那是五个刚刚被割下来的头颅，属于之前埋伏在房顶手持火铳的五个兵勇。张望大惊失色，急忙喊了一声护驾，身边虎背熊腰的码头熊他们就如临大敌般将他团团围住，死死地围在了中间。此时张望的两只耳朵皮跟上岸的鱼一样跳动。他在慌乱间镇定，透过码头熊宽阔的肩膀，看见原本软绵绵的昆仑已经突然站直身子。昆仑说，张望啊张望，一辈子东张西望的张望，我在琉球时就有点怀疑，那张跟苏我入鹿接头用的《八仙过海图》，会不会是你故意给我画错的，将铁拐李持拐的右手画成了左手。你就这样给入鹿通风报信，差点就让我丢掉了性命。

此时暮色就要升起，所以席卷桃渚营的厮杀，也在第一时间拉开了序幕。

张望不会想到，早在回来台州的路上，昆仑跟杨一针就安排好了上岸以后的具体计划。苏我入鹿的"婆婆丁计划"，被他藏在《金刚经》的卷本里。昆仑找到时，发现里头是入鹿这么多年在明朝各个海防卫所，策反的可资利用的倭谍名单。计划中的确提到了隐藏在桃渚营，代号为"穿云箭"的暗桩。但是杨一针后来发现，之前的李不易，他的代号仅仅是"穿云"。那么是否说明，"穿云箭"其实是两个人，桃渚营里还有另外一个暗桩，他的代号是"箭"？想到这里，杨一针就觉得此番回归桃渚之行，势必将会杀机四伏。她并不担心昆仑的实力，却认为唯一需要提防的，是代号为"箭"的奸细可能会在第一时间下毒。所以在上岸之前，杨一针就给昆仑服下了百毒不侵的化毒散。在杨一针的化毒散面前，世间所有的毒物，都会很自觉地为它让路。

抵达桃渚这天，除了商船上的船工，昆仑一个人首先上岸。在张望貌似十分热情的迎接下，他笑呵呵地跟着张望步入了桃渚。而杨一针和横店他们，则是暂时躲藏在了船舱中。等到酒席铺开，昆仑虽然忘乎所以地喝酒，但他十分清楚，杨一针跟他的锦衣卫小北斗，此时已经在一番乔装打扮后，顺利混入了暗流涌动的营所。他知道有备而来的杨一针目光尖锐，随时都能洞察出桃渚营存在的凶险。就在刚才，当那些手持火铳的火铳手奔上房顶时，杨一针即刻就跟横店使了一个眼色，横店和千八、风雷也就十分安静地点了点头。那时候这三个年轻人不约而同地认为,这些上房揭瓦的火枪手,最终会把自己的天灵盖给揭开。

4

暮色升起时,由九斤率领的花轿队伍,也恰好穿过桃渚营低矮的瓮城口。在锣鼓和唢呐的喧嚣声中,坐在花轿里的海螺姑娘好像有点等不及了。海螺姑娘即将年满十九,丰富的好奇心仿佛夜里涨潮的海水一样。她偷偷将大红花轿前挡住视线的布帘掀开,面对无比新鲜的暮色,两只丹凤眼十分明媚地眨了眨,于是望见远处的灯笼五颜六色,正将整个城池照耀成一片绚丽的辉煌。但是海螺姑娘又在绚丽的辉煌中隐隐听见,此时城池的深处,好像正传来一阵刀剑碰撞的响声,也或者是人仰马翻的厮杀声。海螺姑娘有点紧张,说,九斤你听,这声音好可怕,咱们要不要暂且停下?九斤刚好抽完最后一口烟,她见到对面一头无人照看的水牛,正一路疾行,心事慌张着朝她行走过来。九斤说,要停你一个人停,我今晚急着要喝一碗鲜美的鹅汤。说完她一把牵过目光恍惚的水牛,将烟杆前的小铜锅在它坚硬的牛角上敲了敲,敲出许多细碎又乌黑的粉末。她把烟杆塞到臃肿的腰间,即刻想起码头熊答应过她,那只令她讨厌了半个月的白鹅,今晚会被一块一块切开,切开以后再用上好的当归来炖汤。

想到这里,九斤就摘下身边野地里一朵叫作紫娇的野花,抬手将它插在了海螺姑娘的头上。然后她右手猛地一挥,说,唢呐声在哪里?麻烦吹得更加响亮一点。

5

厮杀在继续。昆仑和张望在一路拼杀,唢呐声再次响起时,昆仑非常准确地从桃渚营的一座望楼上飞下。当他的绣春刀劈出,杨一针亲眼目睹,飞身上马的张望是从后脑根的脖颈开始,整块完整的脊背,瞬间就被切割成了两半。于是杨一针得以看见,张望那条崎岖不平的脊梁骨,跟她学扎针灸时观摩过的人体骨骼图相比,的确是长得如出一辙。

坐在马背上的张望,一下子觉得后背通透,又十分凉爽。那感觉像是有人很无耻地剥去了他的衣裳,所以海风就畅通无阻,笔直从他后背灌进,一直灌到他瘪塌的胸膛。这让他止不住想起,许多年前,自己曾经有个外号是叫田鸡。在杭州城的赌桌上,田鸡一次次将嗜赌的骆问里斗败,又一次次逼着他还债。然后田鸡又帮助行凶杀人的骆问里一路逃亡到台州,跟他说,你去琉球,那里才有你的用武之地。结果倒霉的骆问里又被抓捕,等到十三个月后才从台州府的牢房里逃脱,而逃脱后将他隐藏起来的人,又是田鸡,也或者是张望。那次张望交给骆问里一张海防图,说带上它,去琉球的地下火器局当总领,阿普在海的那边等你,还有一大堆的银子,也在那里等你……

张望想到这里,听见胸前又响起一阵无比细密的割肉声。此时他十分惊讶地看见,昆仑的刀子正左右挥舞,刀尖闪亮,像是来回跳动的蚂蚱,顷刻间将他剩下的皮肉削出,削成一堆飞舞在空中的密集的肉丝。

最后张望被昆仑削得所剩无几。他被

那匹懵里懵懂的马驮着，在桃渚营的街道上没有方向地瞎逛。除了脖颈上一张完好无缺的脸，现在他的上身只剩一具四处走风的骨架，如同台风经过后，留下一座褴褛又空荡的城堡。不过那朵绸布扎成的红花，不知什么缘故，却依旧完好无损地戴在他的胸骨前。这时候九斤的队伍终于姗姗来迟，在那排喜悦的灯笼下面，当迎亲的炮仗声愤怒地响起，马背上的张望刚刚走向一株长相怪异的歪脖子梅树。在梅树底下，花轿里的海螺姑娘万分惊奇。她顾不上那么多，掀开帘布以后一双绣花鞋直接踩上石板。望着眼前那具马背上诡异的骨架，她跟九斤说，这人是谁？

九斤抽了抽鼻子，看见张望仅剩的那张脸，还在东张西望的两只眼睛，以及挂在胸前的似乎在怒放中的大红花，说，如果没有看走眼，他应该就是你今夜的新郎。

说完九斤也顾不上抽烟，而是跟海螺姑娘说，节哀吧，准备战斗！差不多也就是在这时，张望两只没有一丁点皮肉的爪子缓缓举起，像是举起一对四肢僵硬的提线木偶。此时他试图开口，却在两片嘴皮张开时，还没说出一个字，整副透风的身子骨就突然塌下，如同一座彻底坍塌的城堡，顷刻间支离破碎，土崩瓦解。

九斤听见骨头咔嚓咔嚓裂开的声音，也闻见骨头碎裂时，散发出犹如石灰粉飘洒空中的气息。此时她看见先前嫁到桃渚营安营扎寨的十九个女人，正齐刷刷向她走来。路上的十九个女人不再盈盈一笑，而是各执一把长刀，其中一个为首的站到九斤面前道，我们已经集合完毕，需要怎么战斗，就等头领一声令下。

已经抽了很多烟的九斤这回并没有咳嗽。她从头到脚，一点一点剥去身上老态龙钟又花里胡哨的伪装，最终露出一张娇媚又凶狠的脸，说，为了已经战亡的苏我入鹿，我命令你们杀出一条血路，杀他一个片甲不留。

6

九斤就是灯盏，曾经在紫阳街开着回头无岸当铺，又豢养着一批阴兵的姿色非凡的灯盏。她当初跟苏我入鹿一拍即合，随时准备带着倭寇攻进大明海防线。她也从入鹿的嘴里得知，桃渚营有着属于"婆婆丁计划"所培植的两股势力，所以当她在紫阳街遭受昆仑的彻底打击后，就伪装成媒婆九斤，前来桃渚跟代号为"箭"的张望接头。就此她不仅让张望在官兵中继续发展下线，还将不同的女人安插进了这座千户所，目的就是为了此后的一呼百应。

夜里的风吹过寂静的海水，让桃渚营上空的云朵纷纷后退。现在灯盏揭下丑陋的人皮面具，也扯掉捆在后背上，将她伪装成腰背微驼的那团乱糟糟的稻草。她全身鲜红又妩媚的装扮，看上去更像是一个新娘。随着她叫喊出一声杀，包括海螺姑娘在内的二十个女子，就以十分凌厉的攻势，朝着昆仑和杨一针他们冲了过去。

昆仑看着这些如花的女人，都不忍心下手。他跟杨一针说，除了灯盏，剩下的就交给你了。杨一针说，没有问题，我替我姐出刀，还有死去的胡葱。要让这些蛇蝎一样的婆娘知道，什么才叫穷途末日。

杨一针说到做到，她跟横店和千八、风雷他们一起，轻轻松松地迎战二十个女人。到了最后她竟然发现，那个名叫海螺姑娘的女子，眼看着自己的队伍一败涂地，断然没有胜利的希望，居然将束紧的头发解开，以前所未有的力量，一头撞向了身边的拴马桩。海螺姑娘脑浆迸裂，乱糟糟的沾了脑浆的头发将那张美丽的面孔十分虚无地遮盖。她在临死的时候想，今夜星光灿烂的桃渚，灯笼与烛光摇曳的桃渚，就是她不幸葬身于此的，血光十分猛烈的洞房与婚床。

那天桃渚营还有一只彪悍的白鹅，在血光四溅的夜色中十分焦躁。它眼看着昆仑的绣春刀一次次劈向灯盏，不留空隙，所以始终没有找到冲上去进攻一次的机会。白鹅只是看见，一身鲜红装扮的灯盏，最终气喘吁吁地跨上一匹战马，在几乎将她笼罩的刀光中丢下同伴落荒而逃。这时候白鹅的两片脚掌拍打着地面，又焦急万分地嘎嘎叫了两声，声音高亢，仿佛是催促昆仑立刻追赶，别让灯盏就此跑远。而当昆仑牵过一匹战马飞身跃上马背，白鹅也凶狠地抖了抖翅膀，整个身子飞起，稳稳地落在了那匹马的脖子上。

战马开始奔腾。白鹅的两只翅膀张开，宽阔的脚掌踩在一路剧烈抖动的马背上。它的脖子尽量往前伸出，像是伸出一支就要朝着灯盏开火的鸟枪。

灯盏跑到了海边，仓促间登上了一艘小船。小船摇摇晃晃，似乎要载着灯盏漂向大海的中央。昆仑赶到时，看见海上升起一轮明月，瞬间将漆黑的海面照耀成白昼一样的虚幻。这时候灯盏站在船头，望向步子焦躁、依旧想要朝她飞过来的白鹅，不禁在惊恐万分中脚下打滑，直挺挺地摔了一跤。灯盏十分无奈地趴在狭窄的船沿，看见明月像天上掉下来的一条河，将她的落魄和潦倒照耀得异常清晰。灯盏在这时目光凄惶，眼角掉落出两行热泪。月光静悄悄地移动，灯盏独自在船上坐直，坐成一盏孤独的油灯的模样。然后她看了一眼目送她远离的昆仑，就在盈盈一笑间点燃一把火，又在海风的帮助下，瞬间将自己埋在了大火的中央。

昆仑看见火势冲天，也看见着火的船十分安静，在寂寞的月光下漂来荡去。当杨一针握着刀赶到时，熊熊燃烧的火焰已经融入幽蓝的海水，水与火交相辉映，在那排月光的衬托下，它们仿佛不分彼此，最终融为了一体。

7

郑国仲一直留在杭州，在无数个日日夜夜中等待昆仑的归来。桃渚营兵变的第二天，当出乎意料的消息和西湖边的一缕风一起传来时，他带着自己的队伍快马加鞭，三个时辰后就从杭州赶到了台州，又马不停蹄地冲向桃渚。

天妃宫前，台州府当地的文武官员尽数到齐，排成整齐的阵仗。现场鸦雀无声，郑国仲站在人群的尽头，手上托着一枚全金打造的功勋牌。阳光温和，海风吹动宽阔的树叶，也推动沉默的昆仑，向着满脸严肃又志得意满的郑国仲缓缓走去。昆仑抱着一个木盒，走到郑国仲跟前时，垂头将木盒打开，让他看见盒子里的骆问里的人头，以及压在人头下的由苏我入鹿亲手制定的"婆婆丁计划"。郑国仲闻见一股皮肉腐烂以及血液凝结成块的气息，也看见一群肥硕的苍蝇，顷刻间以轰轰烈烈的阵势，踊跃着飞舞过来。于是郑国仲使劲皱了皱眉头，又在屏住呼吸时挥了挥手，示意昆仑赶紧将盒子盖上。昆仑却将这一幕省略，他让自己的一只手伸进骆问里早就已经失去光泽的头发，然后将干燥又杂乱的发丛掀开，为的是让郑国仲无比清晰地见到，刺在骆问里头皮上的那片大明王朝的海防图。

此时郑国仲已经显示出一定程度的不耐烦。他把视线移开，望向手中金光闪闪的狮虎牌，以及镌刻在狮虎牌中央的两头健硕的狮子和老虎。那是他建议万历皇帝特意打造的特殊军功牌，赏给有着特别功劳的军人。然后他指了指站在队伍前排的台州知府刘梦松，让他抓紧跟大伙通报一下，刚刚起草好的对昆仑的嘉奖令。刘梦松胸有成竹，上前以后转身，掏出一页宣纸，干咳一声后声音洪亮地照本宣科。然而他刚摇头晃脑念了一段开头，就要念到昆仑的名字时却突然焦急地停住。因为他猛然想起，自己刚才都忘了打听一下，眼前这个立下赫赫战功的年轻人到底是姓什么，那么这样子的公文，显然是不够严肃，所以他跟昆仑挤了挤眼，轻声问他，昆仑兄您贵姓？

昆仑跪在地上，听见海风穿过文武官员之间的官袍缝隙，声音透迤地流淌过来，曲折而且迷茫。昆仑说，在下姓骆。刘梦松满脸迷惑，问他是哪个骆。昆仑沉默了一下，望着眼前的木盒道：骆问里的骆。这时候郑国仲突然喷了喷鼻子，喷出一股强大的气流。他将托着狮虎牌的手掌猛地合上，说胡扯，你虽然姓骆，但那是骆驼的骆，而非骆问里的骆。你别把自己和骆问里扯来扯去，他跟你有屁个关系。

有关系，昆仑垂头说，在下是骆问里的儿子。

郑国仲几乎当场就要晕死过去。他将手上纯金打造的狮虎牌牢牢地攥紧，有一种恨铁不成钢的怨怒。所以他的声音无比压抑，几乎是从牙齿缝中蹦出来的。他说，有些事情拜托你闭嘴，你自己不讲，天下永远没有任何人知道。

但我自己知道。昆仑跪在地上，抬头时声音坚定，在下的确就是骆问里的儿子，这一点杨一针清楚，剩下的小北斗也全都清楚。

清楚个屁！郑国仲终于没有忍住。他将纯金打造的狮虎牌一把摔在地上，说，不识好歹的东西，你就不能脑子正常一点？既然你是一个杀人犯的儿子，一个叛国贼的儿子，那我接下去要如何在皇上面前给你报功？

风一直吹着，吹乱昆仑的头发，也吹起昆仑血光四溅的记忆。他仿佛看见铁匠胡同丙陆号的院子里，那些落了一地的石榴花，也听见琉球血流成河的海滩上，骆问里在自戕之前说，把我的头颅砍下带走……此时他终于说出一句，昆仑没有脸面领受功勋，只想在台州府做个平头百姓，一辈子做个普通人。

好大的口气，竟然想做一个普通人。在甩袖而去之前，郑国仲喷了喷鼻子说，如此恢弘的念头，连我都不敢奢望，你就更加没有资格。

人群在一瞬间离开，像被突然而来的一阵风吹走，只剩下杨一针一个人，陪昆仑停留在依然辽阔而且肆无忌惮的风中。杨一针上前，将那枚躺在地上的狮虎牌捡起，神情黯淡地擦了擦尘土，然后随手挂在了身边一丛稀疏的灌木上。杨一针说，有些人走了就没了，连骨头也没能带回，那么这块代表军功的狮虎牌，应该属于埋葬在琉球的牛刀刀和胡葱。

昆仑跪在地上，像是一匹负重累累的骆驼。他好几次想站起，却苦于没有足够的力量。这时候杨一针悄无声息地坐下，

351

坐得离他很近，就坐在他身边。杨一针说，你想在台州府做个平头百姓，是不是想跟丁山在一起？你一直想着她的无人馆？

昆仑并没有回答，而是干脆让自己躺下，整个人四仰八叉，如释重负般躺在了青草覆盖的地上。他望向头顶飘扬的云朵，心中连绵起伏的、的确是一直想念的丁山。可是这天就在郑国仲赶到桃渚营之前，他已经听台州知府刘梦松不屑地提起，说丁山被陈五六劫走后就头脑发昏，跟随陈五六死心塌地待在了大海另一边的东矶岛，成了陈五六的压寨夫人。

云朵一片一片飘过，在昆仑的眼里，好像渐渐飘过去的属于丁山的琴声。这时候杨一针似乎听见昆仑一声叹息，充满无尽的惆怅和忧伤。于是她抬头，同时望向那些飘飞的云朵，好像望见的是自己乱成一团的心绪。杨一针想了想，似乎是在问自己，也似乎在问昆仑。她说，想把一个人从心里搬走，是不是一件很难的事情？可是她等了很久，始终躺在地上的昆仑却一直沉默，依旧不愿意给她一句回答，像是把她当成了一团空气。所以杨一针说，姓骆的，你到底是个聋子还是个哑巴？你既然这样，我就陪你去把东矶岛荡平。你不把丁山给找回来，你的魂也会丢失在那里。

8

陈五六这天差点从睡梦中笑醒。醒来时他小心翼翼睁开眼睛，好像担心撑开眼皮的声音，会将睡他身边的丁山给吵醒。此时窗外的东矶岛，正迎来这个冬至日的第一缕曙光。纤细的曙光像远处荡漾过来的波纹，有一抹恰到好处的金色，这让陈五六怀疑，曙光会不会是自己刚才那个梦境的延续？刚才那片梦境可谓美轮美奂，一开始有着佛光普照般的背景，随后就有一只麒麟从天而降。矫健的麒麟样子庄严，周身散发灿烂的金光，奔到他身边时四只脚又叮的一声停住，声音像是金子，掉落进空旷的玉盘。

对梦境的细致回想，让陈五六止不住陷入感动。他不会忘记，当梦中金色的光芒将他笼罩，那只麒麟竟然对他眨了眨眼，然后背上非常神奇地呈现出一对胖乎乎的童男童女。接着麒麟十分善解人意，将威猛的身躯伏下，犹如一段流水在河床中伏下，为的是让那对面色粉扑扑的童男童女，能从它宽阔的脊背上兴奋地滑下，滑到他身边时又笑呵呵叫了他一声父亲。

巨大的喜悦就这样在陈五六的胸中暗自起伏，但他还是谨小慎微地起床，几乎是将整个身子静悄悄地从被窝中移出，为的是尽量不打扰丁山的睡眠，也不让被窝中的温度流失。现在他光溜溜的身子遇见了冬至日寒冷的气流，所以他打了一个冷战，迅速将棉袍套上，但整个脑子却即刻变得十分清醒。他想一旦等到丁山醒来，自己怎么也要告诉她，她怀胎了八个多月，怀上的居然是一对令人无比羡慕的龙凤胎。至于孩子的名字，陈五六在刚才打着冷战的时候，脑子中就有一个奇妙的念头有如神助般跳出。没错，他的儿子应该叫陈桃花，女儿呢就叫丁春风。因为古时候有位著名的诗人写过：桃花依旧笑春风。

冬至日这天接下去的时光，陈五六忙得不可开交。但他非常享受这样的忙碌，因为忙碌让他圆满，忙碌让他觉得无比幸福。他先是叫来了跟他一起过来岛上的斜眼伙计拿酒来，给了拿酒来一张单子，让他去岛上的药铺和商铺采购一些急需置办的物品。比如说燕窝和冰糖，再比如说双份的婴儿帽和双份的虎头鞋。可是拿酒来没过多久又气喘吁吁奔了回来，像奔过来一匹慌乱的马。拿酒来的视线歪歪斜斜，非常倔强地散落在那张单子上。他指着一行文字道，大，大哥，药铺掌柜让……我问你，这个根，它到……底是什么根？陈五六就十分伤心地摇了摇头，咒骂他真是一个白痴，并且告诉他所谓的桃根，当然指的就是桃树的根呀。他还作了耐心细致的解释，说昨晚自己熬夜花了一番功夫，翻了宋人陈文秀写的《养子十法》。书上说给新生孩童用的洗澡水，要用晒干的桃根、李根，再加上梅根，这些树根放在一起一锅煮，煮出来的汤水给孩子洗澡，孩子以后就不会长疥疮。

拿酒来使劲地点头，如同大梦初醒。他奇怪眼前的陈五六，自从离开台州紫阳街，怎么就变得这么博学，就连小屁孩洗澡的事情他都知道得一清二楚。但拿酒来还是抓了一把头皮，鼓起勇气说，大哥有句话你……别放在心上，刚才药铺掌柜跟我讲，你这里写的桃不是桃树的桃，而是逃命的逃。陈五六就没有控制住自己的左脚，第一时间踹向了拿酒来右边那片瘦小的屁股。陈五六说反正都是一个桃，你管他是黄桃毛桃还是水蜜桃。

拿酒来于是在又一阵慌乱中，开始了他在冬至日的奔逃。路上他回头，看见陈五六笑眯眯地牵起丁山细嫩的手，说，夫人，趁着阳光正好，我想带你去看一下咱们新建起来的琴馆。拿酒来哼哧哼哧，一路上一边奔跑一边思考，觉得眼下的陈五六真是变了，变得跟读书人那样儒雅，就连趁着阳光正好这样的句子，他也能跟背

诗一样，张口就来。

这一年的开春，昆仑在紫阳街上与灯盏的开战，对陈五六来说是一场驱之不散的噩梦。他后来十分后悔，后悔这么多年，自己一直跟在灯盏的屁股后面，听她使唤，受她驱使。陈五六这辈子什么都可以不管，唯一放不下的就是丁山。所以那次当昆仑大显身手，剿灭灯盏豢养的阴兵时，他却一门心思跑去无人馆，二话不说就将躲避他的丁山背起，逃去海边上了船，又一路逃到了荒凉的东矶岛。

在东矶岛，陈五六并没有难为丁山，给她吃好的喝好的，什么事情都是听她的。丁山在岛上到处乱跑，想要寻找回去台州的船只，陈五六也不阻拦，只是远远地跟着，担心她会被蛇咬，也或者被凶猛的海风刮走。丁山走到哪里，陈五六就像影子一样跟到哪里。丁山嘴巴渴了，他递上竹筒里的凉水。丁山肚子饿了，他就即刻找个地方生火，给她煮饭，给她烤肉。丁山走累了，累得睡着了，他又屁颠屁颠，心甘情愿地把她一路背回家。山路陡峭，路面崎岖不平，丁山在他背上被他粗重的呼吸吵醒，陈五六就说，我真想这么一辈子背着你。你还记不记得，我们以前一起在紫阳街长大，一起玩泥巴，一起捉蟋蟀。我爷爷叫陈大成，你爷爷叫丁邦彦。他们一个是戚家军的前锋右哨，一个是前锋左哨。两个人情同兄弟，生死共依，一起参加了花街的那场战斗。陈五六这么说着，感觉一声不吭的丁山什么也没听进去，软绵绵的身子就要从他背上滑下。这时候他就找一块石头扶着，蹲下以后努力撑了撑身子，好让趴他背上的丁山换个姿势趴得更稳。陈五六说，哪怕是为了你爷爷，我这辈子也要一直照顾你。我这么说的意思，

353

你能明白吗？丁山说不明白。陈五六就笑了，说，你终于愿意开口了。但是你不明白也没关系，只要能听见你开口说话，我就能开心上一整天。

丁山后来终于安定下来，不在岛上乱跑，只在家里发呆。陈五六就趁着这样的时光，开始在岛上不停地建房子，他所有的房子都是为了丁山而建。在陈五六的计划里，他要在东矶岛东南西北四个不同的方位，为丁山建造琴馆、棋馆、书馆以及画馆。琴棋书画四馆都要种满奇花异草，还要养鹦鹉，养画眉，养孔雀，养仙鹤，以及能够学人说话的八哥。丁山说我不需要那么多的七馆八馆，我只要我在紫阳街的无人馆。陈五六皱了皱眉头，渐渐想起发生在无人馆的一些事情，那是他想起来就会隐隐伤心的事情。所以他笑了笑说，我觉得无人馆这名字听起来比较荒凉。我希望你身边人丁兴旺，你每天开开心心的，万事无忧，直到开心到身子发胖，胖得跟绵羊一样。丁山望着池塘里清澈见底的水，水里有两条结伴而行的鲤鱼，就那样悠哉悠哉地游来游去，好像能一路游回到紫阳街上的无人馆。那次她几乎脱口而出，说，跟你在一起，我实在做不到开心。陈五六就笑着说，你真会撒谎。难道你忘记了，我们小时候在一起，你每次都笑得前仰后翻，笑得露出了虎牙。陈五六仔细想了想说，可是等你长大了，你的虎牙却不见了。你的虎牙是被你吞进肚子里了吗？你还能让它再长出来吗？

丁山看见两条鲤鱼躲进了太湖石的石头缝里，一下子不见了踪影。她背对着陈五六说，我一直没有虎牙。陈五六就再一次笑了，说，真的没有吗？难道是我记错了？

9

在陈五六到来之前，曾经的东矶岛几乎是人烟稀少，但是如今的岛上，完全是一派海中城池的模样，街上人来人往，吆喝声此起彼伏。陈五六现在俨然成了这座城池的主人，他不仅斥资在岛上大兴土木，开辟出许多尽可能宽阔的街道，还从台州雇佣过来许多青壮年，日夜持刀操练，说是为了岛上日后的城防。与此同时，部分台州商户也慕名而来，在街道两旁开出模样小可的店铺，生意也日渐兴隆起来。

丁山这天在陈五六的陪同下，穿过街道穿过商铺，来到刚刚建起的琴馆前。面对油漆成闪亮的宽阔木门，门前一对威武的石狮，石狮身上披挂的大红绸带，她不禁暗自惊讶，惊讶陈五六竟然说到做到，将岛上看似多余的琴馆建得如此恢弘气派，简直可以说是奢侈。阳光打在丁山慵懒的脸上，因为怀胎八个多月，她的手脚略微显示出浮肿。丁山闻见木材和砖瓦的香味，她托着隆起的肚子，腰背适当后仰，说，陈五六，你还有什么事情是让我想不到的？陈五六就憨态可掬地笑了一下，从怀里掏出一卷折叠细致的字幅，摊开以后呈现在丁山眼前说，我写的，你看看我的字有没有进步？丁山感觉肚里的孩子一左一右踢了她两下。她想，莫非果真是一对双胞胎？此时她在温和的阳光下看得很清楚，陈五六略有长进的字体已经有那么一种笔走龙蛇的样子，而非以前犹如螃蟹爬行般的歪歪斜斜。而那张字幅从右到左，分明写着她无比熟悉的三个字：无，人，馆。

丁山一下子觉得阳光有点不够真实。她看见阳光仿佛寂静的月光，在门前那对石狮子身上静悄悄地漂移了过去。这样的一幕不禁又让她想起曾经的紫阳街，也想起春天的无人馆里四处飘荡的琴声。丁山不会忘记，当春天里陈五六劫持她奔逃到眼前的东矶岛时，他在当天夜里突然想起，自己忘了抱上无人馆里属于丁山的那台古琴。陈五六就此懊恼不已，连续几天焦躁不安。直到一天凌晨，丁山在睡梦中被惊醒，看见陈五六全身湿答答的，正坐在一个火盆前烤火。陈五六显然是刚出海回来，初春的寒凉加上身上的水珠，让他在凌晨时分瑟瑟发抖。那时候斜眼伙计拿酒来正在忙前忙后，忙着给陈五六包扎伤口。陈五六的一只胳膊中了刀伤，刀口很深，可以见到里头苍白的骨头。面对走到眼前来的丁山，陈五六笑了笑说，没事，只是少了一点皮又掉了一点肉。然后他甩了甩头，示意丁山看一眼被他连夜抱回来的那台名叫天涯的古琴。陈五六说，奶奶个黄花鱼，我深夜回去紫阳街，竟然在街上撞见了巡守的城防军，但那些虾兵蟹将根本不是我对手，一个个跪地求饶，所以我轻而易举地闯进了无人馆，就在他们眼皮底下，替你把这台琴完好无损地抱出……陈五六这么说的时候，突然咬紧牙关倒抽一口冷气，额头上暴出雨点大的汗珠。他忍不住踢了一脚正给他包扎伤口的拿酒来说，你就不能轻点？奶奶个黄花鱼，我这地方被他们一连砍了三刀。

10

新建的无人馆位于东矶岛的海边，只要大门敞开，就能看见蓝色的波涛，以及海面上偶尔飞过来的海鸥。现在丁山的琴声再次响起，声音丝丝缕缕，在冬至日广袤的东矶岛上飘扬。

陈五六头顶阳光，在琴声中十分满意地坐下，像个久经沙场的男人般坐下，也像一个慈祥的父亲般坐下。后来他觉得琴声有点陌生，所以就问丁山，夫人在弹的是什么曲子？我以前好像没听过。丁山于是让琴声停住，说，谈不上什么曲子，只是随便弹出几串音符。难道你听出了什么？陈五六就想了想，不是很确定地说，夫人的曲子里好像有一些叹息，感觉是在等待着什么。丁山浅浅地一笑，让手指在古琴上漫不经心地飘了过去，因为肚里的孩子，她让琴声变得很轻微，几乎是断断续续。等到最后一个音符消失，她说，如果时间可以倒回去，你愿意回去紫阳街吗？陈五六于是也笑了一下，心想可能是被自己说对了，丁山一直忘不了紫阳街，估计她始终在等那个狗娘养的破锦衣卫，等他从琉球回来。而那个锦衣卫的名字，据说叫昆仑。陈五六又想，世上的事情哪有那么简单。如果时间能倒回到从前，自己肯定不会在紫阳街上把日子过得那么荒唐。所以他说，如果时间可以倒回去，我肯定不会那么傻，一把火烧了紫阳街上的丽春豆腐坊。

丁山把目光抬起，似乎看见紫阳街上那场熊熊的大火，以及丽春豆腐坊的火光熄灭后，骑着一匹快马赶到台州城的昆仑。昆仑站在废墟前，在一场倒春寒中瑟瑟发抖。丁山说，你是不是在担心什么？不然你不会雇佣那么多的人手，每天日夜操练。你是担心朝廷最终还是会过来东矶岛，找到你清算那笔旧账。

陈五六在丁山的声音中陷入沉默，像是一个沉默的父亲。但也就是在这时，他看见拿酒来慌慌张张跑了过来，路上好几次差点摔倒。拿酒来跑到陈五六身边，说大哥，快，快逃。陈五六很火，说，你一个上午就知道逃逃逃，逃来逃去逃你个鬼，你以后能不能镇定一点，别吓着了我的两个孩子。拿酒来就焦急万分地用手一指，指向了远处幽蓝的海面。陈五六于是看见远处翻滚的海浪，海浪上是一排疾速行驶过来的战船。他感觉战船开足了马力，此时已经隐约可见架在船头的好几门佛郎机炮。这时候陈五六就看了一眼丁山。他在卷起袖管的时候说，夫人不用担心，哪怕真的是朝廷过来找我算账，东矶岛也是固若金汤。

11

万历三十五年的冬至日，在郑国仲的亲自率领下，从桃渚营出发的六艘战船，满载着兵勇和火铳，以及战炮和弹药，浩浩荡荡向着东矶岛驶去。

郑国仲之所以亲自登上战船，是因为他从昆仑带回来的"婆婆丁计划"上看出，陈五六当初也是苏我入鹿在台州所发展的倭谍，他是所谓的"婆婆丁计划"埋下来的众多种子中的一颗。在此之前，郑国仲去了一趟福建，将潜藏在沿途各个海防卫所的婆婆丁种子尽数捉拿归案，一个个斩立决。然后在这天清晨，当所向披靡的战船即将起航时，郑国仲走到昆仑身边，不容置疑地说，荡平东矶岛，斩草除根。

海风被搅乱，现在昆仑站在领航船的船头，听见阻挡的海水溃不成军，一次次被船舷切开，又不可收拾地往后撤退。他还看见战船周身的铁甲，以及架在船沿的一共五门佛郎机炮，因为冬至日阳光的照射，已经在海面上投射下一片广阔的阴影。

所以他发现深不见底的海水，此时已经不再是幽蓝的颜色，而是类似于团团聚拢过来的乌云。昆仑还未来得及细想，就看见一名传令兵嗖的一声攀爬上高高的桅杆。传令兵像兴奋的松鼠，迅速攀爬到一定高度，他双腿将身下的桅杆夹紧，然后就拔出插在胸前的两面小旗。小旗色彩鲜艳，传令兵目光炯炯有神，他盯着紧随领航船之后的另外五艘战船，开始将两面小旗像破烂的衣裳一样使劲挥舞。昆仑知道那是水军的旗语，意思可能是命令战船装填炮弹。

郑国仲已经站在昆仑身边，他肩上栖息着一只不明所以的海鸥。海鸥见状惊叫了一声，慌乱飞走时掉落一片陈旧的羽毛。这时候郑国仲缓缓抬头，看了一眼等待他指令的传令兵。他只是点了点头，就说不用等了，放！传令兵手中的小旗于是在这天上午最后一次挥舞，动作极其简单，却又前所未有的坚决。昆仑也就是在这时听见，几乎在同一时间，身边的几座佛郎机炮轰的一声炸响，升空的炮弹携带着滚烫的海风，朝着远处东矶岛的方向，前呼后拥地飞了过去。

刹那间，海天为之震颤，战船也在海水中吃力地摇摆。爆炸声在昆仑的耳边回响，等到密集的声音走远，昆仑看见郑国仲抹了一把眼，似乎抹出一些黏稠的碎屑。郑国仲望向被炮弹击中的方向，在火焰迅速燃起的时候说，接下去的事情，就交给你了。我先去船舱里眯一下，因为这场备战，我昨晚都没怎么睡好。

12

呼啸声如同癫狂的蜂群，顷刻间扑向

了裸露的东矶岛。第一颗炮弹十分准确地落在丁山的无人馆,砸穿门顶的挑梁和屋檐,落在其中一只石狮子身边,爆炸开来的气浪瞬间将石狮子掀翻。丁山坐在天涯古琴跟前,一只手护佑着隆起的肚子,另外一只手挡住古琴的琴弦,生怕空中落下来的沙石和泥尘,会将她心爱的琴弦给砸断。这时候她看见,原先披挂在石狮子身上的一条红色的绸带,正在空中一个劲地飞舞。丁山望向飘飞的绸带,看它晃晃悠悠怡然自得,最后竟然有如神助,落下时不慌不忙,正好将她的天涯古琴情意绵绵地盖住。

陈五六这时跨过一片废墟,从支离破碎的门框底下冲进来。他的额头上落着一片破碎的焦土,手上提着一把锋利的长刀。冲到丁山跟前时,陈五六已经不能做到镇定,声音很急,说,夫人你快走,为了咱们的孩子。丁山却依旧坐在古琴前,用一种平淡的声音说,你准备怎么面对?

陈五六想都没想,说,当然跟他们决一死战。此时一同跟进来的拿酒来却啪的一声跪下,脑袋重重地磕在了地砖上。拿酒来说,大哥你有没有想清楚,那样的结果,这辈子就什么都没有了。拿酒来跪在地上,抬头时目光飘忽,战战兢兢望向一直不吭声的丁山。他看见丁山仰起后背托着肚子站起,走到身边时说,拿酒来你是不是怕了?你这样急着退缩,让我怀疑你是朝廷的奸细。拿酒来顿时愣住,心情无比急躁,等到开口辩白时,声音却出乎意料地不再结巴。拿酒来说,嫂子我到底哪里做错了?让你这样小看我。你有没有想过,大哥要是不顾一切决战,东矶岛就是我们的葬身之处。丁山却在这时一个巴掌扇了过去,厉声说,拿酒来你好糊涂,此时不战,就真的什么都没有了。说完丁山扭头,望向陈五六说,我以前一直劝你归顺朝廷,但是现在不一样了。现在你若不战,就真的只有死路一条,朝廷绝对不可能对你仁慈。但你若奋起决战,起码还有一线可能,争取到讲和与归顺的机会。

陈五六呆呆地望着丁山,看见她气定神闲地转身,一步步走去古琴跟前。丁山将那面覆盖古琴的大红绸带掀起,抬头说,陈五六你听着,我们可以什么都没有,但我肚里的孩子,不能没有父亲。

13

在杨一针的记忆里,那天当战船靠岸东矶岛,上千名披挂铠甲的兵勇,便如一群出笼的猛兽,乌泱泱一片踩踏上沙滩,朝着东矶岛砍杀了过去。厮杀声连绵起伏,鲜血很快染红了海水。这时候杨一针看见,一名身怀六甲的女子,正在拿酒来的搀扶下,登上远处的一艘小船。拿酒来一刀砍断缆绳,操起桨板就要护送女子离去时,这样的一幕落进了郑国仲的眼里。郑国仲刚从船舱中走出。他刚才略微睡了一下,离开船舱时揉了揉眼睛,第一时间就见到了那个女子略显笨拙的背影。郑国仲的手指稍微指了指,对留在船上的兵勇说,截住她,这岛上的所有人,一个也不能离开。

昆仑一直站在甲板上,像是站在纷乱的梦里。刚才看见丁山的背影,他在一瞬间感觉头脑晕眩。急着离开的丁山,在沙滩上留下一串散乱的脚印。昆仑实在无法相信,这个身材胖了一圈又肚子隆起的女人,一路上行动不便的女人,竟然是曾经的紫阳街上,犹如古琴声一样一尘不染的丁山,也是他在过去的漫长日子里,始终惊心动魄想念着的丁山。昆仑觉得自己是掉进了海水里，有许多东西要将他在顷刻间淹没。但是当郑国仲威严的声音响起，那些持刀的兵勇又在得令以后齐刷刷地向远处的小船奔去时，昆仑在窒息的海水中猛地惊醒。那一刻他像是被往事弹起，整个人毫不犹豫飞了出去，瞬间落在了那排恶狠狠的兵勇面前，也落在了丁山的眼前。他将冲过来的兵勇挡住，绣春刀笔直横在空中，厉声道：谁敢上前？

阳光一闪一闪，海风吹得毫无头绪，但是海风又将昆仑的声音十分清晰地吹进了郑国仲的耳里。郑国仲眉头皱紧，一路向昆仑走去时，始终在很认真地掏耳朵，好像是不识相的海风已经将他的耳朵给塞住。他走到昆仑跟前，目光从昆仑手中的绣春刀上掠过。他想就是这把刀子，还是许多年前在遥远的京城，当锦衣卫小北斗成立时，自己亲手将它赐给了昆仑。想到这里郑国仲便莫名其妙地笑了，说，怎么？难道为了这个女人，你还胆敢违抗军令？

昆仑依旧站在那里，感觉郑国仲的声音不紧不慢，若无其事地飘来，又像海水一样将他包围。郑国仲说，让开！昆仑在沉默中抬头，手中的绣春刀却攥得更紧。他说，请国舅爷开恩，给她一条生路。

郑国仲十分无奈地摇了摇头，心想这么轻易地给出一条生路，那显然不是自己的风格。郑国仲说，生路哪是这么好给的？要是这样的话，当初李不易、张望，还有我之前在福建海防卫所里割下的所有那些倭谍的头颅，他们全都问我要生路，那我该怎么办？

昆仑扭头，望向站在船沿的丁山。两个人四目相对时，他看见丁山的目光依旧跟过往的琴声一样清凉，可是眼前一闪而过的时光，刹那间又似乎走完了一生。昆仑说，跟国舅爷认个错，我带你回紫阳街。丁山的目光一下子变得潮湿。她把视线移开，又把身子转了过去，直到望向那片涌动的海水时，她才说，你认错人了，我不是你以前认识的丁山。我现在是陈五六的女人。

杨一针就是在这时候赶到。她看见丁山萧瑟的背影，也看见昆仑站在风中，整个人似乎陷进了脚下的沙滩。杨一针面对郑国仲，说，咱们要捉拿的人是陈五六，而不是这个弱不禁风的女人。

妇人之见！郑国仲的声音像是扇向杨一针的巴掌。他说，难道要留下她肚里的野种，将来继续跟朝廷作对？但是他话还没说完，远处突然响起一声剧烈的轰鸣，一枚炮弹落下，在海水中炸开，升腾起冲天的巨浪。

昆仑看见，此时在海面中出现的，竟然是一艘远航过来的商船，飘扬着琉球国的旗号。而更远的远处，一艘庞大的战船，正朝商船的方向追赶过来。这时候他听见郑国仲说，什么事情都凑到一起了，看来冬至日是个十分热闹的日子。

14

没有人会想到，此刻那艘来自琉球岛的商船，竟然是属于苏我明灯的。苏我明灯木然站立在船头，眼里飘飞的是东矶岛升腾的火光以及火光中的滚滚烟尘。他想难道如今这个世界，已经不再有安宁的去处，也没有了他的容身之所？

就在半个月前，来自大明王朝的一队锦衣卫在首里亲军的陪同下，怒气冲冲地赶到琉球，直接杀进了苏我家的素园。那些锦衣卫见人就砍，见到房子就烧。只是短短一个上午的工夫，包括六必居酱园以及明灯客栈在内，所有属于苏我家族的房产，都被夷为平地，也被付之一炬。明灯虽然逃过了那场劫难，但他亲眼看见自己的母亲葬身火海，临死之前身子缩成一团，却始终不愿意将眼睛闭上。最后明灯带上剩余的家丁，仓皇登上自己家的商船，开始在海上漫无方向地漂泊。商船最终望见了远处若隐若现的东矶岛，可是当他们向岛礁靠近时，听见的却是隆隆的炮声，而后面追寻他们的大明战船，也在此时发现了目标，并且第一时间朝他们发射出了炮弹。

郑国仲的判断并没有错，那艘战船上的锦衣卫，当初就是由他派去琉球的，目的只有一个，就是将岛内剩余下来的苏我家族势力予以全部剿灭，一个也不留。现在郑国仲回到原先的领航船，哪怕不用千里镜他也能清楚地看见，那艘商船上乱成一团的苏我家族的家丁，事实上都是一些不堪一击的乌合之众，那些人拖儿带女，绝非善战之徒。所以他傲然站在甲板上，觉得一切已经毫无悬念。他不慌不忙地让炮手调转佛郎机炮的方向，炮筒朝向苏我明灯的商船，吐出一句道：击沉它！

但是郑国仲没有想到的是，昆仑一下子飞跃上了他头顶的桅杆，并且一刀斩断船帆的缆绳。宽大的船帆稀里哗啦落下，瞬间盖住了好几门佛郎机炮的炮筒口。郑国仲站在船帆前怒火攻心，还未来得及发火，就看见昆仑已经从桅杆上飘落，整个人在他跟前跪下。昆仑说，苍天在上，请国舅爷不要滥杀无辜。

海鸥在头顶惊慌失措地飞翔，冬至日的阳光呈现出前所未有的暗淡。郑国仲此时已经没有耐心跟昆仑啰唆，他喊了一声火枪手准备，杨一针看见，聚集在甲板上的数十名兵勇瞬间将火铳举起，铳管朝向站立在对面船头的苏我明灯。此时昆仑已经忍无可忍。他猛地从甲板上飞起，提着手中的绣春刀，踩踏着一个个兵勇的头颅，将举在他们手中的火铳一支一支砍落。随即昆仑又再次飞回，落在郑国仲跟前时单膝跪地，却是一个字也没有说。

郑国仲说，反了，意欲挡我者，杀！兵勇们即刻呼啦啦一片拥上，将跪在地上的昆仑团团围在了中间。这时候杨一针迅速提起身子，唰的一声飞进包围圈，稳稳地落在了昆仑的身边。

杨一针亮出手中的刀子：谁敢杀他，我先杀谁。

郑国仲看着眼前的一幕，使劲喷了喷鼻子，说，也不掂量掂量自己，只是去了一趟琉球，一个个脑子里都长满了反骨。那就给我一起杀！

苏我明灯听见隐隐的雷声，似乎从深邃又遥远的海底传出。他恍惚看见海面上冲过来一匹通体发光的白马，而骑在马背上的，则是他许多年前坠海而亡的父亲，也或者是慈祥仁爱的叔父。他无比清晰地想起，叔父曾经在海边抚摸他头发，问他孩儿长大了想干什么。那时候明灯的回答是骑马挥刀，征战四方。然而叔父在那样的声音中沉默，说世间最好的人生，就是远离刀光……

现在苏我明灯望向对面战船上的昆仑。他同样无法忘记紫阳街上丽春豆腐坊大火焚烧后的废墟，琉球岛上被昆仑踩在脚下又一刀扎死的苏我入鹿，以及在又一场大火中，母亲被活活地烧死。想到这些他就无法给出一个答案，不知道人世间的残杀，究竟要到什么时候才能看到尽头。

两颗炮弹就是在这时候相继落下，来自郑国仲率领的另外一艘战船，一左一右，命中了商船脆弱的甲板。那一刻明灯被强大的气浪推向空中，许多飞舞的弹片又纷纷将他击中，最后他重重地跌落，鲜血染红了洁白的衣袍。明灯就那样直挺挺地躺在甲板上，四肢无法动弹。他闻到自己流出来的血，也听见身边家丁的哀嚎，以及无数孩童落水时，不停地挣扎，声音凄厉地哭喊，又很快被无情的海水所吞没。那一刻他昏昏沉沉，望向头顶旋转的天空，似乎再次看见叔父的那张脸，就浮现在蓝天和白云之间。这时候明灯渐渐露出笑容，耳边也再次响起记忆中的童谣，那样的歌声欢快而且嘹亮，仿佛是来自遥远的天边：

阿父，请带我饮风啊！

阿父，我要到你的梦里头，你要捧着我。

我就能飞到云口端。

阿父，请带我去摘鸡冠花！

阿父，请带我去剖海珍珠！

阿父，请带我寻找晨露呀！

阿父，我要游玩，我要回家，我要长大！

昆仑被刚才的爆炸声彻底震慑，整个人无法站起，失去了所有的力量。他恍恍惚惚，看见商船正在渐渐下沉，明灯一次次想要支撑起身子，摇晃的甲板却一再让他跌倒。最后明灯转头，嘴角淌出鲜血，望向遥远的昆仑时十分疲倦地笑了笑。他像是记起了什么，十分艰难地从怀里掏出两枚烟花，那是昆仑送给他的昆仑双灯。烟花凑向身边燃烧的火苗。他躺在甲板上，颤颤巍巍着将分别抓在两只手中的昆仑双灯高高地举起。这时候明灯泪流满面。他还看见烟花弹升空，同时他也见到又一颗炮弹落下，瞬间将他炸上了天空。

昆仑在甲板上摇晃了一下，整个世界在他耳中失去了声音。他看到了升到空中的昆仑双灯，像是明灯在用烟花向他作此生的告别。然后他的目光落向海面，等到鲜血染红的海面渐渐平静，他看见血水的中央，漂浮着明灯身上炸碎的一片洁白的袍衣。

15

陈五六同样目睹了被炸沉的商船，以及甲板上被炸得四分五裂的苏我明灯，就像一盏突然被掐灭的油灯。此时他怅惘地转头，看见不远处的海边，在一连串兵勇的重重看守下，载着丁山的小船依旧寸步难行，根本没有机会离去。然后兵勇的刀子举起，刀尖落在了丁山隆起的肚子上。这时候陈五六彻底惊慌，惊慌到失去了主张。他毫不犹豫地将手中的刀子扔下，整个人又噗通一声跪在了沙滩上。接着陈五六身子趴下，趴在地上像是一只流离失所的绵羊。他手脚并用，一路攀爬，路上战战兢兢，过了很长时间才爬到了郑国仲的跟前。

陈五六说，一切跟丁山无关，陈五六罪该万死。要杀要剐，请国舅爷将我碎尸万段。丁山她是将门之后，她爷爷是戚家军……郑国仲根本没有心情聆听这些，陈五六话还没说完，他就举起刀子，直接朝跪在地上的陈五六劈了过去。

刀子切开陈五六的脖子，杨一针看见

一颗头颅飞了出去,在凌乱的沙滩上滚了好几滚,一直滚到了海水的边缘。这时候昆仑从甲板上站起,像是一个醉酒的男人,跌跌撞撞,步履蹒跚地向远处的丁山走去。郑国仲说,你给我站住,不许你靠近她一步。昆仑声音飘忽,边走边说,我要带丁山回去,回去紫阳街,回去无人馆。然而此时的丁山十分平静。丁山模糊的视线从昆仑身上移开,眼睛闭上又睁开,最后望向漂浮在海水中的陈五六的脑袋,像是望着一个永远也无法看懂的世界。丁山很平静地说,昆仑你不用过来,天下再也没有无人馆,无人馆里也不会再有丁山。说完丁山一双手抱着自己浑圆的肚子,像是抱着一块并不存在的石头。她目光祥和,就那样如履平地一般,一脚踩踏出船沿,踩进了同样十分平静的海面。

昆仑看见丁山沉了下去,而海面上迅速浮起的,是一排升腾起的水泡。水泡干净而且透明,在海水中慢慢漂浮,很快又渐次破灭。这样的一幕让他觉得十分熟悉。他在倒下以后似乎想起,曾经葬身于琉球海,如今远离人间的阿普,当初也是以这样的方式在骆问里的眼里消失。骆问里是他父亲,他是骆问里的儿子。他是京城吉祥孤儿院的孤儿,曾经家住铁匠胡同,他们家的院子中,正掉落下一排脆弱的石榴花。

昆仑这样想起的时候,就看见杨一针模糊的身影。杨一针正不顾一切向他奔来,看上去好像是向他飘来……

16

昆仑昏迷了三个多月,醒来的时候已经是万历三十六年。那时候他并不知道,窗外那场纷纷扬扬的雪,是属于杭州城的春雪,而自己所躺身的地方,就是已经在杭州开办了许多年的钱塘火器局。

当不远处叮叮当当的锻铁声传来,昆仑闻见烧熟的生铁,也闻见炙热的铁管被反复捶打,密集的火星正四处溅开来的味道。此时他胡乱摸了一把自己的脸,感觉干涩而且粗糙,嘴边也有很多密密麻麻的东西,戳痛了他的手掌。他要过一阵子才能通过铜镜看到,那些戳痛自己的,竟然是他这辈子里初次长出来的一排坚硬的胡子。

过来看他的人,是他在京城孤儿院的哥哥田小七。田小七这几年一直住在杭州,陪伴他的妻子——钱塘火器局的新一任总领赵刻心。赵刻心给他端来一盆清水,田小七给他递来一把刮胡刀。昆仑望着晃荡在水盆中的自己的倒影,有那么一刻,觉得那张脸竟然十分陌生,陌生到让自己心里发慌。他听到哥哥田小七说,男人的一生就像打铁,火里锤炼一下,水里清洗一下,再次提出来时,那块铁已经换了一张脸。

昆仑望向飘飞的雪,一点也没有感觉到冷。此时他想起了跟随自己出生入死的锦衣卫小北斗,也想起了昏迷过去之前,自己最后一眼看到的人间,是在东矶岛沙滩上朝他奔跑过来的杨一针。昆仑说,他们在哪里?

田小七说,他们在几天前离开了杭州,现在估计已经抵达了云南。

为什么要去云南?

因为云南会有一场叛乱。田小七伸出手掌,接住飘进窗里的一片软绵绵的雪。雪在手掌上渐渐化开的时候,他说,此次出征,依旧是国舅爷郑国仲下达的任务。

361

你一直昏睡不醒，所以杨一针就代替你去了。昆仑愣住，脑子里出现了通往云南的千山万水，但他听见田小七又说，我可以告诉你一件事情，在你昏迷不醒的三个月里，杨一针一直在床前照料着你。她每天都在等你醒来。

当天下午未初时分，一匹快马冲出了城门，将杭州城的大雪远远地甩在了身后。时间过了四天，也可能是五天，骑在快马上的昆仑大汗淋漓，冲进位于云南边陲的一个热得令人发昏的小镇。那是一个热闹的黄昏，昆仑并不知道将要引发叛乱的是谁，他只是知道，在漫长的万历年间，包括一个名叫杨应龙的人在内，广阔的云南边境上一直有着大大小小的叛乱。那些领头作乱的土司，始终想要跟朝廷决裂。

后来昆仑看见一场熊熊燃烧的篝火，也听见跟雨点一样密集的手鼓声。他牵着那匹马走过去，发现人群密密麻麻，在篝火前围成一团。那些人像是在欢庆节日，叫喊声直冲云霄。他们一个个喝酒泼水载歌载舞，那种永不停息的舞蹈动作夸张，看上去简直令人眼花缭乱。这时候昆仑在跳舞的人群中见到了杨一针，杨一针身着当地人鲜艳的服装，围着篝火跳动的时候，像一只斑斓的蝴蝶。昆仑即刻加入了欢跳的队伍，牵起杨一针的手说，这里有什么好吃的？

杨一针笑了，说，你有没有听说过石锅鱼？就是那种在石锅里炖得很烂的鱼。

昆仑跟随着杨一针跳动的步伐，说，哪里有石锅鱼？你现在就带我去。但他发现这么热的天气里，杨一针的手竟然有点凉。杨一针将他的手攥紧，说，我也很想陪你吃鱼，我更喜欢跟你这样跳舞。但你现在必须打起十二分精神，因为很快就会有一场恶战。

昆仑在杨一针的声音中蓦然抬头，看见空中突然升起一只蛇形的风筝，风筝通体发光，飞得歪歪扭扭，蛇头吐出一条暗红色的蛇信子。他说，云南人的风筝都长得这么难看吗？要是这样，我对他们的石锅鱼都没有兴趣了。话音未落，又一只蛇形的风筝飞来，两只风筝像两条缠绕在一起的毒蛇，在昆仑和杨一针的头顶晃晃悠悠。杨一针说，可以出刀了，注意风筝有毒。昆仑于是看见一帮蒙面人围了上来，而之前在身边陪他跳舞的那些人，此时也都亮出了暗藏在袖子中的各式各样的短刀。

昆仑将杨一针搂住，说，他们是不是想杀你？杨一针紧紧地贴在他怀里，感觉幸福来得有点突然。杨一针说，你觉得呢？昆仑的绣春刀缓缓出鞘。在这个云南边陲的黄昏，他说，谁想杀你，我先杀谁……

后记

1. 这一年的春分日，带领队伍平定小规模叛乱的昆仑和杨一针从云南边陲凯旋。那天昆仑特意去了一趟位于台州城东湖边的重刑犯牢房，找到了曾经监禁死刑犯骆问里的那间小屋。小屋里依旧保存着一罐番椒酱。番椒酱早就发霉，里头触目惊心的是一团厚厚的白毛。而白毛的中间，竟然匪夷所思地长出了一根番椒苗。番椒苗通体是红色的，遇见了春分日的寒风，它整个小身躯就摇摇晃晃，似乎急着想要成长。

杨一针说，只是一罐番椒酱，你怎么盯着它不放？昆仑就牵起她的手，他说，有些事情我以后会慢慢告诉你。你可能永远想不到，就是这么一罐番椒酱，能让一根铁链腐烂,就像当初云南小镇的石锅,能将一锅鱼煮得很烂。昆仑说完看见一群排列整齐的蚂蚁,正专心致志爬上石墙。他看见石墙上挂着两截风干的手指头,指头被风一吹,在他眼里晃了一晃。这让他想起骆问里那片残缺的手掌。

  2. 时间又过了一年,也就是万历三十七年,在日本国德川幕府的许可下,九州岛的萨摩藩大名岛津家久率领三千人的队伍,乘坐八十余只海船,以六百门铁炮的攻势,大举入侵琉球。因北方战事绵乱,当时的大明王朝无暇顾及。此战后,岛津家久掳走了琉球国王,逼迫琉球承认萨摩藩的控制,还将奄美五岛割让给了萨摩藩。

  1897年,琉球岛被日本完全占领,又在若干年后更名为冲绳。

[特约编辑:余静如]

梁启超：亡命（1898—1903）

许知远

自序　一个亡命者

一

梁启超会看到什么景象？

在火奴鲁鲁9号码头的露天酒吧，我喝着菠萝啤酒，看白色的火奴鲁鲁之星（Star of Honolulu）停泊靠岸。几个粉裙、肤色棕黑的姑娘在甲板上扭动腰肢，花衬衫小乐队在一旁演奏，曲调朴素、慵懒，没错，就是那些夏威夷小调。

啤酒的劲道比想的强烈，菠萝的甜蜜没能压住酒精烈度，它来自本地的多尔公司。这家酿酒厂也是本地历史的缩影，它的创始人詹姆斯·多尔（James Dole）生于1877年，缔造了一个以菠萝为中心的产业帝国。与香料、咖啡一样，糖驱动着近代世界的形成，也改变了夏威夷。甘蔗、菠萝曾是这个群岛的支柱产业，白人种植园主控制着制糖业，将金钱转化成政治控制。他们废黜了夏威夷女王，詹姆斯·多尔的堂兄，拥有一副令人难忘的胡须的桑福德·多尔（Sanford Dole），出任了新共和国的首任总统，积极说服一个迅速扩张的美国也将岛屿纳入版图。这与众不同的政治、社会环境，也造就了一个政治意识觉醒的华人群体，第一个海外现代中国政治组织就诞生于此。

我微醺，眼前一切皆显错乱。这是2020年2月末，一场全球性瘟疫正四处蔓延，这里却像身处历史之外，疾病、恐慌尚未抵达，海滩、购物中心、电影院拥满了人，交谈、欢笑、吵吵闹闹。但空空荡荡的唐人街传递了忧虑，华人及他们的食物变得可疑起来，似乎是病毒的藏身之所。一百二十年前，梁启超也在此登岸，也恰逢一场全球性的流行病危机，华人社区沦为替罪羊，他的计划也倍受干扰。

自1898年秋天流亡日本，梁启超已遭受一连串挫败，日本政府没伸出援手帮助光绪皇帝复位，老师康有为还被强迫离境，他创办的《清议报》则不断面临停刊压力。机会却意外涌现，被迫前往加拿大的康有为，发现北美华人对他及其政治理念如此推崇，慷慨解囊成立保皇会，他意识到，散落在世界的华侨可化作一股值得期待的政治力量。梁启超的夏威夷之行与这新形势相关，他计划停留一个月后，乘船前往旧金山，展开美国大陆之旅。一路上，他将发表演讲，声援各地新成立的保皇会，募集款项。募款将为勤王起义提供动力，若一切顺利，起义将同时在华南与长江流域发生，从维新人士到会党、游勇皆将卷入其中，初步胜利后，他们将挥师北上，恢复光绪皇帝的权力，重启中国变革。

故事的发展与梁启超期待的大为不同。一场鼠疫刚抵达夏威夷，唐人街遭遇隔离、火烧，年轻的维新者被迫困于岛屿上，在元气大伤的华人社区中募捐。他深感种族焦虑，只因黄皮肤，他无法搭乘前往美国大陆的船只。募捐谈不上成功，国内的起义更以灾难收场，梁启超深陷负疚，恨不得自杀以解脱。夏威夷也见证了他的摇摆性格，孙中山信任他，将哥哥、同学与兴中会网络介绍给他，他却背叛了这份慷慨。也在种种焦灼中，他投入一场炽热的单相思，在为起义忧虑时，继续修改给何小姐的一组情诗。

这个片段或是理解本书的恰当切口。这一卷覆盖了1898年秋至1903年夏的岁月，是梁启超流亡岁月的第一阶段。他带着巨大的创痛抵达东京，谭嗣同血洒菜市口，光绪被囚瀛台，一众同志四处逃散。他要带着一种幸存者的内疚，消化这创痛。他也要警惕这创痛，比起沉溺其中，更要反思、展开新的行动。流亡是前所未有的经验，熟悉的世界陡然消失，最寻常的语言与食物也变成挑战，惊恐与威胁从未消退，对他头颅的悬赏遍布沿海城市，延伸到海外。流亡也是契机，它助你跳出窠臼、拥抱新思想、新感受、塑造一个新自我。

梁启超成功，或许过分成功地重塑了自我。从《清议报》到《新民丛报》，他开创了流亡新闻业的先河，以横滨为基地，却对中国政局发挥了意外的影响力。他不仅依赖舆论，还创办实业，展开武装起义，比起生花之妙笔，他更期待以行动者的面貌示人。他把整个世界变成了舞台，从横滨、火奴鲁鲁到新加坡、悉尼，再到温哥华、纽约、旧金山，他成了全球旅行者，与日本首相笔谈，在华尔街拜会J. P. 摩根（John Pierpont Morgan），前往白宫会晤西奥多·罗斯福（Theodore Roosevelt），还穿梭于散落各处的唐人街，观察、体会华人在异域的屈辱、希望与生命力。他的广阔经验，即使置于当时世界，也少有人及，在那一代中国人中，更独一无二。

比起现实经验，梁启超的头脑更为珍贵。明治晚期蓬勃的报刊、书籍，冲击了他的思想，他不仅脱离康有为，逐渐获得智识上的独立，还变成一座不断延展、沟通中外知识的桥梁，几代人将借助他来进入现代世界。在某种意义上，他是中国的第一个现代心灵。

这只是故事的一面。他影响力巨大的笔端，也经常伴随着不安的力量。为了现实政治考量，他制造康有为神话，扭曲亡友生平，编织荒诞不经的谣言。他参与的那些政治行动漏洞百出，充满孩子气的任性，自然总是失败。他令人赞叹的智识成就也不无瑕疵，他毫不客气地借用日本学说，还常赤裸裸地抄袭，引发日本同行的抗议。他的思想看似充沛、广袤，更充满矛盾、错乱，常是生吞活剥、一知半解的结果。一些时候，他就像圣伯夫（Charles Augustin Sainte-Beuve）对托克维尔（Alexis de Tocqueville）青年时代的评价："这个年轻人还没学会什么，就已经开始思考了。"他也缺乏一个伟大思想家的敏锐与深刻，未能将庞杂经验化作对人生与世界的真正洞察。在这个阶段，他遵循乐观、线性的思维，对于中国、日本与西方的理解停留在表层，缺乏更富原创性的见解。

不过，对于一个不到30岁，在四书五经、天下大同的环境中成长起来的青年，这要求又未免苛刻。梁启超正是一个典型的转型人物。"徘徊在两个世界之间，一个世界已经死亡，另一个世界尚未诞生"，马修·阿诺德（Matthew Arnold）这句诗适合所有过渡时代的人物。梁启超注定以闯入者的心态介入每一个领域，他的冒险、挣扎、奇思异想、种种错误，皆有助于一个新时代的到来。

二

"历史真正的主题，不是已发生的事情，而是当事情发生时人们的感受。"在写作这一卷时，英国历史学家 G. M. 扬（George Malcom Young）这句话常跳入我脑海。历史如此，传记尤是。

怎样去理解一个多世纪前、与你的经历迥然的人？翻阅《清议报》、阅读他的文章是一种方式，坐在火奴鲁鲁9号码头喝菠萝啤酒、在墨尔本的淘金博物馆中闲逛，也是一种方式。时代充满断裂，过往即他国，也仍有某种连续性，风物会顽强地存续下去，每一代的苦痛与喜悦、希望与焦灼，也不无相通。你也要通过想象来理解他。在横滨的清议报馆，他如何在截稿压力之下奋笔疾书，囫囵吞枣地应对立宪、文明、经济、社会、笛卡尔、格莱斯顿这些新概念与名词，这或许多少就像是我突然被抛入了大数据、元宇宙、NFT 的世界。我也记得抵达异国的新奇与不适，对于唐人街的亲切与疏离，梁启超的感受也不无相似吧。

自 2015 年 9 月写下这部传记的第一行，梁启超与他的时代，成了我生活中一种恒定存在，他的行动与思想，常变成了我的避难所。读到他信中那些抱怨，看似成功的书报却亏损不断，因账目问题被同门攻击，忙于自辩，我感到某种释然，自己的创业焦虑不无缓解……当然，这是某种庸俗化，我窄化了历史人物。我这一代知识人已经很难想象梁启超那代读书人的中心角色，他们的思想、言论对现实强有力的冲击，他们在朝野中激起的敬畏、爱慕与愤怒，他们引发的热情洋溢的追随。这也是历史的另一种魅力，它扩展你的时空，带来陌生的力量。

写作也充满痛苦，很多时刻，我觉得自己掉入种种琐碎。《清议报》《新民丛报》上那些大量重复、缺乏养分的文章，各种二流作家一时的感慨，占据了我太多精力，以至于丧失了对更紧迫、重要问题的追问。在试图弄清一个晚清读书人如何理解卢梭、康德，以及自由、共和这些概念时，我陷入一种完全的无力。但对于一点，我颇为自豪，比起之前任何一部梁启超传，我更充分地描述了时代情绪、城市面貌、同代人的选择与感受、各地华人社区的面貌。只有在与环境的互动中，个体的精神与性格才真正浮现。我亦认定，横滨的色彩、李鸿章杂碎的滋味、西雅图戏院的气氛、一个墨尔本矿工的叹息、一个杭州故友在日记中的感慨，皆有其价值，它们构成一张令人着迷的世界之网。

比起第一卷，梁启超在这一卷中更为鲜明。他逐渐摆脱康有为的阴影，以更独立的姿态卷入思想与行动，一场巨大的创痛、一个突然浮现的巨大舞台，迫使他迅速成熟。令人欣慰的是，他并未因此扭曲，在很大程度上，他仍保持了诚实、热忱与笨拙，他会为自己的谎言不安，会奋不顾身地投入冒险，也左右摇摆，对任何一种选择皆感到怀疑。

也在这摇摆中，我完成了第二卷，并意识到最初的三卷本计划，要扩展为五卷。你了解得越多，越意识到自己的无知，越有充分描述这个故事的冲动。倘若足够勤奋与幸运，或可在下一个七年，完成余下三卷。

我亦深知处理梁启超的思想的不足。1898—1903 年不仅是他思想成熟的关键时刻，也是中国思想巨变的时刻，各种新词汇出现，从新史学到新民、新小说的种种观念，值得更多、更精确的笔触。我模糊地感受其轮廓，却丧失了进一步廓清的气力与耐心。我迫不及待地想进入下一卷，

1903—1911年的梁启超，一场伟大的、决定中国命运的争辩在他与孙中山、章太炎间展开。

2022年12月24日于虎之门

第七章　保皇会

一

梁启超越来越醉心于革命时，康有为的旅程收获了意外的回报，他被迫离开日本，却在加拿大发现了一个新世界。

1899年5月2日，梁启超接到老师来信，纸上洋溢着兴奋与自得。计划中，康有为要在西雅图登岸，后前往伦敦或留在美国，继续展开求救行动。4月7日，和泉丸抵达维多利亚港，一名华人厨役在传染病检测的旅客名单中发现了康有为的名字，随即发电到维多利亚华人社区，激起强烈反响——政变、流亡、皇帝密诏已令康有为成为全球性的传奇人物，更何况在他的乡亲中。

一下船，康有为就发现当地华人代表已在此恭候，一位叫李梦九（Lee Mong Kow）的华人译员还帮他免去了人头税。这是华人在当地遭遇的诸多歧视之一，步美国排华法案后尘，加拿大仅允许持有清政府特别证明的学生、教师、商人和官员等旅客上岸，对中国移民征收每人50加元的人头税。

热忱不仅来自华侨，加拿大官方与媒体对他同样深感兴趣。4月8日，他在不列颠哥伦比亚副总督的陪同下参观了省议会与教育厅，并发表演说。在维多利亚中华会馆，他对着上千名华人移民讲述了光绪皇帝的故事：领导变法，被囚瀛台，宠爱的珍妃被打入冷宫，作为皇帝顾问的自己出逃的经历。这是康有为第一次面对普通人演说，与北京、上海、广州那些士大夫以及东京的政客、文士不同，台下的矿工、洗衣工、杂货店老板、贸易行东家不喜欢文雅的修辞，更习惯直截了当的表达。这再度证明了康杰出的演说才能，他不仅能征服前者，同样也能取悦后者：他将真实与虚构、广博知识与民间演义混为一体，说被困在瀛台上的皇上想吃一碗鸡粥而不得，珍妃冬天只有单衣可穿。观众深深被他吸引，随着戏剧演变而情感跌宕。演说结束后，他问台下观众："愿中国自强否？愿者抚掌！"听众们激动难耐，全体鼓掌；他又问："愿皇上复政否？愿者抚掌！"听众再度掌声雷动。对这些飘零在外的华侨而言，这是他们人生第一次把自己与北京权力中心联系起来，中间只隔了台上的这位康先生。在这惊心动魄的故事和掌声中，他们也得到了少有的归属感，自觉属于一个更伟大故事的一部分。康先生也向他们许诺了一个光明前程：只要皇帝复位，中国很快将重获富强，他们也将能获得保护与尊严。

接着，康有为被请至温哥华，该地与维多利亚仅一道狭窄海峡之隔。4月14日，康有为会见了温哥华市长，当晚在市政厅礼堂发表演讲，有一千三百多名中西人士参加。当地媒体也密切地报道他的行踪，《每日新闻》（*The Daily News*）称他是"广东改革者",《维多利亚殖民者日报》(Victoria Daily Colonist)则强调他遇刺的危险和传奇。他也毫不谦逊地对着这些记者发布自己对未来中国的畅想,声称要建立"代议制政府;国有银行、矿业和铁路系统;小学和更高程度的免费教育体制,包括技工学校和政府的陆军及海军学院"。[1]

这豪情轻易越过了太平洋。《清议报》事无巨细地刊载有关康有为的消息,并发表康自己的笔记,讲述他受到的礼遇,以及迎接他的壮观场面:在莹如白昼的电灯之下,中华会馆的楼上楼下拥挤着西人与日人男女观众,记者巡捕环立。他对两位华人领袖李梦九与叶恩(Yip En)的印象尤深,并说后者更是一个动情之人,在前来接他去温哥华时,"两夕不交睫,食为之减,发为之白"。他们让他意识到"海外之民之可用",华侨们普遍的焦虑感,"无国可归,无家可归",更可能转化成变革的新动力,"外之合海外五百万人为一人,内之合四万万人为一人,其孰能凌之"。[2]《清议报》还编译了《温哥华周报》对康有为的报道,称41岁的康"长五尺六七寸,髭厚而护口,一见有威",穿中国服装,纯粹中国人风气。他还同日本领事清水精三郎见面攀谈,"满腔忠愤,慷慨泣下,衣襟尽湿"。[3] 第十七和十八期的《清议报》则连载了康有为的演说,康鼓励华侨拜祭孔子,创办中文学校。

不过,加拿大并非康有为的目的地,去伦敦寻求英国政府的支持,才是此行目的。5月31日,康有为抵达利物浦,贝思福正在伦敦等候着他。自去年9月30日香港一晤,时间恰好过去了八个月。贝思福刚刚出版了他的中国考察报告,名为 The Break-up of China(直译为《中国的解体》或《中国的分裂》),后经林乐知(Young J. Allen)① 译成汉文,以《保华全书》之名由上海广学会于1900年出版。中国问题正成为世界舆论的焦点,瓜分还是保存它,政治人物与新闻记者正因此争论不休,这本书随即引发轰动。这位海军少将和下议院议员似乎给出了一种权威的声音:在中国的一百天旅程中,他会见了地方总督、军机大臣、亲王、各国公使,以及从香港到上海和汉口的商人代表,还与伊藤博文会晤了三次。

贝思福认为英国在中国的商业利益正遭受三方挑战:中国不能保护商民;西方国家竞相争夺利益,企图瓜分中国,俄国尤其野心勃勃;英国政府没有足够的保护政策与措施。他观察到,中国的财政系统一团混乱,甚至没有统一的钱币,除去中国银元,墨西哥银元、西班牙卡洛斯银元、日本银元、英国银元皆自流通;而中国自己的银元,在不同的造币厂价值也不同,重庆的每两白银可以换1080文铜钱,山东可换1210文,北京则只能兑550文。制度性腐败蔓延至整个官僚阶层,"无论哪个级别的地方官员,薪水都低得可怜。他们为了谋取官位,经常会向银行或朋友借一笔'佣金'。结果就是,官员会在他的任期内尽力捞钱,以偿还'佣金'。"但"大多数中国人还是诚实、聪明的生意人;只是传统的行政手段,导致了贪污腐败,而且那些忠诚正直的官员没能进入政府","中国商人的信誉,在东方有口皆碑。中国人还

---

① 林乐知(1836—1907),美国传教士,在中国居留时间长达47年,创办《万国公报》。

有崇拜权力的传统,他们需要的只是一个秉公执法的好政府"。他发现,英国商人们普遍缺少安全感,因为中国政府腐败无能、社会动荡不安,中国有四亿人口,面积与欧洲一样大,一旦发生大的动荡,对欧洲贸易将是一场灾难。他的解决方案是:"维持中国的完整;彻底重组整个中国的军队和警察,为所有国家的贸易提供安全保障。"他鼓励英国充当这样的角色,批评此刻英国正在回避这项使命。他也试图推动英国与日本、美国、德国的联盟,认同美国国务卿海约翰(John Hay)提出的"门户开放"政策。[4]

"我们在中国的选择很简单——要么分裂中国,要么重建中国。"他用这样斩钉截铁的句子结束了全书。[5] 这本书为贝思福赢得了世界性的声誉,《纽约时报》在头版刊登了评论文章,《名利场》杂志则为贝思福画了幅漫画:身穿黄袍马褂,头戴满大人的官帽,胸前别着一排勋章,左手持着自己的著作,右手抱着一只哈巴狗,面带微笑,志得意满。

这本书也令康有为的名声继续升高——贝思福以一整个章节描述了与康有为的会面。在赞扬了康有为的"忠君爱国,大公无私"后,他也遗憾于"他的改革没有章法,做事太急躁,结果适得其反",并向康指出:"那些陈规旧俗,支配了中国社会几千年;你们想在几个月内,靠政府的几条临时法令,不可能彻底改革了它们。"[6]

但在伦敦政治圈,贝思福未获得期待的认同。首相兼外相索尔兹伯里对他的行为深感不满,认为贝思福的结盟主张会引起俄国人的怀疑,更重要的是,它刺伤了内阁的骄傲——这样重要的问题该由大臣而非商人决定。[7]

对于伦敦的政治机器,康有为缺乏了解。他或许仍沉浸于加拿大给他带来的荣耀与希望中,自信伦敦将倾听他的"秦庭一哭"。他或许也对贝思福的影响力怀有特别的期待,《清议报》曾事无巨细地记载贝思福的东亚之行,还误认他为海军大臣,实际上,这位少将并非一个左右大局的政治巨人。

伦敦令孙文声名大振,却没有给康有为太好的记忆。英国的对华政策早已从对皇帝的同情转回对太后的支持,对政治流亡者失去兴趣。在康有为的记述中,英国下议院关于是否帮助光绪皇帝复位的表决,以 14 票之差未通过。[8] 著名的《泰晤士报》也没给康有为特别的关注,6 月 7 日的一篇署名为罗伯特·道格拉斯(Robert K. Douglas)的读者来信呼应了康有为:他对慈禧太后强烈的排外情绪非常忧虑,建议英国政府像对待昔日印度皇帝一样放逐她,并认为台湾或许是个不错的流放地。信末,他称康有为是未来改革者。康的一位同行者还说维多利亚女王与索尔兹伯里首相恰好避暑他地,康有为无缘拜见。更不幸的是,康的大部分旅行费用还被人偷走,这激发了新的内部矛盾,一位同行者私下返回加拿大。康有为只能致电温哥华商,寻求帮助。

6 月 21 日,心灰意冷的康有为返回蒙特利尔。北美大陆逐渐浮现时,他感慨道:"喜见美洲江岸近,茫茫大地又何依?"[9] 一登岸,加拿大比它的母国英国更可依靠,温暖与支持加倍到来。

二

"康有为现在英国的保护下,警员

Fyffe先生被任命为他的保镖，防止刺客的袭击。康有为有个计划，他组织所有在美国和加拿大的华人组成一个强大的团体，并在每个所到地方进行演讲，展示他的计划。如果他的计划能成功，中国的银行、投资机构和金融机构将在任何可以赚到钱的地方建立。"7月20日，《维多利亚殖民者日报》报道说。[10]

当日，"保救大清光绪皇帝会"在维多利亚成立。这个计划缘起于不久前的一次叙饮，在温哥华的冠芳楼，康有为提倡建立保商会，保护华商们的集体利益，每份科银一元，当场认购了千余份。在他前往伦敦时，维多利亚与温哥华的华商推进了这个提议，既有老一代的卢仁山、董谦泰、徐维经等，又有青年一代的冯俊卿、沈满、关崇杰等，来自维多利亚的李福基（Lee Folk Gay）与温哥华的叶恩是其中最著名，也最重要的推动者。[11]

李福基来自广东新宁，此地日后将更名为台山。在加拿大华人移民中，这是最主要的人口来源地。根据1884—1885年的一份报告，五千名华侨中有五分之三来自四邑地区（新会、新宁、开平与恩平四县的共称），其中三分之一来自新宁。李福基是迟来者，1897年移民维多利亚时已51岁。他有备而来，立刻创办了广万丰商行，经营丝绸、帽子以及鸦片（当时在加拿大是合法的生意）。在摄于1900年的一张照片上，身穿长衫、头戴瓜皮帽的李福基，面颊消瘦，两边的眼角稍微下斜，沉静，又不无感伤。

更年轻的叶恩也是新宁人，来自一个地位尊崇、折射华人社区变迁的移民家族。叔父叶春田曾代理加拿大太平洋铁路华工招募，并经营华工补给进口业务，代理往返中国的船票和侨汇业务。叶春田也将财富转化成影响力，参与温哥华中华会馆及华贸董事会的创建，是社区的领导人之一。叶恩的英语能力为这个家族带来了新的影响力，他担任海关翻译一职，成为华人社区与白人社区的沟通者——这沟通也意味着权力。与叔父一样，叶恩双颊饱满。

在讨论中，"保商会"改名为"保皇会"——倘若能保住皇帝，中国重获富强，海外商人的利益何愁不保。保皇会第一个重要举措，就是为光绪皇帝庆祝三十寿辰。8月4日，即农历六月二十八日，维多利亚、温哥华、新威斯敏斯特、西雅图、波特兰，保皇会最先设立的五个城市，共同致电北京的总理衙门，为光绪祝寿。中国店铺纷纷停业，唐人街悬挂灯笼，或室内置酒，或走上街头，温哥华还开设了戏台，燃放爆竹，西人男女也前来道贺。人们饮酒观剧，高唱对皇帝的颂词。这是华人社区从未有过的景象。还有更神奇的景象出现，庆典时，温哥华恰逢大雨。叶恩说，如果圣主不能复位，雨傍晚才停，若能复位，当即刻停。不久，天空果然放晴，众人大喜，踊跃捐资给保皇会。叶恩似乎着迷于自己的新特殊技能，对渔民许诺说，若圣主复位，中国不亡，去年没来的鱼群将来。祝寿毕，鱼群果然来了。[12]

身在维多利亚附近的文岛的康有为，以自己的方式参与了庆祝。他与二三友人设席，对着紫禁城的方向行礼。望着太平洋的波涛，想着囚禁在瀛台上的光绪也是处于波涛中，不禁"载悲载喜，载笑载忧"。维多利亚的华人又特邀康前来中华会馆，带领众人行礼。会馆内设立烛台，箫鼓铿锵，龙牌在上，龙旗在顶，不论商工贵贱老幼，长袍还是短衫，"咸拳跪起伏，九叩首,行汉官威仪"。[13]

可惜,紫禁城内的天子未能感受到这海外子民的热望,而立之年的他不仅未能自立,还受困瀛台。

三

"西人左右视,皆以为未之见云。"康有为不禁感慨。[14] 对于加拿大的华人社区,这是一个漫长的、重重屈辱历程中的惊异一刻。

1858年,当弗雷泽河(Fraser River)与汤普森河(Thompson River)沿岸发现金矿的消息传到加州后,华人淘金者开始涌入加拿大。金矿逐渐枯竭后,修建贯穿大陆的铁路成了华工们的主要营生。围绕这些华工的服务业——食物、药材、住宿、汇款——也就此展开,"唐人街"因此兴起——到来此地的主要是广东人,他们认定自己于唐代从北方迁到岭南,所以自称"唐人"。最早的唐人街就诞生于维多利亚,它是英帝国18世纪末在北美西岸扩张的起点,1843年建立城堡,1871年成为不列颠哥伦比亚首府。1880年,加拿大华人移民总共有三千五百名左右,维多利亚就有两千人。温哥华的唐人街则要晚得多,1886年的一场大火后,市政府把威斯敏斯特大街(Westminster Avenue)和福溪(False Creek)北岸的一片林地租给华侨,租金免交十年。[15]

唐人街也象征了华人的生命力与困境。"在太平洋沿岸的一种风气是要想尽办法去欺凌和虐待中国人……把他们当猪狗对待,一有机会就对他们威吓嘲弄,拳打脚踢,连他们的名字也成为骂人的粗话。"一位英国旅行家在1860年代这样写道。他也惊异于中国人的忍耐:"他们却没有流露出打算报复的意思,而是默默地干活,对任何人都彬彬有礼。"[16]

这也是一个令人唏嘘的时刻。仅仅两个世纪前,中国还被视作文明的典范,从儒家思想到苏州园林,征服了巴黎到伦敦的王公贵族和文人雅士。再上溯三个世纪,甚至美洲的发现,都源于对中国的兴趣。哥伦布以及一众追随者都认定,中国代表的东方意味着无尽的财富、雅致的品位。加拿大同样充满了这样的故事。1634年,一位叫让·尼科莱(Jean Nicolet)的法国人从魁北克出发去往五大湖区解决那里的部落冲突——这些部落以毛皮与欧洲人展开交易。这位法国人还受命,如果有可能,要航行到西洋,前往中国。当地的土著带他去密歇根湖,他确信对岸就是中国。为了给中国人留下良好印象,他还特意穿上了一件绣着花鸟的中国锦缎。[17]

此刻,中国却变成了衰败、腐朽甚至罪恶的形象。那些不断涌来的矿工、苦力,拖着脑后的长辫,说着不通的语言,只和自己人在一起。他们也将家乡的恶习,比如吸食鸦片和赌博,带到了这里。一位牧师曾经这样描述:"在唐人街阴暗的角落里,寄居着职业赌棍、抽鸦片者,以及其他不洁者……唐人街成为白人社会希望消除的邪恶势力的渊薮",这些华人"是一帮离群索居者……由于几乎不能跨越的种族、肤色、语言和思想的鸿沟,他们不被白人所喜欢"。[18] 维多利亚排华会则声称:"陋俗恶习——包括嫖妓和赌博——在那些(华侨)区域猖獗一时。……他们把自己的病人赶出去死在街上,他们的麻风病人挤满了我们的监狱,他们操纵了本城的劳动力市场……"[19]

华人社区仍顽强地壮大，逐渐成熟起来。他们将家乡的一整套生活搬到了此地，建立会馆、庙宇，庙里有木工们雕刻精细的神坛、供桌、屏风、神像，期望带来保护。在林地上建立起的温哥华唐人街，几年后就初具规模，到1889年，有七家洗衣店、十家杂货铺、两个包工商、两家缝纫店、一家肉铺、一家鞋铺，当然还有两家鸦片进口行。矿工与铁路工人已消退，如今，洗衣业是唐人街最赚钱的行业，每月40~100加元，而其他行业只有20~40加元。这些广东人也把珠三角的农业技术应用在此地，种植各种各样的蔬菜，人们很快发现："每天可以看到他们的货车装着各色蔬菜，运到这个城市来卖。他们供应私人住户、旅馆和寄宿舍，这些寄宿舍几乎全部依靠中国人供应蔬菜。"[20]

1890年代以后，维多利亚唐人街的商业中心从科莫兰特街（Cormorant St.）扩展到菲斯加德街（Fisgard St.），中华会馆、中华卫理公会教堂、中华医院、致公堂以及各种宗亲会相继建立。它有了自己的氛围与节奏。春节是最欢乐的时候：商店停业，打扫，用桃花、水仙花和红纸花装饰一新，门口还要贴上对联；放鞭炮，穿上最好的衣服，互相拜访，用白酒、坚果、糕点、水果招待客人；从除夕一直持续到元宵节。偶尔，白人也被邀请。[21] 他们也拒绝死在异乡，1891年，维多利亚的中华会馆收敛三百多具无名尸体，等着运回中国安葬。[22]

拥挤、缺乏卫生、鸦片、卖淫、赌博，这些社会疾病也随着唐人街的繁盛而迅速蔓延。唐人街也与红灯区相邻，似乎总与欢愉、罪恶相关。这也是赤裸裸的污蔑，从1879年至1884年，白人犯罪人数为2014名，印第安人1263名，中国人296名。[23] 鸦片吸食者不仅是华人，一名白人妇女的感受代表了很多人："不抽鸦片简直就没法活下去……部分原因是抽烟给人一种恬静的享受，但主要却是为了逃避恐怖，那就是不抽烟后会产生的恐怖。"[24]

一种混杂的情绪集中在这些华人身上。白人厌弃他们，又需要他们，还恐惧他们。所有人都承认，华人有利于商业。1860年的某日，《维多利亚殖民者日报》兴冲冲地宣称："据可靠消息，本市五百名中国人在一星期内消费达一万美元。"[25] 另一份报纸则发出这样的预言："可以预料，天朝的浪潮将滚滚东流。横贯落基山脉的加拿大太平洋铁路，到时将为之开辟通道。十倍于目前加拿大人口的滔滔人流，一定会从富饶的中国土地上向我们蜂拥而来。"[26]

华人的政治意识也被催生了出来。1878年，面临不公正税法，他们向驻英公使郭嵩焘①求助——当时的加拿大是大英帝国的一部分。但伦敦通常将请愿书转交旧金山总领事处理。1884年3月，维多利亚商人上书中国驻旧金山总领事黄遵宪，倡议在加拿大建立华侨组织，以帮助反对加拿大歧视华人的行为。这一年，加拿大政府开始追随美国，对华人征收人头税，中华会馆因此成立。发起人都是当时华侨的头面人物，比如广安隆的李佑芹、联昌的李天沛和泰源的李奕德，他们皆因负责招收华工获利良多。会馆还有位值事叫温金有，

---

① 郭嵩焘（1818—1891），字伯琛，湘军创建者之一，中国首位驻外使节，曾任驻英国、法国公使，著有《使西纪程》《郭嵩焘日记》等。

1861年出生于道格拉斯港（Port Douglas），是第一位在加拿大出生的华人，会讲英语、广州话和客家话，出任过中华会馆的英文书记，后担任温哥华法院翻译，沟通中英文世界。他也是个长寿之人，活了94岁，直到1955年才去世，以英文名Won Alexander Cumyow闻名加拿大社会。[27]

1896年，李鸿章途经英国时，接到维多利亚中华会馆的禀帖。中华会馆请求清政府在加拿大设立领事馆，也请李鸿章同英国官员交涉加拿大华侨移民入境税问题。没想到这位世界舞台上最著名的中国人竟然接受了邀请，乘火车来到温哥华。六千多名华侨迎接了他的到来，他们甚至在火车站附近几个华侨社区搭起牌楼，让李鸿章乘车通过，丝毫不在乎他在甲午战争中的败绩。据说，李鸿章象征性地与加拿大政府做了会谈，替华人提出了一些主张。[28]

反叛者也曾至此。1897年夏天，孙文来到加拿大，化名为Y. S. Sins。他几乎是孤零零地到来，没有人欢迎，只有少量华人知道他。驻伦敦的中国领事馆派遣的侦探发现："在（维多利亚）中国居民中秘密调查，证实该人伦敦被捕的情形已为当地人所熟知，而且知道其现在的目标是组织一切可得到的力量联合反对中国政府。"侦探发现，他在一家杂货铺停留，与店主谈了两个小时，"那些人对他和他的谈话十分倾注"，中国卫理会的教徒接待了他，请他住在李元昌公司。他经火奴鲁鲁回横滨，还成功地为自己换了一张头等舱船票。[29]

比起孙文，康有为不仅大受追捧，且支持者年龄较长、更为成功，这些人大多数"已在北美定居多年，因而熟悉西方社会的力量和弱点。有些人还是移民部门、海关或法院的翻译"。[30]

1899年7月至9月，康有为在文岛撰写了《保皇会序例》，又扩充为《保救大清皇帝公司序例》。他不仅对中国的困境痛心疾首，更对华侨遭遇的歧视深感同情。"忠君、爱国、救种""今同志专以救皇上，以变法救中国、救黄种为主"——他将政治理念具体化、在地化。[31] 而华商们也是这双重需求："中国积弱之由受白种凌辱……吾所闻爱同胞、爱国皆由此序文得之。"[32]

康激发起了海外华人沉睡的政治意识，以电报、报纸塑造出一个网络，有着明确的政治目的，要求光绪复位。9月下旬，康有为派遣三人前往美国推广保皇会。他们访问了华盛顿州、俄勒冈州和加州，并在西雅图、波特兰和旧金山发表演讲，建立分会。一个巨大的网络开始延展，谁也想不到，它会迸发出这样的力量。

第八章　朝局

一

康有为的遭遇令梁启超颇受鼓舞。"（先生）极言美洲各埠同乡人人忠愤，相待极厚，大有可为。"1899年5月3日写给妻子的信中，他说起老师在美洲的经历，并不无得意地说，海外华人仰慕他甚至过于老师。康催促他前往美国，展开巡回演讲，他再度对妻子表示抱歉，现在还不能接她来日本，为大局计，他不得不往美国。[1]

在日本，梁启超也试图将影响力扩展到更大的华人社区。5月23日，他与韩文举前往神户，说服当地华商出资建立华侨学校。"流亡清国人梁启超、韩文举于昨日上午八时五十四分乘由横滨始发的火车抵达三宫驿。清国商人张思贤、罗盘谷（均为广东人，经营粮食、杂货等）到站迎接，并将二人引至荣町二丁目清商三号馆的'广昌隆'号，与该馆主人李耀疏见面。"兵库县知事5月25日向外务省报告说。[2]

自1868年开港，神户已发展出仅次于横滨的华人聚集区，也有自己的南京町。一个成熟的商人网络已经形成，李耀疏是代表之一，"已在当地居留数年，亦是经营粮食、杂货之商人，性格温良，乃清商中数一数二之人物"。[3] 这群商人中最著名的一位是麦少彭，没人比38岁的他更能象征神户华人的成功。他生于广东西樵，其父早年在长崎经营杂货及海产品，将日本的鱿鱼、海参和琼脂运入中国，又将中国的丝绸、陶瓷和玻璃器皿运入日本，在大阪与神户分别设立了怡和号商行，与神户的著名日商泷川辨三共同设立火柴制造厂。这也是日本产业转型的缩影，从贸易转向制造业。20岁来到神户的麦少彭，逐渐接掌父亲的生意。他敏锐于潮流的变化，看到以火柴、肥皂、纺织品和水泥为代表的工业迅速兴起，日本邮船开辟了台湾、厦门和马尼拉等航线，从而形成了一个更广泛、紧密的商业网络。他向中国与南洋出口火柴，投资水泥与纺织业，最畅销的猿猴牌火柴每年可以输出两万多箱。在神户，他与来自浙江的商人吴锦堂并称为"神户双璧"。他也参与社区的营造，是关帝庙的发起人之一。甲午战争虽使得神户华侨短暂减少，但打开的中国市场却让神户更为繁盛，华商进入一个全盛时期，除去主导日本火柴业，更独占了海产品、阳伞、香菇、纸张等销往中国与东南亚的贸易。[4]

5月28日，两百多名广东华商聚在中华会馆聆听梁启超的演说。梁指出，日本赢得战争的原因在于爱国心，中国必须培养自己的爱国心。他建议在当地设立商业会议所，通过商会加强神户与海外各地华商的联系，携手合作，争取权利，推动中国变革。他建议神户华侨仿效横滨，为华侨子弟兴办学校。为增加对商人们的说服力，梁启超邀请大隈重信前来发表演说，说明学校与文明之关联。梁启超希望年中募款一万元，明年春开学。华商呼应了他，"闻者咸拍手赞美"。[5]

《清议报》刊登了《神户倡建大同学校公启》，要把横滨的成功复制到神户。这些学生更与中国的未来紧密相关，身在异国亦加剧了身份敏感，华人们"习见他邦文明进步之实状，怵怵有所悟，而怀念故国，义愤之气，视内地民每数倍焉"，而"其子弟生长于异乡，咸有远志，其受学亦更易，故识者谓中国之不亡，或此是赖"。[6] 6月3日的日文报纸《每日新报》报道说："清逋臣梁启超等，与神户在留广东人商议，将开大同学校于神户。大隈伯助之。前日临于中华会馆，慷慨奖励。"[7] 暂居神户时，梁启超致信身在大阪的山本宪，希望一晤，他提到了即将开启的美洲之行，希望山本宪与其他同志能提供某种资助。[8]

梁启超鼓励商人的身份自觉，试图促成华人商会的形成。在《商会议》一文中，他列举了两个日后看来并不恰当的例证——东印度公司统治整个印度，英国商人义律（Charles Elliot）打开广州之门——证明商会有责任于此:"扬名于后世以显父母,此人子之职也;尽瘁于海外以张国权,此国民之职也。我数百万之同胞,何多让焉?何多让焉?"[9]这也是他的合群思想的延续:面对四面危机,中国人必须联合起来才能应对。倡议激起了当地华侨的回响,一位署名为"旅横滨热血人"的作者撰文大谈商会之必要,认同只有合群才能自保和振兴。

新危机令梁启超的声音更容易被倾听。这一年,日本取消了外国领事裁判权,这是充满喜悦的一刻,多年来,历任政府一直试图取缔这个代表屈辱的条约,它是日本最终独立的标志。新的平等也有其代价,它废除居留地政策,允许外国人进入日本内地混居和经商。日本政府倾向于将此权利给予西方国家,中国商人却无此待遇,《横滨贸易新闻》不无羞辱地写道:"我们不应该同等对待与支那的和与欧美国家的外交关系,因为支那没有资格被当作一个完整国家……它明显是已被摧毁的国家;其国民不再是中国国民,而是'支那人',是从一个地方迁到另一个地方的种族。"[10]

清朝领事没准备为自己的子民争取此权利。梁启超填补了这个空白,劝告华商切勿短视,以为新政策与己无关。他说,西方商人到东京总是结交政治人物与知识分子,为自己争取更多的空间。他倡议创立商业会议所自救,"每月会集数次,讲求商务及爱国之义"[11],理解日本法律,力求得到日本有权者的支持。他以流亡者之身充当民间领袖,动用政治网络。6月27日,他在横滨召集了神户、函馆、长崎的其他华商代表,在东京红叶馆招待日本新闻记者,希望准许华侨在日本内地杂居。两天后,他与华商代表拜访大隈重信与犬养毅,递交了143名华商联名签署的请愿书,并同时递交内务省、外务省和大藏省。[12]请愿书驳斥了将华人视作肮脏的支那劳工的刻板印象,强调华人的商人身份,若把华人排除在外,日本会失去每年八千万到一亿日元的收入。请愿书牺牲了中国劳工的利益,承认日本对劳工移民施加一些限制是必要的,不会因此对日本产生反感。

请愿暂时消除了上层人士之间的隔阂,曾经反对康梁的人物,包括基督徒赵明乐也签上了名字。7月27日,日本政府颁布第352号敕令,准许华商及某种杂业从事者——仅限纯体力华工——在日本内地居住。当日,横滨华侨设立华商会议所,以日后的法律、商况调查、信息交换为目的。[13]对于梁启超,这也是个非凡的时刻,他摆脱了士大夫的偏见,信赖商业力量,试图将其转化成政治与文化的力量。"改良派的民族主义话语、政治关系和组织能力,共同为这场运动提供了支持。"日后一位历史学家评论说。[14]不过,梁的行为也引发争议,一份南京町的传单称他假公济私、排斥异己,包括杨衢云这样了解商业的人士。[15]

横滨、神户也回应了维多利亚、温哥华的光绪祝寿庆典。8月4日,横滨南京町停业,人们聚集在中华会馆作乐行礼,对着光绪皇帝画像瞻拜,还诵读了去年7月27日的上谕,其中满是对海外子民的殷殷关切。礼毕,商人代表谭柏生宣读颂辞,其中充斥着"天禀聪明,智周万物,爱民爱国""尧舜以来未之有也"的陈词滥调。读毕,众人齐呼三声万岁,"声震远近,观者如堵"。[16]同日,神户也举办了庆祝仪式,一些日本宾客也加入进来。

庆典后，华商会议所举办成立仪式。日本前文部大臣尾崎行雄、众议院议员岛田三郎、东亚同文会会长长冈护美、帝国大学总长菊池大麓及东京商业会议所副会长大仓喜八郎皆列席，将喜庆气氛推到新高。62岁的大仓是日本商界的代表人物，与涩泽荣一①共创了鹿鸣馆、帝国饭店、帝国剧场，对革命充满热情，是孙文持久的支持者——六年后，同盟会正是在他的家中成立的。犬养毅与柏原文太郎自然在宾客之列，东京和横滨的新闻记者也赶了过来。

华商会议所的84名会员衣冠济济，顺序入席。在演说中，议长卢荣彬论及商业活动之于中日两国的联结、商战在现代世界的重要，以及商会对于繁荣的促进，相信这个会议所不只是横滨之福，也是全国之福，更有关东方大局。总干事吴植垣接着汇报纲领和主要领导者。这个名单是保皇派与革命派较量的延伸。尽管孙梁合作之声正传遍东京与横滨，两派之间的冲突却并未立刻消除。卢荣彬态度中立，其余领导者与保皇派的联系明显更紧密，干事郑席儒和林北泉更是梁启超最热忱的支持者。日本诸代表也起身致辞。柏原文太郎念诵各方的电报祝词，其中一通来自大隈重信。贺词完毕，举座起身齐声诵"大清大皇帝陛下万岁、大日本天皇陛下万岁、华商会议所万岁、日本来宾诸君万岁"。下午4点，宴会开始。席间，郑席儒起身致谢；接着，梁启超讲述皇上爱民爱国变法维新之志；然后，长冈护美发表演说。众人不断欢呼皇帝陛下万岁。这是个欢愉、尽兴之日，宴会一直持续到深夜，"主宾酬酢、情怀缱绻"。[17]

二

第二十四期《清议报》刊登了这两桩盛事。自当期杂志，梁启超开始写作"亡羊录"专栏，其中一篇有关《中俄密约》，梁认为：它使俄国在中国的影响力陡然增加，比起其他列强，俄国更是贪得无厌、凶狠残酷的虎狼之辈。"亡羊录"也象征了梁启超越来越强烈的焦灼，中国被瓜分的命运已不可避免。

他看着故国的局势迅速恶化。去年（1898年）秋天开始的反动浪潮愈演愈烈。极端保守的徐桐与刚毅的影响力陡然上升。徐桐年近八旬，政治生涯可以追溯到道光年间，他继承了倭仁代表的理学传统，对外来影响充满不安：他不许家人用任何洋货，甚至不能用西式纽扣；他的宅第在东交民巷，为避免碰到使馆区的洋人，他只从后门出入，厅堂挂着自书对联："与鬼为邻，望洋兴叹。"他是康有为坚定的反对者，曾言："宁可亡国，不可变法。"比起徐桐的作茧自缚，62岁的刚毅则不学无术，他曾对其他满人说："我满人为何读汉人书。"他认定洋人固然可恶，汉人才是大敌，曾出"宁赠洋人，不予家奴"的名言。与他们结成的联盟相比，荣禄反而显得温和，焦灼地在他们与慈禧间寻找平衡。这一年夏天，刚毅南下筹集兵饷，查办厘金事务，随即演变成一场灾难之旅。他一路

---

① 涩泽荣一（1840—1931），日本实业家，早年曾参加尊王攘夷运动，一生参与创办企业超过500家，遍布银行、保险、矿山、铁路、机械、印刷、纺织、酿酒、化工等产业部门。

裁撤新政举措，加增盐厘、茶厘等，清查田赋和税契，终止军官日本受训计划，说新式学堂"不过养成几个汉奸耳"。他赤裸裸地令上海轮船、电报两局报效十万银两，引发总办盛元善的强烈抱怨。[18]

刚毅展现了一个专制政权的悖论：一方面高度无能，无力应对外来压迫与内乱；另一方面又富有掠夺性，随时可以侵入商业、社会，令人人自危。江南被肃杀气氛笼罩，刚毅对康梁尤其仇视："凡见学中有迹近新党者，务摧锄之，不遗余力。车辙所至，弦诵寂然，豪杰为之夺气。"[19]

国内维新者被一种绝望包围。宋恕[①]说："（新党）无不奇窘，无论经史、时务，皆不敢谈，并孔教等极冠冕字样今亦为极忌讳字样，有言《春秋》《孟子》者，大臣目为乱党；官场中有稍言及'爱民'者，大臣目为汉奸，竟成大闭塞世界。"湖北、湖南的士子就有因谈及《春秋》《孟子》而被斥革、驱逐的。宋恕感慨："故交或死，或入海外，或回内地，青苔穷巷几绝人迹。"[20] 自己连时务卷也不敢接阅。严复在给张元济的信中感慨："时事靡靡无足谈者，瓜分之局已成，鱼烂之灾终至，我等俯首听天而已。"[21]

当海外华人为皇帝祝寿时，关于废立的消息再度盛传，《中外日报》在光绪生日这天刊出消息："日前本地有人传述皇上病势转增，并闻有预立储嗣之说。本馆当即电询驻京西友，兹得回电云，皇上安，立储之说无据，即登录以慰天下臣民企念。"还有人传说，慈禧在宫中造了三间铁屋，或是为了自己避祸，或为圈禁皇上，又传闻太后令神机营装配洋枪四百杆，用戏箱运入宫中，弹药则用布裹运入。9月25日的《知新报》确凿地写道："西后所造之铁屋，乃所以监禁光绪皇帝于其中，定于本月废位。而另以一九龄童子继位，仍以西后训政，此童子名溥巽。"[22] 皇帝的病情再度莫测。9月4日，一条上谕宣称："山西汾州府同知朱焜，广东驻防汉军监生门定鳌，因通晓医学，保荐来京，随同太医院诊脉。惟朕躬服药日久，未见大效，朱焜、门定鳌俱着饬往原籍。"这是去年秋天的消息的延续，似乎在暗示放弃治疗。听闻消息的郑孝胥在日记中写道："此事何用宣诏？恐朝中有变。"[23]

矛盾的消息也从宫中传出。6月下旬，香港《士蔑报》（*Hong Kong Telegraph*）称："（慈禧）急欲购求新法，又使人调查康有为奏折，一一呈览，不许留匿。又由天津、上海等处购得当世政论各书，其值约三千两。此书已由马家堡载入京城，共计有数十车云。"7月1日，东京《时事新报》报道说：慈禧每天派人去问候光绪的病状，"闻少瘥，即慈颜大喜"，还说过"观今日之势，不能不行新政"。据说，她还感慨："康有为之话，实在句句不错。"伦敦《泰晤士报》也响应了这条消息，说是在一次与太后的对话中，光绪说如今变法紧迫，在乾嘉时代，西人逼迫没有如今这样紧迫，"西后颔之"。一些人甚至相信，朝廷将特赦康有为，请他回国。[24]

这些消息给流亡者带来了希望：太后与皇帝的关系或许并没有那么糟，维新可能重启，他们甚至有望回国。海外华人展现出的热情与力量也令人慰藉。他们的祝寿电文给宫廷带来了冲击，慈禧多少意外

---

① 宋恕（1862—1910），字平子，晚清学者，曾任北洋水师学堂总教习。

378

于光绪竟受如此的爱戴。8月23日,《中外日报》刊《海外忠忱》一文:"寓南洋美洲各华人咸电致总署,恭祝皇帝万寿,总署王大臣即日将各电报汇陈,当蒙皇太后问曰:去年十月该处亦有祝嘏之电否?又问甲午年亦有之否?诸臣皆据实谨对,曰无有。太后乃谕令退出。"电报也给予国内的维新者以鼓舞,《国闻报》感慨:"观海外旅人之系念皇上,人心于是乎不死矣。"[25]这是个崭新现象,被天朝遗弃的子民如今转化成可见的政治力量。

流亡者也试图抓住这个机会,他们收敛对慈禧的谩骂,将矛头对准荣禄等满人大臣。7月28日,《知新报》刊登了《论今日变法必自调和两宫始》,认为所有的问题"实荣禄一人言之,而一人为之矣"。9月15日,这份澳门报纸又刊登了署名"杭州来稿"的《杭州驻防瓜尔佳氏上那拉后书》,认为当务之急是"和两宫以图自存",杀荣禄乃第一位,列举了荣禄的十大罪状,从幽禁皇上到六君子之死再到联俄,都归在他的名下。[26] 十天后,《清议报》转载了这篇文章,题后没有"杭州来稿"的署名,但加了"七月二十二日呈刚钦差转奏"字样,意在借刚毅之名,离间本已矛盾重重的荣禄、刚毅之关系。一些人猜测该文作者是杭州的金梁,另一些人则认为出自康梁。《国闻报》也转载了这则新闻,但略去了荣禄的名字,只以"贼某"代称。流亡者这一新宣传策略引发了严复的不安。"实属造孽,可怕,可怕!"严复感慨道,认为这种编造和夸大其词不仅不会带来改变,还可能"激成祸变",而"千古清流之祸,皆此持论不衷者成之"。[27]

除去丑化满人权臣,康有为甚至再度启动刺杀计划。8月19日,一位基督教牧师向不列颠哥伦比亚官员报告说,康已派遣两名当地华侨前往日本,之后他们将扮作日本人前往北京行刺,荣禄是主要目标。他为这两名刺客配备了北京宫城和日本领事馆的地图,以及荣禄的日常活动表。而在东京,在保皇与革命间摇摆的梁启超则发现,两名来自北京的刺客已经找上门来。

7月14日,刘学询、庆宽一行抵达横滨。44岁的刘学询虽曾中进士,却因为闱姓赌博而大发其财,在政商两界穿梭。同时,他也是孙文的农学会最初的支持者之一,与这位造反者关系暧昧。他与另一位同乡康有为的关系,却有个糟糕的开端。1896年初,康有为代御史王鹏运草拟奏折,将两广总督谭钟麟与刘学询共同弹劾,称后者是"广东巨蠹"。[28] 51岁的庆宽本姓赵,少年学画,为醇亲王奕𫍽召为家仆,成了正黄旗汉军人,还当上了内务府银库的管库官员,一个人人皆知的肥缺。但好运并不持久,他在1894年遭御史弹劾,被革职、抄家。戊戌之变给了刘学询和庆宽新的机会,慈禧急需修复与日本的关系,并解决康梁问题,最好让他们命丧异域。上海领事小田切万寿之助也试图在中日之间扮演更关键的角色,促成了这个考察团。

这是一桩张扬已久的访问事件,曾被认定是为刺杀康梁而来,又随即被证明是一桩闹剧。它曾引发日方的不安,外相青木致电驻北京公使矢野文雄,向总理衙门转达顾虑,若在日本国土上发生命案,必不被允许,总理衙门当然矢口否认。小田切发现,行刺只是个玩笑,广东富商刘学询"并非那种甘冒危险而遂阴谋之人物",庆宽则"年岁既高,且毫无气力","观察他们过去之历史及现状,可以断言,根本无决行非常手段之意思"。[29] 使团将携带

"国电一道、密码一册",以及太后与皇帝的厚礼,包括脂汉玉太平有象、宋细瓷碗等前往东京。这是紫禁城的迫切需求——面对咄咄逼人的俄国和德国,日本成了潜在的盟友。一册密码或能拉近东京与北京的联系,"虽隔重瀛,如亲晤语"。[30] 两位使者皆是声名狼藉之辈,这也证明紫禁城是多么混乱,从庆亲王到慈禧太后,既不懂现代国际关系,更对刘学询和庆宽的品行毫无鉴别力。

在东京,刘学询、庆宽入住帝国饭店。在公使李盛铎的陪同下,他们先后拜会了青木周藏、伊藤博文与山县有朋。日本商界同样热情,邀请他们参观惠比寿麦酒制造厂和品川毛织会社等一系列企业——它们皆是勃兴的日本资本主义的象征。他们还如愿觐见了天皇,翻译者恰是楢原陈政。对于密电交往的请求,天皇的冷淡与慈禧的热忱形成对比,若使团"有所询问,问外务大臣可也"[31],回赠礼品更是颇为怠慢。

刘学询一直打探梁启超的消息,并试图在华人社群中施展影响力。8月17日,警视厅向外务省报告说:"清国官吏刘学询,与从者一名相伴,昨十五日午前九时四十三分,乘车从东京来到横滨,与横滨华人银行的清国人袁、刘等人一起午餐。餐后二时许,又到横滨的中华会馆访问,与会馆董事鲍鲲、罗和声、罗谦亭等一起会面出访。直到午后八点三十分,再返回中华会馆,并且作了一场演说,大约有三百名内外的华人出席。"警察综述了刘学询的演讲内容与场面,有听众拍手叫好的,也有麦姓、何姓表示不满,"突然起立愤然大声斥责刘学询,表示同情光绪皇帝,痛骂西太后倒行逆施,断送革新事业"。[32]

会场一时大乱,刘学询迅速离开,在神奈川町料理店大摆宴席并招来艺伎。他喝晕了头,误掉了回东京的火车,又回到料理店继续欢愉,直到凌晨2点。翌日,他又前往中华会馆午宴,宴后前往大同学校参观,午后4时35分乘车回东京。

对刘学询的态度,也折射出横滨华侨们的矛盾心理。他们支持康有为、梁启超,认定两人与皇帝联系紧密,又对慈禧的特使热情备至——这可能也会通向荣耀和财富。刘向他们许诺说,将创办日清银行,促进两国商贸。此外,刘学询也是广东人,与他们有同乡之谊。

这激怒了梁启超。第二十五期的《清议报》刊登了《刘学询演说辨谬》一文,先是攻击刘的人格,说他"赌棍起家者也,素行芜秽,久为人类所不齿",逐一反驳刘在中华会馆的演说:刘说两宫不和是朝廷家事,臣子不宜干预,文章反驳说天子之家不同于庶民之家,天子之家不和则天下必乱;刘攻击皇帝变法时间甚短,太后一直在变法,文章就反驳说皇帝的变法雷厉风行,更为有效;刘说并无废除皇帝之事,文章就反驳为何迟迟不归政;刘说如果慈禧不出来训政,中国早已被瓜分,文章则反驳说正因为慈禧治下的内政不修,才有被瓜分的危险……[33]

文章可能出自欧榘甲之手,雄辩滔滔又自相矛盾,一会儿调和两宫矛盾,一会儿又攻击慈禧。这也反映了流亡者们的矛盾心态:宣传策略已经转化,内心却跟不上新节奏。他们是在愤怒与匆忙中写作,来不及考量前后的逻辑;也愤怒于华商们的骑墙姿态,不管多少劝说,他们随时倒向更富权势的一方,甚至允许刘学询这样曾以取康梁首级为己任的奸人到访中华会馆、大同学校。刘学询的到访也使刚刚成立的华商会议所陷入分裂，卢荣彬、袁士庄赞成，梁启超一派则反对，会议所就此宣布解散。[34]

或许令梁启超、欧榘甲更为愤怒的是，孙文竟与刘学询往来密切。刘学询的刺客使命，并未耽误他与孙文的旧情。他们不止一次见面，孙还引荐他去拜访犬养毅和大隈重信。这也充分展现了刘学询的投机性，既是慈禧太后的特使，又与通缉"叛贼"不断见面。孙文或许也同样如此，他拉近与梁启超的关系，又不愿放弃刘学询代表的可能性，革命者要拼命抓住每一次机会，有些时候还不得不激怒盟友。

第九章 会党

一

祭词没诵完，众人就大哭失声，一些人甚至倒地。这是 1899 年 9 月 17 日，光绪二十五年八月十三。一年前，杨深秀、刘光第、康广仁、谭嗣同、杨锐和林旭喋血菜市口，此刻，一百多位中日宾客聚集在横滨根岸山上的地藏王庙，祭奠他们。

左手持宝珠，右手执锡杖，坐于千叶青莲花上的地藏菩萨，身处释迦既灭、弥勒未生之际，自誓必尽度六道众生，拯救诸苦，始愿成佛。对于举办者来说，六位烈士也拥有类似精神，他们为中国献出了生命。

纪念会于上午 10 点开始。对着六烈士的遗像，听着山崖下的海潮声，人们"咸相对怆恻，举座无声"。行礼后，主持人宣读祭文，将他们的死亡视作国殇，祭奠则是为国招魂，是四百兆人心未死的标志。祭文华丽，充满历史比照。

参与者皆是梁启超的朋友、支持者，因《清议报》、大同学校联结在一起。一位参与者起身说："今日尚非我辈痛哭之秋，他日中国强盛，冠于地球，能酬六烈士之所希望。斯时四百余州，合开一大纪念会。"即使听不懂粤语，日本来宾也被现场情绪感染，"亦泪涔涔下"，这令他们想起长州、萨摩的流血时代。[1]

梁启超应是这场祭奠的发起者与主持人，没有人比他更有资格担当这一角色，他认识这六位烈士，还与其中的康广仁和谭嗣同是挚友。在哀悼与激愤中，也夹杂某种幸存者的愧疚，同伴死去，自己却活了下来。在《清议报》上，梁启超为每一位烈士撰写了传记，刊登他们的诗作。鲜血与记忆重塑了一切，在梁启超的笔下，性格、思想各异，甚至彼此不屑的他们成了一个整体，忠于皇帝，是康有为的追随者。他们的恐惧和犹疑亦消失了，皆心怀为众生流血的大义。为此，梁启超还刊布荒诞不经的传说。第十期《清议报》刊载的《谭烈妇传》一文，称谭嗣同妻子李闰在乘船时听到丈夫遇难就跳入河中，被救起后路过长沙城，又在巡抚衙门内痛哭并自刎，鲜血溅到了陈宝箴袖襟。再次被救下后，她陷入昏厥，次日凌晨，她忽然轻声讲话，奴婢凑过来，听到她大呼某加害丈夫的大学士名字，她过分激动，伤口破裂，眼眶裂开，随即死去。入殓时发现，她双手交握，无法分开，牙齿尽碎，血流至胸口成一个"刀"字。事实上，李闰仍活着，她生命力顽强，一直到北洋时代，成为地方女子教育的先驱。这种传说试图印证，谭嗣同与妻子是完美的烈士与烈妇。

历史学家相信，横滨祭奠是近代中国第一次烈士纪念。逝者具有现实的力量，它凝聚共识，也催促行动。很多参与者，尤其大同学校的年轻人，一定有着为烈士雪耻的冲动，个人冲动与家国大义紧密相连。不断往返于中国与日本的唐才常、梁启超与孙文越来越密切的关系，以及康有为在海外华人中的新势力，皆使这股冲动有了更明确的出口。康有为勤王之雄心迅速膨胀，他对国内残存的维新力量以及两广、长江流域的游勇心存幻想，更在海外华人中发现了新动力。

"勤王之举，汲汲欲行。方今西后病危，荣禄与庆王争权，万一有变，中国立亡。"10月2日，离开加拿大前不久，康有为再度对华侨演讲，鼓动他们加入勤王运动，习惯地编造了朝局之变：剧变即将到来，保皇会已在内地聚集七十余万大军，只等军饷，并许诺："若有愿为国出力者，封侯之赏在今日。"[2] 10月10日，他登上印度皇后号，前往香港探望病中的母亲。之前他收到电报说母亲病危，这位过分自我的流亡者也是一位孝子，母亲的身体如皇帝安危一样牵动他的心。他的行踪引发了北京新的焦虑。10月27日，印度皇后号抵达横滨，缘于北京的压力，日本政府拒绝他短暂登岸。犬养毅气愤地对进步党同仁称，康母病危的电报是假的，就像五年前将金玉均诱至上海的电报一样。日本政府沦为清政府的共犯，"违背人道，违背万国公法的这种行为已经到了无以复加的地步，必须鸣金鼓指责政府的这种行为"。[3]

10月28日，北京致电李盛铎设法秘密缉拿康有为，询问船经神户、长崎时康是否登岸，还是要抵达香港或上海。军机处密电康可能抵达的口岸地方官"相机购拿"；也致电两江总督刘坤一，称"该逆此来尤极诡秘，不知其意所在……飘忽靡常"，要他在口岸严密侦查，设法捕拿。当夜，印度皇后号抵达马关，它激起了康有为的无尽感受，四年前签订的条约把中国推入了屈辱的谷底，他自己的命运也因此戏剧性地改变："碧海沉沉岛屿环，万家灯火夹青山。有人遥指旌旗处，千古伤心过马关。"[4] 只在经过神户时，在品川弥二郎的帮助下，康有为才短暂登陆。

得知老师将在神户登岸，梁启超倍感兴奋，打算前往探望，"商议他们在神户、横滨、东京等地设立的大同学校以及《清议报》等事宜的未来方针"。但温哥华发来的一封电报又让他陷入焦虑，康母病危的电报可能是捏造的，专为诱捕。在横滨山下町一百五十三号，梁与同志商量出三点建议：请求日本外务大臣设法派人保护康；获得保护许可后把康移至东京；若不能得到保护许可，则雇两三名日本壮丁前往澳门，担任康的保镖。神奈川县知事判断说，梁等心急如焚，却也不知对策如何，可能会请柏原文太郎先询问大隈重信。[5]

对于未能见到老师，遗憾之余或有某种解脱。康有为尚不知江岛十二郎的倾向，更不知他们与孙文越来越紧密的关系，对于会党越来越强的亲近性。在唐才常、毕永年、宫崎滔天的穿梭游说下，一个新型组织诞生了。1899年10月11日，哥老会、三合会和兴中会的主要人物相聚香港：哥老会的成员最多，包括龙腾山主李云彪、金龙山主杨鸿钧、山主辜人杰，以及该会骨干李堃山、张尧卿、柳秉彝、谭祖培，他们皆被毕永年说服，由长江一带来到香港；三合会首领曾捷夫和郑士良是孙文旧友；兴中会则由陈少白、毕永年、王质甫代表。他们成立了"忠和堂兴汉会"，以"驱除靼虏，恢复中华，创立合众政府"为纲领，并歃血立誓，选举孙文为总会长，刻制印玺献给他。当晚，宫崎在一家日本餐厅招待与会者。他们按照日本武士走上疆场的礼节，为每人摆上一尾生鲤鱼，干杯祝酒，并彼此题诗。这些江湖人士沉浸于文人情绪之中，其中辜人杰诗曰："负剑曾来海国游，英豪相聚小勾留。骊歌一曲情何极，如此风光满目愁。"[6]

这欢聚也定会鼓舞梁启超。大半来自广东的康门弟子，从来知道会党之势力。在欧榘甲的家乡惠州归善，"其乡人多入三合会"，他结识颇多会党首领，自己亦是其中一员。[7] 罗伯雅则"尝与剧盗区新、傅赞开等往还"，他甚至还曾将田野橘次①从梦中摇醒，说其在广西山中有同党四百，将与湖南人马合流，进军中原。[8] 三合会是天地会、洪门别名，围绕在它周围的是一个错综复杂、也经常被浪漫化的故事，有一个"反清复明"的口号。清王朝严禁结社，"凡异姓人结拜弟兄者，鞭一百"。会党从未消失，并随着社会危机加剧而兴盛，以各种组织、名号示人。它兴盛于嘉庆和道光年间，人口暴增导致生存紧张，"生齿日繁"，人民"生计常苦不足"，"渐多游手"，台湾、广西、四川等边缘之地产生了规模庞大的移民。结拜之风开始盛行，天地会随福建人和广东人传入广西等省。乾隆初年，进入四川的湖广、江西、陕西、广东的流民拜盟结伙，后演变成哥老会。他们创造了一种非血缘模式，把人血或鸡、狗、马之血和酒而饮，并吟唱："此夕会盟天下合，四海招徕尽姓洪，金针取血同立誓，兄弟齐心要和同。"会党变成了互助会，"各省外洋洪家弟兄，不论士农工商，江湖之客到来，必要支留一宿两餐"，"有兄弟被人打骂，必要向前，有理相帮，无理相助"。他们有三指诀、茶碗阵、挂招牌与切口隐语。[9]

内战又加剧了会党的发展。太平天国吸引了三合会的加入，曾国藩创办湘军时曾规定："禁止结盟拜会，兵勇结盟拜会、鼓众挟制者严究；结拜哥老会、传习邪教者斩。"它反而因此蔓延，打仗时需要相互救援，出营离散后可彼此接济。[10] 到了19世纪末，即使在会党并不发达的华北平原，梅花拳、大刀会正吸引着越来越多农民的加入，他们被干旱、贫困、洋人的到来弄得疲倦不堪、愤怒异常。会党也代表着那股潜藏的、失控的、梦幻般的力量。它还随着华人移民浪潮遍布世界，三合会活跃在每一个唐人街。

若海外华侨的金钱与这地下力量结合起来，将演变成怎样一种力量？这个想象曾令孙文兴奋不已，兴中会正因此诞生。这股力量是要颠覆慈禧的统治，帮助光绪重新掌权，为六君子复仇；还是要颠覆整个满人政权，建立一个共和国？梁启超在两条道路间摇摆，他对保皇会的举措不无怀疑，又未能决绝地踏上孙文的道路。不过，人人都在传说，他试图摆脱康有为，与孙文达成联盟，"一时孙康合作之声浪，轰传于东京横滨之间"。江岛十二郎的勇气

---

① 田野橘次（1877—1904），日本兵库县人，曾为万木草堂教师，问学于康有为，后任《知新报》记者。

也因此滋长，他们草拟了一封《上南海先生书》，声称只有共和体制才能挽救危局，当今皇帝可以出任总统，这是对保皇理念的彻底否定。他们甚至称刚过40岁的老师"春秋已高"，要他"大可息影林泉，自娱晚景"，而"启超等自当继往开来，以报师恩"。[11] 他们请陈少白将信带至香港，转交康有为。

梁启超年轻的学生更无顾虑，他们被卢梭的革命言论与会党的江湖豪情共同鼓舞着。尤其是林圭，他厌倦了讨论与等待，被孙文的行动吸引；他也对东京生活倍感不满，广东商人对这些学生非常不敬，日本新闻纸也唾骂支那人。他们商议于长江沿岸利用会党起义，夺取汉口为基地，众人推林圭为首回国动员。在唐、林的邀请下，蔡钟浩、田邦睿、李炳寰、秦力山、傅慈祥（成城学校）、黎科（东京帝国大学）、郑葆成、蔡丞煜（东京日华学堂）也决定加入他们。他们在大同高等学校里的激烈言辞，要转化为行动了。

11月13日，梁启超为林圭一行送行，邀请孙文、陈少白、宫崎滔天出席，地点再次选择在红叶馆。四天前，陈少白、宫崎回到横滨，向孙文汇报香港的情况，并呈送兴汉会总会长印玺。席间，梁启超与孙文、陈少白大谈合作。孙为林圭介绍老朋友容星桥作为汉口的联络人。34岁的容星桥是容闳的族弟，1874年曾作为第三批幼童赴美求学，归国后曾在北洋水师服役，参与中法战争，之后到香港经商。他也是兴中会最早的成员之一，此刻，他在汉口出任一家俄国洋行买办。当晚，林圭从横滨登船，五人与他同行，其中包括田野橘次——他万木草堂的日本同学，日后将以撰写《最近支那之革命运动》闻名。

二

唐才常正在上海等待他们，计划在长沙设立总部，为避清廷耳目，田野橘次以开办学校和新闻社作为掩护。他们出发当日，上海的《申报》发表《禁逆书议》，查禁《戊戌政变记》一书。流亡海外的康梁仍活跃在人们心中，带来恐惧，"匿迹海外，依然拈弄笔墨，讪及宫廷，丧心病狂"，如今，"康逆已潜回香港，梁逆更肆无忌惮，著此逆书，使不严以禁之，恐天下无识之流，皆将误信其簧蛊，谣言之起，此后更无已时矣"。[12]

相较于东京与香港的豪情，国内维新派意兴阑珊。在给汪诒年的信中，夏曾佑提起了六君子殉难的纪念会，但没有表达更私人的感受，似乎在淡化与梁启超、谭嗣同的心理联系，他还对《中外日报》的康党倾向感到不安。9月23日，宋恕致信梁启超，说一年来自己"终日悲愤，贱躯益弱，不能办稍辛劳事"，并对康梁师徒由不满到佩服："《清议报》期期读、字字读，撰译皆胜《时务报》万倍，恨不能销于内地。"他随信寄去诗作，期望能刊登在《清议报》上，但不要署真名，"不能不胆怯也"。[13]

这恐惧、萧索的社会气氛，被正在中国游历的内藤湖南捕捉到。作为《万朝报》记者、汉学新秀，他在北京甚至没找到一个可以说话的人。几位侨居北京的日本人说政变前，翰林院人人都喜欢与日人交游，如今完全断绝来往，"会面之事更是一概回避"。衰败、萎靡无处不在，京城臭气熏天。"城中泥土呈灰色，就像轻灰似的，脚一踩上去，便飞扬起来，天色便变得晦暝

384

不已。步行数分钟，衣服便都变成了灰白。"日本公使馆门卫竟有五品官秩的满人宗室，给他五元钱就教你官话，"颜面、体面等意义，与今之中国人已无从谈起"。在上海，他悲叹可怜的新闻界："虽有中英文数种，但没有一家发行量超过一万。《申报》资格最老，其通讯与论说，如今也看不出有太大起色，发行量不过七千份内外……报道有欠精确，多为揣摩之臆说。"只在天津，他发现严复令人敬仰，"眉宇间有英爽之气"。严复的气度的确不凡，在人人噤若寒蝉之时，仍对日本客人"谈论纵横，不惮忌讳"，"盖系此地第一流人物也"。[14]

内藤发现，人人都关心康梁的命运，忍不住谈论这对师徒。在上海，内藤对张元济说康有为"才力有余而识量不足，少有沉着持重之态……喜自我标榜及与人辩驳，故而其事易鲁莽灭裂"。张表示赞同，认定政变的失败也缘于此，"授人以瑕隙，致生意外之衅"。张也不满康的逃亡，"犹复偷生于人世，殊不可解"；他对康的未来不抱希望，"不知彼之事业，至彼时已尽，自此以后，皆为蛇足而已"。张元济对梁启超也不无微词，说《清议报》"哓哓自辩"，"徒使外人见其意躁识疏，此亦当为新党所愧憾者也"。内藤说，梁启超在《时务报》时"有恃才自炫之风"，到日本后"颇自抑损"，也可能受到日本士人"躁急之风"的影响，"且其太过自我辩疏，其攻诋西太后，动辄语涉猥琐，适见其为人之低鄙，故与为弟所不取"。他觉得梁在日本交友不

慎，误判了日本形势，"将独受其弊而不得分享其利也"。张附言说，那些猥琐之语，"非士大夫所宜言者"。内藤也对严复说，"康氏意气过锐，此所以招致失败者也"。内藤也向张元济说起，两个月前见到了王照，流亡似乎摧毁了他，"望乡之心甚切，与东渡诸友多有违隙，殆欲发狂云"，他是"木讷倔强之人，才气甚短而禀性率真，非能担当大事之人"，陷入祸端是康有为过分招摇所致。[15]

这些维新旧友不知康梁正在展开的新冒险，也难以想象他们酝酿的庞大计划。对于梁启超，这是一段充满兴奋、焦头烂额的时光。一场意外的火灾中断了《清议报》的正常出版，报馆也被迫迁往山下町二百五十三番地。10月23日，父亲梁宝瑛同李蕙仙及思顺来到日本，在一年多担惊受怕、彼此思念后，一家人终于团聚。这是个甜蜜的时刻，也让他体验到难得的个人温暖。

康有为的怒气传回了东京。江岛十二郎的信件随即传遍康门，引发哗然。在最后的署名中，江岛十二郎外又加上唐才常，恰好十三位，大家以"十三太保"呼之。在粤语中，"太保"一词充满了不肖的流氓气。据说徐勤尤为愤怒，致信康有为，说梁启超已掉入孙文圈套，要"速设法解救"。[16] 在香港暂时安顿下来的康有为的愤怒可以理解，他不仅活在刺客的恐惧中，还被自己门生劝告离开舞台，他随即令叶湘南①、麦孟华②等赴日主持工作，欧榘甲返回澳门，梁启超则被遣往美国，发展保

---

① 叶湘南（1871—1954），字觉迈，万木草堂学生，曾任时务学堂分教习，深受康有为信任。
② 麦孟华（1875—1915），字孺博，万木草堂学生，曾参与公车上书，戊戌政变后在日本协助梁启超办《清议报》，后任《新民丛报》撰述。

皇会、募集款项，为即将到来的勤王运动做准备。

没人敢反驳康有为的意见，至少在表面上，他们接受了他的派遣。

第十章　太平洋上

一

送别持续了好几天。在箱根，柏原文太郎设宴于环翠楼，他毫无保留地支持梁启超的每一桩事业，情谊宛若兄弟。酒后，梁启超写下"壮哉此别"，并作诗一首："丈夫有壮别，不作儿女颜。风尘孤剑在，湖海一身单。天下正多事，年华殊未闲。高楼一挥手，来去我何难。"[1]

在横滨，大同学校诸君在校中为他饯行，高等学校发起人则在千岁楼设宴，宴后又前往清议报馆彻夜长谈，惜别之情弥漫于南京町。梁启超改变了华人社群的面貌，他创办报馆、学校，组织商会，将日本政界、新闻界的关注带入这个社区，既唤醒他们的身份意识，又提供具体的解决方案。

他也去拜会了伊藤博文。伊藤欣赏这位年轻流亡者，支持他留在日本，还为他这次美国之行提供资助。伊藤以吉田松阴鼓励梁，比起吉田失败的偷渡，梁无疑幸运得多。他也将赴美行程告知近卫笃麿，还特地前往上野公园，拜祭去年才落成的西乡隆盛像，维新过去了整整三十年，在像前，他或会想起与谭嗣同的告别，他们用"西乡""月照"来形容彼此。中国的月照已逝，西乡功业仍遥遥无期。

要托付的事情同样繁多，大同学校运转正常，报馆却令人忧虑。主笔欧榘甲已前往香港，向康有为请罪，梁启超将编务托付给从澳门赶来的麦孟华，许诺自己将在途中持续寄来稿件。家人更难以割舍，他们刚刚团聚又再度分开，父亲于12月19日登上中国号，返回澳门，妻子则要独自在东京养育女儿。李蕙仙想必嗔怪不已，比起同志间的告别，梁似乎没兴趣记下这些家庭琐事。

孙文也参与送别。康有为的怒火并未影响孙梁的合作信心，孙写信给身在夏威夷的哥哥孙眉以及兴中会骨干，嘱他们将梁视作同志。[2]夏威夷是梁启超赴美的第一站，他打算停留月余前往美国大陆，再旅行六个月，演讲、募款、创办分会。

12月20日中午，梁启超登上香港丸，几十位同人送到码头，其中十几位登船告别，可以想象，小小的船舱内必弥漫着殷殷嘱托与惜别之情："相送复相送，群贤返自崖。骊歌犹上下，鸿爪已东西。波路空逾阔，楼台望转迷。齐州烟九点，回首渺予怀。"[3]下午1点，船开动，驶出横滨港。[4]

远行也使他重新认识日本与自己。自甲午年以来，不管北京、上海、广州还是武汉、长沙、杭州，他从未在一地住满一年，在东京却已住了440天，每日翻看报纸，日本的政界学界之事，"相习相忘，几于如己国然"，"许多之习惯印于脑中，欲忘而不能"。这个客居之国，像是第二故乡。他感到自己处于人生的另一个转折点。日本是亚洲第一个立宪君主国，如今他又

386

要前往全球第一个现代共和政体。回想二十七年人生，他从一个九岁始游他县、十七岁始游他省、"了了然无大志，梦梦然不知有天下事"的乡人，逐渐了解中国只是世界的一部分。去年（1898年），他第一次离开中国，如今则航行于太平洋上，前往一个新大洲。他的身份也随之变化："为十九世纪世界大风潮之势力所簸荡，所冲激，所驱遣，乃使我不得不为国人焉，浸假将使我不得不为世界人焉。"[5] 这种种情绪催生出他写日记的欲望，他采用西历纪元，时空不再是中国内部的，而是世界通用。

他想做一个世界人，故国提醒他仍是亡命之徒。他登船当日，北京再度发布上谕，将康梁视作头号敌人，称逃到海外的他们"狼性未改"，"犹复肆为簧鼓，刊布流言，其意在蒙惑众听，离间宫廷"，要求海疆的督抚悬赏捉拿，"无论绅商士民有能将康有为、梁启超严密缉拿到案者，定必加以破格之赏"，即使不能生擒，"设法致死"，也从优给赏。[6]

成为世界人之途也注定颠簸。"风浪渐恶，船摇胃翻，偃卧一床，蜷伏不敢动。"他在12月21日的日记中写道。他想起比之一年来的九死一生，眼前的苦又算得了什么，强行起床到船面，又苦吐不止，"终蜷伏将息之"。前几日的过度辛劳助他傍晚沉沉睡去，当夜海风大作，船身"颠荡如筐，上下以百尺计"，他竟浑然不觉。醒后，他有了六祖慧能式的感悟："盖晕船者非船之能晕人，人之自晕也。"[7]

12月22日，太平洋显示出它的威力，"风益恶，涛声打船如巨壑雷，浪花如雪山脉。千百起伏，激水达桅杪"，船像钻入了海心。海浪击碎了玻璃窗，海水涌入舱内，床褥衣服书籍都浸透，他勉强带着行李换舱。船员用木板钉住窗户，以至于白昼也要开灯。傍晚时，船突然停下来，盘旋良久，一位日本船员被巨浪卷入海中，他在海面上挣扎了两刻钟，终无法得救。梁惊愕不已，感慨生命的无常与脆弱。他从中寻到鼓舞，死期未至，"使人冒险之精神，勃然而生"。他为遇难者捐赠了十金。[8]

12月23日，海风依旧，梁启超逐渐适应，"能饮食行坐，无大苦"。他想起少时最怕乘船，过数丈的河流，也必作呕，几年来四处奔走，每年航海数次，若不是大风浪，并无特别感觉。这次太平洋上的风浪为生平未见，仍已习惯。他感慨，人的聪明才力皆来自阅历。偶尔，他因不懂英语无法与人交谈，而感寂寞。所幸，头等舱还有耶稣会教士两名，他们在甘肃传教会说北方话，与他闲聊，兼做英语翻译。英国人船主也是"温厚勤恳善人"，一位船员是日本友人前岛密之子，"途中为余照料一切，殷勤备至"，还有一位曾在胶州服役的德国军官……香港丸上的国际社区，也在提醒梁启超世界人的身份。[9]

12月25日，风浪终于退去。他坐下来整理思路，海浪颠簸意外地激发诗兴。他对诗词不无偏见，认为词章家不过是鹦鹉名士。他自认诗才有限，平生所作不及五十，能背诵的古诗也不及两百，却对诗论过分自信，认定中文世界需要一场诗界革命，需要新意境、新语句，与古人风格相融，"则可以为二十世纪支那之诗王矣"。宋代与明代诗人善以印度意境入诗，苏东坡即是一例；如今欧洲意境代表新世界入诗，黄遵宪正是这一潮流的开创者，挚友谭嗣同与夏曾佑善于选新语句，将生涩的经书、佛家、欧洲语皆入诗，却不足够诗家的资格。他感到，欧洲的真精神、真思想尚未进入中国，所谓的欧洲意境语句，"多物质上琐碎粗疏者，于精神思想上未有之也"，真正的诗界革命尚未到来。他的自傲也偶尔流露出来，说今日不作诗则已，若作诗必为诗界哥伦布、麦哲伦，要在旧诗歌中发现新大陆。[10]

12月27日，他登船楼望海，"神气殊旺，诗兴既发"。[11] 他检点几天来的诗作，竟有三十多首。以箱根的《壮别》为题，他又续写了二十五首，其中有写给伊藤博文的"只身浮海志，使我忆松阴"，有给大隈重信的"第一快心事，东来识此雄"，有给犬养毅的"血泪热在腔，肝胆沥相见"，也有给父亲的"牵衣日追从，最忆是儿时"，给妻子的"围炉谈意气，对镜数年华"，更有一种家国情怀，"国士皆知我，江山似旧行"。[12]

这些诗作中，日后最负盛名的一首是《二十世纪太平洋歌》："亚洲大陆有一士，自名任公其姓梁。"他以此自述开始，回顾日本的生活，"尽瘁国事不得志，断发胡服走扶桑。扶桑之居读书尚友既一载，耳目神气颇发皇"；此次前往美国，"誓将适彼世界共和政体之祖国，问政求学观其光"。他察觉出一种崭新的时空感，相信自己身处"新旧二世纪之界线，东西两半球之中央"，太平洋则是"世界第一关键之津梁"。[13] "世纪""世界"是他钟爱的词，事实上，他也是第一个使"世纪"流行起来的中国人，在《清议报》创刊号中，他写下"安知二十世纪之支那，必不如十九世纪之俄、英、德、法、日本、奥、意乎？"[14] "世纪"意味着一个全新的时间观。中国人六十年一甲子的循环时间观，让位于耶稣的公元纪年。他也体验着某种世纪末情绪（Fin de siècle），旧时代终结，新时代正在浮现。

他不安于自己的狂热，"余生平爱根最盛，嗜欲最多，每一有所染，辄沉溺之"，作诗再度令他"忽醉梦于其中，废百事以为之"，他决定根绝这一嗜欲。[15]

12月28日，狂风再度袭来，桅杆折断，海水又一次灌入船舱，水深数寸，连船长都感慨，航行太平洋上数十年，从未遇到这连续九天的风浪。戒了作诗的他读书消遣，《将来之日本》及《国民丛书》数种，它们的作者与编者是德富苏峰。

二

梁启超以吉田松阴、高杉晋作自居，而与他气质与能力更为相似的却是德富苏峰。比梁年长十岁的苏峰原名猪一郎，成长于一个剧烈转变的社会，幼时读唐诗、《论语》和《大学》，在洋学堂则读《圣经》，吃面包、牛肉，青春岁月与风起云涌的自由民权运动重叠。他也是个早熟的灵魂，不到二十岁的他开办大江义塾，为几十名学生讲授日本历史、经济、汉学和英文。他边自学边把自己刚刚理解或一知半解的知识传授给学生。在课堂上，《幽室文稿》《史记》《战国策》《英国宪政史》《经济学》《美国民主》《国民》，一股脑涌到学生面前。宫崎滔天日后回忆："（学生）有的凌晨即起，足踏寒霜练习击剑；有的三更夜半，卧在被中探头读书。既有淇水老师手抚白髯坐在破席之上讲授《道德原理》，又有猪一郎先生口沫横飞地讲述法国革命史。"老师谈入佳境时，"学生们便不由得呼啸起舞，甚至有拔刀砍柱者"。每星期六举行讲演会时，"人人以辩士自居，理

388

无不可，但其滔滔雄辩，却使人惊异……而其口中竟常征引罗伯斯比尔、丹顿、华盛顿、克伦威尔诸人的事迹……眉飞色舞、反复驳难，真使一派先天的自由民权家也为之逊色"。[16] 这无疑也是梁启超试图在大同高等学校营造的气氛。

最终，德富苏峰在蓬勃的新闻业中找到归宿。靠着《论明治二十三年以后政治家的资格》《第十九世纪日本青年及其教育》等小册子，他确立了青年政论家的声誉。出版于1886年的《日本之将来》将他的声誉推上了巅峰，使他成为福泽谕吉之后新一代舆论领袖。1887年，他仿照美国《国家》（The Nation）杂志，创办《国民之友》杂志与丛书，激起一代青年的阅读狂热。

"'在我死后，任他洪水滔天'，路易十五死前说道，对未来的法国作出了悲观的预言。如今洪水已经来到我们的国家，我们正站在激流中，如果有人转身问我们日本的未来，我们该怎么回复。"德富苏峰在《将来之日本》开篇写道。这是典型的德富文风，将日本置于世界之中，运用历史类比、夸张口气，制造出紧迫感。他将欧化的句子直接引入日文，从而创造了一种既有汉文风格又直截了当的文风，在他笔下杜甫、司马迁、赖山阳与亚当·斯密、托克维尔彼此交织，令人目眩。

在《将来之日本》中，他先说日本并非孤立，而是与世界各国关系密切，不可避免地被世界潮流所影响；世界正从军事社会进化至工业社会，日本将遵循这个历史轨迹，如同英国一样，在实现工业社会后会迎来一个民主社会，和平也将随之而来。他推崇一种新的平民主义，认为居住在茅舍中的乡村士绅，而非一个西化、堕落的日本上层，才是日本未来的动力。这本书的基调来自赫伯特·斯宾塞（Herbert Spencer）的进化哲学。这位自学成才的英国哲学家影响遍及美国至欧洲，他为杂乱无章、风起云涌的世界提供了一个清晰的归纳、一条明确的道路。如今，他在日本大受欢迎。"其文雄放隽快，善以欧西文思入日本文，实为文界别开一生面者，余甚爱之。"梁启超评论道，"中国若有文界革命，当亦不可不起点于是也。"[17]《将来之日本》也激发起他对中国未来的想象，茫茫太平洋上，适于回顾往昔、想象未来。很有可能，著名的《少年中国说》就因此而起。

"日本人之称我中国也，一则曰老大帝国，再则曰老大帝国。"他以外人对中国的偏见开始，这偏见自欧洲传入日本，如今遍布于东京的报章、文人政治家的口中。他接着用一连串极端对比来形容少年①与老年，"老年人常思既往，少年人常思将来……老年人常多忧虑，少年人常好行乐……老年人常厌事，少年人常喜事……"又运用了自己钟爱的杂糅式比喻，其范围从自然到食物到新技术："老年人如夕照，少年人如朝阳。老年人如瘠牛，少年人如乳虎。老年人如僧，少年人如侠。老年人如字典，少年人如戏文。老年人如鸦片烟，少年人如泼兰地酒。老年人如别行星之陨石，少年人如大洋海之珊瑚岛。老年人如埃及沙漠之金字塔，少年人如西比利亚之铁路。老年人如秋后之柳，少年人如春前之草。老年人如死海之潴为泽，少年

---

① 少年，古称青年男子，与老年相对。

人如长江之初发源。"[18] 你可以想象他涌动的激情，这些词句将成为之后一个世纪中国人最热衷诵读的段落。这是极富戏剧性的一刻，中国人曾相信老人的经验是智慧的源头，如今却觉得少年才代表一切美好。

梁启超理解的少年，有龚自珍的浪漫色彩，后者感慨："我能令公颜丹鬓绿而与年少争光风，听我歌此胜丝桐。"它更来自西方冲击，启蒙运动带来进步的历史观，认定此刻胜过昔日，明日又比今日好，青年崇拜再好不过地体现了这股潮流。志贺重昂就写过一篇《日本少年歌》："霹雳坠地忽一声，桃源之人梦魂惊。蓄腾睡眼百磨擦，初认西方有光明。须臾光明如霞电，烛天蔽空眼欲眩。蓦也进来东洋天，焚尽日本全局面。老人狼狈望影奔，少年抵掌笑欣欣。天荒破得旧天地，鲜血染出新乾坤。新日本，新日本，滔滔大势如决堰。新日本来兮旧日本去，少年起兮老人遁。嗟吁少年风云正逢遭，活天活地属吾曹。歌成昂然仰天望，富士山头旭日高。"[19]

梁启超必为此深深触动。他说，中国也曾有自己的少年时期，三代之治、秦皇汉武的雄杰、汉唐的文学隆盛、康乾的武功煊赫，皆是"我国民少年时代良辰美景、赏心乐事"，如今则"颓然老矣，昨日割五城，明日割十城，处处雀鼠尽，夜夜鸡犬惊"。但如今是一个"老后、老臣、老将、老吏"的国家，只能"为牛、为马、为奴、为隶"。他又有某种乐观，老年与少年可能突然转变，外人眼中的老大帝国，会变为新的少年国。此刻的欧洲诸国是中年之国，中国似乎衰老，却可能突然变为少年之国，比中年之国更富活力。因为中国的老年，只是朝廷的老年，是从周代"文、武、成、康"的少年时代到"幽、厉、桓、赧"的老年时代，也是从汉代"高、文、景、武"到"元、平、桓、灵"的时代……朝代会老去，处于一个新世界体系的中国，却恰逢少年，"而今乃始萌芽云"。在这个新时代中，欧洲列邦是中年国，中国却是少年国。他用一连串排比将情绪推向高潮："少年智则国智，少年富则国富，少年强则国强，少年独立则国独立，少年自由则国自由，少年进步则国进步，少年胜于欧洲则国胜于欧洲，少年雄于地球则国雄于地球……美哉我少年中国，与天不老！壮哉我中国少年，与国无疆！"[20]

畅想令人亢奋，现实却突然袭来。"风已尽息，海平如镜"[21]，12月30日，天气突然炎热潮湿起来，像是广东的七八月。出发时，东京仍是雨雪尺许，如今要把冬衣换成单衣。夏威夷即将抵达。

第十一章 檀香山

一

1899年12月31日午后，香港丸抵达火奴鲁鲁，因为风暴，它比预定时间晚了两天。船将抵岸，又有不安的消息传来："岛中新有黑死疫病，经过之客，不许登岸，而埠中华人，不许越雷池一步。"[1]

踏上码头的梁启超，没发现接他的同志，巡查者却等候多时。对他的通缉早已抵达，驻美公使伍廷芳①已致电各地领事，要他们广布眼线，如果拿到康有为，赏银一万两，梁启超五千，即使当场格毙，也一律给赏。夏威夷的杨蔚彬领事表现积极，31岁的他额头宽阔，眼眉秀气，曾取得举人功名，任浙江同知。他也是新会人，其人生轨迹与梁启超不无交集：1896年，当梁拒绝伍廷芳加入赴美使团的邀请时，他出任使馆参赞；夏威夷被并入美国后，他出任此地领事。他们再次相遇，原本相似的命运滑向两端，一个是通缉要犯，另一个是朝廷命官。

杨蔚彬已知会夏威夷海关，望严查香港丸，其中一位叫梁启超的乘客是大清国要犯。巡查者在客人名单中没发现这个名字，也没有中国装束、形迹可疑的人。只有一名头等舱客人面貌与梁启超照片相似，但他持日本护照，名为柏原文次郎（Kashiwabara Bunjiro），护照号14636，上有外务大臣青木周藏（Aoki Shuzo）的印章。护照信息表明，他时年31岁，家住"东京芝区露月町十四番地寄留千叶县印幡郡成田町字寺日百二十八番地"。没错，为了保证梁启超的安全，柏原慷慨地借出自己弟弟的护照。这引发搜查者疑虑，发现他随身盘缠不足五十美元，便以日本工人登岸的法例试图扣留他。日本领事佐藤（Saito Miki）及时赶来，坚称若阻止登岸，有害两国邦交。他已收到外务省的指示，要给予梁启超保护。

在日记中，梁启超没有提及登岸时的麻烦，也无心情打量码头景象。"繁忙的码头，低矮的建筑，以及毛茸茸的青山。"罗伯特·路易斯·斯蒂文森（Robert Louis Stevenson）曾这样描述火奴鲁鲁。这位因《金银岛》（*Treasure Island*）闻名的英国作家期待这里的温润气候能治愈他的肺结核。夏威夷的历史可以追溯到公元1100年，太平洋上的波利尼西亚人就开始在此活动。18世纪末，欧洲人发现了夏威夷群岛，库克船长将之命名为三明治群岛，原住民也建立了夏威夷王国，以瓦胡岛（Oahu）上的火奴鲁鲁为首都。随后，这个王国被卷入正在兴起的全球贸易网络，它先因檀香木贸易、捕鲸业，接着是蔗糖出口与劳工运输，迅速繁荣起来。梁启超抵达时，火奴鲁鲁愈加繁华，人口是二十年前的三倍，达4.5万。美国大陆的排华情绪传到此地，华工被禁止入境，日本劳工取而代之，大规模涌入。在摄于1899年的一张照片中，一群日本人正拥挤在码头上，皆着宽松的便装和服，戴巴拿马礼帽，或站或坐，身旁是简陋的行李箱。他们大多来自广岛、福冈、和歌山等贫苦之地，带着改变命运的憧憬来到此地。这也是迅速崛起的日本的另一面，国家富强的同时，个体仍困苦、无助，薪酬甚至比华工更低。

登岸的梁启超，"一人独行，言语不通，甚苦之"。[2] 他入住了亚灵顿客寓（Arlington Hotel），这座两层建筑是本地最豪华的旅馆，夏威夷末代女王利留卡拉尼（Liliuokalani）曾在此度过童年。他完全没意识到鼠疫将给他带来怎样的影响。历史学家考证，这次鼠疫起源于19世纪中期的云南，随太平天国蔓延至华南地区。1893年左右，它在广州杀死了上千人，正

---

① 伍廷芳（1842—1922），字文爵，清末民初政治家、外交家、法学家，香港首名华人大律师，后任中华民国军政府外交总长等职。

在万木草堂就读的梁启超，或也察觉到这恐慌，但当时疾病并非文人关心的主题。鼠疫接着传至香港，它未引起欧洲人的忧虑，死亡大多发生于拥挤的中国社区，住在半山上、通风良好的欧洲人很少受到影响。这纯属卫生条件的差异被解读为人种差异，疾病属于亚洲人，彻底忘记了五个世纪前，鼠疫使欧洲三分之一人口消亡。鼠疫接着向全世界蔓延，1899年6月，驶向夏威夷的日本丸上发现一具中国人的尸体。秋天，唐人街开始传出更令人不安的消息，中医们开始以草药医治病患，不承认这是鼠疫。他们有理由隐瞒消息，他们不信任对中国人歧视日益加剧的夏威夷政府。12月8日，一名几周前来自广东的店伙计在高烧中醒来，感到大腿有奇怪的肿胀，一位叫李启辉（Li Khai Fai）的医生得出结论，鼠疫来到夏威夷，并通知当局。李曾就读于广州博济医院，出于对自由与爱情的追逐，他与新婚妻子江棣香（Kong Tai Heong）逃亡至此，幸运地成为第一个在唐人街营业的西医，亦是中国人与外部世界的连接者。日后，江棣香将成为一代传奇，以美国历史上接生最多婴儿的助产士闻名。

李医生没想到，因为自己的诊断，当局加剧了对中国人的怀疑。尽管鼠疫杆菌已被发现，科学家们还未发现病毒传播的原理以及应对方法。隔离便是习惯性选择，全副武装的警卫把守着唐人街四周的八个街区，包括中国人、日本人、夏威夷人、葡萄牙人在内的上万居民禁止离开。隔离没带来期待的结果，死亡接连而至。12月31日，梁启超登岸这一天，当局焚烧感染者的房屋，期望以火彻底杀死病毒。这更激起中国人的不满，他们习惯将尸体运回家乡、入土为安，认为焚烧让灵魂无处归依。

傍晚，到访者将梁启超从困惑与孤立中解脱出来。翌日，更多拜访者涌来："岛中同志来访者十余人，相见咸惊喜出意外。"午间，梁启超随众人去参观华人学校，七十余名学生多是广东子弟，还有几名夏威夷土著儿童。执教者是一位美国耶稣会传教士，曾在广东传教，会讲粤语，"其夫人尤娴熟，相见握手如乡人"。[3]

事实上，整个夏威夷都在关注梁启超的到来。"追随康有为的梁启超，是中国最杰出的改革者之一，已到火奴鲁鲁。"1900年1月1日的《夏威夷星报》（The Hawaiian Star）写道。记者称梁已剪掉头发，穿着欧式服装，看起来就像是个出身良好的日本人。他的计划广为人知，握有大隈重信与日本驻英公使加藤高明的介绍信，短暂停留后将前往旧金山、纽约与华盛顿。他在亚灵顿客寓的房间已是地方具有改革意识的中国人的"麦加"。紧挨这条新闻的是唐人街鼠疫的新状况："更多的房屋被焚烧了。"同日的《太平洋商报》（The Pacific Commercial Advertiser）专门报道了香港丸惊心动魄的遭遇，邮船不得不在洋面上抛锚32个小时，等待风暴平息。

1月2日，《夏威夷星报》报道了杨蔚彬致信夏威夷外长莫特-史密斯（Ernest Augustus Mott-Smith），抗议当局允许这位通缉犯自由行动。梁则在日本领事佐藤的陪同下拜访外长，后者许诺说："凡足迹踏本岛之地者，即应享有本岛人一切之自由权，非他人之可侵压也。"[4] 1月4日，《夏威夷星报》又报道说，太平洋共同人寿公司（Pacific Mutual Life Insurance

Company）的克林顿·赫钦（Clinton J. Hutchins）代表梁启超致电外长莫特-史密斯，后者确认了梁的安全与自由。记者称赫钦一年多前在北京时即认识康有为、梁启超等一众改革者，甚至目睹了梁启超的逃亡，1898年9月21日在回酒店的路上，他看到正在赶往日本领事馆求助的梁启超。

这些传奇色彩增加了梁启超的吸引力。"数日以来，埠中乡人纷纷咸集，询问国事，日不暇给。"拜访者之一钟工宇被梁的魅力深深迷住了，他是孙文的同学、City Mill的老板。"消息却像野火般传开来。……人人都想见这位著名的改良派。"[5] 本地华人的历史可以追溯到1780年代，一位英国船长带着一位夏威夷贵族前往澳门做生意，五十位中国人加入回程船队。19世纪中叶，广东人与福建人大规模到来，他们进入糖厂，开设饭店、旅社，放牧奶牛，还贩卖鸦片。很多华人留了下来，一度占据着本地四分之一人口。火奴鲁鲁的唐人街也因此繁盛起来，海鲜行、中药铺、杂货铺林立。中国人也按自己的方式想象火奴鲁鲁，此地出产檀木，得名檀香山。很多移民来自广东的香山县，这名字给予一种慰藉，即使你跨越了半个太平洋，仍有种家乡的熟悉感。

梁启超发现，本地华人富有政治热忱，"热心国事，好谈时局者，殆十而七八"，在普遍政治冷淡的华人社会实不寻常。这与本地政治氛围有关，它的政治结构与文化皆颇为独特。1810年，国王卡美哈梅哈一世（Kamehameha I）统一夏威夷诸岛。1839年，卡美哈梅哈三世（Kamehameha III）创建了一个立宪国家，王室成员构成上议院，平民组成下议院，男性获得选举权。1843年，英、法、美承认它为独立王国，建立平等的外交关系。卡拉卡瓦国王（David Kalākaua）更富野心，他精力充沛、个性张扬，建造欧洲风格的王宫，对白人在当地越来越显著的影响力倍感焦灼，宣扬夏威夷是夏威夷人的夏威夷。1884年，他前往亚洲，试图在东方寻找支持者。在天津，李鸿章对这个太平洋中的岛屿缺乏兴趣；在东京，他受到了更高礼遇，但明治天皇对亚洲联盟计划缺乏兴趣。此行并非毫无收获，国王到访天津后，驻美公使郑藻如派欧阳明、赖鸿奎前往火奴鲁鲁，倡议创建中华会馆，联络侨情、处理纠纷。这一年，夏威夷已有18254名中国人，占总人口的22.7%，比起美国、澳大利亚或是南美，这里的中国移民更少受到歧视，甚至可以娶土著贵族女子为妻，接近权力中心。他们也更有政治意识。旧金山移民们远离华盛顿，难以感受日常政治，火奴鲁鲁不同，它是港口又是首都，每天看到政治事件的上演。此刻，日渐衰微的王室力量与日益专断的美国种植园寡头的冲突愈发严重，后者期待一个不断扩张的美国兼并夏威夷。它松散、脆弱的政治结构令华人亦有机会卷入其中。1889年，卡拉卡瓦国王依赖一位叫罗伯特·威尔考克斯（Robert Wilcox）的意大利人，进行了一场过分短暂且无力的反抗。几位华人领袖提供了资金支持，他们期望一个重掌权力的王室，给予华人更多的安全保证与经济权利，将自己的商业影响力转化为政治力量。政变失败后，卡拉卡瓦国王离世，他的妹妹继承了王位。她比哥哥更缺乏政治技巧，鲁莽地修改宪法，试图恢复王室的主导权。1893年，美国糖业寡头在美国海军陆战队的帮助下废黜了女王。1894年7月4日，一个临时共和国宣告成立，一位美国传教士之子、律师桑福德·多尔（Sanford Dole）出任第一任总统，他有一副令人难忘的胡须，花白且长，像是京剧里的长髯公。

华人对女王的支持加剧了新政府对华人社区的不信任。1893年初，新政府宣布禁止华人经营新的工商业，禁止华人参加政治活动，还散布信息说："只要给他们（华人）一角钱的茶叶，他们就会把选举票卖掉。"[6] 这种屈辱感因远方故国的新悲剧进一步加剧。甲午战争中，胜利的日侨欣喜若狂地游行，华人则深感泄气，清王朝不仅无力保护他们的权益，在战争的高潮，中国领事还要当地华人为慈禧的六十寿辰举办庆典。这股悲愤构成了孙文的政治基础。1894年11月24日，一群华人聚集在爱玛巷（Queen Emma Lane）140号，这里是卑涉银行（Bank of Bishop）经理何宽的住所，他是本地传奇人物，是第一份中文报纸《隆记报》的创办人之一，也因卷入了威尔考克斯的起义被罚250美元。到来的人比预料的更多，遂移至157号的李昌家，他曾出任夏威夷政府的译员。他们成立了一家叫兴中会的组织，举办了入会宣誓，众人左手放《圣经》，举右手，宣誓语似是天地会与基督教的混合体："联盟人，某省某县人某某，驱逐鞑虏，恢复中华，创立合众政府，倘有贰心，神明鉴察。"[7] 李昌领着众人宣誓，刘祥当选主席，他是首屈一指的永和泰的老板，何宽任副主席。正文案程蔚南亦是《隆记报》的创办人之一，副文案许直臣是一名教员，永和泰的司账黄华恢出任管库，八位值理分别是李昌、郑金、林鉴泉、李多马、李六、黄亮、钟工宇与邓荫南。他们脑后的长辫显眼，所操粤语以香山县一带口音居多。爱玛巷的这场聚会，代表着华人精英的觉醒。没人能想象28岁的孙文会成为未来的国父，更没人料到这次相聚会是一个新浪潮的开端，近代中国第一个政治组织就此成立。或是因为不满日常的屈辱，或是渴望同道者的慰藉，还有人出于投机心理，听惯了水浒英雄、洪杨起义故事的他们，想成就一番事业。

这也是梁启超试图接洽的力量。鼠疫打破了他的计划，1900年1月20日，唐人街迎来兴建以来的最大悲剧。突然转变的风向，令本来只是一栋房屋的焚烧，演变成一场失控的大火。它席卷半个唐人街，令至少上千人失去房屋与财产，华人社群陷入前所未有的愤怒。他目睹了这恐慌："初议有病疫者之家则火之，其后则议一家有疫，殃及左右两邻，其后又议一家有疫，火其全街。"这不仅是唐人街，也是夏威夷历史上最大的一场公共危机，礼拜堂、戏院皆关闭，集会禁止，他无法演讲、组建保皇会。

闲暇令他对夏威夷的地理与商业有了更多了解，它由大小不同的八个岛屿构成，火奴鲁鲁是首都与商业中心，最大岛屿为夏威夷，也是群岛名称的来源。这也是一个日渐蓬勃的港口，"百物腾踊，需用日繁，商务日盛"，工人的月工资从18美元涨到24美元。华人中种甘蔗、制糖、种稻谷最多，商业则主要是土产贩卖，供华工食用。最近两年有一些华人工厂诞生，能与白人争夺利润。他也叹息，排华法案也延伸至此，这里华人登岸比旧金山还难，日本人却迅速增加，"每一船至，辄运载五六百人"，日本人聚居地已成为岛内最大的外国人社区。他也嘲讽清政府外交官"能无愧死"。他喜欢上本地环境："竹林果园，芳草甘木，杂花满树，游女如云。"温润气候倍感舒适，"终岁御单夹衣，夜间盖秋被",令他想起苏东坡歌咏琼州的诗句:"四时皆是夏,一雨便成秋。"它的确是太平洋中心的天堂,但夏威夷王室的命运令他感慨,被放逐于华盛顿的女王让他想起李后主:"江山如此,坐付他人,月明故国,不堪回首。"英语已成为官方语言,本地土人甚至忘记了土语,这再度提醒梁,在这个优胜劣汰的世界,灭亡更多来自自身,不是白人亡夏威夷,而是夏威夷人自亡。[8]

二

在梁启超困于鼠疫时,北京传来了更坏的消息。"谨敬仰遵慈训,封载漪之子溥儁为皇子,将此通谕知之。"1900 年 1 月 24 日,紫禁城发出新上谕,宣告了光绪花样众多的谣言的暂时结束,皇帝没有被废黜,却有了一个明确的继承人。[9] 大阿哥时年 14 岁,其父载漪因强硬的排外姿态赢得慈禧的信任,固执、保守的大学士徐桐出任他的老师。

一些传闻说,慈禧原本要直接废黜皇帝。当徐桐、崇绮拿着废立奏稿寻求荣禄支持时,后者故意将奏稿掉入火中,口呼:"我不敢看哪。"荣禄随即进宫劝告慈禧,此举必导致外国不满。[10] 另一则传闻中,荣禄求教李鸿章,后者直言立储将招致列强干涉。但人人觉得,这与废黜并无两样。"今日换皇上矣。"太监们如此公然议论,翰林院学士恽毓鼎在日记中倍感惊异。它也带来举国哗然,尤其是东南的士绅群体。"岁晏运穷,大祸将至。"张謇在日记中写道。[11] 经元善夜半发电给盛宣怀,请他联合朝士力争,后者深感无力:"大厦将倾,非一木能支。"这位上海电报局总办并未罢休,他以职务之便打电报给总理衙门,以示抗议。[12] 30 名士绅受他感召,加入署名行列,汪康年、唐才常等皆名列其中。这引发了舆论的狂潮。康有为开启了以电报表达政治主张的先河,经元善这一次则更为醒目,署名者不是无足轻重的海外华商、华工,而是声誉卓著、有着广泛权力脉络的士绅。它刺穿了沉闷的气氛,一年多来,各地维新人士目睹朝廷的倒行逆施,活在恐惧与愤懑中,联署电文是一股新风,重申他们的尊严与价值。在很多人心目中,经元善与沈鹏、瓜尔佳氏并列,是这个喑哑时代的净谏之士。湖北、广东、四川、湖南的绅商效仿此举,向总理衙门发去联署电文。这还是中国历史上第一次,电报带来了舆论力量的迅速集结。这招来紫禁城的报复,经元善避走澳门,以躲避通缉。刚毅更将此视作诛杀维新派的良机,要将文廷式、宋伯鲁、张元济"指拿立决"[12],身在常熟的翁同龢也差点遇难[13]。

近一个月后,梁启超才得知大阿哥一事,他称之为"伪上谕",以"逆后贼臣"来形容慈禧及其追随者,"计画竟如此其狠毒耶!……手段竟如此其拙劣耶!"[14] 他赞赏上海士绅与海外华人的电报联署,笃信万众一心、万口一声、万躯之力,能令皇上复位。一篇声讨檄文不足以平息愤怒,他接着撰写了致李鸿章与张之洞的公开信,劝告两位重臣对时局负起责任。在给李鸿章的信中,他重温旧情,感谢他捎来的慰藉、鼓励之词,表示对通缉令的无畏,"不杀南海,则天下仅一南海耳;杀一南海,吾恐天下之南海将千百出而未有已";至于自己,即使死于捕杀,也会化作愤怒的鬼魂。他为保皇会辩护,海外华人对皇帝的关切竟使他们的家人被捕。他以历史趋势

395

警告李，一个多世纪来民权兴起，专制退却，法国路易十六上了断头台，俄国沙皇遇刺，他劝李公开反对这个伪朝廷、伪诏书。似乎为了鼓励李鸿章，他还忍不住辱骂张之洞："模棱贱儒，不足道矣。"[15] 二十多天后，他压抑住对张之洞的憎恶，致信这位湖广总督，要他"率三楚子弟，堂堂正正，清君侧之恶，奉太后颐养耄年，辅皇上复行新政"。他指出张的尴尬地位，反动大臣都视其为敌，他就像猎人向群虎膜拜。他劝张以历史为诫，不要做胡广、孔光、冯道之流，因缺乏道德原则被后人耻笑。他在信末表达了不畏死的决心，"万里投荒，一生九死，头颅声价，过于项羽"，足以自豪。[16]

这两封公开信发表在《清议报》上。身在广州的李鸿章反应依旧矛盾。北京权力场正迅速滑向混乱和偏执，他急于逃离这混乱。李提摩太在上海偶遇这位南下的总督，发现他"就像一个厌学的儿童回家过节一样高兴"，似乎预感到即将到来的动荡。[17] 李鸿章遵循北京的旨意，电告伍廷芳设法擒获康梁；他又拖延朝廷要破坏康有为祖坟的谕旨，辩解说平坟恐怕"激则生变"。这激起了慈禧不满，她严厉斥责道："倘或瞻顾彷徨、反张逆焰，惟李鸿章是问。"[18] 他令自己的侄女婿、梁的朋友孙宝瑄代为复信："其词颇有悻悻之意，又有求免之心。"他同时加快了对保皇会成员在广东家人的搜捕，罗伯堂、唐琼昌的家属皆被捕。[19]

公开信定让张之洞暴跳如雷。一年多来，他对梁启超的愤恨迅速滋长，甚至超越康有为。1899 年 10 月 2 日，前往两湖书院考察的近卫笃麿发现，学生们在黑板上的书写中，"'逆贼康有为、梁启超'之类的话甚多，令人稍有点异样的感觉"。宴席上的张之洞再次要求查禁《清议报》，称该报"乃是亡国的文字，彼辈以谭嗣同为盟主，以康有为为教主，图谋颠覆国家；至于皇帝复位之类，不过是眼下的借口而已。清国的子弟到贵国游学者甚多，但都读《清议报》的话，其弊端实不可估量"。近卫对这位偏执的总督解释，国际法禁止驱逐政治犯，"令梁启超离日他去，并非易易"，且"若以为梁一旦离去，《清议报》即可停刊，亦属大误"。陪坐的郑孝胥亦觉得张总督"多言康、梁在日有妨交谊，其辞太繁"。[20] 比起刘坤一的大臣气象，近卫觉得张之洞颇有些小家子气。这位饱读诗书的士林领袖在关键时刻总显得首鼠两端，他在道德文章中的义正辞严无法转化为政治行动，甚至从不对徐桐、刚毅表现少许质疑。

在不断加剧的危机中，梁启超的声誉继续攀升。1900 年 2 月 14 日，庚子年正月十五，北京又命南北洋、闽、浙、粤各督抚悬赏十万两，缉拿康有为、梁启超归案，"呈验尸身，确实无疑，亦即一体给赏"。[21] 慈禧耿耿于《清议报》《知新报》等对她的攻击，禁止这些海外报刊的流通，要求官员进行销毁，并惩办代销者。经由政变、流亡、通缉，康梁师徒不仅在读书人中声誉卓著，还成为民间文化的一部分，变得光怪陆离。年初，一位自称"古润野道人"的镇江作者，撰写了小说《绣像捉拿康梁二逆演义》。他将康梁分别写作二十八星宿的心月狐、虚日鼠，前者妖狐之性，最善感人，后者鼠耗之精，怪能钻洞。他们因贪念人间繁华，私自投胎凡间，祸乱人世。该书四十回，以戊戌变法为主，写到康梁出逃海外，成立保皇会。在小说末尾，儒释道三教教主联合捉拿康梁二逆，康梁受到外国教主保护，掀起中国与西方各教的战争。在作者心中，"英吉利的耶稣、法兰西的天主、美利坚的基督"是西方三教主，子路、韦驮、赵元帅则是中国的联军。最终，中国联军在英国破了迷魂阵，到美国设十面埋伏捉拿到康有为。[22]

接连的悬赏激起夏威夷新闻业的好奇。"一个头颅值六万五千美元的青年改革者"，当地的英文报纸喜欢这样称呼梁启超。这名声对他的事业不无促进，尽管受到种种限制，当地保皇会还是成立了。"檀埠会已大成，正埠四千余人，而入会已及一万二千余份。"3月15日，他在给同志的信中写道。[23]大会设总理一人，副理、协理数人，分会则有值理数人。会中事由总理、协理、值理议定。它还特别设立了五位演说员，这是一项至关重要的技能，流畅、热烈的演说能驱动人们翻出口袋。大会还设立通信员代收所有信件，由梁荫南出任该职，因非兴中会成员，他尤受梁启超信任，他还热心地给后者提供住处，并随其返回横滨。保皇会受惠于孙文的网络，总理黄亮，管库钟工宇，副理钟木贤、张福如，协理许直臣、李光辉等，皆来自兴中会。张福如尤其突出，"英语极佳，知兵法，有肝胆"，且愿意追随他回国举事。[24]孙眉也从茂宜岛（Maui）寄来支票。

三合会是梁启超的另一个支柱。"弟子近作一事，不敢畏罪而隐匿先生。"3月13日给康有为的信中，他坦承自己已加入三合会。他知道老师对会党的不信任，连忙解释它在当地的特别号召力，十之六七的华人属于此会。他初到时虽日日演说，听众喜欢，却很少人加入保皇会。当他加入三合会并被推为党魁之一后，保皇会的号召力陡然增强，会员"相继而入"。[25]很有可能，这是他第一次清晰意识到会党在海外华人中的影响力，比起台面上的清国领事馆、中华会馆，它的力量更为深入、直接。信中，他不无调皮地说起自己的新诨名——智多星，这个《水浒传》中的形象，就如《三国演义》中的诸葛亮一样，是机巧、敏锐的象征。对于三合会成员，绿林好汉的快意恩仇肯定比民权、革命这些概念要更吸引人。他甚至收留了一位名叫任阿发的助手，他是糖榨厂的工头，"其身分颇像使一对板斧之黑爷爷，力能敌百数十人，专好打不平。"[26]时间证明了这位檀香山李逵的忠诚，他追随梁启超直到民国时代。三合会也拓展了梁启超的想象空间，他甚至建议保皇会内部的通信以柠檬汁蘸新笔写，再用墨水写一层套语，收信者用火烤后，柠檬汁的字迹即显现出来。

这兴奋背后是从未散去的焦灼。疫情、火灾令华人"元气大耗"，损失五百万之巨，美洲"多工人，少巨商"，这令筹款更为艰难，十万亦难达到。[27]保皇会与领事馆间的矛盾不断升温，领事杨蔚彬、副领事古今辉、译员潘贵良皆一心要驱逐他。3月1日，告示张贴在唐人街上，称梁"改名易服，混入檀境，胆敢刊刻匪会规条，肆议朝局，散布谣言，诱人入会"，警告入会者及早回头，"慎防失足"。他们也阻挠保皇会在夏威夷的登记，这增加了会员的忧虑，迟疑于捐款。保皇会随即攻击两位领事，称他们受皇上俸禄却仇视维新，"联名狼狈，欺我檀民"，甚至以"羊牯"的诨名直接辱骂他们。[28]攻击刊登于第四十期的《清议报》，令两位领事的劣名传遍华人世界。这更激起杨领事的愤怒，他飞函国内，拘捕梁荫南在家乡的亲人，幸有

397

外务部侍郎梁如浩的担保才被释放。梁启超的愤怒一直持续到两年后，他通过京城言官上奏，终使朝廷下诏，"檀香山正领事杨蔚彬、古今辉同恶相济，鱼肉华民，有售烟、贩人、聚赌各款，请饬查办"，迫使杨去职。[29] 这指责不无不公，当夏威夷当局焚烧唐人街时，杨曾率华侨突破警戒线，加以救济、安抚，还尽心调查华侨损失，向美国政府力争，让他们得到适当补偿。

梁启超不能按计划前往美国大陆。危机下，种族不平等也更显尖锐，前往旧金山的客轮只载白人，认定黄种人都携带病毒，他愤恨地称他们为"白贼"。这也与护照纰漏有关，斋藤领事发现梁并未正式入籍，通知日本驻旧金山领事，如梁入境美国本土，护照将被没收，"他将会有危险"。梁自己也意识到："上岸之无把握最可虑耳。"他无法前往旧金山，旧金山的恐吓却找到他。2月18日，梁启超致信旧金山的中华会馆，揭露后者的公开威胁："官吏悬赏购刺，无赖小民及贪利洋人既已预备药弹匕首以待，切宜自爱，勿投身险地。"[30] "金山明信匿帖，凡十余封来，皆言已有多人预备领花红，切不可往。"[31] 威胁由伍廷芳发出，他要求旧金山中华会馆阻止梁赴美。这也是令人感慨的时刻，三年前，伍还热烈地邀请梁以二等参赞的身份赴美，送去千两置装费，如今二人似乎形同仇人。但朝野关系比表象更复杂，事实上，梁启超、孙文、伍廷芳一直保持联系，梁曾去信伍，坦承与孙的合作："一切预备清楚，举事之期不远矣。""今英国有事，欧洲列强皆被牵动，正我中国自立之时也。""广东毫无兵力，岂足以敌我等。我等合许多人为一心，合许多人为一会，其成功十有八九矣。"他建议伍直接向何启求证。梁也

劝伍改变立场，他在清朝政权已没有空间，保举他的张荫桓被贬黜，总理衙门对他失去信任。"故为足下计，速宜投入我党，最为上策也。"梁启超展现了自信："弟今年不过二十八岁，自问聪明才力，断未必长此以终。无论此次之事能成与否，无论足下肯来帮助与否，要之，弟自忖度，未必无与足下再相会于中国之时，望足下再三审思。"[32] 十二年后，他们果然共同活跃于民初政坛。

不仅旧金山，甚至夏威夷的其他岛屿，梁也无法前往。他写信给康有为："欲飞无翼，夜夜膏兰自煎，奈何奈何。"[33] 在给唐才常的信中，他则感慨："困守一隅，真乃闷绝。"[34] 写信成了行动的替代，他越感无力，越需要通过信件来表达主张、发出抱怨、缓解焦虑。对于保皇会这样一个全球组织，信件更是其运转的基础。他们不是传统意义上的书生，而是由蒸汽船、铁路、电报、报纸驱动的全球化浪潮的弄潮人，将散落在横滨、槟城、墨尔本、旧金山与温哥华的裁缝、橡胶园种植工、矿工、洗衣匠与餐馆老板、地下帮派联结起来，织成一张人、金钱、信息的世界网络。

在这个网络中，康有为坐镇新加坡，率梁铁君、汤觉顿等组成指挥中枢。1900年初，康有为抵达此地。接连的悬赏、可疑的刺客令香港不再安全，一位新加坡华人领袖慷慨地向他发出邀约。26岁的邱菽园（Khoo Seok Wan）生于福建海澄，在新加坡度过童年时光，其父在此经商，积累巨额财富。邱14岁返回家乡参加科举，15岁考上秀才，21岁中举人，在公车上书行动中，他也出现在联署名单里。在北京，他与康有为并未谋面，途经上海买到了康圣人的殿试策以及四次上书，大感钦佩。

1896年，父亲去世，他前往新加坡继承巨额财产。在主要由劳工、小店主、贸易商构成的华人社区中，他是独一无二的存在。他是一名超级富豪，为庆祝自己的25岁生日，他找来中西乐队和近百名青楼女子前来助兴，豪掷万金；他热衷文人雅趣，拥有举人功名，吟诗作赋，崇拜龚自珍、王夫之与黄宗羲，并与内地的文人保持着密切的交往；他还有改革倾向，创办《天南日报》，呼应中国的维新运动，密切关注着康梁的行动，发表支持维新的文章，给《清议报》寄去诗作。

他还有一位同样热烈欢迎康有为的盟友。比邱菽园年长五岁的林文庆（Lim Boon Keng），祖籍亦是海澄，却来自一个截然不同的世界。比起邱纯粹的中国传统，林是第二代土生华人，爷爷与父亲娶了当地马来妇人，这样的混血家族被称作"峇峇"。他们是英国统治者拉拢的对象，以对抗数量庞大的华人社群。10岁时，他进入著名的莱佛士学院（Raffles Institution），这家书院宣称要成为"改善马来半岛及周边区域的道德和智识"的中心，甚至辐射到澳大利亚、中国、日本和太平洋诸岛。18岁时，他考取首届女皇奖学金，入读爱丁堡大学。在苏格兰，他发现了自己的矛盾身份，老师将他视作中国学生，他却无力阅读中文，英国的强盛与中国之衰败更令他警醒，日益将自己的身份与中国联结起来。回到新加坡后，他深得英国殖民者的信任，24岁就被选为海峡殖民地立法会议员，27岁荣膺太平绅士，活跃于日渐成熟的新加坡社会。他是一名医生、学者、议员、改革家、雄辩者。他创办《海峡华人杂志》，出任《天南新报》的英文主笔，创办华人女子学校，在自己家中组织了第一个华语学习班，公开催促人们剪掉辫子。他迎娶著名福建文士黄乃裳之女为妻，为自己创造了三重归属感：大英帝国的忠诚臣民，中国命运的热切关心者，峇峇的代表人物。

林文庆与邱菽园的交会，既因革新中国、启蒙新华人社区的理念，也因人际网络。黄乃裳是邱菽园的乡试同年，也曾前往北京会试，在百日维新的高潮时刻，身处北京的黄乃裳"奔走于六君子及讲求新学诸京官之门"。[35] 1899年，50岁的黄也移居新加坡。一个紧密的、关注中国命运的小团体随即形成，分享着康有为的儒学理解与现实政治主张。

林文庆说服殖民地政府为康有为提供保护，邱菽园寄去慷慨的路费，并许诺支持勤王行动。这给康有为带来巨大信心。大阿哥之变及其引发的舆论浪潮，更令他觉得民气可用。那个自去年（1899）夏天开始酝酿的军事计划，有了雏形。在康有为的勤王版图中，澳门是大本营，徐勤、王觉任、叶湘南、陈士廉、韩文举、欧榘甲、邝寿民、何树龄、何廷光等驻守，与港商何东合作，协调内外；罗普、黄为之、麦孟华、麦仲华等驻东京，负责购械运货，兼向日本朝野寻求援助；梁炳光、张智若经营广东，陈廉君经营梧州；长江流域由唐才常、狄平在上海主持调度，从湘鄂到江淮全线发动；容闳办理外交；梁启超、梁启田①负责美洲和澳大利亚华侨的捐款。[36]

在这个主要由康门子弟构成的网络背

---

① 梁启田，万木草堂学生，梁启超堂弟，与徐勤在旧金山主理保皇会美洲机关报《文兴报》。

后，是两股力量。一股是游勇、会党，其中最著名的一位叫陈翼亭，"身长六尺余，眼光如炬，无一言苟且，举动甚沉重"，是广西游勇大头目，比起助光绪复权，他们对保皇会的金钱许诺更感兴趣；还有一股是失势的帝党，如翁同龢、陈宝箴、熊希龄，以及台湾的内渡官员唐景崧等。在康有为心目中，这个松散的维新联盟也将呼应勤王行动。这个依靠信件联系的勤王计划，看似规模恢弘，其实环节松散，人们无法即时交换信息、感知情况的变化，不断丢失的信件令一切雪上加霜。更糟糕的是，康门子弟对于现实组织缺乏感触，沉湎于纸上谈兵的快意。在这个全球网络中，梁启超的地位不无尴尬，他声名最为显赫，却得不到康有为的信任，他想前往美洲一展宏图，又被困在小岛之上。他最支持的唐才常、林圭一派，得到的关注最少。连邱菽园都看不过这种忽略，亲自给予唐才常三万元，支持他在长江流域的行动。

梁启超不甘于这种边缘。他向康有为强调在北美筹款之困难，估计旧金山二万左右，正在加拿大的梁启田也不过一万。他打算要么前往拉美继续筹款，要么回香港主持港澳事宜，它是内地勤王行动的关键。[37] 他无愧于"智多星"的称号，计划层出不穷。在给邱菽园的信中，他提议邀菲律宾的雇佣军加入勤王大业，"一借其力可以吓杀鼠辈"。若能筹得百万款项，一半给予内地豪杰，另一半雇佣菲律宾士兵，"可以垂手而成大业"。他明了国际舆论的重要，建议在香港创办英文报纸，宣传帝党政策，"以引动白人之热心者"。[38] 他还建议在香港成立铁器公司，用以进口所需枪械，又想在日本雇佣杀手，前往广东刺杀李鸿章、刘学询。他仇恨刘，对李态度

矛盾，又希望将之作为傀儡，展示新政府的对外态度。

在给唐才常与狄楚青的信中，梁启超建议与大刀王五联系，以谭嗣同的旧情谊邀他入伙，还要他们招募懂西语、会打电报的人才，以备将来之用。他也抱怨之前寄去的七封信没有片纸回复。唐才常奔忙于上海与汉口之间，四处寻找盟友，他在上海组织了正气会，"欲集结全国之同胞，运动革新之大业"。在汉口，林圭的计划也颇为顺利。他与田野橘次在汉口一家酒楼上与哥老会首领们相会，后者一见田野就高呼："日本豪杰来！"各举玻璃杯，连呼："干杯！干杯！"这些哥老会成员"裂眦大骂，放歌高谈，颇有无赖汉之状"，却不无文才，张尧卿吟唱亡国之诗："神州若大梦，醉眼为谁开？湖海诗千首，英雄酒一杯。"田野觉得"歌声悲壮凄凉，听其皆快"，他感慨："饮醇浇闷，拥妓消愁，此英雄末路，不得志者所为，吾辈而亦若此哉？"喝到三更，田野已烂醉如泥，由人搀扶而归。在容星桥的帮助下，林圭在汉口开设了旅馆，作为同志聚集的掩护。林的办公室悬挂了世界地图，书架上则是卢梭的《社会契约论》、孟德斯鸠的《论法的精神》等书。"有同志来访，则相与纵谈自由平等共和之说，悲满清之暴政，说革命之急潮，其意气甚激昂也。"[39] 他们都在等待梁启超的筹款。"此间可得十万以外，现已得三四万，惟尚未收，收得后必速速分寄。"梁启超在信中安抚唐。[40]

在同日给康有为的信中，梁启超又提及菲律宾的雇佣军。他结识一位名叫屈臣（John Crittenden Watson）的美国军人愿意相助。58岁的屈臣是肯塔基州人，曾任海军少将，领导过镇压菲律宾军队的行动。

他也对赫钦大为信任，后者愿意陪他前往纽约拜访各路富豪。梁启超对这个新计划兴奋不已，决心下个月启程。赫钦需要万元的报酬，与夏威夷的同志商量后，他准备"孤注一掷亦无妨"。他建议康有为迅速采取行动："趁人心之愤激，则但有五六成力量，便可当十成使用"。他也劝告老师保持低调，不要大肆谈论得到多少募款，以及有多少支持者："弟子以为权术不可不用，然不可多用也。"这种经常的夸大与孙文不无类似，"徒使人见轻耳"。不过，梁也无法压抑自己运筹帷幄的自信，在另一封给康有为的信中，他大谈起兵的战略，认为应先在广东站稳脚跟，再进入广西，然后北上。他以洪秀全失败为证，劝康有为回到中国亲自统军："正先生之名，重之以衣带之诏，则足以感豪杰之心，而寒奸贼之胆，先声夺人，气焰数倍。"他还主张占领广州后，以李鸿章为傀儡，这样有四个好处：示人以文明举动；借势以寒奸党之心；西人颇重此人，用之则外交可略得手；易使州县地方安静。流亡增加了梁启超对外交世界的敏感，他期望起义军保护西方人的生命财产，赔偿可能的损失，维持清政府的关税，许诺将全国之地皆变成通商口岸，准许传教自由，用更开放的政策赢得西方支持。[41]

他羡慕孙文的组织能力，兴中会的行动力、忠诚程度皆比保皇会胜出一筹。他对自己的欺骗感到不安，对本地夸张了勤王的光辉前景："海外之人，皆以此大事望我辈，信我辈之必成。"事实上他"无一毫把握"。在给康有为的信中，他显然隐藏了与孙更密切的关系、内部约定。他仍在革命与勤王之间摇摆，向康有为表达了最深的忧虑，若光绪突然驾崩该怎么办："皇上既已呕血，外使觐见，言天颜憔悴异常，想病重久矣。万一不能待我之救，则彼时当何以讨贼。"他劝老师去想象一个没有皇帝的时代。[42]

远方时断时续的消息，保皇会诸同仁的懈怠、拖沓，迟迟未结束的鼠疫，皆令他焦灼不堪。一些时候，他靠重读曾国藩家书汲取心力。

（以上系选摘）

注释

第七章　保皇会

[1] "Kang Yu Wei Here", Daily Province, April 13, 1899. 转引自［加］陈忠平：《维多利亚、温哥华与海内外华人的改良和革命（1899—1911）》，《社会科学战线》2017年第11期。

[2]《游域多利温哥华二埠记》，《清议报》第15册，第915—917页。

[3]《清国逋臣行踪二志》，《清议报》第15册，第933—934页。

[4]［英］查尔斯·贝思福：《贝思福考察记》，韩成才译，中国文史出版社2018年版，第308, 311, 354—355页。

[5] 同上书，第359页。

[6] 同上书，第193页。

[7]［英］杨国伦：《英国对华政策1895—1902》，刘存宽、张俊义译，中国社会科学出版社2020年版，第76—77页。

[8] 张启祯，［加］张启礽：《康有为在海外·美洲辑》，商务印书馆2018年版，第20页。

[9]《康有为全集》第12集，第197页。

[10] 张启祯，［加］张启礽：《康有为在海外·美洲辑》，第20页。

[11] 同上书，第20—21页。

[12]《美洲祝圣寿记》，《清议报》第27册，第

1761—1762 页。

［13］同上书，第 1762 页。

［14］同上。

［15］黄昆章、吴金平：《加拿大华侨华人史》，广东高等教育出版社 2001 年版，第 163 页。

［16］［加］魏安国等：《从中国到加拿大》，许步曾译，上海社会科学院出版社 1988 年版，第 61—62 页。

［17］［加］卜正民：《纵乐的困惑：明代的商业与文化》，方骏、王秀丽、罗天佑译，广西师范大学出版社 2016 年版，第 vii 页。

［18］David Chuen Lai, Chinatowns, Towns within Cities in Canada, Vancouver: University of British Columbia Press, 1988, p. 37. 转引自黄昆章、吴金平：《加拿大华侨华人史》，第 55 页。

［19］"Report of the Royal Commission on Chinese Immigration", Ottawa: Printed by Order of the Commission, 1885, p. 68. 转引自［加］魏安国等：《从中国到加拿大》，第 78 页。

［20］同上书，第 90 页。

［21］黄昆章、吴金平：《加拿大华侨华人史》，第 57 页。

［22］［加］魏安国等：《从中国到加拿大》，第 33 页。

［23］吴凤斌：《契约华工史》，江西人民出版社 1988 年版，第 352 页。转引自黄昆章、吴金平：《加拿大华侨华人史》，第 99 页。

［24］"Report of the Royal Commission on Chinese Immigration", pp. 150‐151. 转引自［加］魏安国等：《从中国到加拿大》，第 104 页。

［25］［加］詹姆斯·莫顿：《在不列颠哥伦比亚的中国人》，张澍智译，收录于陈翰笙主编：《华工出国史料汇编》第 7 辑，中华书局 1980 年版，第 309—310 页。

［26］Manitoba Free Press, July 2, 1885. 转引自［加］魏安国等：《从中国到加拿大》，第 81 页。

［27］黄昆章、吴金平：《加拿大华侨华人史》，第 64—65 页。

［28］同上书，第 137—138 页。

［29］《孙中山年谱长编》第 1 卷，第 142—143 页。

［30］［加］魏安国等：《从中国到加拿大》，第 109 页。

［31］《保救大清皇帝公司例》，收录于《康有为全集》第 5 集，第 152 页。

［32］《救大清皇帝会序》张炳雅手书之序、跋。Box2, "Chinese Empire Reform Association Documents, 1899‐1948", Ethnic Studies Library, University of California at Berkeley. 转引自［加］陈忠平：《维多利亚、温哥华与海内外华人的改良和革命（1899—1911）》。

第八章　朝局

［1］《梁启超年谱长编》，第 177—178 页。

［2］《兵库县知事报告外务大臣：梁启超、韩文举来神户》，收录于《辛亥革命史资料新编》第 6 册，第 20 页。

［3］同上。

［4］中华会馆编：《落地生根：神户华侨与神阪中华会馆百年史》，忽海燕译，香港社会科学出版社有限公司 2003 年版，第 84 页。

［5］《神户清人将开大同学校》，《清议报》第 19 册，第 1213 页。

［6］《神户倡建大同学校公启》，《清议报》第 18 册，第 1131 页。

［7］《神户清人将开大同学校》，《清议报》第 19 册，第 1213 页。

［8］《梁启超书札五（1898 年 6 月 3 日）》，收录于吕顺长：《清末维新派人物致山本宪书札考释》，第 268—269 页。

[9]《商会议·续前稿》,《清议报》第12册,第712页。

[10]《横滨贸易新闻》1899年6月6日。转引自〔美〕韩清安:《横滨中华街》,第72页。

[11]《论内地杂居与商务关系》,《清议报》第19册,第1197页。

[12] 中华会馆编:《落地生根》,第87页。

[13] 同上。

[14]〔美〕韩清安:《横滨中华街》,第72页。

[15]《神奈川县知事报告外务大臣:清国人商议会发行印刷物(附印刷物原文)》,收录于《辛亥革命史资料新编》第6册,第26页。

[16]《皇上万寿圣诞恭记》,《清议报》第24册,第1529—1530页。

[17] 同上书,第1533—1534页。

[18]《汇录刚中堂伟论不能无说》,《国闻报》光绪二十五年五月二十九日。转引自贾小叶:《戊戌时期学术与政治纷争研究》,社会科学文献出版社2017年版,第339页。

[19] 佚名:《贪官污吏传》,北京古籍出版社1999年版,第17页。

[20]《致孙仲恺书》,胡珠生编:《宋恕集》下,中华书局1993年版,第692页。

[21] 孙应祥:《严复年谱》,福建人民出版社2014年版,第123页。

[22] "北京要事汇闻",载《知新报》第100册。转引自贾小叶:《戊戌时期学术与政治纷争研究》,第343页。

[23]《戊戌变法文献资料系日》,第1401页。

[24] 同上书,第1369—1370页。

[25]《海外有君》,载《国闻报》光绪二十五年七月二十七日。转引自贾小叶:《戊戌时期学术与政治纷争研究》,第345—346页。

[26]《论今日变法必自调和两宫始》,载《知新报》第94册;《杭州驻防瓜尔佳氏上那拉后书》,载《知新报》第99册。转引自贾小叶:《戊戌时期学术与政治纷争研究》,第293页。

[27]《严复致张元济》,转引自贾小叶:《戊戌时期学术与政治纷争研究》,第300—301页。

[28] 王鹏运《疆臣笃老昏聩,措置乖方,请饬查办以安海疆折》,转引自孔祥吉:《戊戌维新运动新探》,湖南人民出版社1988年版,第224页。

[29]《小田切万寿之助致都筑馨六》,收录于《日本外交文书》第32卷,第538—540页。转引自孔祥吉、〔日〕村田雄二郎:《罕为人知的中日结盟及其他》,第140页。

[30] 日本外务省外交史料馆藏:刘学询庆宽来朝之件。转引自孔祥吉、〔日〕村田雄二郎:《罕为人知的中日结盟及其他》,第147页。

[31] 同上书,第170页。

[32] 同上书,第172—173页。

[33]《刘学询演说辨谬》,《清议报》第25册,第1595—1602页。

[34] 段云章《孙文与日本史事编年(增订本)》,第60页。

第九章 会党

[1]《记殉难六烈士纪念祭》,《清议报》第28册,第1825—1827页。

[2]《复腾芳书》,收录于上海市文物保管委员会编:《康有为与保皇会》,上海人民出版社1981年版,第90页。

[3]《未署名人报告政务局:进步派关于拒绝康有为登陆一事的讨论》,收录于《辛亥革命史资料新编》第6册,第29页。

[4]《戊戌变法文献资料系日》,第1413页。

[5]《神奈川县知事报告外务大臣:关于康有为》,收录于《辛亥革命史资料新编》第6册,第29页。

[6] 段云章:《孙文与日本史事编年(增订

本）》，第63—64页。

[7]《美洲革命党报述略》，冯自由：《革命逸史》中，第725页。

[8] 陈汉才：《康门弟子述略》，广东高等教育出版社1991年版，第148页。[日] 田野橘次：《最近支那革命运动》，新智社1903年版，第65—66页。转引自桑兵：《庚子勤王与晚清政局》，北京大学出版社2014年版，第432—433页。

[9] 蔡少卿：《中国近代会党史研究》，中华书局1987年版，第7—8，20—21页。

[10] 同上书，第215—217页。

[11]《康门十三太保与革命党》，冯自由：《革命逸史》上，第213页。

[12]《戊戌变法文献资料系日》，第1417页。

[13] 同上书，第1405、1404页。

[14] [日] 内藤湖南：《禹域鸿爪》，李振声译，浙江文艺出版社2018年版，第48，47，166，95—96，41页。

[15] 同上书，第151—152，42，153页。

[16]《康门十三太保与革命党》，冯自由：《革命逸史》上，第214页。

第十章　太平洋上

[1]《壮别二十六首》，收录于《梁启超全集》第17集，第583—584页。

[2]《戊戌变法文献资料系日》，第1426页。

[3]《壮别二十六首》，收录于《梁启超全集》第17集，第584页。

[4]《戊戌变法文献资料系日》，第1427页。

[5]《新大陆游记节录》，收录于《梁启超全集》第17集，第258—259页。

[6]《戊戌变法文献资料系日》，第1426—1427页。

[7]《新大陆游记节录》，收录于《梁启超全集》第17集，第260页。

[8] 同上书，第260—261页。

[9] 同上书，第261、263页。

[10] 同上书，第261—262页。

[11] 同上书，第262页。

[12] 同上书，第584—587页。

[13] 同上书，第602页。

[14]《横滨清议报叙例》，《清议报》第1册，第3页。

[15]《新大陆游记节录》，收录于《梁启超全集》第17集，第262—263页。

[16] [日] 宫崎滔天：《三十三年之梦》，第16—17页。

[17]《新大陆游记节录》，收录于《梁启超全集》第17集，第263页。

[18]《少年中国说》，收录于《梁启超全集》第2集，第221页。

[19] [日] 志贺重昂：《日本少年歌》，载《新民丛报》第2号，中华书局2008年版，第249—250页。

[20]《少年中国说》，收录于《梁启超全集》第2集，第222—225页。

[21]《新大陆游记节录》，收录于《梁启超全集》第17集，第263页。

第十一章　檀香山

[1]《新大陆游记节录》，收录于《梁启超全集》第17集，第263页。

[2] 同上。

[3] 同上。

[4] 同上书，第263—264页。

[5] Chung Kun Ai, My Seventy-nine Years in Hawaii. Cosmorama Pictorial Publisher, 1960. 转引自郭世佑：《梁启超尊皇思想的变动区间与庚子勤王运动》，收录于《中国人文社会科学博士硕士文库续编（历史学卷上）》，浙江教育出版社2005年版，第580页。

[6]《中国侨民的抗议书，1895年》，收录于陈翰笙主编：《华工出国史料汇编》第7辑，第260页。

[7] 茂情：《华侨与兴中会的创建》，收录于中国人民政治协商会议广东省中山市委员会

404

文史委员会编：《中山文史》第 20 辑，1990 年，第 62 页。

[8]《新大陆游记节录》，收录于《梁启超全集》第 17 集，第 264—266 页。

[9]《戊戌变法文献资料系日》，第 1432 页。

[10] 王照：《方家园杂咏纪事》，收录于荣孟源、章伯锋主编：《近代稗海》第 1 辑，四川人民出版社 1985 年版，第 7—8 页。

[11]《戊戌变法文献资料系日》，第 1432 页。

[12]《宋恕集》下，第 700—701 页。

[13] 桑兵：《庚子勤王与晚清政局》，第 75 页。

[14]《书十二月二十四日伪上谕后》，收录于《梁启超全集》第 2 集，第 234 页。

[15]《上粤督李傅相书》，收录于《梁启超全集》第 2 集，第 239、242 页。

[16]《上鄂督张制军书》，收录于《梁启超全集》第 2 集，第 246—247 页。

[17]〔英〕李提摩太：《亲历晚清四十五年：李提摩太在华回忆录》，天津人民出版社 2011 年版，第 281 页。

[18] 顾廷龙、戴逸主编：《李鸿章全集》第 27 卷，安徽教育出版社 2007 年版，第 21 页。

[19]《梁启超年谱长编》，第 196—197 页。

[20]《近卫笃麿日记》第 2 卷，第 456 页；《郑孝胥日记》第 2 册，第 740 页。转引自戴海斌：《近卫笃麿与 19、20 世纪之交的中日关系》，《学术月刊》2016 年第 9 期。

[21]《梁启超年谱长编》，第 196 页。

[22] 陆胤：《〈捉拿康梁二逆演义〉考——时事小说与戊戌政变史再解读》，《首都师范大学学报（社会科学版）》2021 年第 3 期。

[23]《梁启超致简兴仁》，转引自郭世佑：《梁启超庚子滞留檀香山之谜》，《浙江学刊》2002 年第 2 期。

[24]《梁启超年谱长编》，第 200 页。

[25] 同上。

[26] 同上书，第 211—212 页。

[27] 同上书，第 202 页。

[28]《良心告示》，《清议报》第 40 册，第 2621—2623 页。

[29] 戈枫：《杨西岩传略》，转引自张国民主编：《葵乡俊彦列传》第 2 辑，新会市政协学习文史社会法制工作委员会，1998 年，第 21 页。

[30]《复金山中华会馆书》，《清议报》第 39 册，第 2514 页。

[31]《梁启超年谱长编》，第 201 页。

[32]《梁启超致伍廷芳》，转引自郭世佑：《梁启超尊皇思想的变动区间与庚子勤王运动》，收录于《中国人文社会科学博士硕士文库续编（历史学卷上）》，第 585—586 页。

[33]《梁启超年谱长编》，第 201 页。

[34] 同上书，第 213 页。

[35]《黄乃裳上揭书》，转引自福建华侨历史学会：《华侨问题论丛》第 1 辑，1984 年，第 240 页。

[36] 桑兵：《庚子勤王与晚清政局》，第 86 页。

[37]《梁启超年谱长编》，第 199—200 页。

[38]《梁启超年谱长编》，第 202 页。

[39]〔日〕田野橘次：《哥老会巨魁唐才常》，收录于杜迈之、刘泱泱、李龙如辑：《自立会史料集》，岳麓书社 1983 年版，第 207—208 页。

[40]《梁启超年谱长编》，第 203 页。

[41] 同上书，第 201—205，216—221 页。

[42] 同上书，第 199、221 页。

〔特约编辑：俞东越〕

土耳其大地震救援亲历记

商华鸽

整整十五年过去，那些来自国外的汇聚在2008年汶川的善良，在这个初春，借中国近六百名救援人员的身影再次传递到土耳其的地震现场。

1.

那块石头撞上铁门之前没有预兆。

我正坐在院子里烤火，胸前暖热，后脑勺却被流窜在两河流域星月沃土之上的冷风吹得生疼。一声巨响突然冲击耳膜，我后脑勺的头皮禁不住发紧。凌晨三点半，谁会来敲监狱的门？和我一起烤火喝红茶的三位狱警立刻警觉。坐在靠近值班室门口名叫车亭的狱警站起身，同时把右手放在腰间的格洛克手枪上，快步走向监狱大门。确认门外无人，不过是一块石头被狂风吹起，制造出令人狐疑的短暂紧张。他终于让右手离开手枪，调转壮硕的身形与我们继续谈笑风生。

用"谈笑风生"来形容合适吗？一个多月后的今天，我仍然找不到更准确的词汇。车亭告诉我，五天前的地震发生时，自己有七位家人因地震遇难。确认已经死了四位，还没找到的三位是他的父母和四岁的孩子。他在与我谈论这些人间至苦的经历时，正往我保温杯的土耳其红茶里放第二块方糖，脸上甚至带着一种努力营业的笑容。

这是2023年2月11日的凌晨，地点在土耳其哈塔伊省克勒克汉县监狱，我们十余人组成的人道救援小组在抵达土耳其境内的第二天，被一位贸易部的官员不由分说"送进监狱"，余震不断，心神难安。

我是一个中国人，从来奉公守法，讲求文明礼貌，但我出国去土耳其前真没想过会被送进监狱吃牢饭，更没想到在一天后会被人用枪指着我的头。

2.

"一路要顺利平安啊！"

2月8日凌晨一点半，骑手大叔见我第一面后愣了三秒钟，他把电热水壶递给我，忍不住叮嘱我。

当晚，曙光救援队队长王刚带队从厦门赶到广州白云机场，准备飞土耳其前得到消息：土耳其地震灾区根本买不到瓶装水。他叮嘱我赶快同城下单，务必在凌晨五点登机前买到电热水壶。如果能找到间歇的电力供应，我们随便煮点雪水，起码能保证最基本的消毒。

伟大的不夜城广州！

一位骑手大叔接单后，凌晨驱车三十公里，到白云机场国际出发层为我送来电热水壶。他看见我第一眼，大约从我穿的救援队制服已猜到我要去土耳其救灾。

大叔的温暖叮嘱让我感觉行程的开始不那么绝望。说真的，王刚说震区没瓶装水的时候，我立刻想到的最坏情况是：看来接下来至少一周，尿要省着点喝了。

我们刚到机场出发厅，又有夜宵外卖送到门口。有鸡汤吊的海鲜粥、各种卤味，每一种都是人间至味，不愧是南粤广州的出产。没吃完的卤味我们也都带上飞机，想着到了灾区还可以充饥。事实上直到我们登上飞机，王刚也没弄清楚是广州的哪位朋友订了美味的夜宵送到机场，为我们送行。

在心里没底，前路不明的时刻，匿名好友带来的美食能带来短暂的幸福感与安全感。我跟随王刚参加过2021年河南郑州水灾救援、2022年江西景德镇水灾救援，但没有哪次救灾，会比这次土耳其地震更没底：震区位于土耳其东南部，与叙利亚交界。土耳其境内的震区跨越十个省，近年已收容超过150万叙利亚难民，几乎占土耳其叙利亚难民人口的一半。日常本就不太平，战乱和地震的双重打击让社会更加失序。当地基础建设与首都安卡拉差距巨大，与横跨欧亚大陆的西部旅游名城伊斯坦布尔也不能比，当地的主要语言也并非英语，沟通存在较大困难。

家有妻儿老小，三十岁后我每次外出工作，习惯于做最坏打算，并衡量其结果自己是否可承受。毫无疑问，喝尿当然不是最坏的情况。

而王刚接下来的举动让我心里更慌乱。他把我叫到白云机场国际出发层门口，塞了五百块美金到我手里。

"到伊斯坦布尔机场后记得换成里拉。"他指着我身穿的救援队制服说，"全身上下每个口袋都放几张纸币，护照里也要夹几张。"

"我完全不用买东西，咱们队伍里有人专门负责后勤。"我心生疑惑。

"你当然不用花什么钱。这些钱关键时刻是用来保命的，当你万一被抢劫的时候。"

王刚转身又和团队的每个人叮嘱最基本的安全事项：第一，每个人不可以单独行动，时刻保证自己在另一个同伴的视线范围内；第二，随身携带对讲机，万一发现自己落单，立刻用对讲机与同伴建立联系；第三，把见到的所有枪支，都当成已经上膛可以击发的真枪，"我们是去做救援，微笑是全球通用的肢体语言，任何情况下都不要和别人起冲突，必须始终保持友善"。

微笑与友善，这两件事我都懂。但在即将展开的旅程里，我们难道还会遇到枪？

焦虑和希望时刻反复消长，是每次救灾的常态。做生命救援五年，我最深的体会是：当我以最纯粹无私的态度去做好事时，来帮我的人真的会越来越多，做事就会很顺利。

这次也没有例外。

我们乘坐的航班来自土耳其航空，航空公司为我们行了很大方便：所有救援设备、医疗物资和个人随行箱包全部免费托运。从安检到通关，一路上我共听到七次来自陌生人的"good luck"，其中有四次来自外国人。

从广州到伊斯坦布尔，从亚洲的一边到达亚洲的另一边，12个小时的航程飞了8617公里。我在航班上只睡了四个小时，醒来后像个睡意全无的饿鬼，应吃尽吃，能喝当喝，只为第二天抵达震区阿达纳前尽量做好体能储备。飞机在伊斯坦布尔降落前，微小的雪粒正落在机场四周的山坡上，雨雪同时也正在给土耳其东部的救援救灾制造巨大困难。我已有三年没回过北方，我居住的厦门城区上次下雪，还是抗日战争时期。下飞机前我听到的最后一句"good luck"来自土航空姐。她还希望送给我们几条毛毯："你们去救灾的土耳其东部，晚上会很冷。"

李木子来自湖北荆州，陈梅兰来自福建泉州，马亚宇来自宁夏银川，任少怀来自山东潍坊，梁爽来自黑龙江哈尔滨，李泽兴来自辽宁沈阳……落地伊斯坦布尔机场不到一小时，我认识了将近十位通晓土耳其语的华人志愿者。

五湖四海，大江南北，长城内外，一时间我感觉全国各地的中国人，似乎都已聚在伊斯坦布尔，等着来帮我们。车辆租赁、在地翻译、在地电话卡采购、震区情况更新……这些华人志愿者放下学业、生意与家庭，倾尽全力做了大量前期工作，帮助清除前往震区阿达纳一路上的重重障碍，他们还将跟随我们一起到震区并肩救援。中国乡村发展基金会的朱一存是此次赴土救灾的总领队，我在 2021 年河南郑州水灾救援中见识过她"拼命三娘"的强悍执行力。她提前三天联系土耳其多家华人机构，一寸寸撑开我们的希望。

土耳其籍志愿者也当仁不让。

阿丝丽在浙江义乌做生意并开有土耳其餐厅，因疫情关系她已三年没到过中国。她的土耳其亲友很幸运没有死亡，但有好友的家人不幸身亡。地震发生后，她每天都会控制不住哭一场。得知中国乡村发展基金会和曙光救援队来救灾，她在两天前不断提供资源和信息，并赶到机场见面。另一个叫卡那的土耳其小伙曾在暨南大学读书，现在义乌开公司做中土跨境贸易，又迎娶了一个广东梅州姑娘做老婆。他赶到机场，帮我们推荐了翻译，也找到护膝和睡袋送过来。

两人在机场与我们告别时说了同一句话："有问题，24 小时随时找我们，随时待命。"

一群三天前刚认识的不分中外的陌生人，帮助来自万里之外的另一群陌生人，我忍不住心潮澎湃五分钟。

那时我还不知道，一天后将把我们送进监狱的土耳其人法陆克，也已踏上从伊斯坦布尔赶往灾区之路。

3.

时间就是生命。

这句话在救灾非常时期的心理感知会更强烈：当地时间 2 月 9 日下午四时许，救援队和志愿者在伊斯坦布尔登上飞往震区阿达纳的航班，但飞机直到当晚十点才终于起飞。

六个小时的浪费与耽搁，我们无能为力。因为必须等土耳其政府的一批救援物资运上货舱，飞机才能起飞。不过这六个小时也并非全然浪费：我坐在头等舱（经济舱无法充电）为手机、电脑、相机和充电宝补满电力，并尽量继续吃吃喝喝，补充能量。

此外，我个人的人生体验也土豪到了一定境界：中国的人道救援小组和一支墨西哥救援队，联手完成了一次波音 737 的包机乘坐。地震时期，从伊斯坦布尔前往阿达纳震区的平民少之又少。一个半小时的飞行时间里，空姐和空少闲得挺无聊，不停给我们送吃送喝。他们怕我们饿肚子，还希望我们能多带一些食物进灾区。

来自宁夏银川的志愿者马亚宁后来告诉我，他恐飞，每次坐飞机都会紧张到出冷汗。但这次坐在飞阿达纳的航班上，他的内心特别平静，"因为我是怀着最纯粹的心愿去地震灾区做好事。"

抵达阿达纳驻地已经是凌晨。我们落实好车辆的租赁，短暂休息后便驱车前往哈塔伊省对接灾区紧缺的物资需求，以尽快完成采买发放。哈塔伊省受灾严重，数天后有部分县市仍没有救援力量介入，不少人在社交网络发帖求助，这是我们选择去哈塔伊的重要原因。

发生地震的土耳其东南部是两河文明的发源地，底格里斯河、幼发拉底河至今在这里流淌，巴比伦文明、亚述文明都在这里诞生，这里也是人类最早驯化和种植小麦的地方。小麦作为进化与扩张最成功的口粮作物，从这里走向全球各地。马亚宁告诉我，土耳其东部人在历史上开始吃面粉的时候，中国人的主食是黄豆。在阿达纳驻扎时期，我们每天最重要的伙食就是一支阿达纳肉卷——小麦原产地面粉制作的面饼，卷上烤制的牛羊肉，一支抗饿一整天。

从阿达纳到哈塔伊的高速路紧靠地中海，道旁起伏的丘陵上大量种植冬小麦和橄榄树。橄榄、奶酪、各种果酱和面包是当地人早餐的标配。路旁高山上的雪盖还没有融化，一望无际的地中海瓦蓝如常，但岸边的建筑，越走越平。

我们目击的第一场火灾发生在哈塔伊省的码头。2月6日地震发生后，码头堆积的集装箱爆炸燃烧。在接下来三天我们往返阿达纳的路上，码头上日夜上升的滚滚浓烟将成为我们识别所在位置的标识。看见直冲云霄的浓烟，便知道我们已经进入哈塔伊省境内。

车辆在进入哈塔伊省拜伦县后，道旁整栋倒塌的建筑逐渐增多。路边小商超的玻璃无一完整，它们可能是被地震毁坏，也可能是被饥寒交迫的灾民哄抢一空。马亚宁在社交网络上看到消息后说："灾区已经没有治安可言。"有人在忙着救人，但也有一些人会冒着余震的危险进入废墟，逐户搜寻掠夺遇难者家中的贵重物品。"土耳其人有购买存放黄金的传统。"马亚宁说。社会在地震的强力摧毁下全面失序，土耳其军队在地震发生后的第三天开始进驻并全面接管灾区治安。

很快，第一个军人出现在车队的视野内。他站在马路中间，手持M4改装版突击步枪，腰佩一支格洛克手枪。他身后不到100米的同伴则携带了枪榴弹。精通武器枪械的王刚说："这肯定不是一支普通的土耳其军队。"

一路上救护车鸣笛不断，运送挖掘机进入灾区的车辆也越来越多，路边停靠的房车数量也很多。据当地向导告知，土耳其各地的房车协会已经发出呼吁，很多车主正不断将房车开进灾区，让灾民暂住以免于饥寒。

从阿达纳到哈塔伊省新体育馆，两个小时的车程因拥堵变成五个小时。体育馆四周的柏油停车场因地震出现一道道延展一两百米的裂痕，中国救援国家队和香港地区救援队的帐篷，正搭建在这些裂痕之上。跟随我们前来阿达纳的梁爽一夜没睡，已经提早赶到这里，为中国救援队伍做起大锅饭。他是黑龙江人，平时在伊斯坦布尔一家湖南菜馆当厨师。

身穿绿色荧光夹克的法陆克，已经在这里等了我们半天。确切地说，他并不一定是在等我们，他的唯一目的，是需要尽快找到一支来自中国的救援队，动用他的人脉与能力为救援工作扫清一切障碍。

法陆克刚满三十岁，是土耳其贸易部对外经济发展委员会的贸易专员，亚太区是他的工作范围。在地震发生后，他申请作为志愿者来到震区服务民众。震区机场全部停摆，他不得不从伊斯坦布尔飞到中部的首都安卡拉，又自驾赶到哈塔伊。

"真的很感谢你们不远万里来看望帮助我们。"法陆克的中文很流利，表达感谢时忍不住会脸红。他是名副其实的"中国通"。他的本科和博士学位在上海完成,硕士学位在中国台北完成,他早已把中国当成自己的第二故乡。

"我是一个懂中文的贸易部工作人员,协调和沟通是我的日常工作。到灾区我做什么能最有用呢?我不懂如何专业救人,但我知道有将近六百名中国志愿者来到土耳其救灾,我来当翻译、担任协调工作就最棒了。"法陆克说,"我需要找到一支中国救援队,然后全心全意帮你们完成工作。"

他偶然遇到我们,并要求加入我们的队伍,一起进入灾区。

"你们的车上可以有我的位子吗?"法陆克腼腆开口。

"你这说的什么话?!我们对你的协调肯定求之不得,你不跟我们走还不行呢!"志愿者李木子开怀大笑。

4.

我高度怀疑法陆克曾被他上海的大学同学忽悠过。

"你知道皮蛋最好的吃法是什么吗?"刚认识不到半天,法陆克不断和我们讲述他在中国的生活经验,"松花皮蛋蘸芝麻酱吃,是我上海同学带我吃过的最美味的食物。"

正在体育馆旁搬运大米和防雨布的我们瞬间停下手中的工作,满脸狐疑,你看我,我看你,说不出话来。即使以中国人舍我其谁冠绝全球的繁杂食材体验,我们中任何一人也从未尝试过这种另类到堪称妖孽的搭配。

法陆克在上海的这位大学同窗,貌似不厚道。但地震发生的时候,法陆克最早获知消息却是通过万里之外的一个又厚道又着急的中国人。

法陆克家住土耳其西部与欧洲接壤的伊斯坦布尔,日出比中国晚五个小时。当地时间2月6日凌晨四点多,他的手机开始被来自东方的信号狂轰滥炸。他迷迷糊糊点亮手机屏幕,看到一个个中国的朋友不间断给他打电话发信息,询问他的安危。7.8级地震在东部发生时,1200公里之外的伊斯坦布尔毫无震感。

如果没有地震,这个即将迈入三十岁门槛的年轻人原本计划去沙特阿拉伯度假,并为自己庆生。史无前例的连续强震一天内强行撕裂土耳其东部10个省的33座城市,也打乱了法陆克的生日行程。

去灾区吧,过一个今生难忘的生日。

他不知道自己会遇到怎样的困难,但很确定自己在灾区不可能有地方住,便在自己的登山包里塞进睡袋、食物、饮用水、移动电源和一些药品,辗转来到哈塔伊。

夜晚降临,繁星满天,震区晚上仍有来自军方的运输机不断起落。入夜后车辆拥堵愈发严重,寸步难行,我们最终不得不放弃返回阿达纳驻地的计划,只能尝试在哈塔伊找一片空地就地搭帐篷,或在车里度夜。

但是法陆克不同意。

法陆克告知,哈塔伊省已经出现多起治安案件,有监狱已经发生越狱,部分枪支外流,有叙利亚难民持枪抢劫,"从现在开始,我必须首先考虑你们的人身安全"。

这是我们第一次被土耳其人警告安全问题。

从阿达纳出发时,我们研判的信息是:

哈塔伊省的克勒克汉县有一个重灾区，目前有四千人缺少基本生活物资。我们希望通过加急物资采购和分发，将这四千人的生活需求尽快覆盖，不受饥寒。对社会秩序的全面失控，我们准备显然不足。

法陆克刚认识我们不到三小时，已决定把我们在当晚送进监狱。

在会说中文的法陆克眼中，我们是一群来自万里之外的客人，客人不能身处险境。他给克勒克汉县的一位检察官朋友库萨德打电话求助，两人在军队服役时曾是战友。

"你在县里能不能找到一个安全的地方？我们有十几个人，还有几个女孩子，一定要安全。"法陆克说。

库萨德说："让他们住监狱吧。"

法陆克以为朋友在开玩笑，没想到库萨德是真的要把一帮中国人送进监狱。

库萨德后来解释说，目前这座监狱里的犯人已经全部转移，在里面居住的人只有狱警和他们的家人，同时24小时有监控和持枪守卫，可能是县里最安全的一个住处。

由于监狱是军事管理区，我们在走进监狱前被要求不得进行任何摄影摄像，也绝对不可以单独走动，包括上厕所。这座监狱里一栋五层楼高的建筑已经因地震变成三层，部分围墙损毁严重，数只流浪猫在围墙的铁丝网上沉默游走，但从不叫出声。

让马尔克斯复活，教莫言无语，还能更魔幻一点吗？出生至今数十年，跑到地中海边蹲监狱吃牢饭，这是我从未敢想象过的人生体验。热气腾腾的现烤面包，鸡肉米饭，花菜肉末汤，还有无限量续杯的土耳其红茶可以喝。牢饭味道其实非常好，只要你够饿。

也正是因为喝了不少的红茶，我和马亚宁在凌晨两点睡不着，便坐在院子里吹着寒风，和三位狱警一起烤火取暖聊闲天。天上的星星很明亮。

三位狱警告知，现在灾区的食物基本是不缺的，但最受不了的是寒冷，最缺的是可以挡风的帐篷，还有在帐篷里生火取暖的炉子和煤。和法陆克一样，他们也特别警告我们发放救灾物资最好能有军队护送，以免发生哄抢甚至可能的枪击。

这是第二次被土耳其人警告安全问题。

5.

军人和军人之间有特殊的气味，搭一眼彼此就会有准确的判断。库萨德把我们迎进值班室坐下，围坐在炉子旁取暖。他从头到脚打量了王刚一遍，喝口红茶，忍不住开始针对王刚进行他检察官式的"讯问"。

"你的靴子和其他人不一样，你应该在中国特种部队服役过吧？"

"你坐在椅子上双腿姿态和别人也不同，你隔几秒就看一下门口，好像很警觉。我觉得你应该接受过肘部紧急破窗的训练。"

············

库萨德曾在战火不断的土叙边境服役多年，退役后被安排在克勒克汉县担任检察官，军人的勇武与检察官的洞察在他身上汇聚。在一个土叙边境的县城担任检察官，库萨德的腰部常年佩一支格洛克手枪。王刚听着志愿者翻译库萨德的观察和疑问，微笑。

王刚的爷爷奶奶和外公外婆都是新中国开国将军，他从小在江西景德镇的将军院长大。王家的孩子从小被送进部队锻炼是理所应当的事，他参军时刚满十四岁。在野战部队服役时精通枪械与搏斗，退役后却机缘巧合把救人一命当作后半生的志业。命运中的巨大转折，与另一场中国人都知道的地震有关。那次地震发生在 2008 年 5 月 12 日，中国汶川。

王刚在早一天和十多位朋友驾驶五辆越野车，抵达成都休整，准备在 5 月 12 日驱车进藏。当天上午，一辆全新的三菱越野车却意外打不着火。无奈之下，众人只能把故障的越野车拖走维修，然后在成都城区闲逛。

当天下午 2 点 28 分，走在成都街头的王刚开始领教汶川地震的威力。他听到沉闷的巨响，看到街边的楼一栋栋不断摇晃。他的第一反应是震惊，也是误判："难道，成都军区弹药库被炸了？"

后来才知道是罕见的八级强震突袭汶川。王刚开始计算行程：如果早上顺利从成都出发，下午两点半左右车队会抵达受灾特别严重的都江堰，生死难料。成都虽然有震感，但受灾并不严重。更离奇的事情在于，那辆被拖走的三菱越野车被详细检查，根本就没有任何毛病，又能正常启动了！

王刚站在那辆不让他们离开成都的越野车前，突然生出一个特别的想法："老天留我一条命，应该是让我去救人的吧？"

他和朋友开车进入震区，车到途穷，又买摩托车继续挺进。他们进到一个塌方的学校，在学校里用双手和撬棒干了整整 16 个小时，听着那些埋在废墟下的孩子的声音一个个消失，没有任何办法。汶川地震教会王刚一件事：自己在部队习来的一身武技，在面对灾难时完全没用。

转身吗？那就转身吧。

此后至今十五年，王刚的身影出现在国内每一场地震、水灾和泥石流救援现场，也曾去南美洲厄瓜多尔做地震救援，去柬埔寨进行排雷排爆。

图1：2 月 12 日，哈塔伊省克勒克汉县，多国救援人员上百人同时屏住呼吸，倾听可能的来自地下的求救声。

2008年，有诸多邻国的救援队来到四川救灾。日本救援队面对遇难者遗体列队致哀的照片，在不少中国人记忆中至今历历在目。汶川地震成为催化中国救援力量快速发展的意外推手。2008年，最终成为中国救援队伍发展的元年。中国的救援能力在不断发展，而人类的友善的传递也可以跨越漫长的时间与空间。整整15年过去，那些来自国外的汇聚在2008年汶川的善良，在这个初春，借中国近600名救援人员的身影再次传递到土耳其的地震现场。也让王刚和库萨德两个退役特种兵，在克勒克汉县一座监狱里相识。

土耳其地震的震级不比汶川地震高，但在同一地区一天内连续发生两次7.8级强震，在人类历史上一千年来还是第一次。在库萨德看来，地震造成的最难克服的困难其实不是雨雪饥寒，而是地震刚发生两天内的绝望和无助。

库萨德赶去医院想帮助受伤的民众，却看见医院的院子里躺着几百具尸体。他在医生的要求下背着陌生人的尸体往前挪，前面很多人，每个人都背着一具八十公斤重的尸体在前行。余震来袭，他前面的人摔倒，他也摔倒。陌生人的尸体重重趴在他的身上。三天过去，他觉得自己身上现在还有尸臭的味道。

库萨德说，县里有很多人已经永远失去了孩子和父母，不少公务员的家庭也支离破碎，但根本没有时间哭，还在坚持工作。

我们在监狱值班室搭了两个帐篷供女生居住，另有四个睡袋铺在地板上供男生轮流休息，王刚队长负责守夜护卫。法陆克坐在溜墙角的一个地铺上，脱鞋后又用湿纸巾将脚底的汗仔细擦干净。作为土耳其贸易部的官员，他的工作环境、家境、谈吐与监狱的环境多少有点格格不入。在监狱里陪我们打地铺避险，于他也是人生初体验。

第一次余震发生在凌晨3时25分，4.4级，第二次的4.3级紧随其后。震感明显，从地层深处传来的声音低沉且令人头皮发紧。监狱值班室里熟睡的每个人立刻惊醒坐起，转瞬又被沉沉睡意压倒在地。

震就震吧，只要值班室的屋顶不砸在身上，谁也不能阻止我睡觉。

2月11日一早，我走出监狱大门，两河流域金黄的日出照在监狱西边连绵的高山上。雪盖还没消融，近处的麻雀一群群在田间起起落落。库萨德告诉我，监狱之外，你想拍摄什么都可以。

他带我走到围墙侧面，指着东南方说："五十公里外那座山就是土耳其和叙利亚的边界，是我当兵时每天巡逻的地方。"

我们收好帐篷和睡袋，和库萨德握手告别。这一生难忘的夜晚有浓香的红茶，也有不断的余震。我用从厦门带来的湿纸巾把脸擦干净，又灌满一杯红茶，便跟随行动小组前往县危机中心。法陆克希望可以找在地官员尽快取得军方支持，帮助我们安全完成救灾物资的发放。

遇到来巡查的哈塔伊省副省长Abubllah先生，则纯属意外。他同时也是这次土耳其地震救灾的总指挥。他的临时办公室里人潮不断，出出进进，有太多人需要他来协调资源，以推动救灾。

"现在是我们非常悲痛也是非常困难的时期，是土耳其最黑暗的时刻，你们跨越万里来提供帮助，我必须表示感谢。昨天这个县已经发生过一些安全事件，我们会非常重视远方客人的安全。我现在就给克勒克汉县的县长打电话,让他找军队负责你们的物资发放和安保工作。"

"注意人身安全",这是第三次在震区被当地人警告。

危机中心大门内外,手持M4突击步枪的数十位士兵日夜维持秩序,主要是防止有人哄抢从全球各地辗转空运来的生活物资。这是密集看见枪械的第二天,我的好奇与恐惧在缓慢退散。非常时期,有枪才有秩序。有军队提供护卫,我们焦虑的内心终于缓和。我们完全不希望面对任何哄抢或意外,只想尽己所能让灾民生活稍稍回归正常,尽快开启重建。

返回阿达纳城区后,中国乡村发展基金会的朱一存负责行动总调度,邯郸曙光救援队队长张昆负责防雨布、大米、食用油和牙刷牙膏、卫生巾等物资的询价与采买,厦门曙光救援队袁昕负责后勤保障,法陆克和多位通晓土耳其语的中土志愿者负责物资的搬运与发放,王刚担任行动安全官,负责与军队协同保障物资发放时每个人的安全。

截至2月12日,我们的救灾进度推进异常顺利,顺利到不可思议。

6.

2月12日早晨八点不到,我们抵达克勒克汉县废墟遍地的城区,等待负责护卫的军车出营。车队每天出发的时间定在凌晨四点半,一方面是避开交通拥堵,另一方面也希望每天天一亮就赶到克勒克汉的军队营区,尽量不浪费白天的宝贵时间。这也迫使我们每天正常的睡眠时间被压缩在三个半小时以内。

一只床垫从天而降,接下来是枕头和毛毯。

军营附近,不时有居民返回已被破坏的家中,从阳台上将还能使用的床上用品从高空抛下。它们落地时的声响异常沉闷,轻易将四周鸽子的鸣叫声掩盖。在土耳其震区通常会遇到三种动物:沉默的狗、游走的猫与欢叫的鸽子。鸽子通常会在一座清真寺附近飞翔盘旋,如果没有地震,人们会在清真寺附近的空地上给鸽子投喂食物。

2月12日,在头尾两辆军车的护卫下,行动小组将首批物资在克勒克汉县的三个村庄开始发放。在Icaba村和Baldiran村,物资发放工作相对轻松,第三个村庄Ozkizikaya的物资发放过程却波折重重。

车队五辆车刚开进村庄卫生站的院子,王刚的第一感觉是今天可能不太好脱身。院子围墙并不高,如果居民集体进院哄抢物资,并不困难。

这个村庄的特别之处在于距离叙利亚边境只有十八公里,越境逃进土耳其的叙利亚难民特别多,同时村长与村民之间的关系相对复杂。村民担心物资分配不公平,猜疑心理使他们直接堵住大门,部分村民开始尝试冲卡。

总领队朱一存在对讲机中的呼叫仍然逻辑清晰:"所有人员不能下车!所有人员不能下车!摄影师先不要拍照!军方控制形势后,我们再做打算!"

王刚与两辆军车的军人下车稳定局势。军人腰部都别有格洛克手枪,他们站在院子大门和四个边角处防止村民越墙,同时用土耳其语厉斥骚乱闹事的村民。一位军人则尝试用英语宽慰我:"不用怕,政府已经颁布命令了,如果有人哄抢,我们可以立刻开枪。"

于我而言，这句话的宽慰效果其实有限，听起来更感惊吓。

王刚在距离大门正中三米处，双脚分开，背手站立。我已跟随他做救援五年，只见过他四处救人成功时满脸幸福的微笑，也见过他思虑救援队发展时的愁容和疲惫，还见过他的运动手表经常因"心率高于上限值"不断报警，却从来没机会见到他显露身手。当时我坐在车里看他的背影，虽然没看见他的脸，我多少能感觉出"虎视眈眈"到底是什么意思。

如果将王刚的肢体语言翻译成文字，给我的观感大约会是这样一句话："今天谁想抢物资，先得通过我。"一个人站出了一夫当关的气势。

身为安全官，他一度要求五个司机立刻上车把车打着，一旦情况失控，可以第一时间夺门而出："你们必须先冲出去，我坐尾车断后。"邯郸曙光救援队队长张昆是多年来和他出生入死的兄弟，听他发令后忍不住说："我和你一起断后。"

王刚暴怒："你开什么玩笑?!物资都在你车上，你大车必须先走！你们走了我才能走！"

我们尽快把成卷的防雨布在院子里铺开，切分成长度一样的份额，以示公平，并把食用油和大米开箱排列，准备发放物资。矮墙外的村民们一一看在眼里，大门外的争吵缓慢平息，开始列队领取物资。

我下车后提相机从左后方走近王刚。在距离他三米的时候，他的头部向左略微扭动了一下。现在回想，这是他作为一名职业军人在极度紧张情况下的高度警觉。

我立刻低声说道："王队，我们已经下车了。"这句话的意思是，我可是自己人，你可千万别动手。

身为友军，我也真怕被误伤啊。

随后物资的分发过程，终于有惊无险顺利完成。但放松警惕的时候，总会有意外发生。这条生活经验在我身上屡屡应验。

那把手枪对准我脑门的第一秒，我完全没意识到那个黑幽幽的洞口到底是什么。

我正和几个孩子隔着围墙用英文聊天。一个八岁的小男孩冷不丁从裤兜里掏出一把手枪，微笑着立刻对准我的头。我下意识的第一反应是举起相机摁下快门，紧接着觉得不对劲，立刻用双手把相机放在左胸位置。我的本能是在第一时间尽快护住心脏部位，同时胸口很明显在因为恐惧而发闷。我立刻想起王刚定下的安全准则："把见到的所有枪，都当成已经上膛可以击发的真枪。"

很幸运，这只是一个淘气男孩在用玩具枪和我开玩笑。现在回想，我瞬间的慌乱也足够荒唐：当被人用枪指着头，我却为什么要去保护心脏呢？

隔着矮矮的围墙，另一个叫 Buğlem 的十四岁小姑娘和我讲述了更多事关地震的故事。很多人在地震里死去，她的家人都健在，但学校塌了，老师找不到了。她的梦想是长大后成为一个女军人。她很爱学习，可是她看不到自己的前途在哪里。我想起自己十四岁时的少年忧愁，和她的处境相比，不值一提。我反复告诉她：一定要想尽办法继续学业，要去伊斯坦布尔念大学，永远要先拯救自己，然后努力尝试改变家庭的命运。

在叙利亚和土耳其边境，放弃自己是太容易的事。随波逐流是大多数普通人的选择。

临别，我在跑向救援车上车前，又把同样的话向她大声喊了一遍。她向我大声保证："我会坚持努力学习的。"

听到她的英文发音，法陆克也惊讶地告诉我："没想到在边境地区，她的英文学得这么好。"法陆克说，如果她需要，他准备在教育部帮助Buğlem申请一份奖学金。

图2：2月12日，哈塔伊省克勒克汉县Ozkizikaya村，14岁的女孩Buğlem说，很多人因为地震死了，学校塌了，她很爱学习，但看不到未来。

一个多月过去了。

3月23日，Buğlem给我发来消息，自己已经和姐姐离开边境地区，去到土耳其另一个城市并准备继续入学读书，"即使现在还没正式开学，我每天也都在自学功课"。

7.

监狱只住一晚已经足够，出于安全考虑，我们决定每晚返回阿达纳驻地休整，而不是在哈塔伊过夜。

沿着地中海边的高速公路，车队在凌晨再次经过人类最早驯化种植小麦的河谷。这次没时间驻足，有机会再来，我要下到河谷里认真看一看，再看一看，闻一闻这个星球上最初的麦香。小麦在人类进化繁衍进程中的重要作用，可以写一部大书。

活了数十年，这是在我想象中，地球上能看到的最震撼的景观。

凌晨4时30分，回程的路刚走一半，志愿者互助群里突然传来求助消息，有灾民被埋在哈塔伊Asya饭店废墟下，仍有生命迹象，希望我们能伸出援手。

车队随即停靠路边一分为二，我跟随救援队一路狂飙，前往受灾点参与营救。

夜晚深寒彻骨，一群群没有帐篷的灾民聚在路边，燃烧一切可以燃烧的物品取暖。走在不少建筑被夷为平地的道路上，如果把一只只点火的油桶想象成油锅，我面对的极可能正是地狱图景。特别的味道弥散在冷风中不断钻进鼻孔。即使我是二十多年的资深鼻炎患者，残存的嗅觉仍然提醒我，这味道不对劲。这是地震发生后的第七天，被埋地下的一具具遗体已经开始腐烂，尸臭避无可避。

如果被掩埋的灾民能够压抑住恐惧并正常思考，他们就会节省体力，只在听到有救援人员靠近时才不断呼救。但能这样做的灾民少之又少。

王刚上半身探进之前传出呼救声的逼仄空洞，现场数十人屏息。

一，二，三……他用半块砖有规律地敲击墙体，每次三下，尝试数十次后没收到地下任何回应。借助热成像仪器和两只搜救犬，仍然没有得到任何结果。

王刚不得不告诉被深埋小女孩的母亲："这个世界上总是有无法预料的事情发生，希望你们能够坚强。"他同时建议现场的其他搜救人员不要再作业，现在的一楼是地震前的三楼。因为两旁的建筑已经倾斜，不具备破拆作业条件。"还可能有余震，我们不能再把几十条人命置于随时被埋的险境。"

图 3：2 月 14 日，哈塔伊省克勒克汉县 Balarmutu 村，一座房子在地震后只剩门是完整的。

图 4：2 月 14 日，哈塔伊省克勒克汉县 Balarmutu 村，一座房子的楼梯倒塌并扭曲。

在极度安静的震区凌晨，小女孩母亲的哀嚎听起来愈发心酸。人间至苦，莫过于一个妈妈不得不放弃自己的亲生骨肉。

回程路上，救援车上一直沉默，对讲机里没人愿意讲一句话，只有地中海的风声混杂着轮胎噪声不间断冲进双耳。从事救援总是会有无力感。但在面对救助对象时，我们还得伪装得释然且坦然。十天的并肩战斗，其中甘苦与离奇足以刻骨铭心，我们所有志愿者在余生都会是家人。

回到驻地后天已大亮，王刚复盘时特别提醒：为了尽可能不再发生灾民哄抢的骚乱，所有救援队队员在此后物资发放过程中不穿御寒外套，只穿制服的正装，露出更多制服的标徽以起到更多震慑作用——虽然会冷一点。

当然，这个决定也为他在第二天傍晚的感冒发烧埋下伏笔。

日落后，土叙边境地区会立刻变得非常寒冷，受灾村子的村民会不约而同煮好土耳其红茶，端来一托盘，再端来一托盘，让我们取暖。在一整天没有热食的情况下能喝上一杯热茶，流鼻涕这件事看起来已经不再狼狈。送温暖这件事，真的是相互的。最终，我们为超过一万六千名灾民送去急需的食物和生活用品，以及制作紧急帐篷的防雨布。不饿肚子，不受风寒，这是最重要的事。

在克勒克汉县城区，一位老大爷曾从废墟里走出来，问我们的司机："这群东方人是来干吗的？"

司机说："他们是从中国来的救援队，来救人，也来给我们发生活物资，帮我们渡过难关。"

老人随后默默走回家，手捧一只自己家养的鸽子来到我们面前，执意要当礼物让我们带回中国。王刚告诉他："老人的心意领了，但带活体动物通关的确不方便。鸽子留下，我们一定会把祝福带回中国。"当然，每个救援队员逐一和鸽子合影是少不了的。而我和鸽子的合影可能是所有人中最特别的一张：作为一个叫"商华鸽"的人，这是我今生第一次和自己合影，自拍名副其实。

在 Guzelce 村庄，老奶奶 Fatma Vural 告诉我："我很震惊，居然会有一群中国人从那么遥远的地方来帮我们渡过难关。"

我告诉她："一个人会和另一个人见面，是因为他们注定会见面。所以，我们见面了。"

老奶奶哈哈大笑："是啊，说不定我哪天就在中国出现了。"

是啊，人间万事，谁能说得准？我的确完全想不到，疫情三年后头回出境，居然是因为一场大地震。

法陆克和我们告别的时候忍不住哭了，我们的眼眶也忍不住湿润。法陆克说，自己是土耳其的儿子，自己选择做的一切是为了对自己的国家有用，"而你们来自亚洲另一边，却来到这个陌生的国家，努力做对全人类有用的事"。

在从阿达纳撤回伊斯坦布尔的航班上，我的邻座是一位警察。他看了我拍的不少照片，在表达感谢的同时也说了类似的话，很震惊也很意外会有中国人来帮他们。我告诉他，这只是一群陌生人来帮助另一群受难的陌生人，没什么不能理解，我们在国内也常年这么干。

不少土耳其人感到震惊，有一个原因是他们平时可能很少见到中国人。我们刚抵达土耳其那几天，的确有数次被误认为是日本人。

在土叙边境的一个村子里分发物资时，有一个小男孩刚开始也尝试用日文的"こんにちは（你好）"跟我打招呼。我便指着制服左臂上的国旗图案和他解释："你看，我是中国人，不是日本人。"

在我们将要离开土耳其的时候，中国救援队生命救援的资讯在这个国家爆发传播，土耳其人在街头和机场看到我们，已经不会再误会我们是日本人。

我曾在土叙边境地区听见一个土耳其孩子讲日文，在阿达纳雕刻塞伊汉河石桥简介的石碑上看见德国西门子公司的铭牌，在伊斯坦布尔加拉太塔广场的简介石碑上看到韩语的痕迹。正如在土耳其经商多年的志愿者李木子所说，过去数百年来，美国人、英国人、德国人、日本人，他们早就在土耳其这个欧亚大陆的十字路口有自己的文化传播和文化存在，中国人和中国文化是后来者，相对陌生。

虽然陌生，但我们还是来了。

我们来路漫长，的确让不少灾民因为陌生而震惊，但阿达纳这座城市带给我的震撼冲击力无疑更加巨大。

8.

2月13日下午，我们采购物资时面临困难，队伍只能在阿达纳驻地休整。我终于能暂时放松紧绷的神经，拎一台小相机在阿达纳街头街拍。

出驻地往南行走不到十分钟，就到了塞伊汉河边。横跨河两岸的古老石桥气势宏大，桥面可供三辆小轿车并行。这座石桥建于1639年前。16个世纪过去，石桥一直是连接欧洲和亚洲的重要桥梁。站在桥面上，我忍不住想起2021年河南郑州水灾救援时去过的黄河边的虎牢关。它们都是千百年来兵家必争的交通咽喉，尸横两岸，血染河床，不是一次两次。在这座有据可查的世界上现存最古老的桥梁面前，波斯人、罗马人和阿拉伯人在历史长河中来了又走，都是过客。我这个意外造访的中国人，自然也不例外。

不过是漫不经心的街拍而已，但阿达纳人给我的最大震撼当时正在桥下的河床上等着我。

春水还没涨满干涸的河道，我下到河床上，看几个少年在水洼里捉鱼，抬头又见数不清的鸥鸟在桥面上的天空上下翻飞，便不断举起相机拍摄那些自在的、生活完全不受地震影响的飞鸟。

"亲？"一个少年抬眼看到我制服左臂上的中国国旗图案，开口喊道。

我是真听不懂，只能微笑致意，还疑惑为什么中国网店客服的口头禅，会流行到土耳其的地界？事实上在走到河岸的一路上，已有多位阿达纳居民看见我这张东方的脸，友善跟我打招呼，发音也是类似的一个单字："亲？"

回驻地后，在伊斯坦布尔读美术史博士的志愿者任少怀告诉我，他们口中所说的话应该是"Çin"，土耳其语里是中国人的意思。

"正确的发音是'秦'。土耳其人称呼中国人是'秦人'。"

这个称呼熟悉而陌生。

中国古代丝绸传播的地点与路线有据可查，非常清晰。它以今天的西安为起点，经过今天的阿富汗、伊朗、伊拉克、叙利亚和土耳其等国，抵达地中海并以罗马为终点。这条连接西安与罗马的丝绸之路兴盛开辟于西汉武帝时期。但在先秦时期，连接东西方交流的欧亚交通通道已经存在，当时人们甚至还没有形成欧洲和亚洲的地理概念。

两千多年后，我身穿有五星红旗臂章的救援队制服，仍然被土耳其人称为"秦人"。族群的称谓口口相传两千多年，在2023年初春跨越地域与语言的障碍再次将我击中。土耳其这个国家拥有古老的文明和悠久历史，和中国打交道的时间可是真不短。与其说陌生,其实不如说是久违。

所有的相逢都是久别重逢,时而千年,时而一瞬罢了。在时间和空间上,我们都算是一个远道而来的过客。

最后的感动发生在伊斯坦布尔机场。我们刚通过安检,抬头看到机场的大屏幕上打出了一句汉语:感谢您与我们站在一起。

环绕这句中文的是来参加土耳其地震救援的世界各国国旗图案,中国五星红旗位于"在一起"三字正上方。机场工作人员列成两队,给我们每人送一支红玫瑰,热烈鼓掌欢送我们踏上回国的航班。斗大的一行汉字突然撞进视网膜的时刻,我的确忍不住想流泪。在整整十天时间里,我们队友之间交流会用中文,和国内家人每天报平安会用中文。我慢慢体会到"举目无亲"的另一层意思:目力所见,看不到中文,吃不到中餐,没有亲切感。而语言又是一个人活在世上最重要的生活构成,在国内不觉得,出境后才明白汉语本身已经是我的"家人"。

而这久别重逢的惊喜并不仅仅发生在我身上,把我们送进监狱的法陆克也有属于自己的奇遇时刻。

2月15日凌晨四点半,在太阳快要升起的时刻,在地中海沿岸的高速路上,我打算播放电影《太阳照常升起》的配乐给法陆克听。法陆克是个如假包换的文艺青年,他非常喜欢王家卫导演的电影。我最喜欢的国内导演则是姜文,《太阳照常升起》又是他电影作品中我最喜欢的一部,其中的配乐《Singanushiga》是我最喜欢的一首,唱尽了一个黑眼睛的吉普赛姑娘思念爱人时的哀伤。我在厦门环岛路海滩看日出时听过,在香港维多利亚湾等日出时也听过。这次我也把这首歌推荐给刚认识的法陆克,在地中海边太阳照常升起的时刻。

法陆克还没看过电影《太阳照常升起》,但他的思绪在瞬间也回到上海求学的那些年。在上海读书时,机缘巧合,他在2018年的上海国际电影节曾给一个导演当过两周的土耳其语翻译,"他在中国特别有名,他也是一个演员……对了,就是电影《宋氏三姐妹》里演父亲的那位演员"。

我震惊了。

随后忍不住立刻给姜文发信息:"你还记得2018年在上海,给你当过翻译的土耳其帅小伙儿吗?他叫法陆克,他四天前把我送进地中海边的监狱了!"

(文中照片皆系作者商华鸽摄影)

[特约编辑:吴　越]

图书在版编目（CIP）数据

收获长篇小说.2023.夏卷 /《收获》文学杂志社编.
-- 上海：上海文艺出版社,2023
ISBN 978-7-5321-8757-7

Ⅰ.①收… Ⅱ.①收… Ⅲ.①长篇小说－小说集－中国－当代 Ⅳ.①I247.5

中国国家版本馆CIP数据核字(2023)第098084号

主　　编：程永新
副 主 编：钟红明　谢　锦

发 行 人：毕　胜
责任编辑：李伟长　张诗扬
封面设计：黄　海
特约法律顾问：王　嵘　光　韬

书　　名：收获长篇小说.2023.夏卷
编　　者：《收获》文学杂志社
出　　版：上海世纪出版集团　上海文艺出版社
地　　址：上海市闵行区号景路159弄A座2楼 201101
发　　行：上海文艺出版社发行中心
　　　　　上海市闵行区号景路159弄A座2楼206室 201101 www.ewen.co
印　　刷：苏州市越洋印刷有限公司
开　　本：710×1000　1/16
印　　张：26.5
插　　页：2
字　　数：550,000
印　　次：2023年6月第1版　2023年6月第1次印刷
Ｉ Ｓ Ｂ Ｎ：978-7-5321-8757-7/I.6902
定　　价：55.00元
告 读 者：如发现本书有质量问题请与印刷厂质量科联系　T:0512-68180628